■ 国家社会科学基金重点项目

"非常"事件与美国历史小说
——小说再现与意识形态批判研究（上卷）

Disputed Events and American Fiction:
A Study of Fictional Representation and Its Ideological Criticism (I)

虞建华 等著 ■

上海外语教育出版社
外教社 SHANGHAI FOREIGN LANGUAGE EDUCATION PRESS

图书在版编目（CIP）数据

"非常"事件与美国历史小说：小说再现与意识形态批判研究 / 虞建华等著. -- 上海：上海外语教育出版社, 2021
国家社会科学基金重点项目
ISBN 978-7-5446-6985-6

Ⅰ. ①非… Ⅱ. ①虞… Ⅲ. ①历史小说—小说研究—美国 Ⅳ. ①I712.074

中国版本图书馆 CIP 数据核字 (2022) 第 236563 号

出版发行：**上海外语教育出版社**
（上海外国语大学内） 邮编：200083
电　　话：021-65425300 (总机)
电子邮箱：bookinfo@sflep.com.cn
网　　址：http://www.sflep.com
责任编辑：奚玲燕、杨洋

印　　刷：上海中华印刷有限公司
开　　本：710×1000　1/16　印张 61.25　字数 936 千字
版　　次：2024 年 1 月第 1 版　2024 年 1 月第 1 次印刷

书　　号：ISBN 978-7-5446-6985-6
定　　价：258.00 元

本版图书如有印装质量问题，可向本社调换
质量服务热线：4008-213-263

本书撰写人员及分工

虞建华：绪论；

　　　　上卷第一章、第九章；

　　　　下卷第二十一章、第二十二章；

　　　　全书选题与设计，合成定稿

王　胱：上卷第二章

张健然：上卷第三章

曾传芳：上卷第四章

时　静：上卷第五章

王晓丹：上卷第六章

彭　禹：上卷第七章

陈广兴：上卷第八章

丁秉伟：上卷第十章

周　敏、高卫泉：上卷第十一章

曾桂娥：上卷第十二章

尚晓进：下卷第十三章

张廷佺：下卷第十四章、第十九章

徐谙律：下卷第十五章

陶　茜：下卷第十六章

黄淑芳：下卷第十七章

黄芙蓉：下卷第十八章

刘启君：下卷第二十章

王弋璇：下卷第二十三章

上　卷

非常历史事件的
文学重构与解读

目 录

绪　论

小说、历史与小说的历史批判

不管是口承的还是书写的,人类早期文化中对过去记录和叙述的经典作品,都以"诗史合一"为特征,最典型的是"史诗"。中国早期历史著作《春秋》和《史记》也一直被视作文学经典,"师范亿载,规模万古"。最早的小说脱胎于历史。自古以来,文学与历史你中有我,我中有你:文学记载历史,历史赋予文学以主题和内涵。当代著名美国作家埃德加·劳伦斯·多克托罗(Edgar Lawrence Doctorow)仍然强调史、诗两者的关联,说:"历史是一种我们生存于其中的小说,小说是一种或然历史,或者也许可称之为超历史,这个历史的书写材料远比历史学家所能涉及的更加广博浩大,更加丰富多彩。"(Doctorow, 1983:25)

但这样的说法已经带上了比喻的色彩,"诗"和"史"两种叙事毕竟在近代分道扬镳了。在19世纪史学家的践行之下,历史研究逐渐演变成为一门独立的学科,打起"科学"和"客观"的大旗,以此为其安身立命之本,而小说则强调其"艺术性"和"想象创造"的虚构特权。两者互相排斥、横眉冷对、彼此轻慢,成为一组二元对立。多年来,历史话语似乎占据了高点:历史是真实的,小说是编造的;历史基于严肃、科学的考证和记载,提供真理性的认知,而小说出自想象虚构,供人娱乐消遣。小说和历史的传统分野一度被认为是理所当然的,不容置疑,不容混淆。

"历史上的曹操和小说中的曹操,是两个人,一个是历史人物,一个是艺术形象,历史人物是客观存在的,而艺术形象是作家和读者的长期创造。今天,一个成熟的读者的头脑中,《三国演义》中的曹操绝不会等同于《三国志》中的曹操。"(郭宏安,2004:26)这是今天所谓的"旧历史主义"的认识观,具有典型性。"旧历史主义"的说法原先并不存在,随着新历史主义的产生,传统的历史认识观被赋予了与之相对应的名称。新历史主义要强调的是,《三国志》中的曹操也不等同于真实的曹操。那么真实的曹操呢？真实的曹操死了，史书作者、小说作者和读者谁也不认识、不了解他。《三国演义》和《三国志》的作者有一个重要的共同点：他们都是按照各自能获得的前人留存的书写材料来建构曹操这个人物形象的，而建构的过程不可避免地受制于自己的知识局限，不可避免地融进了自己的理解、认识、性情、喜好、偏见和想象，也不可避免地在某种程度上受到当时意识形态的影响和制约。新历史主义更强调历史与小说两者的共性，而不是差异。这个共性就是历史和小说共享的语言叙事特性。

其实，从"诗""史"分离开始，不少历史学家就意识到历史书写中想象和虚构成分难以避免，而这决定了以书写方式维持的历史知识本身的不确定性。现代史学理论开始把"叙事"视为史学之根本。当然，叙事也是文学的基底，这样，两者间就有了广阔的交集。以海登·怀特（Hayden White）的《元历史》（*Metahistory*，1973）的出版为标记，一种与传统历史观完全不同的后现代"新历史"认识逐渐被学术界接受，确定了史学家建构历史的方式是诗性的。分久必合，历史和文学走近靠拢，"史"与"诗"的两分法不再被广泛认同。海登·怀特指出："历史事件首先是真正发生过的，或是据信真正发生过的，但已不再可能被直接感知的事件。鉴于这种情况，为了将其作为思辨的对象来进行建构，它们必须被叙述，即用某种自然或技术语言来加以叙述。因此，后来对于事件所进行的分析或解释，无论这种分析或解释是思辨科学性的还是叙述性的，都总是对预先已被叙述了的事件的分析和解释。这种叙述是语言凝聚、替换、象征和某种贯穿着文本产生过程的二次修正的产物。"（怀特，1993：100-101）

新历史主义强调，我们在讨论"历史"的时候，涉及的其实只是由记忆和语言组成的"知识论"的历史，而非"本体论"的历史，这样的推导呼应了意大利历史学家贝奈戴托·克罗齐的名言："一切历史都是当代史。"（转引自王正，1993：154）弗雷德里克·詹姆逊（Fredric Jameson）在《政治无意识》一书中呼应了怀特的新历史观。他指出，历史"只能以文本的形式接近我们，我们对历史和现实本身的接触必然要通过它的事先文本化，即对它在政治无意识中的叙事化"（詹姆逊，1999：26）。历史书写和文学书写都是语言再现，都是文本化的重构，两类书写者都运用文学书写特有的文字手段、语言艺术和叙事策略来建构某种状况，表达某种观念。也就是说，新历史主义"承认历史学家不可能客观地、科学地复原过去,而只能从现在的视野中构造过去"(托马斯,1993：84)。传统的"旧历史"观由此受到挑战和颠覆,历史与小说因其叙事模式大同小异而变得界限模糊。这样,历史与小说的共同特征被凸显,距离被拉近,两者之间的互文解读不仅可能,而且也变得富有意义。

小说通过虚构再现历史,但"虚构"不是"虚假"的等同概念。小说虚构往往可以凸显真相的多元性。因此,小说再现的历史不应该被看作对历史的戏弄或篡改,而是对历史的重新陈述。历史小说家以自己的方式呈现事件,重构语境,让文学话语与历史话语形成对话或碰撞。这种文学性的历史再现,可以丰富或修正历史叙事,也可以使之瓦解。在历史宏大叙事和小说家们以真实事件为蓝本的文学文本之间进行比较性的解读,我们可以看到真理的多面,从而逼近事情的真相。被称作"新历史主义"的后现代史学观在认识上具有颠覆性,但如林瑛指出,"其目的并非全然否定一个不可知的大写的历史,而是给予小写的复数历史以合法的地位,从而深化关于历史性质与本质的反思与认识"(林瑛,2019：298‐299)。从这个意义上来说,美国文学中以历史事件为素材创作的小说,是作家们参与历史建构的努力,而对这些历史小说的解析,有助于我们揭示历史沿袭过程中美国文化生态的构成要素和发展变化,也可以为我们思考、解读似曾相识的当下政治和社会情境提供借鉴。

在英国文艺理论家特里·伊格尔顿(Terry Eagleton)看来,"历史是文学的终极能指,也是文学的终极所指。因为只有给表意实践提供物质母体的真实社会形态才可能是表意实践的根源和目标"(转引自塞尔登,2000：474)。当代文学创作和文学批评呈现出历史转向,涵容了更多的文化政治关怀,走向空间性和对话性的历史。在这样的大潮流中,将那些重写曾引起关注的"非常"事件的历史小说重新放回历史语境中细细品读,有其特殊的意义,因为它们是美国种族、阶级、宗教矛盾激化的产物,而作家的再现在选材上具有针对性,在思想上具有颠覆性,在呈现方式上具有多元性,提供了"另眼"观察美国政治和民族道德体系的核心价值问题的渠道,可以引向对美国的建国理想、民族精神、政治信仰等意识形态重大方面的再思考和新认识。

历史小说作为一种特殊的文化模式,能够充分利用自己独特的属性,如虚构特权、多义性、话语间性来评说历史。这种评说带有意识形态批判的性质。

作家们多从边缘人物的小叙事入手,透过具体和个别,放大观察历史的某些片段反映出来的更带普遍性和本质性的问题。优秀的历史小说家们总是寻找官方历史表述中省略的东西,通过对历史素材选择性的再组合、对历史事件的想象性推演、对历史人物的多面性塑造、对历史语境的补充性铺陈,让小说的美学再现填充、修补,甚至颠覆历史的宏大陈述。"对于所有作家,而非仅仅伟大的作家而言,一旦他们拿过某个故事,写成自己的文本,他们就已经卷入了一种异质性的阐释。"(Abbott, 2008:102)正是在虚构叙事与历史叙事因并置和交叠而生成的巨大阐释空间中,本研究试图通过互文解读,讨论作家如何参与历史的建构,并在这样的建构中凸显文学的意识形态批判功能。

二

早在 1981 年,特里·伊格尔顿就已认定,"文化研究关注的中心,已从狭隘的纯文本或概念分析转移到了文化生产问题和艺术品在政治中的运用"。伊格尔顿看到的重大"转向",是一种摆脱文本自足研究的趋势,即文学研究的重心已经逐渐从"文内"(textual)转移至"文外"(contextual)。他认为"转移"之前的形式主义文学研究,一言以蔽之,主要是一种"狭隘"的"概念分析"(伊格尔顿,2005:2)。中国学者姚文放也对新批评和形式主义做了批评性的归纳,认为这样的文学研究途径是"一种退缩、收敛的态势,即从非文学领域向文学领域收缩,排除社会历史、政治运动、思想潮流、道德教条、宗教观念和文化风尚等对文学的外来干预,将文学研究的对象集中在文学自身的规定性,限定在文学的文本、语言、形式之上"(姚文放,2017:31)。

两位学者均指出了在新批评和结构主义影响下迷恋文本的文学研究范式的不足,主张冲破封闭的文本自足世界,"走出文本",进入文学与历史、政治、社会、文化的关联性研究的广阔天地。学术和批评风向的改变,激发了历史小说创作者的浓厚兴趣。创作观念上受新历史主义影响的历史小说,被称为"新历史小说"或"新历史主义小说"。近几十年,此类小说和相关研究在美国文坛颇具影响力。本书的研究对象是历史小说,不仅仅限于新历史小说。历史小说有各种各样的定义。诺思若普·弗莱的定义十分宽泛,他称其为"一种将故事设于书写者直接经验之前的时段或很大程度上使用了某个重大历史事件或昔日风貌的小说"(Frye，1997：237)。休·霍尔曼和威廉·哈蒙将历史小说定义为一种"以严肃史料呈现的史实为基础重建过去时代人物、事件、运动或精神的小说"(Holman & Harmon，1986：238)。两位作者同时又强调，"尽管有史以来作家一直将小说和历史结合在一起，尽管文史学家发现在各类形式和作品中都有历史小说的影子，严肃的历史小说的发展必须基于严肃的历史认识的发展"(Holman & Harmon，1986：239)。作为本书研究对象的美国历史小说，其定义是广义的，但都体现了"严肃的历史认识"。本书通过语境化的文本解读，探讨历史小说对于历史认识的贡献。

本研究的聚焦点是美国历史上的"非常"事件或法案。谓其"非常"，一是因为这些事件/法案大多有违宪法、国策、律令甚至常理，反映出激化的宗教、阶级、种族、认识矛盾；二是因为它们是知识界争议不断的高曝光话题。但学界的讨论很少将事件的小说再现纳入其中。更具体地说，本书研究的是以"非常事件"或"非常法案"为素材创作的长篇小说。此类历史小说在美国文学中蕴藏丰富，引人注目。作家们以小叙事反映大历史，凸显事件背后隐藏的政治操控和权力意志。小说对历史事件的再现，是作家以特殊的手法、从特殊的视角对历史的批判性解读和修正性重构，为读者提供了观察历史的新窗口。对历史进行文学性再现的兴趣来自对现实的关注，因为历史经常翻版重演，现实问题的很多答案都可以在历史中找到根源。

选定美国历史中的"非常事件"作为观察点，是小说历史研究的一个很好的切入口。一系列文学再现的历史事件，可以串连成意义的链条，引导我们从历史沿袭中思考事件背后的很多问题，比如权力意志、利益政治、司法暴力、强权话语等。本著作将一系列"非常事件"及再现这些事件的小说作为基本文本，比照历史记载，重现历史语境，尤其着重探讨小说家笔下呈现的历史中美国国家政治意志和法律对异教徒、少数族裔、新移民、激进青年、战争中的他国平民等边缘群体实施的权力压迫，从一个特殊的剖面对美国历史和意识形态进行评判性的审视。我们把小说叙事看作边缘之声的代言，看作对抗权力话语的制衡力量，将再现历史的小说视为作家参与言说历史、打破线性叙事的举措，结合书写者的叙事策略，研究作家如何试图修正既定的历史叙事。

一个民族既由她传承的记忆，也由她试图抹除的记忆进行定义。文学具有对文化记忆进行存储和传播的特殊功能,小说通过艺术化再现的历史,可以形成有别于官方历史修辞的"反记忆",对文化想象结构加以修正或颠覆。本研究希望在对所选历史小说的解析中,让读者获得更加真切的历史体验。小说和历史一样,都带有叙事性,反映的是书写者的意识形态,而在文学话语与历史话语的并置和碰撞中,历史书写的多种可能性和历史真相的多面性得以放大显现,可供再审视。很多被作家写成小说的历史"非常事件",与当今美国的政治生态(包括民族主义、霸权思维、帝国话语、权力政治等)遥相呼应,因此,从历史回看中观察当今的美国,也许是最好的视角。

三

历史学、政治学和社会学已对美国历史争议事件/法案有过诸多深入探讨。但解析重构历史事件的文学文本,从历史语境中领会文学所承载的深刻意义,通过艺术虚构途径对历史进行回看和反思,其本身具有不可替代的特殊价值。比如,关于美国历史上白人殖民者对印第安人的屠杀和驱赶,美国的官方叙事总是遮遮掩掩,不得已时轻描淡写。于是,随着 20 世纪 70 年代兴起的后殖民风潮,美国本土作家们主动肩负起了"重写"历史的责任,从印第安人的视角呈现历史。在本书的不同章节中,我们可以读到艺术化历史片段:在詹姆斯·韦尔奇(James Welch)的《愚弄鸦族》(*Fools Crow*,1986)中,我们可以读到马利亚斯河滩白人政府军队野蛮屠杀印第安人的血腥历史;在黛安·格兰西(Diane Glancy)的《推熊:一部关于"血泪之路"的小说》(*Pushing the Bear: A Novel of the Trail of Tears*,1996)中,我们可以读到以"重新安置"的名义将原住民强行赶出家园的事例;在路易丝·厄德里克(Louise Erdrich)的《圆屋》(*The Round House*,2012)中,我们可以读到美国政府如何不断推出新法律,逐步蚕食原来法定划归印第安人的土地。

这些当事民族后裔的文学性描述"以诗证史",用个人化的小叙事再现历史,与主流文献记载的白人历史形成对峙,为"帝国的历史就是一部野蛮史"(Spencer,2008:174)的论断提供佐证。迈克尔·米尔伯恩和雪莉·康拉德认为,洗白自己、抹黑他人是美国官方历史叙述的惯用手段:"对民族历史(的污点)采取回避态度,致使我们必然通过抹黑'敌人'的途径洗白自己的动机。"

(Milburn & Conrad，1996：2)这种对历史的粉饰和对他人的抹黑已成惯用策略，延续至今："在当代社会中的每一个部分，美国主流历史都在实施这种否定政治(the Politics of Denial)。否定论融进了我们社会和政治生活的肌理，融进了我们共同的民族神话和我们的社会和政治机构。媒体和好莱坞让它深入人心，使我们长期以来习焉不察。"(Milburn & Conrad，1996：8)

阿拉莫事件也许是最典型的例子。阿拉莫的勇士们是美国人民歌颂的民族英雄，由1960年和1988年的两部电影《阿拉莫》和《阿拉莫：自由的代价》将得克萨斯移民抵抗墨西哥军队镇压的英雄传奇传遍千家万户。但是，这个美国历史神话决然不提历史冲突的源起是蓄奴和反蓄奴：墨西哥禁止蓄奴，而那些"英雄们"其实是在墨西哥得克萨斯租用土地开垦种植园的美国庄园主/奴隶主联盟；也绝口不提美国以"反对暴政"为由出动军队，吞并得克萨斯的无耻行径。作家斯蒂芬·哈里根(Stephen Harrigan)的小说《阿拉莫之门》(*The Gates of the Alamo*，2000)从美国人和墨西哥人的双重视角平衡地反映阿拉莫之战，将最新、最权威的历史研究融入小说，解构神话，让美国民众读到历史的另一面。爱德华·罗斯茨坦在《纽约时报》上撰文提到该部小说对阿拉莫事件的再现，写下讽刺意味强烈的一番话，道出了文学在重构历史方面的巨大力量："美国历史本身成了竞技场，将阿拉莫置入一场更大的活剧的中心，这场活剧正在定义美国的博物馆如何呈现过去的历史。如果美国中世纪式的阴暗被揭示，历史绝非我们想象的那样光艳，我们还敢庆祝过去的历史荣耀吗?"(Rothstein，2007)

与"漂白"相反的另一种历史态度是掩蔽或抹黑。美国华人移民史便是一部种族迫害史。1882年美国国会通过《排华法案》(*Chinese Exclusion Act*)，推出了美国历史上第一部针对某特定族裔移民的违宪的歧视性法律。与此同时，华人在早期美国建设中，尤其是在跨大陆铁路建设中的巨大贡献，被美国官方几乎完全排除在历史记载之外。是汤亭亭(Maxim Hong Kingston)这样的华裔美国作家，努力用自己的书写纠正被歪曲的美国官方历史。她的长篇小说《中国佬》(*China Men*，1980)通过一家四代在美国奋斗的历史故事，在官方历史留下的空白中书写华裔遭受的压迫和为建设美国作出的历史贡献，发出抗议之声的同时，对美国官方历史进行了补正。汤亭亭的《中国佬》正是文学理论家琳达·哈钦讨论历史元小说时所用的范本之一（Hutcheon，1988：
5）。《中国佬》这类小说化的对历史的再现，意在动摇官方历史叙事的权威，呈
现主流美国历史中掩蔽的华裔美国人的受难史、奋斗史和光荣史。

　　任何叙事都不可能再现历史的本真，当然小说也不能。但是小说能够提
供不同的历史视角，让历史事件栩栩如生地在书写中复活，向读者勾画历史的
复杂语境、事件的来龙去脉、人际关系中的利益纠葛等，打破简单化的历史说
教，由此凸显历史的多面性、复杂性和可阐释性。比如，以约翰·布朗废奴起
义事件为素材写就的长篇小说，最近出版的居然有四部之多，包括特里·比森
（Terry Bisson）的《山火》（*Fire on the Mountain*，1988），布鲁斯·奥尔兹
（Bruce Olds）的《闹翻天》（*Raising Holy Hell*，1995），拉塞尔·班克斯
（Russell Banks）的《分云峰》（*Cloudsplitter*，1999）和詹姆斯·麦克布莱德
（James McBride）的《上帝鸟》（*The Good Lord Bird*，2013）。这些文学作品从
不同视角再现争议颇多的布朗废奴暴动，为文学的历史研究提供了不可多得的
范例。四部小说风格各异，有的写成带反讽寓言性质的"或然历史"（speculatory
history），有的用充满想象力的后现代拼贴手法，让叙述在多个层面并置、交
叉、重叠；有的假托约翰·布朗的儿子进行故事讲述；有的虚构了一名逃脱的
幸存者，假借其留下的手稿交代事件。这些小说结合史料与虚构，对历史的过
去做了丰富多彩的立体化的演绎，让读者在虚实相间的想象性再现中看到历
史的多面性。

　　小说对历史的故事性再现，可以帮助我们更加深刻地认识美国文化和民
族个性的根源。20世纪的20年代被认为是美国社会的重要转型时期，社会的
变迁引出了一系列带偏执狂色彩的事件，包括禁酒令、萨科/樊塞蒂审判事件
和斯哥普斯审判事件。本书选择了F. 司各特·菲茨杰拉德（F. Scott
Fitzgerald）的《了不起的盖茨比》（*The Great Gatsby*，1925）并在链接中介绍了
马特·邦杜兰特（Matt Bondurant）的《酒乡》（*The Wettest County in the
World*，2008）和珍妮特·莱尔（Janet Lisle）的《黑鸭号》（*Black Duck*，
2006）对应禁酒令；选择厄普顿·辛克莱（Upton Sinclair）的《波士顿》（*Boston*，
1928）和马克·比奈利（Mark Binelli）的《萨科和樊塞蒂死定了》（*Sacco and
Vansetti Must Die*，2006）两部小说对应萨科/樊塞蒂事件；选择罗纳德·基德

(Ronald Kidd)的《猴镇》(*Monkey Town*，2006)及链接中的杰洛米·劳伦斯(Jerome Lawrence)和罗伯特·李(Robert Lee)的《一无所获》(*Inherit the Wind*，1955)对应斯哥普斯审判。这些发生在同一个大变迁时代的不同事件，分别涉及政治、文化和科学三个领域中被激化的矛盾，都具有时代特征和象征意义，也都被作家们写成了历史小说。这些作品捕捉时代潮变冲刷而来的信息，将社会板块碰撞引起的冲突进行具体化、个人化、戏剧化的再现，为认识历史提供了洞见。

美国历史上的各种"非常事件"分散在不同时期，表现出不同特征，引发了不同反响。我们注意到两个方面的事实：第一，每一个"非常"事件都有大量历史、政治、法律方面的讨论，但鲜有将"虚构作品"纳入研究的例子；第二，相关研究一般围绕单个案例展开，就事论事，割裂了历史的连贯性。针对这两方面的不足，本著作一方面将相关小说视为另一种历史书写，通过小说再现的历史与一般意义上的主流历史进行互文解读，阐释文学叙事对历史认识的贡献。另一方面，我们串联起众多反映美国历史"非常"事件的小说，纵向考察历史因循承袭的美国政治思维逻辑和行为模式。著名历史小说家拉塞尔·班克斯指出，"我们的历史不是由一系列独立的事件组成的。它是一个连续统一体，往前追溯到 400 多年前，它是一场持续的斗争，包含着不同的章节和战斗"(转引自 Wylie，2000：749)。整体视野赋予历史片段以意义的框架，置入其中，"非常"事件就不再"非常"，而是国家政治拼图中零落的碎块。

四

小说家具有得天独厚的优势。他们不受历史学书写规范性的束缚，可以选择性地采用最有效的叙事策略，使虚构故事成为一种强大的历史言说。谈到文学对历史的再现，人们容易联想到现实主义小说，其实其他流派的历史小说同样功能强大。此项研究的对象文本也包括非常典型的现代派和后现代派的作品以及现实主义与现代、后现代叙事风格相结合的作品。作家们别具匠心，各显其能，设计了多样的呈现模式，有效地强化了小说的话语力量。本研究也讨论作家的艺术表现手法，如现实主义作家如何采用新闻报道式的写实文体，试图与机构化的权力主体正面对抗；现代主义作家如何施展艺术想象力,从而凸显历史书写的虚构性;后现代作家如何采用戏仿和碎片化的拼贴,以呼应荒诞的现实,或者模糊历史与虚构的边界,从而暗示历史解读的多种可能性。

作为研究对象的 30 余部长篇小说中,不少是美国文学三大奖——普利策奖、美国国家图书奖或美国书评家协会奖——的获奖作品,其余或得到过三大奖的提名,或荣膺其他重要文学奖,或是名家之作,或曾位居重要畅销榜前列,都产生过重要影响。既然美国历史诸多"非常事件"在历史叙事和小说书写中都立下存照,本书将在比较中对美国的建国理想、道德体系、政治信仰等意识形态的重大方面进行再审视。但是,本研究毕竟涉及了众多事件和小说,很难详尽覆盖,因此讨论主要集中于一个方面:比照小说的个人化陈述和官方历史的宏大陈述,把小说叙事看作边缘之声的代言,看作对抗权力话语的制衡力量,结合书写者的叙事策略,研究作家如何试图修正既定的历史叙事。

本研究成果以"历史事件"和"法律案件"归类分为上、下两卷。过往的法令或争议审判也是历史事件,而很多历史事件都在审判中做出归结,两者很难严格分开。本书依照小说再现的重心是"事件"还是"审判"进行归类,排列按事件发生的历史顺序,把相关小说看作作家书写的"另类历史",在历史记载与文学文本、文学文本与文化语境之间寻找意义,强调虚构作品对历史再认识的贡献。本研究通过小说家的视角,对美国政治和民族道德体系的核心价值问题进行追根溯源的历时考察,揭示事件背后复杂的权力关系、尖锐的种族矛盾和深层的阶级根性,但避免把文学作品作为历史文本和政治文本进行解读。

归入下卷的法案和审判,也是历史小说家趋之若鹜的创作素材。法学是一门社会性极强的学科,在学术界素有"文法不分家"的说法。不少法学事件和思考通过文学的笔法得到呈现,而以法案作为素材的小说或戏剧作品俯拾即是。在 20 世纪 70 年代形成的"法律与文学"交叉学科,如今在美国高校已是一门积淀颇深的学科。美国学者理查德·波斯纳(Richard Posner)指出,"法律作为文学的主题无处不在"(Posner, 1998: 2),而他的《法律与文学》(*Law and Literature*)一书,也是这门交叉学科的奠基之作。"在高曝光案例中,它们(法律与文学)互相争夺话语权,两者间的张力开启了超越法律本身的言说场域。那些留在人们记忆中的审判案于是变成了社会思潮的晴雨表。正因如此,它们更值得我们细细研究。"(Ferguson,2007:xi)本书所讨论的小说化的"高曝光"审判案例都包含着丰富的政治信息,具有"社会思潮晴雨表"的指涉功能,因此"这类审判可以被视作医疗器械,可用来检查该事件发生时的美国民主生态"(Margulies & Rosaler,2008:2)。

在方法论方面,本书采用以对比分析和叙事分析为主的综合分析法,结合文本研究和语境研究,在官方的历史叙事和小说家们以真实事件为蓝本的虚构文学叙事之间建立互文关系,进行比较性的解读。讨论不局限于任何单一理论体系,本着"看清问题"的原则,以主题为导向,不把任何一种理论用作实施研究一以贯之的批评框架,而借助不同理论深化讨论:包括马克思主义文艺理论、新历史主义和历史叙事学理论(怀特、格林布拉德、哈钦等)、后现代政治理论(福柯、巴特勒等)、文化记忆理论(哈布瓦赫、阿斯曼、埃尔)以及文化研究理论(霍尔、葛兰西、詹姆逊等),同时也在其他相关理论中寻求支持,包括卡鲁斯的创伤理论、罗兰·巴特的现代神话理论、萨义德的东方主义理论、亨廷顿的文明冲突论等,也借鉴了媒介研究、叙事学以及"法律与文学"交叉学科的研究成果。

五

美国是特殊历史的产物。不同时期的美国小说都表现出了对历史的特别关注,尤其是在新历史主义等当代批评实践的影响下,历史小说的创作和研究呈现出众声喧哗的局面,小说化的个人小叙事向代表权力话语的宏大叙事频频发起挑战。虽然小说叙事具有虚构性,但这种虚构是作家们平等参与历史言说的筹码。他们通过虚构叙事打破线性历史叙事的一言堂,表达不同声音,提供不同视角和历史画卷的多侧面,尤其是浓墨重彩地凸显宏大历史叙事中被掩盖、被淡化、被剪辑的成分。这样,小说家们运用自己的方式对历史构图进行了重描,把读者引向更鲜活、更具体、更生动的历史再认识。

小说书写和历史书写一样,都利用了某些支配性原则,都隐含着权力关系和权力本质。尤其是在美国历史中,官方叙事充分利用语言的统治力量,对中心权力的合法性"自圆其说";而美国作家则通过颠覆性的小说再现,利用语言的解放力量,以虚构叙事对抗历史叙事,以微观叙事对抗宏大叙事,以个人叙事对抗总体叙事,从而解构中心,解构神话。这种介入书写具有平衡和扶正历史的政治意义,是作家参与历史重构的举措。本项研究选定的"非常"事件,基本都是美国种族和阶级矛盾激化、保守和进步观念对立的产物,而再现这些事件的小说"另眼看历史",在选材上具有针对性、在思想上具有颠覆性、在呈现方式上具有多元性,有助于揭示历史沿袭过程中美国政治、文化生态的构成要素和发展变化。

既然历史由人书写,对书写者进行塑形和"规范"的意识形态,必然是重要的潜在影响因子。在当代西方学界,历史讨论的关注中心已然从历史的真实性问题转向了话语主体——是谁主宰言说,历史言说又是以何种方式得以呈现的? 也就是说,历史与小说两种叙事曾经的关键区别,即真实与虚构,让位于两者共享的核心关注:"由谁书写"和"如何书写"。一方面,历史书写不再被认为是史料的客观陈列和阐释;另一方面,小说化的历史陈述被接受为历史建构的另一种模式。由此,小说家也参与了争夺历史阐释权的文化斗争。在对历史与小说重新界定之后,人们发现,历史学家和小说家从事的工作本质上大同小异,反映的是书写者自身的意识形态。

因此,作家在小说中对历史的重新表述,是一种介入性的书写,具有平衡和扶正历史的政治意义,而"新历史主义具有强烈的政治意识形态性"(陈娇华,2015:40)。"这种文本化与超语境化之间的张力,可以引出对象文本之内和之外的新洞见——文本所深深卷入其中并将其独特的创造性融入其内的政治的、历史的、生平的现实。"(Felman & Laub, 1992:xv)正是抱着对"新洞见"的期待,本书各章试图重建历史语境,将小说化的历史置入其中进行解析,同时让散落在历史各个阶段的"非常事件"形成呼应,证明这些"非常事件"不是偶然事件,也不是孤立事件,而是更大层面社会、政治、文化、法律组图的构成部分。这些历史小说揭示了"完整""连贯""统一"的美国政治神话的虚构性,显现了其权力逻辑运作下的非理性、随意性和功利性。与美国历史叙事的亮丽色彩不同,小说家笔下重绘的美国历史图卷,其基调变得灰暗阴沉,但画面细节则异常丰富生动。

文化政治理论家爱德华·萨义德(Edward Said)在谈到社会话语生产中意识形态的限定作用时指出:"每个社会、每个官方传统都保卫自己规范化的叙事免受干扰，……美国尤其如此，美国对公众话语实施更多的监控，更急切地将自己呈现为一个没有缺陷的国家，更紧抱着铁幕围篱的、清白成功的主流叙事。"(Said，1994：314)而美国作家、诺贝尔文学奖获得者斯坦贝克则强调，作家与政客不同，应该"反其道而行之"，承担仗义执言，教育民众的使命："作家的古老任务并没有改变，他有责任揭露我们的许多可叹的过失和失败，有责任为了获得改善而将我们的愚昧而又危险的梦想挖掘出来，暴露在光天化日之下。"(转引自宋兆霖，1998：426)当美国官方叙事对历史进行大面积漂白和彩绘，抹除歧视、迫害和其他非正义举措时，美国作家们承担起了重新记忆、重新书写历史的责任，对被修正的官方历史进行再修正。这些历史小说因此也被赋予了特殊的文化政治意义。

引述文献：

Abbott，H. Porter. *The Cambridge Introduction to Narrative*. Cambridge：Cambridge University Press，2008.

Bradbury，Malcolm. "Style of Life，Style of Art and the American Novelist in the 1920s." Malcolm Bradbury & David Palmer Eds. *The American Novel and the Nineteen-Twenties*. London：Edward Arnold，1971：11 - 36.

Doctorow，E. L. *Essays and Conversations*. Richard Trenner Ed. Princeton，NJ：Ontario Review Press，1983.

Felman，Shoshana & Dori Laub. Forward. *Testimony: Crises of Witnessing in Literature，Psychoanalysis，and History*. New York and London：Routledge，1992.

Ferguson，Robert A. *The Trial in American Life*. Chicago and London：The University of Chicago Press，2007.

Frye，Northrop et al. *The Harper Handbook to Literature* (2nd Edn.). New York：Longman，1997.

Holman，C. Hugh & William Harmon. *A Handbook to Literature* (5th Edn.). New York：Macmillan Publishing Company，1986.

Hutcheon, Linda. *A Poetics of Postmodernism: History, Theory, Fiction*. London: Routledge, 1988.

Margulies, Phillip & Maxine Rosaler. *The Devil on Trial: Witches, Anarchists, Atheists, Communists and Terrorists in America's Courtrooms*. Boston: Houghton Mifflin, 2008.

Milburn, Michael A. & Sheree D. Conrad. *The Politics of Denial*. Cambridge, MA: Massachusetts Institute of Technology Press, 1996.

Posner, Richard A. *Law and Literature*. Cambridge, MA: Harvard University Press, 1998.

Rothstein, Edward. "Remembering the Alamo Is Easier When You Know Its Many-Sided History." *The New York Times*, 30 (Apr, 2007): E. 3.

Said, Edward. *Culture and Imperialism*. New York: Vintage Books, 1994.

Spencer, Robert. "J. M. Coetzee and Colonial Violence." *Interventions*, 10/2(2008): 173 - 187.

Wylie, J. J. "Reinventing Realism: An Interview with Russell Banks." *Michigan Quarterly Review*, 4 (2000): 736 - 753.

陈娇华：《新历史小说与新历史主义的关联性辨析》，《苏州科技学院学报（社会科学版）》，2015 年第 5 期：第 35 - 42 页。

郭宏安：《历史小说：历史与小说》，《文学评论》，2004 年第 3 期：第 24 - 27 页。

怀特，海登：《评新历史主义》，载张京媛主编，《新历史主义与文学批评》，北京：北京大学出版社，1993 年：第 95 - 108 页。

林瑛：《小说能为历史做什么？——〈终结的感觉〉对历史本质问题的人文反思》，载虞建华、王弋璇、杨世祥主编，《历史、政治与文学书写》，上海：上海外语教育出版社，2019 年：第 291 - 301 页。

塞尔登，拉曼编：《文学批评理论：从柏拉图到现在》，刘象愚、陈永国等译，北京：北京大学出版社，2000 年。

宋兆霖：《诺贝尔文学奖文库·授奖词和受奖演说卷》，杭州：浙江文艺出版社，1998 年。

托马斯,布鲁克:《新历史主义与其他过时话题》,载张京媛主编,《新历史主义
　　与文学批评》,北京:北京大学出版社,1993 年:第 67 - 94 页。

王正:《克罗齐历史哲学思想研究综述》,《史学理论研究》,1993 年第 3 期:第
　　154 - 156 页。

姚文放:《从形式主义到历史主义:晚近文学理论"向外转"的深层肌理探究》,
　　北京:北京大学出版社,2017 年。

伊格尔顿,特里:《沃尔特·本雅明——或走向革命批评》,郭国良、陆汉臻译,
　　南京:译林出版社,2005 年。

詹姆逊,弗雷德里克:《政治无意识:作为社会象征行为的叙事》,王逢振等译,
　　北京:中国社科出版社,1999 年。

第 一 章

西进之路：殖民者与印第安人

——马利亚斯大屠杀与韦尔奇的《愚弄鸦族》

历史事件之一：马利亚斯大屠杀

小说之一：詹姆斯·韦尔奇《愚弄鸦族》

在哥伦布发现美洲之前,印第安人已经在那片土地上生活了上千年。相对而言,白人殖民只是近代发生的事。但是,美国人常用"新生国家"的说法,忽略了印第安人久已在此生存的事实,也否认了另一种不同文化存在的事实。欧洲白人殖民者"挤入"印第安人的家园,鸠占鹊巢,被印第安人接纳,却不断逐渐扩张占领,通过"西进运动"(Westward Movement)卷进大片土地,将领土从大西洋沿岸一直延伸到太平洋东岸,与此同时,将印第安人圈进政府划出的保留地。在这个推进过程中,发生了很多次白人军队针对土著民族的屠杀事件。本章主要涉及的 1870 年针对黑脚族部落的马利亚斯大屠杀(Marias Massacre)并不是孤立事件,而是具有历史关联意义的系列屠杀之中的一个。其他同类事件主要还包括 1864 年的沙溪大屠杀(Sand Creek Massacre),约 230 名苏族(Sioux)印第安人被杀;1868 年的瓦西塔大屠杀(Washita Massacre),约 150 名男女老幼被杀;1890 年的伤膝溪大屠杀(Wounded Knee Massacre),约 300 名苏族印第安人被杀;还有"被遗忘的"1863 年对肖肖尼部落的熊河大屠杀(Bear River Massacre)。

熊河大屠杀事件发生在美国西北部今天的爱达荷普里斯顿的熊河边,是系列屠杀事件中最严重的一个,约 400 名以打鱼狩猎为生的印第安人被杀,但由于事件发生在南北战争期间,内战的混乱局面致使这一历史悲剧少有记录,直至近年才重新浮出水面,受到史学家的关注。美国的官方历史将其标注为"熊河之战"(the Battle of the Bear River)。其他屠杀事件也如此,或也被冠以某地"之战",或以"事件"(incident)、"冲突"(conflict)、"行动"(expedition)之名,在概念上偷梁换柱,进行洗白。"屠杀"是更确切的指称,定义明确,即实施对象为无力抵抗的平民,常常带有恐怖主义的色彩。所有这些事件都有两个版本,美国史学界策略地称之为"传统版本"和"现代版本"。所谓的"传统版本"指的是官方的宏大历史叙事的版本,而"现代版本"指 20 世纪下半叶开始出现的对历史的重新阐释,多出于受新历史主义思潮影响的当代文化知识界的学者。他们从不同视角对历史进行重构和解读,努力还原被洗白的官方历史。这其中,也包括像詹姆斯·韦尔奇(James Welch, 1940 – 2003)这样的小说家。

一、马利亚斯大屠杀:事件的描述

1870 年 1 月 23 日,美国北部蒙大拿地区的一个极其寒冷的冬日,由尤金·贝克(Eugene Baker)少校率领的 200 名骑兵队士兵,来到黑脚族印第安人"神行"(Heavy Runner)部落,于凌晨时分下马埋伏,包围了在马利亚斯河边扎营的"神行"酋长的皮甘人(Piegan,在韦尔奇的小说中,印第安人自称"Pikuni",是同一词按不同发音的拼写)部落,而后开火射击,打死 173 名印第安人[1]。不同文献对死亡人数的记载略有不同,但一般都在 200 人上下。由于部落的男人大多上山冬猎,受害者多为老人、妇女和儿童。乔治·马尼潘尼的统计数字比较具体:死亡者"包括 33 个男人,其中 25 人有作战力,妇女 90 人,孩子 55 人",共计 178 名印第安人(Manypenny, 1880:281)。马利亚斯大屠杀因发生在河滩营居地,也被称为"马利亚斯河滩大屠杀"(Marias River Massacre);因率领军队实施屠杀的是贝克少校,又称"贝克大屠杀"(Baker Massacre)。

事件发生的二十几天前,即 1870 年 1 月 1 日,黑脚族代表"神行"酋长与该地区白人代表萨利准将(General Sully)签署了和平协议。悲剧发生那天,"神行"酋长察得动静后,手举着与白人签署的和平协议走出帐篷,印第安混血的军队翻译乔·基普(Joe Kipp)大呼:袭击对象搞错了![2] 但他被命令不许出声。此时有一人开枪,将"神行"酋长撂倒。接着枪声四起,美国军队对本土人的一场大屠杀开始了。在无情的扫射中,帐篷里或逃出的人瞬间都被杀死,倒在血泊中。一些蜷缩在帐篷里的妇女,连同怀抱的孩子一起被打穿牛皮的子弹射死。有些逃出帐篷在河岸边躲避的印第安人,后来也被军人围拢枪杀。

---

[1]   关于马利亚斯大屠杀的死亡人数有各种说法,但 173 是较为被广泛接受的数字。韦尔奇在他的非小说作品中提及该屠杀,也说是 173 人。

[2]   游牧的印第安人并无固定村庄。

政府军中有一名士兵冲进印第安人的帐篷被杀，死亡1人。美国政府和军队以此凸显部落的抵抗，称该场屠杀为"战事"（battle）。

历史记载将这场悲剧的"导火索"指向以"鸮孩"（Owl Child）和"快马"（Fast Horse）为首的一个印第安人小帮派。该帮派由数名脱离部落的青年男子组成，像一群"侠盗"，专门打劫闯进或逼近他们领地的白人商人和住家。受到零星袭击的白人向政府求救，要求派军队"清除野蛮人"。后来"鸮孩"潜入白人商人马尔科姆·克拉克（Malcolm Clark）的庄园，杀死克拉克，并牵走十余匹马。克拉克的妻子将"鸮孩"告上法庭，法庭下达逮捕令。这一杀害事件被充分渲染，为武力"惩罚"黑脚族部落提供了理由，成为官方对事件描述的前因：印第安人动手杀了无辜的白人，错在前，而白人有些反应过度。

其实这一起谋杀是由个人恩怨导致的。克拉克与印第安人做生意，收购他们的皮张，带来他们需要的铁器等，很受当地部落酋长们的欢迎。他娶了一个印第安女子为妻，该女子与"鸮孩"有亲戚关系。"鸮孩"曾带家人去克拉克庄园居住，期间与克拉克发生不快，"鸮孩"离开时顺走了他的几匹马。克拉克带儿子骑马追上，索回马匹，并对他进行了言语侮辱。"鸮孩"怀恨在心，一直伺机报复。这与个人名誉相关，而部落文化传统中一贯有"有仇不报非君子"的信条和处事方式。"鸮孩"和"快马"等是黑脚族的一帮叛子，他们对白人的打劫和杀害行为，为大多数部落酋长所不齿。"鸮孩"帮与"山首"部落倒有关联。但是，遭到军队攻击的不是"山首"部落那样曾经窝藏"鸮孩"帮并主张强硬对抗的印第安部落，而是主张与白人和平相处的"神行"部落，颇为荒诞。

贝克少校得到过美国陆军部的具体指令：采取军事行动，带部队去对"山首"部落实施暴力惩戒。他的上司同时强调，要突出"惩罚"的效果。凯思琳·范格恩认为，"派去惩罚印第安'叛乱分子'的军官，显然无法区分不同部落的'野蛮人'，最后误杀了173名'友好的'印第安人"（Vangen，1988：60）。应该说，这样的说法有待商榷。贝克少校并非"无法区分"，因为同往的混血印第安人翻译认识"神行"酋长，已经告诉他该营地不是目标部落，但贝克少校似乎并不在乎攻击的目标，觉得任何野蛮人都一样，只要能起到杀一儆百的效果就行。屠杀从凌晨开始，到上午11时，贝克少校留下一小队军人打扫"战场"，将尸体和帐篷等堆成一堆进行焚烧，自己率队伍沿河向下游出发，去寻找行动指令中的真正目标——"山首"部落。第二天早上到达并准备攻击时，发现"山首"部落早已闻讯整体转移至近加拿大边境地区，行动无果而终。

马利亚斯大屠杀是对印第安人实施的先发制人的恐怖袭击。国会中有议员曾提出异议，东部一些主流媒体也曾刊发一些抗议文字，主管蒙大拿印第安地区的萨利准将也提出质疑，但陆军司令威廉·谢尔曼（William Sherman）在新闻发布会上一口咬定，大多被杀死的印第安人是"山首"部落的斗士，而且当他们放弃抵抗时，美国的武装部队立即停止了射击。这样的解释与所有黑脚族幸存者和参与行动的骑兵队士兵的描述不同，但被美国政府心平气和地接受了。谢尔曼其实也是另一场大屠杀，即瓦西塔大屠杀背后的指使者。学者詹姆斯·霍斯利（James Horsley）的历史著作《瓦西塔：大平原上的种族屠杀》（*Washita: Genocide on the Great Plain*）一书，对后者进行了深入研究。书中揭示的很多方面，尤其是事后的官方反应，与马利亚斯事件如出一辙。

我们需要把马利亚斯屠杀事件放在美国历史的特定语境中进行解读，才能充分揭示其真正意义。这个语境便是美国的西进运动。"西进运动"指在美国东部定居的欧洲人或新移民，在国家土地政策的激励或发现金矿的诱惑下，向西部地区迁移的运动，主要阶段是 1840 年至 19 世纪末。西进运动是美国历史上的重大篇章，美国主流历史一贯以歌颂的曲调对其进行呈现——开拓疆土，征服荒蛮，艰辛创业，成就伟业——对这一运动体现的美国精神大书特书。但是，美国的历史书基本不提一个重要的、不容忽视的史实，那就是，西进踏入的土地，是先前条约规定的属于印第安人的领地。美国国会通过不断推出一系列新法令①，如《印第安人迁移法》（*Indian Removal Act*，1830），授予联邦或地方政府权力，将印第安人赶到地处偏僻，荒凉贫瘠的新"印第安领地"（Indian Territory）或"印第安保留地"（Indian Reservation）。印第安人被迫迁徙之路也被称为印第安人的"血泪之路"（Trail of Tears）②。本杰明·曼格伦尖锐地指出，"与那些更广为人知的联邦政府的野蛮和暴力相比，19 世纪下半叶推出的美国政策更加险恶"（Mangrum，2017：46）。

美国的主流历史叙事对西进运动中肮脏、残暴的另一面也常常一笔带过，

---

① 关于各类与印第安土地相关的法令，可参看本书第十四章和第十九章。
② 关于"血泪之路"，请参看本书第十五章。

轻描淡写。美国军队对印第安人的主要屠杀事件都发生在西进阶段,组成了西进光鲜图景背后黑暗的平行图。尤其是被称作"驱逐法"的《印第安人迁移法》在1830年5月通过并生效之后,印第安人在被驱逐的过程中遭到屠杀的事件频频发生。在白人单方面制定的新法律的支撑下,印第安人面临的只有两种选择:凡不愿出让土地、进行抵抗的,可能会等来政府军队的暴力解决;凡愿意接受"土地换和平"的无奈选择的,可以迁入新分配的保留地。可以说,西进运动是一种拓宽疆土的侵略行为,虽然开发了如今美国的西部地区,但侵占了原住民土地,屠杀了很多印第安人,到19世纪末基本灭绝了印第安文明。美国政府对待印第安人的手段和态度,一直是令人不齿的,时至今日,仍有很多具有良知的美国历史学家对这种背信弃义的行为进行强烈的谴责。

西进运动对美国的政治和经济生活都产生了重大影响。它扩展了数百万平方公里的疆域,首先迅速扩大了耕地面积,带来农业和畜牧业的大发展;随后带动了大规模的铁路和城镇建设;再后又发展了工业,使美国形成了巨大的生产能力和国内市场。同时,西进也吸引了大批新移民,为美国的资本主义发展储备了充足的劳动力,在经济发展上逐渐接近欧洲,随后超越欧洲,成为世界头号经济强国。所以说,没有西进运动,也就没有今天的美国。但同时,没有西进运动,也就没有这片土地原有主人今天的落魄。学者凯思琳·范格恩语带嘲讽地说:"像贝克大屠杀这样的历史事件,似乎是'占有西部'过程中丑陋但又缺之不可的部分。"(Vangen,1988:62)

另一个被詹姆斯·韦尔奇在小说中屡屡提及的方面,是随着西进运动传染到印第安部落的天花瘟疫。北美本地土著民族对这种外来疾病没有丝毫抵抗力。美国从16世纪初到20世纪初,总共爆发过93次流行病。其中,天花瘟疫在1830年就追着早期西进的白人传染到印第安人部落,多次爆发。其中,19世纪60和70年代,也就是马利亚斯大屠杀前后,是最严重的一次新爆发,杀死了黑脚族三分之二的人口。由于没有药物救治,被感染到的部落人死亡率可高达55%-90%(Vernon,2005:182)。新疾病造成的死亡,加之欧洲殖民西进过程中对印第安人的一次次屠杀,导致本土民族人口骤减,从15世纪末的约500万,下降到韦尔奇写作时的25万,也即原先的二十分之一。瘟疫和白人的贪婪与暴力两重因素,使本土民族加速走向消亡。

历史文献中确实有记载,白人官员中有人向政府建议向印第安人发放带有天花病毒的毯子,引入天花,以消灭野蛮部落(Vernon,2005:183),但没有证据证明政府采纳了这一建议。著名本土裔作家路易丝·厄德里克的小说《爱药》(Love Medicine,1993)中,印第安人利普夏提到过往历史时说:"更早之前,当年的印第安人在毁灭性的细菌战和血腥的大屠杀中被白人赶尽杀绝。"(厄德里克,2015:199)很显然,有印第安人认为天花是白人政府的"细菌战"武器。《愚弄鸦族》有很多处描写了瘟疫的恐怖和本土居民面对瘟疫无能为力的处境。小说中也多次提到政府发放毯子(作为获取印第安人土地补偿的一部分)、印第安人购买和索要白人的毯子。作家是否有意提出假设性的暗示,我们不得而知。但是,"神行"部落的确受到天花的严重感染,而美国政府派军队挥刀砍向在瘟疫感染中挣扎的"友好"部落,这正是马利亚斯大屠杀特别触目惊心之处。

马利亚斯大屠杀事件以及西进运动中发生在别处的同类事件,在美国历史记载中总被遮遮掩掩。与之形成强烈反差的,是在美国历史书和历史课本中被详尽记载的发生在同一时段大平原地区的小比格霍恩之战(the Battle of the Little Bighorn)。苏族印第安人与白人政府代表签有协议,拥有黑山(Black Hills)区域的专享权利。但那里发现了金矿,白人淘金者成批涌入。美国政府命令当地印第安人退入政府划定的印第安人保留区。1876年6月25日,乔治·卡斯特中校率第7骑兵团来到拉科他苏族和夏延族的领地发动袭击,但不愿就范的"坐牛"(Sitting Bull)酋长早有准备。卡斯特中校发起进攻,但被"坐牛"布下的印第安斗士包围,卡斯特和265名部下被杀。这便是小比格霍恩之战。联邦军队再次涌入时,部分印第安人投降,部分逃入加拿大。这一事件在美国历史课本中被选择性地凸显,用于掩盖政府军队对平民的屠杀,意在说明:西进运动中确实发生过暴力冲突,但那是双方交战,各有伤亡。

对此,韦尔奇有话要说。他与保罗·斯特克勒(Paul Stekler)合作出版了《卡斯特之死:小比格霍恩之战和平原印第安人的命运》(Killing Custer: The Battle of the Little Bighorn and the Fate of the Plains Indians,1994)一书,努力还原真相,从不同视角看问题,与此前出版的小说《愚弄鸦族》形成呼应,揭露和批判官方宣传中"推进文明"和"历史进步"的西进叙事主题,强调美国的"文明"进程中伴随着触目惊心的杀戮，因为像黑脚族和苏族印第安人那样不愿让出家园的西进"绊脚石"，都逐一被军队暴力清除。"将这一场屠杀（马利亚斯）与小比格霍恩之战进行比较，将这两者在美国历史话语中的相对知名度进行比较，我们能看到，通过了解马利亚斯河滩屠杀事件增进对历史的理解，在该话语体系中是不受欢迎的。"(Martin, 2009：90)那是因为西进的历史是"胜利者"的历史，该种叙事不能容忍与官方历史主题相悖的部分。但韦尔奇决意通过小说创作，对官方历史话语做出必要的修正。

20 世纪 70 年代以来，包括詹姆斯·韦尔奇在内的一批新崛起的美国印第安作家，共同创造了美国的"印第安文艺复兴"的局面，用自己的小说叙事"替换"人们熟知的美国官方历史，展现美洲白人殖民史的不同侧面，书写土著民族的遭遇史。作家们从印第安人的主体性层面和视角表现殖民者与本土民族的接触与冲突，向不同背景的读者介绍历史悠久的印第安文化，对本土民族的宗教、文化和道德观进行矫正性的阐释，以纠正偏见。同时，他们的作品引导读者对"文明"和"野蛮"的概念进行调整性的再思考：印第安文化也是一种文明，而西方文明中也充斥着野蛮。

二、詹姆斯·韦尔奇与《愚弄鸦族》

詹姆斯·韦尔奇是 20 世纪 70 年代崛起的美国本土裔作家，出生在蒙大拿州布朗宁黑脚族印第安人保留区，父亲是黑脚族，母亲属于阿齐纳族印第安人。黑脚族印第安人分为三大支，居住在蒙大拿落基山下大平原：北边是皮甘人；南边是凯奈人(Kainah)；西边是西克西卡人(Siksika)。韦尔奇在《愚弄鸦族》中所描述的是皮甘下属的分支"独食者"(Lone Eaters)各部落。韦尔奇出生在黑脚族皮甘部落，在蒙大拿印第安人保留地上学，13 岁之前一直生活在黑脚族的印第安保留区，此后进入白人主流社会求学和工作，在蒙大拿大学获得学士学位，并得到诗歌创作方面的指导。1971 年他出版了首部诗集《骑行于厄斯堡四十英亩》(*Riding the Earthboy 40*)，此后转向小说创作。他的主要作品包括一册诗集、五部关于印第安人的长篇小说和一部与他人合作的历史著作。

韦尔奇的书写对象是他的族人，即马利亚斯大屠杀的受害者、幸存者和他们的后代。他从父亲那里听到了各种印第安民间故事和神话传说,也听到父亲向他讲述的马利亚斯大屠杀事件。父亲是从他的祖母(即韦尔奇的曾祖母)那里了解到这一切的。韦尔奇的曾祖母"是马利亚斯大屠杀的幸存者"之一(McFarland,2000:5),名字与《愚弄鸦族》中主人公的妻子一样,叫"红彩"(Red Paint)。但小说中的"红彩"是否以作家的曾祖母为原型,尚有待考证。韦尔奇家族与"神行"酋长也有亲缘关系。巧合的是,成为马利亚斯事件导火索的白人受害者克拉克的黑脚族印第安妻子,也是韦尔奇的远亲(McFarland,2000:1)。美国本土裔作家大多是混血后裔,韦尔奇与他们有所不同——历史感受方面不同,文化熏染程度也不同。韦尔奇希望"站在比较客观的立场讲述黑脚族印第安人的故事,他们那里发生了什么,如何发生,叙述而不做评判"(McFarland,2000:172)。作家相信,读者在阅读过程中自己能够做出合理的"评判"。

韦尔奇的前两部长篇小说《血冬》(*Winter in the Blood*,1974)和《吉姆·罗尼之死》(*The Death of Jim Loney*,1979),都描述被边缘化的当代印第安人在白人世界中的遭遇,也都获得了很好的反响。由此他被誉为"印第安文艺复兴"四杰之一。1986年的《愚弄鸦族》是他的第三部长篇小说,也是他的代表作。这是一部历史小说,关注点从当代返回到100年前,讲述他祖先的经历和遭遇,反映西进的白人推进到他们领地边沿的时候,历史上他的印第安族人如何面对土地被切割、传统被瓦解、生存被阻断的威胁。这部小说赢得了批评界的高度评价,获得美国图书奖(American Book Award)和西北太平洋书商奖(Pacific Northwest Booksellers Award)。此后的两部长篇小说是《印第安律师》(*The Indian Lawyer*,1990)和《冲锋鹿的心曲》(*The Heartsong of Charging Elk*,2000),后者再次获得西北太平洋书商奖。

为小说创作做准备,韦尔奇阅读了数部相关历史书籍,包括西进运动的历史书和与大平原印第安人相关的著作。通过阅读、调查研究和文学想象,"韦尔奇让自己成为过去与现在的联络人"(Lupton,2004:92)。另一方面,相较于大多混血印第安裔作家,韦尔奇对原住民,尤其是黑脚族印第安人的生活、文化和语言更加熟悉,具有得天独厚的优势。他在一次访谈中说:"我父亲的祖母……是马利亚斯大屠杀的幸存者。她向他讲述了那场灾难,还有白人占领之前有关黑脚族的其他方方面面的事情。他（父亲）又向我讲述了这些故事。开始，那就是我的主要想法，直接跟随着我父亲的故事去写，但后来我认识到我必须要做的是将故事置入一个历史时段。这方面我必须比较精确。"（McFarland，1986：5）这段话传递了《愚弄鸦族》创作意图三方面的信息：一、小说的核心内容将围绕家族亲历的事件；二、小说故事将在一个明确的历史语境中展开；三、小说作家将以一种严肃的创作态度凸显小说的历史性。

《愚弄鸦族》的故事发生在古老的"西进"北线，中心位置是蒙大拿平原地区黑脚族皮甘部落的营居地，也即马利亚斯大屠杀发生地周边地区。小说讲述的是印第安部落最后的自治的日子，时间跨度不长，具体是19世纪60年代最后两三年。叙述分两条主线并进，一条线索讲述一事无成的18岁印第安青年接受考验，在逆境中成长为部落骨干的故事；另一条线索讲述在"西进"的白人和政府的压迫和灾难降临的心理危机下，部落面对的越来越大的生存挑战。两条故事主线像绳索一样缠成一股，虚构的成长小说与真实的历史情境环环相扣。"小说故事以1870年马利亚斯河滩大屠杀为终点，描写逐渐引向这一悲剧的各种事件。"（McFarland，1993：323）

小说主人公是一名黑脚族青年，原名西诺帕（Sinopa），因少年时期常常跟随一个到部落采集民间故事的白人而被戏称为"白人狗"（White Man's Dog），后因在袭击敌对部落"鸦族"过程中采取了智取策略，获得新名"戏鸦"（Fools Crow）的美誉。小说表现"戏鸦"和他周边族人的生活和情感，包括他的父母兄弟、婚后的岳父一家以及营居地的其他长者与青年的零零碎碎的故事，通过具体细节呈现一种与白人完全不同，但与环境相依相融的日常生活。批评家约瑟夫·库隆比认为，"韦尔奇的历史小说远远超出了仅从本土视角表现部落历史的意图"（Coulombe，2010：232）。的确如此，这是一部历史小说，但不是一部以历史事件为叙述中心的小说。

韦尔奇放弃了前两部小说的当代背景和被异化的本土族裔人物，回到依然萦绕于心的100多年前的部落文化和历史。白人的殖民大军渐渐迫近，逼走了他们的主要生存来源——野牛，带来了天花瘟疫。更为重要的是，他们游猎的土地渐渐被蚕食。各种威胁的阴影一直笼罩在这个曾经无忧无虑的北部大平原原住民族的头上。部落受到了来自内部和外部的威胁：部分年轻人抛弃传统,投入白人文化之中,而新来的开垦者、商人、政客、传教士和被印第安人称作"抢夺队"(Seizers)的军人,对游牧营居的部落形成包围之势。印第安人的历史在那个时刻出现了不可逆转的变化:一直是这片土地主人的他们,开始成为被新来种族随意摆布的可悲人群。作家韦尔奇直接描述白人和印第安人开始接触和产生冲突的 19 世纪 60 年代,在小说中再现了那一段历史。

三、小说与历史的"偏离"和呼应

罗伯特·L. 伯纳对《愚弄鸦族》做了高度评价,认为该小说的出版"也许是美国本土文学发展中最为重要的事件",是"我们的文学中前所未有的历史想象的产物",是"部落文化在我们的小说中最精湛的呈现"(Berner,1987:323)。这样的评价突出了小说三个方面特征:第一,这部小说在美国本土文学史上具有里程碑式的意义;第二,韦尔奇的作品是历史小说,是想象性的历史再现;第三,小说的历史再现侧重于展示部落文化,宣示白人到来之前一种不同文明的在场。

历史小说被认为是"一种将故事设于书写者直接经验之前的时段,或很大程度上使用了某个重大历史事件或昔日风貌的小说",其中"真实历史人物一般以次要角色出现,重大历史事件构成背景的重要部分。主要人物和中心情节一般是虚构的,但这种虚构服务于小说对该时段主要社会议题所做的评述"(Frye,1997:237)。也就是说,以真实历史事件为基础或背景的小说,往往以边缘人物的小叙事为中心,从具体和个别入手,通过想象性的细节放大观察历史事件的某个或某些侧面,从而锁定问题,提出间接评说。《愚弄鸦族》的模式完全符合"历史小说"的定义。"小说《愚弄鸦族》意在重现某一特定历史时段中一个民族的生活。"(Lupton,2004:89)这种生活因该历史时段的特殊性而显现出历史阐释的意义。

这种模式的重现凸显了作家的创作本意。韦尔奇在谈到该部小说创作时曾说,"我觉得有必要以一种对读者具有教育意义的方式来再现印第安人,也希望小说具有可读性,能够实实在在地把生活在保留地和特别历史时期的印第安人的生活告诉外界"(转引自 Coulombe,2010:230)。这段话中有两个关键词:一是韦尔奇谈到要让小说具有"教育意义";二是要让小说凸显"特别历史时期"的特殊语境。他努力通过引导对象读者——不熟悉印第安文化或对印第安人抱有偏见的"外界"，具体为美国白人群体——从小说故事中去了解丰富多彩的印第安文化，同时让他们认识到，看似差异巨大的生活方式背后，不同种族之间有着共同的人性。了解了这一点，也就有了真正看清马利亚斯大屠杀本质的基础。韦尔奇将故事置入历史框架，"返回"100多年前，重现一个对印第安人而言黑云压城，危机四伏的非常历史时期。这两个创作目标体现了作家希望承担的文化义务和历史责任。

这样的书写模式似有"偏离"传统历史小说之嫌，但这正是韦尔奇深思熟虑后的精心构思，是他认为最能从根本上说明问题、表达理念的历史言说途径。"小说重新回到现已被殖民者占有的土地，通过想象性的重塑，让它从白人手中回归到殖民前原住民的手中。"(Opitz, 2000：127)小说完全采用了印第安人的视角。韦尔奇在一次访谈中谈到小说创作的视角和关注重心：

我现在反映的是整个南部黑脚族的皮甘人。在这部历史小说中，我从他们的观点出发、站在他们的文化观之内进行叙述。从某一程度来说，我审视他们的生活，也观察向他们的土地步步进逼的人，即白人的生活，但永远出自印第安人的视角，而不是白人的视角。他们如何感受到把他们逼入越来越小区域的压力和被赶尽杀绝的威胁。(Cottelli, 1990：198)

韦尔奇邀请读者走进100多年前的黑脚族部落营居地，体察他们的不幸历史遭遇，"通过再现他们的生活为读者建立一个理解的新基础，在此基础上看清对平原印第安人进行屠杀的势力"(Cook, 2000：441)。韦尔奇未及言明的书写逻辑似乎是：只有认识了印第安文化，才能真正认识马利亚斯大屠杀的本质。

他因此不惜笔墨，用大量篇幅描写印第安部落的社会结构、协商体系、惩罚体系和道德基础，部落人的思维方式和行为模式以及他们延续了数百上千年的古老传统与信仰，意在改变此前人们对印第安人脸谱化的固定形象，从弱者、被占领被征服者的视角述说他们的故事，表达他们的观点。读者能从小说中熟悉各种不同人物的不同个性和心态，了解到印第安人的文化土壤与思考逻辑,他们的包容、忍让和必要时对敌复仇的护卫机制。小说还向读者显示了印第安人愿意帮助、接纳新来者的大度的民族个性——美洲土地足够大,足够容纳原住民和新移民,但他们低估了殖民者的贪婪。

"韦尔奇的意图十分明确,他希望把我们从汽车/卡车上拽下来,扔到那片土地上,直接卷进那里的生存经历之中""在蒙大拿草原山地以及部落和个人的历史中进行一次文化和心理的旅行"(Sands,1987:77 - 78)。他希望人们看到的那种文化与生活,在被白人殖民者摧毁之前曾经自成体系且行之有效,融入大自然,与土地相依为命。他们的历史、文化、信仰和生活方式的确与欧洲社会全然不同,但文化并无优劣之分,不同并不等于野蛮落后。在谈到小说《愚弄鸦族》时,凯思琳·范格恩特别指出:"从多元文化视角表现某些特殊历史事件方面,与传统历史相比,小说有时是更好的承载工具。"(Vangen,1988:59)韦尔奇让这一"承载工具"的性能得到了极致的发挥。

韦尔奇把读者带进延续千年而面临被摧折、被根除的族裔生活,去了解、体验一种不同的文化。同时,小说明确无误地显示,过去的那种文化传统和生活方式,是黑脚族印第安人作为整体希望努力维持的生活模式。但是,小说家没有怀旧式地将部落生活理想化,拥抱 19 世纪浪漫主义文学中"高尚的野蛮人"的范式,也未对民族色彩进行抒情描写。小说呈现的部落生活十分现实,包括了读者乐于认同和不敢苟同的正负两方面。小说描写了大多数族人的社团责任感、他们的担当精神、勇敢正直、大度宽容等人类共享的优秀品质,但描述中也有盗窃、通奸、敌对部落间的无谓争斗报复和不少今天可称为"迷信"的东西。但这是真实的生活,是一种不同的存在。

在涉及马利亚斯大屠杀事件之前,韦尔奇在小说中对印第安人的生活和文化做了大量的引介,为事件的悲剧性做足铺垫。比如,他在第 10 章对最神圣的宗教仪式"太阳舞"(Sun Dance)进行了详尽描写(Welch,1986:99 - 125):黑脚族多个部落聚集在一起,展现了和睦友好的大家族气氛,也展现了融合团结的民族一体感。除了大篇幅描述夏日庆典"太阳舞"和迎接新春的"雷烟管"(Thunder Pipe)庆典之外,小说更多是对本土族人的日常生活和言谈的再现:欢乐与烦恼兼收,包容与抵牾并存,就像任何其他民族一样。"当你融进印第安文化,关于现实的看法就必然会改变,因为这种文化传统就在眼前,就在不远的过去。"(Cottelli,1990：188)这便是作家在这部历史小说中重现昔日景观的意图所在。

　　比如小说写道:"'黄肾'('戏鸦'的岳父)的帐篷里过去总是充满笑声。"(Welch,1986：31)短短一句平常的描写,就将印第安人往昔与今天的处境做了鲜明的对照,作家在其中寄寓了对已不复存在的过去的怀念和悲叹。韦尔奇研究学者克里斯托弗·纳尔森强调了小说再现黑脚族部落生活的意义:"《愚弄鸦族》再现了一个'传统的'印第安世界,以此抹除了我们为建构纯粹印第安性的想象而划出的清晰边界,这种幻觉将人群一分为二,好人/坏人,白人/印第安人,而同时又不屑地将印第安人排斥于历史之外,视作博物馆的收藏物。"(Nelson,2002：228)韦尔奇借此批判了主流叙事对印第安人脸谱化、简单化、边缘化的建构,同时也间接地对屠杀印第安人的行为进行了控诉。

　　《愚弄鸦族》对导致马利亚斯大屠杀的许多具体因素做出了阐释。作家认为这种阐释是消除误读,通达理解所必需的。美国的主流历史叙事强调事件的前因后果:"鸦孩"盗马是引向克拉克被杀和白人派军队袭击的前因,马利亚斯事件是前因引发的后果。韦尔奇显然不敢苟同。《愚弄鸦族》开始的第一个大场面就安排了"黄肾"带领"戏鸦"等去传统敌对部落——鸦族盗马的情节。韦尔奇在《卡斯特之死》一书中对此做出过解释:"盗窃马匹不仅仅是获得财富的手段,也是一种表现勇气和智慧的机会,是可以打动未来年轻妻子的才干。"(Welch & Stekler,1994：138)在后来的一次访谈中,他再次进行了补充性的解释:"马匹也具有重要的现实作用……赛马为大众所喜爱,马匹也为狩猎提供了新模式,使狩猎更像一种娱乐,当然他们对马可以说是迷恋。黑脚族人在后来那些时间发展了一种'马文化'。"(Cottelli,1990：189)盗马当然可被称为一种陋习,但这种"马文化"就像"野牛文化"一样,是印第安文化的一部分。韦尔奇似乎强调,这中间存在着文化误读。

　　韦尔奇的小说中到处可见有关野牛的话题,黑脚族人时时关注着草原上野牛群的过往,因为野牛是他们生活的依靠:野牛肉是主要食物来源,野牛皮提供了制作衣物和帐篷的材料,也是与白人交易的首选物资。他们依然追踪野牛群,居无定所,而美国政府则希望把印第安人圈定在保留地,以便给白人腾出他们需要的土地。美国政府为消灭野牛拨出巨款,制定了宏伟计划,下令大规模猎杀,致使北美野牛的数量从原先 1,300 多万头,最后减少到不足 1,000 头。屠杀野牛具有双重目的:既为发展畜牧业预备土地,更可迫使印第安人因失去生活来源而不得不退居到"保留地"。小说写到"黄肾"的内心想法:"他知道白人憎恨并害怕印第安人,希望把他们根除,希望派出'抢夺队'把他们都射杀,这样他们就能在我们狩猎黑角(指野牛)的草场放牧他们的白角(指家牛)了。"(Welch,1986:15)《愚弄鸦族》对黑脚族的生活方式和"野牛文化"的展示,说明了印第安人面对白人无奈抵制的原因,因为这动摇了他们生存的根基。

小说中有一个非常值得注意的情节:主人公"戏鸦"领命去杀死一个闯入印第安人领地的白人。追杀此人并非因为他携带枪支闯入印第安人地区,或对部落人做了什么坏事,而是因为他的所作所为让所有部落人忍无可忍。此人多日随意射杀动物,以此为乐,任由动物尸体留在山野腐烂。本土族居民也猎杀动物,但他们是为了肉食的需要。那是当地文化认可的正当猎杀,而以屠杀生灵为消遣娱乐的行为,既漠视生命,又损害他人利益,破坏了万物自然运作的规律,被印第安人视为罪恶。小说阐释了印第安人的行为动机,韦尔奇借此让读者了解部落人的道德观,说明不同文化都有自己的准则,而印第安人的行为规范背后,其实是一种长期与自然相生相伴的生活经验所育成的生态意识。

尽管有大量的篇幅用于反映黑脚族人的生活和文化,但小说与历史的呼应显而易见。小说的历史性表现在真实的时间、真实的地域、真实的事件、真实的情境和许多真实的人物上。小说故事的地点是马利亚斯河周边地区,具体历史时段——除"尾声"部分有 1870 年之后的简短描写外——是 1867 - 1870 年的几年时间。这是黑脚族印第安人从基本自治走向解体的关键几年。这几年中发生的事情引向了马利亚斯大屠杀惨案。许多与历史事件相关的重要人物都在作品中登台亮相:萨利准将、乔·基普、克拉克、"神行"酋长、"山首"酋长、"鸦孩"和"快马"等都以真实姓名出现。

与历史呼应最强烈的,是历史记载中没有出现的东西:那就是持续笼罩在部落人生活中的灾难将临的危机感。历史叙事强调冷冰冰的事实,容不得多愁善感,但小说家可以借用故事传递细微的情感。《愚弄鸦族》中的人物在日常言谈中,总是反映出一种作用于他们的赫然存在的外部因素,那就是向印第安人领地推进中的白人殖民者。他们不断谈到白人带入的天花、离群出走投入了白人生活的部落青年、逐渐遭到白人蚕食的猎场和渐渐消失的野牛。当然，谈论最多的是西进的农牧民、淘金人、生意人、牧师，还有同来的武器先进的"抢夺队"，即保卫那些侵入他们领地的外来者的军人。这支队伍如洪水猛兽，引起了恐慌和无奈。《愚弄鸦族》的整体色调是灰暗的。作家以细腻而生动的笔法，描绘了传统生活被摧毁前阴影笼罩的生存困境。印第安人在他们自己的土地上，正面临着被同化、被驱离、被残杀的威胁。

西进威胁了印第安人作为民族整体的存亡。他们"面临同样后果惨淡的二择其一的困境：妥协还是抗争"（Purdy，1990：142）：要么"遵命"搬迁到政府划出的边远保留地，要么殊死保卫自己的土地，但含垢忍辱不符合印第安民族个性，暴力抵抗又等于以卵击石。这样的困境又引向另一个二择其一的结果："同化"或"消灭"。历史学者乔治·E. 廷克（George E. Tinker）1993 年的著作《宗教征服：基督教福音与对本土族的文化大屠杀》（*Missionary Conquest: The Gospel and Native American Cultural Genocide*）一书，在书名上就将宗教征服视为另一种"屠杀"。《愚弄鸦族》涉及宗教渗透的内容不多，但更广义的文化"除根"的危机却近在眼前。

约翰·珀迪谈到了小说中的这种困局："一种能力和方向感丧失的感觉弥漫在韦尔奇的小说中，但是小说烘托出的这种无助，基于他认为无法接受的生活境况：选择的能动性被限制，其实几乎是没有任何选择，对未来没有任何支配权。"（Purdy，1990：142）韦尔奇从本土族裔的角度描写那种被逼无奈的绝望。这种家园守护权的丧失和生活支配权的剥夺，是小说中最令人感叹的部分。虽然马利亚斯大屠杀事件在小说中篇幅不大，但韦尔奇对历史语境进行了重塑，让"语境成为语篇"（Opitz，2000：136）。这样的历史书写策略比直接的、线性的、现实主义的叙述——交代前因后果、揭露暴行、抗诉美国政府的行为——更有力量。韦尔奇让读者观看了足够的凄凉情景之后，才将他们领到屠杀现场。黑脚族的经历是美国历史的一部分，马利亚斯大屠杀是惨痛的历史教训。小说发出的警示是今天的美国政客们仍然应该记取的。重写历史，也是筑造通向理解和新认识的文化桥梁。

四、土地问题:"西进"历史的逆写

韦尔奇描写黑脚族人昔日的生活,阐释印第安人的特殊文化,记载马利亚斯的血腥事件,但隐伏在所有这一切背后的,都是土地问题。难怪约瑟夫·库隆比也将《愚弄鸦族》称为"一部美国白人掠夺原住民土地的小说"(Coulombe,2010:241)。路易斯·欧文斯则更宽泛地指出,"本土美国文学的故事建构,从一开始直到当今,一直是以土地为中心的"(Owens,1992:136)。

一般而言,白人殖民者与印第安人的早期关系还是比较友好的,即便是1776年独立之后,暴力屠杀事件仍不多见。白人用玻璃珠饰品、镜子、铁锅铁壶、面粉食糖、刀具枪支换取野牛皮甚至小块土地,曾经两相情愿。白人生意人得以进入印第安人的领地,受到欢迎,相处融洽(Welch,1986:16)。铁器、枪支、马匹和野牛皮贸易改变了当地人的生活,使他们的生活更加便利。韦尔奇在小说中转而写道,"一段时间内情况确实不错,但(白人的)要求越来越难以满足,结果就很惨了"(Welch,1986:94)。从19世纪中叶开始,外来的欧洲人和本土印第安人之间的关系开始紧张,暴力冲突开始出现。蒙大拿平原的黑脚族印第安人与白人的接触史,经历了从最初的贸易交流,到签订约束条约,再到抵抗、冲突、驱赶和屠杀的演进。针对印第安人的屠杀事件集中发生在19世纪的下半叶——那是美国"西进运动"的高潮时期,是美国政府和白人移民觊觎属于印第安人的非国有土地的时期。

小说开篇不久,"独食者"部落前往袭击宿敌鸦族部落。作家马上写到了马利亚斯大屠杀的关键人物之一马尔科姆·克拉克:"克拉克在皮甘人中间做生意,娶了个'割头族'的女人。印第安人称他为'四熊'(Four Bears),酋长们都尊重他,但他手段残忍,而且脾气暴躁。"(Welch,1986:15)韦尔奇告诉读者,即使有性格缺陷,只要不带恶意,前来做生意的,仍然能够受到黑脚族人的尊重。在那次前往袭击鸦族营地的途中,领头人"黄肾"还是谨慎地绕开了克拉克的庄园,"他想从更远的北面绕过尖刺地的白人城寨。那里的白人大酋长憎恨皮甘人,希望消灭他们。他们想要皮甘人的土地。皮甘的酋长们已经签条约割让了很多他们的领地"(Welch,1986:15)。"黄肾"的绕行举措,意在避开白人"大酋长",即地方官员,因为他们不是善者,而是抱着侵占土地的意图。

　　小说中部落长者、"戏鸦"祖父的一段话做了历史的归纳，把白人和印第安人两个种族之间的关系说得十分明白：

　　自从与东部来的大头领们签下大条约，几乎 13 个冬天已经过去了。我还记得在比格河岸开的谈判会。那一次皮甘人用一些土地换回白人的许诺，我们可在自己的山岭草地狩猎，不会受到干扰。我们很满意，因为我们仍还有大片土地，一望无边。我们也许诺我们不会去骚扰他们的生活。四个冬天以前，我们同白人签了新的文书，把米尔科河以南的土地交给了他们。我们又一次做出保证不去侵扰他们。我们觉得这回他们的贪欲总该填满了。去年，他们又带来了新的条约让我们的酋长们签字。我们会得到物资，作为割让领地的补偿，但我们必须许诺与他们和平共处。我们的酋长会得到白人的钱。这类事情没完没了。所以说，恨白人我们有一千个理由。（Welch，1986：174）

　　虽然有憎恨的"一千个理由"，皮甘人依然小心翼翼，尽可能不得罪新来者。像"黄肾"那样的斗士，接近白人区时也选择绕道而行。他们知道白人心有不甘，觊觎着黑脚族人的草场，而黑脚族人整体上不甘放弃，也未执行"城下之盟"。他们意识到暴力是白人解决问题的最终手段，因此总有在劫难逃的感觉。"戏鸦"的父亲"门前骑者"（Rides-at-the-Door）说："我们已听说他们对我们的老对手'分头'（Parted Hair）部落下手了，在瓦西塔①，把他们清除了。所以他们对皮甘人也不会手下留情。我们在他们眼中一文不值。他们想要的是我们脚下的土地。"（Welch，1986：176）在整部小说中，部落生活一直被浓浓的悲伤所笼罩："那么多的白人，从四面一点点围拢过来，这让他们感到自己在大平原来日无多。"（Welch，1986：159）但部落中也有主张对抗的行动主义者。

　　在韦尔奇笔下，"鸦孩"和"快马"虽然不受族人待见，但绝不是官方媒体和历史记载中的"罪犯"。他们更像激进的民族主义者，或行侠仗义的绿林好汉，凭自己的勇武，采取"游击战"的策略，骚扰和袭击进入他们领地的白人，进行以牙还牙的报复：

――――――――――――

　　①　这里指 1868 年（也就是马利亚斯大屠杀两年前）发生的瓦西塔大屠杀。

"白人盗窃了我们的土地,换给我们一些小饰品。他们还想盗窃。如果'鸦孩'牵走他们的几匹马,他应该得到赞扬才是。"

"你说的对,'快马',""鸦孩"笑着说。他两眼闪光。"是白人自找的。如果白人得逞,他们会把我们逼进落基山中,把所有土地和草地上的所有野牛都归为己有。"(Welch,1986:60)

但是大多数酋长还是希望息事宁人,"以土地换和平"。因此"鸦孩"们的行为未被大多数黑脚族酋长认可。但"鸦孩"的预言却击中要害,族人越来越意识到,这些征服者胃口很大,很难喂饱。韦尔奇显然不认可冤冤相报的做法。小说中一个无名的白人因对某些印第安人的作为不满,嘴里不断念叨说"我要杀一个印第安人"(Welch,1986:244)。他把"印第安人"这一类别当作个人怨恨的发泄口,杀个谁都解恨。"鸦孩"和"快马"等遭受白人的欺辱,心生杀白人的念头,不分个别与群类,犯了同样的错误。作家谴责两者,似乎指出,这种粗暴的报复冲动,往往是导致悲剧的原因之一。但韦尔奇同时又再三指出,主因是殖民者对印第安人土地的图谋。

随着西进运动涌入的白人人口不断增长,他们射杀成千上万头野牛,将草原变成他们的放牧地。猎物数量的减少也大大压缩了印第安人的生活来源,进而威胁了他们的生存。土地与野牛息息相关,野牛又与印第安人的生存息息相关。美国政府很快意识到了逼迫印第安人进入保留地、占领整片土地的方法:灭杀野牛。用武力四处驱逐、追杀印第安人毕竟师出无名,政治代价高昂。政府以"发展畜牧业"的名义开展猎杀野牛运动,其实是一种土地掠夺的手段。"白人猎手破纪录地在一段时间内猎杀了上万头野牛,让平原印第安人失去最基本的食物和生活用品来源,以此阻止他们生活方式的延续。"(Opitz,2000:133)迫使印第安人迁入保留地的这一招数是起到一定效果的。在韦尔奇的小说中,读者能听到部落印第安人对野牛数量日减的一阵又一阵的哀叹。

西进的历史是一部扩张史和征服史,并不光彩。西进以"开发西部"为口号,实质是占领西部——占领原本属于印第安人的土地。正如本杰明·曼格伦所指出的,"暴力范围之广说明,关于土地占有的西方叙事,生成于国家侵略的语境"(Mangrum,2017:46)。韦尔奇的小说向读者展示,这种向西"推进"

式的发展，是以侵吞印第安人的土地为前提的，对于印第安人来说是实实在在的威胁。这种占领改变了他的生活和文化，也引向了暴力之下的悲剧。暴力征服的"导火索"其实随处可寻，目的则众所周知。帕特里夏·纳尔逊·利默里克（Patricia Nelson Limerick）在她的美国西部史著作中，尤其强调了印第安人的历史存在，把"征服的遗产"（the Legacy of Conquest）用作著作的书名，凸显拓疆历史的暴力侵占实质。

五、大屠杀事件的小说再现

《愚弄鸦族》中所有的文化引介、所有的情境描述、所有的历史铺垫，都导向小说的真正高潮，即马利亚斯悲剧。我们在本章第一节中已经提到，马利亚斯大屠杀发生在代表皮甘人的"神行"酋长与当地行政主管萨利准将签署和平协议仅 20 余天之后。屠杀中第一个中弹倒下的，正是友好部落性格温和的"神行"酋长。小说中的幸存者"麻鹬女"（Curlew Woman）见证了这一过程，她说："'神行'酋长是最早倒下的人之一。他手里拿着一张纸，是'抢夺队'酋长签过字的，上面说他和他的族人是白人的朋友。但是他们朝他开了许多枪。"（Welch，1986：383 – 384）

小说的第 22 章讲述了接到萨利准将发来谈判邀请后，黑脚族各部落的酋长们聚集在一起商讨对策的情景。"山首"酋长主张对抗，包括武力抗拒；而"神行"酋长则建议放弃部分土地以换取部落的和平。他们两人"就像灰熊和草地鸡一样完全不同"（Welch，1986：254）："'山首'酋长希望对白人来硬的，而'神行'酋长则不希望刀兵相见。"（Welch，1986：254）后者的现实主义方案获得了更多部落酋长的支持，但即使是白人锁定要施于暴力惩罚的"山首"酋长，在小说中也是个通情达理的人，表示遵从大多数族人的意见：

"从个人来说，我从来不喜欢白人。我可以跟你们这么说，只要能把他们赶出这片土地，我做什么都愿意。我们的很多酋长不赞同我的态度，我尊重他们的意见。……白人已经拿了我们的很多土地，现在又想要更多。他们就像蝗虫那样跳来跳去，见什么吃什么，很快就没东西喂他们了。……但是我会依照很多酋长要求的去做。我们跟白人去谈判，只要他们想要的不是太多，我们

就和他们签订新协议。从内心讲我不愿意这么做,但我会遵从部落人的意愿。"(Welch,1986:122)

"很快就没东西喂他们了"是"山首"酋长的忠告,历史证明,他对白人势力的认识更加深透。但是协商会最终决定由"神行"酋长率几名族人代表前往白人政府驻地谈判,不过"谈判"中并没有"谈"的过程,是萨利准将提出要求,"神行"酋长签字同意,印第安人的要求和解释基本未被理会,或仅给予口头许诺。小说在这里做了具有讽刺意味的铺垫。没过多少天,"清除障碍"的暴力屠杀事件发生了,屠杀的对象不是窝藏"鸦孩"帮、主张对抗的更强大的"山首"部落,而是主张和平共处的"神行"部落。事件悲剧的结果以一种令人啼笑皆非的方式呈现。白人士兵们围杀"神行"酋长和他的部落,"就好像因为一只黄鼠咬了孩子的手指而去追打另一只"(Welch,1986:159)。

韦尔奇用第 24 章整整一章描写该次谈判与签约(Welch,1986:268 - 285)。"神行"酋长带一小队人马,应蒙大拿地区印第安事务署署长萨利准将的邀请,前往白人城寨谈判:

(他们)警惕地策马前行,扫视着沿途的乡野,就好像每一棵树,每一个山包,每一片柳丛都隐藏着凶狠的眼睛,望着他们一步步走进陷阱。(Welch,1986:269 - 270)

在谈判中,"神行"酋长要求在协议文本中写下"不被当作敌对部落对待"的许诺文字(Welch,1986:283)。这一要求具有很大的可供解读的余地,反映了印第安人的无奈,也暗示了背后大家都心知肚明的另一种结果,即胁迫背后隐伏的杀机。协议的签署又与很快发生的屠杀事件形成强烈反差,讽刺意味浓烈。其实,所谓的"协议"签与不签没有本质的区别,白人可以做他们想做的任何事,因为他们有更先进的武器。这种思维和处世原则,是美国政府一贯遵从的强权逻辑。

小说中的萨利准将不是个恶人,但他代表当地美国政府的态度和立场。他邀请皮甘酋长谈判签订新协议,甚至或许是迫于形势而做出的缓和局势的努力。历史上和小说中的他，都是个对印第安人相对友好的"温和派"。马利亚斯屠杀事件发生后，他向美国政府提出了抗议。"萨利的温和派立场在该地区的政客、媒体和同行军官中引起了非议，他们赐给他'印第安人情侣'的雅号。轮子已经开始滚动了。这是一场严厉惩罚黑脚族的针对性行动。"（Welch，1986：277）小说描写了萨利的心理，他一直希望白人与印第安人能和平相处，但是形势不由他主导：

他现在认识到，根本就不是那回事——蒙大拿地区的人们（指白人殖民者）要的不是和平而是惩罚。他们想把这些印第安人直接从地图表面抹除，把他们赶到加拿大，如果不成，就像猎物一样把他们杀掉。对居民而言这是情绪化的事情，对于政客和银行老板而言，这是实务。他们想要在黑脚族的土地上开发定居点。（Welch，1986：277）

萨利已经意识到，自己是政府中的弱势派别，不会得到尊重，局势由强硬派操控。他甚至明确提醒前来谈判的黑脚族代表"门前骑者"说，"你必须回去告诉所有酋长，尤其是'山首'酋长，战争已经迫近。他们的族人会像野牛一样成批被屠杀"（Welch，1986：277）。"门前骑者"意识到，和平协议是萨利的最后努力，但也不过是一纸空文，"他们已经没有选择了"（Welch，1986：284）。

小说中的萨利也有丑陋的一面。在答应与白人方面协作共同清除"鸮孩"帮后，"神行"酋长提出了请求："部落的人们在受饥挨饿。拜尔河下游的有些皮甘人部落又遭到了白痂病（天花）的打击……很多人已经丧命归天。肯定还有很多人要走这条路。"（Welch，1986：282）他提出需要白人提供食品和药物。小说接着写道："萨利准将捻着胡须说，'我很同情……但恐怕不好办……除非你们完全履行这些法定的要求。你们越快做到了这些事情，就越快能得到食品、毯子……还有药物。'"（Welch，1986：282）萨利准将乘人之危，将是否提供食物和救治的药品作为筹码，以此逼迫黑脚族人履行协议，交出"鸮孩"帮，将美国官员们常挂在嘴边的"人道"置之一边。学者艾琳·弗农特别指出，"很不幸，这个可耻的答复基于历史事实"（Vernon，2005：191）。

"神行"部落遭到天花的毁灭性打击，人口锐减。白人的骑兵队在他们最虚弱的时候发动了突然袭击,天花幸存者们遭到了野蛮的大规模屠杀。由于"没有因白痴病死去或病倒的男人"外出打猎寻找食物(Welch, 1986:383),被杀的大多是妇女、老人和孩子,也包括尚未死去的天花感染者。骑兵队随后将尸体和帐篷堆放在一起焚烧。这符合常规做法——他们已经知道这是一个感染天花的部落。艾琳·弗农说:"给一个受到致命疾病打击的部落营居地带去的不是药物而是屠刀,这说明了殖民者对待部落人民的野蛮。"(Vernon, 2005:191)

主导屠杀的是以美国陆军司令威廉·谢尔曼为代表的"强硬派"——他们的立场十分明确,意在把"野蛮人"赶尽杀绝。前文提到的瓦西塔大屠杀,也是由此人幕后导演的。"戏鸦"的父亲看到了这种凶狠和杀气,对儿子说:"你必须记住,白人比我们皮甘人多。不知哪一天'抢夺队'就会骑马来到我们的营地,把我们清除。听说东边的很多部落都已经被清除了。这些白人和我们不同。不把所有皮甘人斩尽杀绝,他们不会善罢甘休。"(Welch, 1986:89)

美国官方历史叙述往往把马利亚斯大屠杀事件的成因,归咎为"鸦孩"帮对白人定居者造成的生命和财产威胁,因此"清除"行动具有正义性。但韦尔奇不敢苟同。他的小说不断暗示,所谓印第安人的"威胁",只不过是暴力占有土地的借口。由于"鸦孩"被告上法庭并被通缉,萨利准将要求印第安人交出凶手,归还马匹,以平定事端。但"鸦孩"帮在山林中神出鬼没,又有"山首"部落的暗中庇护,缉拿谈何容易。"神行"酋长答应协助缉拿人犯,追回马匹,但知道并无可能,签下协议也仅是应对可能即将发生的白人暴行的缓兵之计。小说中除了萨利准将要求部落协助缉拿外,并未建立"鸦孩"帮与屠杀事件之间的相关性,反而强烈暗示:悲剧迟早会发生,不管起因是什么,印第安人在劫难逃,不存在坚守家园的可能性。

小说中的"鸦孩"和"快马"等,虽然行为出格,受到大多数印第安人的指责,却并不完全是负面人物。他们更多地被描写为皮甘人中的"强硬派",得到"山首"酋长的支持。在一次交谈中,"快马"看到几位主和派长者时,"脸上掠过一笑,与其说带着残忍,不如说带着对那些试图讨好白人头领的族人的轻蔑:人家已经把皮甘人当作踩在脚下的虫子,这些人还想和白人和睦共处"(Welch, 1986:175)。他与"鸦孩"都是主战派,他们知道对抗的后果,但不惜以命相搏。

　　小说主人公"戏鸦"在山地发现"鸦孩"帮杀死了一个白人，然后又偶遇"快马"，对他们滥杀无辜表示谴责，而"快马"则一脸不屑：

　　"你为白人感到可怜是吗？你觉得我们下手太重把他们打得嚎哭了是吗？"

　　"等到这次杀害的消息传到'抢夺队'的耳朵里，很快该轮到皮甘人嚎哭了。"

　　"也许'鸦孩'说得对。皮甘人都穿上女人的裙子了。他们不再忍心去杀死那些偷走我们土地的阴险的蝗虫。"

　　"你，'快马'，你自己已经变成了没心没肺的蝗虫，你背叛了你自己的族人。"（Welch，1986：235）

　　在这段对话中，理性的"戏鸦"并不否认"快马"的愤怒事出有因，但他反对"鸦孩"和"快马"等人不以部落利益为重、冲动行事的方式，因为他知道，意气用事会危害族人，带来灾难。面对局势，"戏鸦"内心其实也闪过武力对抗的念头："现在他的祖父死了，白人正向他们的领地推进。皮甘人会有什么样的结果？他父亲善待白人的做法是对的，是明智的。但那些穿蓝衣的军士总有一天会过来，他和其他年轻人将被迫殊死一战。战死总比站在政府的城寨四周，抬头等待永远不会给你的施舍要好。"（Welch，1986：93）"戏鸦"甚至考虑了下一步："等'红彩'回到她家人的部落后，他将做好准备，为属于皮甘人的狩猎场而作战。"（Welch，1986：160）但"戏鸦"成熟了，此时的他理性战胜欲望冲动，是一个审时度势的现实主义者，始终将部落的利益放在第一位。

　　"鸦孩"曾对主张忍让妥协的"三熊"（Three Bears）酋长说："终有一天，老人家，某个白人会站在你现在站立的地方，周围吃草的是他们饲养的成群家畜。你只不过是他们扬起的灰尘。如果按我的方式办事，在那个时刻到来之前，我先杀了那个白人和他的所有家畜。"（Welch，1986：61）但族里大多数老人知道，这样的行为只能加速族群的灭亡。他们预料到下一步会发生的事："白人会用这个借口发动战争清除皮甘人。"（Welch，1986：176）小说表现的是这样的困境，抗拒和退让都不会有好结果，因此韦尔奇在小说中淡化了"鸦孩"帮杀白人事件与白人屠杀"神行"部落之间的关联——他想表达的是，这两者之间的因果关系应该受到质疑,这种表面上的关联根本不是事情的本质问题。

寒冬降临,食物短缺,遭瘟疫袭击的部落处境悲惨。没被感染的男人们上山打猎,寻找食物。白人的军队悄悄进入"神行"部落的领地,形成包围,开始杀戮。小说没有直接描写屠杀的过程,而让主人公"戏鸦"等人听闻信息后赶到事发现场,通过他的眼睛看到一幕幕惨不忍睹的场面,详细描述了这种"报复"的后果:妇女、儿童、老人被残害,营地帐篷被烧。而后小说又在"戏鸦"与幸存者的交谈中,部分复原了事情的经过;同时也让读者通过想象,从结果中推想其血腥的过程。小说故事临近终结,三重厄运终于同时降临:由于白人的推进,黑脚族印第安人赖以生存的食物来源——野牛没有返回这片大草原,他们饥寒交迫;白人带来的天花在黑脚族印第安人部落中传播,侵吞了许多人的性命;而在此艰难时刻,大大减缩的人口又遭到白人的屠杀。小说中不断铺垫的叙述,终于发展到故事灾难的顶峰。

"戏鸦"等人是两天后赶到现场的,在一片凄惨景象中,幸存者"熊头"(Bear Head)告诉他:"这一天死去的皮甘人要比我出生至今这一辈子见过的还要多。他们杀了我们的女人和孩子。他们杀死了我们的长者!"(Welch,1986:385)一位幸存的老妇人说得更具体:"是'抢夺队'。我们都在睡觉的时候他们悄悄来到咱这地方。天还蒙蒙亮,刚看得见,他们朝帐篷开枪。我们的人立刻四处逃跑,他们继续朝我们开枪,杀死了很多人。"(Welch,1986:378)他们也杀死了"神行"酋长。"'抢夺队'在部落营地走动,开始很小心,一声不响,然后慢慢变得胆大起来,有说有笑。只要看到帐篷底下有动静,他们就开枪射击,直到没有动静为止。"(Welch,1986:384)"戏鸦"问老妇人:

"有能抵抗的吗?"

"都打猎去了,"她说,"营地没有吃的了。没食物皮甘人没法活。"她咬牙切齿地说。

"白痂病来了后没死没病倒的都去打猎了。""熊头"说。他看上去有点不自在。"我自己原本早上也要去打猎的。"(Welch,1986:383)

屠杀现场的描述是全景式的,以"戏鸦"走过原来的"神行"部落营居地时所见进行呈现。韦尔奇在扫描中突然停下，将镜头聚焦于一个细节：雪地中的一团黑色：

> 是个婴儿，头是黑色的。头发被烧光。大眼睛里塞着黑色的灰块。"戏鸦"从马背上翻滚下来，早上吃的那点干肉糜饼都呕吐了出来。他四肢着地，身体一阵阵抽搐，一直吐到只剩嘴角边挂着的一丝黄色口涎。……他小心地慢慢在光滑的树干上坐下，两手捂着头。他不断揉眼睛，但眼里没有泪水，没有被烟熏出的，也没有从心里淌出的。他久久坐着，疲倦又麻木，直到他的意识恢复。他记起了自己在什么地方，看到了什么场面。他仍然不想睁开眼睛。（Welch，1986：380-381）

这种情感描写是历史陈述中不可能包含的，也是最具有冲击力的控诉。对人物反应的描写，迫使读者去想象屠杀的场面，迫使哪怕对本土民族抱有强烈偏见的人对事件的正义性进行反思。小说的历史批判具有强大的火力。

"对韦尔奇而言，这场屠杀对黑脚族历史和美国历史都至关重要。"（Coulombe，2010：231）马利亚斯大屠杀的确具有标志性的意义，标志着黑脚族印第安人民族自治历史的终结和被赶出家园进入印第安人保留地的屈辱历史的开始。韦尔奇的小说告诉我们，在天花瘟疫和美国军队施行的大屠杀之前，尽管已经感到黑云压城，黑脚族印第安人依然过着他们想过的生活，并梦想着努力维持他们的文化传统与生活模式。但那些自封为"天定使命"的执行者们，给了他们一个血淋淋的"教训"，粉碎了他们抵抗的力量和决心。西进运动是从欧洲殖民而来的美国人的光荣史和征服史，也是本土印第安人的屈辱史和灾难史。经历磨难的"戏鸦"站在马利亚斯屠杀现场对幸存的"麻鹬女"说："幸好你还活着。关于白人的事你有很多可以让我们的后代记住。'"（Welch，1986：385），韦尔奇表达的正是驱动这部小说创作的强烈历史意识：要让后人永远记住历史。

六、重新想象历史：小说的叙事艺术

《愚弄鸦族》成功再现了印第安人经历的历史灾难，小说的叙事策略获得了很多批评家的称赞。学者罗伯特·吉什评述道:"韦尔奇的书写艺术使这一则关于大灾难的故事更具悲剧性,作家同时也将其写成一则关于成长成熟的大场面的神秘故事,又在人物的经历中穿插讲述了梦境与预言。"(Gish,1990:353)他用一个矛盾修辞,说作品是一部"神秘地现实的"(magically real)历史小说,是把"现实与超现实、意识与潜意识、梦境现实与日常现实""原始主义与现代主义"融于一体的作品(Gish,1990:354)。这种创造性的书写方式,与作家的创作意图息息相关,既呈现了外界可能陌生的部落文化,又让悲剧故事获得史诗的力量。

韦尔奇在小说创作中反转了美国主流叙事的常规模式,将边缘和中心互换,让印第安人成为主体,创造陌生化的效果,提供历史审视的不同视角。"韦尔奇在《愚弄鸦族》中以本土人为中心的叙述方法改变了许多读者思考的立足点,迫使他们重新思考美国扩张及其有关社会和政治政策的传统认识。换言之,韦尔奇的历史小说首先将非本土读者'他者化',将他们置于故事主体的边缘。"(Coulombe,2010:230-231)由此,在韦尔奇的小说中,国家势力被赶出了中心位置。韦尔奇曾表示"想采取从里到外的方法来写,因为大多数历史小说都是用从外到里的方式写就的。……这样,白人就是真正的外来者。他们一直是那块边远地区的一种威胁"(转引自 MacFarland,2000:4-5)。

小说两条主线并进,一条是印第安青年"戏鸦"的成长史,另一是19世纪下半叶黑脚族印第安人的灾难史。"戏鸦"的个人成长史被置入并有机地组合进了更加宏大、复杂的历史框架之中,后者是前者的成长语境,前者又是后者的亲历者和见证者。在第三人称全知总体叙述中,韦尔奇嵌入了很多第一人称讲述的轶事、故事和梦境,帮助读者走进黑脚人的心里,理解他们的知识体系、道德原则、价值观念以及他们的情感生活和处世智慧。小说家邀请读者走进常常被"误读"的印第安人的日常生活,让他们熟悉部落的语言、风俗和充满活力的部落文化,由此"调整"读者的立足基点、观察角度和思维模式,凸显不同文化背后人类的许多共性,为读者铺设通达理解的新途径。

韦尔奇塑造的人物从来不是简单化的二元对立:善对恶,印第安人对白人,传统民族文化对外来殖民文化。小说中印第安人群像包括带正、负面品质的各色人物。即使是作为"戏鸦"反衬的"鸦孩"和"快马",他们为族人不屑的恣意妄为，也是因情境所迫生成的愤怒所致。小说中的白人也一样，是不同种类和集合，其中有受印第安人尊重的善者（如斯特吉斯医生）和进入印第安地区并受到欢迎的生意人。受害者克拉克也曾长期与印第安人友好交往，萨利准将虽然是白人利益的代表，而且眼界狭隘，能力有限，但也是一名有同情心并关心当地土著的官员。由此，韦尔奇避免了非黑即白的脸谱化和绝对化，没有把白人整体上塑造成负面形象，他批判的是代表殖民扩张的白人势力。这样的人物塑造使读者无法继续盲从主流观念，把印第安人看成野蛮、凶暴、疯狂、难以理解的一群；也不浪漫化地把印第安人描写成未被欧洲"文明"污染的淳朴、高尚的对照群。作家矫正偏见，重塑形象，既不歌颂赞美，也不奚落鄙视。他笔下的印第安人就像大多数白人一样，都是普通人，共享人性的光辉和弱点。

韦尔奇对英语的创造性运用，是帮助读者获得本土视角和本土体验的重要因素。他通过英语的媒介再现本族语言的风格和特征，从而以近似他们自己的语言表现他们的日常生活和精神世界，同时又为那些对部落生活完全陌生的读者创造听觉效果，引导他们想象视觉图景，让他们理解本土民族与众不同但同样自成体系且丰富多彩的生活。韦尔奇用类似"直译"的英语表达很多常用本土词汇，比如，"白人"出现为本土语言音译的"纳皮克温"（Napikwan），"白人军人"被称为"蓝衣斗士"（blue-coated warrior）或者"抢夺队"——按照约瑟夫·库隆比的说法，这一表述"恰如其分"（Coulombe, 2010：233）。"酒"被称作"白人水"（white man water），"天花"被称作"白痂病"（the White Scab），"官员"被称为"白人酋长"（white chief），"死亡"被称作"去沙山"（go to Sand Hill），等等。这样的表达烘托了两种文化接触和碰撞时期的历史语境。其他常用名词也以同样的方式进行陈列，如称野牛为"黑角"（Black Horn）、家牛为"白角"（White Horn）、青蛙为"绿歌手"（Green Singer）等，十分形象生动，凸显出印第安文化色彩。"小说文本改变了我们对现实的感知，清楚地说明，我们需要有一种不同的语言才能体验一种不同的文化。"（Opitz, 2000：129）作家不对这些词语进行说明解释，让读者在上下文中自己揣摩它们的所指。"这种特殊的语言模式迫使读者不得不进入黑脚部落的语言思维方式，在英语文本中生成黑脚部落的思维模式和价值观念，并加以强化，从而唤起人们对部落语言的记忆,重塑部落语言及其价值观念在以英语为主导、以白人为主流的社会文化环境中的地位。"(徐谙律,2017:136)这是一种陌生化的手法:通过语言的不同反映出文化、经验的不同,又在不同的背后凸显人类的共同价值。

诺拉·巴里在专门讨论《愚弄鸦族》中神秘成分的论文中,也称其为"历史小说"(Barry,1992:3)。可见,非现实成分被韦尔奇艺术化地用于历史叙说,讨论严肃的历史主题。这是大胆的创举。其实韦尔奇没有刻意构思故事,他写的就是他熟悉的族人的生活,而梦幻和神话也是他们生活的一部分,在印第安人的文化中被视为"准现实",具有实在意义。韦尔奇在小说中穿插了很多梦境描述和部落神话,让印第安人的精神世界与历史现实交融,以此达到阐释印第安人的思想和行为方式的目的。他的小说以现实主义为基调,但允许对写实的画面进行神秘主义的彩绘。韦尔奇挑战了传统现实主义,让非现实人物与力量介入现实的部落生活,作品因此具有魔幻现实主义的色彩。小说最后,神话内容与部落命运紧紧交合,作家在虚构和历史之间创造出一种强大的张力,这正是韦尔奇的高明所在。

这样的手法尤其体现在第 33 章。"戏鸦"在梦中看到了男女老幼的惨状,听到了他们的哭泣,看到黑脚族各部落受到瘟疫的扫荡,也看到了蓝衣抢夺队带着枪支朝部落的领土行进(Welch,1986:354-355)。他的梦中所见,其实是后来的现实。"戏鸦"受梦之托,必须去完成探知族人最终命运的旅程。韦尔奇用很大的篇幅描述"戏鸦"的"奥德赛之旅",给小说蒙上了史诗的色彩。"戏鸦"肩负使命,历尽艰辛,找到了"羽裳女","在她身边蹲下,看着她的脸。眼泪已经干了,但'戏鸦'从神色中看到无法抹除的深深的忧愁,他知道任何安慰都无济于事"(Welch,1986:337)。在"羽裳女"的住所,"戏鸦"终于看到了黄色皮张上描绘的未来预言图:"好像大地吞噬了所有动物。曾经如黑色河流一样流动的野牛群不见了。延绵无际的荒凉大平原让'戏鸦'忧心忡忡……他被带到此地,带到陌生世界中一个陌生女人的帐篷,看到了族人命运的预言。"(Welch,1986:291-292)土地荒凉,野牛消失,景色凄惨,这是部落衰败的预言。马利亚斯大屠杀后,"戏鸦"回想起当时在"羽裳女"那里看到的另一幅图景,似乎终于明白了它的寓意:

"戏鸦"想起了在羽裳女的屋中黄色皮张上看到的最后一幅图。他看到白人的孩子们在他们拥有的世界里嬉笑玩耍。他也看到皮甘人的孩子，默默地蜷缩在一起，在他们自己的地盘上成了孤独的外来者。(Welch，1986：386)

那是熟悉的地理位置中一所典型的白色学校建筑。他看到学校围栏内穿着校服的白人孩子们在奔跑嬉笑，印第安人的孩子则被边缘化。"戏鸦"好像在白人孩子的欢笑中听到了印第安人后代的哭泣。作家似乎强调，马利亚斯大屠杀只是灾难的一部分，只是北美印第安人整体走向消亡的大变局中的一个插曲，文化除根与种族压迫同样可怕。这是小说家创作这部作品时，也即马利亚斯大屠杀百年之后的现实。小说的非现实部分，为不幸的印第安人的近代史做了浓墨重彩的渲染和烘托。

小说争议最多的是仅有 4 页的尾声部分。严冬过去，春雨落下，"黑角回到了草原，四处都有，应该是这个样子"(Welch，1986：391)。人口大大缩减的黑脚族人，正在大大缩小的领地上举行着古老的"雷烟管"庆贺仪式，迎接春天的到来，宣布他们的存在和在场。"他们是天神选定的部族，他们会继续生存下去，"韦尔奇在小说中说(Welch，1986：390)。庆典人群中站着"戏鸦"和他的妻子"红彩"，他们的儿子"蝴蝶"已经诞生。年迈的米克-艾比选择"戏鸦"接替他成为"掌药人"这一部落文化中举足轻重的角色，领导残存的部落成员继续在逆境中为生存苦斗，继续有尊严、抬着头生活下去。"戏鸦"感到喜悦，"但那是一种奇特的喜悦——一种与悲伤交混的喜悦"(Welch，1986：390)。

小说故事这样结尾，让不少批评家感到诧异：作家传递的乐观主义似乎没有基础。的确，象征性的描写留下了很多不确定性：这些真实可亲的本土族人，真的还能在自己的土地上按照过去的传统生活吗？这样的场景还能维持多久？韦尔奇把这些问题留给历史。他的描写表达了原住民不屈的精神——存活的印第安人是更加坚强的印第安人。故事如此结束让读者感叹，更让读者深思，因为他们都知道，部落传统已经不可逆转地开始走向瓦解。毕竟，"对许多读者而言，小说抒情式的乐观主义被他们已知的阴沉沉的历史现实冲淡。对于那些读过韦尔奇前几部小说的读者而言，所失之痛更是远远压过了所得之利"(McFarland，2000：127)。

艾伦·威利认为,最后的文字表达的是"一种对失去的生活方式的怀恋" (Velie,1992:400)。他们等到了春天的到来,看到了野牛的回归,他们多了一份期待,期待过去的生活还会回来。但这种期待又是对美国西进历史的批判。库隆比认为,小说结尾表达的是印第安人在灾难中求生的韧性和生命力。显然,"韦尔奇不想让读者将他们(黑脚族印第安人)归结为历史的不幸受害者,得到的只是怜悯"(Coulombe,2010:243)。他们仍然抱有对民族"新生"的期待,期待在垂死挣扎中满血复活。正是为了同样的目的,百年之后韦尔奇努力为"印第安文艺复兴"做出贡献,投身于发掘、保卫、保存民族文化遗产的工程,不让特色鲜明、斑驳灿烂的印第安文化完全淹没在历史的尘埃之中。他也一定期待,这样的努力会带来回报。

"印第安文艺复兴"四杰之中的另一位著名本土裔作家纳瓦雷·司各特·莫马迪(Navarre Scott Momaday)曾谈到,"重新想象的艺术具有为读者连接过去与现在的力量,因为文本能够激活读者的想象力"。这样,我们的想象力"就有了超越时间、借助历史超越我们自己的力量"(转引自 Cook,2000:442)。韦尔奇不是政治或文化激进主义者,也没有使用强烈的控诉语言,但他平静的描述是对美国官方印第安历史的重述和补充,这种修正具有颠覆性的力量。韦尔奇在 2000 年出版了最后一部长篇小说——《冲锋鹿的心曲》。故事始于《愚弄鸦族》的故事结束之时,讲述美国政府霸占了他们的土地之后印第安苏族人在保留地的生活。库隆比认为:"《愚弄鸦族》和《冲锋鹿的心曲》探讨种族主题和种族关系,以此定义现在与过去,有效地消除了许多今天仍不断滋生种族歧视的错误观念和陈词滥调。"他特别指出,"作者具有明显的纠正历史档案的意图"(Coulombe,2010:230)。

【链接1】 A. B. 小格思里的《美妙大地》

阿尔弗雷德·伯特伦·小格思里(Alfred Bertram Guthrie Jr., 1901 - 1991)的《美妙大地》(Fair Land, Fair Land, 1982)是作家生平创作中的最后一部长篇小说,故事以马利亚斯大屠杀收尾,从一个"西进"白人的视角表现这场悲剧。小说发表早于詹姆斯·韦尔奇的《愚弄鸦族》4 年,对白人政府军屠杀印第安人的野蛮行径进行了控诉,与后者形成故事上和主题上的呼应。

小格思里是美国著名小说家、剧作家，尤以众多描写美国西部的小说而名扬四海。他的长篇小说《西进之路》(*The Way West*, 1949)获得1950年的普利策奖，他的电影剧本《沙恩》(*Shane*, 1953)获得奥斯卡提名奖。小格思里的早期作品包括西部史诗小说《大天穹》(*The Big Sky*, 1947)和《西进之路》，奠定了他在美国文学中的地位。这两部小说反映的是"西进"大迁徙早期，背景是19世纪30年代和40年代的落基山地区。此后他又出版了若干部同一系列的小说。《美妙大地》虽然最晚出版，但在故事的时间序列上是整个西部小说系列中的第三部，反映的是19世纪60年代的西部大平原地区。当时，西进运动已达高潮，曾经美妙的西部大地，生态遭受破坏的恶果开始显现，人的道德精神开始遭到销蚀。早先小说中的人物迪克·萨默斯是这部作品的主角，此时他年岁渐大，怀恋早年拓荒者的生活，希望努力保护西部原有的自然景貌和生态体系。

《美妙大地》始于《西进之路》结束之时。萨默斯不辞而别，在夜里悄悄离开他率领的迁徙大篷车队，仅带着一把旧步枪和少许生活必需品，来到密苏里乡村，但想象中的伊甸园正在快速消失。他结识了向来对他敬慕有加的希金斯，成为至交；再次遇见黑脚族印第安女子"鸟眼"。萨默斯接纳了她失明的儿子"盲孩"，与她结婚，也生下一子，取名"利杰"。希金斯娶了肖肖尼部落一个酋长的女儿。他们在"神行"酋长领导的黑脚族印第安部落定居下来，扎营在马利亚斯河滩，学习印第安人的生活方式，过着与印第安人、与自然和谐相处的生活。

很多年过去了，黑脚族各部落接到当地殖民政府主管萨利准将的通知，前去解决偷盗马匹和最近一起白人被杀事件。带队前去"谈判"的"神行"酋长邀请萨默斯同往，替印第安人说话。到达白人城寨后，萨默斯吃惊地发现，充当萨利准将翻译的正是自己的儿子利杰。由于肇事部落拒绝派代表前往，商谈无果而终。萨利警告酋长们：必须交出凶手，交还被盗马匹。警告似乎没有效果，限期到后，贝克少校接到白人军方指令，讨论实施恐怖袭击的计划，"不留一个俘虏"。在场提供茶水服务的利杰强烈抗议针对无辜印第安人的杀戮行动，被贝克少校关押起来。

几天之后的一个凌晨，迪克·萨默斯在梦中被叫喊声惊醒："搞错了，不是这个营地!"他从兽皮帐篷的开口处看到"神行"酋长拿着与白人签署的和平协议走出帐篷,立即被子弹击中,倒在血泊中。萨默斯让"鸟眼"从帐篷底下爬出逃命,自己与"盲孩"安坐在帐篷等待命运的终结。一名士兵发现他是白人,转身用枪托砸死盲孩。萨默斯开枪击毙了那个行凶的士兵,其他士兵立即向这个"混账的白人叛徒"开火。在弥留的最后意识中,萨默斯听到印第安女人和孩子的哭喊和白人士兵得意的狂笑声。

对于马利亚斯大屠杀,小格思里的《美妙大地》与韦尔奇的《愚弄鸦族》表现的艺术手法十分不同,但事件过程的始末基本一致。小格思里对美国官方历史歌颂的"伟大的"西进运动提出了多方面批判性的再现:包括农场主、矿工、士兵和传教士在内的西进白人拓居者的贪婪,西部自然生态遭受的破坏,政府对土著人的欺诈,胁迫和最后的屠杀,等等。这种批判是通过像萨默斯和希金斯这样个别白人西进者的主线故事进行呈现的:他们理解印第安人的文化和行为模式,也向往他们与自然和谐相处的生活方式。《美妙大地》带有比较浓重的悲剧色彩。小说故事和萨默斯的生命都终结于马利亚斯大屠杀的暴力之中。政府军的暴力灭杀了一个无辜的印第安部落,对财富和权力的追逐摧毁了美丽的西部原始景观。

【链接2】 约翰·奈哈德的《黑麋鹿如是说》

罗伯特·L.伯纳(Robert L. Berner)认为,"在对一种文化的全面深度呈现方面,只有《黑麋鹿如是说》才能与《愚弄鸦族》相提并论"(转引自 Lupton,2004:94)。约翰·奈哈德(John Neihardt, 1881 - 1973)的《黑麋鹿如是说》(*Black Elk Speaks*, 1932)的确是一部优秀的作品,而且在很多方面与《愚弄鸦族》形成呼应,两部作品都着力呈现印第安人的生活、文化和信仰,引导读者认识一种自成体系的不同文明,但不管是《愚弄鸦族》描写的黑脚族还是《黑麋鹿如是说》描写的苏族,他们的传统生活方式都在白人军队的大屠杀中终结。后者涉及的伤膝溪大屠杀发生于 1890 年,即马利亚斯大屠杀 20 年之后。

奈哈德是著名诗人和作家,但他不是印第安人,而是与奥马哈族(Omaha)和苏族印第安人有深交的白人。他年轻时曾在印第安保留地生活过,了解部落生活,对别具风采的部落文化抱有浓厚的兴趣。成为作家后,他创作了很多关于印第安人的作品，比如描写西部开拓者和奥马哈印第安人的早期短篇小说集《孤独的行道》(*The Lonesome Trail*，1907)以及晚期以虚构的印第安人自传模式呈现的长篇小说《老树开花》(*When the Tree Flowered*，1951)。他虽是白人，但能克服偏见，从印第安人的视角来表现部落的生活和被赶出家园的不幸历史。

1930年，奈哈德前往印第安苏族保留地，打算采集与当时印第安人中间流行的鬼舞(Ghost Dance)宗教相关的创作资料。他听说有个叫"黑麋鹿"的具有传奇色彩的印第安药师，于是转道去拜访那位当时79岁、几乎已失明的老者。"黑麋鹿"在他居住的松岭保留地(the Pine Ridge Reservation)接受了奈哈德的采访，向这位白人作家娓娓讲述了自己的生平故事。"黑麋鹿"不会英语，他的儿子本充当翻译，而同来的奈哈德的女儿则帮助做笔录。那次见面谈话及后续的访谈，成了《黑麋鹿如是说》的基本素材。奈哈德后来根据记录改写并完成了这本书。

《黑麋鹿如是说》全书分为26章，以"黑麋鹿"第一人称的口吻讲述他的经历和部落最后的历史。作品的文类不易确定：既像美洲土著部落的历史，又像人物自传，但将其视为两人合作的自传体小说或许更加合适。小说出版后多次再版，影响很大，成为美国印第安历史上销售最多的书。小说为历史、文化、宗教、人类学等多方面研究提供了鲜活的文字资料，也常常进入大学的阅读书单。作品的中心人物"黑麋鹿"，也因此被视为文化英雄和印第安先哲。由于"黑麋鹿"的"自述"异常生动，这本书的真正作者约翰·奈哈德反而常常被读者忽视。但是这种状况正在改变，作家的叙事艺术、跃然纸上的历史人物塑造和叙事的文化态度等方面，现在也渐渐成为探讨这部作品的重要组成部分。

"黑麋鹿"1863年生于今天的怀俄明州，从小自认为具有预言的超能力，长大后接替父亲当了药师，担当类似神巫的土著宗教职务。"黑麋鹿"成长的年代，正是美国西进运动后期白人殖民者大规模涌入印第安人西部领地、矛盾激化的年代。他感受到了部落传统被根除、部落人被驱逐的危机，见证了部落自治历史落幕前的最后篇章：白人定居者逐渐蚕食他们的土地，屠杀野牛，动摇了他们的生存根基。尤其是部落所在的达科他地区的黑山发现黄金后，白人淘金者蜂拥而至,政府下令苏族人出售该片土地,逼迫他们迁入划定的保留地。处于存亡边缘的苏族人不顾政府的最后通牒,进行英勇但徒劳的抗争,最后被赶出家园。作品是一位年长者对自己一生和对部落历史的回顾,主人公的生平又与部落的重大历史交融,记录和反映了被美国官方历史选择性遗忘的很多方面。在"黑麋鹿"的描述中,传统印第安社会是道德上更优越的社会体系,而他生活的年代,则是印第安人历史被终结的年代——在现代化军队和武器的护卫下,白人的移民大军最终占领了他们世代生活的土地。

"黑麋鹿"的回忆特别呈现了1876年的小比格霍恩之战和1890年的伤膝溪大屠杀事件。由于苏族人不愿放弃土地,政府派出军队前来扫除障碍,准备对土著民族大开杀戒。年轻的"黑麋鹿"见证了著名印第安民族英雄"坐牛"首长和"疯马"首长率领部落斗士英勇抵抗,打败了美国军队。但是战斗的胜利毕竟是暂时的。14年后的1890年底,美国第七骑兵分队再次前来执行"任务",包围并袭击了伤膝溪的苏族营居地,杀死200余名男女老幼,酿成伤膝溪大屠杀惨案,最终扑灭了西部地区土著民族的武力抵抗。伤膝溪大屠杀事件发生后,"黑麋鹿"在一次报复性反击中受伤,被"红云"(Red Cloud)首长说服去自首,此后一直生活在松岭保留地,后来皈依天主教,更名为尼古拉斯·黑麋鹿(Nicholas Black Elk)。作品的最后一章标题是"梦的终结"("The End of the Dream"):印第安人保卫家园、维持自己生活方式的梦想,终于在一场大屠杀中沉陷于伤膝溪"血色的泥浆里"。

这部自传体小说一经出版,便引起了高度关注,得到包括卡尔·荣格在内的一些著名人士的好评,成为有关北美印第安文化最有影响力的著作之一。但毕竟作者奈哈德不是"黑麋鹿"本人,而是假借印第安人"黑麋鹿"之口进行叙述,因此作品也遭到不少质疑之声,质疑主要集中在作品到底是"黑麋鹿如是说"还是"奈哈德如是说"这一问题上。也就是说,作者是否把自己的理念和想法"塞进"了"黑麋鹿"的口中?作为资料的访谈记录稿与最终经过编辑组合的成稿是否还能被视为同一个文本?另外,在本土文化浸润方面和亲身感受的敏锐度方面,奈哈德与《愚弄鸦族》的作者韦尔奇难免会有差距。尽管存在争议或某些方面的不足,《黑麋鹿如是说》现已成为一部了解美国印第安文化的必读图书。

　　在韦尔奇反映的马利亚斯大屠杀 20 年之后，发生了被奈哈德重新书写的另一场对印第安人的屠杀事件——伤膝溪大屠杀。这一屠杀事件在整个美国印第安人历史上更具有标志性的意义："很多历史学家认为伤膝溪事件是一个时间点，标志着有组织抵抗白人攻击的结束和强权下屈服的凄惨历史的开始。"(Coulombe，2010：323)。美国印第安人从此失去了政治自治，人口锐减，在政府划定的印第安保留地艰难谋生。两部重要历史小说名著《愚弄鸦族》和《黑麋鹿如是说》的作者，都试图引领读者对美国历史进行再审视，"以此对抗被洗白的美国历史"(Coulombe，2010：231)。

引述文献：

Barry, Nora. "'A Myth to Be Alive': James Welch's *Fools Crow*." *MELUS*, 1/17 (Spring, 1992)：3 - 20.

Berner, L. Robert. "Review of *Fools Crow*." *World Literature Today*, 61 (Spring, 1987)：319 - 327.

Cook, Barbara. "A Tapestry of History and Re-Imagination: Women's Place in James Welch's *Fools Crow*." *American Indian Quarterly*, 3/24 (Summer, 2000)：441 - 453.

Cottelli, Laura ed. *Winged Words: American Indian Writers Speak*. Lincoln and London: University of Nebraska Press, 1990.

Coulombe, Joseph L. "Writing for Connection: Cross-Cultural Understanding in James Welch's Historical Fiction." Harold Blood Ed. *Native American Writers*. New York: Infobase Publication, 2010：229 - 250.

Frye, Northrop et al. *The Harper Handbook to Literature* (2ⁿᵈ Edn.). New York: Longman, 1997.

Gish, Robert F. "Word Medicine: Storytelling and Magic Realism in James Welch's *Fools Crow*." *American Indian Quarterly*, 4/14 (Autumn, 1990)：349 - 354.

Limerick, Patricia Nelson. *The Legacy of Conquest: The Unbroken Past of the American West*. New York: W. W. Norton & Co., 1987.

Lupton, Mary Jane. *James Welch: A Critical Companion*. Westport, CT. and London: Greenwood Press, 2004.

Mangrum, Benjamin. "Genre, History, Ecology: James Welch's *Fools Crow* and the Reagan Anti-Environmental Revolution." *Arizona Quarterly: A Journal of American Literature, Culture and Theory*, 2/72 (Summer, 2017): 37 – 59.

Manypenny, George W. *Our Indian Wars*. Cincinnati: Robert Clark & Co., 1880.

Martin, Sarah. "Reading the Historical Novel: Reworking the Past and the Relation of Blackfeet History in James Welch's *Fools Crow*." *Journal of American Studies*, 1/43 (April, 2009): 89 – 100.

McFarland, Ron. "'The End' in James Welch's Novels." *American Indian Quarterly*, 3/17 (Summer, 1993): 319 – 327.

McFarland, Ron. *Understanding James Welch*. Columbia: University of South Carolina Press, 2000.

McFarland, Ron ed. *James Welch*. Lewiston, Idaho: Confluence Press, 1986.

Neihardt, John. *Black Elk Speaks*. Lincoln: University of Nebraska Press, 1932.

Nelson, Christopher R. "Ethnographic Criticism and Native American Fiction: Cultural Text, Textual Culture in the Novels of James Welch." PhD. Dissertation. University of Illinois at Urbana-Champaign, 2002.

Opitz, Andrea. "James Welch's *Fools Crow* and the Imagination of Pre-Colonial Space." *American Indian Quarterly*, 1/24 (Winter, 2000): 126 – 141.

Owens, Louis. *Other Destinies: Understanding the American Indian Novel*. Norman: University of Oklahoma Press, 1992.

Purdy, John. "'He Was Going Alone': Motion in the Novels of James Welch." *American Indian Quarterly*, 1 (Spring, 1990): 133 – 145.

Sands，Kathleen Mullen.　"Closing the Distance：Critic，Reader and the Works of James Welch."*MELUS*，2/14（Summer，1987）：73-85.

Tinker，George E. *Missionary Conquest: The Gospel and Native American Cultural Genocide*. Minneapolis：Fortress Press，1993.

Vangen，Kathryn Shanley.　"Time A-Historical：*Fools Crow* by James Welch."*Wicazo Sa Review*，2/4（Autumn，1988）：59-62.

Velie，Alan.　"The Indian Historical Novel."*Genre*，24.5（1992）：391-405.

Vernon，Irene.　"'A Happiness That Sleeps with Sadness'：An Examination of 'White Scab' in *Fools Crow*."*American Indian Quarterly*，1/29（Winter & Spring，2005）：178-197.

Welch，James. *Fools Crow*. New York：Viking Penguin，Inc.，1986.

Welch，James & Paul Stekler. *Killing Custer: The Battle of the Little Bighorn and the Fate of the Plains Indians*. New York：Penguin，1994.

厄德里克，路易丝：《爱药》，张廷佺译，上海：上海译文出版社，2015 年。

徐谙律：《詹姆斯·韦尔奇〈愚弄鸦族〉中的"解域化"语言与黑脚部落文化的重构》，《国外文学》，2017 年第 2 期：第 129-137 页。

第二章

建国构想：利益与权责
——谢斯起义与贝拉米的《斯多克布里奇的公爵》

历史事件之二：谢斯起义
小说之二：爱德华·贝拉米《斯多克布里奇的公爵》

一、谢斯起义：事件的描述

由谢斯领导的农民起义于 1786 年秋在美国马萨诸塞州爆发,史称"谢斯起义"(Shays' Rebellion)。这是美国独立战争之后规模最大的一次农民起义。宣布独立于大英帝国之后的美国,经济形势和民生状况十分糟糕,新政府不得不实施高税负,以应对巨大的政府债务,这导致了货币快速贬值和通货膨胀,民众不堪重负,生活质量每况愈下。这种不景气的状况在马萨诸塞州尤为严重。独立战争的硝烟刚刚散去,为战争出生入死的殖民地军队主要由农民组成,而他们正是经济萧条的主要受害者。战后返乡的老兵们面对的是政府欠饷、家庭生活窘迫潦倒、妻儿抱怨、不得不将服役期间领取的土地证低价出售的困局。很多农民因不能如期偿付债务而被投入大牢。这样的局面让很多退伍兵心怀不满。不满情绪持续发酵,最终酿成谢斯领导的农民起义。

丹尼尔·谢斯(Daniel Shays,1747 - 1825)是马萨诸塞州人,曾经在美国独立战争时期担任大陆军上尉,战功卓著。他也在战后担任过政府职务。马萨诸塞州陷入经济危机后,他和其他一些农民被债务所迫,于独立战争胜利十年后的 1786 年发动起义。丹尼尔·谢斯是农民暴动的策动和领导者,所以有了历史上的"谢斯起义"之称。谢斯主张制定公平的土地分配法令,将殖民者的财富归还给劳动者,并取消公私债务。这样的主张涉及所有制和分配方式的改变,对于刚刚建立的新政权而言,这又意味着从整体上颠覆社会的权力结构,无异于一场革命。谢斯明白,他面对的阻力非同小可,因此号召人们重新拿起武器。

在美国独立战争中,一些有家底的富人利用动荡的局势大发战争财,而为美国独立浴血奋战的普通农民在战后不仅经济上没有得到改善,反而陷入生活困境。各种税收纷至沓来,例如,谢斯起义发生地马萨诸塞州的税收竟多达农民收入的三分之一。欠债欠税的农民被逼得无路可走,因此当谢斯揭竿而起领头造反时,陷入困境的当地民众热切回应。谢斯是个有政治头脑和政治理想的人,他制定纲领,在其中指出:"美国的土地是由民众共同的努力才从英国人的政权下解放出来的,因此它必须变成分给农民的公共财产;一切债务,不管是国家的还是私人的,都应该取消;应该制定分配土地的法律,土地不应该纳税;债权人的财富应归功于同英国人作战的勇敢的穷人。"(苏联科学院历史研究所,1955:212)

起义的领导者除谢斯之外,还有一个是路克·戴伊(Luke Day, 1743 - 1801)。戴伊是一位优秀的演说家,善于分析时势和鼓动士气。两位起义领袖都是参加过独立战争的老兵,都在部队当过军官,解甲归田后都处境不佳。谢斯更是穷得一文不名,被情境所迫不得不卖掉心爱的军刀,以解饥困。那把军刀是参加过美国独立革命的法国国民军总司令拉法叶特所赐,可见他已处于十分无奈的困境。1786 年秋,谢斯和戴伊二人组织并武装了一批同样身处困境的农民,制定了攻打波士顿的计划。不料政府闻得消息,迅速派军队采取镇压行动,准备仓促的农民武装在激战中溃败,起义队伍撤出马萨诸塞州,但谢斯和戴伊并没有就此放弃。他们继续招募人员,重整旗鼓,准备东山再起。农民反抗队伍越来越壮大,鼎盛时达到了 15,000 人。谢斯和他的追随者们组成的这支浩浩荡荡的起义队伍,所到之处占领城镇、捣毁法院、焚烧债券、冲击监狱、释放囚徒,威震整个马萨诸塞州。这股日益壮大的起义势力震动了新政府的高层,令他们惊恐不已。

马萨诸塞州州长鲍丁宣布废止人身保护法,动员和组织全州兵力、资源和财力来镇压这支起义队伍。社会的既得利益阶层——那些财主、农场主、企业主、商人和官员们——纷纷捐资捐款,充作镇压起义的军费,以阻遏农民起义力量的发展。邦联政府派陆军部长诺克斯率骑兵团前往增压,意在围歼起义军。随后政府与相关领域的人士在安纳波利斯召开紧急代表会议,共商对策,并决定全体动员,从各州调集雇佣队伍,全力以赴,扑灭已经熊熊燃起的起义之火。

1787 年 1 月,当谢斯起义军占领斯普林菲尔德并夺取了兵工厂之后,政府提议与起义军进行和谈。这其实只是缓兵之计,为的是争取时间等待援军到来。当时起义者中有不少人被胜利冲昏了头脑,把政府提议的谈判看作大功将成的前兆。他们放松了警惕,认为政府已经无力镇压,给了政府军喘息之机。当援军开到时,政府马上停止谈判,下令大举进攻,把起义军团团包围,意欲斩尽杀绝。但是政府军队中的很多士兵同样来自农村,经历着类似的经济困境,因此十分同情起义军,不愿痛下杀手。结果,谢斯等人突围逃出。他们本想重整旗鼓,整编队伍,再度与政府军一决雌雄,但起义队伍元气大伤,只有少数人继续追随谢斯。由于起义军缺乏斗争经验,对政府军的和谈骗局信以为真,错过了最好时机。1787 年 1 月 25 日,在本杰明·林肯(Benjamin Lincoln)和威廉·谢泼德(William Shepard)指挥的部队进攻之下,起义军寡不敌众,遭到镇压。一场轰轰烈烈的起义,就这样以失败告终。

谢斯和其他 13 名战友在缺席审判中被判处死刑。但谢斯的起义深得民心,在穷人中有许多同情者和支持者。审判的结果在新英格兰及其他地区激起了民众的抗议和骚乱。迫于压力,法院最终将农民起义队伍的领导人改判为终身监禁。后来,谢斯得到了州长汉考克的特赦,移居纽约生活,之后每月享有 200 美元的独立战争退休金,直到 1825 年离世,享年 78 岁。谢斯起义是独立战争后美国政治体制遭遇的第一次重大挑战。从表面上看,起义的直接效果适得其反,使"联邦派"在政府中更占上风,力主建立强大的中央政权以保护富商、债权人和大土地投机者的利益。但起义事件凝聚了底层民众的力量,让顾忌选票得失的政客们不能全然无视他们的诉求。

二、爱德华·贝拉米与《斯多克布里奇的公爵》

作家爱德华·贝拉米(Edward Bellamy, 1850 - 1898)是 19 世纪著名小说家、记者和美国空想社会主义者。他出生于美国新英格兰地区的牧师世家,先就读于纽约州联合学院,后赴德国求学,回国后攻读法律,取得律师资格,曾任马萨诸塞州《联盟报》副主编、《纽约晚邮报》记者和编辑,之后投身小说创作。1880 年,贝拉米与其弟合办报刊《斯普林菲尔德新闻报》(*Springfield News*)。为宣传其理想社会的理念,他在 1891 年又创办了周刊《新民族》(*New Nation*)。弗朗西斯·维拉德称他是个文静谦虚、温文有礼的人,但善于观察,且个性甚强(Willard, 1890: 539)。

1878 年,贝拉米出版诗集《六比一:楠塔基特岛田园诗》(*Six to One: A*

Nantucket Idyl),作品主要是他由夏威夷之旅产生的联想。次年,他以著名的谢斯起义为素材和背景的小说《斯多克布里奇的公爵》(*The Duke of Stockbridge*,1879)以连载形式出版。《海德豪夫医生的程序》(*Dr. Heidenhoff's Process*,1880)和《勒丁顿小姐的妹妹》(*Miss Ludington's Sister*,1884)反映了贝拉米对心理现象的兴趣和霍桑对他的影响。1888年,贝拉米发表小说《回首》(*Looking Backward*),名噪一时,他也逐渐成为19世纪80年代末至90年代初美国社会主义运动的领袖。之后他又发表了《回首》的续集《平等》(*Equality*,1897)。该书很大程度上是阐述平等问题的经济学论著,见解深刻,常被提倡新社会主义制度的人们援引。书中的短篇《水箱寓言》在美国早期社会主义者中颇为流行。

贝拉米的小说叙述亲切幽默,诙谐俏皮,虽然政治倾向明显,但少有说教痕迹,为众多读者所喜爱。在他去世时,他的亲属以及终生相交的朋友们围着他的遗体,朗诵了从《回首》和《平等》两书中选摘的片段,以他自己的语言最恰当地阐明他毕生的真诚愿望:希望人类能够进入更完美、更崇高的境界(虞建华,2015:138)。

在牧师家庭出生、长大的贝拉米,从小深受清教主义的影响,被告知世间一切都是上帝的安排。尽管他经常看到家乡农民和工厂工人们的悲苦状况,但年轻时他以为生活原本就是那样。贝拉米1869年到德国求学,期间他深入了解了欧洲社会,尤其是欧洲大城市,发现社会不公平现象非常严重。贝拉米曾写道:"正是这些文明的大城市和简陋的农舍之间的对比,使我第一次看清楚人对人的残酷无情……到了欧洲,我真正认识到人类文明外衣下的贫穷的地狱是多么可怕。随着人类文明的发展,同样的人间悲剧也正在美国上演。"(Bellamy,1937:217)他看到了阶级分化和贫富差距以及这种"文明"发展的不可持续性,思想开始转向左翼。贝拉米在1871年说:"世界的变革不是政治的,而是社会的。拥有头衔的贵族阶级已经退出(历史舞台),只有富裕的贵族们才能留在社会上层。"(Bellamy,1937:218)此时,贝拉米已经开始思考财富、权力和社会体制的问题了。

从德国回到美国后,贝拉米开始学习法律,在此过程中他发现美国律师们唯有钱人马首是瞻,因而对同行们的行为感到失望。在《斯多克布里奇的公

爵》中，贝拉米把他自己对律师的反感借由小说中的一个角色说出了口。小说
第二章描写一群村民在酒馆闲聊，一个 20 岁出头的小伙子奥巴代亚告诉大家
镇上来了一个刚毕业的律师，高个子民兵头儿阿布纳不屑地回应："好嘛，又多
一个吸血鬼(blood sucker)。"(Bellamy，1900：12)毕业后他改当记者，再后从
事文学创作。他常被后来的学者们视为美国空想社会主义的重要代表人物之
一，但他没有阐述过空想社会主义理论，也没有规划过社会变革的具体步骤。
他从大量的阅读中，更从对现实社会的观察中，悟出了许多道理，并将自己的
思想融入许多小说和文章中。

　　在贝拉米夫人收藏的未出版的手稿《团结的宗教》中，贝拉米指出，人类发
展最有价值的两个方面是：其一，个人生命就像物体中的一颗原子、沙滩上的
一颗沙粒、大海中的一个水泡，是过去、现在、未来的茫茫生命中微不足道的部
分，小到无法想象；其二，即便渺小，生命也是无限宇宙中的一个火花，凝聚着
一切事物和存在，包含着有限的空间和时间以及人格的约束条件(Franklin，
1938：742)。贝拉米还补充道，在所有的存在中，一个灵魂与其他灵魂在本质
上都是一样的，所以人类生命的基本动机很容易被理解，即，一个生命必然吸
引另一个生命或被另一个生命所吸引，抑或凝聚其他一切生命。这种趋势就
是"团结法则"(Franklin，1938：743)。从上面两段论述中，我们不难看出贝拉
米"团结法则"的基本观点：集体远比个人重要，团结是人类进步的条件。这
大概就是贝拉米总结的广义的社会主义意识。这些社会主义意识在他日后的
写作中得到了充分体现。

　　贝拉米在 1879 年以长篇小说连载的形式发表了《斯多克布里奇的公爵》，
后于 1900 年以书籍的形式在纽约出版，将谢斯起义的前因后果具体且生动地
以故事的形式再现于笔端。小说有个副标题——"谢斯起义的故事"("The
Romance of Shays' Rebellion")，但是小说中起义的领导人名叫"佩雷斯"。很
显然，谢斯是佩雷斯的原型。这是一部严格按照时间顺序叙事的小说。小说
中有许多明确的时间指示词，将故事发生、进展和结束的时间交代得清清
楚楚。

　　《斯多克布里奇的公爵》故事主体从 1786 年夏开始到 1787 年初结束，延
续了半年时间。但是小说"序幕"始于马萨诸塞州农民起义发生的九年之前，

即 1777 年夏天。1786 年,即美国独立战争结束后三年,佩雷斯靠沿途打工挣钱,历尽艰险回到老家。佩雷斯刚回到家乡就在一家酒馆歇脚吃饭时听说了酒馆后面的房屋竟然被改造成了一所监狱,关押着交不起税或还不起债的农民。佩雷斯无意中还了解到,他的老乡乔治也被关押在此处,生命垂危,于是他请求兼当监狱看守的酒馆老板打开牢门让他进去看一眼乔治。谁知佩雷斯在监狱里遇到了一起参加独立战争却失散多年的弟弟鲁本。鲁本被关押已久,形销骨立,最初他只因欠了九英镑的贷款入狱,如今加上利息一共欠了近20 英镑。佩雷斯跟弟弟鲁本说了短短 15 分钟的话就被酒馆老板无情打断,轰出了监狱。佩雷斯感到愤然,发誓要救出弟弟。

佩雷斯认为这是因为富人剥夺了穷人的土地,把穷人变成了奴隶。回到自己家乡斯多克布里奇后,他在村酒馆与穷苦农民们交谈,分析致使他们陷入困境的原因。他分析了造成贫富不均的社会原因,在酒店闲坐的乡亲被他的言论所震惊,但内心都感到言之有理。佩雷斯表示他将采取行动,也希望乡亲们行动起来,改变现状,乡亲们纷纷表示支持。计划第一步,他们将先去监狱,救出佩雷斯的弟弟和其他被囚乡亲,然后由他领头造反,摆脱困境,改变命运。佩雷斯带领民众对抗政府和受政府保护的富人,赢得了贫困乡民们的拥戴和信任,但乡绅们对他嘲讽有加,戏称他为"斯多克布里奇的公爵"。佩雷斯带领乡民劫狱,后又发起更大规模的起义,招致政府军队的镇压。小说的最后,起义军领袖佩雷斯英勇战死,但跟随佩雷斯起义的乡民们仍在为自己的生存权利进行着不屈不挠的斗争。

三、历史关注与叙事时空

小说《斯多克布里奇的公爵》很像舞台剧,故事叙述集中在几幕布景中演绎:村里的酒馆、广场、爱德华家的客厅、镇上的法院和监狱,这几个场景具有重要的象征意义,轮换交替,烘托出冲突中的三股社会势力。酒馆和村广场是乡民议事和聚会的场所;乡绅爱德华家的客厅是富人们密谋和集合的地点(偶尔也在村杂货店);法院和监狱代表了确保现行分配体制的政治暴力机构,与乡绅们沆瀣一气,组成了两个敌对阵营中更为强势的一方。

小说开始是村广场上感人的一幕,参加美国独立战争的青年们在此紧急集合，村民们前来与即将奔赴战场的战士依依惜别。其中，一位乡绅的女儿德西蕾·爱德华大方地跟一个农民的儿子——喜欢她的男孩佩雷斯·哈姆林——吻别。这是故事的"回叙"部分。战后归来面对的境况，迫使独立战争结束复员返乡的老兵佩雷斯采取行动，号召乡民们再次在村广场聚集，为讨回公道而战。起义开始，斯多克布里奇的中心绿地广场上聚集了上百人，其中不少人拿着枪支棍棒，按计划又一次在这里集合，集合后浩浩荡荡向巴灵顿监狱出发，前去营救因负债而被关押的乡民。也是在广场上，支持起义的民众与乡绅们发生了激烈争吵，起义初战告捷的百姓狂欢庆祝胜利。广场也是乡绅们谋划中得手后当众惩罚起义分子、施以鞭刑的场所。广场是呈现故事大场面的背景，是小说叙事的重要场域。

小说中的另一个重要空间是村酒馆。酒馆是村中的社交和议事场所，各类信息都在这里交换与传递。男人们喝酒聊天，交换看法、倾诉怨愤、商议大事。起义的愿望最早也是在村酒店交谈中萌生并达成共识。小说故事主体始于村酒店：佩雷斯到酒店小坐，仿佛这是他回到家乡后跟乡亲们报到的一种仪式。在这一特定的空间中，贝拉米以乡民们聊天的方式，描述了当时的历史语境。佩雷斯在斯多克布里奇村的酒店跟 20 多人聊天，谈到了当时的日常话题：经济不景气，市场受限，农产品卖不上价钱，生活艰难。村民们在别处也难找到工作，赚不到钱，交不起税，在贫困中挣扎。酒店的交谈由此开始涉及政治主题：老百姓面对苛捐杂税的重负民不聊生，律师和治安官对村民敲诈勒索，政府官员中饱私囊，农场主设法榨取农场工人的血汗钱。因为交不起税，不少村民被迫变卖家产田地，或被打入牢狱。小说主人公佩雷斯是个有政治意识的人物，他从这些闲聊中发现，在他离开村子的九年时间里，家乡每况愈下，发生了巨大的变化。九年前几乎每家每户都有一个小农场，并以此为生；可是现在少数富人占有了大家的农场，过去的农民都变成了佃农。他意识到，自己为之出生入死的独立战争，似乎并没有给广大穷苦农民带来什么好处，并萌生了采取行动改变这种现状的愿望。

小说中另一个重要场所是爱德华家的客厅（偶尔也是村里的杂货店）。乡绅们在此聚会，商讨对付农民造反的办法，密谋镇压起义，抓捕起义分子。村里的富人感受到了威胁，设法联手合作，保卫自己的既得利益。佩雷斯的想法和做法令他们焦虑。他们不想坐以待毙。附近的乡绅们聚集在爱德华周围，在他家客厅结下了利益同盟。于是，村酒馆与爱德华家的客厅戏剧化地成为两股对立势力的"司令部"，较量的双方又被作家贝拉米具体化到一对恋人的两个家庭——佩雷斯家和爱德华家族。由于德西蕾·爱德华对佩雷斯和贫苦乡民们的同情和理解，故事又使对立阵营的关系变得微妙，增强了故事的可读性，也打破了人物塑造以经济地位划分的刻板模式。

小说中的两个场景在斯托克布里奇村之外，它们是该乡镇的官方权力机构：一个是维护现有经济秩序的法庭；另一个是实施镇压的监狱。《斯多克布里奇的公爵》的故事起因与促成谢斯起义的历史背景相似，都是由于农民生活贫困，被逼无奈而采取极端措施。历史上和小说中的农民暴动，也都是从占领法庭、劫狱救人开始的。小说特别强调了象征权力压迫的监狱：那是还不起债务的农民的归属地，而反抗的直接目标是冲击监狱，营救被囚禁的乡民。小说中，民众占领法庭的场面得到了详尽描述：他们涌入法庭，扣押法官，胁迫法官释放关押的负债乡民，将冲突上升到了夺取司法权和执法权的斗争。这种目标具体的暴力对抗，符合农村百姓的身份和心理。但起义领导者的认知层次更高，涉及了阶级差异和分配不均等。这也是小说故事背后作家的认识。从这一特殊的叙事场景出发，作家又把故事推向更大的层面。一方面，暴动激起了其他地区农民的响应，队伍开始壮大成为农民军，由此演变为影响广泛的农民起义；另一方面，暴动震动了联邦政府的上层，州政府和联邦政府组织军队前来镇压。

对于起义的经过，小说描述和历史记载基本一致：经济萧条、阶级分化、民怨四起，导致了席卷了整个马萨诸塞州的农民起义。在小说《斯多克布里奇的公爵》中，作家向读者绘制了一幅故事进展的地理图景，使小说的故事变得真实鲜活，有迹可循。皮茨菲尔德、谢菲尔德、巴灵顿、斯多克布里奇、康科德、斯普林菲尔德等不同地名，标示和串联着谢斯/佩雷斯起义队伍的壮大和起义烽火向四周蔓延的燎原之势，凸显了起义受到各地呼应和广泛拥戴的情景。

小说中事件发展和演进从一个地点到另一个，交代得十分明确，其空间布局将谢斯起义事件生动地重现于读者面前。作家对事件发生的时间节点也报以特别的关注，对事件的发展和故事的推进，用明确清晰的时间进行标注，凸显小说与背后的历史潜文本的呼应。暴动的开始是酒馆谈论之后的第二天早上 6 点。此后的叙述时间十分精确，具体到钟点，如晚 9 点、半夜 3 点、凌晨 4 点等，直到故事结束时的次年 2 月。这样，一方面，故事中佩雷斯的行动在时间上与历史上的谢斯起义完全契合，迫使读者与历史产生互文性思考，另一方面又使小说的呈现有序而紧凑。

让·鲁塞指出："时间和空间是文学作品按照一整套多变的音域和时值构筑和阅读的两个键盘。"（鲁塞，1989：89）作家贝拉米熟练地操控这"两个键盘"，叙事特别凸显故事时空挪移的细节，努力创造情景再现的效果。福柯认为，空间是任何公共生活的基础，"我们不是生活在流光溢彩的真空内部；我们生活在一个关系集合的内部"（福柯，2006：53）。人与人、人与物、人与社会、社会群体与社会群体之间的关系，就是所谓的"社会空间"。在社会空间里，核心是关系。贝拉米的小说强调，当时美国乡村的社会关系中出现严重的不合理现象，冲突由此引发。他通过农民起义的故事，呼吁建立一种新型的社会关系。当然，这仅仅是一种良好的愿望。谢斯起义虽然喊出了"财产重新分配"的口号，但实质上只是一次试图做出部分修正的努力。因此，贝拉米对佩雷斯的故事结局的描写，只能是一种无果而终的无奈的悲叹。

四、事件的小说再现：真实与虚构

贝拉米提醒读者，尽管他写的故事发生在将近 100 年前的 1786 年，而非他所处的 19 世纪末，但是社会不公造成的贫富差距依旧明显，类似的状况还在继续蔓延。他让小说主人公讲出了实情："几乎每个富人都有一帮债务人为他打工，替他交税。如果他们怠工，或与之争论，或令其不悦，这个富人就将他们送进监狱……没有人有权介入富人和他的债务人之间……这就是为什么我把他们称为'奴隶'。"（Bellamy，1900：77）显然，从"奴隶"这个定义中我们看出，贝拉米把社会分为"财主"和"奴隶"两个对立的阶级，在广大的乡村，也就是乡绅阶级与佃农的对立。被压迫到极限而难以生存的农民、佃农等"奴隶"必然奋起反抗，这是贝拉米对当时社会的认识。这段话也表明了贝拉米对广大民众的同情和支持。

贝拉米的小说将美国宏大历史中抽象的记载转变为具体、生动的个人史，体现了小说重述历史的建构功能。官方的宏大叙事变成个人的微观叙事,一家之言变成为巴赫金意义上的"众声喧哗",历史事件得以从不同视角呈现。海登·怀特在《话语转喻论》中说:"历史作为一种虚构形式,与小说作为历史真实的再现,可以说是半斤八两,不分轩轾。"(怀特,1999:535)新历史主义认为历史是一种书写,与小说一样,必然表达书写者的意图。小说家通过历史小说揭示了历史真相的多面性,不会"搅浑"历史的"真理",而必定使之越来越丰富,越来越接近海登·怀特所言的"实在"之真。在另一篇文章《叙述:在表现历史实在中的作用》中,怀特将历史分为叙述的历史和本然之历史。所谓"本然之历史"就是历史实在。在怀特看来,历史实在总是由叙述来呈现,因而,一切叙述之历史也是一种本然之历史(转引自蒋丽君,2008:114)。这里,怀特强调了小说家参与历史建构的意义。

小说《斯多克布里奇的公爵》最明显的虚构部分是起义军领袖佩雷斯与乡绅爱德华的女儿德西蕾的爱情故事。这条爱情故事线索串联了整个事件的发展过程,从事件开始前的独立战争到佩雷斯战死。虚构的小说主人公的生活和恋爱部分,帮助塑造了一个情感丰富的农民英雄形象,在丰富人物个性的同时,也增强了故事的可读性,两相结合,相得益彰。小说中的虚构成分非但没有冲淡小说对历史事件的严肃再现,反而从某些侧面渲染了农民造反的正义性主题。比如,两人的爱情故事凸显了贫穷的农民和富有的乡绅之间的阶级矛盾,更加艺术化地将社会的阶层划分、偏见与利益冲突呈现给读者。通过这一则不同阶级之间的爱情故事,作家凸显了农民起义的历史语境,表达了对谢斯起义为乡民争取生存权利,反抗强权的正义之举的歌颂。

小说故事和历史事件的另一个主要不同是起义领导人的命运。小说主人公,即起义军领袖佩雷斯,在故事结尾处英勇战死,由此将整个故事推向高潮,而起义的乡民仍在为自己的生存权利继续斗争。小说故事在这里结束,略去了起义失败及后续的审判,把更多的想象空间留给读者。这样,真实历史中权力阶级出于种种政治利益,最后赦免起义领袖谢斯的部分未被写入故事。故事集中于事件的起因和过程,揭示社会的不公和民众被迫起义的壮举。小说让结尾停留在起义失败之前,将英雄战死、起义军前仆后继的悲壮画面留在读者的脑海中。贝拉米的历史叙述具有作家本人清晰的意识形态倾向。

　　按照传统的历史学观点，任何对社会生活和人性的深刻理解，都必须建立在对历史的深思熟虑之上。对人类自身的强烈关注，让新历史主义在文学批评中重标历史的纬度，使消隐的"人学"母题重新彰显。狄尔泰说："人是什么？只有他的历史才会讲清楚。"（转引自蒋丽君，2008：115）新历史主义对历史的倾心不是因为一个个无可改变的事件，而是事件背后的人：人和人的行为被如何塑造和呈现以及书写者的意图和动机。历史并不是"铁的事实"，而是充满了人的因素。历史之所以重要，是因为它可以帮助我们了解处于某个年代之中特定的人，通过这一个个被书写、被语境化的人，我们可以更好地了解历史的多面性。新历史主义对历史多样性的主张，使人们认识到冰山下那掩藏着的八分之七与浮出海面的八分之一同样是历史不可分割的部分。人们对历史的探寻再也不仅仅局限于宏大历史的书写之中。

　　《斯多克布里奇的公爵》塑造了几类人：一类是以佩雷斯为代表的农民，一类是以爱德华为代表的乡绅，一类是法官。他们分别代表了不同的阵营：农民组成了受压迫、受剥削的下层社会；法官为政府代言，是体制的维护者，也是权力的代表；而乡绅是现存经济体制的受益者，因此也必定是政策的拥护者。在以法官为代表的权力机构的保护下，乡绅与农民两个对立的阶级不和谐地共存于 18 世纪末的美国乡村中。以法官为代表的政府权力和以乡绅为代表的经济权力相互勾结，对付人数占优的贫困乡民。

　　这种对立关系由于佩雷斯与德西蕾的跨阵营爱情而变得复杂，冲突中人性的因素也因此得以凸显。小说塑造的主人公——起义军领袖佩雷斯·哈姆林——显然是历史人物谢斯的化身。佩雷斯领导的起义与历史上谢斯起义的记载有很大的重合部分，这是历史小说的主要特征，即依傍真实事件，重述历史，同时以想象的细节填补历史记载的空白，使事件得到渲染，使历史人物变得更加有血有肉。在再现历史方面，历史小说具有得天独厚的优势。历史记载中没有谢斯和富家女的爱情故事，小说中的这一叙述次线条将冷冰冰的历史变成了更加富有人性和人情味的个人的故事，打破了教条式的一成不变的社会群类划分，让人性的多面因素和个体的情感因素成为历史的想象性重构中的重要组成部分。

　　传统的文学批评，如形式主义批评和新批评，将文学文本看作一个完整的、自足运转的语言系统,作为"言语"的个别文学作品在这个"语言系统"中得以生成,得到解读。因此,传统的文学批评以文本为中心,对文学的社会和历史指涉并不关注。新历史主义则从福柯的话语理论出发,指出形式主义对语言系统中"话语"要素的忽略。福柯的理论为新历史主义提供了工具:"话语"存在于文本形成之外,但又确确实实影响着文本意义的生成。据此,新历史主义认为文学并非一个"超历史"的审美客体,可以独立于经济的、社会的、政治的动因之外。相反,文学文本只是五花八门的各种文本之一,与宗教、哲学、法律、科学文本等并无二致,皆是一种叙事,是在特定时空中的人的文化产品。格林布拉特在《回声与惊叹》中说:"不参与的、不作判断的、不将过去与现在联系起来的写作是无任何价值的。"(转引自王岳川,1999:165)

《斯多克布里奇的公爵》按照时间顺序生动地讲述了一个起义故事。其中真实的语言,即标准英语和语法词汇错乱的贫民口语相互混杂,用以展示贵族阶级和平民百姓的阶级、身份、地位等各方面的差异。故事由此被置入了一个层阶分明的社会群体,被语境化。例如在村酒馆里,前来闲聊的老百姓用的几乎都是下层社会的不标准英语进行对话,但在交谈中吐露了他们生活的困苦:

"Meshech hain't hed a steady job sence the new meetin-haouse wuz done las' year, an I s'pose the critter feels kinder diskerridged like," said Abner Rathbun.

"I s'pose Meshech's fam'ly'll hev to go on tew the taown," observed Israel Goodrich. "They say ez the poorhouse be twice tez fullez'torter be, naow."

"It'll hev more intew it fore'thez less," said Abner grimly. (Bellamy, 1900:11)

"自打头年新会议厅整完后,米西克啥活儿也还没揽着过,俺觉着那家伙连气都快泄没了,"阿博纳·拉斯本说。

"啥法子也没有,俺觉着。米西克一家得挪城里混去,"伊斯莱尔·古德里奇插话说。"都说救济所都给挤爆棚了,住里头人数翻个儿了都还不止。"

"准少不了,兴许会更多,"阿博纳说。

贝拉米的叙述语言用的是标准英语，但人物，尤其是小说中的下层农民的语言，则按发音拼写，体现出地方乡音的特征和不顾语法的语言习惯。这与他们的经济层次和教育程度低下有关。他们的语言与法官和乡绅的语言完全不同，而不同的语言体系又代表了不同的经济背景和社会地位。因此，作家让不同社会群体的人物使用不同层次的语言，不仅试图还原真实语境，也强调了美国建国初期较为严重的社会等级差别，而这种巨大差异背后的政治因素，正是导致佩雷斯/谢斯起义的主因。人物的语言是人物身份的表征。小说中下层农民的语言表达的不仅是言说者的个体身份，而且也是一种"文化身份"和"阶级身份"。这样的"身份"通常由具有话语权的社会阶级加以界定，因此也赋予其高下优劣的不同属性。因此，小说中突显的贫民身份便是一种抗争意识的表达。

值得注意的是，小说中的佩雷斯出生于贫寒的农民家庭，然而他使用的是比较标准的英语，与他的家人和同伴所使用的不标准的下层社会英语不同。佩雷斯打完仗回到家乡后，他的着装和语言无异于一个乡绅，一些本村的乡民居然一下子没认出他来。佩雷斯的身份其实并没有改变。战时他当过上尉，军队的官职对他的语言和举止有所影响，但回到家乡后他还是将自己看作贫苦农民的儿子，一心一意想带家人和乡民过上好日子。他的语言变化与不变的立场，使他的人物形象更加丰富。佩雷斯的语言能力使他与法官、贵族阶级沟通成为可能，因此被大家推选为农民起义的领袖。但他一直希望通过与政府谈判的方式达成妥协，谋求减少暴力对抗，争取获得民权，改善民生。在作家的笔下，这个人物形象不仅具有正义感，而且也有策略性。此人领导的农民起义因此也更能博得读者的同情和支持。

五、谢斯起义的历史意义与作家的历史贡献

谢斯起义对美国历史的影响很大。美利坚合众国建国之后，一直是一个松散的邦联，各州自治，长达13年没有国家领导人。谢斯起义促使乔治·华盛顿复出，担任美国首任总统，修改宪法，建立起了强有力的联邦政府。没有谢斯起义，今日的美国可能更像各自为政的欧盟。

美国早期社会沿袭英国的乡镇治理方式。因此，美国乡镇中也存在明显

的等级划分。乡绅生活富足，精致体面。小说中的乡绅都穿着丝袜（silk stockings），然而农民只能光脚丫或者穿着破旧的鞋袜。在教堂，乡绅有自己专用的坐席。佩雷斯是农民的儿子，德西蕾是乡绅的女儿，由于身份地位悬殊，德西蕾坐在教堂前排，佩雷斯只能坐在后排，佩雷斯想跟德西蕾见一面或说一句话都只能等到活动结束后站在门口匆匆打个招呼。乡镇中的自耕农都是独立的自由土地拥有者，虽然他们的生活远不如乡绅那样富足，但只要勤劳，就不至于陷于贫困。

然而，"在独立战争期间，马萨诸塞州为大陆军提供的兵员最多，而且伤亡惨重。活下来的士兵在战后退伍回到农村，由于家境贫寒，不得不将作为对他们的报酬的一张小小的土地凭证以极低廉的价格出售给商人和投机家，变成无地的农民"（程华，1984：81）。同时，"来自政府的苛捐杂税，物价飞涨，劳动群众倾家荡产，负债累累。还不清债务时，就被送入监狱，受到监禁"（王荣堂，1961：48）。法院的恶劣行径尤其激起了农民的普遍义愤。小说故事和真实的历史记载一样，起义的烽火燃起后，反抗的矛头首先指向法院。小说《斯多克布里奇的公爵》中交不起税或者还不起贷款的农民不仅被监禁，还被没收财产。于是，大批自耕农变成了佃农，境况最糟糕的甚至与奴隶无异。所以佩雷斯带领民众营救监狱里的乡亲们时，首先冲击法院，控制法官。这既有象征意义，也是现实的斗争策略。

法院会议为上层阶级的利益言说，乡民大会则代表着广大农民的利益。民众反抗引起的两个利益群体之间的斗争，在独立战争结束之后的一段时间内此起彼伏：

1781年，退伍上尉乔布·沙托克和中尉内森·史密斯在马萨诸塞邦东部发动起义；1782年，西部人民揭竿而起；该年2月，皮茨菲尔德城的农民占领并关闭了法院，不许法院没收债务人的财产；该年4月，北安普敦农民高喊"把法官赶出这个世界"的口号，对法院发起了进攻；1783年5月，汉普什尔县的农民采取行动，阻止法院开庭。（乔民顺，1983：84）

这些都说明，法院在维护富人利益方面不择手段的恶劣行径激起了贫苦民众极大的愤慨：

> 至 1786 年初,地方政府征税更重,农民处境愈发困难,大批农民因欠税、欠债而锒铛入狱。农民们向议会提出种种改革要求,但都被议会否决,导致不堪忍受欺压的底层民众纷纷拿起武器,进行更大规模的反抗,以行动维护自己的基本利益。起义在各个地区竞相爆发,随着局势的发展,各地农民起义军走向联合,拥戴谢斯为起义领袖。(程华,1984:85)

谢斯起义逐渐发展成为规模最大、影响力最大的一次起义。谢斯成了小说中佩雷斯的原型,而谢斯起义事件成了历史小说《斯多克布里奇的公爵》的故事主体。

谢斯起义虽然失败了,但是这次起义沉重打击了美国建国后上层的统治阶级,让他们感觉到现存的结构松散的邦联政府力量太弱,不足以有效镇压诸如谢斯起义这样的社会"动乱",保卫现有秩序和既得利益。他们有了紧迫感,要迅速建立起一个强有力的中央政权,以巩固阶级利益。谢斯起义让美国邦联政府感到,1781 年的邦联条款不足以应对此类重大挑战,必须重新制定一部足以维护社会稳定和利益现状的宪法。于是在起义被镇压短短三个月之后,相关权力机构马上在费城召开制宪会议,数年之后最终形成了 1787 年的宪法。这个国家大法实际上大大强化了中央集权,使之更能应对谢斯起义这类突发的民众反抗事件。自此,美国政治进入了一个全新的阶段。

谢斯起义在军事上失败了,但在政治上赢得了相当大的胜利。美国政治依靠选票治国,代表民意的选票常常在左右政府态度方面举足轻重。同情能够赢得选票,敌视会失去选民,这种态势在当时的美国十分清楚。任何政治人物,包括开明的托马斯·杰斐逊在内,为了自己的政治生涯和政治声誉,在选票面前都不能无所顾忌。谢斯起义的群众基础,是任何政治家都不能忽视的。谢斯起义失败,一场选举在即,1787 年约翰·汉考克(John Hancock)在选举中战胜镇压起义的马萨诸塞州州长詹姆斯·鲍登,任州长直至 1793 年,敌视起义的议员在竞选中溃败。谢斯起义被镇压后,约翰·汉考克赦免了谢斯等起义领袖。事实上,在多方政治力量的作用下,美国的政府政策也有所改变,缓和社会危机,为更加民主的政体的建立做出了有益的铺垫。国家不得不承认民众的强大力量。

1987 年,在谢斯起义 200 周年纪念日,纽约布朗克斯的"新英格兰协会"向彼得山姆镇历史协会赠了一块纪念碑,铭文如下:

在本乡镇

1787 年

2 月 4 日星期天上午

丹尼尔·谢斯上尉

与他的 150 名追随者

代表普通民众与建制权力作战,他们力图

兑现我们革命性的《独立宣言》所宣示的正义和平等理想

虽然义军得到彼得山姆镇的善待,却出人意料地遭到

本杰明·林肯将军及其麾下由波士顿富商资助的军队的

镇压

————

真正的自由和正义有时需要

抵制法律

————

纽约布朗克斯

新英格兰协会

赠

彼得山姆历史协会

(转引自任军锋,2011:15-16)

在铭文中,谢斯被认为是平等和正义的捍卫者,而本杰明·林肯将军则成为特殊利益集团的代表和合众国基本原则的破坏者。《独立宣言》宣称,"生命权、自由权和追求幸福的权利"是造物主赋予每个人的不可让渡的权利,而政府的治理权来自民众的意愿。谢斯起义在政治上树立了人民的权威。

　　谢斯起义迫使美国人民重新审视他们的自由主义价值观。美国建国之初，民众中占主流地位的观念是自由主义。那时，美国人更强调个人权利和地方权力至上。因此他们特别难以割舍对个人权利的珍视，对强大的政府权力持恐惧和防范态度。《邦联条例》的颁布和实施，就是由于这一观念的影响。邦联体制满足了建立"小政府"和强化个人权利、地方权利的意愿，却未能真正完成新国家的建国使命。由于邦联政府软弱无力，美国国内矛盾复杂尖锐，各州之间矛盾重重，使美国政治上不统一，经济上依然充当西欧国家的原料产地和商品市场。谢斯起义严重动摇了国家统治秩序，表明太过软弱的中央政府难以担当立国的奠基使命，也难以有效维护民众和地方的权利。美国的当权者逐渐明白，过分相信"小政府"的理念在实践中是行不通的。从这个意义上讲，美国人通过颁布联邦宪法，一定程度上终结了不切实际的自由主义观念，在政府权力与地方权利和民众权利之间找到了新的平衡点（杨春龙，2018：191）。

　　谢斯起义使美国看到了人民的力量。起义之后，为了缓解人民与政府的矛盾，美国新政权开始摸索一套尊重民主、尊重民意的国家治理模式，因此对谢斯起义采取一种包容与和解的态度。这与之前的女巫审判（参看本书第十三章）和之后的草场街审判（参看本书第八章）所采取的血腥镇压的方式完全不同。在那两个事件中，宗教异己和罢工领袖都被施以绞刑，在美国历史上留下了血淋淋的一笔。对于谢斯事件的处理，政府方面基本表示出理解、同情和既往不咎的态度，而不是采用追杀的手段，起义者基本上都得到了宽大处理。这与像杰斐逊那样的开国元勋的开明态度有关，与贫穷民众对谢斯起义的同情和广泛支持有关，也是刚刚成立的新政府的需要。参加起义者虽然为数不多，但人心所向，得到了下层阶级广泛的支持，影响面很广。事后连参与镇压起义的本杰明·林肯将军也主张对武力反抗者从轻发落。但笔者必须指出，谢斯起义反映的是白人群体与白人政府的矛盾冲突。

　　杰斐逊在1787年1月30日从巴黎写信给麦迪逊说："此事有其恶，主要在于它伴随的骚乱。但若将此事与专制压迫相衡量，那就根本不算什么。我宁愿有危险的自由，也不愿有安宁的奴役。即使这恶也可生善。它会阻止政府堕落，培养对公众事务的普遍关注。我认为不时的小起义是件好事，为政治世界所必须,如同风暴为自然世界所必须。不成功的起义,的确,一般会招来对起义人民权利的侵犯。注意到这一点,诚实的共和官员们在惩罚起义时就应尽量温厚,不致太挫伤他们。它是保持政府健康的一剂必要的良药。"(转引自罗彻斯特,1956:95)由此可见,杰斐逊对谢斯起义事件采取的是比较包容的态度,认为起义是"小恶",因事件引起了骚乱。但它对不作为的政府是一种有益的警示,是保持政府健康的一贴"良药"。所以,在杰斐逊等人的影响下,美国人对待谢斯起义的主流态度是和解。这方面与将近100年后贝拉米写小说时的基本态度是比较接近的。但从整部小说的基调来看,作家对民众生活困境的描写,对贫富不均和阶级对立的凸显,对服务于富有阶级的权力机构的讽刺,都清清楚楚地表明了作家的政治立场和政治态度。

在历史记载中,"1787年2月数百名起义人员被俘并受到审判,一些起义领导人被判处死刑,但是基本上都没有执行"(乔民顺,1983:88)。而且不久之后,约800人被赦免,起义领袖谢斯亦在其中,还因曾服役于独立战争而获得一笔国家抚恤金,在家乡平安度日,后又与家人定居纽约,直到1825年年近80岁高龄在纽约去世。重要的是,谢斯起义之后,政府方面"进行了一系列相应的改革,比如减少税捐、延长还债期限、释放债务人出狱等"(乔民顺,1983:88),既减轻了乡民的困苦,也缓解了社会的矛盾与对立。杰斐逊认为,人民暴动起义情有可原,因为引起造反的原因是地方政府对民众疾苦不闻不问,偏袒有产阶级,甚至暴政虐民。所以,他觉得谢斯起义可以从正面来看待,具有正义性,对反抗暴政、纠正政府错误、捍卫自由、维护公民权益皆有益处。杰斐逊思考新生政权的走向问题:是走向暴政还是走向真正的民主?对农民起义采取镇压,很可能成为新政权转向传统权力体制的开端。他更愿意将这场起义看作对新政府执政的警示。但事情还有其另一面。美国早期历史中的印第安人反抗和黑奴起义,政府的对付手段都是镇压和严判。不幸的现实是,阶级矛盾之外,还有种族因素。

谢斯起义是美国独立战争之后众多起义中影响最大的一起,是影响美国社会从自由主义向国家主义转变的导火索。虽然美国建国之初以自由主义为政治基础,但权力机构(如法院)在富人利益受到影响时,往往会毫不犹豫地偏袒一方,因为富人的利益多与官员的利益息息相关。贝拉米在《斯多克布里奇的公爵》中，借用谢斯起义这一历史事件揭示了美国建国初期社会各阶层的冲突与对立，又借用这个故事表达对他自己时代的批评。"19 世纪末 20 世纪初的美国，垄断资本横行，贪污腐败严重，贫富差距悬殊，城市化、工业化进程加速。各种经济、政治、社会、种族矛盾纠缠交错。"（张广勋，2013：24）主张个人主义和州权主义的自由主义治国之道遭到质疑，国家层面的联邦主义得到强化。

《斯多克布里奇的公爵》问世之后，贝拉米又出版了长篇小说《回首》，进一步确立了他的空想社会主义，即乌托邦社会的概念，引领了国家主义运动。国家主义运动的宣传阵地——国家主义俱乐部——如雨后春笋般在美国各地出现。《回首》"出版不到一年，波士顿首先出现了第一个国家主义俱乐部，宣扬贝拉米的思想，讨论公用事业国有化问题。随后，相似的俱乐部在华盛顿、芝加哥和纽约纷纷成立。此后 10 年间，全美相继出现了 165 个此类组织"（转引自 Mullin，2000：51-56）。另外，"贝拉米本人担任了刊物《国家主义者》的撰稿人（1888-1891），后来他又创办了《新国家》杂志（1891-1894），甚至推举了一名国家主义者参加 1891 年的总统竞选"（张广勋，2013：25）。在 1930 年美国经济大萧条爆发之后，贝拉米《回首》中的思想对美国总统罗斯福的新政（New Deal）也产生了影响。

引述文献：

Bellamy, Edward. *Edward Bellamy Speaks Again*. Kansas City：University of Missouri Press，1937.

Bellamy, Edward. *The Duke of Stockbridge — A Romance of Shays's Rebellion*, 1900. Lexington：Hard Press，2015.

Condo, Sean. *Shays's Rebellion — Authority and Distress in Post-Revolutionary America*. Baltimore：Johns Hopkins University Press，2015.

Franklin, John Hope. "Edward Bellamy and the National Movement." *The New England Quarterly*，11/4（December，1938）：739-772.

Greene, James M., Ethan Allen & Daniel Shays. *Early American*

Literature，48/1（2013）：125 - 151.

Jefferson，Thomas. A Letter from Thomas Jefferson to James Madison. 〈http：//earlyamerica. com/review/summer/letter. html. 〉（Accessed January 8，2019）

Mullin，John R. “Edward Bellamy's Ambivalence：Can Utopia Be Urban?” *Utopian Studies*，11（1），2000：51 - 65.

Richards，Leionard L. *Shays's Rebellion — The American Revolution's Final Battle*. Philadelphia：University of Pennsylvania Press，2002.

Willard，Frances. “An Interview with Edward Bellamy. ”*Our Day*（April，1890）：539 - 542.

程华：《谢司起义》，《世界历史》，1984 年第 3 期：第 79 - 83 页。

福柯：《其他空间》，《世界哲学》，2006 年第 6 期：第 52 - 57 页。

怀特，海登：《话语转喻论》，载张首映主编，《西方二十世纪文史论》，北京：北京大学出版社，1999 年：第 529 - 541 页。

蒋丽君：《新历史主义的价值指向》，《湖北社会科学》，2008 年第 6 期：第 114 - 116 页。

鲁塞，让：《为了形式的解读——波佩的面纱》，王文融译，北京：社会科学文献出版社，1989 年。

罗彻斯特，安娜：《美国资本主义（1607 - 1800）》，丁则民、诸长福译，上海：三联书店出版社，1956 年。

乔民顺：《论谢斯起义》，《河北大学学报》，1983 年第 8 期：第 82 - 89 页。

任东来：《美国宪法的形成：一个历史的考察》，《社会科学论坛》，2004 年第 12 期：第 23 - 30 页。

任军锋：《革命者与立法者之间：新英格兰乡镇的政治学理》，《甘肃行政学院学报》，2011 年第 6 期：第 4 - 23 页。

苏贾，爱德华：《后现代地理学——重申社会理论中的空间》，王文斌译，北京：商务印书馆，2004 年。

苏联科学院历史研究所：《新编近代史（第 1 卷）》，北京：人民出版社，1955 年。

万昌华：《论美国宪法政治形成发展的基础》，《山东大学学报》，2002 年第 5

期：第 96 - 102 页。

王荣堂：《1786 年谢斯起义的原因和影响》，《历史教学》，1961 年 Z2 期：第 46 - 49 页。

王岳川：《后殖民主义与新历史主义文论》，济南：山东教育出版社，1999 年。

杨春龙：《自由主义与美国国家认同》，《江海学刊》，2018 年第 6 期：第 190 - 197 页。

余志森：《华盛顿》，北京：中国社会科学出版社，1996 年。

虞建华：《美国文学大辞典》，北京：商务印书馆，2015 年。

张广勋：《爱德华·贝拉米小说〈回顾〉的影响及其研究综述》，《河南广播电视大学学报》，2013 年第 3 期：第 24 - 26 页。

第三章

扩张兼并："天命论"
与边地冲突

——阿拉莫围困事件与哈里根的《阿拉莫之门》

历史事件之三：阿拉莫围困事件

小说之三：斯蒂芬·哈里根《阿拉莫之门》

美国第 45 任总统唐纳德·特朗普(Donald Trump)在 2016 年的竞选演说中曾提到要在美墨边境筑一道边境墙,并要让墨西哥为此付费。特朗普上任以来,美国政府收紧移民政策,不仅大幅度削减墨西哥人申请移民的配额,还严格审核他们赴美工作的签证。特朗普在公众场合多次声称,美墨边境是犯罪高发区,而墨西哥人是潜在的犯罪分子。这种偏见暴露了美国政治中的种族主义意识,反映出美墨两国的边地冲突和民族仇恨。

　　其实,美墨边境问题并非新事,而是有着长远的历史渊源,可追溯到墨西哥独立革命时期(1810 - 1821)。第 7 任美国总统(1829 - 1837)安德鲁·杰克逊(Andrew Jackson,1767 - 1845)曾图谋将得克萨斯纳入《路易斯安那购买案》,但未成功。墨西哥独立之后,于 1823 年正式向美国开放其北部边境,接收了大量美国移民,并分给他们土地。到 19 世纪 30 年代初,移居在得克萨斯的美国人达到 28,000 人,其数量远超过本土墨西哥人(Haythornthwaite,1985:5)。

　　习惯于美式政治体制的美国移民,试图在得克萨斯复制美国的政体,抗议圣塔·安纳(Santa Anna,1794 - 1876)总统上台后的集权统治。于是,美国移民以"捍卫自由和民主"为名,组成志愿军,反抗他们眼中"野蛮的""极权的"墨西哥政府,取得首战大捷,占领了阿拉莫城堡。为了解决内乱,圣塔·安纳亲自领兵围剿集结在阿拉莫的美国移民志愿军,将他们围堵在阿拉莫城堡中 13 天后全部歼灭。阿拉莫围困事件(the Siege of the Alamo,1836)不仅从根本上造成了美墨两国人民之间的纠葛,还演绎为一种官方的修辞叙事,在美墨边境冲突和两国外交事务中,将美国政府的种族主义和帝国意识合理化。

一、阿拉莫围困事件及其后世影响

　　19 世纪以降,美利坚民族不安于占领大西洋沿岸,迅速向西扩张,通过购置土地、驱赶印第安人进"保留地",也通过美墨战争等手段,兼并墨西哥的土地,从一个濒临大西洋的弱小国家,发展成为横跨北美大陆的大国。其中,1836 年得克萨斯独立革命及其 1845 年加入美利坚合众国的史实,标志着 19 世纪美国西进运动斩获压倒性的胜利。谈及得克萨斯独立革命之于得州人乃至整个美国的影响,人们会联想到阿拉莫围困事件。长久以来,死于阿拉莫围困事件的美国移民志愿军被尊称为捍卫自由和民主的民族英雄,被描述为美国精神的化身。国家叙事不断歌颂他们不畏牺牲、勇于奉献的气节和崇尚自由民主的精神。

阿拉莫围困事件发生于 1836 年 2 月 19 日至 3 月 6 日。美国移民以反抗圣塔·安纳的集权统治为由,拉起一支志愿军队伍,展开将得克萨斯从墨西哥领土分裂出来的军事行动。墨西哥原属西班牙的殖民地,1810 年,墨西哥爆发独立革命,经过十年抗争,洗刷了 300 多年被殖民的屈辱史,于 1821 年独立。1824 年,墨西哥颁布新宪法,实行联邦制。圣塔·安纳将军在独立革命中功勋卓著,被推选为墨西哥总统。他上台后,立即废除新宪法,实行中央集权制,对墨西哥进行独裁统治。由此,主张联邦制的政治力量与中央集权的统治政权展开势均力敌的较量,墨西哥的内部矛盾也不断激化。以移居得克萨斯的美国移民为主的联邦派打出"拥护民主自治"的旗帜,却又坚持在得克萨斯实行蓄奴制。他们强烈要求圣塔·安纳恢复 1824 年颁布的新宪法,但极权的墨西哥政府担心蓄奴制向墨西哥的其他州蔓延,多次拒绝了美国移民的要求。1835 年 12 月,出于不满和抗议,得克萨斯的美国移民组成志愿军队伍,攻打驻守在阿拉莫要塞的墨西哥军队。几轮争夺之后,墨西哥军队惨败,拱手让出阿拉莫。自此,阿拉莫成为美国移民志愿军的集结地。

美国移民志愿军的行为激怒了圣塔·安纳,他统领 4,000 名墨西哥士兵,向得克萨斯的圣安东尼奥进发,力主消灭这些叛军。1836 年 2 月 19 日,墨西哥军队抵达圣安东尼奥的外围,不断挤压移民志愿军,将他们包围在阿拉莫城堡中。在被困的 13 天内,志愿军指挥官威廉·特拉维斯(William Travis,1809 - 1836)派人向其他美国移民据点和美国政府请求援助,但只有 32 人从岗萨雷斯赶来增援。3 月 6 日凌晨,占有绝对优势的墨西哥军队向阿拉莫要塞发起进攻,轰开了要塞的北墙。在供给短缺、武器陈旧、外援无望的情况下,战斗力薄弱的 189 名移民志愿军难以抵抗墨西哥军队,最后全部战死,而墨西哥军队也损失不小,死伤约 600 人。

阿拉莫围困事件虽是一场小规模战役,但在得克萨斯"脱墨"过程中起着不可小觑的作用。阿拉莫之战期间,讨论得克萨斯独立的会议正在进行;同时,此次战役为后来山姆·休斯顿(Sam Houston,1793－1863)率领的先锋部队击败墨西哥军队争取了足够的时间。1836 年 4 月 21 日,休斯顿将军在圣哈辛托河边高喊着"铭记阿拉莫"("Remember the Alamo")的口号,在 19 分钟内打败墨西哥军队,活捉了圣塔·安纳总统,并胁迫他签署了《韦拉斯哥条约》(*The Treaties of Velasco*)。从此,得克萨斯共和国诞生,休斯顿当选首任总统。十年之后,得克萨斯共和国以第 28 个州的身份加入美国。阿拉莫之战虽然失败,但它引起的一系列事件铺平了美国向西推进的道路,让美国大大获利。历史证明,阿拉莫之战是 19 世纪美国向西拓殖的重要历史转折点。在美国的媒体和国家叙事中,一些与阿拉莫之战有关的人物,如特拉维斯、大卫·克罗基特(David Crockett,1786－1836)、詹姆斯·博伊(James Bowie,1796－1836)等,都被罩上了光环,成为美国人耳熟能详的民族英雄和自由民主胜利的象征。

起初,美国移民志愿军并未提出要将得克萨斯从墨西哥领土上分裂出去的政治要求,他们声称自己的诉求是要争取一个自由民主的政治体制。他们反对圣塔·安纳独裁专断的统治,抗诉民主自治权遭到践踏,为此,他们拉起队伍,反抗暴政,争取权益。但他们最终还是将现在的美国得克萨斯州从墨西哥分裂了出来,成立了得克萨斯共和国。墨西哥政府拒不承认得克萨斯共和国的合法性,双方一直就边境问题争执不断。其实,得克萨斯独立革命的领导者——休斯顿——是杰克逊总统的心腹,曾在 1832 年多次向美国政府谏言,呼吁"美国'兼并'得克萨斯"(Haythornthwaite,1985:5)。得克萨斯独立革命期间,美国政府表面上保持中立,暗地里却支持美国移民志愿军(Haythornthwaite,1985:7),其背后的吞并意图昭然若揭。可以说,得克萨斯脱离墨西哥而自治,随后又加入美利坚合众国,无疑是美国政府在背后操纵,假借移民之手,用一种隐讳的方式侵吞墨西哥领土。

随着 1845 年得克萨斯共和国加入美国,美国在美墨边境挑起纷争,用以实现其向西扩张的野心,而墨西哥认为美国干涉其内政。如此情形之下,美墨战争一触即发。主张扩张主义的波尔克总统(James K. Polk,1794 - 1849)一直觊觎墨西哥以北的领土。1846 年 5 月 13 日,在扩张主义者的游说和挑唆下,美国国会通过了向墨西哥宣战的决议。战争期间,得克萨斯是美国向西扩张的重要军事点,而阿拉莫则是"美国军需仓库的所在地"(Flores,2002:63)。1848 年 2 月 2 日,墨西哥战败,签署了《瓜达卢佩·伊达戈条约》(*Treaty of Guadalupe Hidalgo*),获得 1,835 万美元的战争赔款,同时将整个新墨西哥、亚利桑那、内华达、加利福尼亚和犹他等州的领土以及科罗拉多、怀俄明、堪萨斯和俄克拉何马州的部分领土"卖"给美国。通过巧取豪夺,美国从此战争中收获了相当于如今国土面积三分之一的土地,而墨西哥历史从此带上了丧权辱国的印记。

编撰历史是胜利者的特权。历史编撰者从胜利者的文化、政治和意识形态立场出发记载历史事件,按照既定的权力关系对之进行阐释。就阿拉莫围困事件而言,美国官方史将阿拉莫视为"一个州甚至一个民族重生和诞生的符号",它是"得克萨斯的自由圣地"和"反墨西哥情愫的堡垒"(Flores,2002:11,84),而阿拉莫之战是民主与极权、自由与束缚、正义与邪恶之间的较量。在这场较量中,美国移民志愿军占据道德高地,属于正义之师,而墨西哥军队是暴君统领之下的战争机器,是邪恶的化身。这种二元对立的形象建构是意识形态权力作用的结果,隐含着权力关系和权力本质,却广为美国社会和民众所接受。在媒体、书籍、教材等各种传播载体上,阿拉莫围困事件反复地表征为"得克萨斯边疆精神的终极象征"(Crisp,2005:146);阿拉莫的英雄们——包括那些为反对墨西哥禁止蓄奴制度而战的奴隶主们——以及他们的英雄业绩被反复传扬,"不仅对于得克萨斯,而且对于美国,都象征着英雄式的爱国主义"(Salvucci,2002:242),甚至"对于每个人来说都象征着超越时空和跨越族裔界限的勇气和牺牲"(Roberts & Olson,2001:223)。

19 世纪以来,阿拉莫围困事件已经演绎为一种神话修辞。这种修辞超越了事件之于美国政治和军事史的重大意义,凝固成一种讲述美国民族起源的神话叙事。通过散播一定的文化价值观,阿拉莫神话担负着"建构和调节一个群体的意识形态"的功能(Milford,2013:114),召唤着群体成员认同官方既定权力建构的民族性。有学者指出,阿拉莫神话是一个重要的"修辞叙事",通过与某一特定时代的社会结构通力合作,"投射并影响构成公众道德特性的价值和选择"(Rushing,1986:268)。说到底,阿拉莫围困事件的展演以及围绕它产生的各种历史、文化和军事记载,大都站在美国民族主义的立场,宣扬甚至美化自由、民主、爱国主义和个人主义等美国民族性。

随着新西部史学研究在 20 世纪 80 年代的兴起,神话的虚构本质渐渐被揭示,历史学家用一种批判的眼光检视 19 世纪美国西进运动,凸显被先前的历史书写省略或遮掩的部分,如西进造成对印第安人、墨西哥人等少数族群的种族清洗、殖民统治以及由此招致的文化创伤。阿拉莫围困事件自不待言地成为史学界重点关注和探讨的对象。有学者指出,阿拉莫"并不象征着美国移民对专制暴政的反抗",而是标志着"帝国主义和种族主义对墨西哥人取得的胜利"(Myerson,1994:A18),它的存在服务于"主流白人群体的社会、政治和经济利益"(Flores,2002:62)。这些观点切中肯綮地道出阿拉莫之战背后的美国扩张主义,将批判的矛头对准 19 世纪美国以自由和民主之名违背门罗主义,挤压和欺凌墨西哥的殖民行为。简言之,"通过戏仿、批判和其他的策略性干预",史学界将"阿拉莫的主流叙事置于激烈的审视之下"(Flores,2000:97),对阿拉莫神话去神秘化,探索缺席的、未被记住的历史,扶正被"宏大历史"所扭曲和忽略的"小历史"。

除了史学界的特别关注,该事件自然也成为文艺界重点书写的对象。早在 19 世纪中期,作家群体对该历史事件就倾注了不少笔墨。奥古斯塔・简・威尔逊(Augusta Jane Wilson,1835 - 1909)耗时 15 载,创作了《依内兹:阿拉莫传说》(*Inez: The Tale of the Alamo*,1855)。该书是一部自传体小说,描述阿拉莫之战的章节并不多,却通过聚焦新教改革与天主教之间的冲突,展示得克萨斯边境的各种矛盾,反映独立革命前后的宗教纷争和社会问题。另外一部作品《铭记阿拉莫》(*Remember the Alamo*,1888)也从宗教冲突的视角管窥得克萨斯共和国诞生前后的政治纷争和文化冲突。该书作者艾米莉亚・巴尔(Amelia Barr,1831 - 1919)着墨盛行于圣安东尼奥的反天主教活动,揭示天主教的腐朽以及墨西哥社会的落后和野蛮,赞扬美国崇尚民主和自由的精神。

在很长的一段时间内,有关阿拉莫围困事件的文本叙事都夹杂着根深蒂固的种族偏见和帝国意识。这样的文本不胜枚举,例如:耶利米·克莱门斯(Jeremiah Clemens, 1814 – 1865)的《伯纳德·利莱:一部历史罗曼司,涵盖得克萨斯革命和墨西哥战争期间》(*Bernard Lile: An Historical Romance, Embracing the Periods of the Texas Revolution and the Mexican War*, 1856)、W. J. 汉密尔顿(W. J. Hamilton, 1843 – 1892)的《猎人的新娘,或,爱与战争:得克萨斯革命的传说》(*The Trapper's Bride: or, Love and War: A Tale of the Texas Revolution*, 1869)、海勒姆·麦克莱恩(Hiram McLane, 1820 – 1907)的历史剧《夺取阿拉莫》(*The Capture of the Alamo*, 1886)等叙事文本。19 世纪的历史小说或戏剧都流露出强烈的反墨情绪,宣扬美国民主政治体制的先进和美国文化的优越。

进入 20 世纪初,作家们对阿拉莫围困事件的关注有增无减,并创作了不少历史小说或传记小说,包括奥皮·里德(Opie Read, 1852 – 1939)的传记小说《在阿拉莫》(*In the Alamo*, 1900)、克林顿·布朗(Clinton Brown, 1888 – 1969)的《兰姆罗德·琼斯、捕猎者和爱国者》(*Ramrod Jones, Hunter and Patriot*, 1905)、尤金·莱尔(Eugene Lyle, 1873 – 1962)的《孤星》(*The Lone Star*, 1907)、爱德华·阿尔斯伯(Edward Alsbury, 1837 – 1912)的《盖伊·雷蒙德:得克萨斯革命的故事》(*Guy Raymond: A Story of the Texas Revolution*, 1908)、埃弗雷特·麦克尼尔(Everett McNeil, 1862 – 1929)的《与大卫·克罗基特在得克萨斯:得克萨斯独立革命的故事》(*In Texas with David Crockett: A Story of the Texas War of Independence*, 1908)、约瑟夫·奥尔特席勒(Joseph Altsheler, 1862 – 1919)的《得克萨斯之星:伟大的自由之战的故事》(*The Texan Star: A Story of a Great Fight for Liberty*, 1912)等重要作品。历史事件虽已远去,却成为重要的文学创作素材,被写入文本叙事,但基调与美国官方叙事趋同,基本都是颂扬热爱自由、不畏牺牲、崇尚民主的美国民族个性。

作为美国爱国主义的符号,阿拉莫不仅是 19 世纪和 20 世纪初美国文学大量描写的对象,还在两次世界大战期间被用作政治修辞,以激发民众对阿拉莫精神的再记忆,向那些在欧洲战场上拼杀的美国士兵树立值得效仿的"勇气和胆量的范例"(Linenthal,1988:514)。政客们疾呼铭记"阿拉莫的活生生教训"(Bost,2003:502)。加之,20世纪50年代迪斯尼公司上映了《大卫·克罗基特》(*David Crockett*)系列电视连续剧和电影,使得"为共和国浴血奋战的边疆英雄"家喻户晓,掀起了"克罗基特热潮"。进入60年代,约翰·韦恩(John Wayne,1907–1979)执导的电影《边城英烈传》(*The Alamo*,1960)上映,意在给那些在越南战场上奋战的美国士兵打上一剂强心针。在冷战时期的语境中,这一系列的银幕叙事旨在唤起美国民众对阿拉莫精神的认同,从意识形态层面收编和整合民众的思想。通过从心理层面上激起观众的爱国情绪,阿拉莫围困事件曾巧妙且有效地为冷战时期的美国政治逻辑辩护。

到了70年代,美国身陷越南战争的泥淖,美国社会开始思考阿拉莫叙事的合理性和可靠性,认识到林登·贝恩斯·约翰逊(Lyndon Baines Johnson,1908–1973)总统的"阿拉莫情结"带给美国人的不是福祉,而是灾难。此时,美国民众清醒地认识到,作为一种政治修辞,阿拉莫神话是虚假的,掺杂着浓厚的意识形态色彩,但它从未在美国政治事务中退场。上至20世纪90年代美国卷入海湾战争、波黑和科索沃战争,下至21世纪美国发起伊拉克战争,阿拉莫神话都在替美国侵略有理、强权无罪的帝国行径开脱,且达到了迷惑民众、鼓舞士气的功效。在美军开赴巴格达之时,《洛杉矶时报》登载了一篇名为《铭记阿拉莫:我们年轻的勇士在伊拉克依然紧握荣誉与勇气的价值》("Remember the Alamo:Our Young Warriors in Iraq Still Clasp Values of Honor and Bravery",Apr. 08,2003)的文章。该文的题目炮制了休斯顿发起圣哈辛托战役的口号,将非人道的战争正义化和崇高化。由此,阿拉莫神话的意识形态性可见一斑(Pérez,2003:778)。然而,美军在伊拉克战场的经历再次证明,阿拉莫神话只不过是一个时空错置的空洞能指。

20世纪末,文学界对阿拉莫围困事件的兴趣有增无减,一些重要的历史小说相继出版。伊丽莎白·克鲁克(Elizabeth Crook,1959–)在90年代先后出版了两部历史小说——《乌鸦的新娘》(*The Raven's Bride*,1991)和《应许之地:一部得克萨斯反叛的小说》(*Promised Land: A Novel of the Texas Rebellion*,1993)。与那些美化阿拉莫之战的叙事文本不同,这两部小说探讨此事件对普通墨西哥人和美国人产生的影响,揭示那些被英雄化的真实历史人物鲜为人知的一面。克鲁克将史料记载和虚构小说人物的个人化叙事穿插在文本中,生动地再现了阿拉莫围困事件的经过以及该事件所涉及的不同政治阵营和权力之间的较量,更加公允地审视了得克萨斯独立革命史。

同样地,杰夫·郎(Jeff Long, 1951－　)的《尸骨帝国:一部山姆·休斯顿和得克萨斯革命的小说》(*Empire of Bones: A Novel of Sam Houston and the Texas Revolution*, 1993)讲述了休斯顿将军领导得克萨斯独立革命的整个过程。该书涉及阿拉莫围困事件的叙事篇幅不多,但可管中窥豹,看清19世纪美国谋求扩张、称霸北美洲的帝国野心。在这一时期问世的历史小说中,斯蒂芬·哈里根的《阿拉莫之门》更具影响力,曾登上《纽约时报》的畅销书榜首。相较于19世纪出版的相关文学作品,《阿拉莫之门》不是宣传美国民主制、爱国主义和自由权利的应时之作,而是通过艺术化地呈现阿拉莫围困事件的整个过程及其对后世美国人的意义,反映该事件发生时的社会文化状况和意识形态倾向,探索"征服的遗产"之于现代美国的重要影响(Limerick, 1988:1)。

二、斯蒂芬·哈里根与《阿拉莫之门》

斯蒂芬·哈里根是著名的当代美国西部小说家、影视编剧和评论家,被《得克萨斯月刊》聘为终生专栏作家。哈里根出生于俄克拉何马城,1971年毕业于得克萨斯大学,现居奥斯汀。在20世纪80年代,哈里根开始在文学界崭露头角,先后出版《阿瑞萨斯》(*Aransas*, 1980)、《雅各布泉》(*Jacob's Well*, 1984)、《科曼奇的午夜》(*Comanche Midnight*, 1995)等作品。世纪之交,哈里根的创作转向关注历史,创作了历史小说《阿拉莫之门》。该小说问世以来,好评如潮,获得美国西部作家协会评定的马刺奖(Spur Awards)之"最佳西部小说"殊荣,也斩获得克萨斯图书奖和西部遗产奖。在著述不多的创作生涯中,哈里根对历史小说情有独钟。进入21世纪,哈里根相继出版了历史小说《本·克莱顿记忆》(*Remember Ben Clayton*, 2011)和《林肯先生的朋友》(*A Friend of Mr. Lincoln*, 2016)。前者被评为马刺奖之"最佳西部小说"以及詹姆斯·费尼莫·库伯奖之"最佳美国历史小说",后者也受到评论界的称赞,普利策历史奖得主约瑟夫·埃里斯(Joseph Ellis)誉之为"最佳历史小说"。2017年,哈里根出版了一部有关得克萨斯历史的小说,名为《他们来自天空》

(*They Came from the Sky*)。简单地说，历史已成为哈里根的叙事作品中至关重要的主题。

在哈里根创作的历史小说中，《阿拉莫之门》尤其吸引了学界和读者的高度关注。该小说以 1836 年阿拉莫围困事件为主要叙事内容，采用虚实结合的方式呈现得克萨斯独立革命的历史。哈里根采用非线性的叙事手法，记录圣哈辛托战役的幸存者特雷尔·莫特在 1911 年 4 月 21 日参加纪念得克萨斯独立的庆典仪式的经过。除了以"鲜花之战"命名的引子和后记，小说主要讲述三位虚构的小说人物——特雷尔、莫特夫人以及美国植物学家埃德蒙·麦克高文以及他们被动地卷入阿拉莫之战的经历。小说的主体部分沿着两条线索展开：一、少年时期的特雷尔因与母亲发生误会，离家出走，急切证明自己已经成年，加入特拉维斯领导的美国反叛军；二、莫特夫人与埃德蒙结伴闯荡烽火四起的墨西哥，寻找离家出走的儿子，为了保命，他们无奈地卷入得克萨斯独立革命。哈里根通过虚构特雷尔以及他与形形色色的真实历史人物之间的关系，艺术化地呈现了 19 世纪美国秉承"天命说"向西扩张的帝国史，揭示出美墨边地冲突背后不同的国家意识形态权力之间的博弈和制衡。

谈及《阿拉莫之门》的创作意图，哈里根在接受采访时直言不讳地指出，阿拉莫的历史远非人们普遍认同的"宏大历史"，历史事实的复杂性远超人们的想象。他把阿拉莫围困事件称为"墨西哥内战"，并将之比作"一幕更大的戏剧"（Harrigan，2005：143）。既然是"墨西哥内战"，就应该和美国历史英雄叙事没有关系。这也许是很多美国政客最不想听到的名称，因为它直接指涉了事件背后美国的扩张本质。美国的官方历史将阿拉莫围困事件表征为美国勇士为所谓的"自由""民主""进步"而浴血奋战的英雄史，而哈里根的历史观则具有强烈的颠覆性。他认为阿拉莫之战"并非善与恶、自由与暴政之间的简单问题。抛开自由来说，许多得克萨斯反叛者有其他人为的意图，例如：收敛钱财、博得政治权力"（Harrigan，2005：143）。他的言辞不仅揭穿了官方历史话语蕴蓄的意识形态特性，还暗合了后现代史学家将历史视为"历史叙事"的观点。依照海登·怀特的观点，历史的本质与文学叙事别无二致，两者皆是主体对叙事材料的"解码和再编码的过程"（White，1978：96）。如果说历史学家通过筛选历史"事件"，且依照一定的叙事顺序，将它们组合起来，形成历史"事实",那么,小说家则通过主观的叙事策略,将历史"事实"融入文学想象,可以建构出不同的历史图景。一言以蔽之,历史叙事和小说叙事是同一种话语形式的体现和实践,具有建构性、权力性和意识形态性。

在《阿拉莫之门》的后序中,哈里根写道:"通常来讲,历史小说家当然不受真相的限制。他们应该被给予能把握更多真相的余地,但作为读者,我更加倾向于认为,历史小说应该具有历史可信性。"(Harrigan, 2000: 734 - 735)一方面,历史小说家肩负着塑造有血有肉的真实历史人物的使命,并由此建构叙事文本的历史可信性;另一方面,他们有着编纂和虚构小说人物的特权,并把这些虚构的小说人物置于特定的历史事件中,使得虚构人物与真实历史人物之间发生关联,探索特定的历史事件之于人们的影响,表达对历史的阐释性认知。因此,作为一种基于史料创作而成的文类,历史小说并不完全复制官方的历史记载,也并非对历史事件的前因后果进行缜密的逻辑编排,却包含了许多历史记载中缺失的成分,以一种更直观的方式,引领读者在文学话语与历史话语的交锋之中重新认识历史,逼近真实的历史面目。《阿拉莫之门》的叙事内容基本遵循了哈里根对历史小说的见解。他虚构了特雷尔·莫特这一小说人物,并由他贯穿阿拉莫围困事件的前后,连接卷入该事件的真实历史人物。通过着墨特雷尔的参战经历和他的所思所感,《阿拉莫之门》反映了阿拉莫之战发生前后聚集在美墨边地的两股不同政治权力的对抗,并透过被放逐在历史中心之外的少数族裔的视角,检视得克萨斯乃至美国在 19 世纪寻求扩张兼并的帝国征服史,也探索这种"征服的遗产"加之于当代美墨边境文化的不良影响。

三、边地冲突的小写历史

海登·怀特认为,小说和历史都"以认知为目的,以模仿为手段"(White, 1978: 122),因而,在反映现实问题上,两者具有相通之处:叙事性。历史叙事取决于史学家对叙事材料的编码方式和对叙事视角的选择,是"解码和再编码的过程",而叙事的阐释力量"取决于原初编码和再编码的对立"(White, 1978: 96)。经历史学家编码之后的历史"事实"是主观性的,话语性的,甚至带有一定的片面性和虚假性,因为历史书写总是与意识形态和权力密切相关。

同样地,作为叙事文本,小说是由作家对故事进行"解码"和"再编码"之后的产物,以虚构性为主要特征。

正如历史学家通过叙事策略将历史事件转变成历史"事实"一样,小说家通过文本叙事把文学与历史糅合在一起,将历史"事实"表征为历史事件。换言之,作家笔下的历史不再是一种客观存在的"事实",而是历史修纂,原本大写的、单数的"历史"被小写的、复数的历史取代(盛宁,1993:254-256)。《阿拉莫之门》正是这种历史书写的一部力作。哈里根通过糅合真实的历史人物和虚构的小说人物参与阿拉莫围困事件的经历,重构了美国大众文化表征的阿拉莫神话,并借此审视19世纪美国向西扩张的帝国史。

怀特指出,"正如每一种意识形态伴随着一种特定的历史及其过程的观念,每一种历史观也伴随着特殊的、确定的意识形态内涵"(White,1975:24)。同样地,意识形态也塑造了历史学家对阿拉莫围困事件的叙述。19世纪正值美国西进运动之时,上至政府阶层,下至普通百姓,都从"天命说"中找到了征服异邦、扩张边地的宗教理据。在他们看来,印第安人和墨西哥人等少数族裔是落后、野蛮甚至返祖的,他们有义务和权利拯救这些落后的族群。这种"自我"与"他者"相互对立的二元思维,暴露了国家意识形态中的种族主义倾向,也决定着史学家在书写阿拉莫的历史时篡改或遮蔽美国民族的殖民扩张。然而,在《阿拉莫之门》中,哈里根质疑了"白人优越论"的历史话语。

作家虚构了一位受雇于墨西哥政府的美国植物学家——埃德蒙,并透过该人物的视角审视美国移民形象。在返回墨西哥城与墨西哥政府商榷延长雇佣期限的途中,埃德蒙偶遇了一群正在策划反抗墨西哥政府的美国激进分子。他虽不愿谈论太多的政治,却感到战争间不容发,思考着"这场战争的性质或者它真正的主角是谁"(Harrigan,2000:27)。在他眼中,这些激进分子"焦躁不安,愤愤不平",却自发地"组成安全委员会,请求墨西哥政府允许得克萨斯独立成州,赋予它蓄奴、征收地方税和关税的特权。他们心中一直坚信得克萨斯根本不属于墨西哥"(Harrigan,2000:27)。这些"自由之士"属于"令人毛骨悚然的、贪婪的种族",他们各怀鬼胎,且谋划独立的意图不尽相同,却是一群"最终会蚕食掉弱小共和国的寄生虫"(Harrigan,2000:27)。在埃德蒙的眼中,历代美国人交口赞颂的独立分子不再是为国家和民族流血牺牲的英雄,而是一群由贪婪、自私的乌合之众组成的扩张主义者。从本质上说,美国移民在边地挑起事端和策划战争的背后,是扩展帝国版图、搜刮经济利益的殖民心态在作祟,而"白人优越论"不过是一块意识形态的遮羞布,掩盖了他们欺压弱国、掠夺资源的侵略动机。

哈里根在《阿拉莫之门》的后序中写道:"历史真相是一种难以捉摸的主观物,阿拉莫的故事更是如此,它被埋没在多层几乎不可还原的神话与反神话之中。"(Harrigan,2000:734)诚然,历史真相无法重现,因为历史书写受某些支配性原则的限制,语言的统治力量被用于将中心权力的既定存在合法化。阿拉莫的历史亦是如此。官方叙事将阿拉莫的历史转码为一部充满了牺牲、自由和民主精神的宏大史,其背后的意识形态性一目了然:美国移民以"反抗暴政"为名,以"自由"为口号,以个人牺牲为荣,合理地向"蛮荒之地"输出美国民族价值和炮制它"先进"的政治体制。在官方宏大史中,詹姆斯·博伊、大卫·克罗基特和威廉·特拉维斯被誉为阿拉莫的"神圣三杰"。他们不仅是得克萨斯独立革命的有功之臣,还是美国历史上的民族英雄。他们在阿拉莫之战中的阵亡拉开了得克萨斯共和国诞生的序幕。正如布里尔所言,阿拉莫犹如一个"接受洗礼的神秘圣水池",池中之物是"阿拉莫英雄的血液,是给予得州自由的生命之流"(Brear,1995:31)。然而,在小说中,哈里根利用语言的解放力量,解构了"神圣三杰"的民族英雄形象。

作为美国移民志愿军的总指挥,威廉·特拉维斯远非阿拉莫神话中表征的英雄形象,而是一位政治阴谋家。小说中,在被问及美国移民是否愿意加入萨卡特卡斯反抗墨西哥政府的起义军时,他回答:"即使我们……帮他们打败圣塔·安纳,我们还剩下什么? 即使我们获得独立州的身份,我们是谁呢? 墨西哥的一个偏远州么……为成为墨西哥的一部分而反抗的日子结束了。我们为自由而战。"(Harrigan,2000:140)在他看来,"让两个对立的族群在一切事务中联合起来,是一件完全不可能的事……独立是唯一的答案……除了反抗,没有任何光荣的出路。为墨西哥的同盟而战,同样没有荣誉,没有利益"(Harrigan,2000:140)。他自视为自由的代言人,宣称"从现在起,事情将以一种或者另一种方式得以解决……得克萨斯或将是一个自由之地,或将是受暴政统治的奴役之地"(Harrigan,2000:141)。

　　然而,特拉维斯宣扬的自由只限于白种人,甚至可以说是奴隶主的自由。有了奴隶主的自由,就没有黑奴的自由。他率领的移民志愿军反抗墨西哥政府的原因之一,是圣塔·安纳拒绝在得克萨斯实行像美国南方一样的蓄奴制。小说中,哈里根通过突出特拉维斯保留黑奴乔的历史事实,揭示阿拉莫围困事件的政治悖论性。在特拉维斯和其周遭之人的眼中,乔是主人的"财产",不仅负责打理主人的衣食住行,还得随其走南闯北,"建功立业"。特拉维斯以"自由"之名而战的口号,无非是试图从国家层面上将蓄奴制合理化,替白人剥夺黑人的自由并奴役他们寻求政治辩解。这种有限制的自由将读者的关注点转向 19 世纪美国的蓄奴史,暴露了"自由"之名背后的政治意图和经济动机。哈里根以真实历史人物——乔为原型,刻画特拉维斯与他的主仆关系,意在反映19 世纪美国种族主义意识形态的劣根性,也影射官方历史叙述对此种意识形态进行"自圆其说"的话语行为。

　　小说中,特拉维斯看似个人化的言行,其实是 19 世纪美国谋求帝国扩张的缩影。埃德蒙在玛丽·莫特经营的旅店歇脚时,偶然认识了特拉维斯,并讽刺地称他为"年轻的帝国缔造者"(Harrigan,2000:146)。历史上,在约翰·昆西·亚当斯(John Quincy Adams,1767-1848)和杰克逊总统的任内,美国政府曾先后派人同墨西哥政府洽谈购买得克萨斯的事宜,但都以失败告终。许多心怀扩张理念的美国人坚持认为,得克萨斯曾是路易斯安那州的一部分,应该连同 1803 年《路易斯安那购买案》中的领土归属美国,而 1819 年美国政府撤销对得克萨斯的领土要求实为错误决策。多年来,在试图兼并扩张的野心的撩拨下,美国政府操纵得克萨斯的美国移民策划独立。1836 年 3 月 1 日,美国移民在圣费利佩召开大会,次日便宣布独立。

　　独立宣言罗列了墨西哥政府的种种罪状,控诉墨西哥军事独裁,实行专制统治,剥夺公民权,践踏人权,限制自由。这些反叛有理、独立无罪的言辞将美国移民置于正义、无辜的道德高地,却把墨西哥及其公民与邪恶和野蛮画上等号。事实证明,阿拉莫围困事件既是美国在 19 世纪完成大陆扩张的关键性历史事件,又是它在北美洲上演帝国霸权的序曲。分割邻国土地,扩大领土管辖权,是当时美国政府的要务。小说中,特拉维斯对他的儿子查理说,得克萨斯是一片"丰腴之地","我将把它从墨西哥的手中取回,并作为礼物送给你"

(Harrigan，2000：146)。在他看来，墨西哥不配统领这片土地，因为它的政府"偷盗掠夺，实行独裁和贵族专政，一团混乱，根本没有政府的样子，今朝共和政体，明日寡头政治，接着是军事专制统治，然后又是所有这些邪恶事物的混合体"(Harrigan，2000：145)。依照他的逻辑，美国移民揭竿而起、反抗专制政府的做法具有道德合理性和政治正确性。

然而，作家借埃德蒙之口道出了真实意图：这些殖民者对墨西哥政府所持的态度千差万别，"从绝对的忠诚到彻底革命的狂妄讨论……尽管他们有些合法的要求，但其中不乏有些恶棍借机敛财，通过购买一块接一块的土地，最终占领土地"(Harrigan，2000：208)。就本质而论，他们是"杰斐逊的儿子们"，是"所谓的人权信奉者"，但其最终目的是"建立奴隶帝国"(Harrigan，2000：379)。他们以圣塔·安纳拒绝恢复墨西哥新宪法为由，"要从墨西哥独立出来，也许还会带上墨西哥的两三个州，然后再加入美国"(Harrigan，2000：379)。历史表明，1836 年 4 月 21 日，移民志愿军在休斯顿的领导下，在圣哈辛托河边击败墨西哥军队，胁迫圣塔·安纳签订《韦拉斯哥条约》，承认得克萨斯独立。从独立之日起，美国政府便承认得克萨斯共和国的合法性，并在 1845 年通过国会决议，邀请它以第 28 个州的身份加入美国。可见，以特拉维斯为首领的移民志愿军不是捍卫自由和人权的正义之士，而是替美国的帝国扩张排除障碍的清道夫，是典型的"政治阴谋家"(Harrigan，2000：380)。

小说中，哈里根刻画了另一位历史人物——詹姆斯·博伊，并借此反观 19 世纪美国的帝国扩张从"天命论"中寻找宗教理据，合理化其殖民行径的现象。在旅馆初识博伊时，埃德蒙误以为他是自己熟知的植物学家和标本收藏家，后来才知他是臭名昭著的"劈刀手、奴隶走私贩子和土地诈骗犯"(Harrigan，2000：70)。在大众认同的官方历史记载和文化表征中，博伊是集正气、牺牲和勇猛于一身的民族英雄。而在哈里根的叙述中，他与江洋大盗相比有过之而无不及。在美墨边地停留的几年间，他曾在"科曼切的乡间搜刮西班牙银币，抢夺土地，在科阿韦拉挑衅滋事"(Harrigan，2000：70)。为了掩盖自己的贪婪，他不仅以自由为名，合理化了他追逐名望和经济利益的深层次动机，还从宗教信条中寻找理由，替美国的西进扩张披上神圣的外衣。在劝诫埃德蒙加入反叛墨西哥的队伍时，他认为得克萨斯独立是天命昭昭之事，并说道："这一事实正是问题的关键。得克萨斯想成为美利坚的一个部分,这一点上帝知道,……你也很清楚。"(Harrigan,2000:75)在此,他对上帝的指涉蕴含着丰富的叙事意义:美国移民志愿军受上帝的旨意,前来启迪被暴君蹂躏的墨西哥人民,结束他们愚昧和落后的状态。因而,任何反叛活动并非利己的帝国意识显现,而是一种利他的拯救行动。在美国人的"超我"中,他们是文明人,有义务将民主、自由和道德传播到落后的地方。然而,在国家管控薄弱的边地空间,他们的"本我"中的黑暗和欲望容易倾巢而出,甚至无视道德和政治约束满足一己之私。可以说,博伊的言辞使19世纪美国官方对阿拉莫乃至整个西进运动历史的陈述中掺杂的宗教意识形态暴露无遗:"天命论"不过是给美国的领土扩张史平添了一件美丽的宗教外衣。

在哈里根笔下,像博伊一样摇身变为爱国志士的美国移民,是一些披着"文明"外衣的野蛮人,是帝国主义的帮凶。小说中,博伊在独立革命期间感染肺结核,不治而亡,其他的志愿者也在战斗中丧生。他们虽死在阿拉莫要塞,却铺平了美国进一步向墨西哥发起殖民战争的道路。1846年至1848年的美墨战争便是很好的历史脚注。它的出现是"天命论"和强权政治相结合的产物。通过战争,美国分割了接近当时墨西哥一半的领土,顺利地将帝国的边界延展至太平洋沿岸。然而,哈里根的叙述跳出了阿拉莫围困事件的传统叙事,美化甚至夸大美国民主、自由等价值观的政治逻辑,呈现了这一段扩张主义的意识形态权力操控之下的边地纷争。他将历史事件与现实世界连接起来,意在"凸显并挑战那种设想的有关(语言再现与世界和历史之间)无缝对接的惯例性和未被招认的意识形态"(Hutcheon,1989:150),破除人们认同19世纪美国西进史和政治现实的幻象,进而超越了"大写历史"的片面性和偏狭性。

小说中,历史人物大卫·克罗基特的形象也与阿拉莫的官方史中的表征相互抵牾。在美国民族的集体无意识中,素称"狂野边疆之王"的克罗基特是西部边疆精神的化身,代表着自由精神和实干主义等民族核心价值。实际上,这位来自田纳西州的边疆传奇人物,是历史上耳熟能详的迫害印第安人的杀手。他分别于1821年和1823年入选田纳西州立法委员会。随后,他在1827年至1831年以及1833年至1835年期间,就职于美国众议院。1835年,杰克逊总统提名的候选人取代了克罗基特的职位。他迫于生计,背井离乡,率领一班人马跨过红河,来到得克萨斯,试图重振威名。

理查德·斯洛特金指出,19世纪的美国移民发现西部能为他们"提供机会,让他们重获财富,重振精神,重建教会,重塑民族力量"(Slotkin,1992:5)。像大多数西迁移民一样,克罗基特将发财致富、重振威名视为西行的首要目标。由于政治手腕不及杰克逊总统,克罗基特在权力斗争中失利。政治前途受挫的他流窜到得克萨斯,"逃避失败或羞辱",伺机东山再起,重掌政治大权(Slotkin,1992:470)。因而,美墨边地于他而言是改变命运的希望之地,他满腔热血地加入移民志愿军,期待在得克萨斯独立革命中大展拳脚。随着阿拉莫要塞失守,他的个人抱负化作灰烬。美国官方宏大历史对此人进行了彩绘,凸显了他的爱国和牺牲精神。这种把移民志愿军以及他们的反抗行为合理化甚至崇高化的做法,逐渐形成了被历代美国人盲目信奉的神话叙事,掩盖了美国强占墨西哥领土的历史,同时又起到了渲染民族一体,强化民族身份认同的作用。

历史学家大卫·韦伯指出,"大多数有关阿拉莫的宝贵故事虽都缺乏历史事实依据,但它们从现实的尘世领域走向了神话的最高阶段"(Weber,1988:135-136)。阿拉莫围困事件在交口相传的神话中被讲述、被记忆,并凝结成深嵌于美国民族的集体无意识中的文化情结。作为一种讲故事的方式,神话通过叙述某种文化创建者的英雄事迹,或者通过共同的纪念仪式,承担着维护某一族群的文化连续性和历史同一性的职能。罗兰·巴特认为,神话是"一种意指形式",是"历史有目的地筛选的言语类型",意在将"历史阶段文化转换为普遍本质"(Barthes,1972:109,5)。巴特揭示神话在人类社会中扮演的霸权主义角色,将统治阶层的政治意识形态打扮成中立的、普遍的、自然的、合法的价值观,隐藏在理想化的神话面具之后。由此,神话被赋予了意识形态性,解释现有的社会、文化和政治秩序。

毫无例外,阿拉莫神话以阿拉莫围困事件为叙述对象,是一种主流白人建构的叙事,带上了统治阶层的意识形态色彩,合理化了他们对历史"事实"的表征。作为理解得克萨斯乃至整个美国的"共同信念和共同身份"的关键范畴(Dorsey,2005:39),大众所认同的阿拉莫神话不仅传达崇尚勇气、自由和牺牲的精神,讲述了民族起源的故事,还阐释了民族主义的合法性,因为此神话的修辞性存在已经"超越得克萨斯的边界，成了美国民族主义的主要神话"（Milford，2013：114）。

　　然而，在《阿拉莫之门》中，哈里根没有照搬阿拉莫神话的叙事，而是通过运用历史小说的某些基本要素，以质疑历史真相的后现代精神颠覆了美国大众心中奉为民族英烈的历史人物的形象，解构了阿拉莫神话的崇高性。因此，哈里根的阿拉莫叙事，不仅跳出了以往将历史人物浪漫化甚至神化的历史书写，还诘问了官方宏大历史叙述的可靠性，也批判了将美国西进殖民的帝国进程整合为同质化的、单声部的国家意识形态权力这种做法。

四、主体历史之外的"他者"历史

　　琳达·哈钦认为，"从经验论上讲，过去的事件是存在的，但从实证论来看，我们今天只有通过文本来知晓它。历史再现只能赋予过去的事件以意义，而非它的存在"（Hutcheon，1989：81）。的确，在《阿拉莫之门》中，哈里根通过解构阿拉莫英烈的崇高形象，阐释历史事件的意义，为读者打开了一扇窥视美国帝国史的窗。作为潜在的故事要素，历史事件本身是中立的，而历史学家如何选择、排列和组合事件则决定了历史书写的意识形态倾向。

　　自1845年得克萨斯并入美国起，有关美墨边地纷争的历史书写就受到白人统治阶层的意识形态所左右。传统史学家和早期的历史小说主要从建构统一的美国性或文化身份的立场出发，书写美国的边地冲突史。其中，极具影响力的历史论断当属弗雷德里克·杰克逊·特纳（Frederick Jackson Turner，1861-1932）的文章《边疆在美国历史上的意义》（"The Frontier in American History"）。他从白人男性的角度提出西部拓疆对塑造统一的美国民族身份的重要性，却忽略甚至粉饰其中涉及的殖民主义、帝国行径、阶层区隔和性别歧视等问题。

　　在后现代的语境中，历史学家通过重审历史事件，试图使那些被主流历史压制的声音发声。新西部历史学家唐纳德·沃斯特直言，美国西南部边界的扩张是"一个付诸暴力的帝国主义过程"，与之相伴的是"对少数族裔、女性和自然的欺凌"（Worster，1991：12-13）。同样地，小说家，尤其是那些对族裔文化冲突深有感触的地域作家，也通过他们的艺术表意实践，恢复被淹没在一元化权威历史叙事中的"小叙事",以一种质疑主流意识形态的姿态阐释历史事件。哈里根在《阿拉莫之门》中,将虚构的小说人物与真实的历史人物联系起来,透过这些游离于社会权力体系之外的"他者"的视角,重估历史事件的意义,透露出历史"真实"背后暗藏的意识形态潜流,凸显官方历史中被消音的那些成分,从文化层面上对美国历史编纂进行文本化的干预。

首先,哈里根透过墨西哥人的视角,叩问阿拉莫围困事件的政治合法性。有论者指出,有关这一历史事件的表征,是一部"压抑墨西哥少数族裔"的历史(Lyman,1998:20)。这些表征从"白人优越论"、世俗的宗教责任和政治体制的优越性中寻找移民志愿军策划独立活动的"合理"依据,将19世纪美国踩着少数族裔的尸骨向西拓展的殖民史合法化,却未从少数族裔的立场正视历史创伤。在很长一段时间内,阿拉莫围困事件的历史书写沿袭了参与此事件的移民志愿军的逻辑思维,即得克萨斯"在精神上、态度上、政治上、社会上、经济上和人口上都是'白色的'"(León,1983:13)。但哈里根反其道而行之,赋予少数族裔人群与"既定"历史对话和商榷的权利。

小说中,受圣塔·安纳之命出征围剿北方起义军的墨西哥上校胡安·阿尔蒙特回应了美国移民对墨西哥的殖民想象。他认为,即使墨西哥政府满足美国移民提出恢复墨西哥新宪法的要求,他们也不会善罢甘休,反而会得寸进尺,觊觎更多的墨西哥领土。他陈述了墨西哥政府所做的一系列让步,包括放宽移民政策、允许信奉清教和使用英语、出台延迟废奴的法律等。在他看来,美国移民要求墨西哥政府取消关税政策,其实是美国政府对墨西哥进行经济殖民的隐讳表达。他质疑:"难道一个国家没有对外来商品征收关税的权利吗?难道神奇的美利坚不是用这种方式来保护它的经济的吗?"(Harrigan,2000:208)他的质疑一方面将读者的视线带回美国一直对墨西哥实施经济压榨的历史,另一方面通过呈现美墨两国的国家意识形态之间的正面冲突,表现作为"他者"的墨西哥对拥有强势话语权的美国的抗拒,也体现一种"边缘"话语向"中心"话语的围攻和反写。在这种话语博弈中,阿尔蒙特明晰无误地指出,美国移民远非是"进步""自由"和"民主"的推进者,而是以这些看似正面的话语标签为幌子,"合理合法"地掠夺墨西哥的经济资源,甚至干涉墨西哥的内政。

小说中,哈里根也从另外一位墨西哥人的视角探讨了得克萨斯独立革命的性质,旨在揭示阿拉莫围困事件背后隐含的美国殖民主义。埃德蒙和玛丽·莫特在结伴去墨西哥城的途中,不幸被墨西哥的爱国人士埃斯皮诺萨扣留。在交谈中,他对这两位来自"第一世界"的公民发表了他对北方反叛军的看法。他认为这些独立分子"充其量是忘恩负义的人。墨西哥政府分给他们土地,给予他们自由的公民身份,而他们对此一点都不感恩。说难听点,他们就是逃亡者和机会主义者"(Harrigan,2000:381)。在随后的对话中,埃斯皮诺萨对美国移民夜郎自大的态度表示反感,并表达了维护墨西哥领土完整的决心。他用满腔爱国热情的口吻说道:"得克萨斯仍然属于墨西哥……我将要求你们(埃德蒙和玛丽)说这个国家的语言。"(Harrigan,2000:383)毋庸置疑,这样的叙事场景将被沉默的"他者"推向历史前台,而"他者"的反殖民主义姿态挑战了强势文化的话语权,由此,"他者"作为一种话语形式,堂而皇之地进入了历史舞台。

同样地,哈里根赋予墨西哥士兵表达他们对移民志愿军的看法的权利,并以此解构了主流历史话语对墨西哥民族形象的脸谱化塑形。前文提到,圣塔·安纳麾下的墨西哥军人被移民志愿军视为丧失人性的战争机器。在大多数有关阿拉莫围困事件的文化表征中,墨西哥军人是一群无名的、无身份的野蛮人,手持血淋淋的屠刀,成群结队地向阿拉莫要塞逼近,残忍地杀害移民志愿军,甚至连妇孺也不放过(Black,2010:44)。简言之,他们是未开化的异类(Graham,1985:38,46)。但哈里根笔下的墨西哥士兵改变了基于"白人优越论"话语建构的野蛮人形象。他们遵从圣塔·安纳总统的指示,在占领阿拉莫要塞之后,没有杀害手无缚鸡之力的妇孺。相反,在墨西哥士兵的眼中,移民志愿军散发着蛮夷之邦的气息,是一群"狂野的、没有节制的、贪婪的"乌合之众(Harrigan,2000:155)。他们"如狼一样邪恶",甚至还割下"对手的阴囊当钱包使用"(Harrigan,2000:156,155)。在随后的圣哈辛托之战中,墨西哥军队被休斯顿将军统率的先锋部队击败。战败投降的墨西哥士兵没有得到赦免,却成为泄愤的活靶子。他们有的被砍下了头,有的被当众侮辱,甚至连战死的士兵尸体也惨遭移民志愿军的蹂躏。相形之下,移民志愿军才是真正的野蛮人,而墨西哥士兵更具人性。至此,哈里根的历史叙述正面刻画了墨西哥人,罢黜了移民志愿军占据的道德高地和种族优势之位,修正了美国殖民主义的历史话语对墨西哥民族偏颇的形象塑造。

其次,哈里根通过着墨历史人物乔,凸显黑人同胞的阿拉莫经历,言说阿拉莫围困事件带给黑人群体的创伤历史。乔是特拉维斯的黑奴,历史上确有其人。在小说中,受特拉维斯的政治言辞的影响,乔也满腔热血地参与了保卫阿拉莫之战。尽管他有机会离开主人,到墨西哥过自由人的生活,但这种想法只是一闪而过。他明白"尽管墨西哥是一个受暴政统治的国家,却不曾有专为黑人量身打造的暴政统治"(Harrigan,2000:492)。长期浸润在特拉维斯打造的"爱国主义"的环境中,乔的思想明显地被美国所谓的"民主""自由"等意识形态观念收编,因而,他宁愿"作为奴隶而战死阿拉莫,也不愿作为自由人到外面生活"(Harrigan,2000:492)。他为"自由"而战的勇猛势头和英雄情怀几乎让他忘记"自己的存在"(Harrigan,2000:519)。然而,他理解不了特拉维斯和周遭的白人男性一直强调的反抗"压迫"所指何事。他认为这些人"有不来得克萨斯的自由。一旦他们(墨西哥人)觉得不需要他们,他们也有离开的自由"(Harrigan,2000:521)。这种来去自由的道理,乔都能领悟,而美国移民不过是给他们策划暴力革命寻找冠冕堂皇的借口。

作为参战人员,乔是为白人独享的自由权利而战。然而,在正统的历史和大众文化表征的阿拉莫之战的叙述中,少数族裔,尤其是墨西哥裔和非裔移民,言说他们自己创伤历史的声音被强势的种族主义话语所压抑,甚至被消音。正如麦克·米尔福德所言,"在故意歪曲阿拉莫历史的神话中出现的……所有非盎格鲁人是为支撑种族主义意识形态而存在的"(Milford,2013:121)。小说中,黑奴乔既是阿拉莫之战的参与者和幸存者,也是受害者。他的阿拉莫经历表明,宏大历史叙事对历史事件的某些侧面的失忆,是意识形态权力作用的结果,意在掩盖和美化历史污点。不同于那些过滤和漂白阿拉莫历史的叙述,哈里根的历史书写恢复了非裔人群参与并阐释历史事件的权利,让那些异质化和碎片化的历史片段进入一元化的"大历史",补正了少数族裔在阿拉莫叙事中的缺场状态。

小说中,因其黑奴身份,乔在阿拉莫要塞失守之后被赦免。几经辗转,他与休斯顿率领的志愿军汇合,并报告了阿拉莫之战的情况。休斯顿问及特拉维斯是否"勇敢地"战死时，他编造了一个主人英勇阵亡的故事：在被射伤的情况下，特拉维斯"拔出射进他后背的箭，向一个墨西哥军官射去"（Harrigan，2000：669）。实际上，特拉维斯死亡的场面充满暴力、血腥和恐怖，乔亲眼见到他倒在自己的面前，"脑浆从后脑勺流出"（Harrigan，2000：669）。一方面，乔编织的谎言是个体在应对创伤事件时的选择性失忆行为和生存策略；另一方面，它作为一种遗忘的策略与特拉维斯的"铭记阿拉莫"的战斗口号形成强烈的对比，不仅揭示出历史人物的存在价值被外在的政治力量所异化，还映射出阿拉莫的历史甚至整个美国西部的宏大史，无非是政治权力作祟下，编纂者突出那些符合主流意识形态集团利益的历史片段组合。显而易见，哈里根刻画黑奴乔的形象用意深远：以小说的虚构叙事，填补历史叙事的空白，图绘历史真相的多义性和复杂性。

最后，哈里根从女性的视角考察阿拉莫围困事件的影响，将女性写入男人的历史，纠正主流历史叙事将男性表征为事件中心人物的偏颇。迈克尔·吉梅尔指出，"力量""勇猛"和"决心"是男性气质的主要特征，具有"很强的政治效果，起着把男性个人气质等同于国家力量和国家权势的效果"（Kimmel，2006：121）。相反，"阴柔""胆小""羸弱"等女性气质，决定了女性不宜代表国家文化，尤其不宜代表民族主义、国家身份等男性化的话语修辞。因而，在阿拉莫围困事件演绎为讲述美国民族起源的神话语境中，女性参与此事件的经历通常被剔除在男性化的历史叙述之外。

但哈里根通过虚构玛丽·莫特卷入历史事件的经历，肯定了那些被官方历史排斥的女性话语。玛丽是一位来自东部的美国移民，年轻时与丈夫到得克萨斯讨生计。丈夫和小女儿因病去世之后，她带着儿子特雷尔，在雷富希奥靠经营旅店为生。对她而言，生计为先，活命为大，因此她一心只想远离暴力革命带来的烽火狼烟。正如她对埃德蒙所说："在这个殖民地……如果我们保持镇静，不涉入这场胡闹的独立，我们应该是安全的。"（Harrigan，2000：124）玛丽是一位和平主义者，坚信"如果人们停止谈论革命，开始思考种小麦的方法，得克萨斯将会是一个更好的地方"（Harrigan，2000：65）。她虽不发表对独立革命的见解，却深知她和儿子的命运"直接取决于得克萨斯的命运"（Harrigan，2000：78）。在她的眼里，那些被官方历史叙事表征的阿拉莫英雄,不过是由醉汉、恶棍和自恋者组成的莽夫。她认为得克萨斯聚集着一群"狂妄自大、故作姿态的人,例如,爱慕虚荣的醉汉山姆·休斯顿,他们迟早会把事搞得一团糟"(Harrigan,2000:47)。从女性的角度来看,主流历史叙事赞颂和美化的阿拉莫英雄是一些小丑式的人物。在此,哈里根反映普通人在这一段特殊历史时期的生活境遇和政治观念,实现了对历史事件的多元化阐释。

小说中,玛丽从一位对得克萨斯独立革命漠不关心的旁观者,转变为一个在烽火中成长的女战士。她的转变象征性地完成了女性在男性化的历史中由"缺席"到"在场"、由"私人领域"到"公共领域"的过渡仪式。安妮特·科罗德尼在分析 19 世纪西部小说中的女性形象时,指出女性通常被限制于家庭空间,她们要么作为陪衬角色,担负生养持家的责任,默默地在"私人领域"书写"她们"的历史,要么作为丑化甚至妖魔化的角色阻碍男性进入"他们"的历史(Kolodny,1984:3)。作为一部反映美国拓殖史的西部小说,《阿拉莫之门》并未继承传统西部小说对女性的刻板描写,却以女性在"公共领域"的出色表现,赋予女性评断历史事件的话语权,肯定尚未被官方历史承认的"他者"所发挥的政治作用。

最初,玛丽不愿卷入政治纷争,因为战争是不同意识形态团体之间争斗和抗衡的手段,而大多数情况下普通民众都是牺牲品。但事与愿违,玛丽因误以为儿子特雷尔与艾德娜发生男女关系,并导致她和腹中胎儿丧命,母子之间嫌隙横生。年仅 16 岁的特雷尔出于躲避母亲的质疑,在不明战况的形势下带着父亲留下的步枪离家出走,直奔冈萨雷斯,投奔独立志愿军。初次体验到战争的刺激之后,特雷尔带着胜利的狂想,加入了斯蒂芬·奥斯汀统领的队伍。玛丽因担心儿子的安危,与埃德蒙结伴而行,寻找儿子踪迹。不幸的是,玛丽和埃德蒙被埃斯皮诺萨当作敌国的探子,遭到软禁。为了保命,两人伺机逃跑,并卷入枪战,失手杀死了埃斯皮诺萨。为躲避敌人的追捕,两人跳入河中隐藏,随后沿河而下,留宿在一户山地人家。几经波折,玛丽找到儿子,却不忍心让他孤军奋战,遂决定留在临时医院当护士,救助受伤的士兵。玛丽的角色转变看似是无奈之举,实则隐含着深刻的政治意蕴。她是 19 世纪致力于开拓得克萨斯乃至美国西部的女性形象的缩影。在历史和命运面前,她积极抗争,也保留了伟岸的母亲形象。这种刚柔并济的强者姿态,扭转了女性以隐忍、被动和服从的形象被写入男人主导的历史的命运。

　　无论是作为母亲,还是作为女战士,哈里根对玛丽的描写都凸显了女性身份的正面因素,也肯定了女性在政治、历史和社会中的积极作用。作为小说的核心人物之一,玛丽除了以刚强的母亲形象示人,还是民族历史和记忆的见证者,她的多重身份扭转了西部女性从属性"他者"的地位。在墨西哥军队准备占领阿拉莫之际,玛丽受到两位弥留之际的独立志愿军士兵克罗基特和迪克·佩里传送家书的委托。克罗基特担心死在战场,把留给儿子的家书交给玛丽保管,家书的内容是告知儿子如何找到"一个在红河实行人头权利制的地方"(Harrigan,2000:518)。另外一份家书是佩里写给妹妹的安慰信,劝慰她不要为自己的牺牲而伤心。信中充满"'推翻压迫'的高调言辞",劝说家人要"为他献身得克萨斯而'高兴'"(Harrigan,2000:518)。两封信的内容有着鲜明对比,这种对比昭示着那些试图确立秩序和进步的阿拉莫叙事,是被意识形态话语干涉之后"去芜存菁"的产物,忽略了被淹没在民族进步叙事中的历史小人物的可悲命运。

　　然而,借助虚构小说人物玛丽的存在,读者不难从历史断层中审视到"阿拉莫只是一个慷慨言辞的沉沦之岛"(Harrigan,2000:518)。可以说,哈里根再造一个更真实地反映当时历史事实的个人化叙述,这不仅讽刺了盲目顺从国家意识形态的历史叙事将阿拉莫英烈崇高化的行为,还使有别于男性认知论的女性历史从"不可见"变为"可见"。玛丽的个人化历史经历表明:历史书写的核心无关乎真实的历史究竟是什么,而在于如何讲述历史以及讲述什么样的历史。"再现的事件总是隐含着我们说话或书写的立足点。"(Hall,1992:220)再现所体现的"视角的政治"对于矫正被损毁、被扭曲和被篡改的历史十分重要,对于西部女性尤其如此。重新找回被湮灭、被消音的历史,就是女性发声的立足点,是女性重拾话语权的必要手段,而哈里根正是凭借《阿拉莫之门》中女性历史的发声,实现了这种"身份政治"和"视角的政治"。

　　海登·怀特指出,"过去区别虚构与历史的做法是,把虚构看成想象力的表达,把历史当作事实的表述。但是这种看法必须改变,我们只能把想象与事实相对立或者观察二者的相似性才能了解事实"(White,1978:98)。建构在语言叙述和主观意识之上的历史,受到意识形态对历史叙事的客观性的干扰,留下许多鲜为人知的历史断层。而文学叙事的功能便是以艺术想象的形式,对历史断层进行考古式的发掘。哈里根在《阿拉莫之门》中的历史书写,正是在历史记载与文学文本的碰撞与交集中,激活被遗忘的历史,重构被压制的"他者"的历史话语。作家在尊重史实的基础上,想象性地填充、移植和补正在历史文献中缺失的"他者"的历史。这不仅是对宏大历史叙事进行祛魅,也是对历史人物的重新塑形,还积极响应了当下将少数族裔、性别问题写入美墨边地历史的政治呼声。

正如福柯所言,"写作是一种虚构……人们在政治现实的基础上虚构历史,也在历史的基础上虚构尚未存在的政治"(转引自王岳川,1999:32)。哈里根的历史书写不仅表明历史叙事的主观性和含混性,还暗含着作家试图重构对话性、异质性的"他者"话语的"政治无意识"(Jameson,1981:70)。他所表达的"政治无意识"是对美墨边境持存已久的冲突和纷争追根溯源的清算,揭示被宏大历史压抑和忽略的"小历史",表达恢复"他者"阐释历史的话语权的政治愿景。哈里根对阿拉莫围困事件的艺术化呈现,是以一种与正统历史争鸣和对话的姿态,打破主流意识形态欲将美国扩张的历史简化为符合统治阶层利益的独白,并以此启发美国民众对美国当下面临的边境冲突、文化矛盾和帝国霸权等问题进行批判性思考。

五、历史书写的叙事策略

从创作主题上说,《阿拉莫之门》以文学想象的形式呈现和阐释历史事件,揭示历史撰写背后的意识形态性和权力关系本质,建构历史权威之外的"他者"话语,体现作家质疑"宏大叙事"的后现代历史观。这种历史观并不意在戏拟官方历史,而通过舔舐历史创伤,检视美墨边境冲突的根源以及当代意识形态国家机器在强化种族意识和殖民心态方面所起的作用。因此,在叙事策略上,哈里根摒弃了传统历史叙事遵循的线性时间观,采取了非线性叙事时间,从多重叙事视角讲述阿拉莫的故事,使不同的历史话语互相形成对话和商榷,构成话语狂欢的场景,进而从文化干预的层面上抵制历史权威叙事。

小说中,哈里根从多种叙事视角叙述同一历史事件,体现了一种多元共存的历史观。小说的叙事围绕两条线索进行：一是小说主人公特雷尔·莫特作为圣哈辛托之战唯一健在的幸存士兵列席 1911 年花战游行（the Parade of the Battle of the Flowers）活动；二是少年时的莫特参加阿拉莫围困事件和圣哈辛托之战的经历。第二条叙事线索几乎占据整个文本的篇幅，囊括多个叙述视角，陈述各色人物对得克萨斯独立革命的看法和他们的参战经历。在哈里根的笔下，同一历史事件的不同话语表述构成了多重叙事视角，而这种叙事模式释放了被压制的历史真相，使得语言之外的历史真相处于动态的生成之中，让读者意识到历史真相是话语性的意识形态权力建构的产物。

以小说中谈及反抗墨西哥政府的原因为例，美国移民聚集在玛丽经营的旅店，各抒己见。其中，约翰·邓恩与詹姆斯·博伊就得克萨斯试图独立的合法性展开激烈争论。前者认为，"脱离墨西哥是一个非常坏的念头"，"我们应该对墨西哥感恩戴德"，因为它给美国移民"划拨了土地"（Harrigan，2000：75）。后者则予以针锋相对的回应，罗列了墨西哥的种种弊端：墨西哥"给你划拨了土地，现在又要以征收土地税的形式收回，又要以否定蓄奴制的方式让土地变得一文不值。他们是想把你变成奴隶"（Harrigan，2000：75）。前者"并不将墨西哥看作得克萨斯的敌人，正如一个人的身体不会把自己体内的心脏视为敌人一样"，而后者武断地认为"墨西哥是得克萨斯的敌人"（Harrigan，2000：78）。在相同的叙事语境下，不同的言说主体有着不同的话语表述，反映出不同意识形态之间的权力竞争关系，因为话语表述根据话语主体的权力地位、习俗、制度语境来改变自身的形式和意义（Foucault，1972：100）。

哈里根的多视角叙事还体现在小说赋予"他者"的话语权。小说中，墨西哥士兵发表他们的见解，戳穿了美国激进分子的政治野心。在一段意识流中，墨西哥士兵布拉斯袒露了他的想法："作为敌人，他们会是什么样呢？当然是混乱无序的，但充满勇猛和凶残。他们是一个身形接近巨人的种族，相信得克萨斯乃至整个美洲大陆都是他们俘获的对象。"（Harrigan，2000：163）同样地，在随后的叙述中，韦拉索奥、阿尔蒙特上校等也评断博伊、特拉维斯等人策划独立革命的行为。他们一致认为，杰克逊政府才是策划独立革命的始作俑者。本质上，他们的个人之见是一种政治性的话语行为，不仅贴近历史事件的本来面目，还扰乱了主流话语生产历史知识的连续性和稳定性，进而引导读者从话语和权力的相互关系中寻找附着于历史断层之中的"小历史"。可以说，哈里根用多视角的叙事模式构筑了一个彼此对抗和解构的历史话语场，而不同的意识形态在此相继登场，相互映照，从而拓宽了历史事件的阐释维度，也剔除了宏大历史话语所呈现的"令人作呕的虚伪和掩饰"（Barthes，1972：206）。

小说中的多角度叙事不仅打破了单向度的历史叙事，还通过历史话语之间的对话与争鸣揭示单一的、线性的历史叙事隐含的不可靠性，纠正历史"真相"的偏颇。例如，哈里根通过不同人物的叙述视角呈现圣塔·安纳总统的形象，修正了美国官方历史记载中暴力、血腥、残忍的墨西哥总统形象。在克罗基特、博伊和特拉维斯的叙述中，圣塔·安纳是一位暴君。然而，在墨西哥城停留期间，埃德蒙听到许多赞美墨西哥政府的评价。其中，阿尔蒙特大义凛然地为圣塔·安纳正名，说"他不是暴君"，"只是他直率和强势的个性不适合美国人的口味"（Harrigan，2000：210）。阿尔蒙特称赞圣塔·安纳领导墨西哥人民驱除西班牙殖民者的丰功伟绩，认为他是民族的希望，直言："杰克逊从来没有统治过墨西哥。这个国家（指墨西哥）是一个宗教和军队共同管制的地方，一个总统需要在两者之间进行安抚和斡旋，……需要的不只是力量或政治手腕，还要一定的狡黠，而这位总统富有这些能力。"（Harrigan，2000：211）此外，埃德蒙眼中的圣塔·安纳也非一无是处。相较满口高调政治口号的独立志愿军首领，墨西哥总统是一个"他前所未见的、富有魅力的人物"（Harrigan，2000：216）。在二者的交谈中，圣塔·安纳的言辞表明他善于思辨。他指出，"美国是一个很神奇的国度，是一个世界效仿的例子，但它像所有其他国家一样，有着贪婪和肆无忌惮的因素"（Harrigan，2000：217）。

不同的叙事主体对同一人物或事件的叙述意味着平等的、独立的话语交锋，表达了不相融合的声音和意识。不难看出，哈里根采用多角度叙事视角，不仅减少了全知叙事视角造成的不可靠叙事，也消解了正统历史叙事中叙事主体的权威性。这一点充分说明了作家的平等意识，即白人和以墨西哥人为代表的少数族裔在书写历史的过程中拥有同等的历史话语权。他们的叙述有时相互补充，有时相互矛盾。正是如此，小说自始至终没有一个总体性的、终结性的历史书写，而是开辟了一个开放的、动态的、生成的历史场。这样的叙事不单旨在发掘可能存在的历史事实，而且通过突出历史事实的生成过程，表明任何一个历史文本形成背后,都存在相互竞争的历史原材料和被文本化的痕迹。同时,它也要求读者参与文本对话,把所有人的话语拼凑起来,方可接近阿拉莫围困事件的历史全貌,考察其背后涉及的美国帝国主义倾向和殖民行径。

除了运用多视角叙事来凸显历史面貌的多面性和建构性,哈里根还运用非线性、非因果律的叙事时间顺序来编写历史,打破了线性的历史观。小说以引子开篇,时间设定在 1911 年 4 月 21 日,主要场景是特雷尔在外孙女帕西尼亚的要求下列席花战游行。此时,92 岁的特雷尔被外孙女强迫留在观礼台上,观看市民纪念阿拉莫英烈的仪式。穿插在引子中的叙事内容囊括了特雷尔对参加阿拉莫之战和圣哈辛托之战的追忆以及他如何对付当代人询问阿拉莫历史的经历。对特雷尔而言,花战游行仪式毫无历史意义,因为"铭记阿拉莫"已成为放之四海而皆准的"上帝的自由""光荣的死亡"和"不屈服于暴政"等民族文化价值的口号,而其背后的"死亡""怪异"和"恐怖"则已被人忘却(Harrigan,2000:3,15)。

特雷尔明白他的在场只是一个供人观赏的"好奇之物",但外孙女则认为他是历史的见证者,是荣誉、正义和英勇的化身。因而,当发现有一个妇女戴着假花做成的帽子参加游行时,帕西尼亚感到愤怒。在她眼中,这种行为亵渎了这个祭奠那些为民族自由而抛头颅、洒热血的民族英雄的纪念仪式。特雷尔对阿拉莫历史的个人化理解,与以外孙女为代表的当代主流白人对历史的认知存在反差,而这样的反差是由于后者将权威历史学家的历史叙事当作客观事实,也源于主流社会的历史叙事斩断了人们通向历史主体之外的"他者"的历史通道。随着特雷尔的思绪在现在和过去之间跳跃,读者更加清晰地看到,阿拉莫的历史被定格为已经被讲述的故事和可能被讲述的故事之间的张力关系。其中,已经被讲述的故事是被"权威"的历史叙事反复加以阐释的结果,而可能被讲述的故事是不断生成的"小历史",是有待于更多发掘和书写的东西。

如果说多角度叙事使得被封闭的历史和历史主题得以发声,构成了一种从"边缘"向"中心"呐喊的历史之声,那么,非线性的叙事则通过挖掘权威历史叙事中的断裂,将历史文本与文学文本、文学文本与文化文本进行链接,呈现历史事件对当下的影响。这一点在小说的尾声中有所体现。小说尾声续写了开篇的引子,叙事时间回到 1911 年 4 月 21 日的纪念仪式,而叙事内容在现在和过去来回交替,涉及游行中特雷尔被误伤并接受墨西哥裔医生检查的过程、他的私人生活和政治生涯等。作为连接小说中人物的"小历史"和国家民族的"大历史"的桥梁,特雷尔在纪念仪式中充当着把处于"背景"的阿拉莫历史与美墨边界的纷争史引入故事"前景"的角色。对于主流白人而言,阿拉莫象征着美国民族在自由意志之下的决心、勇气和牺牲。然而,仅作为地名,阿拉莫难以成为人们铭记的对象。正如文中所言,"如果不被描述为得克萨斯神圣地之一,而被刻画为一个处于贝尔县边缘老陈的、败落的房屋组合体,人们很难记住它"(Harrigan,2000:721 - 722)。

以命名为例,哈里根将阿拉莫的文化影响力和盘托出。特雷尔乘轿车回家的路上,沿途经过的商业街道矗立着"阿拉莫黄油储存库、阿拉莫檐口加工厂、阿拉莫购房互助会、阿拉莫家禽饲养厂"(Harrigan,2000:721)。以"阿拉莫"命名的各种场所是一种白人文化霸权的显现。这种文化霸权通过控制文化制度的大规模网络(如报纸、政党、媒介和民间社团组织),操纵整个社会的认知意识,使其不断地与主流白人的意识形态形成葛兰西所谓的"认同",从而隐秘且高效地巩固了主流白人的统治权。主流白人文化试图磨灭阿拉莫的多元文化印记,例如,西班牙文化、德国文化和墨西哥文化的痕迹。哈里根写道:"很久以前的盎格鲁胜利者成功地赋予了'墨西哥的'这一词一种令人厌恶的品质。"(Harrigan,2000:721)

因而,这些胜利者的后人们持有一种将作为"自我"的美国文化与作为"他者"的墨西哥文化区分开来的自觉意识,并通过疏离"他者"文化或否定族裔根源,保持文化和种族属性的纯洁和完整。因此,像诸如"阿拉莫"之类的历史性名称,不仅建构了特殊的地域文化,还强化了民族身份和历史神话的认同。它向主流美国社会传达的一个鼓舞人心的历史神话便是:"特拉维斯用他的剑在泥土中画了一条线,呼吁他的队伍为自由献身,而这些人响应了他的号召,跨过界线,举目望着苍天,看见上帝微笑地点头,并同意他们的牺牲。"(Harrigan,2000:722)可以说,阿拉莫从地理名称向文化符号的转型,续写着美国民族历史的"宏大叙事",而这一叙事暗含着美国在美墨边境的文化霸权,指向一种把一切非美国因素排除在"自我"之外的排他性甚至敌对的民族心理模式。

哈里根在《阿拉莫之门》中采用多重叙事视角和非线性叙事时间书写阿拉莫之战的当代影响,不仅给历史"元叙事"增添了甄别"真伪"的声音,还挑战了将美国西部拓殖的历史合法化的国家意识形态。作家对历史事件和国家意识形态话语的重新阐释,赋予了被排斥、被消音、被边缘化的群体以发声的机会,让他们在历史记录中获得一席之地,进而以扶正历史的政治介入姿态,探索美国历史的幽暗面。哈里根的修正性历史观既质疑阿拉莫历史的可信度,也揭示广泛传播、接受和认同阿拉莫神话的渠道。在小说的引子和尾声中,哈里根通过非线性的历史叙事,展示后人对阿拉莫神话的追捧,厘清了意识形态国家机器在传承历史"元叙事"中所扮演的不可忽视的作用。

在《意识形态与意识形态国家机器》一文中,路易斯·阿尔都塞提出意识形态由"镇压性国家机器"和"意识形态国家机器"组成。前者包括传统马克思主义学说所指的政府、军队、监狱、警察、法庭等,后者包括家庭、宗教、教育、媒介、文化等非压制性的意识形态国家机器(Althusser,1971:143)。当代西方资本主义国家正是利用意识形态国家机器灌输统治阶层的意识形态,并通过整合个体的意识,使主体认同统治阶层的历史观念和文化信条,从而巩固统治阶层的领导权。同样地,理查德·弗洛里斯指出,历代美国人将作为历史遗址的阿拉莫转化成作为象征符号的文化建构物,这种转变体现出"统治阶层试图通过空间控制,强化他们在当地的统治权"(Flores,2002:158)。作为象征符号的阿拉莫,通过诸如花战协会(the Battle of the Flowers Association)、阿拉莫之令(the Order of the Alamo)、得克萨斯共和国的女儿们(the Daughters of the Republic of Texas)等社会团体组织的文化实践,传达给当代美国人的信息是阿拉莫神话的"宏大叙事"和迎合国家意识形态的观念,强化了主流白人认同的历史"元叙事",稳固了民族身份,因为神话"调和了不同文化和不同种族的个体,为他们建构了一个统一的集体身份"(Slotkin,1992:8)。事实上,在美国西拓的历史进程中,阿拉莫是一个"墨西哥人被迫迁移、被剥削的批评图谱"(Flores,2002:160)。但大多数美国人的认知受到文化、媒介等意识形态国家机器的操纵,他们吸收和继承了正统的历史叙事,缺少对历史事件的反思和追问。这种现象在哈里根的非线性历史叙事中得到了呈现。

　　小说的引子和尾声聚焦花战游行及其余波。特雷尔的外孙女是花战协会的主席,负责安排和监督纪念仪式的顺利进行。纪念仪式聚集了社会各阶层人士,他们的参与把游行仪式变成了一种集体狂欢。这种全民参与性洗清了阿拉莫的历史污点,抹平了这一旨在"铭记阿拉莫"的文化实践意指的"主流白人"与"墨西哥人"之间的差异。这种差异恰好"承认和编码了流传于20世纪初期的社会关系",也巩固了主流白人在阿拉莫甚至整个美墨边界的经济剥削和文化霸权(Flores,2002:xvi)。而文化霸权则影射了美国在西南部的殖民史以及历史的"宏大叙事"对殖民行为的美化。因此,花战游行之类的文化实践活动,充当着文化意识形态国家机器的角色,隐秘地召唤个体认同国家意识形态,却让个体难以觉察历史"元叙事"受意识形态权力干涉的痕迹,从而使统治阶层的历史书写和它表述的历史观变得合理。

　　如果说作为文化意识形态国家机器的社团组织发挥着向个体灌输官方意识形态的作用,那么,文学创作也发挥着同样的作用。在引子中,哈里根指出,后人通过创作诗歌来缅怀阿拉莫的历史,帕西尼亚也曾为一些社团组织创作赞扬阿拉莫英雄的诗歌,特雷尔也读到过许多如出一辙的诗歌。它们大都描述了"染着英烈血液的神圣的阿拉莫城墙",颂扬牺牲和不可磨灭的无私精神(Harrigan,2000:4)。这些诗歌的流传,给阿拉莫罩上了崇高且神秘的光环,却遮挡了当代美国人对这段充满暴力和血腥的殖民历史的认知视野。其中,帕西尼亚是很典型的一员。在她的脑海中,特雷尔的过去是一种想象的历史之物。历史之物的真实性无关紧要,重要的是当代人通过文化实践对它进行的阐释和阐释取得的效果。很明显,这种效果是大多数美国人对阿拉莫神话的盲目信从。在引子中,搭载特雷尔检阅纪念仪式的别克车司机便是阿拉莫神话的信从者。他问特雷尔:"当特拉维斯用他的剑在泥地上画线的时候,你在场吗?"(Harrigan,2000:9)后者回答:"特拉维斯从来没有画过线。"(Harrigan,2000:9)对这一回答,司机很是失望地说道:"好吧!我认为他画了。"(Harrigan,2000:9)像大多数美国人一样,司机对阿拉莫历史的个人化认知和对阿拉莫英烈的崇拜是源于那些渲染和夸大阿拉莫神话的文化实践,因而,他们不可能像特雷尔一样记住"死亡""恐惧"和"残存的遗址"

（Harrigan，2000：13）。

弗洛里斯在分析当代美国大众文化对阿拉莫之战的表征时指出，好莱坞制造的有关阿拉莫英雄的影片，"很好地表明了作为历史事件的阿拉莫与它正在通过现代性工程而崛起的文化记忆之间的关系"（Flores，2000：96）。电影《阿拉莫烈士》（*Martyrs of the Alamo*，1915）、《边城英烈传》以及在荧屏上播出的迪斯尼有关大卫·克罗基特的系列电视剧，向民众输入民族主义和英雄主义，却鲜有正视阿拉莫历史中的种族主义、帝国主义等问题（Harrigan，2000：95）。这些影视创作充当着媒介意识形态国家机器的角色，对民众的思想进行收编和整改，并孕育认同国家意识形态的主体。类似地，哈里根在非线性的叙事中，也指涉了电影在传播阿拉莫的历史方面充当的媒介意识形态国家机器的角色。

在引子中，特雷尔天马行空的思绪涵盖了他的战争回忆和战后的生活经历。其中，值得注意的是特雷尔所提及的电影——《不朽的阿拉莫》（*The Immortal Alamo*，1911）。他认为，该影片讲述的内容和他读过的赞扬阿拉莫之战的诗歌别无二致，皆通过糅合历史和神话来唤起美国人的民族主义情愫，建构美国民族崇尚自由和民主的正面形象。因此，历史的"准确性对他们而言变得无关紧要"（Harrigan，2000：5）。批评家提出，文本阅读应该解读出现象文本之下隐藏的生成文本。换言之，在同一阅读过程中，读者应该关注文本呈现的症候，致力于"把所读文章本身掩盖的东西揭示出来，并使之与其他文本发生联系"（Althusser & Balibar，1969：28）。

在引子中，哈里根提及影片《不朽的阿拉莫》，与该电影叙事文本建立起关联，意在使读者看到媒介意识形态国家机器对日常生活的殖民，使得阿拉莫神话潜移默化地影响后世人对民族历史的认同，进而紧紧地将主体意识收缩在主流意识形态可控的范围内。伊格尔顿认为："理解意识形态意味着更深刻地理解过去和现在。"（Eagleton，2006：viii）但大多数人的意识在媒介意识形态国家机器的非强制性整合下，被主流意识形态构筑的社会幻象所蒙蔽，缺乏对意识形态的地下世界的了解，缺少深刻理解历史的能力，更谈不上对现在甚至未来的洞见。因而，他们变得像哈里根塑造的人物一样，缺乏辨别历史真伪的能力，迷失在历史和神话的迷宫之中，进而与利用权力生产历史知识的主流意识形态构成共谋关系。

　　一言以蔽之,哈里根在《阿拉莫之门》中采用多重视角和非线性的叙事,不仅发掘出历史"元叙事"中的"小历史",重构了"他者"的历史,还厘清了意识形态国家机器在强化"元叙事"和整合主体的意识方面起到的重要作用。他这种挑战历史权威叙事的创作旨归,与后现代历史元小说家的创作有着异曲同工之妙。他们共同的目标不是以一种历史叙述的权威来颠覆另一种历史叙述的权威,而是提供一个多元化的历史阐释模式,将被排斥在历史主体之外的群体从文本层面上载入史册,从而表明文学中的历史书写具有干涉甚至挑战主流意识形态的政治力量。

【链接】　电影《边城英烈传》

　　作为得克萨斯独立革命史中重要的战争之一,阿拉莫围困事件成为许多电影编剧和导演关注的再创作的原材料。据戴尔·亚当斯的统计,美国影视界先后制作了"18部有关阿拉莫之战的电影"(Adams, 2004: 73)。最早的阿拉莫影视叙事可追溯至1911年上映的《不朽的阿拉莫》,但在影视界引起轰动的电影当属1960年约翰·韦恩执导的《边城英烈传》和2004年迪斯尼电影公司与导演约翰·李·汉考克(John Lee Hancock)合作的对该影片的翻拍。

　　1960年版的《边城英烈传》是一部典型的西部片,呈现了阿拉莫之战在得克萨斯独立革命中的关键作用。该电影为人所知、所认同的原因有二:一是电影本身的艺术性——史实与虚构相互结合,人物塑造逼真,情感表达细腻,战争场景恢宏;二是影片与所处政治语境的契合性——影片通过聚焦并放大美国独立志愿军的英勇行为,赞颂他们敢于牺牲的决心,宣扬他们反抗暴政、捍卫自由和民主的品格,这些被认为构成了美国民族性的核心品格,恰巧迎合了当时的政治文化之需。影片的上映给即将奔赴越南战场的美国士兵进行了深刻的爱国主义和民主意识教育,让他们坚信越战是为200多年来美国民族一直珍视和推进的自由和民主而战。韦恩采取较为传统的拍法,影片长达3小时,前半部分略显拖沓,但不失其铺垫作用。影片用不少镜头展现独立志愿军的内部矛盾和纠葛,传达人物对生命和个人选择的尊重,突出他们在外敌来袭时摒弃分歧、携手抗敌的团结精神和爱国主义情怀。影片虽然只收获了大约 2,000 万美元的票房,但它弘扬了美国民族的自由精神和民主理念,表述了美国官方历史态度,为后世人知晓该段历史提供了渠道。

40 多年之后,约翰·李·汉考克翻拍了《边城英烈传》,并在 2004 年的复活节上映。汉考克将影片长度压缩到 90 多分钟,整部影片情节紧凑。汉考克虽采用了现代化的拍摄技巧,但对历史战争题材的影视处理,毕竟需要还原宏大的历史面貌。因此,电影中列阵枪战、弹药横飞、赤身肉搏、血肉模糊等战争场面不少,也没有改变歌颂爱国主义和自由民主的主题。相较韦恩的拍摄,该片在影视技巧上更加灵活,具有史诗般的恢宏叙事。但以历史事件为蓝本的战争片似乎不太吸引现代人的眼球,该片的票房远低于预期值。简言之,两位导演的影片都艺术化地呈现了阿拉莫之战,追溯了美国民族为民主和自由而战的宏大历史。但两部电影都忽略了这段历史的合理性和正义性问题。尽管如此,它们仍为当代观众审视和理解美墨边境问题的历史根源提供了影视素材。

引述文献：

Adams, Dale. "The Alamo on Film: Getting History Wrong." *Touchstone*, 23.1 (2004): 70 - 78.

Althusser, Louis. *Lenin and Philosophy, and Other Essays*. B. Brewster Trans. New York: Monthly Review Press, 1971.

Althusser, Louis & E. Balibar. *Reading Capital*. B. Brewster Trans. New York: Verso, 1969.

Barthes, Roland. *Mythologies*. Annette Lavers Trans. New York: Hill and Wang, 1972.

Black, Richard. "Real-Life Legends and Reluctant Revolutionaries: Stephen Harrigan's *The Gates of the Alamo*." *Southwestern American Literature* 36/1 (2010): 33 - 50.

Bost, Susanna. "Women and Child at the Alamo." *Nepantla: Views from the South*, 4/3 (2003): 493 - 522.

Brear, Holly Beachley. *Inherit the Alamo: Myth and Ritual at an*

American Shrine. Austin: University of Texas Press, 1995.

Crisp, James E. *Sleuthing the Alamo: David Crockett's Last Stand and Other Mysteries of the Texas Revolution*. New York: Oxford University Press, 2005.

Dorsey, Margaret E. "Borderland Music as Symbolic Forms of Nationalisms: The Best of the TexasTornadoes, Partners, and ¡ Viva Luckenbach!." *Latin American Music Review*, 26/1 (2005): 23 – 56.

Eagleton, Terry. *Criticism and Ideology*. London and New York: Verso, 2006.

Flores, Richard. "The Alamo: Myth, Public History, and the Politics of Inclusion." *Radical Historical Review*, 77/1 (2000): 91 – 103.

Flores, Richard. *Remembering the Alamo: Memory, Modernity and the Master Symbol*. Austin: University of Texas Press, 2002.

Foucault, Michel. *The Archaeology of Knowledge and the Discourse on Language*. Alan Sheridan Trans. New York: Pantheon Books, 1972.

Graham, Don. "Remembering the Alamo: The Story of Texas Revolution in Popular Culture." *Rhetoric Southern Quarterly*, 89 (1985): 35 – 66.

Hall, Stuart. "Cultural Identity and Cinematic Representation." Mbye B. Cham Ed. *Ex-Iles: Essays on Caribbean Cinema*. Trenton: Africa World Press, 1992.

Harrigan, Stephen. *The Gates of the Alamo*. New York: Penguin Books, 2000.

Harrigan, Stephen. "Stephen Harrigan." Frances Leonard & Ramona Cearley Eds. *Conversation with Texas Writer*. Austin: University of Texas Press, 2005.

Haythornthwaite, Philip J. *The Alamo and the War of Texas Independence, 1835 – 1836*. London: Osprey Publishing Ltd. , 1985.

Hutcheon, Linda. *The Politics of Postmodernism*. New York: Routledge, 1989.

Jameson, Frederic. *The Political Unconscious*. New York: Cornell University Press, 1981.

Kimmel, Michael S. *The Manhood in America: A Cultural History* (2ⁿᵈ Edn.). Oxford: Oxford University Press, 2006.

Kolodny, Annette. *The Land Before Her: Fantasy and Experience of the American Frontiers, 1680 - 1860*. Chapel Hill: University of North Carolina Press, 1984.

León, Arnoldo de. *They Called Them Creasers: Anglo Attitudes Toward Mexicans in Texas, 1821 - 1900*. Austin: University of Texas Press, 1983.

Limerick, Patricia. *The Legacy of Conquest*. New York: W. W. Norton & Co., Inc., 1988.

Linenthal, Edward T. "'A Reservoir of Spiritual Power': Patriotic Faith at the Alamo in the Twentieth Century." *Southwestern Historical Quarterly*, 91/4 (1988): 509 - 531.

Lyman, R. "Mexican's Memoir of Alamo: A Rage." *The New York Times* (November 18, 1998): 20 - 23.

Milford, Mike. "The Rhetorical Evolution of the Alamo." *Communication Quarterly*, 61/1 (2013): 113 - 130.

Myerson, A. R. "For Alamo's Defenders, New Assault to Repel." *The New York Times* (March 29, 1994): A18.

Pérez, Vincent. "Remembering the Alamo, Post - 9/11." *American Quarterly*, 55/4 (2003): 771 - 779.

Roberts, Randy & James S. Olson. *A Line in the Sand: The Alamo in Blood and Memory*. New York: The Free Press, 2001.

Rushing, Janice H. "Mythic Evolution of 'The New Frontier' in Mass Mediated Rhetoric." *Critical Studies in Mass Communication*, 3/1 (1986): 265 - 296.

Salvucci, Linda K. "'Everybody's Alamo': Revolution in the Revolution,

Texas Style." *Reviews in American History*, 30/2 (2002): 236 - 244.

Slotkin, Richard. *Gunfighter Nation: Myth of the Frontier in Twentieth-Century America*. New York: Atheneum, 1992.

Weber, David J. *Myth and the History of the Hispanic Southwest*. Albuquerque: University of New Mexico Press, 1988.

White, Hayden. *Metahistory: The Historical Imagination in Nineteenth-Century Europe*. Baltimore: The John Hopkins University Press, 1975.

White, Hayden. *Tropics of Discourse: Essays in Cultural Criticism*. Baltimore: The John Hopkins University Press, 1978.

Worster, Donald. "Beyond the Agrarian Myth." Patricia Nelson Limerick, Clyde A. Miller & Charles A. Rankin Eds. *Trails: Towards a New Western History*. Lawrence: Universiy Press of Kansas, 1991: 3 - 25.

盛宁:《二十世纪美国文论》,北京: 北京大学出版社,1993 年。

王岳川:《后殖民主义与新历史主义文论》,济南: 山东教育出版社,1999 年。

第四章

种族压迫：奴隶反叛与镇压

——奈特·特纳起义与斯泰伦的
《奈特·特纳的自白》

一、奈特・特纳奴隶起义：事件的描述

1831 年 8 月 22 日至 23 日,在美国弗吉尼亚州的南安普顿县爆发了一场美国历史上最血腥的黑奴起义[①],起义持续不到 48 小时,共杀死了 55 名白人(Breen 1；Greenberg v)[②]。黑人奴隶奈特・特纳(Nat Turner,1800 - 1831)领导了这场奴隶起义。奈特自幼为奴,天资聪颖,非常能干。由于亲历和目睹了奴役和欺辱,奈特产生了反抗的念头,特别是在多次受到圣灵的启示后,他凭此自称先知,召唤信徒,鼓动黑奴揭竿起义。8 月 22 日凌晨,起义队伍在奈特的领导下,趁夜深人静之时,使用包括猎枪、斧头、柴刀、棍棒等武器,挨家挨户袭击了共计 11 家奴隶主农场,将睡梦中的白人,无论男女老少,全部杀死。他们抢走各家农场的枪支弹药,沿路招募队伍。起义队伍本打算一路杀

---

① 关于 1831 年发生在美国弗吉尼亚州南安普顿县的这起奴隶暴动事件,各类历史文献中至少用了 3 种不同的英文词对其进行描述:revolt (造反),insurrection (叛乱)和 rebellion (起义)。美国著名马克思主义史学家赫伯特・阿普特克(Herbert Aptheker)在其专著《奈特・特纳的奴隶起义》(*Nat Turner's Slave Rebellion*,1966)第 2 页的第 2 个脚注中做了这样的说明:"叛乱的目的不是革命性的,起义是革命性的,造反不如起义的强度大(The aim of an insurrection is not revolutionary；the aim of rebellion is. A revolt is of less magnitude than rebellion.)。"本章采纳阿普特克的用词,将这次事件翻译为"奴隶起义"。

② 由于事件发生时间久远,很多信息都不确切,就起义的相关数据而言,争议颇大,不同史料提供的数据各不相同,譬如参与起义的人数,有的史料说 50 - 60 名(Greenberg,1996：3),有的说 60 - 70 名(Stone,1992：41),有的说大约 40 名(Greenberg,2017：3)。正如阿普特克所说:"关于特纳暴动事件,只有两点确定无疑,一是它确实在南安普顿县爆发了,二是其领头人物是奈特・特纳。"(Aptheker,1966：33)本章在参考对该事件进行研究考察的主要文献后,根据出版年限,采用了新近出版的文献中所使用的数据及其他描述该事件的资料。所涉及的主要文献,根据出版顺序,分别有(1) Thomas R. Gray, *The Confessions of Nat Turner, the Leader of the Late Insurrection in Southampton, VA*, Chaper Hill：University of North Carolina Press, 2011. (2) William Sidney Drewry, *The Southampton Insurrection*, Murfreesboro, NC：Johnson Publishing Co., 1968. (3) Herbert Aptheker, *Nat Turner's Slave Rebellion: Together with the Full Text of the So-Called "Confessions" of Nat Turner Made in Prison in 1831*, New York：Humanities Press, 1966. (4) Henry Irving Tragle, "Styron and His Sources," *Massachusetts Review*, 11 (1970)：135 - 153, reprinted in *The Southampton Slave Revolt of 1831: A Compilation of Source Material*, Amherst：University of Massachusetts Press, 1971. (5) Stephen B. Oates, *The Fires of Jubilee: Nat Turner's Fierce Rebellion*, New York：Harper Perennial, 1975. (6) Patrick H. Breen, *The Land Shall Be Deluged in Blood*, Oxford：Oxford University Press, 2015. (7) Kenneth S. Greenberg, "Confessions of Nat Turner：Text and Context." Kenneth S. Greenberg Ed. *The Confessions of Nat Turner with Related Documents*, Boston：Bedford Books, 2017.

向县府耶路撒冷（现已改名为"考特兰"），抢夺军火库，最终占领县治。但在 8 月 23 日，起义队伍遭到当局派来的武装力量和民兵组织的围攻镇压，起义者被击溃，有的自杀，有的被杀，被斩首的 15 人的头颅被挂在树干上示众，48 名起义者被捕，100 多名无辜黑人在白人随后的报复行动中被杀害。

从 8 月 31 日起，被捕者接受审讯。最后，19 人被判绞刑，其他的要么被无罪释放，要么由于年龄太小，或证据不足，或因被迫参加起义而获减刑、最终免于死罪被判流放。被判流放者共有 11 人（Greenberg，2017：18；Johnson，1970：157）。但是起义组织者奈特一度躲开追捕，逃亡了两个多月，于 10 月 30 日被捕。一位名叫托马斯·R. 格雷（Thomas R. Gray）的辩护律师在征得看守的同意下，到监狱说服奈特向他坦白，交代起义的动机和目的。从 11 月 1 日起连续三天，奈特向格雷律师讲述了这次黑奴起义的前因后果。与其他起义者不同，奈特没有为自己开脱，他承认自己是起义的策划者和领导者。11 月 5 日，奈特被审讯，法庭最终判决对奈特处以绞刑，11 月 11 日执行。奈特在监狱里向格雷律师所讲述的内容经格雷整理并取名《奈特·特纳的自白》（*The Confessions of Nat Turner*，1831），数日后公开发表，该文献成为后来人们研究这起事件最重要的史料。

奈特·特纳领导的黑奴起义震惊了美国南方所有的蓄奴州，各州的奴隶主们对奴隶采取更加严格的措施，制定更为严酷的法规，颁布了一系列禁止黑人受教育、集会、信教等的新禁令，违者被处以罚款、鞭刑，情节严重的就判处极刑（Aptheker，1966：74 - 106）。此外，起义给当时活跃在南方各地的废奴团体致命一击，终结了有组织的废奴运动。美国南方白人对奴隶的憎恨和恐惧加深，南方各蓄奴州在随后的 30 年里再无宁日，时刻担心奴隶暴动（Stone，1992：41）。而另一方面，弗吉尼亚州第一次真正讨论从法律层面解决黑奴的问题，思考黑奴解放到底是以渐进的方式，还是一次性解决。奈特·特纳领导的黑奴起义加速了美国因蓄奴问题走向内战的进程（Breen，2015：2）。

实际上，这次事件无论在白人还是黑人的集体意识里都留下了不可磨灭的烙印。无数白人反思了蓄奴制的危害并为废除这一罪恶制度做出了不懈努力；而奈特则成为黑人民间传说中的英雄，被称为"先知奈特"或"奈特将军"。他领导的那场起义被叫作"第一次内战"，而美国的南北战争则被称作"第二次内战"(Bisson，2005：79；Johnson，1970：180)。如此意义重大的事件也被人们不断地讲述、解读和重构，其中既包括普通老百姓，也包括历史学家、社会活动家和文学家，从而形成了美国历史上难以进行简单道德评判的、令人困扰的"奈特·特纳遗产"(troublesome legacy)。

不少小说家、诗人以及剧作家，包括白人和黑人，在他们的作品中再现、重构了奈特·特纳奴隶起义事件(Greenberg，2017：25)。值得一提的是玛丽·肯普·戴维斯(Mary Kemp Davis)在 1999 年出版的《审判席前的奈特·特纳——南安普顿县奴隶起义事件的小说再现》(*Nat Turner Before the Bar of Judgment: Fictional Treatments of the Southampton Slave Insurrection*)，其中作者列举并分析了六部由白人作家撰写的关于这个事件的小说，包括出版于 19 世纪的四部和 20 世纪的两部。其中有一部是英国历史小说家乔治·佩恩·詹姆斯(George Payne James)写的《南安普顿县的屠杀》(*The Southampton Massacre*，1856)。其他的分别是：哈丽特·比彻·斯托(Harriet Beecher Stowe)的《德雷德——迪斯默尔大沼泽地的故事》(*Dred: A Tale of the Great Dismal Swamp*，1856)；玛丽·斯皮尔·提尔南(Mary Spear Tiernan)的《侯默泽尔》(*Homoselle*，1881)；拉斯特·波维(Pauline Carrington Rust Bouvé)的《幽灵重重——南安普顿县的起义故事》(*Their Shadows Before: A Story of the Southampton Insurrection*，1899)；丹尼尔·佩杰(Daniel Panger)的《老先知奈特》(*Ol' Prophet Nat*，1967)以及威廉·斯泰伦(William Styron，1925 - 2006)的《奈特·特纳的自白》(*The Confessions of Nat Turner*，1967)。

戴维斯指出，"虽然他(奈特·特纳)被审讯，并于 1831 年 11 月 5 日被判处死刑，11 日被处决，但在随后的一个半世纪里，众多的小说家不断回顾这次黑奴起义事件，挖掘其中的道德寓意，从而使得奈特·特纳一次次地被再次起诉、审讯、判决"。因此，在比喻意上，这六部小说有一个共同的主题，即审判，对奈特·特纳的审判(Davis，1999：3)。不过六位小说家对审判席前的奈特·特纳及其发动的黑奴起义事件的叙述、解读各不相同。戴维斯分析了历史史料如何影响小说家对历史人物的塑造，对历史事件及当时乱世的再现，还指出小说家如何对史料进行加工、使用和质疑。戴维斯的分析细致入微，很有价值。但她对斯泰伦进行了批判,认为他将黑奴起义领导者变成了阉人(Davis,1999:234-270)。

二、斯泰伦与《奈特·特纳的自白》

威廉·斯泰伦是美国当代著名小说家,著有长篇小说《躺在黑暗中》(*Lie Down in Darkness*,1951)、《远征》(*The Long March*,1952)、《纵火焚屋》(*Set the House on Fire*,1960)、《奈特·特纳的自白》、《苏菲的选择》(*Sophie's Choice*,1979)及《潮汐镇的早晨》(*A Tidewater Morning*,1993)。斯泰伦出生于弗吉尼亚州,深受南方文学传统的熏陶和南方文学经典作品的影响。1951年发表的长篇小说《躺在黑暗中》获得位于罗马的美国文学艺术学会分会颁发的罗马奖,出版于美国民权运动高潮时期的《奈特·特纳的自白》1968年获得普利策奖,而被称为西方小说史上里程碑式作品的《苏菲的选择》摘得了1980年美国国家图书奖。

小说《奈特·特纳的自白》通过重述奈特·特纳黑奴起义事件,艺术地再现了美国南北战争前的时代特征和社会风貌,刻画了起义领导者——奈特·特纳及起义的主要参与者的人物形象,诠释了此次历史事件的深刻寓意。在"作者按"中,斯泰伦宣称,在该小说的创作过程中,他恪守历史真实性原则,尊重历史事实,同时,在历史叙述的空白处,他充分发挥小说家的想象力,进入主人公奈特内心深处,探讨生活在白人世界里的黑人奴隶的心路历程以及发动奴隶起义的动机,从而重塑历史人物,再现他所生活的那个时代。

小说场景设定在事发地,即美国南北战争前的弗吉尼亚州南安普顿县,使用第一人称叙事视角和内心独白的形式,由身陷囹圄的主人公奈特回顾自己的一生,讲述其发动的黑奴起义事件始末。小说共有四个部分,序幕"审判之日"介绍奈特在狱中的情况,他的梦魇、格雷律师与他之间的互动以及二人所讨论的诸如蓄奴制、奴隶的定义等重要主题;第二部分"过去的时光:声音、梦想、回忆"讲述奈特被租借和转卖之前的生活经历;第三部分《研究战争》是奈特对自己被转卖直到策划和发动起义过程的回忆;篇幅最短的第四部分"搞定了"将读者带回对奈特执行绞刑的那天早晨:奈特经历了精神煎熬,重新感受到上帝的存在与爱,感受到与白人之间的和解,灵魂得到了救赎。

小说于 1967 年 10 月 9 日出版，立刻引起轰动。到 1968 年春天，小说引起的讨论和争议前所未有，简直可以说是彼时美国社会、政治、文化生活中的一场大论战，涉及的媒体数量之众多，令人瞠目。据不完全统计，多达 110 家各类日报、周刊，60 余家杂志，参与到这场论战之中，其中包括各大主流媒体，譬如《纽约时报》《华盛顿邮报》《大西洋月刊》《纽约书评》《芝加哥评论》以及《耶鲁评论》等(Stone，1992：106 - 107)。各种评论褒贬不一，毁誉参半，不一而足。斯泰伦顿时被推到风口浪尖，小说《奈特·特纳的自白》成了最具争议的小说，成为社会舆论关注的焦点①。

《明尼阿波利斯明星报》(*The Minneapolis Star*)盛赞了此部作品："威廉·斯泰伦以其强有力的、充满想象的、打动人心的小说填补了南方作家领军人物——福克纳——留下的空白"，"这部引人入胜的小说完全是一部了不起的艺术作品，通过这部小说，白人读者能够更进一步理解今天黑人胸中那些难以平息的仇恨"(转引自 Stone，1992：108)。被誉为"史学家中的史学家"的 C. 范恩·伍德沃德(C. Vann Woodward) 对斯泰伦也赞赏有加："小说家对奈特奴隶起义事件以及那个时代的描述与历史学家的理解并无二致，从中可以看到他对历史的尊重，对那个时代的准确把握。"(转引自 Tragle，1971：398)但是，抨击和谴责之声也不绝于耳，黑人激进分子甚至对作家斯泰伦进行人身攻击和生命威胁，给他的住所邮寄含有子弹的恐吓信。黑人评论家约翰·亨利克·克拉克(John Henrik Clarke)则收集了关于斯泰伦及其小说的评论，并将其结集成书出版，取名《威廉·斯泰伦的奈特·特纳——十个黑人的回答》(*William Styron's Nat Turner: Ten Blacks Respond*，1968)。持批判态度的评论认为斯泰伦歪曲了历史，丑化、阉割了奈特，指责作为白人的斯泰伦按照白人的定式塑造他们的民族英雄，迎合了 20 世纪 60 年代美国社会的政治生态，表现了顽固的种族主义分子对民权运动领袖的偏见。此外，他们还质疑作为虚构作品的小说能否具有再现历史的功能。

---

① 虽然总体上白人群体对斯泰伦及其《奈特·特纳的自白》的评论持肯定褒扬态度，黑人群体则多持批判否定的态度，但值得一提的是，黑人作家詹姆斯·鲍德温(James Baldwin)是斯泰伦的挚友，正是在鲍德温的建议、鼓励和支持下，斯泰伦才下定决心创作了该小说；然而，著名白人史学家阿普特克毫不留情地批判斯泰伦，认为他在小说创作中歪曲了历史。

三、文史之争与历史的再现

在西方文化发展进程中,史学与文学皆发端于史诗,特别是荷马的史诗《伊利亚特》和《奥德赛》。顾名思义,史诗含"诗"和"史"两种叙事成分。而后,史诗分野为历史和文学。历史强调事件的真实,而小说注重感觉的真实。亚里士多德对历史与文学做过最著名的界定,他认为历史"记述已经发生的事,而诗描述可能发生的事;历史记载具体事件,诗则着意于反映事物的普遍性"(亚里士多德,1996:255)。历史撰述着重于呈现重大历史事件。亚里士多德就认为重大历史事件如伯罗奔尼撒战争才构成历史的内容,这点在古希腊历史学家希罗多德(Herodotus)和修西得底斯(Thucydides)的作品中得到证实,而古罗马历史学家主要关注罗马社会的发展和政治体制的变迁。历史记述建立在事件之上,或一系列前后相继、具有一定因果关系的事件之上。

到了 18 世纪和 19 世纪,现代历史编纂理论得到了发展,"科学的"历史编纂和"艺术的"历史编纂两种倾向开始出现。但以艺术的手法呈现的历史并不能进入历史编纂的主流。"科学的"历史编纂仅仅把人当作社会力量与经济力量来考察(转引自 Scholes & Kellogg, 1966:211 - 214)。难怪,小说家兼文学评论家 E. M. 福斯特(E. M. Forster)评价说,"历史学家记录行为,如果说历史学家也记录人,那也只是从他们的行为中推理出来的人"(Forster, 1974:31)。即使历史学家表述人物,他的人物也仅限于外部行为,仅限于可供观察的内容,难以深入到人物内部的精神世界中去,故而历史人物的庐山真面目将永远处于迷雾之中。可见,关注外部事件的历史撰述往往忽略历史人物丰富的内心世界,因而并不是完整的历史。

尽管这种观点遭到传统历史学家的强烈反对,但它一直延续到 20 世纪,并在后现代文化氛围中得到空前的强调。20 世纪 60 年代以降,整个西方思想界发生了翻天覆地的变化,尤其是欧陆语言哲学发展迅速,逐步确立其在人文学科研究中的核心地位,促进了以语言学为中心的跨学科研究的繁荣。罗兰·巴特将现代西方语言哲学的最新成果应用于历史叙述研究之中。在其著名的《历史的话语》一文中,巴特将历史写作视为一种话语形式,并一针见血地指出,历史学家在叙述历史时完全在自身意识形态的影响之中,历史的话语本质因而是意识形态的产物,是想象的产物(Barthes, 1981:7)。当代美国著名思想史家、历史哲学家、文学批评家海登·怀特也从语言学或修辞学的角度提出"历史若文学"的思想（White，1973：1）。在怀特看来，任何历史叙事都不仅包含认知、更包含审美和道德维度（White，1973：27）。巴特和怀特的观点无疑颠覆了自古希腊以来历史叙事一直所俯就的"真实性"原则，历史原原本本再现过去本来面目、历史学家不偏不倚、超然物外地记录历史的可能性遭到了质疑。

但是，"过去真实地存在。问题是今天的我们如何去了解过往？我们又能了解到些什么？"（Hutcheon，1988：105）历史学家 G. M. 特里维廉（G. M. Trevelyan）认为历史最终包括人民的所作所为，历史是人民创造的，而人民简单地说就是人——"同今天的我们一样真实的男人和女人，他们也在受自己思想的影响，受自己激情的支配"，而且同我们一样脆弱（转引自 Richardson，1977：81）。罗伯特·佩恩·沃伦（Robert Penn Warren）因而认为了解历史必须走进当时人们的内心世界，"社会冲突表现在人们的个体生活之中，个体是外部环境的集中体现，个体的故事就是关于当时社会的故事"（转引自 Watkins，etc.，1990：70）。换言之，历史不仅包括社会、科技、经济、政治诸要素，更包括无法摆脱这些要素的个人。所有构成历史的要素集中体现在历史的参与者——个人——的身上。

只有当历史被个人化，被个人体验，才具有意义，才能为现代的人所接近了解，因此理解历史人物至关重要。然而理解他们需要智慧，而且需要"古道热肠和高超的想象力"，而不仅仅是历史学家那副"冷漠无情、超然物外、不偏不倚的表情"（转引自 Richardson，1977：81）。小说家可以凭借想象力进入个人的内心世界，揭示个人的心理现实。如果说历史在重述过去的事件时留下了空白，小说则可以凭借虚构的特权填补空白，呈现更加完整的过去，毕竟"从最根本的源头去展现人的隐秘的生活正是小说家的使命"（Forster，1974：31）。难怪，亚里士多德也说"诗是一种比历史更富哲学性、更严肃的艺术"（亚里士多德，1996：81，255）。而且，事实可能证明诗才是最好的历史，譬如莎士比亚的剧作构成了"英国现存的最完美的历史"（转引自 Hale，1967：53）。卡莱尔对沃尔特·司各特爵士的系列历史小说大加赞赏："这些历史小说告诉人们一个真理，这个自明之理史学家们之前却毫不自知，即，人类过去的时代生

活着一个个活生生的人,不是繁文缛节,不是官样文章,也不是抽象简化的人。"(转引自 Hale,1967:36)

既然如此,那么再现过往的重任就不必囿于历史叙事,小说虚构叙事也可大有作为。戴维·科沃特曾通过深刻的分析总结道:"小说家更经常、更成功地侵入史学家的领域,而不是相反。想了解滑铁卢之战到底发生了什么的读者,可能从雨果、司汤达或萨克雷的作品获取的信息比从米什莱或约翰·基冈撰写的历史作品中获得的信息更多"(Cowart,1989:20),"荷马和索福克勒斯比希罗多德和修西得底斯更好地诠释了他们的文明;而马克·吐温和惠特曼比弗朗西斯·帕克曼更好地阐释了美国精神。艺术家比史学家能更权威地叙述一个民族的文化记忆"(Cowart,1989:25)。从这个意义上讲,小说在重述历史方面有得天独厚的优势。

四、历史语境与小说创作

伍德沃德说:"黑人历史看来注定要成为美国历史哲学的道德风暴中心",因为"蓄奴制是美国历史中首要的道德悖论"(Woodward,1969:6)。其实早在建国前,美国人就已经意识到这个悖论了。一方面,美国被标榜为应许之地、希望之乡;另一方面,奴隶贩卖猖獗,体制保护下的蓄奴盛行,黑人被视为非人。戴维斯无奈地感叹道:"蓄奴制已然成了美国经历中固有的残酷事实的一部分,与作为纯洁的救赎之地、实现个人最高期许的天国的新大陆共存,这二者我们将如何协调?"(转引自 Woodward,1969:7)针对这个悖论,美国人采取两种回避的态度,一种以 J. 海克特·圣约翰·德克雷夫科尔(J. Hector St. John de Crèvecoeur)为代表。德克雷夫科尔在颂扬田园般的新大陆时,提出了一个著名的问题:"作为一个全新的民族,美国人是什么样的?"然后自问自答道:"他是欧洲人或者是欧洲人的后裔。"(Crèvecoeur,1904:33)这个答案将黑人排除在外。大多后世美国历史撰写者对德克雷夫科尔的看法不加质疑,其策略是让黑人成为"看不见的人"。这让我们想起黑人作家拉尔夫·埃里森(Ralph Ellison)的著名小说《看不见的人》(*Invisible Man*,1952)。另一态度则认为黑人就是一种自然存在,无所谓道德冲突或悖论。这种态度采取将黑人的存在去道德化的策略(Woodward,1969:7)。

斯泰伦对黑人的处境十分关注，他反对将黑人问题中立化、去道德化，反对自欺欺人地将黑人从美国历史中抹掉，反对美国自南方重建时期之后实施的种族隔离法——吉姆·克劳法(Jim Crow laws)。他回忆第一次在弗吉尼亚历史教科书上读到奈特·特纳时的感受，教科书里介绍奈特的文字如此简洁，反倒引起了他的注意和好奇(Styron，1982：9)。从此，随着对南方历史的了解，斯泰伦对蓄奴制的关注越来越深。面对美国社会中的种族冲突和暴力事件，那些关于奴隶制的空洞说教和争论，令他十分不满意。他认为将黑人当作私有财产、当作非人是不人道的做法，"是一种人类历史上前所未有的压迫行为"(Styron，1963：43)。结合自己的童年经历，斯泰伦解释道，大量生活在南方的白人倾向于完全避免黑人与白人之间的任何交流接触，因为：

（大部分南方白人）不关心黑人的存在，黑人融进茫茫大地，消失在大地之中。因而只有在思考他们的缺席，他们不可思议的消失的时候，（我们）才意识到他们的缺席难以想象：想象没有树木，没有任何人，没有生命的南方会更容易一些。在被白人忽略的同时，黑人给白人施加一种集体无意识，以致可以说黑人成为白人无休止的担忧的焦点，像是白人反复做的噩梦，出现其中的是带着焦虑和责备神情的千篇一律的面孔。(Styron，1982：10)

斯泰伦注意到白人对黑人的无视，但他认为黑人是南方心理气质中不可或缺的有机组成部分，也是"南方历史中永恒的、不可改变的组成部分"。由此，斯泰伦提出倡议："黑人也许觉得现在去了解他们为时已晚，而且去了解他们的愿望显示出令人难以容忍的傲慢，但是，打破隔离法这样的陋习陈规，逐渐了解黑人，已经成为每一个南方白人的道义责任(moral imperative)。"(Styron，1982：13)他承认这正是创作《奈特·特纳的自白》的最重要的、无法抗拒的动机，"我相信，凭小说家个人的努力去寻找奈特·特纳，去重新塑造他，赋予那个印象已经模糊但了不起的黑人以鲜活的生命，至少部分地完成了'了解黑人'这个职责"(Styron，1982：4)。

斯泰伦早在20世纪50年代初期就开始酝酿创作关于奈特·特纳的小说，并着手收集相关材料。发生于1954年的布朗诉托皮卡教育局案(Brown

v. Board of Education of Topeka），发生在 1955 年以蒙哥马利公交车抵制运动为标志的美国民权运动以及发生在 20 世纪 60 年代初期的非洲民族解放运动，增加了斯泰伦创作的紧迫感。在民权运动如火如荼的年代，不同肤色的民权活动家、青年学生走上街头，参与各种各样的非暴力抵抗活动，静坐、游行、示威以及自由乘车运动。但是由于支持种族隔离的白人暴徒不断制造骚乱，恐吓威胁黑人民权活动家，越来越多的黑人主张采取更加激进的手段。他们开始挑战马丁·路德·金的领导，质疑非暴力抵抗作为社会改良措施的有效性。激进派代表人物马尔科姆·艾克斯（Malcolm X）认为：黑人应该采取任何必要的手段来争取自己的权利；黑人有权利，也有责任拿起武器进行自我防御，反抗白人种族主义者。到 1965 年，很多以前追随马丁·路德·金的黑人民权活动家转而投奔马尔科姆·艾克斯，美国民权运动开始转向，支持使用暴力进行革命。1966 年，美国学生非暴力协调委员会（SNCC）提出"黑人权力"（"Black Power"）的口号，此后民权运动进入黑权运动时期，采取的手段更加激进、暴力和血腥（French，2004：215 – 238）。

斯泰伦则完全赞同并支持马丁·路德·金的非暴力和直接行动的指导思想和行动纲领，因而在重述奈特·特纳起义事件时，斯泰伦摈弃了以"好""坏""进步""倒退"等标准来评判和解读历史事件的撰史观，在无情鞭挞蓄奴制的同时，没有将黑奴起义发动者——奈特塑造成"人民群众的伟大领袖"（French，2004：239），转而关注史料中记载的这样的事实，即在起义过程中，奈特无法践行自己的诺言，无法向白人施暴，自始至终只杀死一个白人。作为黑奴起义领袖的奈特曾经发誓杀死所有白人，建立黑人社会，结果却痛苦地发现自己无法做到以暴制暴。斯泰伦将这一点作为小说的中心主题，显然是受到当时美国社会历史与政治环境的影响。

五、历史事件的情节化：历史事实的小说再现

美国历史学家阿普特克曾说："历史的潜能巨大。受压迫者需要从历史中得到启示，用历史构建身份；统治者需要用历史来对自己的行为进行辩解，将之合理化、合法化。美国黑人的历史就是最好的例证。"（转引自 Clarke，1968：i）那么，何谓历史？"历史"应该包含了两层意思：一是指历史的客观存在，即人类出现以来经历和创造的所有事实，涵盖了人类的全部过去；二是历史的回忆和思考，即人类保存和诠释过去经历的努力。换言之，历史包括历史的本体和对历史的认识。历史作为人类经历和创造的所有事实的客观存在，后人无法亲历，我们所能企及的无一例外都是文本化的历史，也就是说，我们所谈论的历史其实是指书写的历史。

由此，海登·怀特区分了历史事件（historical event）和历史事实（historical truth）。他认为历史事件是"作为在尘世的时间和空间中发生的事件"，历史事实则是"以判断形式出现的对事件的陈述"，"事件发生并且多多少少通过文献档案和器物遗迹得到充分的验证，而事实都是在思想中观念地构成的，并且/或者在想象中比喻地构成的，它只存在于思想、语言或话语中"（White，1973：6），历史事实的构建"以文献档案为基础"（White，1973：6）。如此观之，历史事实只是一种语言学上的存在，是根据一定的思想观念、意识形态框架构造出来并以文本的形式让人们接近。但是文献档案往往十分庞杂、琐碎，必须经过选择、排除、强调和归类，从中选取一些能用的要素来构成历史叙事，写成前后相继、因果相承、有开头、中间和结尾的历史故事。这种选择、强调、归类的过程就是将历史事件"情节化"（Emplotment）的过程（或情节编排，情节设置），于是历史事件被构建成特定种类的故事，该故事的"意义"是确定的（White，1973：6）。

关于奈特·特纳起义事件有很多不同版本的叙述，有白人撰写的，有黑人撰写的，也有很多黑人民间流传的口述历史版本。这些版本的叙述者根据自己的需要，按照不同的情节化解释模式来构建不同的历史事实。譬如，美国马克思主义史学家阿普特克，在将历史事件进行情节编排的时候，总是从阶级和经济因素入手。在研究奈特起义事件时，他认为首先应该考察当时弗吉尼亚的经济状况。他发现由于棉花歉收，棉花价格上涨导致经济萧条，部分奴隶庄园破产，从而激化奴隶主与奴隶的矛盾，导致黑奴揭竿起义，反抗压迫。也就是说，是具体的经济因素导致社会矛盾激化。此外，马克思主义历史学家常常视历史为压迫者与被压迫者之间永不停息的阶级斗争，其间充斥了是与非、善与恶的对峙与交锋。阿普特克认为奈特·特纳的追随者是革命者，不是"受蛊惑蒙蔽的可怜虫或恶魔（除非革命者都被这样描述），是无数为了追求和平、富裕或幸福而自愿投身于斗争中的人们的典范"（Aptheker，1966：5）。阿普特克笔下的黑奴起义者与白人奴隶主属于两个阵营，两个阶级，是你死我活的不可调和的敌我关系。很明显，阿普特克在解读奈特事件时赋予了它一种悲剧情节结构。

托马斯·R.格雷版本的《奈特·特纳的自白》表现出同样的情节模式。虽然该文本是格雷根据奈特在狱中的口述整理而后出版的，却是经过格雷进行情节编排和加工后的产物。在开篇的"致公众书"中，格雷对起义者的仇视就表露无遗，他称奈特为"土匪"、一个"内心阴暗、矛盾，神经紧张的狂热分子"；其他起义者则是"恶魔般的乌合之众"（转引自 Stone，1992：409 - 411）、"冷酷的杀人凶手"；他们发动的起义是一场"残暴的杀戮"。此外，格雷认为导致这起事件的根源并非蓄奴制度，而是奈特狂热的宗教信仰。格雷的《奈特·特纳的自白》由两部分构成，前一部分介绍奈特的宗教体验与幻觉，后一部分详细地描述了起义事件的血腥和屠杀白人的场面，这种安排暗示了前后两部分内容的因果关系。实际上，格雷作为奴隶主代表和蓄奴体制的既得利益者，是体制的维护者；加之当时正值格雷家族遭遇变故，家道中落，格雷需要寻找名利双收的机会以扭转家族的颓势。而这次起义事件爆发后，美国南方蓄奴各州当局和白人社会惊恐万分，迫切想弄清事件爆发的动机和意图。格雷设法进入关押奈特的监狱，说服奈特向他坦白，从而得到关于起义事件的第一手资料，经他整理发表的《奈特·特纳的自白》销量很好，一个月之内再版两次，卖出 50,000 多册，购买者主要是南方白人读者——这也是他设定的读者对象。该版本后来被当作研究这次事件的最重要的史料（Greenberg，2017：7），也被认为是代表了官方意志的宏大叙事，其中再现的历史事实被盖棺论定，成为既定历史。阿普特克的研究和斯泰伦的小说创作均主要参考这个版本。

阿普特克以格雷的文本为依据，批判斯泰伦遗漏史料，故意篡改历史事实，误读历史所蕴含的意义。阿普特克指出斯泰伦主要遗漏了以下几个事件：其一，奈特·特纳在起义爆发前的 19 世纪 20 年代中期曾逃离其当时所属的奴隶庄园；其二，当格雷质问奈特是否有罪时，奈特反问道："难道耶稣不是被钉在十字架上了吗？"；其三，奈特提到了他的祖母及父亲并表达了对他们的崇敬之情。阿普特克认为斯泰伦忽略奈特曾经逃跑的事实，不能表现出奈特敢于反抗强权的性格，弱化了被压迫者与生俱来的斗争意愿和精神，歪曲了历史人物的真实形象；同样，抹除耶稣蒙难的反诘，就不能如实地表达奈特坚定的斗争信念；而忽略奈特的父亲和祖母的存在则削弱了奈特与其家族的联系，从而没能表现黑人族群文化的发展与传承(Aptheker，1967：375 - 376)①。黑人群体，特别是《威廉·斯泰伦的奈特·特纳——十个黑人的回答》的作者，亦持相同观点。针对阿普特克等人的责难，斯泰伦认为，小说的目的不是拘泥于历史事件，而是要寻求能够统摄这些历史事件的"更大的真理"(a larger truth)(Styron，1968：544)。斯泰伦援引卢卡奇"对某一历史时期了解越深刻，……越不会被孤立的历史史料捆住手脚"(转引自 Woodward，1985；Lukacs，1962：167)的观点为自己辩护。

　　与格雷和阿普特克不同，斯泰伦从人性的角度来探讨这次奴隶起义，在相关史料的取舍、归类等方面，表现出的旨趣自然相去甚远。小说中，在讲述奈特·特纳的早年生活情况时，斯泰伦没有用过多的笔墨描写他与家人的相处，而是比较多地介绍了他与第一个奴隶主缪塞尔·特纳一家一起生活的细节，特别是女主人如何教他识文断字，阅读《圣经》和英国作家约翰·班扬、沃尔特·司各特的作品以及他在主人家里如何受宠，如何得到在年满 25 岁时获得自由的许诺等。小说中奈特耳濡目染，受白人思想和意识形态的影响，接受了"白人至上主义"的思想，对白人文化顶礼膜拜。他将主人塞缪尔比作太阳神阿波罗，将他的妻子比作智慧女神雅典娜。奈特如饥似渴地吸取白人文化，竭力学习和使用白人的语言。在小说《奈特·特纳的自白》中，他说："我是个不知疲倦的偷听者，他们的谈话、评论，甚至他们发笑的方式都能激起我无限的遐想。"(Styron，1967：144)在塞缪尔·特纳家，奈特享有其他黑人所没有的地位，"我被娇生惯养，成了大家的宝贝儿"(Styron，1967：169)。奈特认同白人文化，无论沉思还是祷告时都使用白人的语言。此外，依据奈特在整个起义过程中杀死的唯一白人是 18 岁的玛格丽特·怀特黑德的事件，小说虚构了奈特与玛格丽特之间的亲近关系以及他对玛格丽特性渴望的压抑。小说中这两个主要事件的安排被评论界，特别是黑人评论家，进行了最严厉的批判，他们

---

① 阿普特克对斯泰伦的批判不仅限于此，具体内容参看 Herbert Aptheker. "A Note on the History". *The Nation*，205/12 (1967)：375 - 376。

指责斯泰伦歪曲历史,并给他贴上"顽固的种族主义者"的标签。实际上,通过这种情节的设置,斯泰伦想表达更加深邃的蕴意。

首先,描写奈特在白人主人家接受教育、阅读白人文化典籍等事件,实际上是描写白人对黑人(奴)奈特进行文化占有(cultural imposition)的过程(Fanon,1967:148-149)。白人文化占有破坏了黑人(奴)原初的共同体验,将一种异己、扭曲的体验强加给黑人,这种白人的文化占有在奈特身上很成功,他不仅崇拜白人文化,认同白人的价值观,使用白人语言,视自己的白人文化占有体验为一种特权,还采取"文化同化"策略试图融入白人社会。同时,特纳非常清楚地将自己与其他黑人区别开来。瞧不起黑人,他认为黑人是"低人一等的乌合之众,行为粗鄙笨拙、声音沙哑吵闹",而"我,现在还只是一个小孩,对他们是鄙视的,避之唯恐不及,一群远离大房子居住的黑奴渣滓——一群无姓无名的苦力,早晨便消失在磨坊厂或树林那边的地里干活,晚上则像幽灵一样回到他们的小木屋,如同困倦回窝的鸡群"(Styron,1967:138)。他认为这些黑奴整天得过且过,"从不思考自己将何去何从……他们麻木不仁地忘记过去,接受现实,压根不知道有未来"(Styron,1967:219)。接受过白人文化熏陶的奈特无法认同这等黑奴群体,逐渐认为自己好像已经是白人中的一员,越来越远离黑人社会。

正是因为缪塞尔的开明思想,使身为奴隶的奈特得以接受教育,思想得到启蒙。而教育又让他能够看到蓄奴制的本质,认清奴隶的悲惨命运。由于经济不景气,缪塞尔·特纳一家负债累累,特纳木材加工厂难以为继,只能关闭。缪塞尔必须筹钱还债,而筹钱的办法就是变卖财产:"我必须得把那些男孩卖了,因为我需要钱。任何不是人的东西(non-human)都可以买卖。那些孩子要值一千多美元呢。"(Styron,1967:215)奈特也就这样被卖了,获得自由的承诺化为乌有,加上后来受到的凌辱,他被迫认识到自己的"物性"(thinghood),认识到自己与其他的黑人(奴)没什么两样。他失望、愤怒之至,"我难以置信到了疯狂的边缘,然后是一种被背叛的感觉,再后来感到一种前所未有的狂怒,最后是令人沮丧的仇恨……对缪塞尔主人的仇恨,这种仇恨不断在心中升腾,我真希望他死掉。在我的幻觉中,我看见他被我用双手掐死"(Styron,1967:239)。

斯泰伦没有提及奈特的黑人妻子，而把他杀死的白人女孩虚构成他的欲望对象，这种爱恨交织的故事情节更能显示黑人命运的悲剧性。玛格丽特与其兄长不同，她善良、开朗，对黑人没有偏见，非常赏识奈特的学识和聪明，但是无意间也流露出不把奈特当作同类看待的偏见。譬如，在奈特面前换衣服时毫不避讳，让奈特看见她若隐若现的身体也不觉得不妥，说明她骨子里只是把奈特当作家奴，没有把他当作成年男人。但奈特毕竟是有七情六欲的成人，心里怀有对玛格丽特的渴望。然而，他心里清楚他们属于两个世界，美国的蓄奴制度给他们贴上了不同的标签。奈特内心无比痛苦，由渴望而生恨。如果说缪塞尔点燃了奈特心中自由的希望之火，那么玛格丽特点燃了奈特内心的情欲之火，后来燃起的火焰都被无情地掐灭。这种"逆转"造成小说主人公最深重的心理灾难。难怪，小说中，奈特感慨道："这似乎是个无望的悖论？……白人对我越好，越人道，消灭他们的欲望就越强烈。"(Styron，1967：326)

通过奈特与主人缪塞尔以及白人女子玛格丽特的关系，斯泰伦想说明心怀善意的白人一方面友善地、居高临下地接受黑人（奴）进入他们的世界；另一方面，他们又对奴隶的处境浑然不觉，他们的仁慈或善良未能触动机构化的蓄奴体制，没有改变黑奴的物性。更可怕的是，白人貌似开明的思想，实则是白人文化对黑人（奴）的占有，最终使得黑人（奴）逐渐远离自己的族群，远离自己的文化，远离自己的根。对于奈特来说，他被白人世界接纳的愿望落空，但又无法认同黑人族群，因此处于两难境地和分裂状况。正如心理学家 R. D. 莱英(R. D. Laing)所说，在这种分裂状况中的人"不能行动，也行动不了……他实际上陷入了一个死局，一个生不如死的境况"(转引自 Akin，1969：811 -812)。黑奴遭受的这种苦难比奴隶主用鞭子对待他们更加残忍，因为这种方式扭曲和摧残了奴隶的心灵。由此可见，斯泰伦在小说中从另一个角度再现了蓄奴制下黑奴的悲惨命运，从而更加深刻地声讨了这一罪恶体制内在的残暴。

再者，将黑奴视为财产的白人看上去是施害者，但是他们最终也是受害者——遭到黑奴的憎恨，成为他们的刀下鬼。显然，他们同黑奴一样也是蓄奴制的牺牲品。正如鲍德温所说，斯泰伦通过讲述奈特的事迹，鞭挞了蓄奴制，重构了白人和黑人共同的历史(转引自 Sokolov，1967：67)。斯泰伦小说中重构的历史，表现出作家有别于黑白、美丑、善恶截然对立的两分法式的历史意识和撰史观。历史学家往往利用一些条条框框把各种历史事件、各色历史人物分门别类，干净利落地贴上貌似得体的标签，有些事件被命名为"革命运动"，有些人物被称为"革命英雄"。这种以"好""坏"来区分历史人物，以"进步""倒退"来区分历史事件的宏大叙事，忽视了评判标准的主观性和两极之间的灰色地带。普里莫·利瓦伊(Primo Levi)指出这种简单化的归类忽视了历史原本的复杂性：

> 我们喜欢把历史简单化……，把所有领域分为"我们"和"他们"的需要非常强烈，从而导致这种两分法——朋友-敌人——的历史模式在各种历史叙事模式中居于上风。大众历史和中小学所教授的历史都受这种简单化的影响，竭力避免中间情形和复杂情形，这种历史总是把人类过去所发生的一切简单化为冲突，或引起兵燹之灾的大冲突。(Levi, 1989: 22 - 23)

作家斯泰伦显然不愿意用此类两分法来表现历史。小说中的特纳在狱中反思自己的所作所为，最后认识到，一方面黑人要为自由而战，另一方面，他也为杀死无辜者而忏悔，因而在临刑前与审判他的白人法官和白人律师达成了某种程度的谅解。无论黑人还是白人都是蓄奴制的受害者，他们只有停止对立，反思历史，才能避免悲剧重演。面对 20 世纪 50 年代末、60 年代初美国黑人掀起的席卷全国的民权运动，斯泰伦深表同情，并指出激烈的种族矛盾是由于长期以来白人对黑人的压迫和蔑视造成的。斯泰伦支持黑人争取平等权利，但不主张采取极端手段，他赞同马丁·路德·金的非暴力主义，主张黑人和白人之间达成和解(转引自 French, 2004: 215)。民权运动之后，在美国，人们开始从多元文化主义(multiculturalism)的视野来审视种族身份与归属，主张不同文化间的融合互补和交流对话，而非冲突和对抗。《奈特·特纳的自白》展现了这一多元共生、相互依存、和谐共处的世界文化发展趋势。很明显，在斯泰伦喜剧解读模式之下，处于冲突对立的黑人奴隶与白人奴隶主之间最终达成了妥协，对立要素实现了共处共存。小说家斯泰伦从人性的角度考察历史事件和历史人物，还原了另一个版本的历史真相，质疑了格雷版本的历史的真实性，成为对抗官方权力话语的有效制衡力量。

六、去脸谱化：历史人物的艺术化再现

如前文所述，历史往往被简单归类、定义、诠释。如果将历史看成阶级斗争的历史，政治就凌驾于一切之上，历史人物的日常生活被政治化，成了阶级斗争历史中的符号。奈特在律师格雷等白人的叙述中往往被描述成恶魔、暴徒、婴儿杀手、十恶不赦的疯子、土匪。他蛊惑一群乌合之众，对白人进行残暴、血腥的杀戮。而在黑人民俗文化传统中，特纳则被刻画成为自由而战的斗士，一个"非凡的人"，机智、勇敢地指挥了那场战争，并且毕生致力于为他的人民争取自由，是个传奇人物（Johnson，1970：180）。在"十个黑人评价者"的心中，奈特是个"阳刚、威严、勇敢的人"（Clarke，1968：5），像《圣经》或史诗中的英雄，对自己的使命有坚定不移的信念。正如黑人作家约翰·奥利弗·克伦斯（John Oliver Killens）所说："每个奴隶都是潜在的革命者。……奴隶主的道德准则是奴役，而奴隶的准则则是解放。"（转引自 Coale，1991：37）马克思主义者阿普特克也认为特纳是革命斗士、起义英雄，形象高大完美，是革命的化身，是一个传奇。他的存在让白人主子寝食难安，而对这个形象的任何篡改都是亵渎（转引自 Uya，1976：72）。很显然，前者将奈特妖魔化，而后者将他神圣化。应该说，这两种叙述模式都不是奈特的真实写照，抽掉了奈特作为一个独立个体的复杂性，作为奴隶起义领导者的历史人物奈特也因此被简单化、符号化、脸谱化了。历史学家大卫·W.布莱特（David W. Blight）曾指出："奈特已经变成了符号性人物的典型代表，即，他要么是英雄，要么是恶棍。"（转引自 Bisson，2005：81）

在斯泰伦的小说中，奈特回归到人，从被妖魔化、神圣化走向了人性化。奈特不是一成不变、性格单一、铁板一块的革命者，斯泰伦赋予他更多复杂的性格特征。在谈到塑造奈特这个人物形象时，斯泰伦曾经说道："我认为作为历史人物的奈特就是一个宗教狂热分子"，"他从《圣经》中断章取义，认为他必定会是起义领袖……。作为小说家，我会赋予他不曾拥有的理性与智慧，而减少那深藏于人性之中的狂热成分"，"我书里塑造的人，个性复杂，不是一个起义者的典范"。他补充道："我书里刻画的这个人物性格犹疑不决，准确地说，是个有缺点和怀疑自己的人。像《奈特·特纳的自白》这样的书不是——也没打算——服务于革命的目的。"（转引自 Coale，1991：91-92）

　　小说中的奈特不是天生的丧心病狂的杀人恶魔或走火入魔的宗教狂热分子。他天资聪颖,酷爱读书,具有奴隶起义领导者应有的风范和品质。譬如,起义前,奈特精心筹划,组织训练起义队伍,合理使用人才;起义过程中,奈特能保持头脑清醒,掌控局面,及时做出判断;起义失败后,他能认清形势,勇敢面对和接受现实。但是,起义领袖也是常人,奈特生性敏感,内心充满矛盾和挣扎,历经与上帝、与所处的社会、与自我的疏离,甚至一度迷失于自己孜孜以求的使命和起义事业中。奈特的优点被白人妖魔化,被黑人神圣化;他内心的挣扎要么被白人忽略,要么被黑人用于攻击作家斯泰伦。不管是褒是贬,双方避而不谈的则是奈特心理活动和所经历的心路历程让他具有人性和真实性的事实。作家斯泰伦填补了这方面的空缺。

　　首先是奈特与上帝的疏离。奈特的母亲当着奈特的面对别人说,奈特在出生前,上帝用种种迹象显示奈特会成为"先知",会成就"大事",奈特曾对此深信不疑。奈特自幼深得主人一家的宠爱,很快他发现自己与别的黑奴不同,于是试图"表现出了不起的样子","刻意避开旁人,把自己包裹起来,显得很神秘的样子,专心斋戒和祷告"(Styron,1967:44)。在后来阅读《圣经》的过程中以及亲历和目睹黑奴的悲惨遭遇后,他逐渐形成了所谓"伟大的使命"的构想,那就是杀光白人,建立黑人自己的社会。他时常在自己的幻觉或梦中寻求上帝的旨意,最后确定了起义的时间和计划。奴隶起义之事至少应该是奈特在感知上帝和神灵的召唤之后,慢慢酝酿而成。如果说为奴隶的解放事业而战是奈特的人生追求、奋斗目标的话,上帝的旨意和显灵则是奈特的精神支柱。

　　但是,起义过程中,奈特内心发生变化,尤其是当看见他的起义队伍在屠杀白人后血流成河的场面的时候,奈特心里喊道:"上帝啊,这真的是您召唤我做的事吗?"(Styron,1967:371)奈特开始怀疑上帝以及起义的意义。但是,在后来的逃亡过程中,奈特仍然尝试向上帝求助,希望上帝能给他启示。起义已不可逆转地失败了,他该怎样才能得到救赎?但是,奈特生平第一次感到自己无法思考,无法祷告,"我所熟知的上帝正离我而去。我在晨曦中徘徊,自从信仰上帝以后从没有如此孤独、如此感受到被抛弃的感觉"(Styron,1967:380)。当奈特身陷囹圄时,他也向上帝求助,但是所有的祷告都无济于事,似乎上帝已将他离弃。这种被遗弃的感觉引导他开始沉思自己的一生和这次暴动事件。他感到自己像生活在恐怖阴森的黑暗之中蠕动的虫子，而他的"愚蠢的黑人同胞则像苍蝇，上帝的弃儿"（Styron，1967：39）。奈特不由得开始怀疑自己："我想，我将无法得到上帝的陪伴而独自走向死亡，因为他早已毫无征兆地弃我而去。难道我所做的这一切都错了吗？ 如果错了，能被救赎吗？"（Styron，1967：399）与上帝的疏离让奈特陷入挫败、痛苦、茫然和自我怀疑之中。

　　前文已论及奈特在白人心目中的特殊地位以及他与其他黑人（奴）之间的关系。奈特不是白人，但受到白人文化的浸染，崇尚并认同白人文化，并且在白人社会中暂时为自己赢得了立锥之地。用小说中法官耶利米·科布（Jeremiah Cobb）的话说："（奈特）几乎能用有身份、有文化的白人的语言说话。虽然他仍然是那些命运注定悲惨的奴才之一，但是他已经超越那种惨状，成了一个人，而不是一件东西。"（Styron，1967：75）换句话说，奈特被白人社会另眼相看。奈特自己也觉得好像已经是白人中的一员，他鄙视黑人，更不愿意认同黑人族群。他甚至认为黑人低人一等，行为粗鄙，蝇营狗苟。作家描写了奈特认识转变的过程。

　　但是，奈特对黑人还是抱有哀其不幸、怒其不争的复杂情感。在主人特拉维斯家，当奈特看见哈克（Hark）与科布法官之间的互动时，他顿生无名之火。哈克有着非洲部落酋长之相——英勇顽强，无所畏惧，并且五官匀称，长相出众。但是，他对科布法官逢迎讨好，低声下气。奈特愤怒斥责道："奴颜婢膝！白人的马屁精！哈克，你！黑人人渣！"（Styron，1967：65）当特纳亲身经历和目睹白人残酷奴役、鞭笞和侮辱黑人的事件后，他的认识有了转变，再也无法忍受黑人的沉默和麻木。他苦口婆心地开导他们："你们是人，人，不是地里的牲口！你们不是四条腿的狗！你们是人，我说！我的同胞弟兄们，你们的尊严到哪里去了？"（Styron，1967：295）这里，特纳开始公开质疑、否定白人脑子里根深蒂固的黑人是"野蛮人"、是低于白人的"劣等人种"的思想；同时，他不再与黑人划清界限，而是视他们为同胞兄弟，要求他们要有做人的尊严。

　　奈特不仅用"做人要有尊严"的思想要求黑人，对白人也一样。在起义屠杀白人的过程中，奈特感到手里拿着的斧头无法向白人砍去，因为他发现，面前的白人是活生生的人，他无法下手："他（奈特打算杀死的白人主人特拉维斯)的脸庞一下清晰了,我最后看了他一眼,想弄清楚他究竟是谁,不管他是谁,反正他是一个人。哦,是个人,我心里想。想到这里,我举起斧头,但是我感到斧头在颤抖……斧头落下来,错过了半英尺,没砍着,我四肢瘫软……"(Styron,1967:368-369)。作为对白人怀有深仇大恨、为了黑人的自由平等誓死将他们赶尽杀绝的起义领袖却临阵胆怯,因为他认识到人有生存的权利,不管是白人还是黑人,这是做人起码的尊严。为了赢得黑人(奴)的自由和尊严,奈特领导黑人(奴)起义,摧毁白人的世界,但是这种暴力行为必须剥夺白人作为人的尊严和权利。奈特感到左右为难,被两种力量撕扯,痛苦不堪。

起义中,特纳几次三番举起斧头却无法置白人于死地。因而,他的领导地位受到严峻的挑战和考验,尤其是来自威尔的怀疑。威尔十分鄙视奈特的犹豫不决,嘲笑他是个"空谈家"(fancy talker)。奈特心里清楚,起义离不了威尔这样对白人有血海深仇的人,因为他是行动者,实施者。实际上,斯泰伦将奈特分解成在灵魂深处对峙的两半:一个是冷静、理性的奈特;另一个是冷酷、疯狂的奈特。前者人性未泯,表现出嫌恶暴力、阻遏杀戮的良心,后者的人性被经年的残酷奴役扼杀殆尽。

小说中,奈特就黑奴对白人的仇恨进行了深刻的思考:"奴隶不难对白人心生刻骨仇恨"(Styron,1967:249),但仇恨有两个对象,不能一概而论:一是你想摧毁的无形、抽象的人,也即邪恶的权力结构的操手;二是同你的生活息息相关的人,他们中有些居高临下或者凶残暴戾,也有些通情达理甚至仁慈善良。这也许就是奈特在起义过程中犹疑不决,没法下手杀死白人的原因——他分裂的两半面对着被统称为"白人"的不同类型的人。但是,他还是杀死了对他颇有好感的年仅18岁的白人女孩玛格丽特。表面原因是他为了维护自己作为起义领导者的权威,因为杀性大发的威尔不断挑战他的地位;而深层的原因则是如前所述的奈特对玛格丽特"爱与恨"交织的复杂情感所致。玛格丽特对奈特来说是无法得到的残忍的诱惑,也是对黑人开明和善的白人代表。因此,对于白人,奈特内心充满矛盾复杂的情感。

对白人的恨促使奈特带领同胞揭竿而起,发动起义,意在消灭白人;但未泯的人性让他顾念对白人的感情而无法毅然决然地下手。斯泰伦这种矛盾形象的塑造,不仅反映了作者的政治主张,也表现了作者的哲学思想。斯泰伦深受加缪的影响，他所塑造的奈特有加缪式反叛者的影子。加缪指出："毫无疑问，反叛者要求得到自由，但他无论如何也不会要求毁灭存在和他人自由的权利。反叛者不会侮辱任何人。他所要求的那种自由，他为所有人去争取它；他所拒绝的那种自由，他禁止任何人去取得它。反叛者不是简单地指反抗奴隶主的奴隶，反叛者反抗的是存在奴隶制度的社会。"(Camus，1960：351)应该说，奈特对体制、体制的维护者和体制的既得利益者三者的区分并不是一清二楚的。他的生存环境和人生经历，让他和其他很多被奴役的黑人一样，把这三者当作一个罪恶的整体。而一旦涉及个人，奈特又恍然意识到，活生生的个人与作为统治和压迫力量的邪恶体制不能一概而论。

不难看出，斯泰伦拒绝将奴隶起义发动者脸谱化，没有按照一部分人希望的那样把奈特刻画成典型的黑人革命者——阶级觉悟高，是非分明，义无反顾。相反，斯泰伦笔下的奴隶起义领袖一开始不仅没有阶级意识和阶级觉悟，反而崇拜白人文化，鄙视同族和黑人文化传统，是后来的经历才让他幡然醒悟，并认识到自己的身份和处境。这样的奈特具有多面性，也具有更多人性的特质，因而更加真实可信。同时，斯泰伦笔下的奈特也解构了另一部分人（主要是白人种族主义者）心目中宗教狂热分子、杀人恶魔的形象。奈特的矛盾个性是环境所塑造的，他的极端行为是环境所迫，既有误入宗教迷途的因素，也有匡扶正义、反抗压迫的成分。换言之，斯泰伦将起义者领袖的人物形象去妖魔化和去神话化，重新塑造为具有人性光辉或人性弱点的历史人物，这样的历史人物更具真实性和可信性。乔治·卢卡奇之所以推崇司各特的历史小说，正是因为司各特让笔下的历史人物优劣善恶并存于一身(Lukacs，1962：45)。卢卡奇也称颂梅里美的小说，因为梅里美不仅摒弃了为历史人物歌功颂德、建碑立传的做法，也避免了对历史人物的人性特质做简单化、标签式的归类(Lukacs，1962：78)。

七、叙述身份的制造：历史人物的重塑

斯泰伦从人性的角度赋予奈特矛盾复杂的个性，但是美国黑人评论界几乎众口一词，指责斯泰伦将奈特塑造成了一个被动、犹豫、迟疑的哈姆雷特式的人物。在欧康·尤亚看来，这样的指责产生于斯泰伦对奴隶起义领袖去政

治化的塑造:"斯泰伦的奈特·特纳对于那些试图摧毁或改变延续至今的美国生活方式的人来说毫无用处……从政治的角度上说,斯泰伦笔下的奈特毫无用处"(Uya,1976:72)。这其实是政治功利主义的态度,而文学并无意服务于政治功利。当然,斯泰伦也不乏支持者,比如尤金·吉诺维斯就认为,斯泰伦笔下的奈特与历史上的奈特一样足智多谋,英勇无畏;小说家赋予奈特矛盾、自我怀疑的个性特征,让他更具复杂的人性,从而更让人感到他的行为是深思熟虑的结果(Genovese,1968:34)。

评论者立足点不同,结论就难免大相径庭。遗憾的是迄今为止,几乎没有评论着眼于小说文本本身对人物塑造进行研究。如果从小说叙事学角度对小说文本进行分析就会发现,斯泰伦对奈特的塑造不是去政治化的。实际上,斯泰伦塑造的奈特懂政治、有谋略、识时务。奈特的这个形象是由其作为小说第一人称叙述者的叙述身份所建构的。

唐纳德·霍尔指出,自从有了对人类思想的记录以来,人们就一直在思考"我是谁?"这个问题,但是,现代及启蒙时期的身份和主体性理论家大多将奴隶排除在外,并贬低某些族群(Hall,2004:6,32)。洛克就支持奴隶制和殖民统治,而休谟说:"我认为白人天生优越于黑人",康德也认为黑人愚昧无知、智商低下(转引自Gates,1985a:10)。实际上,西方哲人将"白人、男性"定义为理想的人,鄙视、厌恶、控制、剥削他们认为不理想的人(转引自Gates,1985b:408)。这种偏见危害巨大,影响深远。建国之初,美国民主体制的阐述及实践充分暴露了这一点。霍尔一针见血地指出:"美国土著居民和奴隶完全被排除在'拥有不可剥夺权利的人'之外。"(Hall,2004:36)因此,长期以来,在以白人为主导的社会里,黑奴不被当作"人"看待,不能获取经济、教育等资源,不能享受政治权利,只配充当没有身份的私有财产。朱迪斯·卢德曼说:"在19世纪早期的美国,黑奴成为一种符号,被当成非人(nonbeings),没有思想,没有独立人格,只配用于装点白人生活的门面。"(Ruderman,1987:21-22)

在蓄奴制社会中,为了自保,黑奴们大多被迫成为卑躬屈膝、逆来顺受的奴才。小说中奈特反思道:"黑人奴隶最宝贵的财富便是他那平淡乏味、没有任何感情色彩的无名者的外衣,借此与其他芸芸众生融为一体,没有名字,没有身份"(Styron,1967:73),"奴隶没有行动的意愿,没有选择,只有盲目、机械地服从本能……像苍蝇一样苟活"(Styron，1967：39)。在《弗雷德里克·道格拉斯自传》(*The Narrative of the Life of Frederick Douglass*，1845)中，弗雷德里克·道格拉斯(Frederick Douglass)对蓄奴制如何摧残黑奴的人格曾做过详尽的叙述。但是，奈特并未被体制打造成逆来顺受的奴才，一方面他是蓄奴制的受害者，同时他有行动的意愿，有为他自己和黑奴同胞争取自由而战的决心，因而发动了奴隶起义，并在美国历史上为自己留下浓墨重彩的一笔。

在起义爆发后的一个多世纪，当斯泰伦着手准备以奈特·特纳奴隶起义为题材进行小说创作时，他回到起义爆发的地方，希望找到与起义有关的历史遗迹，但是除了一棵橡树和几乎坍塌的房子外，一无所获。当地的人们也几乎不知道奈特·特纳是谁。斯泰伦感慨道："奈特已被人们从记忆中抹掉。"(转引自 French，2004：244)然而，"奈特·特纳是历史上为数不多的为自己赢得身份的奴隶"(Woodward & Lewis，1985：83-92)。所以，在小说中，斯泰伦使用类自传体第一人称叙事方式(quasi-autobiographical first-person narration)，让奈特讲述自己的故事。在类自传体第一人称叙事小说中，"作为更年长、更成熟、感知能力更强的叙述者'我'与作为存在彼时的主人公'我'之间有一种张力"(Stanzel，1984：82)，前者是叙述自我(narrating self)，后者为经验自我(experiencing self)，叙述自我讲述的是经验自我的各种经历，从中读者可以了解到主人公是个什么样的人，"叙述者'我'讲述的任何东西除了其数据价值外，还具有人物塑造功能"(Stanzel，1984：98)。换句话说，自传体叙事话语具有再现功能。此外，自传体叙事还具有交互功能，即叙述者在讲述自己的人生故事时，通过以特定方式与读者或听者互动，从而塑造自己叙述者的身份(Wortham，2001：xi-xii)。由于篇幅所限，这里只关注自传体叙事的交互功能，分析作为叙述者的奈特在讲述自己故事过程中所建构的叙述身份。

在《奈特·特纳的自白》的开篇，奈特在监狱里等待审判，他开始怀疑起义的正义性，前所未有的绝望让他疯狂。他觉得上帝抛弃了他，将他扔进了可怕的万丈深渊，问道："上帝啊，我做错了吗……如果我做错了，我能否得到救赎?"(Styron，1967：120)但是上帝没有回答。面临精神和生存的双重危机，在法庭辩护律师格雷的要求下，奈特向格雷讲述起义的前因后果，将听者/读者带回到奈特的童年时代。实际上，奈特通过讲述他的人生故事来定位他的人生意义,来确定他的个人价值。在叙述过程中,奈特拥有掌控叙述行为的话语权,他的观点得到表达,正如保罗·辛普森所说:"被叙述的事件通过故事'讲述者'的意识这个介质而得以表达。"(Simpson,1993:11)同时,叙述者的心理状态和价值观也能被建构,就如被叙述的世界里的其他人物一样。所以,什洛米斯·里门-凯南说:"在叙述过程中,叙述行为创造叙述者。"(Rimmon-Kenan,1996:22)小说中,奈特主要通过三种不同方式让自己的存在得到彰显,从而建立自己的叙述身份,对所讲述的内容宣称自己的所有权和主体性:操纵叙述故事的方式,发表评论以及在叙事层面确立交互关系。

在类自传体小说中,更年长的、更成熟的和感知能力更强的叙述者"我"作为故事主人公"我"的延续,拥有全知全能的视角,洞悉发生在主人公身上的一切。但是,"知道一切并不意味着将一切和盘托出,叙述者常常掩盖某些信息"(Chatman,1978:212)。也就是说,当叙述者回顾性地叙述他的人生故事时,他不会讲述全部的经历,而是选择性地讲述一些,略去一些。西摩·查特曼认为:"叙述者可以一次只讲述一个场景,或者他有权力在不同场景间穿梭往来,以便叙述同时发生的事情……或者他忽略一些单个场景而从全景视角上归纳总结所发生的事情。"(Chatman,1978:212)

小说中,叙述者奈特正是如此,他不可能将自己 31 年的人生经历一一道来,所以,讲述过程中,奈特不时地从一个场景转换到另一个场景,或详尽地叙述一些片段,或简略地概括另一些片段,或省略一些片段,间或又陷入沉思。比如,他详述了自己在开明主人缪塞尔家的生活情况,包括受教育、被宠爱、被夸赞以及自我意识的觉醒(即意识到自己是奴隶但又不认同其他奴隶)等;他还详述了奴隶们,包括他自己被转售的事件以及他对此的想法;对黑奴受奴役和凌辱的悲惨经历,他也进行了详细的描述,特别是他在艾普斯牧师家遭受的各种欺辱;与法官耶利米·科布、玛格丽特·怀特黑德的相遇以及残暴白人强迫黑奴萨姆和威尔相互斗殴取乐等都被详尽地叙述。有时候,叙述者终止叙述事件,转而介绍小说人物的背景情况,比如,对哈克的"萨姆保"(Sambo)形象①的刻

---

① 美国史学家乌尔里希·B. 菲利普斯(Ultrich B. Philips)认为,"萨姆保"是黑人的种族特性,即"天生顺从""漫不经心""憨直""逢迎讨好""善于模仿""偷奸耍滑"和"自得其乐"。他认为,黑人很少造反,即使偶有反抗,也不过是孩子气的种族懒散和装病推脱,或是管束不严时表现出的犯罪倾向。

画,对威尔的杀人狂形象的描述等。还有的时候,叙述者放弃自己叙述自我身份而变为经验自我,重新体验过去令人难以忘怀的一些经历。

总之,叙述者对叙述方式自如的变换和掌控,充分彰显叙述者的存在感、主动性和话语权。与此同时,叙述者对叙述模式进行的任何选择以及叙述本身都揭示叙述者的声音、叙述的动机和意识形态蕴涵。马克·柯里认为,叙事与实际生活一样,"当我们对他人的内心生活、动机、恐惧等有很多了解时,就更能同情他们"(柯里,2003:23),即便是"我们所进入的人物的内心世界是一个病态的心灵,或是一种扭曲的动机,或是一种邪恶之类的东西"(柯里,2003:23-24),由于走进了他们的内心,对他们有更多的了解,就会与他们产生一种亲近关系(柯里,2003:23-24)。同样,叙述者奈特作为故事主人公奈特在叙事层面的延续,在叙述过程中,表现和流露出他对自由的向往、对蓄奴制的憎恶、对白人的仇恨、对奴隶同胞"哀其不幸、怒其不争"爱恨交加的感情、起义过程中内心的冲突以及对玛格丽特、法官和格雷律师的态度时,听者/读者都会不知不觉地表示同情,甚至认可。

查特曼将间杂于讲述之中的评论定义为"叙述者在叙述、描述或识别之外所进行的言语行为",该言语行为承载了叙述者的声音和立场。直接的评论言语行为通常有四种:解释、评判、归纳以及对叙述行为的评论。前三种与被述故事相关,而最后一种涉及交代如何叙述故事(Chatman,1978:228)。在《奈特·特纳的自白》中,这些评论比比皆是,不一而足,略举几例加以说明。叙述者奈特这样评论白人牧师理查德·怀特黑德向黑人的布道:"多年来我无数次听到这些令人讨厌、绝望的话,千篇一律,一成不变。这不是说教者的话,而是弗吉尼亚卫理公会主教撰写的,然后让他的牧师们每年都去布道,目的是置黑人于极度的恐惧之中。"(Styron,1967:103)不难看出,叙述者无情地揭露了宗教的虚伪和对奴隶的压迫,同时,叙述者的道德立场也尽显无遗。再比如,起义失败后,奈特被关押在监牢里,在向格雷律师坦白之前,他开始回忆和反思自己的一生:

受尽苦难的人们,你必拯救,因为你是我的明灯,哦,耶和华啊,你是我的灯。耶和华必照明我的黑暗。但是现在我坐在太阳光下面,在摇曳的落叶的

阴影之中,在不停嗡嗡作响的蚊蝇里,我无法说我依然相信这是真的。我的那些愚蠢的黑人同胞似乎像蚊蝇,上帝愚蠢的弃儿,没有亲手结束自己无休无止的痛苦的意志。(斜体为原文所有,Styron,1967:39)

如果说前例是叙述者奈特所做的道德评判,这一例则是奈特对黑人命运进行的归纳总结,言语中可以看出奈特对黑人悲惨命运的哀叹以及对他们的失望。

对叙述行为的评论有时候打断故事讲述进程,停下来向听者/读者交代下一步将如何讲述,或者对叙述行为进行点评(Chatman,1978:249)。叙述者奈特也是这样。比如,在小说的叙事层面,格雷律师是奈特的听众,但奈特对他表现出明显的不信任:"现在以及前面几次,我都有种感觉,是我虚构了他(格雷),我不可能同一个虚构的人说话,于是我决心一直保持沉默。"(Styron,1967:46)在向格雷叙述了他的人生故事之后,奈特仍然公开表示对格雷的怀疑:"我不知道在我跟他所讲的东西中,有多少真实的成分能够出现在他随后将出版的我的自白中。我想不会有多少,但这与我已没有多大关系了。"(Styron,1967:372)作为叙述者,奈特不相信自己的故事能被如实地记录,因为他不相信他的叙述对象,认为他会用自己的方式来误读他的故事,歪曲他的历史。实际上,奈特通过这种方式宣称了自己对自己历史的作者权利,否定了格雷后来出版的奈特·特纳的自白的真实性。

小说中的叙述者奈特精明老练,具有对叙事行为游刃有余的操控能力,也建立了叙述者的叙述权威。斯坦顿·沃瑟姆说:"在自传体叙事中,叙述者与听者在互动中确立自己的位置","譬如,当叙述者叙述自己战胜压迫的故事时,与听者互动的过程中,他可以表现得更加主动,态度坚决"(Wortham,2001:xi)。《奈特·特纳的自白》中,在叙事层面,叙述者奈特与作为听者的格雷律师的互动贯穿始终,在这个过程中,二者有几轮对峙和交锋,在二者的对峙与交锋中,两人的交互关系得以确立,奈特也显示出令人敬佩的品质和完整的人格。

在奈特向格雷讲述他的人生故事之前,二人通过言语策略相互试探对方,目的是欺骗或胁迫对方,而不是真诚地交流。对于同白人玩文字游戏,成熟的、年长的叙述者奈特早就胸有定见。当格雷来到奈特的牢房劝说他坦白时，格雷语气傲慢以显示他的社会地位，而奈特则谨言慎行。面对格雷言语上的操纵和激将法的使用，奈特采取了以下的策略来应对。首先，他遏制住自己心中对格雷的厌恶，用表面的礼貌和顺从将厌恶之情掩盖起来，像哑巴一样一言不发。在格雷几乎绝望时，他却温和地说："先生，我已疲惫不堪，但是我已准备好坦白了。"(Styron，1967：28)奈特使用敬语"先生"称呼格雷，于是他卸下防备，"好声好气地"为奈特安排好一切(Styron，1967：29)。首次交锋，奈特以沉默和适时的态度改变掌握了主动，而格雷却因为傲慢、急于求成陷于被动。虽然是"坦白"，奈特实则将自己、他的听众格雷以及读者带回到他的童年。也就是说，奈特以讲述自己的人生故事的方式为最终事件的发生做了铺垫。讲述过程中，奈特一直以一种合作的姿态进行，但内容常常突破与事件直接相关的前因后果。

但当格雷指出，奈特狂热的宗教信仰导致了滥杀无辜，引发了"肆无忌惮打击报复的恐惧"时(Styron，1967：118)，奈特沉默了，陷入沉思，想弄清楚自己的所作所为是否有意义。换句话说，在格雷的刺激下，奈特开始反思自己的过去。笛卡尔宣称"思考"是唯一确信可以赋予人以身份的属性，一个思考的人能够"怀疑，理解，构想，确认，否定，用意志力驱使，拒绝，想象和感受"，"我思，故我在"(Styron，1967：53-54)。笛卡尔的意思是，思考并努力去了解辨析，是人之所以为人的基础。作为反抗后果的死亡悲剧，让奈特遭遇精神和存在危机，于是陷入痛苦的沉思，努力思考自己与他人和社会、黑人与白人之间的关系。奈特的思考使得他作为人的存在得以凸显。

格雷想尽办法说服奈特服罪，但是他忽略了有效的沟通能带来的益处。尽管奈特身陷囹圄，但他却是格雷想了解奈特奴隶起义前因后果的关键人物，但要真正理解这次起义，他必须改变白人对待黑人的冷漠态度，要把起义者当作平等的人来看待。随着对话的进展，格雷最终认识到他所代表的那个社会的伪善，意识到奴隶起义在相对开明自由的弗吉尼亚爆发，一定有其原因，开始觉得应该重新评价奈特。在最后一次与奈特见面时，他态度诚恳，并给奈特带来了一本他一直想要的《圣经》。这一举动表明格雷至少认可了奈特的宗教信仰，也说明格雷认可奈特需要的做人的尊严，与他们第一次见面的情况完全不同。当时,二人冷眼"对视";而现在,格雷改变了居高临下的傲慢态度,与奈特说话时,显得"平静""声音温和",就像变了个人似的,他把手伸进牢房里,"有生以来第一次握住了一个黑人的手"(Styron,1967:401)。奈特对他的反感减少了,与原来针锋相对的对话相比,交流中的对立态度得到缓和,真诚取代了伪装和讽刺,最终两人之间达成了一定程度的和解。

马克·柯里认为:"身份不在身内,那是因为身份仅存在于叙事之中","我们解释自身的唯一方法,就是讲述我们自己的故事,选择能表现我们特性的事件,并按叙事的形式原则将它们组织起来,以仿佛在跟他人说话的方式将我们自己外化,从而达到自我表现的目的"(柯里,2003:21)。作家斯泰伦正是通过赋予奈特第一人称叙述权力的方式,让他回顾式地向听者格雷(其实是向读者)讲述他的经历,他内心的痛苦、煎熬、挣扎和变化过程。这种对叙事方式进行操控的策略,建立了与叙述对象动态的交互关系,捍卫了叙述权威和叙述者为自己撰史的权利。斯科尔斯和凯洛格指出:在"第一人称叙事中,唯一能够真正拥有鲜明个性的是叙述者,因为只有他的视点能为读者感知,只有他的内心能被了解"(Scholes & Kellogg,1966:80-81)。斯泰伦通过虚构叙事,赋予被历史边缘化的黑奴以叙述权利,奈特通过叙述自己的人生故事,使其内心世界被读者感知、理解并接受,奈特也因此成为自己历史的撰写者和讲述者,获得了主体性。显然,斯泰伦小说补写了官方历史叙述缺失的部分。

斯泰伦以黑奴起义为题材而进行的小说创作,表现出了强烈的社会责任感和道义精神。小说在重构奈特·特纳奴隶起义事件时,首先摒弃了从阶级、政治等维度切入,用黑白、美丑、善恶截然对立的两分法式的历史意识和撰史观将黑人和白人置放于对立冲突之中的做法。从人性的角度,小说一方面考察蓄奴制给黑奴造成的深重灾难,另一方面也一针见血地指出白人既是施害者又是受害者的事实,认为白人、黑人实现共处共存才是明智之举。因而,小说重构了白人和黑人共同的历史。同时,小说解构了奈特作为奴隶起义领袖的正面或负面的脸谱化形象,再现了一位具有人性弱点的奴隶起义领导者。由此,小说将业已成定论的官方历史嵌入小说文本之中进行拷问,并通过类自传体第一人称叙事方式赋予黑奴奈特以叙述权威,让他成为自己人生故事的讲述者,从而搁置官方叙事的真实性,重构历史事件,重塑历史人物奈特·特纳,还原了另一个版本的历史真实。"斯泰伦做出了比 20 世纪任何其他作家都多的努力,来普及和唤醒奈特·特纳黑奴起义事件的历史和记忆"(French,2004：274)。被政治风潮和意识形态神圣化、妖魔化、绝对化、简单化的起义领袖,在斯泰伦笔下有了呼吸,有了脉搏,有了情感,有了灵魂。通过斯泰伦的虚构历史叙事,已被人们淡忘的黑奴起义事件再次被人们谈论,奈特·特纳在民权运动的烽火中回到了 20 世纪 60 年代的美国(Stone, 1992：24)。

【链接 1】　小说《德雷德——迪斯默尔大沼泽地的故事》

《德雷德——迪斯默尔大沼泽地的故事》由哈丽特·比彻·斯托创作,被认为是《汤姆叔叔的小屋》(Uncle Tom's Cabin, 1852)的续篇。小说场景设定在美国北卡罗来纳州的丘旺县(Chowan),该县地处弗吉尼亚州东南和北卡罗来纳州东北部沿海平原上的迪斯默尔大沼泽地。小说人物德雷德是一名逃奴,具有狂热的宗教信仰,热心帮助其他黑奴难民。小说中,德雷德大部分时间都在策划发动黑奴暴动。实际上,斯托夫人将美国历史上两个黑奴起义者邓马克·维西(Denmark Vesey)和奈特·特纳合二为一,塑造了德雷德这个人物,她还将托马斯·R.格雷的《奈特·特纳的自白》放在小说的附录里。不过,德雷德只是小说中的次要人物,小说的主要情节是关于当时美国黑白混血儿群体的命运和南方司法体制如何维护蓄奴制;小说重点不再是揭露和谴责奴隶主对奴隶的残忍和踩躏,而是再现支持和反对蓄奴制的白人之间的暴力冲突。

小说的主要人物涉及两个奴隶主家族,戈尔登家族和克莱顿家族。妮娜·戈尔登虽然轻佻但对黑奴富有同情心,奴隶哈利·戈尔登实际上是妮娜同父异母的兄弟,即她父亲戈尔登上校与他的女黑奴的私生子。戈尔登上校同他的儿子汤姆·戈尔登心狠手辣,是仗势欺人的奴隶主。妮娜与爱德华·克莱顿恋爱。爱德华是名律师,一心希望结束蓄奴制,非常善待他家的黑奴。爱德华的父亲是北卡罗来纳州最高法院的首席法官。

小说以两个法院判案为框架推动故事情节的展开、人物关系的发展以及主题思想的彰显。这两个案子都是真实发生在北卡州法院的案例,斯托夫人将法庭记录也放在小说的附录中了。第一个案子与妮娜的贴身黑奴米丽有关。为了筹钱保住农场,妮娜不得不将米丽租给贝克先生。米丽生性逆来顺受、柔弱善良,深受宗教思想的影响。一次贝克醉酒施暴,试图射杀米丽。妮娜于是求助爱德华,起诉贝克,但是最终败诉。而爱德华愤而辞去律师之职,单纯的妮娜也不幸染上霍乱,不治而亡,离开了那个罪恶的世界。第二个案子涉及哈利的姐姐科拉。科拉随同克莱登上校的姐姐去了路易斯安那州,在那里,科拉获得了自由并嫁给了乔治·斯图亚特。乔治死后,科拉继承了他的农场。但是,一个名叫哲基尔的律师,心怀叵测,卑劣地利用法律的空子,不仅剥夺了科拉的继承权,还褫夺了她的自由,强迫她重新为奴。这两个案例说明蓄奴制已经摧毁了南方司法制度的正义性和人性,黑奴的逆来顺受只会招致更多的屈辱和灾难。

米丽是忍辱负重、卑躬屈膝的黑奴代表,总希望今生的奴役和苦难可以换得来世的自由和幸福。犹豫不决的哈利最终下定决心携全家加入了德雷德的起义队伍。但是,正当他们准备向白人发动袭击的时候,米丽哼着福音之歌出现在沼泽地,歌声神奇地打动了德雷德,复仇之意顿时消失,于是,他带着所有人马离开了沼泽地,朝自由奔去。

如果说《汤姆叔叔的小屋》刻画了仁慈和残暴的奴隶主,其谴责的矛头指向个体,那么《德雷德》则控诉了美国南方的蓄奴制和司法制度。但是,评论界一直认为该小说缺乏可信度,说教味太重,标题人物德雷德乏善可陈,乏味无趣(Hurst,2010:125)。戴维斯则指出斯托夫人没有赋予黑奴言说者的权利,"一个'言说的人'是个思考的人,思考的人就是一个危险的人。毕竟人的思想是最难控制的。现实生活中,斯托夫人就在富有同情心的听众与自以为是的审查员之间摇摆,这点表现在《德雷德》的叙述策略之中"(Davis,1999:117)。但是,在后现代语境之下,随着女性主义批评理论的繁荣,20世纪下半叶斯托夫人研究再次掀起热潮,《德雷德》这部小说的价值得到了更加公正的评价(Smith,1997:289)。

【链接2】 奈特·特纳与好莱坞

1967年10月,斯泰伦的小说《奈特·特纳的自白》出版两周后,著名电影制片人大卫·沃尔珀(David Wolper)、20世纪福克斯电影公司以及导演诺曼·杰威森(Norman Jewison)决定将该小说改编成电影,将奈特·特纳的故事搬上好莱坞银幕。沃尔珀向斯泰伦支付了 60 万美元，购得版权。导演杰威森对小说大加赞赏，认为这是"美国 50 多年来出版的最重要的书"，"是美国伟大的小说之一"。他说，"吸引我的不仅仅是作为黑人英雄的奈特·特纳，还因为斯泰伦拷问了美国的奴隶贩卖以及黑奴与奴隶主的关系，这种拷问在我看来不但完全可信，而且具有浪漫主义情怀。小说在我脑海里挥之不去"（转引自 Ryfle，2016：32）。

　　不幸的是，在"十个黑人评价者"集结起来批判斯泰伦的小说之时，以洛杉矶为大本营的黑人反诽谤联盟（Black Anti-Defamation Alliance，BADA）拉开了抗议沃尔珀电影改编计划运动的序幕。联盟得到了黑人民间组织，黑人表演艺术家、作家和演员，全国有色人种协进会（National Association for the Advancement of Colored People，NAACP），美国学生非暴力协调委员会（Student Nonviolent Coordinating Committee，SNCC）的声援和支持。联盟赞同评论界对小说的批评意见，同时指出电影对大众文化的影响作用，不能听之任之。其代言人声称："大规模扩散具有煽动性的谎言，就是对社会的极端不负责任。"（转引自 Ryfle，2016：33）

　　随后，黑人反诽谤联盟要求沃尔珀和杰威森按照历史事实，而不是斯泰伦的小说进行电影创作，电影的名字也不能与斯泰伦的小说同名。联盟将他们的诉求以文字的形式发给沃尔珀和媒体，开篇便强硬地指出："你们在扼杀伟大的美国黑人民族英雄奈特·特纳的精神！你们在歪曲和篡改黑人的历史！"（转引自 Ryfle，2016：33）与此同时，他们在报纸上刊登整版广告，敦促黑人演员拒绝出演电影中的角色。尽管沃尔珀和杰威森认为小说中没有丝毫种族主义成分，但是面对日益高涨的黑权运动和抗议者的压力，最后不得不妥协。1969 年，杰威森借口档期冲突，退出该影片的制作团队；1970 年，福克斯公司宣布取消该电影的拍摄计划。斯泰伦小说的好莱坞遭遇，一方面说明种族问题是美国最为敏感的问题，与政治和意识形态息息相关；另一方面也说明斯泰伦的小说影响力巨大，同时又在美国 20 世纪六七十年代那个多事之秋被广泛误读。

【链接 3】　纪录片《奈特·特纳——麻烦的财产》

　　《奈特·特纳——麻烦的财产》（*Nat Turner: A Troublesome Property*，

2003)是一部时长 57 分钟的纪录片,由总部在旧金山的加州电影制作公司于 2003 年发行。电影的制作人弗兰克·克里斯托弗(Frank Christopher)、导演查尔斯·伯内特(Charles Burnett)和历史学家肯尼斯·格林伯格(Kenneth Greenberg)意在探讨自奈特·特纳起义爆发之后,美国人如何诠释该历史事件及其领袖。

考虑到没有足够的历史记载和一致的解读,影片十分明智地、力求客观地从多个角度对 1831 年的奴隶起义事件进行述说。影片脚本以托马斯·R. 格雷的《奈特·特纳的自白》和斯泰伦的同名小说为主,辅之以哈丽特·比彻·斯托 1856 年的小说《德雷德——迪斯默尔大沼泽地的故事》、废奴运动领袖威廉·威尔斯·布朗(William Wells Brown)的演讲稿、黑人戏剧家伦道夫·埃德蒙兹(Randolph Edmonds)关于奈特·特纳起义的戏剧《奈特·特纳的故事》(Nat Turner's Story,1935)等。不同原始材料中的奈特·特纳由不同演员扮演,其间穿插了对 24 位当代历史学家、作家、社会活动家的采访,包括阿普特克、吉诺维斯、亨利·路易斯·盖茨(Henry Louis Gates)、埃里克·方纳(Eric Foner)、鲍德温等。

影片讨论了很多颇具争议的话题,其中之一是格雷版《奈特·特纳的自白》的真实性问题。对于这个问题,影片的回答是开放式的,呈现了对历史学家盖茨和文森特·哈丁(Vencent Harding)的采访,前者发出"《自白》是谁的声音?"的疑问,而后者指出,《自白》使用的明显是格雷的语言,但它又是最详尽的官方记载,历史学家无法绕行。影片还讨论了起义中屠杀妇女儿童的话题。受访者同样各抒己见,有人认为蓄奴制是罪恶,但是滥杀无辜同样是罪恶;也有人认为,该情该景之下,受迫害的奴隶也属于不得已而为之。影片多层次、多侧面、多声道地将对事件的讨论、对关键人物的评价带进了 21 世纪。

影片的最后部分介绍了美国不同时期对奈特·特纳的理解和阐释,导演伯内特以此说明不同时代的人们所"重写"的奈特·特纳的故事,反映了所处时代的语境。斯托夫人《德雷德》中的奈特·特纳是个温和的废奴主义者;而伦道夫·埃德蒙兹《奈特·特纳的故事》中的奈特后悔实施暴力行为,但是希望正义得到伸张;斯泰伦的奈特·特纳无疑最具有人性,其性格和心理活动最复杂。影片中有个值得关注的片段:格雷律师问奈特是否有罪,奈特反问道:

"难道耶稣不是被钉在十字架上了吗？"斯泰伦对这句话的解读是，奈特一定程度上受到了宗教狂念的驱策，史学家阿普特克则非常欣赏奈特为自己民族的自由而战的大无畏精神，认为这是"人类历史中最伟大的时刻之一"。显然，解读因时而异，因人而异，因族群而异。

尽管影片极力做到客观地、四平八稳地呈现各方观点，但是观者仍然能感受到影片为弱势群体发声的态度。比如，影片中受访作家鲍德温说："在我成长过程中，我所学习的美国历史教科书告诉我说非洲没有历史，非洲人也没有历史。非洲人是野蛮人，关于他们说得越少越好，非洲人是被欧洲拯救，继而带到美国来的。当然，我相信了。我没有选择。"非洲当然有自己的历史，包括近代被殖民的历史。非洲人也有自己的文化，但他们面对着被白人叙事"抹掉"的命运。如影片中受访的历史学家方纳所说："特纳起义中的白人受害者，我们全知道，他们是谁？在哪里被杀？他们叫什么名字？他们的家人是谁？但是没人知道参与奴隶起义的黑人是谁，也没人知道被杀、被监禁或被鞭打的无辜黑人的名字。他们不是我们官方历史记忆中的一部分。那部分历史已被遗忘、被压制，而且可能永远也无法找回。"在斯泰伦的小说中，我们看到了作家激活记忆、对抗官方叙事的努力。

【链接 4】　历史剧《一个国家的诞生》

《一个国家的诞生》(The Birth of a Nation，2016)是以奈特·特纳生平为题材的传记体历史剧情片，由内特·帕克(Nate Parker)花了七年时间打磨而成。帕克同时担任该片的导演、编剧、制片人及主演。电影于 2016 年 1 月 25 日在第 32 届圣丹斯电影节(Sundance Film Festival)首映后获得观众奖(Audience Award)和评审团奖(Grand Jury Prize)。随后，福克斯探照灯影业(Fox Searchlight Pictures)以 1,750 万美元买下该片的全球发行权，这一数额创下了圣丹斯电影节的历史交易记录，影片于 2016 年 10 月 7 日在美国公映。

影片的前半部分主要叙述奈特·特纳的生平。奈特自幼聪慧，深得主人一家的喜爱，女主人更是悉心教导他识文断字，诵读《圣经》，主人的儿子缪塞尔·特纳视他为玩伴，两人形影不离，一起长大。老主人去世之后，小主人缪塞尔虽然也算仁慈开明，但常常酗酒，且身无长技，无力经营负债累累的大农场。为了生计，缪塞尔带着已能胜任牧师之职的奈特巡访附近农场，为农场主的奴隶布道，宣讲奴隶逆来顺受、服从奴隶主是上帝的旨意，从而安抚充满仇恨的奴隶。然而所到之处，奈特目睹了奴隶们遭受的各种惨无人道的折磨和奴役，受到很大的震动。更可恨的是，包括他妻子在内的奴隶妻女时常被白人肆意强暴。此后，传播福音的温顺牧师蜕变为复仇的斗士，奈特立志要砸碎蓄奴制的枷锁，为他的奴隶同胞争取自由。于是，经过精心策划，奈特带领他的追随者发动了震惊全国的黑奴起义。

导演帕克认为，历史上的奈特被描述为嗜杀成性的宗教狂人，这是白人至上主义和种族主义的叙事，"我想我们需要的是为废除蓄奴制而战的英雄。一个为废除无论白人还是黑人都认为是惨无人道的体制而战的人，即便他是个奴隶，白人也没有理由不为他喝彩"（转引自 Laws，2016：40）。帕克的影片发展了美国英雄主义传统，敦促观众思考美国还未愈合的种族主义伤口。面对圣丹斯电影节的评审团，帕克说"我们必须面对弥漫于美国社会的种族主义。我希望人们去看这部电影，被电影里的画面感染，然后反观现在 2016 年所发生的类似的事情"（转引自 Laws，2016：40）。

帕克的电影有意与 1915 年由大卫·格里菲斯(David Griffith)执导的《一个国家的诞生》同名。该影片由于其高超的艺术造诣和丰富的想象力被誉为美国电影史上第一部真正意义上的电影长片，导演格里菲斯由此被推上电影大师的宝座。影片回顾了南北战争和战争对南方的破坏，讴歌三 K 党为恢复南方荣誉，惩治黑人，最后奠定南方的合法地位，从而诞生了一个新的国家所做的努力。帕克认为："这个国家的诞生根植于我们不愿意谈论的东西，但是我们不愿意谈论并不等于他们就不存在。"（转引自 Sperling，2017：56）通过与格里菲斯版的电影相关联，帕克版的《一个国家的诞生》对抗美国的种族主义叙事，重申了黑人在美国诞生中的地位，从而改写了美国的历史（转引自 Cunningham，2016：102）。

引述文献：

Akin, William E. "Toward an Impressionistic History: Pitfalls and Possibilities in William Styron's Meditation on History." *American Quarterly*, 21/4 (Winter, 1969): 805 – 812.

Aptheker, Herbert. *Nat Turner's Slave Rebellion: Together with the Full Text of the So-Called "Confessions" of Nat Turner Made in Prison in 1831.* New York: Humanities Press, 1966.

Aptheker, Herbert. "A Note on the History." *The Nation*, 205/12 (1967): 375 – 376.

Barthes, Roland. "The Discourse of History." E. S. Shaffer Ed. *Comparative Criticism: A Yearbook*, 3. Cambridge: Cambridge University Press, 1981: 7 – 20.

Bisson, Terry. *Nat Turner: Slave Revolt Leader.* Philadelphia: Chelsea House Publishers, 2005.

Breen, Patrick H. *The Land Shall Be Deluged in Blood: A New History of the Nat Turner Revolt.* Oxford: Oxford University Press, 2015.

Camus, Albert. *The Rebel.* Anthony Bower Trans. New York: Vintage Books, 1960.

Chatman, Seymour. *Story and Discourse: Narrative Structure in Fiction and Film.* Ithaca, New York: Cornell University Press, 1978.

Clarke, John Henrik ed. *William Styron's Nat Turner: Ten Blacks Respond.* Boston: Beacon Press, 1968.

Coale, Samuel. *William Styron Revisited.* Boston: Twayne Publishers, 1991.

Cowart, David. *History and the Contemporary Novel.* Carbondale and Edwardsville: Southern Illinois University Press, 1989.

Crèvecoeur, J. Hector St. John de. *Letters from an American Farmer.* W. P. Trent & Ludwig Lewisohn Ed. New York: Duffield, 1904.

Cunningham, Vinson. "Ghost Story: Nat Turner's Rebellion Comes to the Movies." *The New Yorker* (October 10, 2016): 102 – 105.

Davis, Mary Kemp. *Nat Turner Before the Bar of Judgment: Fictional Treatments of the Southampton Slave Insurrection.* Baton Rouge: Louisiana State University Press, 1999.

Fanon, Frantz. *Black Skin, White Masks*. Charles Lam Markmann Trans. New York: Grove Press, 1967.

Forster, E. M. *Aspects of the Novel*. London: Edward Arnold, 1974.

French, Scot. *The Rebellious Slave: Nat Turner in American Memory*. Boston: Houghton Mifflin Company, 2004.

Gates, Henry Louis. "Talking That Talk." Henry Louis Gates Ed. *"Race," Writing, and Difference*. Chicago: The University of Chicago Press, 1985a.

Gates, Henry Louis ed. *"Race," Writing, and Difference*. Chicago: University of Chicago Press, 1985b.

Genovese, Eugene D. "The Nat Turner Case." *The New York Review of Books* (September 12, 1968): 34.

Greenberg, Kenneth S. "Confessions of Nat Turner: Text and Context." Kenneth S. Greenberg Ed. *The Confessions of Nat Turner and Related Documents*. Boston: Bedford Books, 1996.

Greenberg, Kenneth S. "Confessions of Nat Turner: Text and Context." Kenneth S. Greenberg Ed. *The Confessions of Nat Turner with Related Documents*. Boston: Bedford Books, 2017: 1 – 35.

Hale, J. R. *The Evolution of British Historiography*. London: Macmillan, 1967.

Hall, Donald E. *Subjectivity*. New York and London: Routledge, 2004.

Hurst, Allison L. "Beyond the Pale: Poor Whites as Uncontrolled Social Contagion in Harriet Beecher Stowe's *Dred*." *Mississippi Quarterly*, 63/2 (June, 2010): 125 – 134.

Hutcheon, Linda. *A Poetics of Postmodernism: History, Theory, Fiction*. London: Routledge, 1988.

Johnson, F. Roy. *The Nat Turner Story: History of the South's Most Important Slave Revolt with New Material Provided by Black Tradition and White Tradition*. Murfreesboro, N C: Johnson Publishing Company,

1970.

Laws, Page. "Film Reviews." *The Birth of a Nation*. *Cineaste* (Fall, 2016): 40 – 42.

Levi, Primo. *The Drowned and the Saved*. London: Abacus, 1989.

Lukacs, Georg. *The Historical Novel*. Hannah & Stanley Mitchel Trans. London: The Merlin Press, Ltd., 1962.

Richardson, R. C. *The Debate on the English Revolution*. London: Mathuen & Co., 1977.

Rimmon-Kenan, Shlomith. *A Glance Beyond Doubt: Narration, Representation, Subjectivity*. Ohio: Ohio State University Press, 1996.

Ruderman, Judith. *William Styron*. New York: The Ungar Publishing Company, 1987.

Ryfle, Steve. "Nat Turner's Hollywood Rebellion." *Cineaste* (Winter, 2016): 31 – 33.

Scholes, Robert & Robert Kellogg. *The Nature of Narrative*. Oxford: Oxford University Press, 1966.

Simpson, Paul. *Language, Ideology and Point of View*. London and New York: Routledge, 1993.

Smith, Gail K. "Reading with the Other: Hermeneutics and the Politics of Difference in Stowe's *Dred*." *American Literature*, 69/2 (June, 1997): 289 – 313.

Sokolov, Raymond A. "Into the Mind of Nat Turner." *Newsweek*, 70 (October 16, 1967): 65 – 69.

Sperling, Nicole. "*The Birth of a Nation*, Inside Nate Parker's Powerful Nat Turner Movie." Fall Movie Preview, Online Posting. *Entertainment Weekly*, August 12, 2016. ⟨http://ew.com/article/2016/08/12/birth-on-a-nation-nate-parker-aja-naomi-king/⟩ (Accessed July 7, 2017)

Stanzel, Franz K. *A Theory of Narrative*. Cambridge: Cambridge University Press, 1984.

Stone, Albert E. *The Return of Nat Turner: History, Literature, and Cultural Politics in Sixties America*. Athens and London: The University of Georgia Press, 1992.

Styron, William. "New Edition." Review of *Slave and Citizen: The Negro in the Americas* by Frank Tannenbaum. *New York Review of Books*, 1 (Special Issue, 1963): 43.

Styron, William. *The Confessions of Nat Turner*. New York: The New American Library, 1967.

Styron, William. "William Styron Replies." *The Nation*, April 22, 1968: 544 – 547.

Styron, William. *This Quiet Dust and Other Writings*. New York: Random House, 1982.

Tragle, Henry Irving. *The Southampton Slave Revolt of 1831: A Compilation of Source Material*. Amherst: University of Massachusetts Press, 1971.

Uya, Okon E. "Race, Ideology and Scholarship in the United States: William Styron's Nat Turner and Its Critics." *American Studies International*, 15/2 (Winter, 1976): 63 – 81.

Watkins, Floyd, John T. Hiers & Mary Louise Weaks eds. *Talking with Robert Penn Warren*. Athens: University of Georgia Press, 1990.

White, Hayden. *Meta-History: The Historical Imagination in Nineteenth-Century Europe*. Baltimore: The Johns Hopkins University Press, 1973.

Woodward, C. Vann. "Clio with Soul." *The Journal of American History*, 56/1 (June, 1969): 5 – 20.

Woodward, C. Vann. "The Uses of History in Fiction: Ralph Ellison, William Styron, Robert Penn Warren." James L. W. West III Ed. *Conversations with William Styron*. Jackson and London: University Press of Mississippi, 1985: 114 – 144.

Woodward, C. Vann & R. W. B. Lewis, "The Conversations of William

Styron." James L. W. West III Ed. *Conversations with William Styron*. Jackson and London：University Press of Mississippi，1985：83 - 92.

Wortham，Stanton. *Narrative in Action: A Strategy for Research and Analysis*. New York and London：Teachers College Press, Columbia University，2001.

柯里,马克:《后现代叙事理论》,宁一中译,北京：北京大学出版,2003 年。

亚里士多德:《诗学》,陈忠梅译,北京：商务印书馆,1996 年。

第 五 章

废奴义举：官方历史与
小说的多重书写
—— 约翰·布朗起义与四部当代历史小说

一、约翰·布朗起义：事件的描述

19 世纪 50 年代到南北战争期间,蓄奴制的去留成为美国政治的焦点。这是一场原因复杂、旷日持久的争论。基于各自的主要经济形式和政治理念,美国南方多是蓄奴州,支持蓄奴制,而美国北方各州多是自由州,主张废除蓄奴制。对于美国西部一些新加入联邦的州应是蓄奴州还是自由州,南北两方为此引发多次争论。在众多主张废奴的团体和个人中,有一位美国白人身体力行地投入了废奴的武装战斗中。他和儿子们去堪萨斯州与蓄奴派斗争,又在弗吉尼亚州发动了武装起义,他是"战争年月的著名烈士",但"被处死时是国家的敌人"(Nudelman,2004:9)。他就是用自己的鲜血捍卫黑奴自由的约翰·布朗(John Brown,1800-1859)。

布朗早年曾多次参与了解救黑奴的"地下铁路"活动。在 1854 年到 1858 年的堪萨斯战争期间,蓄奴派与废奴派均带着武器聚集到堪萨斯州,准备为堪萨斯州是成为蓄奴州还是自由州而投票,甚至进行武装斗争。布朗为了阻止堪萨斯州成为蓄奴州,组织并领导了一支游击队,拉开架势,准备与蓄奴派展开较量。

布朗反对和平废奴派的说教方式,相信只有采取武装行动来反抗才可能奏效。1856 年 5 月,蓄奴派暴徒放火焚烧废奴派的居住地劳伦斯城。作为回应,布朗和他的部下深夜到波塔瓦托米杀死了五名蓄奴制支持者。波塔瓦托米大屠杀(Pottawatomie Massacre)令布朗出名,导致他遭到通缉。布朗随后在 1856 年 6 月 2 日的黑杰克战役(the Battle of Black Jack)和 1856 年 8 月 30 日的奥萨瓦托米战役(the Battle of Osawatomie)中指挥了同蓄奴派部队的战斗,由此赢得"奥萨瓦托米的老布朗"(the Old Brown of Osawatomie)的名声。

1859 年 10 月,年近花甲的布朗领导了对弗吉尼亚州哈珀斯渡口①(Harper's Ferry)的联邦军火库的突袭,打算发起一场奴隶解放运动,计划点燃反蓄奴制的战火,让其蔓延到弗吉尼亚州和北卡罗来纳州的山区南部。布朗于7月份开始准备,在附近秘密招兵买马,筹集物资和武器,计划起义。10月16日夜间,按照计划,布朗率领22人②(Du Bois,1962:280)的队伍突袭并占领了哈珀斯渡口的联邦军械库,扣押了联邦军械库看守人员和一些居民,俘获村子里数名种植园奴隶主,还把这些种植园里的奴隶也一起带走,让他们武装起来。布朗的手下让路上遇到的黑人去传播布朗起义的消息,希望其他黑人闻风而动,参与起义。除了提前购置的长矛外,布朗还打算用军火库的武器武装奴隶,然而,最后只有少数当地种植园奴隶加入了起义。

天亮后,布朗放行了夜间扣押的一列火车,旅客们把消息纸条从火车上扔下,使起义消息迅速传播开来,恐慌蔓延到了弗吉尼亚州、马里兰州和华盛顿。9点钟后,镇上的人草草武装起来,民团和县警卫队也逐渐聚集,共同采取行动,切断布朗队伍的联系。攻击从午间开始,布朗本可以带着军用品逃往山中,但是为了等待出去执行任务的成员和预期参与起义的黑人奴隶,他们一直坚守。队伍出现伤亡,布朗决定弃守兵工厂,将部下和一些重要囚犯转移到兵工厂大门附近的小砖房里。但是这一决定给了蓄奴派机会,民团和附近居民于是冲到兵工厂,用枪支武装起来。

17日午夜前,著名将领罗伯特·李将军带领100名海军陆战队士兵赶到,以合众国政府的名义要求布朗投降,但提出的条件被布朗拒绝。18日上午,坚守的大门被强行攻下,布朗受伤被俘。10月18日中午,持续36小时的约翰·布朗起义宣告失败。没有逃跑的起义追随者被当地农民、民兵和美国海军陆战队杀害或俘虏。最终,包括布朗的两个儿子和两个亲戚在内,共有11人牺牲,部分人员逃脱,7人被捕。布朗被控叛国罪、谋杀罪和煽动奴隶起义罪,被

---

① 布朗起义的地点——哈珀斯渡口镇现属美国西弗吉尼亚州辖内,但他起义与被审判时,西弗吉尼亚地区尚未自立成州,从行政上说依然隶属于当时的弗吉尼亚州,因此本章以下所涉及的"弗吉尼亚州"属于历史上的称呼,在地理和行政上包含现在的弗吉尼亚州和西弗吉尼亚州。美国建国时的弗吉尼亚州包括现在的弗吉尼亚州、肯塔基州和西弗吉尼亚州。肯塔基州在1792年成为独立州。南北战争时弗吉尼亚西部不愿跟随弗吉尼亚州加入联邦,于1863年从弗吉尼亚州分离出去,独立成西弗吉尼亚州,加入联邦。

② 因为一些逃跑和被杀死的无名黑奴无从统计,起义实际参与人数是未知的。22人中大概有六七名是黑人(参看 W. E. B. Du Bois, *John Brow*. New York: International Publishers, 1962: 278 - 279)。

弗吉尼亚法庭仓促审判；他和其余被捕的人都被处以绞刑，于12月2日执行。约翰·布朗是美国历史上第一个被判叛国罪的人（Loewen，2008：179）。

布朗起义过程中一个导致失败的重要环节是，布朗攻陷军火库，把消息传播给黑人后，却没等来揭竿而起的大批黑奴。W. E. B. 杜波依斯认为，这是由于著名的黑人领袖弗雷德里克·道格拉斯不肯一起参与起义，因此靠他的影响力来发动黑奴的计划就落空了（Du Bois，1962：297）。起义前夕，布朗与道格拉斯会面密谈，道格拉斯不仅拒绝参与这个冒险的计划，而且还试图劝说布朗放弃起义，但布朗坚持初衷。另外，另一位颇具影响力的女性黑人领袖哈利特·塔布曼（Harriet Tubman），也在"关键时刻生病"未能到场。这也是起义的"沉重的损失"（Du Bois，1962：293）。

布朗起义失败或许存在多种因素，但在起义地点的选择上，布朗是很有眼光的。他选择突袭哈珀斯渡口，首先是因为这里战略地位十分重要。哈珀斯渡口是美国西弗吉尼亚州杰斐逊县的县府，位于波多马克河和谢南多厄河交汇处，也是现在的马里兰、弗吉尼亚和西弗吉尼亚三个州的接壤处，离华盛顿约一小时车程，属于兵家必争之地。哈珀斯渡口曾在美国南北战争期间几经炮火，面目全非，由此也可见这个地点的战略重要性。

其次，哈珀斯渡口附近有联邦军火库。武器是起义的必要保证，而军火库里有大量武器，可被起义军用来武装黑奴，兴起废奴大业。另外，具有讽刺意味的是，宣判布朗叛国罪的人最后自己也选择了同样的行径。在布朗就义后，审判并宣判布朗死刑的弗吉尼亚州长亨利·维斯（Henry Wise）因弗吉尼亚州要脱离联邦加入邦联，也带兵占领过这个联邦军火库。这从侧面验证了布朗选择起义地点的战略眼光。

在起义初期和南北战争后期，对收押和审判布朗的弗吉尼亚州当局来说，这次轰动全国的起义毫无疑问是一场暴动。弗吉尼亚州当局为了维护本州的制度，很快宣判布朗叛国，处以死刑。布朗在战斗中受伤未愈，被传讯的时候是躺在床上的。仓促挑选出的律师没有足够的时间和布朗商量如何应对审讯。律师在为布朗辩护时，想以布朗精神异常作为辩论依据，但是布朗拒绝承认自己是疯子。布朗于10月20日在县首府查尔斯顿（Charleston）正式被监禁起来，10月25日经过初审，10月26日就由大陪审团提出控诉，罪状是："串通奴隶图谋暴动;反叛弗吉尼亚州;犯有一级谋杀罪。"(Du Bois,1962:358)杜波伊斯认为这次"审判的结论做得太仓促草率","顺从了咄咄逼人的舆论和岌岌可危的形势",而审判法官亨特尔"既害怕当地的暴徒,也害怕人们对这位白发苍苍的战士慢慢有感情",所以他加速进行了"合法的审判"的程序(Du Bois,1962:358)。

弗吉尼亚当局急于给布朗定罪,一方面对布朗进行仓促审判,另一方面匆匆安排撰写官方版的布朗传记,以确立官方历史叙事的基调。12月,约翰·布朗被处以绞刑的当月,官方就出版了标题冗长的《约翰·布朗上尉的生平、审判和行刑——名驰遐迩的"奥萨瓦托米的老布朗"及哈珀斯渡口暴动详述:根据官方和权威来源汇编,含库克自白》(*The Life*,*Trial*,*and Execution of Captain John Brown: Known as* "*Old Brown of Ossawatomie*" *with a Full Account of the Attempted Insurrection at Harper's Ferry: Compiled from Official and Authentic Sources*,*Including Cooke's Confession*,*and All the Incid*,1859)一书。该书由美国地方法院弗吉尼亚州巡回法庭的书记员办公室撰写,是官方宏大叙事的重要文献之一。书的第一段解释说,"书写仅为陈述事实"(Virginia Circuit Court,1859:7),因为大众想知道"那一小撮人胆大妄为的企图有多疯狂"(Virginia Circuit Court,1859:7)。但值得注意的是,全文最后附录的口供只有一份,是一个起义军叛徒库克(John Edwin Cooke)的陈述。作为起义军成员之一,他却在审判时背叛了约翰·布朗。在无数的证据和口供中,官方只选取让死刑判决看起来合情合理的部分公之于众,弗吉尼亚当局试图以官方言说来控制舆论,并减少这场起义的影响。

但是在布朗及其起义的观点上,与官方意见相左的人士很多。在约翰·布朗被捕两周后,《瓦尔登湖》作者亨利·戴维·梭罗(Henry David Thoreau)就多次发表了名为《为约翰·布朗请愿》("A Plea for Captain John Brown",1859)的演讲,直至约翰·布朗被行刑。梭罗赞扬约翰·布朗为废除蓄奴制而做的贡献,并发表了与当时报纸报道相反的观点:严厉指责报纸将约翰·布朗描述成傻瓜和疯子,认为约翰·布朗有为正义而献身的精神,是为坚持美国宪法的原则而向国家宣战。约翰·布朗死后,多位文学界人士(包括梭罗、爱默生、雨果、麦尔维尔、惠特曼等)都发文悼念。布朗牺牲初期,民间也出版了两部关于布朗的传记，正面记载布朗的生平与起义经过。在 1860 年，布朗死后仅一个月，詹姆斯·瑞得帕斯（James Redpath）出版了第一部传记——《布朗队长的公众生活》（*The Public Life of Capt John Brown*，1860），正面书写布朗的起义过程，称他为"圣人斗士"（warrior saint）（Chowder，2000：73）。同年，托马斯·朱尔（Thomas Drew）也出版了名为《约翰·布朗的入侵：一部关于哈珀斯渡口起义的真实历史》（*The John Brown Invasion: An Authentic History of the Harper's Ferry Tragedy*，1860）的传记，这是根据布朗的一位英国朋友的描述而书写的"真实历史"，书中的布朗被描述成"哈珀斯渡口的英雄"，"性格坚毅"，但"头脑简单"（Drew，1860：5）。这两部传记的作者显然也不接受官方对布朗的污名化描述。

起义虽未成功，但哈珀斯渡口突袭和布朗审判都被媒体广泛报道，影响深远，激化了南北方的矛盾，加速了一年后南方的分裂，促成了南北战争的爆发。在南北战争中，一首名为《约翰·布朗的身躯》（"John Brown's Body"）的歌曲在北方军士兵和奴隶们中间广为传唱，它把布朗描绘成一个烈士，副歌部分唱道："布朗的遗体在坟墓中腐烂，他的精神万世流传！""布朗虽死，奴隶必将得自由，他的精神永不朽！"这首歌鼓舞着北方军最终取得胜利，废除了蓄奴制，他"就是一种证词，证明了布朗的牺牲具有原初的、自发的、无法控制的影响力"（DeCaro，2015：xxvii）。美国著名爱国歌曲《共和国战歌》（"Battle Hymn of the Republic"）也是在这首歌的基础上改编的，它表达了一种民族的意识，至今仍被美国人民吟唱。

约翰·布朗的故事也流传至今，被反复书写。在当代美国文学中，以此为题材的就有四部历史小说：特里·比森的《山火》、布鲁斯·奥尔兹的《闹翻天》、拉塞尔·班克斯的《分云峰》和詹姆斯·麦克布莱德的《上帝鸟》。这四部小说均重述了布朗起义的历史，从不同视角刻画了约翰·布朗的形象，在探讨美国南北战争前的社会、历史和政治等问题中，融入了当代思考。

二、《分云峰》中的传记历史

美国作家拉塞尔·班克斯获普利策奖的长篇小说《分云峰》再现了布朗 1831 年至 1859 年间的生活及废奴斗争。他的儿子欧文·布朗一直跟随父亲老布朗①积极从事废奴活动,参加了哈珀斯渡口的起义并在起义失败后成功逃脱。小说通过欧文的视角,将关注点聚焦于布朗一家的生活以及布朗展开的废奴活动,以欧文写回忆的方式,还原了一个活生生的布朗,详细再现了布朗废奴思想的发展过程。《分云峰》将布朗一家的日常生活与社会上的种族矛盾交织在一起,细腻地诠释了布朗在大时代历史进程中是如何逐渐走上暴力废奴之路的,折射了美国黑人解放的道路和策略问题,探讨了英雄主义与恐怖主义的关系。

1. 清教主义影响下的布朗形象

在《分云峰》中,布朗被刻画成一名虔诚的清教徒。可以说,班克斯用宗教定义了布朗的一切原则,塑造了布朗的身份。这一认识基点应该受到了黑人政治、文化领袖杜波伊斯的影响。"杜波伊斯用宗教来解释布朗的行为,班克斯则在小说中对此进行了延伸。"(Connor,2005:213)"在杜波伊斯之前,布朗常被比作参孙、摩西、耶和华、大卫、希德翁、约伯、亚布拉罕、受洗者约翰"等《圣经》人物,而"杜波伊斯在讲述布朗生平时也用《圣经》叙述来定义布朗的身份"(Connor,2005:213)。在小说中,欧文对布朗的评价是:"他的宪法就是《圣经》,尤其是《旧约》。他的独立宣言和序言是《创世纪》和《申命记》(Deuteronomy)。他的《权利法案》是直接从《新约》拿来的。基督的戒条和原则是父亲衡量所有需求,裁决所有争议,决定所有奖惩的标准。"(Banks,1998:35)

班克斯笔下的布朗也经常引用《圣经》来陈述自己的观点。布朗将道格拉斯比作摩西,将自己比作亚伦(Banks,1998:408)。亚伦是摩西的兄弟,曾协助摩西率领以色列人走出埃及。当时道格拉斯在美国黑人中的地位如日中天,布朗强调了道格拉斯的领袖地位,暗指自己能像亚伦一样成为一个很好的协助者和跟随者,帮助道格拉斯带领黑人获得自由。但是道格拉斯却没有同意布朗的计划。哈珀斯渡口起义之前,道格拉斯和布朗讨论了一整天,"一个劝说对方不要做无谓的牺牲,另一个劝说对方参与起义,共同求存。两个人最后都失败了"(Banks,1998:727)。

---

① 下文提到的"布朗"均指约翰·布朗。

在另一个例子中，班克斯在描写老布朗的儿子弗雷德被敌人杀死时，让不在现场的布朗和欧文在平原看日出时目睹了这一"平原蜃景"（Wylie，2000：751）。后来布朗回答欧文说，他知道"上帝的想法"："上帝对我说话。他给我看东西。你知道的，欧文。"（Banks，1998：663）尽管班克斯在采访中说"平原蜃景"是"阳光、空气和水汽混合出的"现象（Wylie，2000：751），而他也阅读过相关资料，蜃景确实存在。但在读者看来，这一情景无疑带有宗教色彩，将布朗神化了。班克斯表示，"明知道有些读者觉得小说的可信度会因此而降低一点"，也依然"必须要写"（Wylie，2000：752）。布朗对宗教的笃信是他一切行动的原动力，包括他最后决定杀人、起义乃至赴死。

《分云峰》较为客观地再现了布朗起义前不成功的经商经历。虽然他一直是一名积极的废奴主义者，但在他的前半生，布朗却将很多精力放在了追求财富上。当布朗的废奴意志越来越坚定时，他曾检讨说，在此之前，自己是个"软弱可鄙的人"。他感到奴隶受苦日深，而自己还在追名逐利（Banks，1998：74）。除了要养活一个大家庭这个原因外，追求财富一方面是因为他受到清教主义勤劳节俭思想的影响，另一方面是因为他想为废奴事业积蓄财力。道格拉斯第一次到布朗家时，听说布朗是个"发财、走运的商人"，但看到十分简陋的房子外观和陈设后，道格拉斯觉得意外。布朗对道格拉斯说，他想攒钱发动对蓄奴制的战争。枪炮和物资需要很大一笔开销，但是他身处贫困之境，没有发动战争的资金，只能想办法做生意赚钱（Banks，1998：78）。

他开的制革厂生意有限，于是在 19 世纪 30 年代中期，布朗决定去俄亥俄州做地产生意，希望通过低买高卖土地，快速致富。他借了一大笔钱买地，投资地产，原本以为这是一个两全其美的策略：一边大赚一笔，一边以做生意为幌子，为愿意资助废奴运动的支持者打掩护。但是，1837 年的经济大恐慌导致通货紧缩，土地市值只剩下原价的 1/10，还租不出去。政府官员们的资金早已撤出，其他商人也随后低价卖了土地，清仓离场，但是布朗做了错误的决定，直到 1839 年夏天还在继续逢低买入土地。商业决策的失败，使布朗一家在 1840 年破产。此后布朗改为经营畜牧业，并真正开始思考废奴的路线方案（Banks，1998：78 - 89）。布朗放弃了先发财、后起义的策略，而试图通过争取废奴主义者的资金支持来发动废奴战争。

班克斯认为清教主义很好地解释了资本主义的逻辑：人贪婪是因为魔鬼，成功是因为上帝保佑，失败或者贫穷也是如此。与达尔文主义的逻辑相关的自由市场体系，其整套观点就是清教思想的体现。你要么得到上帝的保佑，要么没有。如果没有得到保佑，你一筹莫展，怨不得任何人（Faggen，1998：50-88）。布朗憎恨蓄奴制，这也源自他的宗教信仰。他认为"拥有奴隶的罪不是罪孽（sin），而是邪恶（evil）"（Banks，1998：41）。"他上百遍读过《圣经》里的每个字：没有任何人类做的事情，无论是对别人还是对自己，令他如此震惊。只有蓄奴制。"（Banks，1998：42）

在布朗眼里，与打骂虐待奴隶的奴隶主同样邪恶的，还有那些为蓄奴制辩护的人。他们说蓄奴制像四季轮换一样自然，该出现时会出现，该消亡时会逐渐消亡。布朗的仇恨对象还包括那些不站出来反对蓄奴制向美国西部领土扩张的人，还有那些追捕逃亡奴隶到加拿大、给奴隶打上烙印以方便日后追捕的赏金猎人（Banks，1998：41）。在发动起义前，布朗告诉大家"上帝已经给他们显示了数个启示"，可以行动了（Banks，1998：702）。他们起义的目的"不是屠杀睡梦中的白人男女，不是推翻他们的州政府或联邦政府，不是解散联邦，而是结束美国的蓄奴制。要在此时、此刻、这些年结束它"。他坚信他们起义之后，附近的奴隶会来支援，最后星火燎原，"把古老的罪恶和蓄奴制的苦难根源烧尽"（Banks，1998：705）。可以说，没有布朗的虔诚信仰，就不可能有对蓄奴制疾恶如仇的布朗，不会有后来杀死五个白人以散播恐怖的行为，当然也不会有带领儿子们和青年们视死如归、揭竿而起的这位领袖人物。

布朗是英雄还是恐怖分子？班克斯认为布朗是个重要的历史人物，美国黑人把他看成英雄，但是有不少美国白人认为他是个罪犯，起码是个疯子。尽管班克斯说自己"无意也没有能力为布朗的暴力正名"，他只是创作小说，不是写"审判记录"，而且他写的布朗是个"虚构人物，不是真人"，班克斯在小说中试图探寻两个"神秘"的答案：一个是为什么布朗明知会死，依然带着三个儿子、两个女婿，还有一群壮志青年一起赴死；另一个是为什么布朗会"为了散播恐怖"而随意杀了五个白人。班克斯在小说中基本给予了布朗正面的相关描述：虔诚清教徒的身份和"道德上的雄心壮志"，赋予他一个正义的起义理由；基督教思想使布朗有力量从容而豁达地承受命运的动荡和历史的冲刷。布朗从小受到家庭的影响,从宗教中汲取了道德感和使命感,并视黑人如兄弟,愿意为他们的平等和自由献出自己和家人的生命。

但是班克斯感兴趣的并不是塑造一个英雄形象,他感兴趣的是,"尤其在一个世俗时代和一个民主社会,英雄主义是否可能的问题"。费根认为,他"试图寻找真相——关于智慧的真相,关于英雄主义的真相"(Faggen,1998:50-88)。在班克斯笔下,正是清教主义影响了布朗舍身成仁的决心,也成了他暴力废奴思想的根本出发点。这就解释了为什么布朗既对黑人的生命及其历史际遇充满怜悯,同时又杀死白人,武装起义,不惜用白人的血来祭奠蓄奴制。班克斯对清教徒身份和道德的强调,意在消解白人种族主义者把"恐怖分子"的标签插在布朗身上的意图。布朗的身份并非只有白人种族主义者展示的那个侧面,作家对其清教思想根源的描摹,使得布朗的暴力起义更加合情合理。

2. 布朗废奴策略的文学重构

班克斯曾在以非裔美国人、加勒比黑人和非洲专家为主体的会议上讨论奴隶路线、非洲流散移民和美国种族历史(Wylie,2000:749)。种族问题一直是班克斯所关心的问题之一。《分云峰》描写了布朗从 1831 年到 1859 近30 年的生平历史,这期间他的废奴思想一直在发展变化,他的废奴主张变得越来越激进,直到最终他认定,只有借助武装起义的方式,反抗蓄奴制才有可能取得成果。班克斯合理解释了布朗这个虔诚的基督徒为什么要通过血腥的方式来解放黑奴,废除蓄奴制。不仅如此,班克斯还巧妙地让布朗与同时期的不同废奴思想进行碰撞,以探讨各种可能性。

布朗的废奴思想跟他的家庭背景、宗教信仰、时代经历、激进主义的意识形态都有密切关系。布朗的父亲叫欧文·布朗(1771-1856),小说叙述者——布朗的儿子欧文,其名字就沿袭自其祖父。布朗的父亲也是一名废奴主义者,是俄亥俄州"地下铁路"的组织者之一,曾任奥伯林学院校董(杜波伊斯,1976:218)。布朗的父亲也是虔诚的清教徒,对布朗早期废奴思想的影响是不言而喻的。

同父亲一样,布朗主张建设地下铁路,希望可以建立从南到北帮助黑奴逃脱的路线,因为"这些年东边沿着哈德逊河和尚普兰峡谷,经由尼亚加拉瀑布

和底特律,一直向西到安大略湖的线路已经变得极其危险"(Banks,1998:
205)。布朗希望开辟一条新的黑奴逃亡线路,"不是由好心的白人,而是由武
装的黑人来保护"(Banks,1998:206)。他给道格拉斯写信,告诉他已经规划
好了从纽约到北方山林的出逃线路。他希望新线路可以一直向南延伸到阿利
盖尼和阿巴拉契亚山脉,连接那里的安全线路,直通新奥尔良。他的家人一直
在帮助黑人中转,在俄亥俄州和宾夕法尼亚州就帮助过黑奴去弗吉尼亚州和
马里兰州的山区,或者沿着安大略河运送他们到加拿大。他们昼伏夜行,白天
躲在贵格教徒的家里或者其他同情黑人的人家里。布朗的父亲搬到斯普林菲
尔德以后,没有参加地下铁路的运作,因为那里已经有了废奴主义者的援助网
络(Banks,1998:219-210)。

19世纪50年代,"地下铁路"网络日趋完善,设有"列车长"和"车站"等,协
助奴隶逃跑。"列车长"负责给奴隶提供逃跑路线、带路,而"车站"就是秘密藏
匿地点,提供食物和休息之处。奴隶可以一站接一站地逃亡。当时的奴隶,只
要渡过俄亥俄河就可获得自由。河这边的马里兰是"奴隶州",河对岸的宾夕
法尼亚是自由州。

对地下铁路的运作,布朗与大多数废奴主义者意见一致,但是布朗暴力废
奴的方式与同时期的其他废奴主张有别。因此,尽管都是以废除蓄奴制为目
标,布朗与其他废奴主义者志同而道不合,其激进主义的意识形态导致他选择
了一条与其他废奴主义者不同的道路。除了根深蒂固的清教思想外,布朗的
身份从"反奴隶鼓动者"一路发展成"恐怖分子""游击队首领""殉道士",呈现
出复杂的多侧面。这种多面性与"时局以及时局造成的深刻的挫败,有着合理
的关联"(Banks,1998:676)。

班克斯在小说中也探讨了除布朗以外的其他废奴人士及其废奴举措,展
现了19世纪上半叶废奴主义运动如火如荼的恢宏画卷。美国历史学家詹姆
斯·麦克弗逊(James McPherson)在研究中指出,1860年,美国北方约有四个
较为松散的废奴团体,各自以不同的方式从事废奴运动。第一个是以威廉·
加里森(William Garrison)和温德尔·菲利普(Wendell Phillips)为核心的废
奴组织。该组织是北方四个废奴组织中最为活跃、凝聚力最强、拥有最强演说
家阵容的团体,主张采用非暴力非激进方式。第二个是以反对加里森主张为

主导思想的废奴团体。该组织虽也坚持废奴，但在具体政治行动上，支持"自由土地党"和"反奴自由党"的立场；内战期间，该团体是共和党的坚定拥护者。第三个废奴团体具有浓厚的宗教色彩，因为该组织的人员是基督教新教成员。他们分属各教会，但都支持废奴运动。19世纪中叶，共和党作为一种政治力量出现在美国政治舞台时，提出的是反奴口号而不是废奴主张。尽管如此，一贯赞同废奴而不是仅仅反奴的这一组织，对持反奴立场的共和党给予了政治上的支持。美国北方第四股反奴政治力量，主要是那些赞同约翰·布朗主张的激进废奴主义者。他们认为，蓄奴制顽固不化，奴隶主势力不愿也不会自动放弃蓄奴制，所以，废奴力量只有借助武装起义之类的方式，才可能从根本上摇撼这个罪恶制度的基础（王恩铭，2006：7）。

布朗很反对加里森为主的第一个团体的废奴主张，即非暴力非激进方式，认为他们是不抵抗主义者。加里森反对废奴主义者投身政治活动和参加组织政党，他是典型的道德说教派，力主采用一种道义说服的手段来感化奴隶主释奴。加里森曾出版发行《解放者》周刊，宣称"为我国的被奴役人们的立即解放而斗争"。他还创建了新英格兰反对蓄奴制协会，并领导成立了全国性废奴主义组织——美国反对蓄奴制协会。而布朗则认为加里森的战争是"软弱的战争"。

《分云峰》中特意描写了这样一幅画面：1839年在俄亥俄州哈德逊，布朗让全家人读《美国蓄奴制：千名见证者的证词》①，里面奴隶的残忍遭遇触动了布朗（Banks，1998：75）。布朗说："现在是暴徒在统治我们。而加里森先生和他的反奴的社会上流人士只会叫嚷和恳求，他们柔软、粉色的手一直保持干净。政治家一直在搞政治。对生意人来说这还是生意：'卖给我们干净的羊毛，我们就卖给你们锁着铁链的奴隶'。"（Banks，1998：75）布朗在家人和上帝面前发誓，要"放下虚荣和骄傲的罪孽，从这里出发去为奴隶发动战争。不要发动像加里森先生那样软弱的战争。要发动像伟大的黑奴森科（Cinque）、奈特·特纳、卢维图尔（L'Ouverture）和古罗马奴隶斯巴达克斯（Spartacu）一样

---

① 《美国蓄奴制：千名见证者的证词》是真实存在的，书的详细内容可参见 Theodore Dwight Weld, *American Slavery as It Is: Testimony of a Thousand Witnesses*. New York：American Anti-Slavery Society，1839。

的战争"(Banks，1998：75)。根据记载，布朗全家经常阅读描述奴隶受苦的书报。全家人对蓄奴制深恶痛绝，都表示要追随他。布朗宣布："我们从此开始发动战争了！"(Banks，1998：76)在班克斯笔下，这是约翰·布朗反蓄奴制思想的重要发展阶段，也是他一生的转折点。布朗一开始憎恨战争，但后来认识到武装反抗的重要性，并逐渐过渡到积极与蓄奴制作战，最终走上与加里森截然不同的道路，发起并领导了废奴起义。

第二种废奴主义的代表人之一是弗雷德里克·道格拉斯。他是全国大名鼎鼎的黑人废奴运动领袖。他出身奴隶，从南方庄园出逃到北方自由州后，积极参加废奴运动，出版了使他名扬全美的黑奴自传《弗雷德里克·道格拉斯的生平自述》(1845)，后又成为反蓄奴制度的政论家。他主张美国黑人在国内进行争取自由的斗争，反对把自由黑人转移至外国。1847 年道格拉斯创办了《北极星报》之后，对废奴运动影响很大。他主张黑人与具有正义感的白人联手，通过政治斗争的方式最终达到废除蓄奴制的目的，但对布朗领导的武装起义并未给予热情支持。南北战争期间，他主张建立黑人武装以支持主张废奴的林肯政府，也身体力行积极参加联邦军黑人军团的组建。

布朗与道格拉斯都想彼此见面。1847 年在马萨诸塞州斯普林菲尔德布朗的家中，两人进行了历史性的会面。道格拉斯没有透露过会面详情，班克斯结合杜波伊斯等人的历史传记，通过文学想象，再现了他想象中的会面情形。《分云峰》中，布朗十分信任道格拉斯，将自己的废奴计划告诉了道格拉斯，希望他加入废奴运动。布朗的计划并不是一个全国性的奴隶起义，也不包括对奴隶主的屠杀。他表明他所追求的真正目标，是要"破坏奴隶财产的货币价值"。要实行这个计划，首先要带领 25 人左右的精锐士兵，劝导黑奴和勇敢的人们加入他们的队伍，集结和训练一支有百名勇士的队伍，帮助大批黑奴逃亡，通过"地下铁路"把身弱和胆小的送到北部，留下勇敢和强壮的人发展起义队伍(杜波伊斯，1976：51)。而道格拉斯认为，布朗没有支援队伍，可能会被包围，失去必需品或生活资料的供应。布朗则认为不会发生这种情况，万一发生这最坏的情况，他就准备牺牲自己，为废奴事业献出生命。

布朗是虔诚的清教徒，但在废奴事业上，布朗与基督教新教各宗派成员之间的往来并不多，小说里也没有花大篇幅去再现这段历史。比如在小说中，作

家只让布朗在家人面前做了简单陈述。1837 年，布朗与公理会教友因蓄奴制
而翻脸，从此不再去教堂（Banks，1998：52）。富兰克林的公理会、卫理公会和
圣公会教徒，当时都在公理会教会参加活动，布朗把较好的位置让给角落里的
黑人坐，说"上帝面前人人平等"。此举引起了不少教徒的不悦，教堂后来与他
们一家脱离了关系（杜波伊斯，1976：39）。小说重现的细节说明，约翰·布朗
从宗教的角度解答了美国无法回避的一个涉及其价值核心的问题，即自由、平
等、博爱的理念是否对黑人也同样适用？

在《逃亡奴隶法》①和《堪萨斯-内布拉斯加法案》②颁布之前，白人废奴主
义者在考虑 300 多万奴隶该何去何从的问题。即便废除了蓄奴制，只要大部
分白人不把黑人看作平等的公民，这些人就会一直受到歧视。某些黑人（如道
格拉斯）和少数白人（如约翰·布朗）坚持认为，白人最终将学会与黑人平等相
待；另一部分人认为，唯一的解决办法就是把这些黑人送回非洲；还有一部分
人的态度介于中间（Banks，1998：204）。此外，一小部分黑人废奴主义者希望
美国政府可以在美国西部为自由黑人建立黑人自治州，其宪法可与美国宪法
相似，由市民自己选举州长，但不允许蓄奴（Banks，1998：205）。布朗不认可
这种想法，但在测量自由人的土地、教授黑人技能、建设"地下铁路"方面与他
们意见一致（Banks，1998：205）。

1850 年，《逃亡奴隶法》和《堪萨斯-内布拉斯加法案》颁布，德雷德·司各
特案③判决，这些让美国人清楚地感到，奴隶主们已经控制了美国政府（Banks，

---

① 《逃亡奴隶法》：1850 年 9 月 18 日由美国国会通过。根据这项法律，在各州任命了追捕奴隶的
特派官员，北部各州当局和居民必须给予特派官员一切协助，违反法律将被处以巨额罚款和徒刑。这
项反动法律激起了包括黑人在内的广大人民群众的强烈反对，最后于 1864 年被废除（杜波伊斯，
1976）。也请参看本书第十六章。

② 《堪萨斯-内布拉斯加法案》：1850 年前后，南部领导人暗中把 1820 年妥协案所规定的向西扩
张的界限确定在密苏里的北界。根据 1820 年《密苏里妥协案》规定，自由州和蓄奴州的分界线在密苏
里州的南界，即北纬 36 度 30 分。因此，位于这条界线以北的堪萨斯应成为自由州。南部奴隶主把奴
隶制向西扩张的界限移至密苏里州的北界，是企图使堪萨斯成为蓄奴州（杜波伊斯，1976：67）。《堪萨
斯-内布拉斯加法案》规定，由当地居民投票决定建立自由州还是蓄奴州。这一法案在美国历史上"第
一次取消了使奴隶制度不得在领地内扩张的一切地理限制和法律限制"（杜波伊斯，1976：9）。于是，为
了争夺选票，双方人马都武装涌入堪萨斯，1854-1858 年爆发激烈的武装冲突，史称"堪萨斯内战"。

③ 德雷德·司各特案：1857 年，身为黑奴的司各特上诉美国最高法院，要求获得自由，因为他的
主人带着他到了《密苏里妥协案》规定的蓄奴制为非法的地区居住。当时的美国最高法院实际上已经
受蓄奴派控制，宣判司各特败诉，并宣布，黑人奴隶被主人带到美国任何地方，都永远是主人的财产。
这一判决等于宣布蓄奴制在全国的合法化。马克思评价道："联邦当局通过德雷德·司各特一案的判
决，宣布扩展蓄奴制度是美国宪法的一项法律。"（杜波伊斯，1976：9）

1998：204)。布朗带领儿子和女婿们参加了 1854—1858 年在堪萨斯的斗争，组织并领导了一支游击队，开始走上武装斗争的道路。在双方对峙中，支持堪萨斯成为自由州的力量并不占上风。运动的领导人选择妥协主义道路，不主张诉诸武力；而蓄奴力量则日益强大，还获得了政府的支持(杜波伊斯，1976：14)。布朗并不反对流血斗争，但是他一再告诫他人，"除非绝对必要，切不可杀人害命"(杜波伊斯，1976：86)。但在必要的时刻，布朗也毫不手软。他率领队伍在奥萨瓦托米处决了五个蓄奴派歹徒，"奥萨瓦托米的老布朗"的名声也因此传遍全国。

此外，布朗认为比起白人，他更愿意信任黑人。他去黑人社区，与他们交朋友(Banks，1998：175)；而与白人邻居交往时，他反而小心翼翼，区分谁无法信赖，谁可以支持废奴(Banks，1998：168)，可以为建设"地下铁路"出力(Banks，1998：188)。黑人信任他，他也只信任黑人。"到了紧要关头，白人可以回家假装读《圣经》，黑人只能开枪"(Banks，1998：189)。布朗起义招募了一些黑人，但期待更多受压迫的奴隶前来加入他的队伍，与他并肩作战。虽然后来的南北战争解放了黑奴，而且黑人也组成军团参加了战斗，但在战争刚开始时，黑人并未被允许参加战争。从这点上看，"布朗要解救的不仅仅是奴隶，而是国家"(Herrington，2005：5)。

在班克斯的笔下，布朗是废奴主义行动派。小说中的布朗一再强调实实在在的斗争举措。"行动、行动、行动，欧文！那才是我要的！说、说、说，够了！"(Banks，1998：320)布朗在堪萨斯趁夜突袭，暗杀了五个堪萨斯白人蓄奴派活跃分子，使得堪萨斯战役升级，自己也成了通缉犯。布朗于是组织游击队进行对抗。在《分云峰》中，班克斯这样阐释他的行为："只有一条路。我们必须用纯粹的恐怖直击他们心脏。纯粹的恐怖。纯粹的！我们必须变得可怕！"(Banks，1998：596)班克斯没有明确表示对布朗的每一个行动的赞同，但整体上将他塑造成为一个勇于为正义事业斗争和献身的人物。尽管起义失败，"布朗被绞死了，但他的死不是停止，而是暴力的开始"(Herrington，2005：2)。布朗是废奴事业的先驱。

3. 历史意识与当代指涉

拉塞尔·班克斯以布朗的生平和事业为蓝本，在《分云峰》中选择从布朗的儿子欧文的视角出发，重新诠释这位历史传奇人物的后半生。班克斯创作的并非纯虚构作品，他在声明中感谢了三本布朗传记①的作者给他的帮助和启迪。《分云峰》的叙述者欧文除了偶尔回到他山顶的小屋，写写他在小屋写作的情况外，剩下的大多数内容是他对父亲的回忆，基本围绕他成长的时间顺序展开。小说中的主线基本都是真人、真事、真时、真地，辅以大量的生活化的细节虚构和以假乱真的对话。这样的文本让读者身临其境，比读人物传记还要印象深刻。

　　关于这部小说是历史传记还是文学改编的问题，班克斯在《分云峰》前面写了一页"作者声明"，一再告诫读者"这是一部想象之作"："尽管与真人真事相近，但这是本小说，不是历史的阐释。"后面他又说，"再重申一下，这是本小说"（Banks，1998：Author's Note）。班克斯在小说中让欧文于 1902 年写下回忆录，以此作为叙说故事的方式。这本身也是小说虚构的一个证据，因为历史上的欧文死于 1889 年。班克斯为了叙述的目的，在小说中让他多活了 13 年，有机会接受凯瑟琳·梅佑小姐的访问，欧文写给梅佑小姐回忆过去的信件，最终成为小说的内容（Faggen，1998：50 - 88）。在小说中，班克斯又借欧文之口重申："事实、日期、名字等，我记不太清晰了；这些从来没清晰过：反正你们也不需要我来告诉你们那些。但是我的感情和情绪，我全部的感觉，直到今天我在小屋里写这些的时候，依然记忆犹新。恐怕，现在我能告诉你们的只有这些了。"（Banks，1998：673）

　　在一次采访中，班克斯自己解释道，他写"作者声明"的目的是"遮掩自己，因为我没有办法控制读者如何来阅读这本小说，读者将小说当成历史来读的话，我也没办法"（Wylie，2000：747）。显然，班克斯自己也知道，他这本以现实主义手法创作的小说，会被一些读者当成历史来读，而"作者声明"只不过是班克斯叙事策略的一部分。班克斯真正关注和在意的，并不是小说中有多少历史，有多少虚构。他认为作为小说家，"或许是从你知道的东西开始写，但是

---

　　①　三本传记可参见：Oswarld Garrison Villard, *John Brown: A Biography Fifty Years After*, Boston: Houghton Mifflin Company, 1910. 和 Richard Boyer, *The Legend of John Brown*. New York: Random House, 1973. 以及 Stephen Oates, *To Purge This Land with Blood* (2nd Edn.). Amherst: The University of Mass. Press, 1984.

要用已知的来写自己未知的"(Banks,1998:2000:7)。用班克斯自己的话来说,《分云峰》是"以适应作家严格的叙事目的"而进行"改写和重新排序"的文学创作(Banks,1998:Author's Note)。班克斯曾谈到他这部小说的叙事目的:

> 试图寻找超越历史环境的普遍人类真相——关于种族主义的真相,但它萌生于历史环境之中。我感兴趣的这个种族主义不仅仅局限于1900年,1844年甚至1999年。我对种族主义本身感兴趣,它到底来自我们的哪里,它是什么意思,我所指的种族主义又是什么意思,等等。我通过历史去了解它,但我从没打算通过小说来获得历史。(Wylie,2000:749)

班克斯想通过小说传递的是他的基本认识:"美国历史就是一场被压迫者反抗压迫者的长期战争。"(Wylie,2000:749)他在一次会议上讨论了美国种族历史,认为"我们的历史不是一系列独立的事件组成的,内战半年后就是民权运动。它是一个连续统一体,往前追溯到400多年前,它是一场持续的斗争,包含着不同的章节和战斗。"他所认识的美国历史与"普通的美国白人"理解的历史大不相同。"想想如果问一个印第安人他是怎么看待美国种族历史的,答案将是多么不同吧。"(Wylie,2000:749)班克斯认为"历史是胜利者书写的。美国中产阶级白人书写的历史是现在我们大多数人知道的历史,必须要一直提醒大家,真正的历史要远比任何单一视角能表达的更复杂、更包罗万象"(Wylie,2000:749-750)。可见,班克斯的历史观是非常超前的,代表了当代历史研究的总体趋势,也与本书所持的立场十分相近。

班克斯特意选择了欧文这个"完美的叙述者"来讲述布朗的生活(Faggen,1998:81)。欧文从小到大与父亲一起生活、一起战斗,他目睹并帮助父亲参加"地下铁路"的救助活动,帮助黑奴逃亡到加拿大。他与父亲一起参加堪萨斯战役,武装起义失败后,又与父亲一起参加了被追捕的逃亡全过程。欧文的成长伴随着父亲废奴活动的历史,他是父亲废奴思想发展的见证人。作为"另一个时代的人:一个未来的人,一个现代人"的欧文,他眼中的布朗,是现代人眼里的布朗,是被赋予了当下社会存在意义的布朗(Banks,1998:740)。

班克斯的现代意识体现在他的创作理念上。他在创作中注重反思历史形成的过程,而不仅仅着墨于事件本身。首先,《分云峰》故事的精巧布局和细腻笔触,可以折射出作者寄予其中的观念。不论是在历史中还是在小说中,说到美国历史上的"暴力、政治、宗教和种族,布朗都是个重要人物"(Faggen,1998:79)。但在《分云峰》中,欧文呈现给读者的布朗,不仅是个重要的历史人物,而且是一个被道德和种族问题卷入其中的活生生的人。全书分为五个部分共 24 章,真正描写布朗起义的部分只占了很小的篇幅,即第 22 章—24 章(Banks,1998:697 - 758)。历史上的欧文虽然参加了起义,但并没有真正参与枪战,基于这一事实,班克斯让他躲在一棵树上,目睹整个哈珀斯渡口镇的情况,看到布朗一行人如何被节节逼退。至于历史学家们重视的部分:布朗被捕、受审和受刑,小说完全没有提到就结尾了。小说大部分篇幅贡献给了布朗一家琐碎的生活。布朗一生都积极参与废奴活动,其生活的点点滴滴汇聚起来,就是一部布朗暴力废奴的思想史,也是一部布朗选择暴力废奴道路的正名史。

在小说中,班克斯借欧文之口探讨了他历史重构的意图。欧文将真相分成两种——"公开的真相和私人的真相",希望"我的故事,如果可以的话,能影响到公开的真相,影响到历史"(Banks,1998:674)。比如,"近些年,父亲的形象就是从一个抗议南方的黑奴制度和无处不在的种族主义的有原则、虔诚的年轻北方人"转变成了一个"中年行动者",然后成了一个"老年自由游击队员,突然转变成一个恐怖分子,最后惊人地变成了一个殉道者"(Banks,1998:674)。"因此,透过内战渲染过的玻璃镜,大部分现在的美国人觉得他的行为无法理解,于是就说他是个,或者希望他是个疯子"(Banks,1998:674)。叙述者欧文特别提醒他的读者,要注意到"父亲从一个行动者变成一个殉道者的过程",而他"慢慢形成的自愿赴死的坚定意志",不应该被看成"堕入疯魔之路",而应看成"合理的过程——尤其是考虑到那时候的政治力量打算在这片土地上长期维持蓄奴制度"(Banks,1998:674 - 675)。毕竟,在南方宣布退出联邦之前,北方为解放黑奴而战的努力,在当时看起来似乎"完全没可能"(Banks,1998:675)。这样的描述,为布朗暴力废奴提供了合理的阐释。班克斯注重对历史形成过程的反思,打破了以往大众对历史发展的单一化认识,从而将小说创作提升到历史认识论的高度。

此外，班克斯的创作理念中还融入了他对历史偶然性和荒诞性的思考。欧文曾思考过历史另外的可能：当初他想追求自己的生活，"如果父亲在斯普林菲尔德时答应他离开，选择自己的路走，不用回北埃尔巴，他真的走了的话，或许对每个人来说都更好"。如果他放弃了父亲所谓的他的"责任"，接下来家庭中的一系列事情就不会发生，"也就不会有奥萨瓦托米屠杀，可能也不会有堪萨斯战役，堪萨斯在 1858 年就会变成蓄奴州而不是自由州，接着北方大部分州肯定会退出联邦，可能最终加入加拿大。也就没有了哈珀斯渡口的溃败。没有了内战"（Banks，1998：676 - 677）。父亲也就能在北埃尔巴安享晚年，平静终老，"葬在他最爱的塔哈乌斯山，就是分云峰的山下"。欧文思考是否他的一个小的决定能带出蝴蝶效应、改变历史，是否这样思考历史就是"可笑的和浮夸的"。但如果觉得"有个全知全能的上帝关注并决定着地球上渺小的生命"并不可笑的话，那么对他能改变历史的可能性的讨论也并不可笑（Banks，1998：677）。

欧文将宇宙比喻成沙漠，每个人都是一粒沙，一粒沙动则会牵动周围，继而牵动无数的沙粒。既然世间万物都是"相互关联的"，那么"为什么不能让自己相信，自己年轻时在马萨诸塞州斯普林菲尔德父亲的仓库里的一个行动，甚至是不动，可以影响历史？"影响"自己的、父亲的、家人的，甚至整个人类的命运"？（Banks，1998：677）欧文将自己的回忆称为"约翰·布朗的秘史"，并说他的故事不是讲给"现在与未来的学习 19 世纪美国历史的学生"听的（Banks，1998：678）。"对他而言，是讲给逝去的人，已经死了很久，埋了很久的他的过去，尤其是讲给死去的父亲"听的（Banks，1998：679）。他还指出，像梅佑小姐和维拉德教授这样的历史学家的工作是"对已知的知识进行创作"，而他的工作是"在后面纠正它"（Banks，1998：679）。

欧文思考历史的维度是否就是唯一的和单向的，他这样的小人物可否影响历史的进程，可否影响大人物的历史；并且，欧文确认自己的回忆和写作，是一种对历史的纠正。这也正是班克斯的写作意图，他想写出另一种历史或者说是他称之为"秘史"的东西，意在"纠正"人们在官方历史影响下塑成的对布朗的认知，讨论推动历史事件发展的多重因素。这些思考已超越了单纯的、传统的历史小说的范畴。

　　《分云峰》是一本"与现在产生共鸣的历史小说"(Connor，2005：205)。班克斯通过小说的美学再现"重建"了布朗的历史，"修正关于布朗及其儿子们""被广为认可的历史"(Connor，2005：29)，将大写的、单数的历史变成了小写的、复数的历史。作家无意让读者将他的文本当成历史来解读，而是希望读者能对这段历史有更鲜活、具体、生动的再认识，能从文学的阐释和作家的视角对美国内战前的政治和民族道德体系的核心价值问题进行再思考，去探究事件背后由宗教影响、政治博弈、种族矛盾等各方面构成的复杂的权力关系。正如 K. R. 康纳评论的那样，"《分云峰》讲述了一个简单的故事，如果故事足够生动、合理，如果故事的想象能从难以触及的人心深处引发出强烈的情感，故事或许可以完全融入我们能想象的生活，那么人们就会期待，它会改变我们的现实生活"(Connor，2005：222)。

　　在一次采访中，班克斯说："我有责任特意来讲述我生活的社会和种族背景。我是一个白人，生活在一个白人统治的种族歧视的社会中，因此，如果我想的话，可以一辈子都活在种族幻想中。大部分美国人就是那么做的。因为我们可以做到。一个以肤色区分人高低的社会欢迎我们不把白色当作一种颜色，欢迎我们幻想，而且我们也是这样做的。"(Faggen，1998：60)一切历史都是当代史，当代人根据自己对历史的理解来表述历史，以当代人的价值观对历史进行评判。任何一部布朗的传记或者小说，都是想象和历史的结合，无论是传记还是小说，它们反映的不仅是布朗时代的社会历史问题，也投射出作者所处的那个时代存在的问题。

　　作家在对布朗废奴策略的重构过程中，加入了布朗与各种废奴知名人士的交往过程，这些人影响着布朗最后起义的决定。布朗制定废奴策略的过程，也是他与美国当时各种思想交流的过程。尽管小说中的故事虚虚实实，但作家对废奴策略制定过程的描述体现了他自己对爱默生、梭罗、霍桑等名人的态度；同时也塑造了一个谨慎、善于思考的布朗形象。

　　作家班克斯对布朗正面英雄形象的塑造，也体现了作家本身对布朗废奴理念的认同。随着布朗在废奴运动中介入程度的加深，他的废奴主义思想也逐步发展。小说详细描绘了布朗从最初积极参与"地下铁路"的运作，到后期与弗雷德里克·道格拉斯结成亲密友谊,两人互相声援,共同制定废奴起义计划,再到布朗带领多人起义的心路历程。值得一提的是,小说强调了道格拉斯与布朗的友谊,而道格拉斯组建过一个名叫"激进废奴党"的政治团体。可以说,作家在小说中精心再现了激进废奴主义,这也为激进废奴主义正了名。布朗废奴策略的改变过程,是道德上的和种族上的,并最终落到了叙事上。道德和种族的原因使读者理解了布朗思想的形成和发展。书中引用的《圣经》部分和宗教神迹,更把布朗推向了一个先知的殉道者的高度。

《分云峰》详细描绘了布朗的心路历程,讲述他如何一步步走上激进主义的废奴道路。作者通过对清教主义的渲染和共和国信念的强调,给布朗的武力废奴之路做了铺垫。班克斯在对布朗生平的文学诠释和历史再现的框架中,呈现了一个激进废奴主义者走向暴力废奴的历程,这一历程既是个人选择,也是历史必然。布朗的个人选择也与当代多元主义社会中对平等与自由的讨论相关。《分云峰》在记录美国激进废奴主义者布朗的足迹的同时,也对美国当代社会的种族问题以及未来发展提供了警示和思考。

三、《闹翻天》中的元小说历史

美国作家布鲁斯·奥尔兹根据美国历史真实事件布朗起义,创作了一部历史书写元小说《闹翻天》,用拼贴、戏仿、自我指涉等元小说的叙事方法向读者再现了一段多声部、多视角的历史,对于读者在已写就的历史中反思历史、了解历史的多侧面,具有启示意义。该小说荣获 QPB 新声音小说奖,入围普利策文学奖和国际都柏林文学奖。

1. 拼贴与反讽的编史性元小说叙事

"历史书写元小说"(historiographical metafiction)是加拿大文学理论家琳达·哈钦在《后现代主义诗学》中提出的概念。历史书写元小说"有强烈的自我指涉性,但又悖缪地自称讲述的是历史事件和历史人物"(Hutcheon,1998:5)。换言之,历史书写元小说有"被历史化的自我指涉性"(哈钦,2009:2)。哈钦认为,叙事是后现代主义的关注焦点,历史书写元小说将文学、历史和理论整合。在理论上,历史书写元小说意识到了历史与文学是被建构和书写出来的,历史书写元小说"再思(rethinking)和再现(reworking)历史形式与内容"正是"基于"这个自我意识(Hutcheon，1998：5)。

另一方面，历史书写元小说有内在的矛盾性，"为了颠覆常规，它总是身在常规之中"(Hutcheon，1998：5)。它利用书写的规定来打破书写的常规。"它不只是元小说，也不是历史小说或非虚幻小说的另一版本"，因为历史书写元小说"既有元小说的自我指涉性，又强有力地向我们讲述了真实的政治和历史的真相"(Hutcheon，1998：5)。《闹翻天》正具有历史书写元小说的这些特点。它将新历史主义历史观与戏仿、反讽、自我指涉等各种元小说叙事技巧有机结合起来，同时又揭露历史的文本性，解构了历史的真实。

首先，这部小说是以美国历史上的真实事件为素材创作的。但与传统的历史小说写法不同的是，作家并未采用"全知视角"或某个人的单一视角来叙述全部故事，而是采用了多重叙事视角。按照约翰·布朗起义的先后，以分页或者线条区分，作家拼贴了叙述者、布朗自己、他的亲人、战友、敌人等几十个人不同时期的叙述，甚至包括布朗死后的自叙片段。与此同时，小说将相关的报纸报道、审判记录、法律条款、清单、书籍、民谣、名人名言、信件等各种信息碎片，作为独立的章节插入全书。这些不同角度的叙述有的重叠，有的互相矛盾，有的看似毫不相干。所有档案中的历史资料和作家改写、想象的部分像色彩纷繁、大小不一的玻璃碎片，杂沓摆放，相互映照，从而构成了一幅斑驳绚烂的历史拼图，凸显出历史的支离破碎，让读者感到真相无从确定。读者需要参与到文本的分析中，找出自己认为的"真相"，但真相往往是不可知的。此外，像很多后现代小说家一样，奥尔兹自我揭示了小说的虚构性。在引列很多历史资料之后，作家发声道："我不确定。我唯一知道的是，他(布朗)肯定是书写的对象。"(Olds，2014：45)这样，小说通过自我揭示文本的建构本质，指涉了历史书写的文本性，解构了历史宏大叙事的可靠性。

其次，作家在小说里戏仿了多位历史名人，包括美国的开国元勋华盛顿、南北战争时期的总统林肯、黑人废奴领袖弗雷德里克·道格拉斯和哈利特·塔布曼、小说《汤姆叔叔的小屋》的作者哈丽特·比彻·斯托等，当然还有布朗及其家人、战友和敌人等。作家对白人们推崇的国父们毫不留情，对黑人们推崇的道格拉斯和塔布曼也是刻薄有加。一向被称为"废奴英雄"的道格拉斯在小说里成了只会说话、不会行动的胆小鬼，塔布曼早就预知了约翰·布朗的死亡,却仍假意说要去帮助他起义,最后称病不来。反对武力废奴的威廉·劳埃德·加里森和布朗互不赞同对方的废奴策略,相互贬低。

最明显的戏仿是对美国人民耳熟能详的国父们的戏仿。在扉页里,作者指出:"《闹翻天》是一部小说,书中部分人物、地点、情景和事件来自历史,有些经过了改写和重构,有些则没有。"(Olds, 2014:Author's Note)这些改写的部分变得格外引人注目。书中六次出现题为"我们国父们的信仰(编辑版)"的箴言(Olds, 2014:46, 56, 82, 115, 192, 212),这些箴言戏仿了乔治·华盛顿、托马斯·杰斐逊、詹姆斯·麦迪逊、帕特里克·亨利、约翰·亚当斯、本杰明·富兰克林、亚伯拉罕·林肯等美国早期的领袖人物。这些看似精辟的言论,表达的却都是对黑人的歧视以及对解放黑奴的否定。比如:

我真的觉得,现在给奴隶们自由会产生很多不便和祸根。

——乔治·华盛顿(Olds, 2014:46)

解放黑鬼的提案,我希望搁置一段时间。这已经造成了我们很多嫉妒、不和以及分裂。

——约翰·亚当斯(Olds, 2014:82)

在宪法下,奴隶主是安全的。要废除蓄奴制,联邦政府除非疯了。没有一个理智的人会提出如此不负责任、带来灾祸的目标,让他的国民陷入恐慌。

——詹姆斯·麦迪逊(Olds, 2014:82)

黑人比其他人类低等太多,就像驴子比马低等一样,因此只能负重干活。

——托马斯·杰斐逊(Olds, 2014:82)

在"如果颠覆蓄奴制黑奴们何去何从"的问题上,国父们主张"驱逐国外",或"永久驱逐",或"送回非洲"。作者借富兰克林的一则箴言揭示了他们的真实想法:"我们高等生物眼中为什么要看到美国黑人? 我们有这么好的机会,驱逐所有的黑人和黄种人,增加可爱的白人,为什么要让非洲人的子孙植根美国?"(Olds, 2014:115)

建国之父们对废奴的态度如此,解放黑奴的总统林肯又是怎样的呢? 一直被民众看作"废奴总统"的林肯,在小说中被描写成一个为政治上位而思考、

"骨子里从没想过要当废奴主义者"（Olds，2014：192)的人。他本想让蓄奴制这一条"睡龙""一直躺着"，"直到德雷德·司各特案使之不可能。"最后他宣称"自己从此以后既是反废奴的，同时也是反蓄奴制的"（Olds，2014：193)。这样自相矛盾的陈述透露出他的政客思想。作者借约翰·布朗之口来评价林肯是个"伟大的人"——"像政客能做到的那样伟大"。"他是不存在的"，如同"神话"和"传说"一样"瞬息万变"。关于废奴的立场，奥尔兹归纳说："国父亚伯拉罕。诚实的亚伯[1]。这里，他说了谎。"（Olds，2014：194)

在他们建构的主流话语中，国父们一直是正义、公平、自由的象征。他们建国，发展国家，解放奴隶，使美国实现最初的"自由、平等"的梦想。然而，奥尔兹在这里通过戏仿，无情地揭露了他们虚伪、自私的政客一面。他们自己都是奴隶主，怎么可能轻易放弃奴隶主阶级、白人们的利益呢？官方大写的历史正面构建了他们的形象，而奥尔兹的戏仿揭示了国父们的另一面，也就建构了另一个小写的历史版本。国父们在建国初期出于自己的利益没有解放黑奴，后来南北战争北方失利，被逼无奈，林肯宣布黑奴解放，希望黑人加入北方的队伍，共同抵抗南方联军。"38,000多黑人士兵在内战中牺牲"，"毫无疑问，黑人为联邦的胜利做出了巨大的贡献"（Franklin，1994：217)。

"《解放黑奴宣言》本质上是战争措施"，林肯称它为"合适的以及必要的战争措施"（Franklin，1994：208)。《闹翻天》中的林肯表示："如果有任何不用解放一个奴隶，就能拯救联邦的方法，我就会做。"（Olds，1995：215)这其实也不失为一种真实的想法。内战的直接导火索，是共和党人林肯的当选。作为黑马的林肯能够当选，与布朗起义也有一定关系。林肯是第一个共和党总统，在林肯之前都是民主党当选。19世纪中叶，共和党作为一种政治力量出现于美国政治舞台时，提出的是反奴口号而不是废奴主张。因为民主党在布朗起义中镇压起义，处死起义者，引起了民愤；共和党反其道而行之，推选了温和的林肯，放弃了有争议的其他候选人。

"可以假设，如果没有布朗，林肯的当选也不可能实现。"（Reynolds，2005：Preface)同时，南方的极端分子，操控因布朗起义而造成的恐慌，借林肯当选为

---

① "亚伯拉罕"是林肯的名字，"亚伯"是林肯名字的昵称。

契机,最终使南方州分裂出来,脱离联邦,引发内战。林肯一开始不愿意发动他所谓的一场"巨大规模的布朗袭击"("a John Brown raid, on a gigantic scale")(Reynolds, 2005：Preface),但最后还是如约翰·布朗宣称的那样,蓄奴制只有经历"很多流血"以后,才会被废除(Quarles, 1972：167)。因此,《闹翻天》中被戏仿的林肯与那个官方历史中的英雄林肯哪个更真实? 作家把问题留给读者思考。有趣的是,当代新发现的史料越来越锁定前者,即奥尔兹笔下的那个抱有强烈种族歧视,但为形势所迫最终实施废奴的政客。

正如哈钦所说,后现代主义戏仿的矛盾性在于"它并非……根本没有深度,是轻浮、格调低下的劣作,而是确能并且已经使人洞察到事物的内在关联性"。另一方面,"后现代主义对历史的反讽式追忆既不是恋旧,也不是对审美概念的生吞活剥,亦不能斥之为油嘴滑舌,装点门面"(哈钦,2009：33)。小说中的反讽起到了解构官方叙事、重构历史的作用。琳达·哈钦认为,"反讽言此而意彼,是人们用来表达相反观点的古怪委婉方式,是语境决定了新意义",而且,"反讽潜在地也是一种政治现象"(哈钦,2010：III)。

小说引出的经过改编用于戏仿的箴言中,偶尔出现了一句未经改编的原文。该句正是托马斯·杰斐逊起草的《独立宣言》中最著名的一句话:"我们认为下述真理是不言而喻的:人人生而平等。"(Olds, 1995：82)这句名言虽一字未改,但是脱离了原来的语境,出现在小说新的语境中,便有了反讽的意味。奥尔兹用反讽发出抵抗政治虚伪性的声音。汉娜·阿伦特曾对"真理与政治"这一主题做出阐释:"没有人怀疑过真理和政治彼此互不相容,而且就我所知,也从没有人把忠于真理(truthfulness)算作一种政治德性。谎言从来都被认为不仅是政治家或鼓动分子必要、合法的工具,而且也是政客交易的工具。"(阿伦特,2011b：210)

《宪法第十三条修正案》颁布后,才真正废除了蓄奴制。此时,布朗已被绞死六年。布朗生前也曾将废奴事业寄希望于宪法的修改,《闹翻天》在诸多历史材料中也特意选取了这一历史细节。在真实历史中,布朗于1858年5月8日参加了加拿大西部查塔姆市的"黑人大会"。在会上,他起草并签署过一份《美国人民临时宪法典章》(*The Provisional Constitution and Ordinances for the People of the United States*),序言说"蓄奴制是一部分人对另一部分人的最野蛮、无正当理由的、不公平的战争，完全不顾且违反了《独立宣言》的永恒真理。因此，我们这批被压迫的美国人——战争的囚徒——要授予自己一部"临时宪法"，更好地保护自己的人民、财产和自由。"（Olds，1995：205）布朗的版本揭示了宪法相对于《独立宣言》的保守性，美国政府最终修正宪法这一行为，也正符合汉娜·阿伦特对宪法的评价："宪法通常是专家的作品……他们的目的是阻挡革命的浪潮。"（阿伦特，2011a：127-128）宪法的修订是为了阻挡革命必须要做出的让步，废奴运动最终把自己的要求写入了宪法。美国全国有色人种协进会（NAACP）的领导人认为，在民权方面，布朗"前无古人，后无来者"（Quarles，1972：80）。布朗"重写"了《独立宣言》，赋予黑人和其他族群与白人一样的"完整的社会和政治平等权利"（Reynolds，2005：x）。

温德尔·菲利普斯在布朗的葬礼上说："布朗松动了蓄奴制的根基；蓄奴制从此不再有生机，只剩苟延残喘了。"（Phillips，1860：77）引起内战的原因包括社会、政治和文化等多种因素，但是弗雷德里克·道格拉斯认为："内战结束了蓄奴制，如果说布朗没使内战结束的话，那么至少，他使内战开始了。"（Phillips，1860：289）从这个意义上可以说，布朗终结了蓄奴制的活力。

在美国主流政治话语中，国父们一直被建构为正义的象征。然而，奥尔兹在这里通过戏仿，无情地揭露了他们作为政客的虚伪和自私。事实上，他们自己都是奴隶主，也没有做出放弃自己阶级利益的举动。国父们在独立宣言中写下"人人生而平等"，但没有把黑奴包括在"人"的恰当定义之内。在这部历史书写元小说中，作家将看似无直接联系的国父箴言与布朗起义事件放在共时的文本中并置，通过对箴言的戏仿、反讽和颠覆，使国父们与《独立宣言》《人权法案》《解放奴隶宣言》这些作为美国政治基石的历史文本的"真理性"被解构。这种戏仿作为一种叙事策略，并不只是后现代主义的颇具破坏性的语言模仿游戏，它揭开了美国政界所谓的"民主、自由、平等"的价值观的面具，把政客们的私利与政治游戏呈现给读者，引导读者一起参与这个共时文本的建构；同时，小说家把解构的矛头指向美国建国伊始就已经存在的种族歧视和种族差异论，更指向以政客们为代表的支持种族歧视的国家意识形态。

2. 布朗形象的流变与解构

100多年来，提到南北战争和废奴，布朗起义都是一个回避不了的重大事件。要了解现实须超越现实,要探讨历史亦不可囿于历史。布朗是英雄还是罪犯、疯子或者恐怖分子? 从布朗起义至今的 160 年间,人们对布朗的评价一直是有争议的。堪萨斯州立大学的历史学家乔纳森·厄尔开玩笑地说:"如果要写传记,我最不想写的就是约翰·布朗",因为 150 多年来历史学家们都弄不明白布朗的想法(Daigh,2015:1)。在各种争议中大致存在着两种不同的声音,这两种声音随着时间的流逝,相互冲撞,难分胜负。

一种声音是,布朗是个罪犯、疯子乃至"恐怖主义者",是个以上帝之名进行暴力杀戮的宗教狂热分子(Reynolds,2005:X)。这种声音关注布朗在废奴事业中采用的暴力手段。罗伯特·费根认为,布朗正是"被他自己的种族看成罪犯的"(Faggen,1998:50-88),也就是说,这一观点主要来源于白人。在约翰·布朗起义 50 年后,奥斯瓦尔德·加里森·维拉德(Oswald Garrison Villard)在《约翰·布朗 1800-1859:50 年后的传记》(*John Brown 1800-1859: A Biography Fifty Years After*,1910)中,用了新的历史材料重写了约翰·布朗的一生。传记中的布朗被描述成头脑不清、杀人成性的疯子。特别需要提到的是,这位传记作者是著名的非暴力废奴主义领袖威廉·加里森的后代。或许维拉德正是受了家族的影响,才对布朗有此评价。当布朗被捕以后,反对暴力、主张道德说教的废奴主义者加里森称布朗是"被误导了,明显是个野蛮的疯子"(Chowder,2000:72)。

除此之外,著名文化人罗伯特·佩恩·沃伦(Robert Penn Warren)在《约翰·布朗:烈士的形成》(*John Brown: The Making of a Martyr*,1929)中,亦表达了类似的观点,认为布朗有疯子的特质。然而,比起书籍,影视作品的流传度更广,好莱坞电影《圣非小路》(*Santa Fe Trail*,1940)把约翰·布朗刻画成一个精神失常、思维简单、行事冲动的人物。从此,在很多普通大众心中的布朗形象被妖魔化。

历史中还有另一种声音:约翰·布朗是顺应历史前进潮流并殉身于自己信仰的英雄。这种声音关注的焦点多在于布朗在历史进程中的重要作用。发出这类声音的多是支持废奴和支持种族平等的人士。比如,著名非裔作家詹姆斯·鲍德温和马尔科姆·艾克斯都认为,"约翰·布朗比林肯在美国历史上的地位还高"(Faggen,1998:50)。著名的非裔小说家、政治家杜波伊斯书写的传记《约翰·布朗》(*John Brown*，1909)详细记录了布朗的一生。他特别注重用细节表现人物的废奴思想的形成过程。书中的布朗是一个圣徒式的人物，道德高尚、具有社会责任心，身为白人，却甘为黑人的解放献出自己及儿子们的生命。

大卫·雷诺兹在他的《约翰·布朗，废奴主义者：一个终结了蓄奴制，引起了内战，播种了民权的人》(*John Brown，Abolitionist: The Man Who Killed Slavery，Sparked the Civil War，and Seeded Civil Right*，2005)一书的序言中说，这个书名对约翰·布朗的评价并非他自己臆造出来的，而是温德尔·菲利普斯、弗雷德里克·道格拉斯和全国有色人种协进会(NAACP)的领导人对布朗的评价(Reynolds，2005：ix-x)。

此外，布朗起义事件也"引起了小说家、诗人、剧作家和编剧再三审视这个集理想主义与暴力于一身、向美国蓄奴制宣战的约翰·布朗"(McGinty，2009：1)。比如，诗人埃德温·罗宾逊(Edwin Robinson)1921年获普利策诗歌奖的《诗集》(*Collected Poems*，1921)中的诗歌《约翰·布朗》，就以约翰·布朗为叙述者，表达了不惧死亡的英雄气概，诗中的布朗愿意用自己的鲜血来交换，让废除蓄奴制的呼声能够传遍四方。另一位诗人史蒂芬·文森特·贝内特(Stephen Vincent Benet)的叙事长诗《约翰·布朗的身躯》(*John Brown's Body*，1928)中，描写了从布朗袭击哈珀斯渡口事件开始直到南北战争结束之际，罗伯特·李投降的历史。此诗发表后受到评论界和读者的广泛赞誉，被称为"一部美国内战史"，为诗人摘取了1929年普利策诗歌奖和美国"民族诗人"的称号。

《闹翻天》中的约翰·布朗并没有被固定在英雄或者疯子的角色上，而是被作家拼贴了各种不同类型的描述。在作家自己的故事叙述中，布朗在离开家准备起义前默默祈祷："上帝啊，不要再有流血了。没有更多的死亡和痛苦，让奴隶可以获得他们的自由，我恳求您这样做吧，让我们这么做吧。"(Olds，1995：236)他恳求："用我的生命来交换吧。用我的命来换您更大的恩泽和赞颂。"(Olds，1995：236)如果能不流血就让奴隶获得自由，他宁可牺牲自己的生命。最后约翰·布朗也的确是这样做的。

《闹翻天》中的布朗除了圣人的形象外，还有丑陋、疯癫的一面。比如小说中有一篇是对约翰·布朗外貌的各种挖苦。从身形"驼背""羸弱""有痨病一样"到头发难看像"石笋",耳朵如"招风耳",眉毛如"鸟窝",眼睑如"走廊雨帘上的褶皱","杏仁型的眼睛是暴风雨来之前的天空的颜色",等等(Olds,1995:35),布朗从头到脚都被贬损了一番。另一篇则用看似客观的语气,讲述了约翰·布朗的生活:他习惯"睡觉时嘴里含着丁香嫩枝"(Olds,1995:39),甚至"可以睁着一只眼睡觉"(Olds,1995:41),"像吃苹果一样整个吃西红柿和花菜,像吃硬糖一样舔吃切成角形的柠檬"等。这样的描写中又穿插了布朗忠于妻子、信仰虔诚这些人尽皆知的事情。小说也貌似客观地描述了约翰·布朗"冷血的品质",他"十分残忍",常常"冷酷至极",表现出"无可救药的疯狂"(Olds,1995:43)。这样的描述凸显了布朗神经质的特性,似乎接近"疯狂"的定义。

至于约翰·布朗是不是疯子,作家让布朗自己发出了声音。小说中有一篇针对1661年弗吉尼亚伯吉斯议院通过的法律条文,此条文规定了定义"黑人"的原则:不管黑白混血中黑人血统占多少,只要有,就属于黑人。也就是说,哪怕一个人63/64是白人血统,只是1/64的黑人混血,也要被称为"黑人"。这就是防止"劣种掺杂"的臭名昭著的"一滴血理论"。小说中布朗读到报纸上法官对种族定义的评判:"不论何时何地,一个白人的血液有了黑人的血统,那个白人,他的智力和文化,一定会枯竭和死亡。这一点的真理性如同一加一等于二。"(Olds,1995:232)布朗读后愤怒地表示:"他们居然说**我**是愚蠢的疯子。"(Olds,1995:232)言下之意是:这样一批当权的种族主义者,才是真正的蠢人和疯子。法院是国家权力机构,法官握有话语权。奥尔兹借约翰·布朗的评论,消解了种族歧视的官方话语。小说家在小说不同的地方既描述了布朗"疯狂"的个性特征,也给出了以法官为代表的当权者的"疯狂"逻辑,巧妙地回答了谁是真"疯子"的问题。

就布朗冷血这一点,奥尔兹讨论了 anhedonia[①] 这个表示症状的医学词

---

　　① Anhedonia(快感缺失):医学术语,指的是对快乐的感知能力下降(the diminished capacity to experience pleasure),是重度精神分裂症患者的常见症状。快感缺失与抑郁的心境是重度抑郁症的两项诊断标准(参见刘文华、陈楚侨、黄敏:《抑郁症的内表现型:快感缺失及其测量方法》,《心理科学进展》,2010年第18期:第271-281页)。

汇，意思是"快感缺失，兴致缺乏"，并侵入式地表达了他的态度："我个人认为他得了快感缺失的病。或者可能是兴趣缺失使他发疯。或者可能不是。……我不知道。我唯一知道的是，他肯定是书写的对象。"（Olds，1995：45）作家的发声，表明了他认为各种描述布朗疯癫的历史资料是不可靠的、不能确定的，唯一确定的就是，约翰·布朗是历史和文学书写的对象，而作家本人的书写，也参与了布朗这个人物的建构。

布朗不是疯子，他只是"被人称为疯子"。福柯在《疯癫与文明》中研究了疯癫和文明的关系："在蛮荒状态下不可能发现疯癫，疯癫只能存在于社会之中。"根据福柯的分析。疯癫开始于中世纪到文艺复兴时期社会领域的"美学现象或日常现象"，经过 17 世纪的"沉默和被排斥"期，丧失了"展现和揭示的功能"，最后到 20 世纪，疯癫被"套上颈圈，归为自然现象，系于这个世界的真理"（福柯，1999a：273）。布朗被冠以"疯子"之名，而且是与生俱来的本性，因为，如果约翰·布朗不是疯子，那么他暴力废奴的目标就是清晰逻辑思考后的结果。这样一来，需要被治疗和被惩罚的就不是布朗，而是疯狂的蓄奴制和种族歧视观。为了颠覆布朗起义的合理性，维持不合理的、疯狂的蓄奴制和种族歧视观，布朗"生而冷血"、随后"发疯"，恐怕就是最好的解释策略。

3. 暴力与文明

美国的所有种族中，只有美国黑人是在违反其意志的情况下被带来的。"来到西半球的 1,000 万非洲奴隶中，约有 40 万人是被贩运到位于今天美国境内的各个殖民地的。"（索维尔，2012：195）《闹翻天》在开始部分就介绍了奴隶贸易的残忍。所有的奴隶挤在船的最下层甲板里动弹不了，"所有的人被剥光衣服，剃光头发，打上烙印"（Olds，1995：8），"捆上铁链"（Olds，1995：9），在"六到七周的航行"中，很多奴隶会死于各种疾病，因为船舱里环境极其恶劣。死了的奴隶会被割掉身体的一部分，来"证明按照合同，的确运来了同样的数量"（Olds，1995：10）。小说描写了一个场景，那些不愿做奴隶的黑人，上岸以后，手拉着手，唱着民谣"水带我们来，水会带我们走"（Olds，1995：13），跳进大海自杀。1808 年，国会通过了《禁止奴隶贸易的法案》，奴隶价格"飞涨到 1,100～1,600 美元"（Olds，1995：57），而"每日的工资接近 1 美元"，奴隶成了一笔重要的财富，法院不再轻易判处奴隶死刑，取而代之的是各种刑罚，如"鞭刑""铁丝猫爪""塞猪桶""火烤""狗咬""割耳、鼻、脚趾"等残忍却不致死的刑罚(Olds, 1995: 57 - 59)。

布朗见证了奴隶的悲惨生活,和家人宣誓一生为废奴事业而奋斗。然而,布朗高估了奴隶反抗和起义的意愿。奴隶在各种暴力的压迫下本可以共同反抗,为自己争取自由,但诚如阿伦特所言,"在那些被剥夺继承权或者被践踏的人中,奴隶反抗和起义是罕见的"(阿伦特,2013: 9)。关于这一现象背后的深层次原因,福柯在《规训与惩罚》中已经有过详细的阐述。因为奴隶们早已都是被"驯顺的肉体",除了公开的酷刑和处决作为一种政治运作对奴隶造成恐吓和威胁以外,思想上也已经被规训(福柯,1999b: 29)。

《闹翻天》讲了一段黑人与自然母亲的故事。故事中,自然母亲在造完白人以后"十分疲惫",但仍"决定按照白人的外貌造出黑人"。"她在当时那种情况下造黑人已经是竭尽所能了。"(Olds, 1995: 4)奥尔兹在后面又谈到了黑色素与种族主义的关系,"每人都有同样数量的黑素细胞","产生黑色素少的黑素细胞高等","他们的身心都高等"(Olds, 1995: 5 - 6)。此处列举的都是种族主义者的神话。他们将种族与科学挂钩,认为自己的种族是高等的,而其他种族是低等的。种族主义者认为由于种族之间的人品差异,对不同的种族要不同对待。这里的两则故事一则是神话,另一则打着科学的幌子,为种族歧视观辩解。拥有话语权的白人用这样的伪知识让黑人相信,他们的"身体、思想、心灵和灵魂"是生来低等的。奥尔兹在这里用"棘手、难受、丑陋、怪诞、歧视、扭曲"等词汇来反讽用黑素细胞来辨别人的高等低等是多么无稽的理论,蓄奴制又是多么扭曲的制度(Olds, 1995: 5 - 6)。

《闹翻天》于1995年出版,蓄奴制在美国早已成为历史。作者和读者都有着当代人的历史观念,大多数人认为蓄奴制代表着落后和野蛮,废除蓄奴制则是顺应了历史发展的方向。然而,在废奴之前,很多人,尤其是南方人,并不觉得蓄奴制是残暴、落后的,反而认为是与经济、文明发展紧密联系的,是文明的必需品,废除蓄奴制才是阻碍历史和经济发展的行为。

作家呈现给读者一篇废奴以前南卡州立法者写的《325字集体残暴的辩解书》,里面列出了许多为蓄奴制辩解的说辞,比如:"蓄奴制的体制主要是由文明引起的","正如动物应该互相猎捕是自然法则一样,人类也应该互相奴役"。

"非洲奴隶贸易已使数百万人享受到了文明的福利，没有这个贸易的话，他们就享受不到了。"（Olds，1995：64）《辩解书》中所谓的"文明的福利"指的是什么呢？随着 1793 年轧棉机的发明，"美国的奴隶也几乎全部变成种植棉花的奴隶"（索维尔，2012：14）。棉花种植给南方带来了巨大的利润，南方的种植园主逐渐掌控奴隶和财富，成为全国最富有的人。

当时南方坚持不能废除蓄奴制的主要理由是，"一直都有一种说法，棉花生产必须依靠奴隶的劳动力"（Andrews，2007：60）。如果废除蓄奴制，南方的经济势必会衰退吗？历史数据证明这是错误的，"废奴以前，1860 年的棉花产量创历史新高，达到 4,669,770 包"（Andrews，2007：60）。废奴以后，即使是在经济衰退和战争破坏的情况下，1871 年、1876 年和 1877 年，棉花产量也与 1860 年"基本持平"，"1878 年以后产量开始新增到 5,000,000 包，到了 1890 年，7,472,511 包"。因此，"棉花生产必须依靠奴隶的劳动力"这个说法，"简直错误至极"（Andrews，2007：60）。南方经济并没有因为废奴而衰退，以棉花生产缺劳动力而不肯废奴的理由显然并不成立。真正能享受到所谓的"福利"的，其实主要是南方的种植园主。"南方白人中 75％的家庭根本就不拥有奴隶。"（索维尔，2012：199）

但是南方白人大多依然支持蓄奴制有其自私的原因。《闹翻天》中的《325 字集体残暴的辩解书》提出了这个问题："你难道不想有个黑奴给你犁地吗？"（Olds，1995：66）自耕农们希望有一天他们也可以买到奴隶，成为奴隶主。正是在这种意识形态的引导下，南方的种植园主也好，自耕农也好，都没有把蓄奴制看成是暴力的或非文明的，反而把布朗的行为看成是暴力的和非文明的。如果蓄奴制是沾满鲜血的暴力制度的话，那么布朗的起义也是一种以暴制暴的流血革命。但是不可否认的是，正是这种暴力抗争，"促使世界开始清醒、倾听……准备给自由让路"（Scott，1988：172）。这方面，约翰·布朗功不可没。

暴力往往导致死亡。在南北战争中一共"死亡 304,369 人"（Andrews，2007：30）。尽管同为暴力，都导致死亡，但人们对蓄奴制、布朗起义、南北战争的评价不尽相同。这些不同的评价背后隐含着暴力与文明的关系问题。汉娜·阿伦特对暴力的性质做了界定："暴力行为的本质是由实施暴力的手段和目的所决定的,而这两个方面如果应用在人类问题上,往往会体现出这样的主要特征:目的面临被手段压倒的危险。"(阿伦特,2013:3)她又指出:"暴力从本质上讲是工具性的,像其他手段一样,它在达到目的的过程中总是需要指引和正当理由。需要别的途径证明其正当性的事物,不可能成为任何事物的实质。"(阿伦特,2013:19)布朗选择暴力是为了解放黑奴、废除残暴的蓄奴制,这是正当和正义的理由。当人们被官方权力的话语欺骗,或者与之利益一致,或者过多地关注布朗实施暴力的手段而忽略其实施暴力的目的,那么他们就很难对他做出公正的评价。

年鉴学派历史学家马克·布洛赫(Marc Bloch)曾说:"人们有时说,历史是一门有关过去的科学。在我看来,这种说法很不妥当。首先,把'过去'这个概念作为科学的对象是荒唐可笑的。过去的某种现象,如果完全没有与当代相通的共同特征,如果没有经过事先筛选,又怎能成为有条有理的知识呢?"(布洛赫,2006:18)布洛赫的观点与克罗齐的"一切历史都是当代史",与黑格尔的"一切历史都具有当代性"的论述是一致的。真正的历史不会是了无生气的历史,它会从当代思想的光芒中汲取鲜活的生命力。正如埃尔里德·赫林顿所说,"约翰·布朗依然挂在绞架上,对他的评价也没定论",因为"有很多过去的评论需要纠正"(Herrington,2005:10)。"布朗死后,他的名气在自传、画作、小说、戏剧、歌曲、诗歌、演讲和电影中有增无减。事实上,随着对布朗的理解和接受的加深,我们要重新讲述他的故事。这意味着,布朗需要继续活着。"(Herrington,2005:10)

在一次采访中,奥尔兹表示,他喜欢写历史小说。他"之所以被历史小说吸引,正是因为它不是现在。现在是模糊混乱的、看似无意义的、荒诞的"。对于如何写历史小说,奥尔兹认为:写故事的细节"必须要有选择性。尤其在历史小说中,有些细节是你需要的,有些不是"[①]。尽管《闹翻天》是后现代元小说,作家运用非线性的叙事,以碎片与拼贴为主要手段,让故事叙述产生跳跃的效果,但是在读完这部看似散漫的小说以后,读者更容易获得一种清晰的历史"整体观",因为作家将各种相关文本,包括官方的、民间的、虚构的、写实的,

---

① 参见 Bruce Olds, "An Interview with Bruce Olds." March 24, 2014. ⟨http://makemag.com/an-interview-with-bruce-olds_new/⟩ (Accessed January 9, 2017)。

一起呈现给读者，邀请读者参与历史的多侧面解读。

可以说，《闹翻天》是一个新历史主义观指导下的文学文本，它以历史书写元小说的形式，挑战了历史与文学的边界，用文本自身的历史书写，例证了历史文本背后的意识形态。无论是在文本中，还是在这种文学演绎中，作家一次次对权力和政治话语提出质疑，表达了他参与政治与重构历史的愿望。在各种话语的流转与商讨中，奥尔兹的《闹翻天》模糊真实与虚构的界限，消解官方的宏大叙事，解构布朗的历史，同时将种族歧视的国家意识形态清晰地呈现了出来。

四、《山火》中的或然历史

曾获星云奖和雨果奖的美国作家特里·比森的小说《山火》是一部基于美国历史上约翰·布朗起义事件创作的或然历史小说。故事中的约翰·布朗起义没有像历史上那样失败，而是在著名女性黑人领袖哈利特·塔布曼的帮助下获得了成功。布朗在战争中受伤身亡，塔布曼带领黑人成立了自治的国家。

1. 多重视角的或然叙事

罗恩认为《山火》是一部或然历史（alternate history），"但是让读者希望它是真实的"（Jocabs，2009）。维格纳将《山火》与小说《差异引擎》（*The Difference Engine*，1991）比较，并认为两部小说都"提供了一个特殊视角来检验当代或后现代的历史感。两个文本都非常有趣，因为它们表达了一种根本且有远见的认识论危机，揭示了冷战后历史感自身的'历史性'"（Wegner，1999：142）。

"或然历史"在广义上算是科幻小说的一种，在其想象文本中，历史在某一点拐弯了，变得不同于我们的世界，因此这种文类也可以称为"科幻历史"。阿姆斯特丹认为或然历史指的是"显然从未真实发生过，因此也就不能声称有任何历史真实性，不过在未来的某个时间节点上（随着受压制成分的回归）或许会实现"的历史（Wessling，1991：13）。海勒克森在她的著作《或然历史：重思历史时间》（*The Alternate History: Refiguring Historical Time*，2001）中，将或然历史小说定义为科幻小说的亚种。在这类故事中，从某个交汇点（nexus story）开始，故事叙述的文本世界与我们的真实世界开始不同。她将或然历史分成三类：第一类以交汇点故事为主，"或然历史关注一个历史上的重要事件,比如一场战役或者暗杀,其中某些因素的改变导致结果变化"(Hellekson,2001:5);第二类"发生在交汇点事件以后,这个交汇点事件使世界发生巨大改变"(Hellekson,2001:7);第三类是平行世界,小说"描述了多个同时存在的差异世界"(Hellekson,2001:8)。

《山火》属于第一类和第二类或然历史小说,既讲述了或然历史的交汇点故事,又描绘了交汇点之后发生巨变的世界。书中三条线索交错发展:主线是来自诺珐非洲共和国(Nova Africa)的女性人类学家亚丝明·亚伯拉罕·马丁·奥丁格带着女儿哈丽娅到新建的美国约翰·布朗博物馆(约翰·布朗起义旧址)。后两条故事线索均由母女阅读信函和回忆录引出。其一是亚丝明曾祖父的回忆录,里面记录了他作为一个黑奴参加布朗和塔布曼起义的经历以及后来成为医生的生平。其二是亨特医生写的信,他是个白人,曾亲自参加了布朗起义,也帮助亚丝明的曾祖父成为医生。信的内容讲述了布朗起义时的局势和过程以及亨特医生遇到亚丝明曾祖父的一些经历片段。小说一方面借回忆录和信件的方式重述了布朗起义的或然历史;另一方面描绘了虚构的诺珐非洲共和国,并将笔墨集中在黑人母亲亚丝明与女儿哈丽娅的关系上。

历史中布朗起义失败,一个重要原因是具有强大号召力的塔布曼女士没有参加。布朗曾前往加拿大发出诚恳邀请,两人约定联手,但后来塔布曼称病未赴约。在没有塔布曼领导的情况下,黑奴不愿意起义。这位黑人女性被布朗称为"塔布曼将军",在真实历史中是个有着重要地位的人物。她是美国著名的废奴主义者,于1849年出生在马里兰州的奴隶家庭,因反对蓄奴制出逃,加入反蓄奴制的"地下铁路"组织,并成为领袖之一,成功营救了大量黑奴,人称"黑摩西"或"摩西祖母"。她积极参与了南北战争,战后又前往东部各大城市做女权演讲,阐述女性为废奴事业做出的贡献,对女性争取选举权的斗争也产生了重要影响。

小说中的塔布曼是个焦点人物。她的出现成为真实历史与或然历史的交汇点,改变了历史的走向。在《山火》的历史故事中,塔布曼按计划参加了起义,鼓舞了大批黑人加入。起义没有在一开始就被镇压,而是转向了长期的战争。布朗在起义中受伤身亡,塔布曼继续领导起义军,表现出超高的军事谋略。美国最后分裂为南部的黑人自治共和国,即诺珐非洲共和国,和北部以白人为主的新美国(USSA)。诺珐非洲共和国经济发展迅速，欣欣向荣，而新美国痼疾缠身，停滞落后。

显然，这样的情节设定与真实历史迥异，呈现了基于想象的历史发展的可能性。但在小说中，作家充分描述了这个想象世界，让它与现实世界形成了鲜明的对比。在美国黑人建国的过程中，男人不再是唯一的力量，黑人女性塔布曼被公民们拥戴为"国母"，起到了绝对重要的作用。历史的很多方面由此被逆转。布朗起义这一段男性白人暴力废奴的历史，被添加了黑人女性的因素，让历史从男性的故事(his story)最终变成了女性的叙述(her story)。这样的情节设置带给读者"陌生化"的效应，也利用或然历史特有的书写魔力，对现状提出批评，指出可能存在的另一种历史选择。特别值得注意的是，小说作者让黑人女性废奴领袖扭转布朗起义的败局，这种突破传统历史小说窠臼的言说方式具有颠覆性的力量。

2. 乌托邦想望：黑人、女性双重乌托邦的建构

"乌托邦"的概念可以追溯到16世纪托马斯·莫尔《乌托邦》(*Utopia*, 1517)的书名，在其中他虚构了一个奇异的理想国。柏拉图的《理想国》表达的是对战后雅典城邦制度的不满，莫尔的《乌托邦》也提出了对"羊吃人"的英国社会的诘问。他们都在文学文本中建构了一个理想的乌托邦社会，来满足自己的乌托邦想象。当代社会中，"乌托邦"这个词涵盖相当宽泛，它可以指向一种特定的文学类型，或人们对理性社会的想望，也可以更具体地指"此类社会所据以建立的诸种原则(平等、自由、民主等抽象观念)，人们有关理想社会的理论规划以及与这些虚构的计划所伴生的社会规则与社会制度"(谢江平，2007：19)。实现乌托邦的首要条件是"总体性"。"总体性主要是指事物呈现出的关系和系统，使之成为理解事物的框架，具有方法论的意义，也具有整体的包容性。"(王晶，2012：8)总体性需要一个"类似孤岛一样的封闭的、独立自治的结构或系统"，其结果是孤岛成了"他处"，与世俗的世界分割开来。这个"总体性范畴"决定了乌托邦的实现形式可以是"乌托邦城市、乌托邦革命、乌托邦公社或村庄，当然还包括乌托邦文本"(詹姆逊，2014：15)。

随着资本主义的繁盛，科技理性的发展，乌托邦越来越多地潜行在科幻小说的外衣中。詹姆逊认为乌托邦形式"指形诸文字的书面文本或文学形式"，乌托邦想望"指日常生活中所察觉到的乌托邦冲动及特定的解释或说明的方式所实现的乌托邦实践"（詹姆逊，2014：10）。恩斯特·布洛赫在《艺术和文学的乌托邦功能》中，曾这样界定作为新文学体裁出现的科幻小说："看来我们的时代可能已经创造出了一种乌托邦的'升级版'——只是它不再被叫作乌托邦，而是被称为'科幻小说'。"（詹姆逊，2014：581）

《山火》作为实践过程的乌托邦文本，建构了黑人、女性双重乌托邦的新世界。诺珐非洲共和国是一个与旧美国完全不一样的国度。小说中原先的美国黑人，不仅在南部建立了自己的社会主义国家，而且将其建设成了一个发达国家，在经济上超越了白人主导的美国。小说写于1988年，故事发生在1959年。作为乌托邦必需的"孤岛"，小说首先构建了一个黑人乌托邦。诺珐非洲共和国是北美洲的黑人国家，有着更多高科技，但并没有用高科技为自己国家谋利，而是用来帮助其他国家。《山火》中的诺珐非洲共和国与资本主义的旧美国体制不同，治国理念不同，至少发生过两次战争。

其次，小说还构建了一个女性乌托邦。如前一章所述，诺珐非洲共和国的核心人物是黑人女性塔布曼。在这个新共和国成立多年后，女性地位与男性平等，女性话语甚至占据主体地位。新世界中的女主角亚丝明是成功的人类学家，她的宇航员丈夫为了登陆火星而亡，留下一个女儿。时隔多年，亚丝明虽然又已经怀孕，但是她并不打算与新男友结婚，决定自己抚养第二个孩子。亚丝明去北方美国送先辈的回忆录，她此行不仅见证了北方美国的衰落，连作为小说中唯一白人男性代表的布朗纪念馆馆长，也象征性地患有腿疾。黑人女性不再是发不出声音的弱者，而是小说的主角、历史的重要人物。

特里·比森选择科幻小说的亚题材，即或然历史小说，作为故事的载体，正是为了利用这一种乌托邦形式来承载他的乌托邦想望，想象出一个与现实相异的制度，让理想与现实换位，构建黑人、女性的双重乌托邦。比森是"在乌托邦思想热潮的传统中，呈现了一个或然历史"（Wegner，1999：142），这样的文本构建体现了作家对美国历史和当代现实的批判态度。

3. 乌托邦张力：意识形态与历史指涉

或然历史小说绝非天马行空式的胡编乱造，往往具有很强的政治指涉，而这种潜在的与真实社会的关联性，是这一小说类别得以存在的合理基础。小说家把虚构文本当作政治寓言或社会象征，在其中投射某种与社会现实相呼应的政治愿望。《山火》借用科幻小说的亚类——或然历史文本的书写，创造了一个乌托邦文本里另类时空的封闭孤岛。这个另类的时空与真实相异，却又指涉了历史与现实。尽管乌托邦政治或政治乌托邦主义的根本动力不是为了反映现实制度，而是旨在想象与现实迥然相异的制度，"一直以来，乌托邦都是一个政治话题"（詹姆逊，2014：3）。看似天马行空的理想社会是对当时当地政治意识形态的投射。

《山火》的创作与作者特里·比森经历的时代密不可分。美国20世纪60年代社会改革运动风起云涌，民权运动、女权运动、反战运动、新左派运动等改变了美国的政治氛围与意识形态。比森曾是20世纪七八十年代反种族歧视和种族隔离的"约翰·布朗反三K党委员会"（John Brown Anti-Klan Committees）委员。他还将《山火》这部小说献给了地下黑人团体——黑人解放军（Black Liberation Army）（Jacobs，2009：7）。比森的经历证明了他激进主义的态度。

这种政治态度也表现在他的小说中。首先，他选择用或然历史的方式描述历史，这样的描述给读者带来"陌生化"的效果，激起读者的思考与共鸣。比如，在或然历史中，比森描述的黑人的诺珐非洲共和国虽然经历了一次独立战争、一次革命和"十年社会主义建设"（Bisson，1988：20），但依然发展迅速。而新美国发展缓慢，基本属于农业国家，国家的第二个五年计划目标只是"粮食能自给自足"（Bisson，1988：69），交通道路设施也十分落后。对新美国这种"差描"，与现实形成反差，令读者思考黑人在美国建设中的作用。黑人并非低人一等，他们对美国建设的贡献不可忽略。

小说中的叙述者通过反讽，表达了对种族歧视的抗拒。《山火》比较了1859年—1959年这100年间美国黑人社会地位的历史变迁，在强烈的反差中借用虚构寄寓对历史上和当今美国社会与政治现实的批判。女主人公亚丝明去新美国时，遇到一个种族歧视的白人老太太，直接称亚丝明为"你们黑种人"（Bisson，1988：82）。她还给了亚丝明一本《约翰·布朗的身躯》。美国文学史中真有这部作品，即史蒂芬·文森特·贝内特描写南北战争的长篇叙事诗《约翰·布朗的身躯》。诗歌独立成册发行后引起轰动，被称为"美国南北战争史诗"。但在《山火》中,这部诗集的历史叙事被篡改,真实历史反而成了科幻小说。这种服务于意识形态的对历史的颠倒性重写,令亚丝明忍无可忍,她斥之为"恶托邦、误托邦、白日梦"(Bisson,1988:82)。

在宪法废奴之前,不少黑人和白人废奴主义者都已经开始考虑 300 多万奴隶何去何从的问题。即便蓄奴制被废除,但是只要大部分白人将黑人看成低等种族,这些曾经的奴隶就一直会被鄙视,没办法与白人平起平坐。道格拉斯等黑人和少数一些白人坚持认为,白人最终将学会把黑人看成平等的美国公民,但确实也有一小部分黑人废奴主义者希望美国政府可以在美国西部为独立黑人建立黑人自治州。《山火》假借或然历史,表达了实现美国黑人独立自治的政治理想,同时也强调了历史的偶然性。

此外,《山火》中交汇点的设置,凸显了作家对黑人女性塔布曼重要历史地位的认可和推崇。不同于历史上对布朗褒贬不一的评价,美国历史对塔布曼的评价一直是正面的,甚至带有神话色彩。19 世纪有关塔布曼的摩西神话地位在公众中初步确立,20 世纪见证了有关塔布曼的摩西神话的放大。到 20 世纪五六十年代,塔布曼已成为美国最广为人知的历史人物之一。20 世纪出现了近百种塔布曼的传记,在民权运动之后更是目不暇接。在这一点上,比森有着超越他时代的眼光和评价。因为在《山火》出版几十年后的 2016 年,美国官方宣布,2020 年塔布曼将取代第 7 任美国总统安德鲁·杰克逊,成为新版 20 元美钞的头像,目前在纸币正面位置的杰克逊像将退居背面。这意味着塔布曼将是自马莎·华盛顿(19 世纪末短暂出现在 1 元美钞上)后第二位出现在美钞上的女性,这是美国政府对非裔女性"为自由而战"精神的认同。

莫尔借用希腊文创造了"乌托邦"这一具有否定与肯定双重性的新词。乌托邦是"乌有之乡",同时又是"希望所在"。"乌托邦"词义本身就带有辩证的张力。"不管是政治的、文本的还是解释学的乌托邦主义者,他们追求的是一种乌托邦的变形。"他们确定了需要解决的问题,并提出解决方法。但是乌托邦的解决是一种"否定性的补救"(詹姆逊,2014:23),它"要将所有罪恶的根源彻底扫除涤清,因为一切的错误和不公正都来自这个源头"(詹姆逊,2014:24)。乌托邦虽然是一种对未来的幻想和对现实的摒弃,但其本质也是一种"记录特定社会现实的仪器"(詹姆逊,2014:25)。因为不同社会所需要反抗的痛苦源头有所不同，而凡是乌托邦否定和试图彻底扫除的，也正是当时社会的问题所在。乌托邦欲望与现实的矛盾也构成了一种张力。

小说中虚构的乌托邦世界与现实世界形成对照，以陌生化的手法凸显乌托邦的张力，更易激发读者深入思考历史和现实。当比森选择在乌托邦文本《山火》中摒弃当今美国的政治体制、白人治国的政治理念和男性历史的书写模式，创作出或然历史的另类时空，他也就选择了一种特殊的记录方式，向读者呈现他所在社会的问题。作家将美国当代社会中的种族歧视和性别歧视问题，尤其是受到双重压迫的黑人女性的问题，通过或然历史的方式进行了消解，但也将矛头指向了官方对南北战争这段历史的正面叙事。

《山火》体现了作家的当代乌托邦视野，指向了文学的历史意识与政治意识。乌托邦张力带来了许多对立和矛盾，这些对立的存在源于乌托邦自身所固有的时空矛盾。时间上它既存于当下，又指涉未来；空间上它兼具存在与非存在两种状态。时间上的两栖性和空间上的矛盾性产生了乌托邦内在的转化势能（詹姆逊称之为"断裂"）。乌托邦政治的根本动力就在于这种"认同"和"差异"之间的张力（李锋，2013：144），可以激发人们去重视和解决现实问题。这也正是乌托邦文学的价值所在。

约翰·布朗是激进废奴主义者，《山火》的作者比森也是激进主义者。《山火》作为实践过程的乌托邦文本，建构了黑人、女性双重乌托邦的新世界，小说中的被救赎者与被惩罚者、我们与他者全部被调换了角色，打破了美国例外主义严格划分的二元对立的思维模式。这部乌托邦小说中黑人社会主义国家的建立以及旧美国的衰落，涉及很多根本性的问题，超越了单纯的种族议题。

五、《上帝鸟》中的讽喻历史

美国非裔作家詹姆斯·麦克布莱德的小说《上帝鸟》是一部以布朗起义为主线进行创作的小说，荣获 2013 年美国国家图书奖桂冠图书，入选《出版人周刊》年度图书、《华盛顿邮报》年度图书、《奥普拉》杂志年度图书，也获得来自《纽约时报》《芝加哥报》、美国国家公共电台等全美 18 家媒体的重磅推荐。

1. 黑人话语的重建

小说以报纸报道的形式开始故事的呈现：美联社报道"序幕：罕见黑人历

史资料重见天日"。根据这则报道,1966 年一场大火烧毁了特拉华州威明顿市最古老的黑人教堂,却让一份"离奇的黑奴记载资料"(麦克布赖德,2017:1)得以重见天日。该资料结合了历史与想象,精彩描述了美国历史中鲜为人知的片段。资料放在防火的金属盒内,是一个名叫亨利·沙克尔福德的黑奴回忆录。沙克尔福德是"1859 年美国著名在逃犯约翰·布朗洗劫哈珀斯渡口事件的唯一一名黑人幸存者"(麦克布赖德,2017:1)。资料由老年的沙克尔福德口述,由教堂信众查尔斯·希金斯记录而成。希金斯比沙克尔福德小30 岁,发现资料时两人均已去世。新发现的黑奴记载资料重新激起了人们讨论约翰·布朗事件的兴趣,让事件变得更加错综复杂。

《上帝鸟》是一部黑人话语主导下的历史重构小说。小说的叙述者亨利·沙克尔福德是一个黑人,原本是堪萨斯州的一个 11 岁左右的黑奴,1856 年春跟着黑奴父亲在理发店工作。被通缉的布朗偶然地来店理发,被沙克尔福德的奴隶主"荷兰佬儿"发现,最终双方发生了枪战,枪战中沙克尔福德的父亲被误杀。布朗逃跑的时候顺便"拯救"了孤儿小黑奴,将他带到自己的队伍中,想给他自由的生活,还给他起了"洋葱头"的外号。

除了小说序幕部分,《上帝鸟》主体共分为三部分,均是小沙克尔福德的第一人称叙述,讲述他自己与布朗的故事。第一章"解放契约(堪萨斯州)"讲述了小沙克尔福德如何被布朗解救,如何跟随布朗在队伍里生活,但是他仍一心想回到奴隶主身边;第二章"奴隶契约(密苏里州)"讲述了沙克尔福德刚从布朗队伍中逃跑,又被蓄奴派白人抓走,在密苏里州一家酒馆再次为奴,之后又被布朗找到并解救;第三章"史诗(弗吉尼亚州)"讲述了小沙克尔福德跟随布朗准备并参加 1859 年起义。这三部分按照时间顺序,由沙克尔福德用生动幽默的语言讲述了 1856 年—1859 年的这段历史。

非裔美国文学史上的"黑奴叙事"是美国黑人文学的起源。《上帝鸟》模仿了"黑奴叙事"的模式。麦克布莱德选择了一个黑白混血儿作为叙述者来讲述布朗起义的故事。男孩沙克尔福德的父亲是"纯种黑鬼"(麦克布赖德,2017:3),母亲则是"棕皮肤女人,黑白混血种"(麦克布赖德,2017:4)。沙克尔福德的肤色和母亲较为相近。在逃跑的路上,曾有蓄奴派白人问他:"你是一半黑鬼,还是个脸洗不干净的白人妞儿?"(麦克布赖德,2017:115)为了自保,沙克尔福德回答说："你们不该像对黑鬼那样对我说话，我只有一半黑鬼的血统，我在这个世界上孤苦伶仃。我身上的另一半血统跟你一样好，长官。我只是不知道我的归属，我只是个可怜的混血儿，仅此而已。"（麦克布赖德，2017：115）这样一位混血儿有利于推动情节发展，比如，作家可以让"洋葱头"再次为奴时顺利伪装成一个棕皮肤女人。

既然小说故事由这个南方小黑奴来讲述，作家麦克布莱德选择了他自己最熟悉，也是他认为最贴合人物形象的南方方言。作家自己的生活经历为这种语言的使用提供了可能性。麦克布莱德"小时候住在南方的时候，听过很多那种方言，甚至住在布鲁克林和皇后区也听了很多"，在作家的世界中，"大多数老年人都来自南方"（Goldenberg，2013：145）。在他眼中"那种直接的南方语言就像一种彩色的时尚（colorful fashion）"（Goldenberg，2013：145）。语言的选择可以看出麦克布莱德对自己种族文化的坚持，他想让这个世界听到黑人内心真正的声音。

另一方面，"黑奴叙事"让黑奴拥有了话语权。从一位黑奴的视角来审视布朗起义的过程，是作者的刻意安排。一直以来，美国历史上对布朗起义的评价众说纷纭，但总体来说，以杜波伊斯为代表的黑人评论家都是站在赞扬布朗的一边，认为布朗起义是一位白人英雄为黑奴流血牺牲的伟大的、革命性的事件。但麦克布莱德却展现了两个叙事的声音，一个是少不更事的小沙克尔福德，另一个是深谙世事的老沙克尔福德，让不同的声音互相切换，让不同的意见互相碰撞。这是作家采用的高明的叙事策略。尽管叙述者始终是沙克尔福德一个人，但实际上处于不同年龄段的"两个"沙克尔福德交替叙述。首先是老年的沙克尔福德，他通过不同渠道较为深刻地了解了布朗起义前后的政治、历史等背景，他发出评论的声音相对可靠，但这种可靠叙述在全书中占比较小。另外，书中除了偶尔的提示，诸如"后来我长大成人"（麦克布赖德，2017：5）、"那年月"（麦克布赖德，2017：29）等，多数时间需要读者自己判断是否是成年沙克尔福德的可靠叙述。

小说的叙述者，大多数时候是小沙克尔福德，他根据自己当时的认知，以第一人称来讲述。但是小沙克尔福德年龄较小，又缺乏见识，属于不可靠叙述者。此外，由于布朗一开始就误会"洋葱头"是个女孩，而懵懂的"洋葱头"受蓄奴者影响,以为布朗是被通缉的坏人,不敢申辩,于是将错就错,一直扮成女孩,跟布朗和他手下一起在山林中生活,并一直想找机会溜走,回到他的奴隶主"荷兰佬儿"身边。"洋葱头"为了保护自己,谎话不断,"必须经常装模作样,见风使舵,才能生存"(Goldenberg,2013:145),令本来就难以判断的事件细节更加扑朔迷离。

一方面,小说在"序幕"部分模仿报纸报道,在正文中模仿"黑奴叙事",由此增加整体故事的可信度;另一方面,老少沙克尔福德的叙述杂糅在一起,视角随意轮转,实现了麦克布莱德最初对叙述者的设想:"以孩子的纯真来讲述,但同时又有一个骗子的成熟和诡计。"(Goldenberg,2013:145)此外,两个声音并不绝对代表叙述的可靠性与不可靠性。成年的视角可能有掩饰,儿童的视角可能有洞见,很难严格界定。这使得小说文本的细节内容栖于可靠叙述与不可靠叙述之间的广阔地带,呈现模糊性,具有复杂性,也具有多元、丰富的审美意蕴。读者必须在阅读小说的过程中充分发挥想象力进行判断,在更广阔的审美领域中进行文学欣赏体验,在不确定的主题理解中进一步思考真实与虚构之间的辩证关系。

黑人话语下的叙事除了叙述者的选择外,还体现在作家詹姆斯·麦克布莱德的非裔作家身份以及因此带来的话语自由。麦克布莱德1957年出生于美国,父亲是美国黑人,母亲是来自波兰的犹太白人移民。包括麦克布莱德在内,家中共有12个混血兄弟姐妹,虽然他们在以混乱和罪恶闻名的纽约贫民区布鲁克林长大,但是每个孩子都读了大学,不少读了研究生。麦克布莱德取得了音乐学士和新闻学硕士学位,后成为一位作家和音乐家。麦克布莱德根据自己的成长经历写成了小说——《水的颜色》(*The Color of Water*,1995)。

《水的颜色》占据《纽约时报》畅销书榜单长达两年之久,其封面写着"一位黑人献给他的白人母亲"。在拥抱多元主义的今天,作家的族裔身份"不是事实的存在,而是一种想象,表现在族裔作家身上主要是自我定义和自我定位"(虞建华,2016:198)。作家的身份成为一种动态的建构。麦克布莱德将自己定义为黑人,对自己的族裔归属问题在主观上给出了明确答案。在这里,我们不去探讨麦克布莱德是如何自我定义和自我定位的,我们将关注的焦点放到麦克布莱德黑人作家的身份给《上帝鸟》的文学创作带来的话语自由。

笔者注意到，在本章讨论的四部关于布朗起义的美国当代小说的作者中，麦克布莱德是唯一的非裔作家，并且他的非裔身份与他的小说创作有着特殊的关联，甚至可以说给他带来了一些"优势"。首先，许多当代白人作家创作时有所顾虑，不敢对黑人进行过多批判，但麦克布莱德在《上帝鸟》中可以大胆表现黑人的缺点。是人总会有缺点，对缺点的表现使人物更加真实生动。其次，麦克布莱德更了解黑人，因而描写的黑人形象更加丰富、多样、真实。最后，作为黑人作家，他替黑人找回了话语权，从黑人角度评价布朗起义，让读者重视黑人在布朗起义事件中的重要性。

当今美国社会中，"为了抑制针对种族、性别与同性恋等的歧视言论"，"要求媒体和公众人物避免使用会令特定人士感觉受到冒犯的字眼"（巴拉达特，2012：36），因此，我们很少见到一个明智的、理解"政治正确"（political correctness）（巴拉达特，2012：36）的白人作家会在自己的小说中公开指责黑人，更不会浓墨重彩地去描绘黑人的丑陋面。同样，当代美国白人作家在重构布朗起义事件时，塑造的黑人形象要么寥寥无几或沉默寡言，要么富有正义感，积极帮助布朗起义。

然而，这个在白人作家看来是禁忌的话题，对黑人作家麦克布莱德来说，却几乎可以算是他的"特权"。小说中大部分黑人形象都不是那么"高大完美"，而是兼有优缺点的普通人、真实的人。例如，小说的叙述者兼主人公"洋葱头"，就是个谎话连篇的小黑奴。他承认他"只是个懦夫，靠撒谎过活"（麦克布赖德，2017：339）；和"洋葱头"一起参加起义又逃跑的成年人鲍勃则是一个典型的自私自利、胆小怕死的黑奴代表；"洋葱头"暗恋的黑奴妓女甜心为了私利不惜出卖同胞、向白人告密，导致黑奴起义计划失败；甚至连著名的废奴主义者弗雷德里克·道格拉斯都"如同一位国王"（麦克布赖德，2017：209）一样过着奢侈的生活，只会夸夸其谈，还对假扮成女孩的"洋葱头"进行性骚扰，在小说中是一个十足的伪君子形象。

麦克布莱德用生动的笔触刻画了众多性格鲜明、各有特点的黑人形象。除了以上列举的，小说中也不乏一些正面的黑人形象，如计划了黑奴起义，失败却不畏死亡、英勇就义的黑奴女性西博妮娅。

麦克布莱德在采访中表述了刻画西博妮娅的目的："有好几篇关于奴隶卷

入叛乱的报道,并且之前的主人或白人朋友都不明白为什么。西博妮娅向读者展示了蓄奴制对每个人来说是多么困难。我想展示一个英勇的女人愿意为她所信仰的事业而牺牲。我敢肯定有数百万人都像西博妮娅那样。"(Goldenberg,2013:145)这段表述也证明了作家除了想刻画英勇的黑人形象外,还想要通过文学再现,向没有身处蓄奴制深渊中的白人解释为什么有的黑奴不惜牺牲性命,也要与蓄奴制抗争。麦克布莱德知道,白人设身处地为黑人着想是很难实现的,真正的理解与包容并没有那么容易达成。他笔下的白人也多是如此,无法真正理解黑人的需要,更无法理解黑人的内心。

麦克布莱德笔下对黑人形象的鲜活再现和入木三分的刻画,弥补了其他关于布朗起义事件的文学作品中黑人形象单一的缺陷,不仅为非裔美国文学增添了色彩,也为文学对美国历史的再现提供了另一种思路。黑人在布朗起义事件中的重要性,在其他文学文本中被忽略或一笔带过,但在麦克布莱德的小说中,这正是作家不惜笔墨详细呈现的地方。《上帝鸟》中的布朗多次强调,黑人的参与才是起义胜利的关键。"黑人打仗靠的是白人吗,洋葱头? 不是。靠的是黑人自己。咱们要请出真正的斗士,去对抗地狱的魔鬼。那是黑人同胞自己的领袖人物。"(麦克布赖德,2017:237)然而,起义失败也正是因为没有计划中的大批黑奴赶来参与起义,占领了军火库武器却没有使用者,导致人数寥寥的起义队伍寡不敌众而溃败。

与其他小说欲说还休、点到为止的态度截然不同,麦克布莱德将布朗起义失败的大部分责任毫不含糊地归于黑人。首先,真实历史中,布朗曾请求黑人领袖道格拉斯参加起义,以他的号召力鼓动黑奴,但这一请求遭到了道格拉斯的拒绝。其他关于布朗起义的小说虽然也提到了这一事实,但并未将道格拉斯刻画成反面人物。《上帝鸟》则不同,小说中的道格拉斯被描绘成"国王",养尊处优,贪生怕死,不肯放弃自己优裕的生活,于是背信弃义。失去了道格拉斯的影响力,布朗"已经明白一切都完蛋了","为黑人而战的事业将要失败,而失败的原因恰恰是黑人本身,然而他还是义无反顾,因为相信我主上帝所说的话"(麦克布赖德,2017:327)。这里暂且不去分析布朗和道格拉斯在起义失败中分别应承担的责任,仅从字面上看,作为白人的布朗直接将失败原因归咎于黑人本身了。这种大胆直白的表述是不会出现在谨慎的白人作家笔下的。

在失去了道格拉斯的助力后，布朗写信给原本约定好前来相助的各位"后盾""黑人同胞"（麦克布赖德，2017：241），呼吁他们迅速赶来参与起义。这些黑人"后盾"中，有些是加拿大会议中在"反蓄奴战争宣言"（麦克布赖德，2017：240）上签过名、发过誓的人，但是正如明白事理的塔布曼警告的那样，"你的黑兄弟们宁可当帮凶也不愿意跟蓄奴制作对。你得下死命令"（麦克布赖德，2017：245）。会议后十分了解黑人的塔布曼补充说，"蓄奴制已经让很多人变得莫名其妙，把他们弄得奇形怪状"（麦克布赖德，2017：247）。她一再叮嘱"行动的时间得定得妥妥当当，一天都不能差"（麦克布赖德，2017：246）。但当时一开始连签字"都没有一个人乐意站起来，连举手的也没一个"（麦克布赖德，2017：240）。真正起义开始时，他们的态度就可想而知了。麦克布莱德借塔布曼之口告诉读者，大部分黑人被蓄奴制压制、规训与扭曲，已经到了"宁可当帮凶"的程度。他们缺乏对时事大局的认识，缺乏起义和牺牲的心理准备。

最后，布朗将希望寄托在小黑奴"洋葱头"身上，期望他帮助召集黑人，交给了他发动周边黑奴一起参加起义的任务。"洋葱头"撒谎加上忘记告诉暗号导致召集失败，成为起义失败的直接原因。作为起义的计划者，布朗一开始之所以会笃信黑人肯定会积极参与，并且由此制定了起义计划，是因为"洋葱头"说了黑人都愿意参加起义的谎话。一直计划逃走的"洋葱头"联系了不靠谱黑人联络人"列车员"，起义前"列车员"告诉了"洋葱头"接头暗号是"耶稣来了"（麦克布赖德，2017：335），但是一心逃跑的"洋葱头"出发前忘记将暗号告诉布朗。尽管"洋葱头"最终重新回去告知，但是布朗已经出发。因为起义队伍没有对上接头暗号，导致起义第一个死亡的就是这个黑人"列车员"。"列车员"已经在火车中集合好周边黑奴，"男女老幼""几十个黑人"（麦克布赖德，2017：351），很快全部逃散。而毫不知情的布朗却一直在等待增援的黑奴到来，最后错过了撤退良机，起义彻底失败。"洋葱头"的谎言、自私，"列车员"的借机勒索，都是作家麦克布莱德精心设置的情节，一方面体现了黑人在起义中的重要性，同时也大胆揭示了当时黑人犹豫摇摆的真实心态。

麦克布莱德敢于直面黑人性格中的阴暗面，刻画了丰富多元的黑人形象，显示了黑人作家的独特视角。叙述者"洋葱头"既是真实历史事件中虚构的参与者，又是文学重构历史事件的叙述者，这使黑人有了叙说历史的更多话语权。一直以来黑人总是处在被叙述的历史客体地位，小说家赋予黑人表达自己历史观的权利，由此将客体地位转换成了历史主体地位，从而对白人中心话语提出质疑和挑战，对历史的"真实与虚构"进行了重新阐释。

2. 反讽的喜剧历史

作家麦克布莱德以布朗起义的全过程为重点，从"洋葱头"的视角讲述了布朗起义前的日子与起义的经过。虽然这个载入史册的起义已经有了很多官方和民间版本，但是麦克布莱德的版本可以说是最富有喜剧色彩的，任何一位读者都难以忽略这种喜剧的韵味。2013 年美国国家图书奖颁奖词赞扬"詹姆斯·麦克布莱德的小说选取了美国历史上一个关键的、混乱的事件，并以马克·吐温式的滑稽和真实，重述了整个故事。《上帝鸟》桀骜不驯，却充满智慧；幽默风趣，却感人至深"（麦克布赖德，2017：封底）。《纽约时报》书评认为："麦克布莱德像当代的马克·吐温，极富技巧地拉开了他叙事的帷幕，使每一页都充满了纯粹的欢乐。"（McBride，2013：Head Page）《华盛顿邮报》书评评价说："詹姆斯·麦克布莱德的喧闹喜剧别出心裁，令人捧腹大笑……（他）让'洋葱头'——一个活泼如同电影形象的叙述者——带领我们穿过历史的黑暗长廊，并暗示'真相'可能与我们认为的历史不同。"（McBride，2013：Head Page）麦克布莱德版本的布朗起义之所以产生这种喜剧效果，是因为《上帝鸟》大量运用情景反讽和戏剧性反讽，让读者在欢笑中思考历史的另一种可能性，并对身份问题和历史问题进行探讨。

在情景反讽中，读者期待发生的事情同文本中的实际结果对立。作家经常利用小说叙述者"洋葱头"的选词、语法等手段来表达明显的反意。"洋葱头"生来为奴，没有文化，唯一受过的教育是跟着布朗的队伍时学会了写英文字母。再加上他年龄小，他的语言常常会给读者带来意想不到的喜剧效果。比如，"洋葱头"上一句说"我主上帝光芒普照，底下不管哪个——别管黑白男女——"，下一句接的是"都得上茅房，我实在是憋不住了"（麦克布赖德，2017：25）。将上帝的光芒与上茅房放在一起，前者神圣，后者污秽，前后差距如此之大，令读者猝不及防，大跌眼镜。读者也能感觉到一个黑奴对"上帝光芒普照之下黑白男女皆平等"的嘲讽。

在戏剧性反讽中，不可靠叙述者的叙述往往同作者的观点相左。"戏剧性反讽强烈的艺术效果主要来源于以下三种审美机制：不可靠叙述者/人物、审美距离的变化、读者的接受。"（段景文，1998：85）戏剧性反讽贯穿了《上帝鸟》的始终。

　　首先，《上帝鸟》的喜剧效果与不可靠叙述者"洋葱头"的设置紧密相关。小说采用特殊的第一人称叙事，大部分的内容实际由小"洋葱头"叙述，受其年龄和见识的限制、信息的不对称等，"洋葱头"的叙述内容产生了情景反讽的效果。由于叙述者"洋葱头"在小说中从头至尾年龄变化只有从 10 岁到 13 岁左右，是天真不可靠的叙述者类型，而且，作为黑奴的"洋葱头"没接受过任何教育，对事情真相很难有正确认知。"洋葱头"知道的信息比读者少，易于产生情境反讽的效果。比如，"洋葱头"将被布朗解救的经历理解成被绑架，于是"一心要回到荷兰佬儿的酒馆去"（麦克布赖德，2017：39），闹出不少笑话。"洋葱头"刚被布朗解救出时，内心是这样想的，"虽说遭了绑，可我真的饿得前胸贴后背了，说句公道话，在布朗老头儿手下头获得自由的几个小时，跟保持自由之身的最后几个小时的感觉一样——自由比当黑奴饿多了"（麦克布赖德，2017：21）。读者一般能够理解，对于黑奴来说，自由应当是最大的追求，然而，"洋葱头"觉得挨饿的自由不如当黑奴好，对于布朗的解救行为并不理解，这并非作者本意，也超出了读者的预期，因此造成了戏剧性反讽的效果。

　　其次，不可靠叙述者"洋葱头"也造成合适的审美距离。麦克布莱德没有通过叙述者来直接表达自己的观点，而是通过不可靠叙述者来再现历史。叙述者越不可靠，与作者的意图之间的距离越远，小说文本的阐释空间就越大。但是这种距离需要控制在合适的范围内，作者的意图既不能太暴露，也不能太隐蔽。合适的提示会让读者在阅读中逐渐认清楚叙述者的不可靠程度，继而通过线索揣摩作者的意图。这些线索必须小心翼翼地给出，达到引导读者去质疑和思考的效果。

　　最后，读者作为历史故事的倾听者以及信息的接受者，其本身的理解力是超越叙述者小"洋葱头"的。当文本的第二层意义，或者说是作家的真正意图，被聪明的读者捕获时，反讽的效果便产生了。读者依赖他们本身对文本或故事的预期，或者他们的历史、文化等知识储备，能够领悟到反讽的喜剧效果。当布朗的形象或故事发展的起承转合与读者的预期不一致时，作者试图传达的第二层意义才能被读者领悟,在察觉有违常识认知地方的同时,也领悟到了作家的本意。这种落差可以激发读者的阅读兴趣。文本意义与作者试图传达的第二层意义之间的落差,也是作家麦克布莱德为《上帝鸟》注入的神来之笔。

麦克布莱德认为自己的《上帝鸟》"是第一部用搞笑的手法来对待蓄奴制的作品"。他说他笔下描绘的布朗不像一个人物,更像一个"卡通形象"①。麦克布莱德塑造的是一个喜剧化的布朗。他通过反讽手法不断给出暗示线索,逐渐拉近读者与作者意图之间的距离,让读者通过各种线索去接受麦克布莱德重塑的布朗。

小说以历史事件为背景,而大多读者对这段历史有所了解,在阅读中难免带有先入为主的观点和预测。在布朗起义之前,他的确曾在堪萨斯州奥萨瓦托米杀害过几个蓄奴派白人,这段历史可以说是布朗残忍性格的证明,也一直是古往今来评价布朗人物形象的焦点问题之一。

小说的第一部分第四节"大屠杀"讲述的便是这段历史。然而,在《上帝鸟》中,布朗的这一举动被作家进行了艺术改编,事件的描述极富喜剧色彩。该节从布朗计划中的一次战役被拖延讲起:"老家伙计划中的奥萨沃托米之战被迫延后了,他做什么都免不了延后。"(麦克布赖德,2017:38)然后叙述者评价了布朗队伍,队伍中那些人"从来没打过仗,一次都没有,连老家伙本人也没打过仗。他们那些惊天动地的勾当,不过是偷鸡摸狗罢了"(麦克布赖德,2017:40)。队伍"逛悠了几天","从蓄奴分子手里偷些吃的"(麦克布赖德,2017:38),等到布朗真的宣布时候快到了,队伍中混吃混喝的人在布朗"话音未落"时,"便撒刀扔枪,托辞开溜"(麦克布赖德,2017:40)。队伍中最后剩下的8人准备夜里出发了,布朗又开始了冗长的祷告,直到"45分钟"(麦克布赖德,2017:41)后,儿子欧文·布朗出声阻止,才得以成行。出发已经是如此拖延,路上也并不顺利,因为"老家伙要去找荷兰佬儿寻事,可没人知道荷兰佬儿酒馆在什么地方"(麦克布赖德,2017:42),布朗本人则是在马车里睡着了,等他苏醒,恰好看到一个小屋,就喊"到地方了"(麦克布赖德,2017:43)。他们当然没有到达目的地——荷兰佬儿的家,而是到了另一个蓄奴派詹姆斯·道

---

① Monica Hesse, "Novelist James McBride on Bringing John Brown to Life." *Washington Post Regional Business News*, April, 2012.

尔的家,恰好这个蓄奴派也曾与布朗对峙过。布朗发现找错了地方,并不承认,先是一再问那个蓄奴派与荷兰佬儿是否沾亲,后来又多次确认这人是不是蓄奴派,并且也确认了道尔曾有在"什么地方糟蹋南方女人"(麦克布赖德,2017：49)的罪行,才命人将这人与他两个儿子拖出去叫弗雷德和欧文砍了脑袋。在"洋葱头"的叙述下,这场杀戮如同一场闹剧,与章节的小标题"大屠杀"不符。布朗在杀人前一再确认罪行,不想误杀。这样的布朗并不像一个穷凶极恶的杀人犯,而更像一个看似糊涂实则脑子清楚的正义使者。

布朗被"洋葱头"描述成一个"虔诚的"基督徒,然而不同于读者认知的是,这个"虔诚"是带调侃意味的。"洋葱头"经常调侃布朗"行云流水"(麦克布赖德,2017：233)的祷告过于频繁和冗长,"我得说,平均下来,老家伙每小时祈祷两次,还不算餐前那次和去茅厕的时候,就连蹲到树丛里排泄秽物,他也要嘟囔一两个金句"(麦克布赖德,2017：41)。遇到贪生怕死,要从他队伍里逃跑的黑奴,他可以抓住别人的手,"反过来调过去","几段《旧约》,然后是几段《新约》"说到对方"酣然入睡,老家伙却还在喋喋不休"(麦克布赖德,2017：80)。在布朗演讲筹款时,"有时候那帮扬基佬儿给他的絮叨弄得不胜其烦,懒得听他歌颂造物主,没等募款的篮子递到跟前就走了"(麦克布赖德,2017：233)。经过多次,"老家伙已经学乖了,这段感慨一带而过——只用一个半小时"(麦克布赖德,2017：233)。

《上帝鸟》中还有很多对布朗队伍偷东西的讽刺。一般人根据常识会认为,盗窃者怕别人发现,肯定是能躲就躲。但是"洋葱头"叙述中的布朗却不按常理出牌：

要是偷来的东西没用上,哎呀,老家伙就跑回到失窃的那倒霉蛋家里,给人家还回去,碰上个难说话的,老家伙只好把人家弄死,或者将他绑在柱子上,口口声声对人家声讨万恶的蓄奴制。上尉最爱对着拿获的蓄奴分子声讨万恶的蓄奴制,有几个家伙实在受不了,说："上尉啊,你还不如立马给我一拳头,我的耳朵一秒钟也不能忍受你的说教啦,你的唾沫星子都快淹死我了。简直要我的命啦。"有几个俘虏不约而同地拒绝配合,老家伙刚一开口,他们立即呼呼大睡起来,因为其中很多人早已酩酊大醉,好不容易清醒一点,却发现老家伙对着他们没完没了地讲道理,这简直比酷刑还难受,因为只要老家伙觉得有一个人听他说,就会无休无止地继续说下去。(麦克布赖德,2017:206)

《上帝鸟》的喜剧效果在以上细节中再次被放大。在这一段中,多次出现了前一句与后一句之间的预期差异。比如,第一个预期差异是布朗偷了蓄奴派的东西,但是如果没用上,他竟然还会还回去。第二个预期差异是,一般人会觉得此时是布朗理亏,如果要还回去就应该悄悄还,可是布朗不按常理出牌。如果物品主人不好说话,布朗"只好把人家弄死,或者将他绑在柱子上"。第三个预期差异是,被绑在柱子上的蓄奴派出于怕死的本能本应该要么求饶,要么乖乖听话,当然也可以激烈反抗,但是在这些细节中,蓄奴派最怕的竟然不是死,而是布朗的说教,因为他的说教太冗长,他们还可以在被捆的状态下睡着。这些一个紧接着一个的预期差异,令读者在对比自己熟悉的布朗形象和小说中的新形象之际,感受到了反讽的效果,忍俊不禁。

布朗的偷盗和"马拉松式的祈祷"①是小说中多次讽刺的地方。然而,小说中布朗身上这些夸张的特征,正来源于当年官方报纸对布朗进行污名化所使用的细节。作者通过将历史文本与小说文本的并置与互文,有意突出这些细节,将官方的污名全部用嘲讽手段放大,以此解构当年官方报纸和其他言论对布朗形象的污蔑。

反讽文本具有复杂性的特点,通过延宕、差异和语言的陌生化,在字词间建立起新的联系,打破语言的牢笼,赋予文本以新意。通过反讽修辞的手段,文本变得更具有模糊性和包容性,貌似肯定的文本或许意在否定,反之亦然。因此,读者在阅读布朗的反讽喜剧历史,思考作者的真实意图时,往往得出更具包容性和多元性的答案。比如,祈祷时长可以是令人崩溃的,大屠杀可以是因为迷路而换了对象的,布朗可以是具有喜剧色彩的,起义成功与否可以是由黑人来决定的。读者在阅读《上帝鸟》文本之前对布朗起义原有的观点和认知,与小说反讽文本产生的新意进行碰撞与融合,最终在笑声中获得新的理解和感悟。

---

① Monica Hesse, "Novelist James McBride on Bringing John Brown to Life." *Washington Post Regional Business News*, April, 2012.

　　布朗对于美国黑人而言应该是英雄。叙述者是黑奴男孩，而麦克布莱德也是有着黑人血统的美国作家。在这样的情况下，麦克布莱德对布朗的反讽处理，在某个层面和意义上，是一种对历史人物去神秘化的简单处理手段。但在文学审美层面和意义上，布朗的这些生活上、宗教上、性格上的不完美以及英雄气概的缺失，反使人物更加亲近读者。正如麦克布莱德说的，"我认为没有缺陷的英雄是不可信的。约翰·布朗在现实生活中显然也是有缺陷的。他做了一些可怕的事，但他做了一些我们谁也没勇气做的事。他的道德素质无疑令人钦佩"（Goldenberg，2013：145）。

　　麦克布莱德笔下的布朗既不是完美的英雄，也不是残忍的杀人犯，而是有些偏执和搞笑的虔诚基督徒和坚定的废奴主义者。这个布朗有自己的原则，爱用基督教教义来训诫别人，一旦开始训诫或祈祷就没完没了。他好似有一套自己的哲学，什么人该拯救，什么人该受罚，什么可以多说，什么不可以说，他心里明明白白的。他也会耍些小聪明和小手段，会固执得没有道理，会长久陷于祈祷而不觉，也会冒死在枪林弹雨中向手下说教。布朗不再是个被神化的高高在上的英雄，也不再是个被污名化的残忍杀手，而是一个敢作敢为但不完美的废奴派领导者。

　　尽管读者已经知道"洋葱头"是一个满嘴谎话的黑孩子，他的叙述混合了真实与夸张、虚假的成分。读者显然不会照单全收，但是通过这些生动的语言，读者能从中认识一个活灵活现的布朗：他思维异于常人，行为令人忍俊不禁。通过黑人话语叙事，布朗起义的历史，不再是官方记载的那样疯癫和血腥，而是被麦克布莱德用一种轻松愉悦的方式呈现出来。作家在小说中借着"洋葱头"的视角，呈现了布朗的另一种形象，既颠覆了官方文献为他做的画像，也拷问了蓄奴制的合法性。

　　麦克布莱德的故事没有局限于布朗起义这个事件，而是将幽默却犀利的笔触深入到了事件的根源，即美国种族主义和蓄奴制。《上帝鸟》是以蓄奴制背景下的严肃历史为创作素材的，麦克布莱德在写作中保持的幽默感，源自他对蓄奴制荒谬性的嘲讽。在麦克布莱德看来，"把一个人当成自己财产的想法，从头到尾是如此可笑，所以有很多地方可以拿来取乐。大多数人没有拥有过奴隶。我也取笑他们"（Goldenberg，2013：145）。的确，作家在小说中对黑人和白人都进行了嘲讽,其本意是用喜剧的方式来否定一种荒谬的社会制度。

3. 后种族社会与种族融合的期望

麦克布莱德的多部文学作品都聚焦于种族问题。在美国历史上,种族问题主要指的是黑人问题。麦克布莱德的处女作《水的颜色》根据他在贫穷的美国黑人大家庭中的成长经历写成。《圣安娜奇迹》(*Miracle at St. Anna*, 2002)再现了二战时意大利德占区的真实事件,讲述了四名美国黑人士兵拯救了一名意大利小男孩的故事,他们经历了当地村民对他们从猜忌到信任的跨越种族、阶级和国别的态度变化。麦克布莱德的第三部小说《未唱之曲》(*Song Yet Sung*, 2008)讲述了南北战争前一个逃跑女奴的真实故事。第四部小说《上帝鸟》是南北战争前布朗起义的文学重现。可以说,麦克布莱德擅长通过文学创作去关注和反思种族问题。

麦克布莱德对种族问题的探讨一直十分深刻,十分严肃,并因此获得美国时任总统奥巴马授予的 2015 年"全国人文勋章"。颁奖词称麦克布莱德"以人性化的方式探索了美国种族主义的复杂性。麦克布莱德书写了他自己独特的美国故事,他的小说向人们再现了我们的历史,讲述了感人至深的跟爱有关的故事,呈现了美国家庭的特点"①。麦克布莱德的人生经历与前期文学创作方向都使我们相信,《上帝鸟》绝对具有历史与种族问题的探讨深度。尽管麦克布莱德的小说多是基于真实发生的历史,但是经过了艺术加工成为有别于历史的文学文本,体现了作家的当代意识与历史观。作家选择布朗起义作为《上帝鸟》的故事框架,通过黑人视角的叙事表达了他对历史与当下社会的思考。

《上帝鸟》的历史背景是南北战争之前的美国,那个时代对麦克布莱德具有吸引力。他"一直觉得那个时代有一种浪漫的特质,非常适合用来讲故事"(Goldenberg,2013:145)。所谓的"浪漫"指的应该是,该历史时段对小说家而言是生成故事的理想背景。南北战争前美国各派政治力量间形成对峙,产生张力。为争夺西部地区"蓄奴州"或"自由州"的属性,为南方奴隶们的去留,为如何废除蓄奴制的问题,各派各方剑拔弩张,在堪萨斯战争中更是相互争斗甚至残杀。这段历史虽不像南北战争那样惨烈,却是动荡不定的多事之秋,存

---

① Anonymous. "At White House, a Golden Moment for America's Great Artists and Patrons." *NPR*, September 22, 2016.

在着决定未来走向的很多因素。

比如，我们都知道约翰·布朗是个极富争议的历史人物。他的形象，不管是历史记载的、民间歌颂的，还是刻意抹黑的，都与时代的各股风潮紧密关联。历史学家诺德曼认为，布朗在 1859 年 10 月份被捕时被认为是一个"社会弃儿、狂热分子、轻率做错事的人"，到了 1861 年夏他华丽转身，被认为是"联邦军的吉祥物"，那些准备战斗的士兵们一次次对他进行悼念，他的名字是"勇敢、牺牲和爱国的同义词"(Nudelman，2004：16)。

在废奴派和黑人眼中，布朗是个英雄般的存在，但对支持南方邦联、谋杀了林肯总统的布斯而言，他是"在西部边疆的杀人犯"，"被无私的法官和陪审团公正地判为叛国罪"(Booth，2004：253)，是个定了性的坏蛋；对审判他的弗吉尼亚州政府而言，他是"奥萨瓦托米、劳伦斯城和斯科特堡事件中的狂热分子"和"弗吉尼亚州的边境暴徒"(Wise，2004：258)。

在 100 多年的历史中，布朗的形象几经沉浮，在实施吉姆·克劳法①和南方的种族隔离政策时代，美国种族主义趋势抬头，布朗又成为"恶棍"，似乎以叛国罪被绞死是他应得的下场。随着法律规定禁止种族隔离，在"政治正确"的大环境下，布朗的名声又有逐渐变好的趋势，尤其是千禧年后，多位历史学家②对布朗的历史书写，也更倾向于表现他的英雄气概。布朗研究专家德卡罗认为，"经过了一个世纪，流行刊物、杂志、学术评价对约翰·布朗歪曲的报道，新一代的学者至少开始关注他的历史重要性和文化意义"(DeCaro，2015：XV)。另一位历史专家伊凡·卡尔顿(Evan Carlton)的布朗传记《爱国的叛国：约翰·布朗和美国之魂》(*Patriotic Treason: John Brown and the Soul of America*，2006)也将布朗的叛国罪重新定性。

---

① 吉姆·克劳法：指 1876 年开始美国南部各州对非裔美国人等有色人种实行种族隔离制度的法律，泛指此后直到 1965 年间一系列歧视性加强种族隔离的法律。

② 参见雷诺兹(David S. Reynolds)的《废奴主义者约翰·布朗：一个终结蓄奴制，引起内战，播种民权的人》(*John Brown, Abolitionist: The Man Who Killed Slavery, Sparked the Civil War, and Seeded Civil Right*，2005)；小德卡罗(Louis A. DeCaro, Jr.)的《约翰·布朗的发声：查尔斯城书信与陈述》(*John Brown Speaks: Letters and Statements from Charlestown*，2015)和《自由破晓时的约翰·布朗：约翰·布朗在弗吉尼亚州最后的日子》(*John Brown in Freedom's Dawn: The Last Days of John Brown in Virginia*，2015)；迪恩(Michael Daigh)的《回忆与神话中的约翰·布朗》(*John Brown in Memory and Myth*，2015)；托马斯(Fleming Thomas)的《约翰·布朗审判》(*The Trial of John Brown*，2015)。

　　但是,对布朗形象的英雄化是否意味着美国种族主义的消亡? 是否意味着种族融合已成为现实? 布朗形象的多变性和不确定性,让《上帝鸟》中的历史具有了全新的视角而不显得突兀和叛逆。正是这一全新的视角映射了美国当代社会中官方对种族歧视的模糊说辞,也揭示了所谓的"后种族主义时代"下种族歧视的实质。麦克布莱德在《上帝鸟》中呼吁真正的种族融合和平等。

　　如同麦克布莱德自己所言,"每次我看到关于蛮荒西部的一些东西时,我都会提醒自己,我们所理解的那个历史版本或许不是真实发生过的。我想用一种全新的视角来打破那些现代神话"(Goldenberg,2013:145)。记载的历史或许并不是"真实发生过的",历史的确定性是值得质疑的,而黑人叙述视角和反讽的喜剧叙事,是麦克布莱德借以打破现代神话的工具。麦克布莱德所说的"现代神话"中的"现代"指的是他创作《上帝鸟》的时代。

　　有不少人提出,美国已经进入了"后种族时代"(post-racial era)[①]。麦克布莱德在创作《上帝鸟》以及该书出版期间,美国最为重要的里程碑事件是2008年选举出了第一届黑人总统奥巴马。而后,奥巴马在2012年总统竞选中胜出并连任。在一些人心中,美国从"1825年拥有的奴隶数目居西半球各国之冠,占整个西半球奴隶总数的1/3以上"(索维尔,2012:195),到南北战争解放了黑奴,再到民权运动提高了黑人的社会地位,最后美国第一届黑人总统当选,这一历史进程令所有关注美国种族问题的人激动不已,引出了无限的遐想。

　　然而,美国政治学家认为,第一届黑人总统奥巴马在竞选中为了获取广泛的选民支持,使用了"去种族化"(deracialization)[②]的种族政治策略。美国的种族主义问题,并未因蓄奴制的废除而解决,也未因奥巴马的当选而解决。甚至,奥巴马的当选反而激化了美国的矛盾,一些原本在种族问题上温和的保守派走向了奥巴马的敌对阵营。

　　麦克布莱德在《上帝鸟》中对宣扬后种族主义的担忧并非空穴来风。就在

---

　　①　Matt Bai, "Is Obama the End of Black Politics?"*The New York Times*, August 6, 2008.
　　②　去种族化:指"用一种特别的风格参与一场政治竞选活动,即通过刻意避免明确触及具体的种族问题来淡化种族对立,强调那些被认为是超越种族问题的竞选议题,从而动员起一个广泛的选民群体,以达到夺取政治职位或保留其现有职位的目的"(McCormick & Jones, 1993:76)。

《上帝鸟》出版当年，即 2013 年，最引人注目的是乔治·齐默尔曼（George Zimmerman）审判，相信麦克布莱德对此也有所关注。2012 年 2 月，一名白人社区观察志愿者齐默尔曼跟踪并射杀了 17 岁的特拉文森·马丁（Trayvon Martin），一个手无寸铁随父亲访客的黑人少年，只因齐默尔曼怀疑该黑人少年是一个入侵者。由于当地警方的调查失败，马丁死亡的情况被忽视了几个月，直到案件通过社会媒体、互联网和主流媒体传播，才成为举国皆知的大事。2013 年，齐默尔曼被判无罪，而黑人少年却突然因其社交信息帖子和在学校被指控的行为被抹黑为不良少年，这似乎想证明齐默尔曼的致命反应是正当的①。自此以后，"黑人生命同样珍贵"（Black Lives Matter）的口号成为黑人的流行语。在 CNN 记者于 2016 年 3 月拍摄的场景中，几名黑人抗议者以"黑人生命同样珍贵"的口号打断了一场总统竞选集会，被强行驱走，愤怒的白人围观者以"所有生命都珍贵"（All Lives Matter）的叫喊声将他们淹没。可见种族议题在当代美国仍然是与政治关联的重要议题②。

　　在 2013 年出版的《上帝鸟》中，麦克布莱德想探讨的未解决的种族问题，在奥巴马任期结束时依然没有解决，遐想最终成为空想，因为奥巴马在 2017 年离任演讲中承认："在我当选总统后，一些人认为美国已经进入了后种族时代。尽管这种想象是出于善意的，却是不现实的。因为种族问题至今仍然是一个可以造成社会分裂的重大问题。"③

　　在特朗普当选总统后，未解决的种族问题持续发酵并扩大，美国社会白人至上主义④抬头，媒体甚至将特朗普与白人至上主义者联系起来。之前奥巴马领导时代有些人以为已经解决的种族问题，再次在政治舞台上从暗处走到聚光灯下，令所有人都无法忽视。

---

　　①　Eugene Kane, "In 2013, Verdict in Trayvon Martin Case Stands Out." *Journal Sentinel*, December 27, 2013.

　　②　Jeremy Diamond, "More Than 2 Dozen Black Lives Matter Protesters Disrupt Trump Rally." *CNN*, March 4, 2016.

　　③　Barack Obama, "President Obama Delivered His Farewell Speech Tuesday in Chicago." *Los Angeles Times*, January 10, 2017.

　　④　"白人至上主义"并非只是用来描述那些已经自我意识到是种族主义者的白人们。在政治、经济和文化体系中，白人占有绝对的控制权和物质资源；白人可以优先，可以得到特权的意识与潜意识十分普遍；在各种机构与社会环境中，白人控制、非白人服从的关系在日常生活中也一再出现。以上这些都属于白人至上主义的体现。

　　《上帝鸟》中的约翰·布朗在黑人的反讽叙事中,体现了部分美国白人至上主义的行为模式,作者借由一名黑人儿童的视角,通过戏谑历史人物布朗和其他废奴主义者的喜剧叙事,将矛头指向美国白人至上主义者的自以为是,批判美国白人以自己的价值标准去衡量其他种族的做法。比如,在小说中,叙述者"洋葱头"是一个黑人男孩,一直被布朗误认成女孩,却不敢申辩;布朗自以为解救了这个"洋葱头",但布朗的行为间接导致了"洋葱头"父亲的死亡。"洋葱头"以为自己被绑架,一直想着逃离布朗。作者让叙述者发出了这样的声音:"没人问过黑人他们是怎么想的,也没人在乎印第安人。"(麦克布赖德,2017:39)布朗自以为是,解救了他眼中受苦受难的黑奴,却没问过黑奴自己的意愿。当布朗信心满满地认为周围黑奴会跟随他起义却无人响应的时候,布朗,作为一名废奴主义者,也同时表现出了白人至上主义的行为方式。这些细节设计凸显了历史与历史文本的差异,讨论了历史的可能性与复杂性,探究了历史评价的话语权,透露了作者的当代历史观。

　　在作家的文学书写中,约翰·布朗起义是解放黑奴的正义行为,但是这种所谓的"正义",也难逃白人至上主义的影响。小说中黑人叙述者的戏谑和嘲讽,包括布朗说的各种谎言,都体现了黑人对白人的反抗。《上帝鸟》充分利用讽刺与幽默的叙事力量,通过虚构想象揭露美国根深蒂固的种族偏见,拆穿了历史记忆中权力平等的幻象,建构性地批判了历史记忆。

　　无论在任何时代,历史书写都深深地嵌置于作家所处的社会政治背景中。麦克布莱德以古喻今,暗示"后种族时代"常常是遮蔽的门面,在其掩护下可以对"种族问题"避而不谈,代之以多元文化差异的政界辞令。而这种"绕行"实则是白人至上主义的另一条途径,是阻挠实现种族真正平等的障碍,是主流价值观与文化对"他者"价值观与文化的收编,是美国社会"新种族主义"实质中种族"色盲"的体现。

　　在《上帝鸟》中,白人对黑人的印象也是一开始就设定好的,不会轻易改变。布朗虽然认为黑人与白人是平等的,但是在行动上却不经意体现出他居高临下的轻忽。对于"洋葱头"的性别问题,布朗一开始将他误认成女孩,当"洋葱头"的父亲三次试图纠正布朗,布朗却多次打断插话,"厉声把爹那后半截话堵了回去,他手里还握着那枪站在屋子中央"。麦克布莱德借"洋葱头"之口无奈又嘲讽地评价布朗："那老家伙的脑袋瓜子只是这么一根筋，说什么就是什么。他才懒得管到底当不当真呢。就算当不得真，他也给它硬生生拗成真。他真算得上是白人中的一条男子汉。"（麦克布赖德，2017：15）在这里，布朗对这个黑人小孩的性别问题的判断是武断的，对黑人父亲的解释是喝止的，手中握着枪的布朗代表了白人的强权与专断。"洋葱头"认为布朗"不该掳了我，不该让我爹枉死"（麦克布赖德，2017：18），但他敢怒而不敢言。

强行掳走"洋葱头"的布朗并不知道，也不关心"洋葱头"是否愿意被解救，是否愿意讲真话。甚至"洋葱头"这个名字也是布朗自行决定的，就因为"洋葱头"在害怕和不明所以的情况下吃下了布朗递给他的幸运符，一个"干巴巴、灰扑扑"的洋葱。黑男孩"当然不想吃……那东西臭得跟什么似的"（麦克布赖德，2017：18），但洋葱还是被吃掉了，不是因为感激，而是因为害怕，因为不敢反抗。麦克布莱德借"洋葱头"的内心独白表达了美国历史上的战争的实质，白人间的战争打着"解救黑奴"的名号，实质上是白人之间对土地和金钱的争夺：

白人打仗也不仗义，从东部弄了些免费的枪炮物资，却用来对付西部这些可怜的老乡。根本没人问问黑人的想法，还有印第安人，随便他们怎么想都没人搭理，可吵来吵去的却都是为了他们。现在想起来，说到底整个儿都是为了土地和金钱，对于这两样东西，那些口水乱喷的家伙真是没个够儿。（麦克布赖德，2017：39）

相比其他三位书写布朗起义历史的白人作家，麦克布莱德版本的历史，让黑人话语在布朗起义的当代历史书写中占有一席之地，以揭露后种族时代种族平等的假象，批判白人至上主义者的不自知，在解构"新种族主义"霸权体系的同时，试图推进实现真正的种族平等与种族和解。

麦克布莱德在小说的最后，设计了两个主人公——"洋葱头"和布朗的最后一次会面。此时，布朗已被捕，关在狱中。"洋葱头"换成了男装，以真面目出现在布朗面前，承认自己是男孩，承认自己撒过的谎，也承认自己在起义中忘记告诉布朗那句关键的"耶稣来了"的暗号。而布朗直接接受了"洋葱头"的歉意,没有任何怪罪的言辞。最后的结局设计,一方面是主人公"洋葱头"的成长和顿悟,更多的还是作者自己表达的愿望,他希望种族之间能平等对话,最终在各种误解和困惑中达到真正的和解与融合。

《上帝鸟》中,"上帝鸟"或其羽毛出现多达 25 次,小说更是直接以"上帝鸟"作为书名,说明这是小说作品的一个重要意象。这一意象贯穿始终,小说第一部分第 2 节"上帝鸟"、第 8 节"噩兆"和第 9 节"上帝的启示",其标题都直接指涉上帝鸟。全书更是以上帝鸟在教堂上空寻找一棵枯树作为小说结尾。上帝鸟作为一个读者绝对不会忽略的重要意象,值得进行细致的研究和分析。

上帝鸟是一种啄木鸟,"因为羽毛漂亮,人们一见就会说:'上帝啊'"(麦克布赖德,2017:27),因此得名。它的羽毛呈亮丽的黑、白两色,曾经广泛分布,现已属于濒危物种。布朗及其子女十分看重上帝鸟,认为上帝鸟及羽毛具有特殊含义,因而极为珍贵。小说中,上帝鸟羽毛被布朗及其子女描述成"稀罕宝贝"(麦克布赖德,2017:20)、"宝物"(麦克布赖德,2017:20)、"幸运符"(麦克布赖德,2017:20)、"上帝的启示"(麦克布赖德,2017:102,108)、"好兆头"(麦克布赖德,2017:341)、"上帝"(麦克布赖德,2017:98)等。

在小说结尾,布朗入狱后,"洋葱头"前去探望,布朗最后掏出一根上帝鸟羽毛,送给了"洋葱头"作纪念。布朗说:

> 上帝鸟不是成群结队飞在天上的。自己飞自己的。你知道为什么吗?它在寻找。寻找那棵最合适的树木。一看见那棵树,那棵从森林的泥土里吸足了养分和好东西,然后死去了的树,它就去缠着它,直到那东西再也扛不住,轰隆一声倒下,化为泥土,又养活了别的树。这样它们就都有好东西吃了。把它们养得肥肥的。给它们生命。就这样生生世世,循环往复。(麦克布赖德,2017:407-408)

上帝鸟在布朗脖子套进绞索和"洋葱头"撤出查理斯镇时再次出现。"洋葱头"经过一座黑人教堂,听到里面的黑人在高声歌唱《吹响你的号角》,与此同时,教堂上空，很高很高的地方，有一只奇特的、黑白相间的上帝鸟正在寻找一棵树，它要在上面筑巢。我估摸着，它要找的是一棵枯树，这样一来，当它停在树上做完自己的活儿，那棵树就有可能轰然倒塌，滋养其他树木。（麦克布赖德，2017：409）

在这里，枯树象征了蓄奴制，上帝鸟则代表了布朗这一群愿意为解放黑奴而献身的人。他们按照上帝的启示，不仅带来了自由的希望，还身体力行成为黑奴的救赎者，成为蓄奴制的对手。如同鸟儿的羽毛颜色一样，这些废奴者们既有黑人，也有白人，黑白相间，并肩作战，不惜在鲜血中搏杀出希望。布朗起义虽然因没有大批黑人参加而失败，但黑白两族携手战斗是布朗的期望。这个期望在他就义后不久就实现了。美国南北战争中黑人也站了出来，和白人一起为打倒蓄奴派、实现黑奴解放而浴血奋战。小说中布朗的期望，也是作家真实意图的表达。

麦克布莱德通过黑人话语表达的反讽喜剧叙事，挑战了黑白种族的二元对立模式，通过讽刺和自我讽刺，黑白种族之间的对立变得模糊，逐渐消解，最终在小说中达到了和解与和谐状态。这是麦克布莱德不同于其他三位以布朗起义为历史背景进行创作的作家的历史态度，这种态度基于他本人的种族独特性。在其他三部小说中，读者未曾见到如此大胆犀利的对黑、白两个种族同等的反讽，也未曾品味到如《上帝鸟》这样的文本喜剧效果。抛开文本的可读性不说，这样的喜剧叙事更容易让读者在嬉笑中去质疑自己原来对历史的认知，从而动摇宏大叙事的可靠性，实现作家隐秘的政治意图。尽管《上帝鸟》并未否定布朗为废除蓄奴制而做出的牺牲，但在诸多细节的设计上，作家暗指作为白人废奴主义者的布朗，事实上无法真正与黑人平等沟通和对话，这导致了起义的最终失败。麦克布莱德打破了"现代神话"，揭露了"后种族时代"幕帘后的谎言，巧妙借用"上帝鸟"的意象表达了对实现真正种族融合和平等的美好期许。

引述文献：

Andrews, E. Benjamin. *History of the United States*, 4, September 19,

2007. ⟨http://www. gutenberg. org⟩ (Accessed July 20, 2017)

Anonymous. "At White House, a Golden Moment for America's Great Artists and Patrons." *NPR*, September 22, 2016.

Bai, Matt. "Is Obama the End of Black Politics?" *The New York Times*, August 6, 2008.

Banks, Russel. *Cloudsplitter*. New York: Harper Collins, 1998.

Banks, Russel. "John Brown's Body: James Baldwin and Frank Shatz in Conversation." *Transition*, 9/1 (2000): 250 – 256.

Bisson, Terry. *Fire on the Mountain*. New York: Arbor House, 1988.

Booth, John Wilkes. "John Wilkes Booth, Letter to the National Intelligencer, April 14, 1865." Zoe Trodd & John Stauffer Eds. *Meteor of War: The John Brown Story*. Chester, PA: Brandywine Press, 2004: 251 – 255.

Boyer, Richard O. *The Legend of John Brown: A Biography and a History*. New York: Alfred A. Knopf, 1973.

Carlton, Evan. *Patriotic Treason: John Brown and the Soul of America*. New York, NY: Free Press, 2006.

Chowder, Ken. "The Father of American Terrorism." *American Heritage*, 51/1 (February, 2000): 68.

Connor, K. R. "More Heat than Light: The Legacy of John Brown as Portrayed in *Cloudsplitter*." Andrew Taylor & Eldrid Herrington Eds. *The After Life of John Brown*. New York: Palgrave Macmillan, 2005: 203 – 224.

Daigh, Michael. *John Brown in Memory and Myth*. Jefferson: McFarland & Co. , Inc. , Publishers, 2015.

DeCaro, Louis A. , Jr. *John Brown Speaks: Letters and Statements from Charlestown*. Lanham, MD: Rowman & Littlefield, 2015.

Diamond, Jeremy. "More than 2 Dozen Black Lives Matter Protesters Disrupt Trump Rally." *CNN*, March 4, 2016.

Drew, Thomas. *The John Brown Invasion: An Authentic History of the Harper's Ferry Tragedy*. Boston: James Campbell, 1860.

Du Bois, W. E. B. *John Brown*. New York: International Publishers, 1962.

Faggen, Robert. "Russell Banks: The Art of Fiction CLII." *The Paris Review*, 40 (1998): 50 - 88.

Franklin, John Hope & Alfred A. Moss, Jr. *From Slavery to Freedom: A History of African American*. New York: McGraw-Hill, Inc. , 1994.

Goldenberg, Judi. "Flawed Heroes." *Publishers Weekly*, 260/28 (July, 2013): 145.

Hellekson, Karen. *The Alternate History: Refiguring Historical Time*. Kent, OH: Kent State University Press, 2001.

Herrington, Eldrid. "Introduction: The Anguish None Can Draw." Andrew Taylor & Eldrid Herrington Eds. *The After Life of John Brown*. New York: Palgrave Macmillan, 2005: 1 - 11.

Hesse, Monica. "Novelist James McBride on Bringing John Brown to Life." *Washington Post Regional Business News*, April, 2012.

Hoffert, Barbara. "Book Reviews: Fiction." *Library Journal*, 120 (1995): 122 - 123.

Houston, Robert. "Raising Holy Hell (Book Review)." *New York Times Book Review*, 28 (October, 1995): 21.

Hutcheon, Linda. *A Poetics of Postmodernism: History, Theory, Fiction*. New York and London: Routledge, 1998.

Indahyani, Didin E. , et al. "Why Do We Ask 'What If?' Reflections on the Function of Alternate History." *History & Theory*, 41/4 (2002): 90 - 100.

Jacobs, Ron. "Politics and Science Fiction." *Dissident Voice*, November 27, 2009.

Kane, Eugene. "In 2013, Verdict in Trayvon Martin Case Stands Out."

Journal Sentinel, December 27, 2013.

Loewen, James W. *Lies My Teacher Told Me: Everything Your American History Textbook Got Wrong (Revised and Updated Edn.)*. New York: The New Press, 2008.

McBride, James. *The Good Lord Bird*. New York: Riverhead Books, 2013.

McCormick, Joseph & Charles Jones. "The Conceptualization of Deracialization." Georgia Persons Ed. *Dilemmas of Black Politics*. New York: HarperCollins, 1993.

McGinty, Brian. *John Brown's Trial*. Cambridge: Harvard University Press, 2009.

Nudelman, Franny. *John Brown's Body: Slavery, Violence and the Culture of War*. Chapel Hill and London: University of North Carolina Press, 2004.

Oates, Stephen. *To Purge This Land with Blood* (2nd Edn.). Amherst: University of Massachusetts Press, 1984.

Obama, Barack. "President Obama Delivered His Farewell Speech Tuesday in Chicago." *Los Angeles Times*, January 10, 2017.

Olds, Bruce. *Raising Holy Hell*. New York: Henry Holt & Co., 1995.

Olds, Bruce. "An Interview with Bruce Olds." March 24, 2014. ⟨http://makemag.com/an-interview-with-bruce-olds_new/⟩ (Accessed January 9, 2017)

Phillips, Wendell. *The John Brown Invasion: An Authentic History of the Harper's Ferry Tragedy*. Boston: James Campbell, 1860.

Quarles, Benjamin. *Blacks on John Brown*. Chicago: University of Illinois Press, 1972.

Reynolds, David S. *John Brown, Abolitionist: The Man Who Killed Slavery, Sparked the Civil War, and Seeded Civil Right*. New York: Vintage Books, Reynolds, 2005.

Scott, John Anthony. *John Brown of Harper's Ferry*. New York: Facts on File Publications, 1988.

Selby, Gary S. & Milligan College. "All Lives Matter?: Frederick Douglass's 'John Brown' Address and the Challenge of Hidden Racism." *Rhetoric Review*, 37/1 (2018): 1 - 76.

Trodd, Zoe & John Stauffer. *Meteor of War: The John Brown Story*. Chester, PA: Brandywine Press, 2004.

Villard, Oswarld Garrison. *John Brown 1800 - 1589: A Biography Fifty Years After*. Boston: Houghton Mifflin Company, 1910.

Virginia Circuit Court (Jefferson Co.), In the Clerk's Office of the United States District Court. *The Life, Trial, and Execution of Captain John Brown: Known as "Old Brown of Ossawatomie" with a Full Account of the Attempted Insurrection at Harper's Ferry: Compiled from Official and Authentic Sources, Including Cooke's Confession, and All the Incid*. Virginia, 1859.

Wegner, Phillip E. "The Last Bomb: Historicizing History in Terry Bisson's *Fire on the Mountain* and Gibson and Sterling's *The Difference Engine*." *The Comparatist*, 23/1 (1999): 141 - 151.

Weld, Theodore Dwight. *American Slavery as It Is: Testimony of a Thousand Witnesses*. New York: American Anti-Slavery Society, 1839.

Wessling, Elisabeth. *Writing History as a Prophet: Postmodernist Innovations of the Historical Novel*. Amsterdam and Philadelphia: John Benjamins Publishing Company, 1991.

Wise, Henry. "Governor Henry Wise, Speech in Virginia, October 21, 1859." Zoe Trodd & John Stauffer Eds. *Meteor of War: The John Brown Story*. Chester, PA: Brandywine Press, 2004: 257 - 258.

Wylie, J. J. "Reinventing Realism: An Interview with Russell Banks." *Michigan Quarterly Review*, 4 (2000): 736 - 753.

阿伦特,汉娜:《过去与未来之间》,王寅丽、张立立译,南京:译林出版社,

2011 年 a。

阿伦特,汉娜:《论革命》,陈周旺译,南京:译林出版社,2011 年 b。

阿伦特,汉娜:《关于暴力的思考》,载王晓娜译,《暴力与文明》,北京:新世界出版社,2013 年:第 1 - 30 页。

巴拉达特,利昂:《意识形态起源和影响》,张慧芝、张露璐译,北京:世界图书出版公司,2012 年。

布洛赫,马克:《为历史学辩护》,张和声、程郁译,北京:中国人民大学出版社,2006 年。

杜波伊斯,威廉:《约翰·布朗》,北京微电机厂工人理论组节编,北京:人民出版社,1976 年。

段景文:《试论戏剧性反讽的审美机制》,《西南师范大学学报(哲学社会科学版)》,1998 年第 3 期:第 88 - 92 页。

福柯,米歇尔:《疯癫与文明》,刘北成等译,北京:三联书店,1999 年 a。

福柯,米歇尔:《规训与惩罚》,刘北成等译,北京:三联书店,1999 年 b。

哈钦,琳达:《后现代主义诗学:历史·理论·小说》,李洋、李峰译,南京:南京大学出版社,2009 年。

哈钦,琳达:《反讽之锋芒:反讽的理论与政见》,徐晓雯译,开封:河南大学出版社,2010 年。

黄启芳:《约翰·布朗》,《世界历史》,1982 年第 3 期:第 86 - 87 页。

李锋:《从未来考古学看詹姆逊的乌托邦思想》,《当代外国文学》,2013 年第 1 期:第 142 - 148 页。

麦克布赖德,詹姆斯:《上帝鸟》,郭雯译,上海:文汇出版社,2017 年。

索维尔,托马斯:《美国种族简史》,沈宗美译,北京:中信出版社,2012 年。

王恩铭:《美国黑人领袖及其政治思想研究》,上海:上海外语教育出版社,2006 年。

王晶:《詹姆逊的乌托邦理论探析》,沈阳:辽宁大学出版社,2012 年。

谢江平:《反乌托邦思想的哲学研究》,北京:中国社会科学出版社,2007 年。

杨玉圣:《关于约翰·布朗起义的两个问题》,《山东师大学报(哲学社会科学版)》,1985 年第 3 期:第 34 - 36 页。

虞建华：《再议作家的族裔身份问题：本质主义与自由选择》，《文艺理论研究》，2016 年第 6 期：第 193－201 页。

詹姆逊，费雷德里克：《未来考古学——乌托邦欲望与其他科幻小说》，吴静译，南京：译林出版社，2014 年。

第六章

法外暴力：监禁与虐囚

—— 安德森维尔虐囚事件与坎特的《安德森维尔》

历史事件之六：安德森维尔虐囚事件

小说之九：麦金利·坎特《安德森维尔》

一、安德森维尔审判：事件的描述

1863年秋，葛底斯堡战役后，随着南北战争冲突愈发激烈，北方联邦军深入南部各州，北方被俘虏士兵数量激增。里士满监狱人满为患，食物供给几近耗竭。当时规模较大、建设完善的监狱很少，而且大部分监狱都是由旧堡垒、仓库等改建而成，关押战俘的空间严重不足，收纳北方战俘的压力激增。起初，南方邦联政府想在北卡罗来纳州丹维尔(Danville)铁路沿线寻找一个"木材价格低廉，供给充足，北方军突袭劫狱可能性小的理想地"(United States War Department，2013：438 – 439)，但租赁和购买土地的计划全都失败了，强行征用的举措遇到了当地居民的激烈抵制。

鉴于此，邦联政府派出西尼·温尔德(Sydney Winder)和博尔思·查维克(Boyce Charwick)两名上尉在1863年11月前往佐治亚州勘察选址。在佐治亚州的中部，距离南方重镇梅肯(Macon)百余英里处的桑特郡(Sumter County)附近，他们发现了一个理想的建造地。此处远离北方军火力中心，邻近佐治亚州西南铁路线，5英里处有河(Flint River)流经此地，保证了充足的饮用水。近处的大片松树林，可以提供搭建房屋的木材和取暖的燃料。附近居民只有20人，在此建造战俘监狱不会受到巨大的阻力。两位上尉以每月30美金的价格从土地所有者维斯里·特纳(Wesley Turner)手里租下了这片在邮政系统上被标注为"安德森维尔"的土地(Spencer，1866：19)。

安德森维尔监狱(官方名称为"桑特营")于1863年12月开始修建，次年4月完工，最初的面积是16.5英亩。安德森维尔监狱其实是一个长方形的空旷地，周围是15英尺(约5米)高的木质栅栏，有南北两个入口。监狱外围每隔40米有一座被称为"鸽子棚"的哨兵亭(Bearss，1970：24)。安德森维尔监狱最初设计的容纳能力是6,000人，因后期战俘数量不断增加，1864年6月扩建后，面积增加到26.5英亩。然而即便在扩建后，监狱最多也只能容纳万名左右战俘。

第一批来自里士满利比监狱的 600 名战俘在 1864 年 2 月初到达安德森维尔,短短几个月后,战俘数量激增到 45,000 人,达到监狱正常容纳量的 4 倍多。监狱设施简陋,人满为患,食物供给严重不足,药品奇缺。幸存者罗伯特·H. 克罗格(Robert H. Kellogg)描写道:"站在我们面前的不是曾经充满活力的人类,而是全身污秽不堪的行走的骷髅。"(Kellogg,1865:18)监狱里没有遮风挡雨的地方,战俘们只能用自己带来的衣物和树枝搭起三角形的"窝棚"(文中称之为"shebang"),对抗美国南部佐治亚州的炎炎烈日或倾盆大雨。在安德森维尔战俘营存在的 14 个月里,有将近 13,000 名战俘死亡(Wagner,Gallagher & Finkelman,2002:8),绝大部分战俘死于坏血病、饥饿、腹泻、暴晒或痢疾。

安德森维尔审判,实际上指的是对监狱主管之一——亨利·威尔兹(Henry Wirz,1823 - 1865)上尉的审判。威尔兹上尉出生于瑞士的苏黎世,少年时期曾想致力于医学,但因无力支付学费不得不弃学。26 岁的威尔兹来到美国后,曾经做过医生助手。入伍之前,他曾在一家种植园做医生。威尔兹在路易斯安那州麦迪逊第四步兵营入伍,在 1862 年的七棵松战役中右臂受伤。臂伤久治不愈,成为折磨威尔兹一生的病痛。1864 年 3 月末,亨利·威尔兹上尉奉约翰·亨利·温尔德将军(John Henry Winder)命令,到安德森维尔报到,成为这所战俘营的主管之一,负责战俘的日常管理。威尔兹上尉对监狱实行了严格的管理规定,并将所有在押战俘编为每 270 人一组(detachment),由中士负责每天点名并记录缺席情况,伤员和病号统一送往监狱医院。每大组又分成 90 人一小组进行食物发放。威尔兹还制定了监狱出入、探视和逃跑行为的规定及处罚办法。

虽然威尔兹上尉尝试改进战俘营的管理,但由于战俘人数增长过快,且随着南方战局节节败退,监狱的食物和医疗供给严重不足。进入 7 月后,南方佐治亚州的酷暑和闷热使战俘营的卫生状况进一步恶化。根据当时监狱的记录,1864 年 7、8、9 三个月,安德森维尔战俘营死亡人数分别为 1,731 人、2,994 人、2,677 人(Bryant,1910)。1865 年 4 月,阿波马托克斯投降后,根据投降协议,所有的南方官兵都可以回归正常生活。然而,亨利·威尔兹上尉却成为例外。安德森维尔监狱里的战俘们回到了北方，大量幸存者在战俘营里的求生经历得以公开发表，北方的各大报纸争相刊登战俘们的日记和照片。瘦骨嶙峋、形如骷髅的幸存者的照片和文字激起北方人的强烈愤怒，人们要求严惩造成北方士兵重大伤亡的肇事者。鉴于各种因素，1865 年 5 月，亨利·威尔兹上尉被捕并被送往华盛顿的监狱。北方政府成立了临时军事法庭，负责对亨利·威尔兹上尉进行审判。

军事法庭审判团共 9 人，由律师出身的北方联邦军将领路易斯·华莱士（Lewis Wallace）主持，其余人员均为北方政府高级军方官员，审判由诺顿·P. 查普曼上校（Norton P. Chipman）担任公诉人。审判过程总计传唤了130 余名证人，大部分为安德森维尔的幸存战俘，还有一些战俘营的其他人员、安德森维尔附近的居民等。华盛顿的德裔美国律师路易斯·谢德（Louis Shchade）担任威尔兹的辩护律师。

在长达两个半月的审判中，军事法庭对亨利·威尔兹上尉进行了多项罪名的指控：蓄意共谋摧残"美国士兵"（审判卷宗刻意回避使用"北方"军队的名称）的健康；伤害士兵的性命；谋杀罪；违反战争惯例触犯法律。8 月 24 日，法庭要求传唤被告威尔兹认罪，被告律师谢德申请给予被告延迟一周宣判，该申请被法庭驳回（United States Congress，1865：10）。在对各项指控取证审判的过程中，起诉方具有明显的假设倾向，试图证明威尔兹上尉与南方邦联高层之间共谋，以虐囚的方式削弱北方士兵的战斗力，但此项指控终因证据不足而无法成立。被捕六个月后，军事法庭最终以战争罪判处亨利·威尔兹绞刑。

行刑当日，万众瞩目。1865 年 11 月 10 日，绞刑架搭建在华盛顿旧国会大厦监狱后方的空地上，联邦政府甚至来不及印刷足够的入场门票，人们蜂拥而至。此次审判可谓南北战争史上甚至美国历史上最受关注的案件之一。亨利·威尔兹"被戴上头罩和套索，活板门打开，威尔兹的脖子没有被绞断，而是倒地后缓慢地窒息而死"，看到此场景的人群"一片欢呼雀跃"，因为"最臭名昭著的战犯的性命被终结了"（Bailey，2015）。人们沉浸在正义伸张、仇恨已雪的满足和痛快之中。诗人惠特曼目睹了被释放的北方士兵行尸走肉般的生命状态，感叹道"有些行为和罪行是可以被原谅的，但（安德森维尔战俘营给北方士兵造成的伤害）绝不在此列"（Whitman，1988：542）。

轰动美国南北的亨利·威尔兹审判事件自然也成为多家新闻媒体报道的热点。多家报纸对绞刑过程进行细致的描写,撰文的立场明确表达了支持判决的立场,认为审判的执行是美国司法公正的体现。"毫无疑问,威尔兹受绞刑是罪有应得",有报纸刊登了法庭对威尔兹宣判的详细内容,随后评论道,"受了蛊惑"的威尔兹与南方"叛军的首领"都应该受到绞刑的惩罚,只有这样,"正义才能最终被伸张"(*The Raftsman's Journal*,1865)。百余家北方各州的报纸众口一词,800多页审判卷宗中的证词,详细记录的是威尔兹"罄竹难书的残暴行径"(*The Norfolk Post*,1865),共同指认他犯下的"与人类文明背道而驰的罪行"(*Evening Star*,1865)。

北方的报道口径统一,形成了强大的舆论氛围,似乎不结束威尔兹的性命,就不足以平息北方民众嚼齿穿龈、食肉寝皮的仇恨。与这些报纸相呼应,当时许多书籍的出版,也抓住了威尔兹审判事件的热点,以日记再现或者访谈的形式,回顾安德森维尔战俘营的状况。影响较大的包括安布罗斯·斯宾塞的《安德森维尔的故事》,其描写的意图是揭露威尔兹合谋杀害战俘的"滔天暴行"。斯宾塞在"序言"里解释道,他的写作不是要"满足某种变态的好奇心",而是要以亲历者叙述(narrative)的简朴文字记录这段历史,向公众呈现"(南方)在不切实际的独立幻想的驱使下犯下的暴行和谋杀"(Spencer,1866:Preface)。

然而,威尔兹的死不是安德森维尔事件的结束,他的审判"留下的思考和争论才刚刚开始"(Bailey,2015)。军事法庭的审判,百余人的证词,铺天盖地的媒体舆论并没有给威尔兹审判盖棺定论。相反,许多人在质疑:由北方军官组成的军事法庭是否公平?(《日内瓦公约》生效之前)战俘的保护程度怎样才算合理?威尔兹一个人是否能够承担13,000名士兵死亡悲剧的责任?在物资极端贫乏的困境下,战俘营具体管理者应该承担照顾战俘的何种责任?对威尔兹的审判过程是否公正?对威尔兹有利的证人为何没有被传唤?为何在战争伊始实施的战俘交换协议到了后期没有被执行?关键证人之一被发现使用的是虚假身份后,他的证词是否还有效?南北双方均关押了大量战俘,北方战俘营的情况如何?

质疑的呼声始终没有停止。在威尔兹死刑执行后的100多年间,有关安德森维尔审判的文章和著作不断被发表和出版，人们从司法程序、南北方的矛盾、政治和历史语境等层面分析这场著名审判的影响和意义。与斯宾塞的观点截然相反，许多前邦联军官著书发声，为亨利·威尔兹辩护申冤，其中包括南方军医伦道夫·斯蒂文森（Randolph Stevenson）和塞缪尔·戴维斯（Samuel Davis）上尉。值得注意的是，在举步维艰的南方重建时期，由多名退伍军人组成的相关团体多方奔走，在安德森维尔镇附近建立了威尔兹纪念碑，纪念这位为了南方独立的失败事业而牺牲的邦联军上尉。两个对立的阵营各执一词，分别塑造了两个截然不同的威尔兹形象：残忍无情的刽子手和无辜悲情的殉道者。

一个多世纪以来，对安德森维尔事件和威尔兹审判的关注从未停止过，有关这段历史的回忆录和历史评价层出不穷。美国小说家麦金利·坎特（Mackinlay Kantor，1904－1977）是威尔兹审判事件的诸多关注者之一，他对独立战争、南北战争等美国历史事件有着浓厚的兴趣，而这场涉及司法、历史、政治多个领域的重大事件自然也引起了作家的关注。坎特发挥作家的优势，在参阅大量法律卷宗和历史记录的基础上，以小说创作的艺术形式回顾了150多年前的这场审判个案，塑造了南北战争历史语境下小人物的人生和命运，用文学话语对法律案件进行美学再现，构成了坎特对19世纪美国历史和法律的复调式思索，引发了读者无尽的思考。

二、麦金利·坎特与《安德森维尔》

麦金利·坎特集记者、小说家、剧作家于一身，出版了30多部作品，包括长篇小说、短篇小说集和影视剧本。作家汤姆·施罗德（Tom Shroder）在查阅外祖父麦金利·坎特创作历史的资料时，惊讶地发现美国国会图书馆148个文档盒收录了50,000个与坎特有关的条目。实际上，考虑到坎特一生著述丰富，体裁多样，国会图书馆收藏的条目达到这个数字也就不足为奇了。他尤以创作美国南北战争背景下的现实主义小说为人所知，其中《安德森维尔》（Andersonville，1955）最为有名。此书于1956年获得普利策小说奖，随后由该小说改编的《安德森维尔审判》被搬上影视屏幕和戏剧舞台。

《安德森维尔》的成功，与坎特的生活经历密不可分。坎特出生于艾奥瓦州的韦伯斯特城,本名本杰明·莫肯利·坎特(Benjamin Mckinlay Kantor)。为了突出自己的苏格兰血统,他放弃了第一个名字"本杰明",并且在中间名上加了字母 a,改名为麦金利·坎特。17 岁时参加短篇小说写作竞赛获奖(Buenker, 2017),让坎特初尝写作的喜悦。青年时代的坎特投身新闻业,在担任记者和专栏作家的同时,一直保持着创作热情。他的职业培养了他对社会敏锐的观察力,持续的写作实践也进一步提升了他细致入微的描写能力。

坎特的作品主要围绕两个文类:侦探小说和历史小说。如果说"深受读者喜爱的格南兄弟(Glennan brothers)"侦探小说三部曲体现了坎特娴熟的笔法、出色的情节设置和人物刻画能力,可以称为坎特创作的前期积累,那么他的第一部历史小说《久久难忘》(*Long Remember*, 1934)精彩地讲述了"葛底斯堡战役中被捕的平民的故事"并且大获成功,是坎特第一个写作事业高峰,"标志着他小说创作事业的真正开始"(虞建华,2015:626)。

坎特出生的年代距离南北战争的结束并不遥远,而青少年时代的坎特又见证了两次世界大战。战争是他眼见亲闻的生活经历。二战期间,坎特在《星期六晚邮报》等报刊做战地记者,报道英美空军的战时新闻,甚至有过未经官方允许在德国上空飞行的经历。朝鲜战争期间,他重拾旧业,担任战地记者,执行飞行任务,坎特还做过美国空军的技术顾问(Buenker, 2017)。有这样的生活经历做铺垫,他在作品中表现出对历史题材和战争主题的持续关注,也就顺理成章了。

坎特的历史小说多聚焦于美国独立战争、南北战争和第二次世界大战。1945 年出版的《我的光荣》(*Glory for Me*)描写三个二战老兵的经历和返乡后难以适应新生活的困境,于次年被改编成电影《我们生命中的最好时光》并荣获奥斯卡奖。《福吉谷》(*Valley Forge*,1975)描写了美国独立战争时期的大陆军。20 世纪 50 年代,是坎特创作南北战争题材小说的高峰期:《李将军和格兰特将军在阿波马托克斯》(*Lee and Grant at Appomattox*,1950),《葛底斯堡》(*Gettysburg*,1952),《安德森维尔》和《〈枪声渐起〉,及南北战争的其他故事》(*Silent Grow the Guns*, and *Other Tales of the American Civil War*,1958)等作品都是在此期间发表的。在这些历史小说里,坎特充分展示了文字再现昔日重大事件的艺术力量,娴熟地揭示了卷入战争的各色人物,出色地描写了特殊时期人的生存状态与命运。他的小说兼具文学的审美性与历史探讨的深度，笔触间既有细致入微、生动逼真的个体描写；也有以点带面映射的恢宏的战争历史，表现战争背景下普通人的痛苦、挣扎和呐喊。

坎特的长篇小说《安德森维尔》可列为其历史小说艺术成就之最，"被历史学家布鲁斯·凯顿（Bruce Catton）和亨利·康马杰（Henry Commager）称为最好的美国内战小说"（虞建华，2015：626）。知名出版商威廉姆·塔格（William Targ）读完《安德森维尔》的最后一页时，深感这是"具有某种历史意义的时刻"，称赞坎特创作了除《白鲸》之外"由一个美国人写出的最感人的小说"（转引自 Shroder，2016）。

在一封 1945 年 4 月写给妻子艾琳的信中，坎特谈到了创作《安德森维尔》的灵感来源。当时坎特在德国魏玛附近的一个小镇，距离德国最大、最臭名昭著的布痕瓦尔德集中营约五英里。当时布痕瓦尔德刚刚被盟军解放，坎特随军来到这里，被眼前这个以人皮台灯为世界所知的集中营里曾发生的悲剧所震惊。他在信中描写道："腐烂的尸体散发出阵阵酸腐恶臭，苍白干枯的尸体堆成一片，焚烧过后的累累白骨和焚烧炉里清理出来的骨灰混在一起。到处是如同斑疹伤寒一样散落的衣服碎片和鞋子，沤在排泄秽物的茅房散发刺鼻的异味，地面上布满了呕吐物。"布痕瓦尔德集中营惨绝人寰的场景让坎特的内心受到了极大的震撼，他发现"人类以战争为名对同类做出的一切竟然如此恐怖"，而且"人类的这种疯狂行径绝不仅仅发生在德国纳粹身上"（Shroder，2016）。

在信中他继续对妻子描述道："这里有两种味道，松树燃烧和呕吐物的味道混合在一起，还掺杂着腐尸身上的气味，此情此景，如同我站在安德森维尔监狱面前。我知道我要开始写它了。"（Shroder，2016）读过《安德森维尔》的读者，一定会对坎特在小说里对气味的细致描写有深刻的印象。从小说开篇，居住距离安德森维尔监狱不远的埃尔瓦·克莱菲（Ira Claffey）一家上空一直弥漫着腐烂的、令人头痛的气味。气味给读者带来的阅读冲击，在某种程度上成为《安德森维尔》的写作特色，生动地体现了这所战俘营由于拥挤、炎热和疾病等造成的恐怖的生存环境。

坎特在动笔创作《安德森维尔》之前，对战俘营的情况及历史做了大量的研究。为了对战俘们当时的生存环境有更直观的感受,他甚至吃下生蛆发霉的饼干——如同当时安德森维尔的战俘们得到的食物一样。坎特耗时 18 个月完成了这部洋洋洒洒 700 余页的巨著。完成创作后,回忆起写作的艰辛,坎特将之称为"负重前行,费力拼搏"的过程。51 岁的坎特不敢相信自己在如此年纪承受了这样的拼搏强度,换作 30 年前的他是"不敢尝试"无数个"难以入眠"的夜晚的写作经历的,而且在创作结束之际,他第一次真正领略了"精疲力尽"和"油尽灯枯"(Shroder,2016)的况味。

坎特在创作时付出的心血和汗水得到了精神上的回报:1956 年的普利策小说奖是对《安德森维尔》创作艺术的认可。《纽约时报》书评也赞其为"有史以来最好的美国内战小说"。这些赞誉都反映出作品的强大表现力。坎特在小说中使用了多重叙事的手法,多元的视角从不同的侧面聚焦于南北战争时期安德森维尔战俘营的建立、发展及战俘的生存状况。坎特在小说中以南北战争的进程、谢尔曼的"向海洋进军"、火烧亚特兰大、蓄奴制的废除、南方军战败投降等宏大历史事件作为故事的背景,用生动的细节塑造虚构角色和真实历史人物的群像。作家在《安德森维尔》中没有简单地进行历史的叙写,而是以老练娴熟的笔法和复杂考究的用词,通过多重叙事手法,更真切地反映1864–1865 年间战俘营里的生存现实。可以说,《安德森维尔》体现了坎特在历史框架下对南北战争时期美国现实的关怀,更重要的是,小说以一种隐性的方式,对安德森维尔监狱主管亨利·威尔兹接受的司法审判进行了回溯性的思考。

三、历史语境与小说事件／人物

《安德森维尔》中,坎特在整体上采取线性叙事的策略,从战俘营的创建之初展开叙述,在大量参阅相关文献的基础上,描写了战俘营的历史和相关真实人物的经历。坎特发挥自己擅长的历史主题创作的笔法,对威尔兹审判的来龙去脉进行了艺术性的还原。坎特在这部长达 700 多页的小说里,凸显了文学的历史性,提供了与官方审判卷宗并行的文学文本。一方面,坎特的创作牢牢扎根于现实素材,取材于大量的法律卷宗、日记、回忆录,将文学文本与非文学文本并置,以求深入探讨和剖析事件的动机与结果、行为主体与对象等。另一方面，坎特采用心理描写、多重叙事视角等艺术手段，使小说的艺术想象与司法审判主题有机结合，另用隐性的方式分析安德森维尔事件与事后审判所牵涉的法律、历史、政治、社会诸多侧面。

《安德森维尔》不仅仅是展现南北战争期间南方战俘营历史的文字媒介，更是"建筑文化现实感的推动者"（Brannigan，1998：3），在对话过程中质疑并挑战官方话语的权威。小说展开了安德森维尔战俘营里的生存画卷，深入人物内在心理活动，对法律案件的起源、因果关系和安德森维尔悲剧的文化历史背景做了深层次的分析。坎特尤其突出了对安德森维尔战俘营的管理体系、南北经济战争、战俘之间的相互伤害和威尔兹个人行为动机几个方面的探讨。

首先，坎特考量了罪行责任主体。亨利·威尔兹最终以战争罪获刑，战争罪构成的第一要素则是责任主体。13,000名战俘死亡的严重后果究竟谁负主要责任或唯一责任，是一个值得深入探讨的问题。前文也曾提及，亨利·威尔兹一个人是否应该承担全部的责任，这是安德森维尔事件引发的诸多思考中的重要一环。坎特对责任主体的思考，采用了一种非直接陈述或评价的方式。虽然整部小说的背景是安德森维尔审判，坎特刻意弱化了对审判现场的描述，仅在小说最后以寥寥数笔陈述威尔兹被捕的经过（Kantor，1993：740），审判过程被淡化，审判涉及的主要人物被凸显。此外，坎特在《安德森维尔》编织了多重叙述脉络，其中的重要一条是安德森维尔战俘营的管理体系，同时战俘营内部的任务分工、主管责任者之间的关系，也在小说情节的展开中一一呈现。

坎特在塑造虚构人物的同时，引入多个历史上真实存在的人物，描写他们在南北战争期间的生活经历。例如小说第一章描写了西尼·温尔德和博尔思·查维克两名上尉在给监狱选址的途中与克莱菲相遇的场景（Kantor，1993：16）。更重要的是，随着情节的展开，安德森维尔战俘营的管理层人员也一一在小说里登场亮相，战俘营的管理机构、人员组成、责任分工和管理层之间的矛盾也逐渐凸显。《安德森维尔》里描写了诸多管理安德森维尔战俘营的南方军官：约翰·温尔德将军是小说主要人物之一；豪维尔·科布（Howell Cobb）将军是小说第20章的中心人物（Kantor，1993：215）；亚历山大·珀森斯（Alexander Persons）上校在第16章出场（Kantor，1993：152），他温和善良，责任心强，是战俘营管理层和周边居民的联结，是小说里的一个重要角色；

审判关键人物亨利·威尔兹上尉在第3章登场亮相(Kantor, 1993: 30),是贯穿整部小说的中心角色和主要人物。另一些真实的历史人物虽然没有直接卷入小说情节,但在人物对话、信件往来和军队文件里被数次提及,如约翰·温尔德的侄子迪克·温尔德(Dick Winder),塞缪尔·库伯(Samuel Cooper)将军,南方邦联总统杰斐逊·戴维斯(Jefferson Davis)等(Kantor, 1993: 605)。

《安德森维尔》里很多历史人物都与战俘营有所牵连。佐治亚州和佛罗里达州指挥官豪维尔·科布将军提出了在佐治亚州南部修建监狱的建议。建议获批后,约翰·温尔德将军担任战俘营的最高主管,其子西尼·温尔德上尉负责前期的选址和建设,1863年12月至次年3月,安德森维尔监狱分别由西尼·温尔德上尉和阿姆斯特朗上尉(Captain Armstrong)监管,第三任监狱长是亚历山大·珀森斯上校。小说里,埃金斯写给露西的信中就提到了"掌管监狱的珀森斯上校"(Kantor, 1993: 150)。1864年3月末,亨利·威尔兹上尉由约翰·温尔德将军任命来到安德森维尔监狱。亨利·威尔兹来到安德森维尔后,战俘营的管理其实分为三部分:亨利·威尔兹负责战俘的日常管理,亚历山大·珀森斯负责看守安德森维尔的士兵的管理,而战俘营的供给和部队军需一直是由阿姆斯特朗上尉主管。

坎特在《安德森维尔》中对上述历史人物的军衔和责任分工的描写与真实的历史是完全一致的①。此外,坎特不仅用人物对话赋予温尔德将军、科布将军、珀森斯上校等历史人物丰满生动的形象,还用细腻的心理描写交代他们的生活经历和性格形成的轨迹。比如温尔德将军回忆起父亲威廉·温尔德(William Winder)时,回顾了父亲在独立战争期间因战斗失败而蒙冤的经历。父亲蒙冤让约翰·温尔德度过了"被恶魔困扰的童年"(Kantor, 1993: 142),饱受同龄人的白眼和羞辱。这段遭遇给他留下阴影,他变得自卑、易怒。坎特在描写脾气古怪、残忍霸道的温尔德将军呵斥下属的情节时,同级军官之间、上下级之间的种种矛盾也初见端倪。

小说中战俘营军方管理人员的历史身份真实性暗含了坎特对战争罪主体

---

① 南北战争结束后,为了纪念在战争中死去的战俘,由民间发起、最后由政府买下了安德森维尔战俘营所在区域的土地使用权,兴建了美国国家战俘博物馆,里面陈列了大量安德森维尔战俘营的史料。参见官网⟨https://www.nps.gov⟩。

的思考。虽然迄今为止国际上法学理论界对"战争罪"主体的认定并不统一，但共识是"战争罪的主体可以是交战双方的军人、政府官员或为政府服务的其他人员"（张智辉，1999：162）。小说里的上述人物都是南方邦联部队的军官，都是安德森维尔战俘营的管理者，有着明确的任务分工和军衔差别。审判的最终结果认定军衔最低的亨利·威尔兹上尉为违法行为的唯一承担者，这是值得质疑的（温尔德将军在南北战争结束之前因病逝世而免于起诉）。幸存战俘约翰·兰瑟姆（John Ransom）在日记里也提及，威尔兹并不拥有绝对的权力，更多军衔高于他的人也应该对战俘营的恐怖状况和悲惨后果负责。可以说坎特在塑造这些人物时，刻意弱化了文本的虚构功能，用犀利的笔触引发读者对罪行构成的第一要素——犯罪主体——确认的合理性进行深入思考。

其次，坎特在小说里探究了安德森维尔悲剧的深层社会原因，即被战争摧毁的南方经济与造成战俘大量死亡事件之间的关系。《安德森维尔》处处弥漫着饥饿带来的恐慌，而战俘营的管理层对供给缺乏也无能为力。战俘营里的食物短缺其实是南方战争物资匮乏和经济衰败的具体反应和残酷现实。不仅北方战俘们长期挣扎在饥饿的痛苦中，食不果腹也是南方士兵的生存困境。因兵力严重不足，战俘营所在地附近的居民应征入伍，小说里年仅 14 岁的弗劳尔·蒂布（Floral Tebb）成为看守战俘营步兵团的一员。在远离主战场的桑特镇，弗劳尔·蒂布的军旅生涯与战火无关，偷盗食物倒是他日常生活的一部分。

这些"迟钝懒惰、智力低下、烂泥糊不上墙的预备役士兵"（Kantor，1993：272），没有接受过正规军事训练，根本无法抵抗北方军的常规进攻。他们整日里惦记着副官营房里堆满的"能卖个好价钱给监狱小贩们的好东西"（Kantor，1993：275）。弗劳尔·蒂布伙同另外两名新兵数次潜入副官的营房盗窃。财物失窃后，战俘营加强了警卫并安排 24 小时哨兵驻守，但仍挡不住三名"身形单薄的窃贼"里应外合。他们屡屡得手："红辣椒、蜂蜜、食盐/小苏打、价值 30 美元（Secesh，南方币）的洋葱，价值 22.5 美元（南方币）的一整盒烟草，更让他们惊喜的是，最大的战利品是一大桶珍贵的高粱，据说价值 325 美元——不是南方币，是绿币（greenbacks）！"（Kantor，1993：275）

显而易见，坎特对这个细节的描写入木三分地展现了战俘营食物短缺的严峻性,而且寥寥数语便可窥见如下事实:南北战争期间南北方各自发行自己的货币,并且两种货币价值相差甚远,北方币的购买力强于南方币。内战期间,南北双方都意识到食品、衣服、武器、日用品等物资供应对军队实力的重要影响,因此双方都想方设法筹集军费。北方联邦政府发行了绿色图案的新货币(因此被称为"绿币")。绿币无需用金银等金属货币作为抵押,因此成本低廉,并能提供 20 年 5‰的低利率。绿币依法成为北方银行的储备货币,一方面北方银行信贷为军事工业、铁路建设、农商发展大力提供金融支持;另一方面美国本土的大量黄金储备和"稳固的信用基础"让民众对北方币信心大增,"使借款较为容易和富有成果"(项飞,2011)。1861 年北方联邦政府发行公债9,000 万美元,1865 年时其国债总额达到了 28 亿 4,600 万美元,包括许多种类的债券,包括各种利率不同、偿还期限不同的借款(福克讷,1964:195)。

南方邦联政府尝试从多种渠道筹集军费,包括征收棉花出口税、关税、私人捐赠等,但经费总额过小,难以满足战争巨额开支的需要(菲特,里斯,1981:344)。1863 年,南方以棉花为担保,请法国的埃米尔厄兰格公司发行 1,500 万美元的棉花支持债券,但南方政府只获得了 250 万美元的现金。最终南方邦联政府只能靠大量印刷纸币弥补财政赤字,但低劣的印刷技术导致货币很容易被仿制,假币泛滥,物价飞涨。南北战争期间南方的物价飞涨了大约 40 倍,北方的物价只上涨了 1.6 倍。在南方邦联军队投降之前,南方的经济已经走到了崩溃的边缘(弗格森,2009:48)。小说《安德森维尔》的很多细节,把读者引向对事件语境,尤其是经济因素的思考。

在《安德森维尔》里,来自纽约的北方士兵艾瑞克·托里西恩被俘入狱后,"手表、小折刀、新鞋和所有个人物品"被"非正规看守士兵"抢劫一空。好在"强盗们"只是抢走了他的零钱,"他把纸币折成两团,塞进嘴里,这让他的声音听起来很奇怪。成卷的纸币使他的两颊鼓了起来。多亏看守们不知道他原本是脸颊塌陷的长相。纸币刺激了喉咙,当他躲过检查取出这些钱时呕吐不止,但还是十分高兴能留下了 29 美元,这可是绿币,至少值 300 南方币!"(Kantor,1993:436)

坎特借用战俘艾瑞克的经历,折射了内战期间南北双方发行货币、出售国债等经济举措对各自经济体系的不同影响,双方筹集军费满足物资需求的努力结果大不相同。北方较好的纳税基础和运作良好的货币体系，保证了战争期间的物资需求，而南方与北方的经济差距逐渐加大，严重的通货膨胀更使得邦联政府的经济状况雪上加霜。南方的经济窘境影响到安德森维尔战俘营，而监狱里的食物短缺导致的大量因饥饿和营养不良造成的战俘死亡。坎特在小说文本中对美国南北双方货币经济状况的反应，为安德森维尔悲剧的生成提供了外部大环境。

再者，坎特在多个章节里将亨利·威尔兹上尉设置为叙述的中心，采用意识流与现实活动结合的描写方式，如棱镜般呈现威尔兹上尉的内心世界。历史人物的具体化描写预设了坎特对战争罪心理要件的分析。战争罪的心理要件（即主观要件）是罪名成立的重要组成因素，分为故意、明知或个别情况下的过失（Shaw，2008：433）。坎特深入威尔兹上尉的内心世界，分析安德森维尔案件关键人物的意识活动，考量他内心活动与心理要件形成的关系，聚焦于主观要件成立的过程，针对罪犯是否有故意犯罪动机，提出了间接的评说。

《安德森维尔》塑造的亨利·威尔兹上尉的形象，既不同于北方媒体笔下的杀人恶魔，也不同于南方出版物中的英雄般的殉道者。他真实而丰满，既有冷酷严厉、难以接近的性格，也有同情战俘、通情达理的一面。在坎特的笔下，威尔兹上尉是一个受困于语言"牢笼"的言说无力者，一个渴望事业有成、却饱受伤痛折磨而性格孤僻的监狱长官。坎特对他内心世界挖掘得十分深刻。小说第15章威尔兹上尉出场，来到约翰·温尔德将军的办公室外等待接受派遣，警卫员告诉他"将军要见你"，威尔兹上尉立刻用德语说了"谢谢"（Danke）（Kantor，1993：145）。威尔兹下意识地使用母语表达最常见的生活用语，不仅因为他对母语的熟悉度最高，更体现了他的言语行为受制于他母语化的思维方式。德语影响他心理操作运行的过程，根深蒂固的德语思维方式更是母语"文化心理诸特征的集中体现"（连淑能，2002）。严厉的温尔德将军询问威尔兹过去的工作，办公室里气氛凝重，"温尔德将军盯着威尔兹看了漫长的20秒，故意让他感觉很不自在，如同一种无声的惩罚，就像他犯了大错却浑然不知错在哪里，十分担心肩头的军衔被撤掉"（Kantor，1993：145）。过分的紧张让威尔兹继续以德语回答"是的，是我"（Ja，mein），似乎只有母语能让他缓解紧张的情绪。

　　"顽固"的德语思维、身体病痛和威尔兹的职业期待，与他的自我认可紧密联系在一起。在七棵松战役中，威尔兹右臂受伤。他曾经去巴黎接受手术，然而"手术毫无效果，肌肉吸收的吗啡里的大量硝酸盐，好像在他的身体里建造了一堵又高又厚的墙，能够止疼的那部分药效似乎怎么也透不过来，只能偶尔从不被察觉的缝隙渗出一些"(Kantor，1993：166)。"骨头感染的部分反复愈合、开裂，记不清多少次伤口处长出新肉覆盖住粉碎的肌肉组织，也记不清多少次伤口反复发炎、发红、肿胀。"(Kantor，1993)语言困境更让他的病痛雪上加霜。他第一次视察战俘营内部，门口的士兵没有认出威尔兹，拒绝让他进入。威尔兹愤怒地"提高了声音，不自主地说起了德语，而后又变成不连贯的英语，两种语言缠杂在一起，他只能说清楚训斥和脏话"(Kantor，1993：170)。英语能力常常成为生活的障碍，这让他"困惑不已"。妻子和女儿都帮他纠正过发音，但效果不大。"他的发音就像在叫喊，听起来很愚蠢，意识到这点让他恼怒不已，声音变得更大了。"(Kantor，1993：171)小说家强调的孤僻个性与语言困难，也为法庭审判中威尔兹难以为自己申辩埋下了伏笔。

　　受伤造成的肢体痛苦让威尔兹神经过敏，语言的困境更让他情绪暴躁。言说无力暗示了某种程度的身份危机，作为出生并成长在欧洲的"外来者"，语言的弱势给上任伊始、踌躇满志的威尔兹泼了冷水。原本他对自己军衔低却能担任监狱长官备感骄傲，渴望有所作为，然而他意识到英语不好使得晋升十分困难。第一次巡视战俘营却没能树立威信，加重了威尔兹的挫败感。他不由得把久治不愈的伤病、言说无力和晋升无望的处境归咎于战役中的敌人——北方联邦。"一种痛并快乐着的思绪包围了他，"他想，"当年伤害他的北方佬炮兵也被关在监狱里该多好，那才叫公平！"(Kantor，1993：168)

　　当然，这只是威尔兹心情抑郁时的胡思乱想。坎特没有歪曲历史，把威尔兹描写成公报私仇而残忍杀害联邦军战俘的恶魔，也没有偏袒威尔兹而美化他的形象。坎特在尊重事实的基础上，把威尔兹上尉塑造成一个多元的、立体的人物，一个执着于管理效率和监狱秩序的国家机器的零件，一个被高度机构化后形成的职业责任感牵制的人物。为了使叙述更加丰富，坎特描写了约翰·温尔德将军和威尔兹上尉的交往，并借由小说人物之口表达了对二者的比较。因父亲的经历，温尔德将军把"联邦政府或国家利益看作恶魔"，因为联邦政府将他"暴露在公众视野下被无情嘲笑"，强烈的憎恨把他"身体里的血液变成了黑色"。他渴望"教育小孩子憎恨北方佬"，甚至希望有机会"用皮靴踩住所有北方支持者，如同踩住蟑螂，感受外壳破碎，内脏被挤出的快感"（Kantor，1993：142）。

坎特借用珀森斯上校评价道：

> 没人喜欢威尔兹，谁又能喜欢他？威尔兹冷酷孤僻，疯狂易怒。但看得出来，他竭尽全力改善监狱设施，这让珀森斯很满意。他派最得力的人手帮威尔兹扩建医院。很多假释的囚犯和黑奴也来帮忙。珀森斯明白了真相：威尔兹如同一只警觉的白鼬，严守纪律，令人厌恶，但至少脑子里还有一些好想法。他的善意行为不是出于人道主义同情，仅仅是为了让工作更有效率。如果条件允许，他管理的会是一个干净整洁但制度森严的监狱。很明显他（威尔兹）是很想报臂伤之仇，但强烈的职业责任感阻止了他的报复。而温尔德将军希望战俘死得越多越好。事情就是这么简单。（Kantor，1993：344）

显而易见，坎特在处理这两个人物上都大量使用了心理描写的手法，展示他们的内心活动，间接地对安德森维尔战俘营两名主要管理人员的心理进行了分析。作者似乎想说明，就主观动机而言，小说中残忍的温尔德将军比起陷入语言与身份危机的威尔兹上尉更具备明确的犯罪动机。

四、历史再现与意识形态批判

小说《安德森维尔》的结构并不复杂，每一章聚焦一个人物，呈现大量的细节描写和心理描绘，但坎特没有止步于个性化的事件陈述和历史再现。他运用铺陈式的结构和情节布局，把南北战争期间的战俘交换协议、南北双方的军事策略以及战俘营人事系统的官僚化特征作为叙述的历史背景，讲述了这些宏观历史背景如何影响卷入内战的人类的命运，从而达到了隐性的政治介入，因而小说具备了一定的意识形态批判的力量。坎特结合文本的审美特征与政治介入的努力，体现了作家的社会担当和责任意识。

南北战争期间的战俘交换协议是战俘们最为关注的问题，这种关注在《安

德森维尔》中被坎特多次提及。威尔兹上尉进入战俘营巡视,囚犯们立刻围了上来,不住地询问道:

> 上尉,威尔兹上尉……
> 你知道交换的事情吗?
> 关于交换有什么说法吗?
> 我们一定会被交换的,是不是,上尉?
> 他们不可能永远关着我们,对吧?
> 我们会被交换的,是吧? 哦,上尉,求你了! (Kantor,1993:174)

战俘们急切的提问让初来乍到的威尔兹迷惑不解,因为战俘交换进行时他正在欧洲,从未听说过此事,而且"他也没有水晶球,能预测战俘交换何时恢复"(Kantor,1993:174)。威尔兹为了避免监狱秩序混乱,安抚囚犯说战俘交换很快会恢复。

坎特对战俘交换话题的数次描写,暗示了战俘交换的进行对安德森维尔的重要性。实际上,战俘的处理是南北战争期间交战双方最头疼的问题。关押战俘是一种阻止作战人员继续参加战斗的有效方式,并且战俘在交换后不得再次参加战斗。在理想状态下,如果战俘能够不断被交换,南北战争期间战俘营的管理不会成为如此棘手的问题。但事实并非如此,南北战争期间双方的战俘交换情况比较复杂。美国内战史研究专家威廉·赫塞尔丁(William Hesseltine)对南北战俘交换真实情况的复杂性进行了详细的分析。19世纪50年代,国际上并没有通行的、普遍认可并执行的相关法律。当时欧洲各国的普遍做法是"除文明国限制的自由之外,战俘享有其他一切权利"(Hesseltine,1962:1)。

1862年夏,邦联政府供应林奇堡战俘营的物资能力就已经不足,无法保证战俘的"一切权利",急需进行战俘交换(Blakey,1990:47)。北方联邦政府起初拒绝任何形式的战俘交换,因为进行交换意味着承认南方邦联政府的合法性。第一次马纳萨斯战役后,双方都有被俘人员,战俘问题越来越突出。迫于舆论压力,南北双方寻求彼此认可的形式,按照当时欧洲的普遍做法,尝试着把战俘进行同等军衔的军官交换和普通士兵的假释。假释的过程进行得并不顺利：很多北方联邦军人不愿意参加战斗，他们"在战场上自愿被俘或临阵脱逃"，以便被假释回家；邦联军中"游击队员、伏击小组和突破封锁者"不被北方承认，没有战俘交换和假释权，这让南方心怀不满（罗超，2011：46），双方的矛盾使战俘交换和假释的谈判在 1862 年初陷入僵局。

里士满"七天战役"（1862 年 6 月 25 日—7 月 1 日）中南方获胜。南方的胜利促使北方产生了推进战俘交换谈判进程的意愿。联邦陆军部长埃德温·斯坦顿（Edwin Stanton）牵头，委派约翰·迪克斯（John Dix）少将推进双方谈判。1862 年 7 月 18 日，约翰·迪克斯与邦联军代表丹尼尔·黑尔（Daniel Hill）少将进行官方会晤，起草了战俘交换协议书，明确了战俘交换和假释的细则（北方政府处理十分谨慎，避免在措辞里承认南方政府），经双方上报批准后，正式签署 1862 年《迪克斯-黑尔协议》（"Dix‑Hill Cartel"）。协议规定了诸多细则：所有东部战区的战俘押解至弗吉尼亚州詹姆斯河（the James River）的埃肯登陆场（Aiken's Landing），西部战区的战俘则应被押解至密苏里州的维克斯堡（Vicksburg），战事吃紧时要避开双方交锋区域；战俘交换遵循军衔对等、人数对等的原则；双方各自指派代表处理东西战区的战俘交换，北方由苏利文·麦瑞迪斯（Sullivan Meredith）负责，南方由罗伯特·乌尔德（Robert Ould）作为交换执行代表（Hesseltine，1962：31‑32）。小说《安德森维尔》里从第一批战俘到达桑特营开始，战俘交换协议如草蛇灰线，不时出现在战俘们的交谈和人物的内心活动中。《迪克斯-黑尔协议》是小说的重要历史背景，关乎人物的命运走向。

《迪克斯-黑尔协议》签署生效，正如《安德森维尔》里描写的那样，给当时关押在南北多个战俘营中的成千上万的战俘带来了希望，盼望已久的交换和假释终于得以实现。接下来的几个月里，埃肯登陆场和维克斯堡分别进行了近万名战俘的交换。但交换的进程并不顺利。协议刚刚签署，联邦陆军部长斯坦顿将军就下令，允许下属指挥官在南方"没收不忠公民的个人财物和不动产为己所用"（Hesseltine，1962：71），这引起南方的强烈不满。而"南方宁死也不会放弃把捕获的黑奴返还给主人"（Hesseltine，1962：103），南方邦联总统戴维斯指责北方军队在南卡罗来纳和新奥尔良招募黑人士兵的举动是"煽动黑奴谋杀主人"(Hesseltine，1962：73)。南方议会在 1863 年 5 月通过决议，规定黑人部队的白人指挥官犯有"煽动奴隶暴动罪的，应被判处死刑"(Hesseltine，1962：93)。同时北方颁布 49 号令，严格限制士兵的假释申请，以此阻止北方军士兵以故意被俘的方式谋图被假释，以达到归乡的目的。

联邦军在维克斯堡、葛底斯堡、哈德逊港战斗中节节胜利，斯坦顿将军利用战俘交换进程巩固优势战局，以此控制南方军队力量。南方代表乌尔德在协商未定的情况下单方面假释了 16,000 名联邦士兵，此举被北方认为违反了协约规定。双方针对交换协议隶属的法律依据和战时将军令的解读也有分歧，战俘交换的过程中不时出现双方交换人数不等的情况。乌尔德被指责实际交换执行的原则多变，不按规定公布假释人员数目；乌尔德反击说"北方当局一直反对公正、定期的交换"(United States War Department，2013：442)。

由于是否承认黑人战俘的合法军人身份存在巨大分歧，南北双方进行的战俘交换矛盾重重，进程艰难。双方代表在大量的往来信件中唇枪舌剑，各自对对方进行强烈谴责。对待黑人士兵立场不同的矛盾无法调和，再加上敌对的彼此难以达成谅解和共识，1863 年 5 月，《迪克斯-黑尔协议》被废除。虽然此后双方战地指挥官仍然按照协议进行非官方的战俘交换，但不受政府认可，且交换规模也不大。

《迪克斯-黑尔协议》的废除和战俘交换的停滞，最终伤害的是困在数百个战俘营里的几十万南北士兵。安德森维尔战俘营建立之时，正式的战俘交换已经结束，因而导致战俘数量激增。经济困难的南方政府无力维持战俘营庞大的物资开销，战俘交换是唯一的解决办法，但交换协议的废除让战俘的生存环境进一步恶化。《安德森维尔》前几章数次提及战俘们对交换的渴望，但后来战俘们也意识到希望渺茫。

小说里坎特描写了密苏里骑兵约翰·蓝泽姆的内心从期望到绝望的过程："珀森斯上校骑马进了战俘营和我们交谈，说再过几周我们就会被交换。他得到了消息，这回交换的事肯定有戏。我们被愚弄够了，不能信他的话。"(Kantor，1993：188)在安德森维尔俘虏营里，交换协议是战俘们最关心的话题，得知官方交换终止的消息，"意志力薄弱的已经彻底死心，意志力最强的还心存侥幸，骨瘦如柴的那些渐渐死去，……他们恨得咬牙切齿，恨格兰特，恨乌尔德，恨那些邦联交换代表们"(Kantor，1993：573)。坎特表达了南北双方的政治较量中对士兵生命价值的漠视。很大程度上，大量战俘死亡的因素是内战双方的政治无能和政治不作为。

在坎特笔下，《迪克斯-黑尔协议》的废除不是日期、数字和名字的罗列。他深入战俘们的内心世界，通过描写协议废除带来的绝望，揭示了协议废除的受害者不是口若悬河的双方谈判代表，而是挣扎在死亡线上的几十万战俘①。诚然，内战期间南北双方对待战俘的方式远胜于古罗马时代恣意奴役、杀戮战俘的残忍行为，是建立在《奥本海国际法》框架下的理性方式。但是，在坎特看来，协议废除带来了巨大的灾难。战俘交换不是简单的人道主义的表现形式，也不是现代文明的注脚，而是战俘们承担了意识形态对峙的后果。南北双方交换谈判的过程其实是美国假释制度的一个发展阶段。在南北战争这个特殊的历史时期，被俘奴隶的物品属性和黑人战俘的权利存在巨大争议，实则是双方在蓄奴制去留问题上的深刻社会矛盾。战俘交换被用作控制战场的战略工具，是双方军事力量的对抗、政治势力的博弈和意识形态抗衡的结果，是南北政府当局各自利益诉求的外在表现。

坎特在小说里对《迪克斯-黑尔协议》这段历史的再现，巧妙地揭示了意识形态对战俘交换进程以及对战俘生存的影响。为了强化揭示的效果，坎特借用人物之口，分析了诸多摧毁南方经济的事件。他在小说里给主要叙事人之一克莱菲设计了前往里士满为战俘请愿的情节，用埃尔瓦·克莱菲的视角再现了火烧亚特兰大、铁路中断的历史事件。南方种植园主克莱菲准备出发时，"大火已经在亚特兰大蔓延，有传言说谢尔曼准备进攻奥古斯塔。整个西南部的铁路已经被联邦军控制，乘火车必须要获得通行证"。费尽周折拿到通行证后，埃尔瓦来到了火车站：

安德森火车站北部有很多晚点滞留的火车，他要乘坐的火车也不例外，埃尔瓦坐在一辆四处漏风的破马车里等着火车被修好。火车头组的工人现在还得干轨道组的活，……黑暗中头盔上的灯不好使，灯泡早就烧坏了。处理火车

---

① 官方正式公布的南北战争死亡人数是 64 万，但 2014 年《国家地理》杂志在纪念葛底斯堡演说 150 周年大型纪念活动上公布的死亡人数是 75 万。

故障这样的紧急事件,只能用一辆老式的手推车,但手推车载满了一堆松枝,只能先把松枝卸下来,再把平板车挂在车头前面。蒸汽发动机烧得发红,痛苦地以驴车的速度前进。(Kantor,1993:607)

前往里士满的路上,坎特借用埃尔瓦的视角描绘了战争期间的难民群像。到处是"衣不遮体的流浪者,眼里露出警惕怀疑的目光。他们脸颊消瘦,面色枯黄,满目憎恶,……一个婴儿被包裹在一堆分不清颜色的肮脏破布里,如同野猫一样,几乎难以辨认婴儿的性别"。在埃尔瓦看来,难民们的悲惨状况"是远处血腥战场活生生的证据"(Kantor,1993:609)。

小说里安德森火车站的破败景象,是内战后期被摧毁的南方铁路系统的一个写照,衣衫褴褛的难民肖像群折射了战火中饱受折磨的美国人民,满目疮痍的亚特兰大是烧杀抢掠般"向海洋进军"行动的后果。摧毁铁路、进军亚特兰大的背后是联邦政府在格兰特指挥下采取的军事策略,代表着国家意志。北方采取连续进攻战略的过程中,发现维克斯堡附近的两河流域水草丰沛,土壤肥沃,谷物和家禽产量丰富,这些重要的给养通过维克斯堡的铁路分发到邦联各军事驻地。格兰特分析战局,意识到"阿巴拉契亚山脉将战场分为东西两个战线",联邦军东西线作战过程缺乏配合,各自为政,而且一直把在东线战场占领邦联首都里士满作为主要目标,这种策略无意中给南方军提供了物资运输和召集部队的便利,因此格兰特提出"夺取首都的意义只是政治影响,远不如从战争与经济的关系入手",以连续猛烈进攻的方式,"破坏敌军的道路和军用物资仓库"。急攻式的战术必将"是一场消耗战,彻底消耗敌军的人力和物力;歼灭南军和毁坏南方资源相辅相成,消耗战会切断敌军的物资、武器、弹药、医药和食品供给,最终会迫使叛军们走投无路,缴械投降"(Fuller,1929:27)。在此基础上,格兰特制定了西线联邦军的下一步战略计划:"向南进军密西西比,在东部进攻查塔努加、亚特兰大和萨凡纳,最后往北挺进,进攻邦联首府里士满,与东线部队会师。"(Fuller,1929:52)

地理特征和战略地位是格兰特制定战略的思考基础,查塔努加和亚特兰大都是军事要地,是铁路线枢纽地区,而且亚特兰大还是南方最重要的工业基地,有军工厂,也集中了大量手工业,是邦联政府最重要的经济支柱。为了尽快摧毁南方,格兰特允许谢尔曼的部队进军时,如果当地军民有焚烧桥梁、堵塞道路等敌对行动,谢尔曼可以依据敌对程度,发令进行报复:"竭尽所能深入敌境内部,把他们的战争资源进行破坏……毁掉一切可以用来支援或者供养军队的东西……把他们毁掉,不必流血,能达到与消灭敌军同样的效果。"(韦格利,1986:179)谢尔曼带领部队一路南下,捣毁亚特兰大全部铁路、工厂、车站,放火烧城,掠夺财产。1864 年秋近一个月内,谢尔曼的部队破坏了近300 英里的铁路,几乎切断了南方军队的食品和药品的给养运输。

谢尔曼执行的格兰特的军事策略或许是北方军事史上高明的一笔,但在坎特的小说里,这些军事行动不是军事战术运用成功的范例,而是安德森维尔战俘营食物匮乏、工具短缺、药品不足的重要原因之一。更具有讽刺意味的是,"向海洋进军"的确实现了"不必流血,能达到与消灭敌军同样的效果"(韦格利,1986:179),但死去的是成千上万的联邦士兵。当我们将《安德森维尔》置入南北战争时期的政治氛围解读,考量事件背后的政治意志和军事抗衡,不难看出坎特以独特的方式进行了意识形态的批判。

坎特的批判不局限于北方当局的军事命令和战术策略。《安德森维尔》的叙述脉络交织着战俘营内部管理层的矛盾。坎特把批判之笔指向南方,揭露在物资奇缺的状况下,约翰·温尔德将军"任人唯亲"(Kantor,1993:153),导致腐败滋生,官僚作风蔓延,致使战俘生存困境雪上加霜。战俘们没有足够的蔽身之地,只能"暴露在严寒冰雪、雨水潮湿或极度炎热等特殊气温变化"带来的恶劣天气环境之下,造成"感染疾病的概率飙升",而"冻疮和中暑是冬夏两季常见的疾病,很多军医认为疟疾之所以成为战俘死亡的主要原因,是因为没有足够的蔽身之处。帐篷过于简陋,不足以应对极端天气"(Wagner,Gallagher & Finkelman,2002:640 – 641)。

小说《安德森维尔》特别描写了营房不足、帐篷奇缺的状况。小说披露了战俘营在建设之初就遇到的材料困难,"不是盖房子缺一点稻草,而是连砖都没有"(Kantor,1993:215)。威尔兹写信申领军需和帐篷,汇报战俘营内"因犯无遮盖之物,战俘营医院里人满为患",而且"严重缺乏工具、材料和人手,……监狱如此拥挤,患病率和死亡率将会在夏天迅速上升"(Kantor,1993:218)。但问题没有解决,军中的腐败让牢房修建更加困难。珀森斯中校在任期间,数次申请木材原料,但因木材价格奇高,一直没有获批。"终于等来了 51 车木材,正好约翰·温尔德将军及其随行从火车上下来,视察安德森维尔"(Kantor,1993:341),坎特不禁评价道:"安德森维尔失去了一位充满善意的长官(珀森斯),被一个充满恶意的人代替。……远处山坡上正在搭建四五十座房子,当然不是在安德森维尔战俘营里。木材当然不能用到囚犯身上,那是给温尔德将军盖的办公室和营房。迪克·温尔德,斯迪·温尔德! 不能让任何温尔德家族的人知道用木材建囚犯营房的事!"(Kantor,1993:343)珍贵的木料没有用作搭建牢房的原料,温尔德将军认为"囚犯们是北方佬,理应被如此对待"(Kantor,1993:396)。

目前保存的南北战争档案,也记录了"官僚主义式的争论让情况更糟"的事实(Bearss,1970:66)。前文提及安德森维尔战俘营的责任分工,战俘管理、士兵管理和军需管理分属不同人员。值得关注的是,国会图书馆保存的资料记录了温尔德将军多次为安德森维尔申请更多军需物资和食物,却迟迟没有得到回复。当库伯将军转达安德森维尔物资不足的抱怨时,自负无能、脾气急躁的军需司令卢修斯·B. 诺斯罗普(Lucius B. Northrop)傲慢地表示,他才是军需司令——掌管军队食物的人,物资不足是由他来汇报。诺斯罗普还强调"他已经委派艾伦上校和阿姆斯特朗上尉负责战俘发放食物供量。二人若是胆敢未经他的同意划拨安德森维尔的物资,他就撤了他们的职"(United States Congress,1865:499)。

如果把《安德森维尔》的文本与官方保存的记录做对比,很容易发现温尔德的形象是截然相反的:前者冷酷无情,是对北方佬恨之入骨的恶魔;后者是尽职尽责,却对官僚之风无能为力的将军。温尔德形象的差异再次印证了文本的历史性的叙述张力,两种文本的并置赋予小说话语能力,打破了官方话语的唯一权威。此外,坎特描写的战俘营中的官僚主义与官方文献的记载异曲同工,库伯、温尔德、诺斯罗普等历史上的真实人物在不同的文本媒介被复活,一个明确的信息得以传递:官僚主义、推卸责任、尸位素餐的情况在安德森维尔管理体系中并非个案。坎特在小说里对军需物资管理混乱和邦联军队高层之间的矛盾的描写,与战俘营饿殍遍野的凄惨场景形成强烈的反差。坎特还把这种反差编织成一个让人印象深刻的情节:奈特副官巴结温尔德将军,妄想获得升职，节衣缩食准备火腿大餐宴请温尔德将军。一阵狼吞虎咽之后，满嘴流油的温尔德将军在回程途中突发心梗而死（Kantor，1993：672）。这是整部小说里唯一一处饱餐的场景。饱餐与饥饿，邦联军官与北方战俘，生存与死亡等强烈对比跃然纸上。对比技法的运用构建了文本意义生成的活力：庞大的管理体系中的官僚腐败是战俘命运蝴蝶效应的激发者，坎特借用巧妙的写作技法，传递他对困于本能需求的战俘的同情和对军队上层官僚的批判。

五、司法公正与小说话语

司法公正是坎特在《安德森维尔》中呈现的一个隐性主题。他很少对审判过程进行直接评说，而是用反官方叙事构成小说与历史的文本并置，呈现威尔兹审判事件的多重维度，进而引发读者对案件的审判公正性、法理基础、司法外延进行反思。

现实中亨利·威尔兹审判在华盛顿持续了近六个月，《威尔兹审判》的卷宗档案"为了行文紧凑、清晰易读，以叙述对话的方式记录"，卷宗长达 850 页，其中对威尔兹的指控长达 6 页。军事法庭对威尔兹的审判结果表述的开篇就指向威尔兹的主观犯罪意图："故意以满怀恶意、背信弃义的方式，在美利坚合众国叛军的帮助下，伙同他人，在所谓的邦联州内，共谋摧毁美国军人的健康并残害其性命，以此削弱美国军人的实力，违反战争法。"（United States Congress，1865：2）

军事法庭对威尔兹指控进行了罪行说明："将战俘囚禁在卫生奇差、环境恶劣的监狱，暴露在严寒和酷暑下。"法庭认为亨利·威尔兹作为监狱长官，被赋予全部管理权，理应为战俘提供相应的保障。但威尔兹"明知却无视战俘需求，故意损害战俘健康"。法庭对威尔兹的指控具体描述为"故意拖延搭建帐篷和营房；邪恶地直接或间接夺走战俘们的衣物、帐篷装备和其他物品；并以同样的邪恶之心，拒绝为战俘提供煮熟的食物；拒绝提供煮食需要的木柴；故意让战俘饮用脏水"，此外"监狱缺医少药，使战俘身心受到巨大伤害；威尔兹进一步邪恶地图谋，任由成千上万不知名的战俘痛苦死亡"（United States Congress，1865：3-4）。《威尔兹审判》的文字风格突出，多处使用形容词和副词来强调威尔兹的"邪恶用心"和"共谋行径"①。冗长的法律文本构成强大的官方话语,强化威尔兹犯罪的主观条件,意在揭露威尔兹"残害联邦军性命"行为背后与邦联军队高层和政府,尤其是南方邦联总统戴维斯的"共同图谋",强调威尔兹的做法不仅出于个人邪恶本性,更是南方"叛军"的政治阴谋。

坎特利用小说话语体现了历史的多面性。军事法庭指控的一些事实,如给一些囚犯戴铁链脚铐、减少食物供给、划定"死线"(the Deadline)、规定越线者将被射杀、被猎狗追踪等监狱惩罚,在小说中是有细致描写的。但对于其他指控,比如谋杀、故意不提供帐篷、故意不提供治疗、故意不提供煮制食物需要的木柴等罪名,坎特并不认可。值得注意的是,威尔兹在《安德森维尔》里最后一次出场,是在小说倒数第二章。坎特详细描述威尔兹被捕的情景,但写到威尔兹到达华盛顿就戛然而止,只字不提长达六个月的审判和绞刑现场。描写的缺场并不意味着观点的缺场,"顾此失彼"是坎特刻意选用的讲述手段。坎特在前文数次描写威尔兹巡视、管理的场景,并且多次以战俘作为第一人称,详细描写事件的来龙去脉,用小说的审美形式再现了战俘营里谋杀、抢夺、伤害等犯罪事件。

坎特善于用形象的比喻描写威尔兹的感受:想到监狱的管理和现状,"威尔兹的头就像一个胀得发白、塞满石头的橡皮袋,石头上写着医院、拥挤、无能的士兵、有毒气的沼泽,全都是让人不快的石头。"他的医学常识告诉他"必须要想办法把地面的排泄物清理干净"。他已经建造了一些污水槽,但"数量远远不够,而且因为建在监狱南部地势最低的地方,很多犯人太虚弱,根本没有力气走到污水槽"(Kantor,1993:284)。威尔兹还尝试在流过战俘营的一条小河上建一座桥,但"苦于没有木料和工具"。他去找负责军需的斯迪·温尔德上尉申领铁锹和斧头,却无功而返(Kantor,1993:285)。坎特数次描写工具短缺给监狱的建设带来的困难:营房、排污渠等设施无法建设,犯人们无法

---

① *The Trial of Henry Wirz* 指控原文的用词是"Maliciously, willfully, and traitorously, and in aid of the then existing armed rebellion against the United States, ... combing, confederating, and conspiring John H. Winder, Richard B. Winder, Joseph White, W. S. Winder, R. R. Stevenson, and others unknown, to injure the health and destroy the lives of soldiers in the military service of the United States, ... to the end that the armies of the United States might be weakened and impaired; in violation of the laws and customs of war."(United States Congress, 1865: 3)。

砍伐树木来给自己搭建帐篷、烧火煮饭。历史学家奥维德·富奇（Ovid Futch）也阐述过这种情况："只要没有越狱的企图，囚犯们行动比较自由。绝大部分的囚犯主要是寻找遮盖自己的东西，而由于生活用品奇缺，寻找几乎无法开始。"（Futch，1962：130）坎特创作这个细节的意义在于：威尔兹没有扣押工具不发放，而是努力解决工具短缺的困难，却徒劳无功。坎特笔端塑造的威尔兹并不是个完人，也不是恶魔。他虽然负责管理监狱，但毕竟只是个下级军官，常常处在无能为力的境地。这是一个替罪羊的角色。

战俘之间的暴力冲突和恐怖行为，加剧了生活必需品缺乏导致的生存困境，其中最突出的是战俘中被称为"掠夺者"（the Raiders）的犯罪团伙。"掠夺者"团伙是战俘里的一群有组织的暴徒，由 6 名头目领导①，每个头目带领一个以其名字命名的小分队（Futch，1968：64）。"掠夺者"暗中偷窃、拦路抢劫，用各种办法掠夺其他囚犯的物品和食物。偷窃行动有组织有预谋，分工明确。头目会派出专门的间谍寻找可能携带值钱物品的囚犯，突袭队会趁囚犯熟睡时下手偷窃，若被发现则杀人灭口。"掠夺者"团伙成员原本身强力壮，盗获大量食物、匕首、斧头，这使得他们可以饱食终日，还有足够的工具和材料建造"足以容纳百人能遮风蔽日的帐篷"（Futch，1968：64-65）。大部分囚犯饥饿虚弱、手无寸铁，根本无力反抗。有些囚犯被俘时带来的毛毯和衣物被盗或被抢后，半夜里被冻死（Goss，1872：150）。携带有价值的个人物品的新囚犯，是他们最理想的犯罪目标。他们假装帮助新囚犯寻找住处，伺机下手。坎特把头目之一威廉·柯林斯（William Collins）作为暴徒团伙的代表。柯林斯从小混迹街头，9 岁时杀人抢劫金表，逍遥法外。长大后他劣迹斑斑，有多桩命案在身，多次入狱，因监狱转移囚犯而与联邦战俘一起被押送至安德森维尔（Kantor，1993：185）。坎特描写了柯林斯及同伙如何恶贯满盈：暴徒们"随心所欲，想拿什么从不犹豫，也从未失手。他们的受害者失去了一切：从衣服纽扣到身家性命"（Kantor，1993：187）。

"掠夺者"团伙的暴力行为愈发猖獗，而反抗的声音也一直未停歇。1864 年 6 月底，一名叫多德的战俘成功抵抗两名"掠夺者"的暴力袭击，多德到

---

① The Raiders are: Charles Curtis, John Sarsfield, Patrick Delaney, Teri Sullivan, William Collins and A. Munn.

战俘营大门向监狱长官控诉"掠夺者"的恐怖行为,引起威尔兹上尉的注意。威尔兹上尉命令取消两名"掠夺者"暴徒的食物发放(Futch,1968:68-70)。有了监狱管理者的支持,战俘们开始有组织地反抗暴行。他们成立"监察队"(the Regulators),在小说里监察队由内森(Nathan)和塞内卡(Seneca)领导,带领大家策划反攻,对抗"掠夺者",趁 6 人醉酒之际将"掠夺者"团伙头目抓获。"监察队"组建法庭,采用陪审团制度,对 6 名头目做出审判,最终狱中"法庭"对柯林斯等 6 人处以死刑判决。威尔兹给"监察队"提供了木板和工具搭建绞刑架,死刑在 7 月执行(Kantor,1993:353)。坎特在小说第 33 章详细讲述了绞刑执行的过程。威尔兹带领士兵将 6 名头目押回战俘营,"现在我把这些人交给你们,随你们处置",威尔兹宣布道。6 名头目起初不以为意,觉得自己被捕和法庭审判不过是"喜剧里的小插曲",认为"这耍猴般的场景"很快会结束。当他们看到自己被手持武器、高声呼喊"绞死他们"的人群包围时,才知道这一切都是真的。"塞内卡右手一挥,……近处围观的人都听得见脸色青紫的 6 具尸体落地的重击声和折断声"(Kantor,1993:363-365)。人群的欢呼声削弱了绞刑现场的血腥恐怖,监狱暴徒团伙被铲除,正义得以伸张,而司法公正在特殊历史时期以非常规的形式得以维系。

司法公正以及司法制度的发展,是南北战争产生的诸多重大影响之一。坎特在《安德森维尔》里用狱中绞刑的极端特例,影射了南北战争期间监狱暴力、囚犯交易、囚犯等级及特权等黑暗现实,揭示了司法公正的维系与生存权利之间的关系。在文本外,1843 年颁布的《利伯法则》(The Lieber Code)也应该纳入对安德森维尔事件解读的考量参照。这部由弗朗兹・利伯(Franz Lieber)撰写、由林肯总统批准的法则,针对内战时期陆战法则混乱及两军面临的道德困境,提出的隶属于解放宣言下的法律框架,用来解决战争期间出现的非人道主义战争行为。《利伯法则》对作战手段、战俘处理、内战含义等方面做出了规定。针对战俘处理,利伯法则定义了战俘身份,明确了战俘享有必要的生活和医疗条件。利伯法则虽然在安德森维尔战俘营存在期间没有真正实施,但作为国际法发展演变中的一个里程碑式的法典。《利伯法则》同小说《安德森维尔》表达的精神一样,把人道主义置于首位,反映了对生命的尊重和关怀。

坎特的间接陈述与官方审判卷宗进行文本对话，他用小说叙述还原了战俘营里的暴力事件，给读者审视、判断的空间，思量威尔兹是否具备犯罪的主客观条件以及犯罪主体与事件的因果关系。坎特在小说里大量运用现实主义手法，刻画了丰富的细节，提供了具体生动的描述。小说的叙述时间涵盖了威尔兹在战俘营就任的 14 个月，没有任何事件表明威尔兹与南方邦联总统戴维斯的"共谋"（实际上，他这个低军衔的下层军官也无法与戴维斯进行对话）。官方审判记录里事件描述模糊粗略，时间地点含混不清，受害者信息残缺不全。更有甚者，法庭还列举了威尔兹战俘营进行"谋杀"的一项，但指控的"谋杀"发生在威尔兹请假到欧洲治病期间。作家似乎暗示，对威尔兹犯罪的官方定论，更像是满足民众舆论以压制事态的不负责任的措施，是一种政治操控。《安德森维尔》充分发挥了小说文本叙说历史的功能，在刻画人物的同时描述再现事件，更清晰地呈现明确的时间、地点、因果关系和事态发展。坎特没有修饰历史、美化威尔兹的意图。他尽量向事实靠近，避免主观判断，也避免流行意识形态的影响，用文学的形式揭示法律和意识形态话语中存在的荒谬性，提出对司法公正的深度考量。

六、艺术特色与人文关怀

坎特在小说的扉页引用了邦联军队外科医生兰多夫·斯蒂文森的一段话开篇："未来任何历史学家要想不带偏见地讲述南北战争的故事，都要在公正的标准下将一切因素考虑在内。不论南方人还是北方人，都难逃历史。"（Kantor，1993：Preface）小说《安德森维尔》是一幅生存画卷，记载了战俘们在死亡边缘苦斗的 14 个月。坎特努力"不带偏见地讲述"这段历史，正如普利策小说奖对他的评价："他以历史小说对美国文学做出了巨大贡献。"这部小说笔法精湛，描述感人，一出版就卖出 22 万册。坎特拥有"卓越的洞察力，能够在全知视角和人物内心之间自由穿梭。视角的流动性使得读者能够窥见人物如何陷于罗网、无法挣脱"（Haverlin，1955：431）。他用丰富且带有强烈感官特色的词汇，融合了人物意识流和现实时间的脉络，以印象主义的画笔，色彩浓郁地绘制了挣扎在饥饿、寒冷、伤痛、炎热中的战俘群像。

坎特善于运用复调式的叙述结构，架构起战俘营内外，想象与现实、内心情感与外部世界之间的桥梁。《安德森维尔》有两条叙述线索：一是每章由一个全知视角第三人称叙事人讲述监狱里战俘们的经历和内心感受；二是佐治亚州安德森维尔镇种植园主克莱菲一家的生活。两条线索按照时间顺序交织进行，各自独立，时而交叉。

小说叙述的第一条线索围绕战俘们的饥饿感和监狱里的恶劣环境展开。坎特大量使用描写气味和颜色的词汇，形象地再现了安德森维尔战俘营臭气熏天、令人作呕的生存空间。安德森维尔里唯一的饮用水来源，是一条"穿过战俘营的小河"，河面"塞满了倒地的树枝和灌木丛，河水断续地从东部穿过，几乎被随意倾倒的垃圾阻断"。面包房建成后这里又成了排污口，"倾泻的排泄物混在一起，把河流变成一片沼泽，成为春季苍蝇疯狂交配之地"（Kantor，1993：154）。到了夏天，"沼泽的颜色有了变化，不仅是粪便和糊状渣滓，而且是一片黄棕色的残渣堆，形如海绵样的腐烂物，表面被日晒风干成硬壳状"（Kantor，1993：251）。囚犯威利·曼恩（Willie Mann）看到"颜色暗黑如同墨水般的河流"，简直就是"腐烂物沤成的油"，认为"把液体的黄色物叫作'水'是最邪恶的谎言"（Kantor，1993：447）。他决定不喝水，只在下雨的时候朝天张口解渴。

饥饿如同恶魔，困扰着每一位战俘。经常有人"到死人的遗物堆里寻找剩下的玉米饼"。鸟群飞过安德森维尔上空，一名战俘"抄起支撑窝棚的树棍，朝天空绕圈挥舞，打落一只燕子，好多只海盗般的贼手伸向猎物，他猛地冲了上去，扑到燕子身上，搂在怀里。他边站起身，拧断了它的脖子，用力吸吮，吐出嘴里的羽毛"（Kantor，1993：257）。过度的饥饿让战俘们时常出现幻觉，"安德鲁·凯尔克喜欢详细地描述父亲的餐桌，描述带来的满足感让他撑过挨饿最初的时光"（Kantor，1993：81）。伊本想吃肉，"他列数自己知道的肉的种类，有时候半夜醒来会突然想起一个新种类，连忙加到清单里"（Kantor，1993：252）。饥饿和营养不良让很多战俘患上坏血病，牙齿严重脱落，四肢无力。为了逃离可怕的监狱，有人装死藏在拉运死尸的推车里越狱。在坎特的小说世界里，战俘的经历不只是档案里一串串冰冷的数字。他赋予了每一个人物独有的名字，每一个独立个体的经历和内心感受都分外鲜活。

与战俘们的苦难相呼应的第二条叙述线索，是种植园主克莱菲一家的生活。克莱菲一家住在战俘营不远处，开工建设之初，他家的黑奴和工具就被征用。埃尔瓦经常充满同情地观察监狱里的一切，因此克莱菲一家是南北战争历史的亲历者，是安德森维尔事件的见证者，更是卷入南北战争的几百万人中的一个缩影。克莱菲有三个儿子和一个女儿，南北战争爆发后，三个儿子先后死于战场。妻子维罗妮卡无法承受接二连三的丧子之痛，深陷臆想，恐惧现实。精神失常的她把三个儿子的旧物摆放成他们儿时的样子，每日对着空气，与想象中还活着的儿子们交谈。最后维罗妮卡精神完全崩溃，不幸溺水身亡。安德森维尔战俘营内，战俘们痛苦地挣扎在死亡线上；战俘营外，克莱菲一家饱经亲人战死疆场、精神失常、意外身亡、南方经济没落等种种不幸。埃尔瓦成为战俘营内外的"中介"，两个空间的苦难是他心理创伤之源。

小说的叙述犹如一曲悲伤的复调，战俘营内外都是内战中遭遇惨痛的人们；每个人物的内心活动与外部世界都构成一组复合结构，叙述在想象与现实之间来回穿梭。意识的流动连接了过去、现在与将来，勾画出南北战争这段历史下人们的生存与挣扎。坎特在小说中把焦距对准了关押在战俘营里的小人物，也对准了边远南地佐治亚州的普通人，捕捉和放大他们的求生困境，表现他们在恶劣生存环境下的心理状态和极端行为。"饥饿"是坎特创作的复调曲的主旋律，是战俘营内外两个世界、二重叙事脉络的连接点。佐治亚州小镇周围的人们身处绝境、如临深渊，在绝望和恐惧中挣扎，随时可能被死亡吞噬。

坎特没有止步于吟唱一曲感伤的歌。《安德森维尔》是一部关于"囚禁"的小说，"囚禁"的概念超越了战俘营。形成于坎特早期战争小说里的一个观点，在这部小说里趋于成熟："困于战火和困于生存挣扎中的人们一样别无出路，除非跨越人文精神之门。"（Haverlin，1955：432）在小说的结局里，克莱菲的女儿露西从未婚夫阵亡的悲伤阴影中走出，与同样经历失去亲人痛苦的埃尔金斯结婚。露西结婚、怀孕的情节象征着战争造成的创伤在慢慢愈合，新的希望与新的生命一同孕育。这样的尾声并非为了迎合大众口味而设置的皆大欢喜式结局，坎特一方面以这样的结局暗指南北战争结束后相对稳定的社会发展期；另一方面，重生和希望的隐喻，寄托了坎特对众多亡灵的哀悼：唯有换来重生和希望，战争中的死亡才有价值。同时，坎特表达了对人性美好的期待和对普通人的深切人文关怀。

1955 年 10 月 30 日《纽约时报书评》的封面刊有历史学家斯蒂尔·H. 康马杰(Steele H. Commager)评价《安德森维尔》的文字,说这部作品是"最伟大的内战小说"。坎特出色的文笔成功营造了小说的恐怖场景和悲惨氛围,以安德森维尔的历史为线索,将视野投向牵入其中的人物。历史人物与虚构人物纷纷登场,一段南北战争期间的历史,被演绎成一个深刻的人性和政治的寓言。坎特透过文本,不断对历史、对法律、对人性进行探索。

《安德森维尔》的出版时间距离桑特营的解体已近百年。坎特隔着时空回溯这段历史,关注普通人在安德森维尔事件中遭遇的痛苦,通过个人的小叙事来映射美国的重大历史,对安德森维尔事件进行想象性增补和替换,重提有关南北战俘营的话题,将抽象的历史具体化,同时又突出了历史的文本性。坎特站在法律卷宗、证人证词等官方文本合集的对面,用创造性的历史书写矫正对历史标签化的倾向,强调了官方法律卷宗的修辞性。他让文学话语与官方法律话语形成并置和碰撞,放大历史书写的多种可能性和审判真实面目的多面性,凸显南北双方军事策略、政治博弈、意识形态宣传、战俘待遇和司法审判事件之间的隐含意义,揭示表面严肃公正的军事法庭审判背后的政治力量对抗、阵营划分和权力推手。安德森维尔审判这个"非常"事件,是南北战争时期美国军事、政治矛盾激化的产物。坎特的小说《安德森维尔》以文学特有的方式,在历史的缝隙里捕捉意义,以虚构文本解构历史的宏大叙事,引出对历史的再认识和再思考。这不仅是小说家政治介入的努力,更是体现作家人性关怀的独特方式。

【链接 1】 爱德华·厄德拉奇:《安德森维尔》

《安德森维尔》(Andersonville, 2015)是由美国著名小说家爱德华·厄德拉奇(Edward Erdelac)创作的一部恐怖小说。故事中一个叫巴克雷·鲁德斯(Barclay Lourdes)的神秘男子乔装成北方联邦士兵,不顾一切地潜入美国南北战争时期最恐怖的安德森维尔战俘营。鲁德斯发现,监狱内乱象横生,充斥着暴虐、恐惧、饥饿和死亡威胁,惨状超出了人们的想象,死神随时索要战俘们的性命。当所有的联邦囚犯都想逃离、希望尽快了结痛苦的时候,鲁德斯却有意进入监狱。

　　小说将巴克雷·鲁德斯进入监狱的秘密任务设为悬念,但展示了他在地狱般的战俘营里的生存挣扎,描写了独裁指挥官威尔兹上尉和狱警特纳的残忍,以及由一帮小偷和罪犯组成的名为"掠夺者"的团伙对狱友的无情折磨。小说还艺术地再现了安德森维尔监狱里黑人囚犯遭受的苦难和折磨。厄德拉奇的《安德森维尔》以个人经历和体验为主线,重现了发生在桑特镇的著名历史事件,将卷入其中的人们的恐怖、噩梦、惊骇和绝望又一次铺陈在读者面前。

　　布莱姆斯托克奖获得者布雷特·J.塔利(Brett J. Talley)评述这部小说时不乏赞美:"安德森维尔监狱的真实故事是超乎人类想象的悲惨和恐怖,厄德拉奇作为一个小说家,用精湛的叙事技巧不仅再现了人类制造的恐怖,而且将它提升到超自然的层面,深刻揭示了人类灵魂中存在的最黑暗的邪恶。作品实是恐怖小说的典范。"①厄德拉奇在小说中营造了恐怖氛围,设置了引人入胜的故事悬念,是历史事件与恐怖小说结合的上乘之作。同时,小说运用幽灵叙事的手法,从一个特别的视角再现了这一段不堪回首的历史。小说人物形象丰满,又将真实与想象、历史与当下巧妙结合,在提供阅读愉悦的同时,揭示了真实的黑暗历史片段的恐怖。

【链接2】　丹尼尔·勒尼汉、吉恩·海克曼:《逃离安德森维尔》

　　《逃离安德森维尔》(*Escaping from Andersonville: A Novel of the Civil War*, 2008)由美国考古学家丹尼尔·勒尼汉(Daniel Lenihan)和美国演员吉恩·海克曼(Gene Hackman)合著而成,是一部讲述美国南北战争时期安德森维尔监狱的历史小说。小说开始叙述节奏舒缓,但随着情节的展开,故事结构开始变得紧凑,在结尾处达到高潮,十分精彩。小说真实再现了内战的残酷和人性的挣扎。战俘们惨遭迫害,生不如死;监狱如同炼狱一般,触目惊心。

　　小说以一名军官的视角展示了美国内战时期南北双方之间的争斗。1864年7月,北部军官内森·帕克与他的士兵在一场以少对多的战役中寡不敌众,被俘后被带往佐治亚州的安德森维尔监狱。随着身边狱友相继死去,内森和他过去的部下谋划了一个大胆的计划。两个月之后,内森通过地道逃出,

---

① 引述来自亚马逊引介述评⟨https://amazon.cn/dp/BOOTWDZZGK⟩。

发誓要返回战俘营营救他的士兵。内森去往维克斯堡向他的上级们求救,让他们派兵前往安德森维尔监狱,救出自己的士兵。然而上级却对他的计划置之不理。未能得到帮助的内森决定自己解决问题。他与马赛尔·拉法基——一个阴险狡诈的退伍军人兼走私犯——一起集结了一群亡命徒,试图带着这帮人救出自己的下属和其他被囚士兵。

《逃离安德森维尔》是一部引人入胜、精彩纷呈的美国内战小说,故事情节跌宕起伏,角色鲜明生动。虽然主要情节是虚构的,但由于作者对美国内战历史有着深入研究,小说写得生动逼真,再现了美国南北战争最后一年的政治风雨和世态人情。

引述文献:

Bailey, Greg. "Why Does This Georgia Town Honor One of America's Worst War Criminals?" *New Public*, November 11, 2015.

Bearss, Edwin. *Andersonville National Historical Site: Historic Resource Study and Historical Base Map*. Washington, DC: Office of History and Historic Architecture Eastern Service Centre, 1970.

Blakey, Fredric A. *General John H. Winder*. Gainesville: University of Florida Press, 1990.

Brannigan, John. *New Historicism and Cultural Materialism*. New York: St. Martin's Press, 1998.

Bryant, Jas. M. "Superintendent of the Cemetery." 1910. 〈http://law2. umkc. edu/faculty/projects/ftrials/wirz/deathlog. htm〉(Accessed July 17, 2017)

Buenker, John D. "Kantor, MacKinlay." *The Biographical Dictionary of Iowa*. Iowa: University of Iowa Press, 2009.

Commager, Henry Steele. "Review of *Andersonville*." *New York Times Book Review*, October 30, 1955.

Evening Star. (Washington, DC) November 10, 1865. *Chronicling America: Historic American Newspapers*. Library of Congress. 〈http://

chroniclingamerica. loc. gov/lccn/sn83045462/1865-11-10/ed-1/seq-1/〉 (Accessed October 10, 2017)

Fuller, John F. C. *The Generalship of U. S. Grant*. New York: Dodd, Mead & Co. , 1929.

Futch, Ovid. "Prison Life at Andersonville." *Civil War History*, 2/8 (1962): 121 – 135.

Futch, Ovid. *History of Andersonville Prison*. Gainesville, FL: University of Florida Press, 1968.

Goss, Warren L. *The Soldiers Story of His Captivity at Andersonville, Belle Isle, and Other Rebel Prisons*. Boston, MA: I. N. Richardson & Co. , 1872.

Grosvenor, Edwin S. ed. *The Best of American Heritage: The Civil War*. Boston: New World City LLC. , 2015.

Haverlin, Carl. "Andersonville (Review)." *Civil War History*, 1/4, 1955: 431 – 434. *Project Muse*, Doi: 10. 1353/cwh. 1955. 0045.

Hesseltine, William B. *Civil War Prisons: A Study in War Psychology*. Kent: The Kent State University Press, 1962.

Kantor, MacKinley. *Andersonville*. New York: HarperCollins Publishers, 1993.

Kellogg, Robert. *Life and Death in Rebel Prisons*. Hartford, CT: L. Stebbins, 1865.

Ransom, John L. *Andersonville Diary*. New York: Auburn, 1881.

Shaw, Malcolm N. *International Law*. Cambridge: Cambridge University Press, 2008.

Shroder, Tom. "The Man Who Wrote *Andersonville*. " *The Most Famous Writer Who Ever Lived: A True Story of My Family*. New York: Blue Rider Press, 2016.

Spencer, Ambrose. *A Narrative of Andersonville: Drawn from the Evidence Elicited on the Trial of Henry Wirz, the Jailer: With the Argument of*

Col. N. P. Chipman, Judge Advocate. New York: Harper & Brothers Publishers, 1866.

The Norfolk Post (Norfolk, VA), August 24, 1865. *Chronicling America: Historic American Newspapers*. Library of Congress. 〈http://chroniclingamerica. loc. gov/lccn/sn85038624/1865-08-24/ed-1/seq-1/〉 (Accessed October 10, 2017)

The Raftsman's Journal. November 15, 1865. *Chronicling America: Historic American Newspapers*. Library of Congress. 〈http://chroniclingamerica. loc. gov/lccn/ sn85054616/1865-11-15/ed-1/seq-2/〉 (Accessed October 10, 2017)

Turner, Isaac. *Claim in Congressional Jurisdiction Case 11496*. National Archives, RG125.

United States Congress. *Trial of Henry Wirz*. 40th Cong. , Second Session. Executive Documents No. 23, Washington: Government Printing Office, 1865.

United States War Department. *The War of the Rebellion: A Compilation of the Official Records of the Union and Confederate Armies*. 128 Vols. , Washington, 1880 – 1901, Series II, Vol. 6. Miami: Hardpress Publishing, 2013.

Wagner, Margaret E. , Gary W. Gallagher & Paul Finkelman eds. *The Library of Congress Civil War Desk Reference*. New York: Grand Central Press, 2002.

Whitman, Walt. "Released Union Prisoners from South. " Michael Warner Ed. *The Portable Walt Whitman*. London: Penguin Classics Ltd. , 1988.

菲特,吉尔伯特,吉姆·里斯:《美国经济史》,司徒淳等译,沈阳:辽宁人民出版社,1981 年。

弗格森,尼尔:《货币崛起》,高诚译,北京:中信出版社,2009 年。

福克讷:《美国经济史:下卷》,王锟译,北京:商务印书馆,1964 年。

连淑能：《论中西思维方式》，《外语与外语教学》，2002 年第 2 期：第 40 - 46 页。

罗超：《美国南北战争中的战俘问题研究》（博士论文），四川师范大学，2011 年。

韦格利，拉塞尔：《美国军事战略与政策史》，彭光谦等译，北京：解放军出版社，1986 年。

项飞：《简析美国南北战争中的经济战》，《军事历史研究》，2011 年第 4 期：第 102 - 105 页。

虞建华主编：《美国文学大辞典》，北京：商务印书馆，2015 年。

张智辉：《国际刑法通论》，北京：中国政法大学出版社，1999 年。

第七章

财富图谱：垄断资本与权力操控

——密瑟尔·斯劳事件与诺里斯的《章鱼》

一、密瑟尔·斯劳事件的描述

1880年5月11日,在加利福尼亚州圣华金河谷西北部的一个农场,一场酝酿了许久的冲突终于上升为一次武装暴力事件。这次暴力事件发生在加利福尼亚州汉福德圣华金河谷西北部的一个小麦农田旁,造成七人死亡。矛盾的双方为美国西部移民和南太平洋铁路公司,事件的起因是土地纠纷问题。暴力发生之前,纠纷双方为了争夺数千亩肥沃农田的所有权,已经进行了数年的激烈对抗。七位死者中有五人是美国西部移民。他们期望保卫家园和辛勤耕种并已改良的农田,维护自己追求"美国梦"的权利,显示了绝不退让的决心。冲突涉及的另一方是南太平洋铁路公司。流血事件中的其他两位死者受雇于实力雄厚、在法律上拥有土地所有权的铁路公司。以铁路公司为代表的垄断资本家,把自己获得的法权和将来的商业利益视为根本,毫不顾及可能会为当地民众带来的生存困难。

对于早期来到美国西部的拓荒者而言,西部低廉的地租有着巨大的吸引力。为了吸引东部移民来西部定居,国家制定了一系列有利的土地政策,使得家庭农业向西迅速扩张,并在美国内战结束后迎来了黄金发展期。1862年推行的《宅地法》规定,凡年满21周岁的美国公民,只要缴纳10美元手续费,便有权得到160英亩的土地(Hicks,1931:8)。美国政府采取鼓励东部居民参与"西进运动"的刺激措施,希望他们进入广袤的中部大平原,在那里建立家园,发展农业和畜牧业。

这些拓荒者是在杰斐逊时代的"农业神话"熏陶下长大的一代,他们期望依靠一家人的努力和奋斗,维持起码的体面生活,并为后代留下一笔财富。西部广阔的空间为他们实现这一美好梦想提供了物质基础。因此,他们尤其重视土地,视其为实现经济独立和获取政治权利的必要保证。在理查德·亨利·李写给詹姆斯·麦迪逊的信中,他提及了当时促使人们从弗吉尼亚移民到肯塔基的两个主要原因:"摆脱繁重赋税和寻求新的土地"(原祖杰,2010:414)。受到一种根深蒂固的宅地伦理思想的鼓舞,这些移民拓居者渴望建立一种家庭合作式经营模式的农庄共同体。经由数年的辛勤耕作和艰苦奋斗,移民们将一片片寸草不生的西部沙漠地,变成了丰饶的农耕之地。

当时,向西部移居需要克服许多困难。首先要面对的是西部严酷的气候和自然条件,其次是资金短缺的问题。虽然西部有广袤的土地,但并非所有土地都适宜于农业耕种,移民们也无法保证所有年景都风调雨顺。更重要的是,他们要想经营好面积广大的农场,必须有足够的资金来购买从事农耕必需的种子、化肥和农具等生产资料。这些因素都有可能影响到种植户们的生活和生产状况,任何潜伏的危险都将使他们陷入经济困境。但他们克服困难,逐渐在广袤的西部建立起了家园。

有地理学专家曾经指出,从明尼苏达西部,经堪萨斯中部,到得克萨斯中部的纵轴线以西地区,虽然幅员辽阔,但是那一片地区气候干旱,并不适宜开展传统的农业生产。19世纪70年代的农业实验也证明,堪萨斯西部到内布拉斯加铁路沿线的土地,在谷物、蔬菜和水果种植方面收获甚微,不具有商业生产的条件。政府和铁路公司的广告宣传册子掩盖了这些事实,取而代之的是对西进运动热情洋溢的报道(McMath,1993:20)。从各种宣传手册中,人们经常会读到这样的描绘:"便宜、容易耕作、适于管理,可以机械收割,更为多产。"这导致了西部"土地价格的增长比东部各州来得快"(Hicks,1931:12)。随着铁路线不断向西延伸,人们也纷纷投入西进运动当中,而与此同时,他们的命运也被控制在那些控制了铁路的人手中。正如约翰·D. 希克斯所言,"铁路一旦统帅了西进运动,它们就会以失衡的匆忙向前推进。从未进行过精心设计的边疆开发现在变成了一场失控的冲刺"(Hicks,1931:2)。铁路不仅仅是西进运动的主要运输和传播工具,更成了西进运动的主要驱动力。

19世纪的最后30年,美国经历了由农业社会向工业社会转型的重要历史时期。工业化在相当大的程度上重塑了美国的经济发展模式,也改变了阶级结构和人们的生活方式。换言之,美国农业的发展趋势逐步呈现出商品化、机械化和资本化的态势。更为重要的是,这种趋势同日益走向集中的"工业金融资本"形成"并存、对流和冲突"(黄仁伟,1989:65)。但前来西部开疆拓土的人们很大程度上受到垄断资本的控制和掠夺，因为他们无法各自为政，在农牧产品储藏、运输、销售方面必须依靠大公司。技术、资金周转等方面也是如此。这种依赖性成为遭受剥削的病根。在美国西部工业化进程中，以南太平洋铁路公司为代表的垄断集团迅速发展壮大，而由东部移民组成的种植户们，虽然能够享受较低的地租，经济状况有所改观，但是由于土地所有权问题以及高额的铁路运输费用等，这些移民的生活依然得不到保障。

　　19 世纪最后 20 年，美国正处于马克·吐温所说的"镀金时代"。这一时期，社会财富急剧增加，垄断集团逐渐形成，而与此同时，由贫富悬殊引发的各种社会矛盾也不断凸显出来。铁路作为西进运动的强力驱动，将美国农业工业化程度不断推向深化，也使铁路建筑业主成为能够左右国家政策的特权集团。铁路大亨们一方面从政府的慷慨土地政策中获利，另一方面操纵市场价格，控制了木材、羊毛、棉花、玉米和小麦等大宗农产品的市场流通，还拥有巨大的货仓和存栈渠道。铁路集团竭其所能地榨取种植户，对长短途运输采用歧视运价，勾结谷仓公司操纵买价，同土地公司沆瀣一气进行抵押投机等，各种丑闻时有所闻（黄仁伟，1989：65）。很多此类黑幕，被一些新闻记者和作家利用大众传播媒介提供的舞台，经深入调查后暴露于天下，形成近代美国历史上著名的"揭丑运动"（the Muckraking Movement），又称"扒粪运动"。

　　社会的不公导致了广大种植户和劳工阶层的强烈抗议。加利福尼亚州由于土地垄断引发争议，争议又于 1880 年 5 月 11 日上升为暴力冲突，最终导致了美国历史上著名的密瑟尔·斯劳事件。事发消息很快吸引了远在伦敦的马克思的关注。马克思早已觉察到加州面临着一场来势凶猛的革命风暴。在圣华金河流域爆发激烈械斗的六个月后，马克思又写信向一位美国朋友询问当时关于加州"经济状况"的更多消息。在信中，马克思表示，对于他而言，加州的现状变得"十分重要"，因为当前世界上再无其他地方"由于资本家厚颜无耻的压迫而引发如此迅猛的大动乱"（Brown，1991：115）。

　　在美国内战结束后的 30 多年中，种植户们反对垄断资本盘剥和限制的斗争始终没有间断过，劳资纠纷引起的工潮此起彼伏。其中比较著名的、引起全国震动的有 1886 年的"草场街事件"（参看本书第八章）和 1896 年的普尔曼铁路工人大罢工。农民则成为平民主义运动的主要支柱。他们从 19 世纪 70 年代初期就开始组织起来,著名的有格兰其农民协进会,在其领导下,中西部的种植户们掀起了一场同铁路公司相抗衡的格兰其立法运动。格兰其农民协进会的成立,使之前家庭式独立经营模式的种植户们开始走上了经济合作的道路,也使农民们认识到政治权力在经济活动中的保障作用。农民协进会在地方政治中有了部分话语权,在其积极努力的推动之下,西部很多州的议会通过了保护种植户利益的《格兰其法》。这一法令的主要限制对象是铁路公司,规定运输的最高限价、收费率、长短途以及小额货运的差价等必须由州议会决定。从19世纪80年代到90年代,种植户联盟和人民党的相继兴起,逐渐使美国工业社会转型时期的农民运动走向了巅峰。

二、弗兰克·诺里斯与《章鱼》

弗兰克·诺里斯(Frank Norris,1870 - 1902)是美国著名的批判现实主义小说家,被认为是"连接美国自然主义与法国自然主义的重要纽带"(French,1962:5),也是"20世纪初'揭丑'文学运动的先驱"(Marchand,1971:222)。他文风简朴,却能以敏锐的洞察力来反映社会剧变和普通民众的生活状况。诺里斯的成名作《麦克梯格》(McTeague,1899)为其赢得了"美国自然主义文学鼓吹手"的称号(French,1962:5)。他的代表作,出版于1901年的《章鱼》(The Octopus),也常常被视为批判现实主义文学的代表作品而成为20世纪美国文学的必读经典之一。对于植根于自由主义思想的西方知识分子来说,他们有着"深厚的批判现实的传统"(资中筠,2018:70)。诺里斯作为美国知识分子中的一员,继承了这一传统。

诺里斯的创作期与美国进步主义运动时期相吻合。进步主义运动发生于19世纪最后20年至20世纪初,当时的美国社会正经历着从传统农业社会向工业社会的转型。转型期的社会剧变诱发了一系列的社会问题,加剧了深刻的社会矛盾,也引发了此起彼伏的社会改革运动。进步主义运动因上层建筑与生产关系的巨大冲突而涉及政治、经济和文化等各个领域。它是由地方、各州开始,然后延伸至整个联邦的不同层面展开的全面社会变革。密瑟尔·斯劳悲剧正是发生在这一时代背景下的一次具有较大影响力的暴力事件,是社会不公导致阶级矛盾加剧的集中体现。悲剧的发生触发了人们一系列的思考：应该如何面对社会的转型？如何解决资本的日益垄断？如何化解阶级矛盾等社会问题？在小说《章鱼》中，诺里斯运用细腻的语言和宏大的叙事场景，重绘了这一悲剧事件，也记录下了当时的社会变革，包括政治、经济、司法以及文化等领域内展开的各种改革运动。

诺里斯极其关注社会现实，尤其重视地域政治和文化特色，以书写一种能代表美国精神的"伟大美国小说"为使命。在诺里斯看来，"在不远的将来，描写西部生活的伟大作品即将出现，但是，这样的作品不应该局限于描写北美大草原，不限于描写艾奥瓦州的农夫，也不限于丹佛或旧金山的商人，其主题不应该仅仅是某一个特定的区域文化，而应是歌颂辽阔西部生活的普遍主题"（Pizer，1976：107）。由此可见，地缘政治在诺里斯的文学观中占据了极其重要的地位。

小说标题的拟定体现出诺里斯对地理空间的重视，原因就在于地理因素在美国的发展历史中意义重大。"小麦史诗三部曲"围绕小麦的生产、分配和消费而展开。第一部《章鱼——加利福尼亚故事》以密瑟尔·斯劳暴力事件为中心，揭露了铁路垄断集团通过虚假广告宣传、提高运费、贿赂司法官员以及干预国家政治等手段，对小麦种植户进行盘剥克扣、聚敛财富的事实。他认为这样的行径直接造成了贫富悬殊，激化了阶级矛盾。铁路托拉斯就像八爪章鱼般将触角延伸至美国乡村的各个角落，促使以传统农业为基石的美国乡村向工业化和机械化转型。第二部《深渊——芝加哥故事》描写了一对年轻夫妻怀揣着对美好生活的梦想来到现代都市芝加哥追寻自我实现的历程，凸显了以小麦交易所为中心的商业机构对普通民众经济生活的操控和影响。都市生活并非理想的模式，相反，其中充斥着拜金主义和利益角逐，压抑了人的善良本性，却使其弱肉强食的动物本性得到极度张扬，上演了一幕幕悲剧。诺里斯没有来得及完成第三部《豺狼——欧洲故事》，就于 1902 年 10 月 25 日因阑尾炎英年早逝，年仅 32 岁。

密瑟尔·斯劳事件发生之后，诺里斯对当时美国社会由阶级矛盾引发的冲突和暴力事件给予了密切关注。他查阅了这一历史事件的相关新闻报道和文献记载，并亲自到加州对当时的劳资矛盾和阶级斗争进行了实地考察和调研，掌握了充分的资料之后，才开始着手写作《章鱼》，并于 1901 年出版了这部极具代表性的"揭丑"文学作品。这部小说对垄断资本凭借强大的势力来控制小麦的生产、盘剥小麦种植户的手段与无耻行径进行了细致入微的描写和揭示。事实上,因小说《章鱼》的成功出版,美国历史上的密瑟尔·斯劳事件引起了人们更广泛的关注。

三、小说《章鱼》中的地图意蕴

在小说《章鱼》中,垄断资本的力量借由"火车"意象得以呈现。火车仿若一头"飞奔的怪兽",是由钢铁铸成的、吐着蒸汽的怪物,"从天边飞驰到天边"。火车成为"一股巨大势力的象征,既庞大又可怕",它使整个圣华金河流域响遍了"那巨雷般的回声,在经过的道路上留下鲜血和死亡"(诺里斯,1984:51)。人们看到火车仿佛一条大龙,"伸出钢铁的触手,直钻进土壤,这是一股没有灵魂的暴力,铁石心肠的势力,是一头怪兽,一个巨人,一条章鱼"(诺里斯,1984:52)。基于密瑟尔·斯劳悲剧事件的小说《章鱼》之所以产生了深远的影响,一方面是因为它揭露了当时的社会不公:铁路所及之处无不是由鲜血和死亡铺就,铁路垄断集团将包括土地在内的一切财富都纳入囊中。另一方面,如同八爪章鱼,横贯美洲大陆的铁道线将广阔的西部空间串联进整个美洲-太平洋版图,从一定程度上展现了当时美国的国家地理战略意识。

长篇小说《章鱼》发表于1901年,是诺里斯"小麦史诗三部曲"中的第一部。小说开篇伊始,故事叙述者、诗人普瑞斯莱便向读者声明,他计划沿着县公路在波恩维尔县骑自行车逛上一圈。开卷的这一趟骑行,将神秘而迷人的西部景观纳入读者的视野,使西部的辽阔和壮美得以尽情展现。同时,作家也透露了骑行者的目的:这位来自美国东部的诗人有一个宏大的计划——通过骑行尽览西部风貌,为构思中的诗歌《西部之歌》搜集创作素材。普瑞斯莱满怀憧憬,希望以自己的诗歌记录下具有历史意义的西部拓荒时代。

按照他的心愿,这首诗歌不仅要承载西部的神秘传说及其发展历程,还要将西部所有的"河谷、平原和山岗","农庄、山脉和矿坑"统统纳入其中(诺里斯,1984:11)。也就是说,他计划中的诗歌既要涵盖时间的维度,也要展现地域空间的范畴。在他用文字描绘的图景中,普瑞斯莱不仅要纳入西部的地质地貌特征,更要赞叹其地理空间的辽阔和幅员的宽广,"从两个达科他州到两

个墨西哥，从温尼伯到瓜达卢佩的形形色色的城镇村落"（诺里斯，1984：11），
将这些地方特色汇成一体，谱写出一首伟大的颂歌。普瑞斯莱所憧憬的诗篇，
是奏响在西部辽阔疆域地基上的"整个时代、整个世纪、整个民族的心声"（诺
里斯，1984：10）。据此，读者不难推断，作者开篇借助于叙述者的骑行，不仅
是为了勾勒出小说故事背景的地貌特征和人文景观，更是意在强调叙述者为
读者描绘的波恩维尔县地形图具有重要的指引作用。从某种程度上说，读者
必须循着开篇绘制的地图来读解整个故事的潜文本。

　　地图在小说《章鱼》中具有重要的索引和指示功能。1900 年 9 月，诺里斯
在即将完成《章鱼》书稿的写作之际，也在思考关于出版这部"小麦史诗三部
曲"之一的具体细节问题。在写给一位友人的信中，他提到将在小说的"前言
位置"确定无疑地插入一幅"当地地图"，兴许还会开列出一份"作品主要人物
名单"以及"小麦史诗三部曲"的一条注解（Davison，1969：6）。事实上，在小
说的第一版中，他确实也是这么做的。在随后的数次再版中，这幅详细描绘了
《章鱼》故事发生地的地图都得到了保留。在这部自然主义文学作品中，一幅
详尽反映自然地貌和火车线路走向的地图，不仅给小说增添了几分真实感，而
且以一种特殊的方式将小说的主题——种植户与铁路公司之间的对抗和冲突
形象地、立体地呈现了出来。

　　当代地图学家 J. B. 哈利认为，在社会地图学的视野中，地图绝非中立、客
观的呈现，而"具有一定的社会属性和政治属性"（Harley，2001：26）。这一论
断是有道理的。诺里斯笔下的圣华金河流域因此并不仅仅是小说故事的地理
场景，而是具有政治编码的文化符号，可供我们细细解读。《章鱼》中浓墨重彩
地凸显的几幅地图，都与意识形态息息相关。它们揭示出社会和阶级矛盾，提
醒读者关注地图无声息的言说及其表面之下激烈的阶级斗争。通过地图的绘
制，诺里斯旨在揭示当时美国社会的空间运行机制，并探究其背后的意识形态
色彩。

　　作为空间资源和空间布局的呈现方式，地图往往成为多重意义的载体。
现代地图不仅涵括了对地质地貌和资源分布的自然测绘，还涉及交通线路走
向和信息传播线路等人为地理的绘制。从位于前言部分的地图中，读者可以
看到作者所描绘的圣华金河流域内诸种地形地貌特征，比如平原、河流、树木、

小溪、泉水、高地和低地等自然地理风貌。小说作者还醒目地标出各种人工建造的交通运输和通信传输线路走向,包括县道、上环道路、下环道路以及铁路路线和电话、电报线路。

尤其是纵横交错的铁路路线,将自然空间分隔成一个个人为划定的空间区域板块,直线型的铁路路线取代了自然弯曲的河流和山脉,成为地图中最显眼的部分,加深了空间板块的分隔。地图上那些用粗体字标出的"农庄"字样赫然入目,另外还有包括外屋、庄屋、谷仓、储水箱、灌溉渠等相关农场设施的具体位置说明。这些针对自然地理的改造和建设清晰地表明,种植户们对土地的改良投入了大量的精力、财力和物力。由此可见,诺里斯笔下的地图描绘,绝非一个物理空间的简单呈现,而是使各种"力量的循环和对比清晰可见"的博弈图(Berte,2005:204)。地图承载的不仅是自然地理信息,更体现出经济、政治、科技等因素在空间上的力量分布,可谓是一个错综复杂的力量复合体(Berte,2005:203)。

诺里斯在小说《章鱼》中为读者绘制了各式各样的地图,这些地图所呈现出的复杂、多层次的现代地理学图景,不仅为读者提供了了解"小麦史诗三部曲"的一条清晰的"线路图",而且也成了作者阐释其写作主题的重要工具和手段。已经有学者对小说前言部分的地图和出现在铁路专员莱门·台力克办公室里的一幅大型加利福尼亚州铁路走向图展开过相关讨论。在《弗兰克·诺里斯:空间形式和叙述时间》一书中,詹妮弗·博伊德曾详细分析了上述两幅地图,明确指出,地图出现在小说第一部和第二部的开篇位置,这样的安排是意味深长的。作者有意通过建构一个叙述空间来引导读者迅速切入文本,给他们的解读提供路线图(Boyd,1993:2-4)。博伊德的解读强调了小说中地图的叙事功能,它们是诺里斯叙述策略的重要组成部分。但她并未将地图与自然主义文学作品中的一个关键词——"力量"联系起来,也未深入探究这一叙述形式与作品的主题呈现之间存在着何种联系。除了前言部分的地图,诺里斯还浓墨重彩地提到了三幅地图,而它们更清晰地呈现了小说中各种力量的对比和博弈。

继前言部分的地图之后,第一幅地图是悬挂在曼克奈斯·台力克办公室墙上的一幅关于摩埃托斯农庄的地形图。占地整整一万英亩的农庄是波恩维尔县最大的庄园,其神经中枢便是这间陈设简陋但设备齐全的办公室。办公室内配备了写字台、保险箱、书信复写器、打字机和电话机。墙上仅有一张摩埃托斯农庄的大地图作为装饰。这幅地图就"挂在两扇窗子之间的墙上",虽然简单,却准确地描绘了庄园的详细地质、地貌特征:"上面精确地画着每一条水道、每一块洼地和高地,还标明了各地土壤中沃土的不同深度。"(诺里斯,1984:54)不难发现,从地图上标识出的详细土地地形特征来看,农场主人台力克熟谙自己庄园内的每一寸土地,可以如数家珍般准确地描绘出各处的土地状况。地图体现了他对这片土地的热爱和精心呵护。通过将庄园土地上的每条水道、每块高地和泥土土质情况记录在地图上,他似乎期望以此来宣告自己对这片土地的所有权。然而,随着故事的推进,我们了解到,台力克自以为在这片土地上长期居住、用心经营,便拥有了某种所有权,但这个天真的想法终究被残酷的现实击得粉碎。

如果说台力克办公室里的地图还只是一个小空间局部图,体现的是农场主个人对土地的权威,那么随后诺里斯提供的第二幅地图,涉及的空间要宽广得多,它着重强调了铁路公司对土地的所有权。第二幅地图悬挂在太平洋西南联铁地产办事处的墙上。走进办事处老板勒格尔斯的办公室,首先映入眼帘的便是其写字台上方挂着的一幅波恩维尔和瓜达拉哈拉那一带铁路公司名下地产的大地图,上面"精确地标明铁路公司所有的那些'夹花地段'"(诺里斯,1984:189)。这幅地图明确宣示了铁路公司对圣华金河流域一带铁路线周围地产的所有权,其中就包括了上文提到的台力克家占地万亩的农庄。

为了鼓励和支持铁路公司,政府把新修建的铁路沿线的土地划分为若干区域,并将奇数区域的土地——即"夹花地段",以奖励的方式划拨到铁路公司名下,归各大铁路公司所有。因此,对于从东部移民而来的种植户而言,他们无法从政府手中直接购买土地,而只能从铁路公司购买或租用。小说中的小麦种植户们便是以这种方式获得土地,然后采用家庭式的农场经营方式进行耕种。将台力克农庄置于第二幅地图中考查,读者会看到,几乎整个圣华金河流域的土地实际上都处于铁路公司的权力掌控之下。以台力克为代表的农场主们辛勤地经营农场,却无法拥有土地的所有权,个体农场主与铁路公司的力量博弈构成了《章鱼》的矛盾焦点。在学者贝尔特看来,第二幅地图使"力量"

这一抽象概念在现代地理学的视域下得以具体化,空间绝非客观化的存在物,而是各种力量博弈的产物,并且空间自身具有生产性(Berte,2005:204)。

值得注意的是,虽然台力克和勒格尔斯办公室里的两幅地图所标示的土地归属存在冲突,但诺里斯强调地图都是"精确"绘制而成,从某种程度上说,它们都具有一定的真实性。人们往往认为,空间是具有某种恒定性的客观物,对空间进行测绘的地图因而具备了不言而喻的精确性和真实性。然而,诺里斯提供的这两幅地图因归属权的不一致,使得"空间"这一概念失去了恒定性,变得主观且富有争议。由此,读者也看到,地图的绘制、理解和想象,都包含着某种社会秩序,体现了社会力量的对比和博弈。从知识社会学的视角观之,制图文化"不仅包含物质性的制图技术,还包含一个社会拥有的对制图实践的理解、经验和探索世界的表述方式以及渗透在这些表述中的社会秩序,后者正是借助这些手段来重新铸造和创造其自身的"(Norcia,2003:19)。

《章鱼》中最吸引眼球的一幅地图是展开于铁路专员莱门·台力克办公桌上的加州全州铁路路线图。诺里斯浓墨重彩地向读者描绘了这幅地图,并生动形象地将之比喻成一个巨大的红色蛛网,他写道:

那是一张铁路专员颁发的加利福尼亚州铁路路线图,画的是截至那年3月30日为止的情形。图上用不同的颜色,蓝色、绿色和黄色,精确地画着全州所有的铁路。然而,这些蓝色、绿色和黄色的线条不过是些细细的条纹,很短,支离破碎,无足轻重。只消站得稍远些,就简直看不出这些线条。整幅地图上却布满了一大片错综复杂的红色蛛网,标着"太平洋西南联铁"的字样。这些铁路以旧金山为中心,从那里像蛛网般朝北,朝东,朝南分布出去,一直通到州内的每一个角落。从地图最上端的考尔斯直到最下端的犹玛,从一边的瑞诺到另一边的旧金山,都布满了这红色的血管丛,一个地道的血液循环系统,错综复杂,有的地方分开,有的地方合并,分枝开叉,四处伸张,伸出触角、枝条、主根、支流——那是从颈静脉伸张出来的小血管,曲曲折折地直通偏僻的县份,缠住了某个被人遗忘的村落小镇,用数不清的卷须当中的一条,用一百条触手当中的一条,卷住了它,就那么把它朝这整个循环系统的中心直拖。

地图的底子是白色的,好像所有该用来滋养图上各县城镇的血液,都被这头摊开手脚趴在地上的大生物,用它那些汇聚在一点的红色动脉吸个一干二净了。好像全州都给吸干了血,弄得苍白而毫无血色,于是就在这一片惨白的背景上,这头怪物那鲜红色的动脉显得清清楚楚,饱鼓鼓地含着血液,一直伸到无边无际的远方,简直快胀破了。这是一个毒瘤,一条巨大无比的寄生虫,拿整整一州的血液来养肥自己。(诺里斯,1984:285-286)

这幅地图从加利福尼亚全州的角度,展示了太平洋西南联铁公司对土地的占有和控制。地图上用各种不同颜色标示出的铁路线,犹如一个生物体的"血液循环系统"(诺里斯,1984:285),四处蔓延,错综复杂,它将地图上所有的村落小镇都网罗进这个庞大的运输体系,并引导所有"血液"的涓涓细流淌向旧金山——那是系统的资本和权力中心。这幅地图所展示出的加州全州铁路路线图,远远超越了先前出现的台力克农庄的庄园地图,也超越了勒格尔斯地产公司所管辖的铁路区域图所涵括的范围。它以"一大片错综复杂的红色蛛网"和"血液循环系统"般的巨幅网络向整个加州地区全面辐射开来(诺里斯,1984:285)。铁路线从州、市、镇、县,一直延伸至村,清晰地呈现为铁路公司精心布控下呈蛛网状的交通网络,被层层掌控,蔓延至全州的每一处角落。

从某种程度上说,铁路线,或者更确切地说是拥有铁路线的铁路公司,控制和影响着全州的土地资源分配。铁路线所通达之处,无不把周边的一切卷入铁路公司的势力范围之内。为了强调铁路网的层级分布,作者还反复用了"血液循环系统"的"颈静脉""红色动脉""小血管""支流"和"血管丛"等生物学概念,来比喻铁路线的主干和分支线路,强调其遍布大地的势力(诺里斯,1984:285)。贝尔特认为,通过这张虚构的地图,诺里斯希望借助"空间梯级"的叙述策略,来展现现代铁路公司实际上是一个"错综复杂"的权力体系,并凸显它对空间占用的层级覆盖(Berte,2005:211)。作者用最具生命活力的"血液循环系统"来比喻强大、四处蔓延和无所不包的铁路运输系统,尝试捕捉铁路公司在现代世界经济体系中"力量循环的迫切性"和它无比强大的势力(Berte,2005:210)。

小说书名"章鱼"是一个引人注目的象征。铁路路线如章鱼的触角般向四处延伸,将各地的力量向中心区域——旧金山汇集,戏剧性地把焦点聚集在铁路公司所拥有的"州际层面的势力"上(Berte,2005:211)。政府把这幅地图颁发给新任命的铁路专员,以便他们掌握加利福尼亚全州详细的铁路分布情况。地图上还明确地印着三位新铁路专员的名字,作者以此提醒读者注意,三位新任命的加州铁路专员完全具有代表州政府行使管理职责的权力——协调铁路的运费率,而这将直接关系到种植户的经济利益。正是在这个意义上,铁路专员手上的铁路线分布图不仅揭示了社会和政治矛盾,还表达了阶级立场,证实地图与意识形态息息相关,也揭示了当时美国社会从空间层面上的管理机制。此处,诺里斯利用地图作为展现空间关系和空间力量的工具,巧妙地将政治力量编织进这一权力关系网络,暗示了小说中处于纠纷中的土地问题所受到的政治层面的影响。作为代表州政府权力的行使者,即三位铁路专员,负有管理、监督和协调铁路运费的职责,然而他们或被铁路公司收买,或被农场主拉拢,人员的选定无疑体现了铁路公司和农场主之间的势力博弈,展现了两者之间斗争的复杂性。

诺里斯笔下三幅精确绘制的地图将权力关系的博弈一览无余地呈现了出来。完整、统一的自然空间分崩离析,变成了一个由铁路支线所划分的区域板块"拼图",表征了政府、铁路公司和农场主三者势力之间的权力博弈。有学者指出,地图"作为一种分析工具……能呈现某些被隐藏的特定关系"(Lin,2017:44)。地图显示了红色蛛网状的纵横交错的铁路线,也显示了由这些曲线分隔出来的一个个空间区域。这些区域指向了小说的中心议题,即空间的争夺问题。

美国的铁路不同于由历史发展逐渐形成的欧洲铁路系统,它并不是起步于一个完善的前工业化运输系统(希弗尔布施,2018:140)。在美国,铁路首先与开拓西部疆域同步,建于此前无人定居的荒野。冯·韦伯认为,随着铁路的建设和不断延伸,"美国文化开启了欧洲文明利用铁路而实现的那些事情。粗糙的小路和牧牛小径都还没建成,铁路就已经不断延伸,穿越未经开垦的大草原、原始森林。在欧洲,铁路系统促进了交通;而在美国,铁路系统创造了交通"(转引自希弗尔布施,2018:140)。这种差异性的存在源自美国工业革命的特殊性。就美国而言,工业革命并非始于制造业,而是始于农业和运输业。美国人早已意识到,如果要开疆拓土、发展经济,先决条件是创建一个高效的运输体系。联合太平洋铁路和中央太平洋铁路的汇合，标志着第一条横贯美国大陆的铁路修建完成，也标志着一个跨区域的交通运输体系的初步形成。

正是西部开发和定居的需求，形成了一股强劲的推动力，促成了铁路建设的全面成功。欧洲人无法想象的是，新建的美国铁路运输系统并非取代以前就存在的交通方式，而是在新的领域创造了前所未有的经济模式，因而运输系统被认为具有生产性，而这种生产性，在土地划拨政策中表现得最为显著（希弗尔布施，2018：142）。美国西部广袤的土地本来受限于严峻的自然条件，一直没能得到充分利用，也就无法产生足够的价值。然而，铁路的建设改变了这一局面。随着铁路路线持续不断地向西延伸和推进，一个个新兴市场被创造出来，同时铁路沿线周边所预留的土地，其价格也翻倍增长。随后，政府划拨给铁路公司的土地，也相应地通过翻倍的地租价格得到补偿。因此，这种划拨就会将委托的本质从政府转移到铁路公司，后者成了"把未占领的土地投放到市场上的代理人"（Cleveland，1966：246）。

政府出于鼓励铁路公司兴建铁路以提高西部运输能力的目的，将铁路沿线的乡村以及新建的铁路城镇土地以赠予或低价出售的方式转让给铁路公司。随后，铁路公司再将土地出租给种植户们进行耕植，从中牟利。正是在看到西南联铁公司广泛发放的租售土地的宣传小册子后，小说中的台力克、安尼克斯特、奥斯特曼等种植户才来到圣华金河流域定居，企望通过一家人的辛勤劳作发财致富，实现他们的"美国梦"。

美国建国后，为了吸引国人进行边疆拓殖，政府颁发了一系列土地法令和政策，鼓励东部移民到西部开拓疆土，将土地以出售的方式商品化。这种被称为"国家领土策略"（State Territorial Strategies）的系列土地法令和政策，其目标是运用国家权力机器来制定和规划空间政策，行使政治权力干预相关的社会与经济力量。它将原始的、自然的空间打碎，重新进行划分、区隔和建构，塑造与重塑国家政治经济生活的领土结构，将"充满矛盾和冲突的国家空间，转化为可控的、稳定的、有秩序的抽象空间"（Brenner & Elden，2009：367 - 370）。一方面，国家通过将土地商品化，使土地有可能成为人们的私有财产。美国政府认为，这种土地政策中蕴含的政治理念对于"构建民主国家具有积极的进步意义"，而土地的私有化也会对"美国的资本主义经济发展起到核心作用,是国家全部西部政策的基础和中心"(何顺果,1992:78,110)。

另一方面,如小说所述,农场主们并不是从政府手中直接购买土地,这些土地早已被划入西南联铁公司名下,归铁路公司所有。种植户只能从拥有土地的铁路公司手中租用或购买土地进行垦殖,这种方式成了日后垄断资本主义与农民阶级冲突的导火索。铁路公司通过大力度宣传,以低廉的土地租用价格吸引了大批东部移民。移民们将自己对美国梦的美好憧憬寄托于通过辛勤劳作和精心经营,在西部这片"应许之地"建设新家园。然而以铁路公司为代表的垄断资本主义通过高额的铁路运费率剥夺了农场主们的绝大部分收成,将经过农场主精心改良后的土地以高出原来宣传广告中所标价格的数十倍出售,并试图将他们赶出自己的家园,这导致矛盾加剧,阶级冲突不断升级。密瑟尔·斯劳悲剧事件正是在诺里斯描写的这一背景下爆发的。

四、社会不公和空间正义

处于 19 世纪末的美国社会,政治、经济和劳工问题不断涌现,阶级矛盾加剧,一方面是财富和权力的过于集中,另一方面是社会贫困的加剧和恶化,阶级对抗持续升温。到 1890 年时,美国富有阶层与贫困阶层平均占有的财富竟相差近 2,000 倍(张国庆,2013:2)。美国社会呈现出明显的两极分化现象:一部分人过着纸醉金迷的奢华生活;更多的人因失业而难以维持生计,过着朝不保夕的日子。作家在《章鱼》结尾处刻意交叉描绘了两个场景,十分形象、真实地记录了这种严重的社会两极分化现象。场景之一是叙述者普瑞斯莱跟随西达奎斯特太太一家到太平洋西南联铁的一位副总裁家里吃饭。作家不惜笔墨,详细描写了那位大人物家富丽堂皇、极尽奢华的别墅以及富人家中用餐的讲究和丰盛的菜肴。与之形成鲜明对照的,是破产农民何芬太太一家的情景:她带着两个女儿在街上流浪,以乞讨为生。正当铁路巨子邀请宾客在家中享受珍馐美味、觥筹交错之时,何芬太太终因饥饿和劳顿死在城市的一块空地上。小女儿被收养,大女儿则沦为街头妓女。

"朱门酒肉臭,路有冻死骨。"这两个场景的并置,表达了作家的社会抗议,在读者心中激起了强烈的共鸣。人们看到资本垄断所造成的社会不平等和触目惊心的两极分化现象。面对社会现实,美国政府依旧采用以市场为主导的放任型经济管控模式，其宗旨是维持稳定的现行制度，打压社会底层的抗议。1887 年，美国国库充盈，但是当有人提议从中拨出 10 万美元救济得克萨斯州遭遇长期干旱的农民、帮助他们购买谷种时，总统克利夫兰否决了这项议案。在他看来，当时的情形下联邦政府如果给予救助，将会助长农民们的依赖心理，使他们"期望政府部门像父亲般关心他们"，而这将弱化美国民族"刚毅不屈的性格"（津恩，2013：209）。可是就在同一年，克利夫兰用国家黄金储备余额，给富裕的债券持有者分配盈利（每张价值 100 美元或以上的获得债券盈利 28 美元），共支出 4,500 万美元。美国政府对富人的支持和对穷人的打击，造成了 19 世纪 90 年代日益尖锐的阶级冲突。1893 年因经济萧条导致国内骚乱，克利夫兰总统调集军队驱散"考克西失业大军"——聚集到华盛顿的失业者的一次示威活动。第二年他又调集军队驱散了全国铁路系统的罢工运动（津恩，2013：210）。

面对财富分配不均和少数人的权力垄断，国家的司法机构并不能为普通民众提供有效的法律保障。法院的法官们不单单是法律的阐释者，也是他们自己利益集团的拥护者。1893 年，最高法院法官戴维·布鲁尔在写给纽约律师协会的一封信中提到，"社会财富由少数人掌握，这是恒久的法律……绝大多数人都不愿忍受长期的自我牺牲和勤俭节约，然而，没有这些，就不可能积累起财富……所以，在人性得到彻底改造之前，一个国家的财富总是掌握在少数人手中，而大多数则要终生劳作"（津恩，2013：211）。作为一本揭露当时社会黑幕的小说，《章鱼》中对铁路公司与政府官员的勾结以及美国司法部门的不公和腐败描写甚多。

随着科学技术的进步，农业机械化得到普及，生产能力的大幅提升导致了生产严重过剩，国内消费不足使得美国经济出现严重衰退，这一经济危机加剧了 19 世纪 90 年代的阶级冲突。在诺里斯的笔下，小说人物被限定在具有某种"力量"的地理空间网络之中，这一空间既成了他们斗争的场所，也是其斗争的目标。

自然主义文学往往极力渲染环境对人的影响，认为人总是处于某种"力量"的支配之下。从宿命论和遗传学的视角切入，对于自然主义文学作品中的人物来说，他们的一切努力终将徒劳无功、毫无意义。在《章鱼》中，诺里斯就借普瑞斯莱之口宣称,"人类算不上什么,大不了是些微生物,大不了是些蜉蝣……只有'力量'才存在"(诺里斯,1984:633)。密瑟尔·斯劳事件是发生在农庄小麦地里的械斗,最终演化为造成五位农场主死亡的悲剧。这一事实似乎佐证了带宿命论色彩的自然主义观点。但如果我们细读小说,并结合当时在美国全国范围内爆发的农民起义和工人抗议来看,诺里斯的作品依然为我们指明了一条通过整体空间联合来展开阶级斗争的路径。作家寄希望于建立一个"想象的共同体"来引导处于各个层级的民众团结起来,为了维护人民的利益而进行顽强抗争。

马克思主义地理学家哈维曾经明确指出,"今天,阶级斗争比以往更加被铭刻在了空间之中"(哈维,2013:297)。诺里斯在《章鱼》中正是以空间的层级力量为基础,号召各级民众紧密团结起来,同心协力,对抗垄断资本主义。如前文所述,资本主义利用空间生产来达到其剥削和资本积累的目的。与此同时,作者在小说中也巧妙地将阶级斗争钩织进空间的网络之中,尝试通过号召各个层级空间范围内的人们携起手来,共同反对西南联合铁路公司实施的带有严重盘剥性质的铁路运费率以及铁路旁农田的高额租借和出售费用。当其他的改革机构——如政府、政党或劳工组织,或因腐败,或因过分激进,变得日益政治化且易于妥协之时,空间则为人们提供了一个似乎是有形的、客观的和民主的框架,处于某一地域空间内的人们通过想象自己的公民性,反而可以实现民主团结的目的(Berte,2005:215)。

在诺里斯看来,如同小麦或铁路各自形成了自己的力量一样,人民也拥有一种强大的自发性力量。在压迫和不公面前,他们终究会被唤醒,其力量"专横彪悍",并将"势不可挡"(诺里斯,1984:275)。与其他自然主义作家一样,诺里斯同样抱有环境决定论的观点,认为人在环境面前微不足道,常常无能为力,但他不是绝对主义者,也不是超道德论者,而相信强压之下会出现反弹力。他在《章鱼》中也探讨了人民的巨大潜能。一旦处于某一空间的人形成了公民意识,他们便能为一个共同的目标团结起来,一股势不可挡的力量也将喷涌而出,"像一个起动的活塞一样,劲头急骤而势不可挡,只想达到自己的目的,冷酷无情,不懂得什么叫怜悯"(诺里斯,1984:275)。小说中诺里斯多次肯定人民的力量,认为一个颠扑不破的、简单而基本的真理是,"只消人民说一声

'不'，历史上所有的最坚强的专制制度，不管是政治的，宗教的，还是经济的，就一个礼拜都站不住"（诺里斯，1984：300）。因此，他号召各个层级的人民勇敢地团结起来，与现代美国的"两大罪恶"——"群众的昏睡不醒和托拉斯的侵占并吞"（诺里斯，1984：301）——进行坚定的斗争，谱写真正属于美国的史诗。

诺里斯在小说中高度赞扬了各级、各地区民众同心协力的奉献精神，这是因为现代地理和经济环境塑造了他们新的身份认同。与外部世界在地理和经济上的关联，使种植户们感到自己已经不再是独立的个体，而是"巨大整体中的一部分"（诺里斯，1984：55）。那些蛛网般的铁路线，还有现代通信网络，将个体的农庄串联进外部世界的网络当中。每个农庄的办事处通过电线与旧金山沟通，然后通过这个中心城市连上了"明尼阿波利斯、德卢思、芝加哥、纽约"，最后联通了欧洲（诺里斯，1984：55）。诺里斯描写的正是美国现代农业形成时期。虽然身处于自家农庄中，但台力克等种植户们可以接收来自全球范围的小麦市场讯息，了解小麦在收获期内及收获期后的市场行情波动信息。

诺里斯很早就描述了今天我们称之为"蝴蝶效应"的现象：加利福尼亚的农庄被串联到全球网络之中，远在数千英里外发生的事都可能对农庄造成影响。无线电传来的任何一则消息，比如"达科他州草原上的干旱，印度平原上下了一阵雨，俄国草原上一次霜冻，阿根廷大草地上刮了一阵热风"（诺里斯，1984：55），都将牵动农场主们的心弦。交通和通信方式的改变和提升，一方面能使种植户们更迅捷地获取市场信息，做出价格涨跌的预判，对准市场调整销售，从而实现盈利最大化。但是另一方面，与外界联系得越紧密，受到外界变化的影响也就越大，他们独立掌控自己命运的能力也就越弱。小说中的许多细节描写都呈现出种植户们面对千变万化的外界市场，内心充满了焦虑和忧思。此处，诺里斯既指出了种植户们的生活缺乏坚实保障、无法左右自己命运的这一可悲的现实，也暗示了他们在更广空间内团结起来、争取自身利益、开展阶级斗争的可能性和必要性。

作为西南联合铁路公司的对抗性力量，以台力克为代表的种植户联盟，也呈现出空间层级化的特征（Berte，2005：213）。《章鱼》中，人民的力量通过这个联盟得到了彰显。这个农场主联盟的建立，初始于在台力克家聚会的都拉瑞县几位主要的小麦种植者。聚会上,几位当地核心种植户组建了一个委员会,他们出谋划策,积极行动,决心联合起来,反对托拉斯,保卫家园。在台力克看来,那些围坐在他家餐桌旁的种植户们,"好像代表着许许多多其他的人,代表着广大的圣华金河流域所有的农民、农庄主人和小麦种植者。他们说的话就是这整个集团要说的话,他们的苦恼就是全州的苦恼,这全州的人给蹂躏得忍无可忍了"(诺里斯,1984:116)。

农场主联盟作为"一架性能未明的引擎,一台用来打仗的机器"(诺里斯,1984:272),成了反抗西南联合铁路公司的主要力量。这些农场主们团结一致,为着一个共同的目标而奋斗,形成了一个理想的共同体。这方面的描述,分明是对劳动人民联合起来反抗剥削、建设美好家园的想象,也就是对美好共同体的想象。诺里斯指出这群种植户不仅代表着他们各自的利益,也代表了整个圣华金河流域,甚至整个加州人民的利益,由此肯定和认同联盟这一组织具有的广泛民众基础。从县、市、州开始,层层延伸,最后向国家空间拓展,作者意在揭示开展阶级斗争的有效实现路径。

种植户们最先向都拉瑞县首府维萨利亚的地方法院上诉,接着将抗诉状提交到了旧金山联邦巡回法庭,最后再到位于华盛顿的最高法院。通过层层延展的司法体系,他们积极寻求法律的援助和支持,希望国家司法制度能够保障他们拥有一个公平合理的生存空间。除了寻求司法公正,种植户们也积极谋求政治参与。他们意识到选举出一个"民有、民治、民享的铁路专员委员会"来维护自己的利益,打破铁路公司对铁路运费率的绝对话语权的重要意义(诺里斯,1984:194)。种植户们还尊称经由选举产生的联盟领袖曼克奈斯·台力克为"州长",这一称呼别具深意,似乎暗示着后者所代表的小麦种植者们的利益远远超出了都拉瑞县的范围,其影响力还将扩大到整个加利福尼亚州,甚或全国范围内受垄断资本主义压迫的工农阶层。

更具表征意义的是,普瑞斯莱将他一直梦想创作的美国史诗《西部之歌》改名为《辛勤劳动者》,并发表在旧金山的一家报纸上。作为诺里斯的代言者,普瑞斯莱以无限宽广的地域概念号召全国的工农阶层团结起来,联合反对如章鱼般将触须延伸到国家各个角落的铁路托拉斯。他希望自己能够成为一个"不惜为自由而牺牲生命的人",把圣华金河流域那个小天地里所发生的斗争向全国各地传播开去，把"正在这大陆边缘，在这被人遗忘的、偏僻的太平洋海岸上展开的那出戏告诉全国同胞，唤起他们的注意，鼓动大家行动起来"（诺里斯，1984：391）。

在密瑟尔·斯劳事件发生后，诺里斯借普瑞斯莱之口控诉道，"当着全世界的面，当着美利坚合众国人民的面"，铁路垄断集团剥夺了五个人的生命，"霸占了一个王国"（诺里斯，1984：534－535）。随后，普瑞斯莱还发表了一场慷慨激昂的演说，呼吁人民摆脱懒政和不作为的政府（Berte，2005：216），明确自己的公民责任和义务，积极追求被垄断资本主义粉碎的"自由"和"幸福"（诺里斯，1984：535）。对自由和幸福的追求早已写入美国《独立宣言》，是美国的基本建国信念，但大多数人并未获得这种自由和幸福。此处作者借助于对这一纲领的想象，号召全国劳动人民行动起来，反抗垄断集团的非正义行为。密瑟尔·斯劳事件使人们意识到，必须团结起来共同对抗垄断资本主义，并且它使人们更清楚地体会到政治权力在经济活动中举足轻重的作用。

五、搭上铁路快车的美国全球贸易梦

自 19 世纪中叶以来，铁路和公路的大规模建设，在极大地改善交通条件的同时，也提升了资本主义进行征服和社会改造的基本技术条件。通信技术的高速发展进一步改变了人们对时间和空间的既定概念，形成后现代地理学者所说的"时空压缩"，资本主义由此实现了其对空间的重新配置。广阔的地理空间也随即成为政治经济的斗争焦点。空间则成为历史的产物（汪民安，2015：108）。

在列斐伏尔的"空间生产"理论中，空间并非客观的物质性容器，而是各种意识形态与利益相互竞争、角逐的场所及其政治性的产物。国家则是致力于特定社会空间化再生产的社会生产空间。美国垄断资本主义不仅利用资本和技术的优势，对国内的空间实现了重新划定，而且他们在对外贸易扩张的强力意志影响下，希望能够重新描绘全球地理版图。对于 19 世纪末的美国垄断资本主义来说，"开创世界市场、减少空间障碍、通过时间消灭空间的激励因素无所不在"（哈维，2013：330）。所谓排除或减少空间障碍，就是旨在通过修建铁路和公路、开凿运河、建造汽船，增强远程运输能力，缩短远程运输时间，从而

实现空间的压缩或叠加。

空间的压缩是对外贸易扩张和发展的强劲保障。众所周知,不列颠群岛享有得天独厚的地理位置,水资源和海运价格非常便宜,这使得英国率先成为对外贸易的受益国。另外,英国犹如"一个北方的威尼斯,充当着杠杆支点,撬动了斯堪的纳维亚半岛、欧洲大部以及后来美洲各地的贸易;又假道好望角,带动了远东的贸易"(麦克法兰,2013:25)。我们看到,正是依凭这些优越的地理条件,贸易变成了英国财富的生命线,在贸易迅猛发展的强力支撑下,英国国力也随之获得了极大的提升,逐渐发展为19世纪"日不落大英帝国"。阿力克西·德·托克维尔曾评说道:"制造业和贸易是两个最著名的手段,是最快捷、最安全的致富途径。牛顿说,他之所以能发现客观世界的规律,靠的是竟日的苦思。英格兰人靠同样的办法掌握了全世界的贸易。"(Tocqueville,1968:105)与以前的军事帝国和宗教帝国所不同的是,这种将国家的财富主要建立在贸易基础上的理念,19世纪末在主要沿袭英国文化传统的美国社会,激起了强烈的共鸣。一种具有新世纪特色的经济帝国——以美国的"经济帝国主义"为代表的帝国形式逐渐成形(麦克法兰,2013:28)。更确切地说,美国帝国主义兴起的基础是经济力量,是以先进技术和贸易为依托的经济实力。

然而,19世纪末美国国内生产过剩,经济开始呈现严重衰退的迹象。为了解决国内消费不足的问题并阻止经济危机的爆发,经济界和政界精英们积极酝酿着一个观念,即为美国商品寻找海外市场。诺里斯在发表于1902年的《最终消失的边界》一文中指出,我们这个"世纪最伟大的词汇不再是'战争'而是'贸易'"(Norris,1903:113)。19世纪末到20世纪初的转折之际,伴随着西部边疆开拓的基本完成,美国将目光转向了全球,特别是东方市场。

诺里斯进行文学创作之时,正是美国资本主义面向全球开拓商品市场的迅猛发展之时。作为一种具有历史意义的特殊商品,小麦浓缩了这一转折期的时代特征。19世纪90年代的美国小麦种植者,越来越依赖于全球市场来消费其过剩的产量,并借此来克服国内生产过剩导致的经济危机。沃尔特·拉夫伯(Walter LaFeber)在其《新帝国:对美国扩张的解释,1865－1898》(*The New Empire: An Interpretation of American Expansion, 1860－1998*)中写道,"到1893年,美国的贸易额已超过除英国之外世界上的所有国家。农产品的繁荣，尤其是重要的烟草、棉花和小麦产地，长期严重依赖国际市场"(转引自津恩，2013：242)。

国内经济发展空间的有限性，促使美国政府认识到开拓海外市场、进行积极对外扩张的重要性和迫切性。1897 年，印第安纳州参议员艾伯特·贝弗里奇宣布："美国工厂所生产的产品超过了美国人民的需求；美国土地生产的粮食同样供过于求。命运为我们安排了扩张政策，世界贸易势在必行，美国必须主宰它。"(津恩，2013：241)1898 年，美国国务院也清楚地看到，如果想让美国的工人和技工整年有活干、不失业，那么每年必须考虑给不断增长的剩余产品寻找海外市场。政界人士逐渐意识到，不断扩大国内产品的海外销售量，已不再仅仅是一个贸易问题，而是变成了每个政治家都必须予以关注的严峻政治问题(津恩，2013：241)。

到 19 世纪 90 年代，美国已经积累了在海外贸易和对外交往方面的丰富经验。海外扩张的思想观念流传甚广，它不仅存在于上层军官、政界人士和富商大贾的脑海中，甚至还影响到了许多农民运动领袖(津恩，2013：240)。他们幻想着通过开拓海外市场，为自己的产品开辟更多的销售渠道，从而摆脱国内垄断巨头，实现自由贸易。《章鱼》中的"海外扩张"理念经由商人西达奎斯特之口道出，他宣称：

我们这个世纪快结束了。这个 19 世纪的口号是"生产"。20 世纪的口号将是——你们这批小伙子，听我说呀——是"市场"。作为我们产品的市场——我还是来举个具体例子吧——作为我们的小麦的市场，欧洲是完蛋了。欧洲人口增加的速度，赶不上我们生产的速度。在有些地方，譬如说法国，人口并不增加。可是我们呢，却一直拼命地增产小麦。结果是生产过剩。我们供应的小麦，欧洲人吃不完，于是价钱下跌了。补救的办法可不是减少我们的小麦播种面积，而是这个：必须开辟新的市场，更广大的市场。多少年来，我们一直把我们的小麦从"东方"运到"西方"，从加利福尼亚运到欧洲。可是早晚有一天，我们不得不把它从"西方"运到"东方"。我们必须顺着帝国扩张的方向前进，不能逆着它走。我是说我们必须拿中国来当目标。(诺里斯，1984：301-302)

　　西达奎斯特准确地把握住了时代的脉搏,即"顺着帝国扩张的方向前进"(诺里斯,1984:302)。他所描绘的关于开拓东方(中国)市场的宏伟蓝图,点燃了农场主曼克奈斯·台力克的想象,后者随即在脑海中幻想着一个"新时代"的到来,那个新时代将使种植户摆脱铁路公司和农业投机商的操纵,组建属于自己的"巨大无比的托拉斯,派自己的代理人到中国各通商口岸去"(诺里斯,1984:317)。在台力克的想象中,他仿佛又"变成了一个拓荒者"(诺里斯,1984:318),必将担负起开疆拓土的历史使命。如《现代美利坚帝国的起源》一书中所揭示的,那些依赖商品贸易的大农场主同样具有强烈的对外扩张欲望,包括像威廉·阿普里曼·威廉姆斯这样的平民党领袖(津恩,2013:242)。来自堪萨斯的平民党人国会议员杰里·辛普森1892年在国会演讲时说,由于大量农产品剩余,"农民迫切需要海外市场"(津恩,2013:242)。这些大农场主一旦发现了海外市场关乎他们长期、稳定的兴旺和繁荣,扩张主义政策就具有了无与伦比的魔力。

　　土地、疆界和地图三者的并置,成为现代美国空间政治的一种焦虑和欲望的缩影。地图以其明确的坐标指向为迈进扩张期的现代美国提供了一种放眼世界、审视全球、专业化的政治学,涉及国家转型、经济调控、文化引导等重大历史命题。我们看到,地图上的空间分配往往并非单纯的地理关系的表达,更多时候它显现为一种对国家秩序和人类自我价值观念投射的延续,因此地图的焦点空间常常与价值判断具有趋同性(郭方云,2013:8)。美国素以"天定命运"论(Manifest Destiny)来为自己的扩张行径正名。在小说《章鱼》的结尾处,诗人普瑞斯莱登上了"斯万希尔黛"号蒸汽船,带着昭昭天命,将一整船的小麦环绕地球一周运送到印度去,以拯救那里挨饿的东方人。对于商人西达奎斯特来说,他的新事业正在蒸蒸日上地发展着,因为"这条新航线的开辟,即用高速度的小麦船在太平洋和远东之间航行运输",正是"很合潮流"的事情(诺里斯,1984:647)。

　　历史学家约翰·霍布斯鲍姆在分析英国作家康拉德的小说时曾经提到,康拉德作品发表的那段时期,正是"新帝国主义"在地理和修辞层面上统治非洲的年代(McIntyre,2001:108),而这两点恰是帝国主义的空间及话语表征。康拉德在1902年出版的小说《黑暗深处》中暗示,汽船为欧洲开启征服非洲之旅提供了必要的交通保障。张德明认为，作为"18 世纪以来欧洲工业革命的标志性成就，汽船也成了西方科技、商业和军事三位一体征服未知世界的主要工具"（张德明，2012：71）。在《章鱼》中，与汽船具有同样意义的铁路，也通过压缩时间而征服了空间，又通过征服空间而压缩了时间，从而实现了对空间的大规模改造和重组。如亨利·列斐伏尔所说，"资本主义通过占有空间，生产空间"（Lefebvre，1978：21），生产并再生产社会关系，从而达到为资本主义创造剩余价值的目的。商人西达奎斯特那段话是对"新纪元"时代的想象（诺里斯，1984：317），也是国家空间生产的空间逻辑符码化的过程，它将现代美国放置在了大国崛起的时代背景之下。

　　小说《章鱼》正是这样一部以史诗般的恢宏叙述来展现美国国家意志的叙事作品。作者诺里斯以小麦生产为引线，以农场主和铁路公司的斗争为主轴，以密瑟尔·斯劳事件为中心，借用文学地图来想象空间的生产，以此揭露社会的不公，展现当时的社会矛盾和阶级抗议。悲剧事件的发生令人痛心疾首，但它也给人们带来了深度思考，帮助人们探讨赢取阶级斗争胜利的可能途径。将这部出版于 1901 年的小说置于 20 世纪初美国大国崛起的背景下来考量，其伟大之处，就在于它通过地图或曰空间的想象和延展，在批判现实的同时，也揭露了当时美国在"天定命运"的思想引领下进行全球扩张的国家意志。

引述文献：

Berte, Leigh Ann Litwiller. "Mapping 'The Octopus': Frank Norris' Naturalist Geography." *American Literary Realism*, 37/3 (Spring, 2005): 202–224.

Boyd, Jennifer. *Frank Norris: Spatial Form and Narrative Time*. New York: Peter Lang, 1993.

Brenner, Neil & Stuart Elden. "Henry Lefebvre on State, Space, Territory." *International Political Sociology*, 3 (2009): 353–377.

Brown, Richard Maxwell. *No Duty to Retreat: Violence and Values in American History and Society*. New York and Oxford: Oxford University Press, 1991.

Cleveland, Frederick. *Railroad Promotion and Capitalization in the United State*. New York: Longmans, Green & Co. , 1966.

Davison, Richard Allan ed. *The Merrill Studies in* The Octopus. Columbus: Merrill, 1969.

French, Warren. *Frank Norris*. New York: Twayne Publishers, 1962.

Harley, J. B. "Text and Contexts in the Interpretation of Early Maps. " Paul Laxton Ed. *The New Nature of Maps*. Baltimore: The Johns Hopkins University Press, 2001: 33 – 49.

Hicks, John D. *The Populist Revolt*. Minneapolis: The University of Minnesota Press, 1931.

Lefebvre, Henri. *The Survival of Capitalism: Reproduction of the Relation of Production*. Frank Bryant Trans. London: Allison and Busby, 1978.

Lin, A. "Mapping Multiethnic Texts in the Literary Classroom. " Robert Tally Ed. *Teaching Space, Place and Literature*. London and New York: Routledge, 2017: 40 – 48.

Marchand, Ernest. *Frank Norris: A Study*. New York: Octagon Books, 1971.

McIntyre, John. *Modernism for a Small Planet: Diminishing Global Space in the Locales of Conrad, Joyce, and Woolf*. National Library of Canada, Acquisitions and Bibliographie Services, 2001.

McMath, C. Robert. *American Populism: A Social History: 1877 – 1898*. New York: Hill and Wang, 1993.

Norcia, Megan A. "The Adventure of Geography: Women Writers Un-Map and Re-Map Imperialism. " *Victorian Newsletter* (Spring, 2003): 19.

Norris, Frank. "The Frontier Gone at Last. " *The Responsibilities of the Novelist*. New York: Doubleday, Page & Co. , 1903.

Pizer, Donald ed. *The Literary Criticism of Frank Norris*. New York: Russell & Russell, 1976.

Tocqueville, Alexis de. *Journey: Alexis de Tocqueville*, *Journeys to England and Ireland*. J. P. Mayer Ed. George Lawrence Trans. Oxford: Taylor & Francis Inc. , 1968.

郭方云：《文学地图中的女王身体诗学：以〈错误的喜剧〉为例》，《外国文学评论》，2013 年第 1 期：第 5 - 17 页。

哈维，戴维：《后现代的状况：对文化变迁之缘起的探究》，阎嘉译，北京：商务印书馆，2013 年。

何顺果：《美国边疆史——西部开发模式研究》，北京：北京大学出版社，1992。

黄仁伟：《论美国人民党运动的历史地位》，《世界历史》，1989 年第 1 期：第 65 - 74 页。

津恩，霍华德：《美国人民史》（第五版），蒲国良等译，上海：上海人民出版社，2013 年。

麦克法兰，艾伦：《现代世界的诞生》，刘北成译，上海：上海人民出版社，2013 年。

诺里斯，弗兰克：《章鱼》，吴劳译，上海：上海译文出版社，1984 年。

汪民安：《身体、空间与后现代性》，南京：江苏人民出版社，2015 年。

希弗尔布施，沃尔夫冈：《铁道之旅：19 世纪空间与时间的工业化》，金毅译，上海：上海人民出版社，2018 年。

原祖杰：《在工业化的阴影里——19 世纪后期美国农民的困境与抗议》，《北大史学》，2010 年第 1 期：第 408 - 430 页。

张德明：《〈黑暗深处〉：帝国—反帝国的空间表征》，《外国文学评论》，2012 第 1 期：第 67 - 80 页。

张国庆：《进步时代》，北京：中国人民大学出版社，2013 年。

资中筠：《20 世纪的美国》（修订版），北京：商务印书馆，2018 年。

第八章

倾斜的天平：劳工运动与阶级根源

——草场街事件与杜伯曼的《草场街》

历史事件之八：草场街事件与审判

小说之十一：马丁·杜伯曼《草场街》

一、草场街审判：事件的描述

草场街事件（Haymarket Affair）又称"草场街审判"（Haymarket Trial），其主要关注点落在事件之后的审判上。这一事件也被称为"草场街暴乱"（Haymarket Riot），或"草场街屠杀"（Haymarket Massacre）。不同的名称，体现了不同的政治立场。例如美国的正史大多采用"草场街暴乱"这一称呼，但事实证明，当时根本没有暴乱发生。这一名称的持续使用，体现了围绕这一事件及其审判的意识形态斗争以及背后的利益冲突。对草场街事件的前因后果进行深入了解，对理解当下的美国社会具有强烈的现实借鉴意义。

1886 年 5 月 4 日晚，芝加哥的草场街附近正在举行一场工人集会，警察前来驱散集会人群，一颗炸弹落入警察的队列之中，共有 7 名警察和至少 4 名平民死于炸弹爆炸和此后警察的扫射，共有 8 人被判共谋罪，其中 7 人被判死刑，另外 1 人被判 15 年徒刑。1887 年 11 月 11 日，4 人被执行绞刑，此前有 1 人自杀，2 人被州长减刑。保罗·阿维李奇在《草场街悲剧》（*The Haymarket Tragedy*）一书中，将草场街审判称为"美国法院审判史上最不公正的审判之一"（Avrich，1984：191）。该审判在当时是轰动全美和欧洲的大事件，在审判结束之后，对该事件的讨论依然持续不断。草场街审判是美国历史上最具有争议、影响最大的审判之一。[①]

草场街事件最根本的起因，是芝加哥 20 年来一直极为紧张的劳资关系。芝加哥是当时美国发展最快的大城市。美国西部所有的铁路都通往芝加哥。从芝加哥的麦考密克收割机工厂一涌而出的农业机械，将全美国的农田改造成均匀的方块，进行大规模耕种收割，大大节省了劳动力。芝加哥的工厂通过函购向全国民众提供从衣服到预制房屋的一切商品。芝加哥还是美国的肉类

---

① 关于草场街的事实描述，主要参考 Philip Margulies & Maxine Rosaler. *The Devil on Trial: Witches，Anarchists，Atheists，Communists，and Terrorists in America's Courtrooms*. Boston：Houghton Mifflin Company，2008。

加工中心,猪和牛在芝加哥的屠宰场里被屠宰加工,然后用空调车发往全国。但快速的经济发展吸引了大量移民涌入芝加哥寻找生存机会,工人的数量远远超过了工作所需人数,城市中贫困人口数量巨大。岗位竞争让工人们随时面临失业和降薪的威胁,面临食物短缺、流离失所等紧迫的生存问题。当经济下行时,工厂降低工资,解雇工人。甚至在经济蓬勃发展的时候,很多工人也无法挣得足够的钱养家糊口。人们要么挤在极为简陋的房屋里,要么露宿街头。即使在寒冷的冬天,依然有数万无家可归的工人在桥洞或街巷里过夜。当时的美国没有任何安全保障,没有最低工资的规定,也没有社会福利,生存竞争在弱肉强食的"丛林法则"下残酷地进行。

19世纪80年代中叶,也就是草场街事件发生的前夕,芝加哥是工人运动最活跃的城市。自19世纪20年代起,欧美工人开始组织起来,建立工会。他们以罢工为主要武器,来对抗资本家的剥削,以期改善自己的境况。但工人罢工很难达到预期的目标,因为资本家往往不会答应工人的要求,而是采取解雇罢工工人,雇佣所谓的"工贼"(strike-breakers)的应对方法,并勾结权力机构,不惜动用国家暴力,在不向工人让步的情况下保证自己的利益。1867年5月1日,伊利诺伊州通过的八小时工作法案开始生效。在这一天,芝加哥有数万工人举行了争取8小时工作制的庆祝游行,但第二天工厂主依然要求工人按照以前的时间工作。工人举行了罢工,但工厂主们没有让步,州长和芝加哥市长不仅没有采取任何措施推动这一法案的实施,反而命令警察和军队帮助企业主挫败罢工。法案成为一纸空文,争取8小时工作制的运动失败了。多年来,芝加哥工人和警察之间冲突不断,使得两者之间积累了越来越多的仇恨。仅1877年一次罢工中,警察杀死的工人数量就达到30名之多。

草场街事件的具体起因,要从事发的前一天说起。1886年5月3日,芝加哥警察向麦考密克收割机工厂的罢工工人开枪,打死了至少4名工人。为了抗议警察滥杀无辜,工人组织决定第二天晚上在草场街附近举行集会。共有2,500人参加了集会,比预想的少了很多。如同集会组织者所倡导的那样,集会过程非常平静。市长卡特·哈里森(Carter Harrison)也到了集会现场,以确保集会不会引发动乱。当确定集会将和平地结束时,他告诉警察局长杰克·邦菲尔德(Jack Bonfield),集会很平静,警局支援力量可以回家。晚上十点钟左右，天空出现乌云，人们在下雨之前开始陆续离开，现场仅剩下 300 人左右。这时候警察局长邦菲尔德率领警员跑步前往集会所在地驱散人群。这时，一颗点燃的炸弹落入警察队伍之中，剧烈爆炸。尽管很多细节在不同人的描述中出入很大，但大家都承认一点，即警察在慌乱之中开始胡乱开枪，造成多名平民伤亡。很多人认为多名警察也在自己人的枪口下伤亡。这一事件共导致了 7 名警察死亡，而死伤的平民人数则不确定。

消息传开后，在全国立刻引起极大的恐慌。1886 年有 61 万工人罢工，连恩格斯都说，"历史终于转移至美国了"（转引自 Margulies & Rosaler，2008：48）。草场街流血事件被众多人士解读为动乱的征兆和革命的苗头。中产阶级和富有阶层联合起来，进行压制报复。全国主流媒体推波助澜，一边倒地支持警察的举动，谴责无政府主义者和工人运动。为了强化宣传力量，媒体不惜在报道中夸大其词、歪曲事实。例如，很多媒体宣称，事件发生的时候，工人纷纷拿出枪支，乱枪扫射。然而有充足的证据表明，当时没有工人开枪，开枪扫射的只有警察。媒体在夸大工人运动的"暴力性"的同时，完全忽视了草场街事件之前发生的警察暴力。矛盾渐渐聚焦，媒体和当地民众发泄怒火的矛头，不由自主地都对准了移民劳工，也就是被他们称为"野蛮外国佬"（foreign savages）的人们。

5 月 5 日，市长哈里森签署政令，禁止公众集会和游行。警察四处出击，查封无政府主义者的报社，搜查他们的家舍，检查邮件，不经审批被随意抓捕、毒打的人数以千计。警察不时地宣布找到新的阴谋暴动的"证据"，媒体不假思索地发表这些"发现"，误导民众，让他们感到无政府主义者谋划的全面暴动正在形成。警察甚至还宣称在芝加哥全城找到无数炸弹，但都被事实一一证明要么属于子虚乌有的编造，要么是栽赃陷害。但一边倒地维护资方利益和地方政府的媒体，完全不顾新闻工作客观性和公正性的原则，煽风点火制造"红色恐怖"，使得很多普通民众受到误导，支持政府残酷镇压任何形式的工人罢工。已成法律的 8 小时工作制，也因草场街事件而形同虚设。

尽管有多名警察死亡，但只有第一个死亡的马提亚斯·德根（Mathias Degan）能被毫无疑义地归结为死于爆炸，其余人很可能死于乱枪之下。大陪审团以谋杀警官德根的罪名起诉十人,其中大部分人都与无政府主义杂志《警钟》(Alarm)和《工人报》(Arbeiter - Zeitung)相关联。这些人包括:前邦联士兵阿尔伯特·帕森斯(Albert Parsons)、德裔家具制造商奥古斯特·施皮斯(August Spies)、英裔石头承运商塞缪尔·费尔登(Samuel Fielden)、排字工人阿道夫·费舍尔(Adolph Fischer)、德裔工人革命家路易斯·林格(Louis Lingg)、德裔书籍装订工迈克尔·施瓦布(Michael Schwab)、德裔汽车工人乔治·恩格尔(George Engel)和工人奥斯卡·尼布(Oscar Neebe)。另外两个人分别是捷克裔机械工鲁道夫·施诺贝尔特(Rudolph Schnaubelt)和林格的舍友威廉·泽里格(William Seliger)。前者被认为是最有可能投掷炸弹的人,但从未被警察抓捕,而后者则因为转为污点证人而被免于起诉。十人中除帕森斯和尼布之外,其余均为移民,而尼布也出生于纽约的移民家庭。

由于这些被告被芝加哥的有钱人痛恨,并被全美国对外来移民抱有成见的人视为洪水猛兽,给他们寻找辩护律师非常困难。最终律师威廉·布莱克(William Black)答应领导辩护团队。布莱克曾在南北战争中担任联邦军队的上尉,退役后成为著名律师。布莱克在决定为被捕人员辩护之初,就知道此举从根本上不利于他的职业生涯,而事实也的确如此,他的大部分顾客最终因此离开了他。布莱克邀请了富有经验的刑事辩护律师威廉·福斯特(William Foster)加入辩护团队。阿尔伯特·帕森斯在草场街爆炸案之后躲了起来。布莱克通过帕森斯的妻子劝说其主动投案,以向法庭显示自己清白无辜。尽管帕森斯并不认同布莱克的乐观想法,但他还是于1886年6月21日开庭的时候主动走进法庭,从而与其他人一同受审。事实证明,布莱克在这件事上犯了严重的错误。

草场街事件导致的恐慌情绪,使得被告难以得到公正的审判。首先,寻找不抱成见的陪审员异常困难。其次,法官约瑟夫·加里(Joseph Gary)明显仇视被告,甚至都不屑于掩饰这种偏向性。他认为陪审员在审判之前认为被告有罪没有关系。他一次次拒绝辩方的请求。当辩护律师申请被告单独受审,这样某一个不利的证据就不能用于所有的被告,加里法官拒绝了。他允许控方自由提供与本案联系极为勉强的证据,而对辩护团队提出证据的条件制定了极为苛刻的标准。在法庭交叉询问环节,按照规定,所提的问题只能与证人、证词紧密相关，而加里法官对控方大开绿灯，可以随意询问，而对辩方的提问则严加管控。①

　　尽管控方律师宣称只按照事实说话，但在实际的陈词中，则主要利用陪审员的偏见，煽动其情绪，让其对被告产生恐惧心理。而且控方提供的两名关键证人所提供的证据，仅仅是关于阴谋暴动的道听途说。其中 M. M. 汤普森作证说，他曾经在路上听到过施皮斯和施瓦布在密谋报复警察。然而辩方指出，施瓦布在草场街集会之前就已经离开，而且施皮斯和施瓦布从来都是用德语交谈，而汤普森本人不懂德语。汤普森还称，曾看见两人将一个炸弹样的物品交给第三者，并在法庭上从照片上指认出此人为施诺贝尔特。然而在辩方的盘问下，汤普森承认他之所以能够指认施诺贝尔特，是因为出庭前控方让他看了施诺贝尔特的照片。控方的另一个关键证人哈利·吉尔默作证说，他看见施皮斯和费舍尔低声交谈，然后施皮斯点燃了炸弹。辩方指出，他从未在此前其他情况下说起过类似的信息。而且有十名芝加哥著名人士证明，此人经常谎话连篇。经过盘问之后，吉尔默承认，曾经从警察手里拿了钱。审判的证词漏洞百出。

　　尽管有两名无政府主义者为了躲避审判，转而证明恩格尔、费舍尔和林格在开会时曾经谈到过革命，但他们都表示没有听到任何关于炸弹或草场街的内容。控方虽然证明林格的确制造过炸弹，却没能证明林格与杀死德根警官的炸弹有所关联。由于无法证明被告与炸弹直接相关，控方的策略是日复一日地向陪审团呈现被告和其他无政府主义者曾经发表过的具有煽动效果的演讲和文章。他们还详细地展示了各种各样的炸弹以及炸弹的零部件，但没有任何证据表明这些东西和被告有任何联系。他们还将死伤警察的血迹斑斑的制服展示给陪审团，很显然是想通过渲染气氛、煽动情绪，诉诸陪审团固有的心理偏见，来达到有罪判决的目的。控方以莫须有的罪名控诉被告，在没有切实的证人和证据表明被告有罪的情况下，坚持认为被告涉嫌阴谋颠覆社会秩序，从而应该为德根警官的死负责。这种在法庭上践踏基本公正的言行，在仇视移民、工运和左派的歇斯底里的气氛中，都被堂堂正正地忽视了。

　　辩方认为，被告接受审判，并不是因为被告是无政府主义者，而是因为草

① 面对众多批评，加里法官曾撰文自辩，见 Joseph E. Gary, "The Chicago Anarchists of 1886: The Crime, the Trial, and the Punishment." *Century Magazine*, 45 (April, 1893): 803–837。

场街爆炸案和德根警官的谋杀案,而控方并不能提供切实的证据,证明被告与涉及的案件相关。尽管被告相信并发表过无政府主义言论,但这在言论自由的国度并不能构成犯罪。然而控方认为无政府主义本身就是罪行,认为美国的共和体制正在受到来自无政府主义的严重威胁。加里法官也对陪审团发出指令,要求即使无法找到投掷炸弹的犯罪嫌疑人,也应该判处被告有罪,因为无政府主义本身就是犯罪。1886 年 8 月 20 日,陪审团仅仅经过一天的讨论,就宣布所有 8 名被告有罪,判处奥斯卡·尼布 15 年有期徒刑,其余 7 人被判处绞刑。消息传出,美国的工厂主和大多数有产阶级欢欣鼓舞,认为该判决是个巨大的胜利,是对无政府主义的沉重打击。各大媒体都认为无政府主义者受到了公正的审判,获得了唯一正确的惩罚——死刑。

阿尔伯特·帕森斯的妻子路西·帕森斯(Lucy Parsons)在富商的女儿妮娜·范·曾特(Nina Van Zandt)的帮助下,组织人力,四处奔走,希望能够通过上诉取消判决。同时,当全国狂热的情绪逐渐冷却的时候,一些有识之士开始关注此次审判的合理性问题。著名小说家威廉·迪恩·豪威尔斯(William Dean Howells)曾经奔走呼救,认为此次审判有失公允。后来成为美国财政部长的莱曼·盖奇(Lyman Gage)也呼吁工厂主和其他有产阶级要体现宽容和仁慈,以缓解绷紧的劳资关系。草场街案件的辩方律师向伊利诺伊州最高法院提起上诉,伊利诺伊州最高法院维持了原判。辩方接着又向联邦最高法院提出上诉,上诉再次被驳回。执行日期日益逼近,同情被告的人们请求伊利诺伊州州长理查德·奥格尔斯比(Richard Oglesby)为被告减刑,请愿人群包括美国"劳联"主席塞缪尔·冈珀斯(Samuel Gompers)与英国作家萧伯纳和王尔德。被判处死刑的路易斯·林格,在被监禁期间弄到少量炸药,放入口中引爆后自杀身亡。两小时后,州长奥格尔斯比宣布将费尔登和施瓦布减刑为终身监禁。其他被告因为没有提交减刑申请,州长没有法律权力为其减刑。

1887 年 11 月 11 日,阿尔伯特·帕森斯、奥古斯特·施皮斯、乔治·恩格尔和阿道夫·费舍尔在库克县监狱被执行绞刑。两天后的葬礼上,有 20,000 多人[①]为这些遇难的劳工领袖送行。1889 年,草场街事件中的两个关键人物,表

---

① 杜伯曼的《草场街》称有 20 万人参加了葬礼。

现抢眼的"英雄警察"杰克·邦菲尔德和迈克尔·沙克(Michael Schaack)因为敲诈勒索和贪污腐败而被解雇。这一丑闻促使人们进一步质疑草场街爆炸和枪击事件之蹊跷,反思事件审判的公正性,并引发人们请求州长豁免在押三人的活动。1893年6月26日,也就是七年之后,时任州长的约翰·彼得·阿特戈尔德(John Peter Atgeld)发表了关于庭审记录的长篇评价,认为"很多呈堂证供纯属捏造",批评了法官、陪审团和所有与事件相关的伊利诺伊州人,认为法庭公正被民众情绪所支配。他宣布完全赦免费尔登、施瓦布和尼布三人(转引自Margulies & Rosaler, 2008:63)。此举仍然受到了当时很多主要媒体的尖锐抨击,正在竞选总统的罗斯福也因为此事对阿特戈尔德口诛笔伐(Barnard, 1938:383-393)。有媒体捅出阿特戈尔德本人是德国出生的移民这个老底,使他成为被攻击的靶子,从而终结了他的政治生涯。

二、马丁·杜伯曼与《草场街》

马丁·杜伯曼(Martin Duberman, 1930-　)是美国著名的历史学教授、传记作家、戏剧家、小说家,在纽约城市大学任教,曾出版了20多部著作,其中多部作品获奖。杜伯曼一直为黑人和同性恋者争取平等地位而参加社会活动,进行学术研究。2003年出版的《草场街》(Haymarket)是他迄今唯一一部长篇小说。该小说作品再现了1886年5月4日发生在芝加哥草场街的事件和此后的审判。无论是以乔治·卢卡奇的"历史变迁"(Lukacs, 1983:32),或大卫·考沃特的"历史意识"(Cowart, 1989:6)为标准,还是以艾米·伊里亚斯的"历史细节"和"历史感"(Elias, 2001:4-5)为标准,《草场街》都是严格意义上的历史小说。草场街审判中被绞死的4人中,最有名的当属阿尔伯特·帕森斯。小说《草场街》以帕森斯夫妇的故事为主线,通过描述帕森斯夫妇的经历,也透过他们的眼睛,展现草场街事件的前因后果,来龙去脉。

小说有三分之二的内容讲述草场街事件之前的事情,仅有后三分之一的内容讲述草场街事件及审判。这种比例也说明了作者杜伯曼对该事件和审判的理解,即草场街事件及其审判并非孤立事件,而是历史语境的产物,只有将其置于当时的历史背景之中,才能够抓住事件的本来面目。阿尔伯特·帕森斯成长于得克萨斯州,在美国南北战争期间参加过南方军队。小说一开始讲述阿尔伯特在得克萨斯州担任收税人员,认识了农场上为叔叔打工的露西。露西宣称自己是墨西哥和克立克印第安人后裔,与黑人没有丝毫关联,但其实有部分黑人血统。两人逐渐相爱、结合,然后为了躲避当地严重的对跨种族婚姻的仇视,一起前往芝加哥寻求工作机会。

当时的芝加哥刚刚发生过一场大火灾,百废待兴,但城市的重建也为各行各业的蓬勃发展提供了机遇,使得芝加哥成为美国发展最快的城市之一。但在帕森斯夫妇眼里,芝加哥混乱、肮脏,生活成本高昂,谋生极为不易。阿尔伯特在《芝加哥时报》找了份工作,露西在家里做缝纫活,虽然生活依然窘迫,但不愁衣食。相比之下,很多人就没有这么幸运了。芝加哥的工人从事的是长时间、低收入、高负荷、高危险系数的工作,不仅难以解决温饱,而且劳动安全没有任何保障,一旦受伤无法工作,就会被无情解雇,没有任何补偿。一旦家中男人受伤或被解雇,就意味着生活来源被切断,一家人最终只能流落街头。随着经济状况的波动,或者季节性的工作需求变化,芝加哥有大量无家可归的失业人口,状况极为凄惨。

对帕森斯夫妇来说,他们周围到处可见这样生活难以为继的人群。阿尔伯特从事媒体工作,对社会状况比较敏感。而露西身为有色人种,更容易对弱势群体产生同情。随着对社会认识的深入,他们逐渐结识了一些工人运动的组织者,开始加入各种工人组织,参加组织的活动。阿尔伯特在工人集会上演讲后,被报社解雇。此后,他为左派报纸工作,更积极地参与为工人谋求权益的活动,逐渐成为著名的工人运动领袖,经常巡游全国,参加工人集会,并进行演讲。小说的这一部分对阿尔伯特左翼思想的形成、发展以及主要诉求有比较详细的描写。这是小说家对事件所做的极为重要的铺垫,而这一工人运动形成的历史语境,即美国工业化前期对工人的野蛮经济剥削,在事件相关的官方叙事中是被省略的。

草场街发生警察驱赶人群、炸弹爆炸、警察向人群开枪的时候,阿尔伯特已经结束了集会演讲,离开了现场。事件发生后,阿尔伯特在家人和朋友的劝说下,离开芝加哥,躲避警察的追捕,而他的朋友们则悉数被捕。警察一日之内将露西逮捕释放数次,想利用她找到阿尔伯特的藏身之所。大陪审团裁定8人有罪,工人组织成立辩护团队,历经千辛万苦,终于请到著名律师布莱克加入。阿尔伯特听从布莱克的建议，自己走上审判法庭。法庭审判旷日持久，在加里法官不加掩饰的偏袒之下，在主流媒体的煽风点火之下，在疯狂民意的压迫之下，所有嫌犯都被不公正地判处有罪。辩护方向州最高法院和联邦最高法院提出上诉，均被驳回。布莱克劝说阿尔伯特向州长提出特赦请求，遭到后者拒绝，随后阿尔伯特被执行绞刑。在法院宣判之后，露西一直四处奔走，足迹遍及全国数十个州，组织集会，进行演讲，揭示真相，呼吁支持，同时为增大上诉和特赦的概率，筹集上诉所需的巨款。小说这方面的大量内容，是通过阿尔伯特的狱中日记和夫妻二人的往来书信进行讲述的。

草场街事件曾经轰动一时，是美国工人运动历史乃至美国历史上的里程碑事件之一，至今也仍是学界讨论颇多的历史事件和案例，但今天的普通美国民众对此知之甚少。草场街事件及审判的意义被反复讨论，远远超出了事件和审判本身，涉及政治、历史、法律、社会、媒体、阶级等很多方面的根本问题。罗伯特·格伦的《草场街事件资料索引》中涉及关于草场街事件的相关著作、论述文章多达 1,513 条(Glenn，1993)。如今 20 多年过去了，这一数字肯定又有提高。在众多的文字再现和讨论当中，有数部小说作品与草场街事件相关，包括弗兰克·哈里斯(Frank Harris)的《炸弹》(*The Bomb*，1908)、罗伯特·赫里克(Robert Herrick)的《一个美国公民的记忆》(*The Memories of an American Citizen*，1905)和豪威尔斯的《新财富的危害》(*A Hazard of New Fortunes*，1890)，还有就是与这些作品相隔近百年的杜伯曼的《草场街》。

拉开了事件距离之后，杜伯曼的小说更多地代表了今天学界对草场街事件和审判的一般认识。历史的再书写必然体现出书写者的某种立场，杜伯曼的小说明显是站在被审判者一方的立场呈现的，但如杰伊·弗里曼所言，小说是一部"客观而深刻的"作品(Freeman，2003：571)。小说的发表，重新唤起人们对该事件以及事件所反映的权力政治和舆论操纵等问题的关注。作家从历史的角度，对美国至今依然十分严峻的阶级和种族不平等现象提出了再思考。

三、帕森斯夫妇，工运领袖的造就

小说《草场街》以帕森斯夫妇为主要人物，通过他们的故事来反映和呈现整个草场街事件，但小说对人物的私人生活和情感着墨不多。夫妻俩都是工人运动的积极参与者,平日话题亦多与工人运动有所关联,两人之间的和谐与冲突,也往往取决于对工人运动的理解是否一致。小说意在塑造两个全心全意投入工人运动的人物,描述他们的成长史,然后将高潮引向草场街事件。因此,《草场街》是一部历史性非常强的小说,其着眼点就是尽可能真实地再现历史的原貌。小说聚焦工人运动领袖帕森斯夫妇,通过他们的故事来观照整个事件。与官方的历史书写和其他几部小说叙事所不同的是,《草场街》并没有从一开始直接交代草场街事件和草场街审判,而是用了相当的篇幅追踪其逐步成为工人领袖的成长历程。

促使阿尔伯特和露西逐步参与工人运动、成为工运领袖的,主要是两个方面的亲身体验。一是工人阶级悲惨的生活状态;二是资产阶级不遗余力的意识形态控制。这两个方面的认识,不是来自阅读或道听途说,而是帕森斯夫妇每天都能耳闻目睹的日常生活现状。在这样的社会现实面前,阿尔伯特和露西时刻面临着良心的拷问,最后他们终于决定采取行动,加入工人运动组织,投身于改善社会不平等状况的运动当中。小说叙事同历史叙事不同,小说关注活生生的人物,而不是将其视为某种抽象的存在或概念的化身。一旦我们通过具体的生活对某个小说人物感同身受,人物故事所体现出的某种思想就会更加容易被读者理解和认同。

在阿尔伯特和露西前往芝加哥这座他们心目中的"闪电之城"(Duberman,2003:23)的时候,他们非常乐观,心中充满了对幸福新生活的憧憬。在芝加哥一下火车,他们就立刻身陷于一个空气污浊、交通拥堵、水源污染、脏乱不堪、处处噪声的环境之中。露西对人们能够容忍这样恶劣的生存环境非常不能理解。他们很快发现,真正有钱的人居住在干净整洁的街区,享受着从密歇根湖吹来的新鲜空气,天气炎热的时候则在欧洲度假,而普通民众则没有选择的权力,只能忍受,况且"每天工作 14 个小时之后,很难再关注任何事情,包括他们自己"(Duberman,2003:30)。随着对芝加哥生活的熟悉和深入了解,他们对贫富差距的认识愈加深刻。他们很快明白,原先购买住房的设想完全不现实,甚至租房也只能选择在租金相对低廉的移民劳工居住区。阿尔伯特收入不高,经济状况并不乐观,而露西很难找到合适的工作,因为对于下层芝加哥女性来说,工作别无选择:"要么成为住家保姆,要么成为妓女。"(Duberman,

2003：33）这种拮据的经济状况，在阿尔伯特失业之后变得更加严重。虽然阿尔伯特不是境况更加窘迫的产业工人，但他们本身就是前来谋求生存的外来者，生活也十分拮据，因此对整个工人阶级的生存状态有深切的感受。

通过对周边人生活境况的了解，类似"阶级剥削"等偶有耳闻的概念变得具体化，变成活生生的阶级教育的实例。比如，小说中描述的亨尼西一家人的生活惨状，就代表了他们无法不正视的现实：夫妻二人双双失业，让两个大人和五个小孩完全失去了生活来源，典当了他们仅存的一切之后，全家人面临饿死的威胁。尽管帕森斯夫妇竭力接济他们，但杯水车薪，在一连串的变故之后，亨尼西一家从芝加哥消失，不知所终。又如，被过度繁重的工作和严重缺乏的饮食压垮的一名女工，却被当局关入臭名昭著的重刑犯监狱；再如，年仅8 岁的小孩每天工作十多个小时灌制香肠，小小年纪就已经长着一副老头的面孔。小说用许多类似的细节和故事，更直观地将当时劳工斗争的背景呈现在读者面前。

面对这样的惨状，露西哭着说："我们必须做点什么！"（Duberman，2003：43）这种"必须做点什么"的想法，成为帕森斯夫妇参与工人运动的原动力，而这种欲望在阿尔伯特目睹了一桩悲剧之后变得更加强烈：一个无家可归的十三四岁的小女孩，在大街上被活活冻死。当阿尔伯特向露西讲述这件事情的时候，他突然失控，泣不成声。这种现象在经济紧缩时期，是他们经常耳闻目睹的现象。芝加哥街头到处都是流浪的失业人群，"在寻找工作、食物和住所"（Duberman，2003：39）。在经历了这一切之后，阿尔伯特开始接触工人组织，谋求改变社会严重不公平的现状。

促使阿尔伯特和露西参加工人运动的，还有对富人控制的媒体的不满。面对工人阶级如此悲惨的工作和生活状况，有产阶级要么不遗余力地压制真实信息的传播，防止人们了解事情的真相；要么竭尽所能抹黑工人阶级，以便转移视线，混淆视听。阿尔伯特在《芝加哥时报》工作，对于媒体的这种倾向耿耿于怀，他向露西讲述他所经历的事情：

《芝加哥时报》只愿意报道当下事情的一小部分。今天午饭时候，我向一个记者抱怨，试图告诉他我曾目睹的一件事情。他只是耸耸肩膀，眼神飘向别处。"老板们不想让公众因为太多不愉快的事情而恐慌,"他说。天哪,难道他们不知道,那么多家庭睡在马棚里,因为偷了一点点食物而被关进监狱,公众已经惊慌失措了。(Duberman,2003:43)

阿尔伯特和露西发现,主流媒体不仅在屏蔽真实信息,而且歪曲事实,对工人阶级进行人身攻击,认为不是社会原因导致了其生活困难,而是个人品行有亏。例如露西在《芝加哥论坛报》(Chicago Tribune)上发现了这样一段评价失业工人的话:他们"声称找不到工作,然而他们却总是能够找到足够的钱把自己灌得烂醉,……他们就是一群奢侈浪费、挥霍无度的人"(Duberman,2003:46)。不仅主流媒体充斥着这类污蔑工人、歪曲事实的报道,而且所谓的"慈善活动"也在不遗余力地散布工人人品低劣的论调。对那些申请救助的走投无路的人,慈善机构先要考察其是否具有"不良习惯和浪费行为"(Duberman,2003:39-40)。帕森斯家的邻居亨尼西一家无法得到救助,是因为玛格丽特曾经带着小孩以每人两分钱的价格看过一个展览。这样的意识形态宣传和引导,让资产阶级心安理得,无须改善劳动条件或提高工人收入,同时也让工人阶级心存自卑,不知道自己苦难的根源,从而放弃斗争。

小说家在素材的选择上,表现了鲜明的爱与憎的政治倾向。他在对芝加哥劳资状况的反映中,主要聚焦于两个方面:一方面描述工人生活令人触目惊心的悲惨现实;另一方面描述资产阶级控制的媒体对工人品行的负面报道。阿尔伯特和露西每天都生活在这样的双重现实当中。他们强烈地意识到必须有所行动,必须唤醒工人阶级,让他们明白自己的真实状况和苦难根源,从而能够联合起来,争取自己的合法权益。同时,他们也希望资产阶级中那部分开明且有善心的人,能够了解穷人的苦衷以及工人们糟糕的工作环境和损害健康的劳动强度,从而做出一定的改变。

小说中的阿尔伯特和露西,先后参与了工人报纸的编辑和工人运动的组织,逐步成长为工人运动的领袖。《草场街》通过追踪帕森斯夫妇的心路历程,揭示了工人运动的合理性,为事件的发生做了充分的铺垫,从而补正了忽略语境、就事论事的历史书写。杜伯曼在《草场街》中承担了小说家重新阐述历史的任务,巧妙地将小说叙事的过半篇幅用来描述事件发生之前的社会现实,包括工人阶级的生存状况和工人运动的生成,既完整呈现事件全貌、强调前因后果的关联,又做足渲染、争取读者的同情心,以鲜明的立场控诉官方叙事,在重写历史中给出历史提供的警示。

四、强弱博弈：小说再现的历史语境

草场街审判以工人领袖被判绞刑结束。从 20 世纪 60 年代起,学界和关注政治与历史的民众对草场街事件及其审判有了基本的共识,即审判的实质是权力示威,法庭上演的只不过是法律游戏,"是虚假的,整个事件是美国政府和司法部门对劳工运动的偏见的典型例证"(Messer-Kruse,2011:4)。然而,关于草场街审判的历史书写,往往把这一不公正的审判视为孤立事件,就其事件本身进行探讨。亚里士多德认为,"历史学家只能讲述已经发生的事情、过去的具体细节;而诗人则讲述可能、大概会发生的事情,因而更能够表现普世性的主题"(Aristotle,1982:451)。《草场街》作为艺术想象,通过生动的细节和具体的人物,探索这一事件的历史语境,然后从历史语境出发,揭示这一审判结果所体现出的历史动因。

《草场街》再现了 19 世纪末美国工人阶级和资产阶级悬殊的力量对比,塑造了工人运动领袖在逆境面前所展现出的英雄气概和高大形象。小说主人公阿尔伯特发现,工人阶级很难真正联合起来,形成合力。尽管每个工人都遭受了残酷剥削,但能够意识到并参与到工人运动中的人却很少。《草场街》中施皮斯说,"大部分工人已经变成了机器,无法理解其真正利益所在"(Duberman,2003:59)。大部分工人似乎缺乏引导,不能意识到被剥削的实质,因此没有进行抗争、为自己争取权益的意愿。即使是有一定阶级觉悟的工人,也很难站出来反抗。生存压力是最主要的原因。工人每天的工作时间普遍超过 10 个小时,而且劳动极为繁重。例如,为了提高工作效率,厂主禁止工人在工作时间说话。剩下的时间就只有晚上和周末。考虑到家庭生活的需求和第二天早起上班,能够下定决心拖着疲倦之躯,额外花时间参加工人活动的人并不多,这也就不难理解了。而那些流落街头、拖家带口的人,似乎有更加充足的理由联合起来进行斗争,但生存是第一需要,饥寒交迫的人们,亟须立刻找到果腹的食物和栖身的场所。

　　除了巨大的生存压力之外,很多工厂和公司都有预防措施,规定工人一旦加入工会组织,就会遭到解雇(Powderly,1887:ix‐x)。阿尔伯特到全国各地进行演讲,号召工人加入工会组织,争取自身权益。虽然很多工人认同他的观点,却不敢轻举妄动,因为一旦被雇主发现,就会失去工作,导致全家人衣食无着。阿尔伯特本人就是如此,他虽然参加工人活动,但小心翼翼,生怕被雇主发现,但最终还是因在工人集会上演讲而被《芝加哥时报》发现并解聘。阿尔伯特意识到,只有让工人阶级真正认识到不平等的根源,并动员他们联合起来,才能形成足够强大的力量,才有可能改变局势。因此,他全身心地投入左派工人报纸的编辑和集会演讲中,就是为了启发民众,唤醒工人,形成统一战线。

　　《草场街》也对当时芝加哥工人运动的艰巨性和复杂性进行了详细铺陈。阿尔伯特在组织工人运动中所碰到的困难,除了工人因为生计而难以联合之外,还有因为路线不同而造成的工人内部的矛盾。19世纪末是美国工人运动风起云涌的时代,全国各地各种工人组织名目繁多。不仅不同的工人组织之间很难沟通,甚至连同一个组织内部也往往难以统一思想。其结果是工人运动山头林立,似一盘散沙。工人运动的路线主要有两条——革命路线与和平路线:革命路线强调斗争的重要性,包括组织工人纠察队和工人武装,其目标在于对抗体制,最终建立全新的社会制度;和平路线强调工人集会和选举的重要性,其目标是通过和平手段,放大工人的声音,切实改善工人的工作条件。

　　这种路线之争在《草场街》中无处不在,阿尔伯特对此忧心忡忡。在他看来,唤醒民众,让更多的人参加工人组织,通过罢工、游行、选举等和平手段,争取8小时工作制,改善工作环境是当务之急。他希望工人的生存状态能够得到切实的、具体的改变,因此是一个和平主义者。然而奥古斯特·施皮斯等人强调工人武装的重要性,投入很大的精力进行工人武装的组建。激进派在集会、报刊上发表一些言辞激烈的宣传,但缺乏实质性的、有组织的行为,不仅让资产阶级中的温和派心怀戒惧,而且让不少工人敬而远之,生怕惹火上身。阿尔伯特也提到武装斗争,但反复强调,他提出的工人暴动是一种可能性,是对基于社会现状继续延续将导致的结果的预测,并提出警告,"如果当前的绝望状态一直持续,工人阶级将被迫违背自己的初衷,直接奋起反抗"(Duberman,

2003：174），但这种反抗不是目前的"初衷"。阿尔伯特一直受到来自革命派的攻击，但他一方面尽可能地与革命派沟通，体现出坚忍不拔、顾全大局的领袖形象。

阿尔伯特所面临的最大困难，来自强大的资产阶级。资产阶级拥有大量的财富和生产资料，可以轻而易举地通过解雇和雇佣，瓦解阿尔伯特等人领导的罢工运动。资产阶级的强大主要体现为其背后国家机器的支撑，包括政府、法院、警察、监狱、军队等。这些名义上属于全体人民的权力机构，常常一边倒地服务于有产阶级，工人运动成为威胁时会快速启动，资方若有违法、违规的举动，他们则无动于衷，奉行赤裸裸的双重标准。19世纪末的美国极为腐败，阿尔伯特随处都能看到政府、警察和法院等国家机器的腐败例证。在8小时工作制成为法律之后，工厂主可以置若罔闻，继续执行原来10小时以上的工作时间，而对工人们的抗争，各级法院和政府采用不作为的对策，争取8小时工作制的运动仅仅获得了纸面上的胜利，但在现实面前寸步难行。警察对和平游行和集会群众棒打枪击、肆意伤害，却不会受到任何惩罚，也可以随意搜查、恐吓、侮辱、伤害民众。警察暴力构成了对工人运动的直接威胁。小说《草场街》的前半部分将阶级冲突和社会矛盾的整体态势具体而详细地重现在读者面前，又让权力机构不加区分地将奉行和平主义的帕森斯也送上绞刑架，揭示了社会权力机构对劳工运动的恐惧和仇恨以及对工运领袖实施报复的疯狂与凶残。

面对悬殊的力量对比，面对来自内部和外部的双重困难，阿尔伯特既能正视困难，又能坚持斗争。他虽然经历了来自工人内部的质疑和诽谤、来自警察的羞辱和恐吓，但能够始终如一地坚持斗争，并且有理有节，体现出了工人领袖的优秀品质。小说重现了19世纪末工人运动的语境，塑造了正面的劳工阶级人物群像，为谋求公正公平而领导斗争的工人领袖树碑立传。如果我们不了解草场街事件发生之前的一系列事件，不了解博弈双方的力量差距和斗争的残酷性，不了解工人阶级真实的生存状态，我们就无法了解草场街事件的全貌。正因如此，《草场街》为读者提供了很多事件之外但又与事件具有千丝万缕关联的历史的多侧面，也通过考证与虚构相结合的书写，重建了主要工人领袖们的认识成长史，通过他们的所思所想、所作所为折射历史，呈现事件的前因后果,凸显了工人运动的正义性和艰巨性,用一种艺术性的阐释,对这一特定历史时段的美国进行再现与解剖。

五、小说对历史审判的再审判

从事社会学、历史学、政治学和法学的美国知识界,从未终止过对草场街审判的思考。1936 年,亨利·大卫出版了关于草场街审判的第一部专著——《草场街事件的历史:美国社会革命和劳工运动研究》(*The History of the Haymarket Affair: A Study in the American Social-Revolutionary and Labor Movements*)。他认为,所有的被告"从呈堂证供来说,都无法为谋杀德根警官而判定有罪。偏颇的陪审团、有偏见的法官、伪造的证据、一个离奇无据的阴谋论以及芝加哥的民意导致了判刑。证据并不足以证明他们有罪"(David, 1936:541)。这样的观点实际上代表了此后直至今天的主流认识。1984 年,保罗·阿维李奇的著作《草场街悲剧》成为被众人反复引用的关于草场街事件最权威的阐释,他认为草场街审判是美国历史上最不公正的审判之一,是美国司法史上的污点,是"一起野蛮的强权事件,在美国司法史上空前绝后"(Avrich, 1984:456)。出版于 2006 年的詹姆斯·格林的《草场街的死亡》(*Death in the Haymarket*)更是将审判称为"谋杀",是一场动机不纯,"耸人听闻的审判秀"(Green, 2006:10)。在事后的 100 多年时间里,学者对草场街审判描述的用词似乎越来越严厉,谴责也越来越犀利。

随着时间的推进,草场街事件和审判的本质,已越来越清楚地得到揭示,成为权力对被统治者实施镇压的一个实例。1998 年,美国国家公园管理局将瓦尔德海姆公墓中的无政府主义烈士的墓地和纪念碑宣布为"美国历史地标",官方标志上书写"此纪念碑代表了争取工人权益的劳工运动,在纪念美国历史方面具有重要的国家意义"(Doebler, 1999:3-8)。就连美国使用广泛的历史教科书也这样描述草场街审判:"审判是一场闹剧。被告中没有人知道谁投掷了炸弹……控方也没有提供能将 8 名被告中的任何一位与投掷炸弹联系起来的证据。"(Conlin, 2009:453)时至今日,无论是政府,还是司法部门、学者抑或普通大众,这样的定论已成为对草场街事件的一致看法。作家马丁·杜伯曼秉持同样的立场,但这并不等于说小说《草场街》缺乏新意。

从某个意义上说，《草场街》也是对历史的重新书写，更多地强调了事件与语境的相关性，也提供了一个不同侧面的对历史的解读。小说呈现与历史书写必然不同。文学话语以个人的"人生"为前提，个人的存在具有自足、独立的意义，而且这个意义先于社会和国家而存在。这是文学呈现历史的前提，这个前提具有重大的政治意义。正是文学话语的挑战，让历史话语心安理得的选择变得不能自圆其说。文学话语对历史话语的宏大叙事形成反拨、对抗或补充。《草场街》对草场街审判的再现，是通过阿尔伯特、露西、布莱克等人的视角来实现的。跟随阿尔伯特的视角，我们首先确定了一个事实，即阿尔伯特和其他工人领袖与草场街事件中的炸弹没有任何关联，他在草场街集会上的讲话也是号召和平抗争。就是这样一个坚持和平路线的人，也因主张劳工权益而被判处死刑。小说用细节还原了难以辩驳的历史真实，表现当事人和周边亲友的心绪与情感，比起干巴巴的历史陈述和学术结论，自然能够引起读者对权力滥用更加强烈的反感和愤慨。

小说是从亲历者的视角呈现整个审判过程的，直接呼唤读者的情感投入，最大限度地调动读者的同情心，让读者随着审判的进展，与被审判的工人领袖的命运同起同落，一次次点燃他们心中的希望之火，又一次次让他们经历希望落空的悲伤，从而陷入绝望和愤怒的双重情绪之中。草场街审判中辩护律师布莱克的辩护立场，其实就是今天对事件反思中达成共识的立场，即，没有任何证据表明被告与炸弹有任何关联。抱有善心的读者自然而然能分享他的自信，坚信被告都能够无罪释放。基于这一认识，他建议隐匿他乡的阿尔伯特主动归案，接受审判，并认为自首情节必然能够表明其胸怀坦荡，从而打动法官和陪审团，让其早日获释。布莱克律师的乐观主义得到了包括阿尔伯特本人和露西等一部分人的支持，但他们低估了权力政治的凶残。

阿尔伯特的自首变成了自投罗网，光明磊落的行为反被抹黑，被污蔑为"烈士"情结作祟，对整个案件的审判产生了负面影响。小说详细描述了控方证人在法庭上的丑态：证词自相矛盾，难圆其说，有些诬陷的企图反而暴露了警察收买的事实，成为笑柄。在这些时候，所有的犯罪嫌疑人和辩护律师都相信闹剧行将结束，被告无罪释放近在眼前。然而他们再次失望了，法庭丝毫不在乎漏洞百出的控方证词，而是在庭审中日复一日地继续宣读无政府主义者的言论,极尽煽情之能事,让陪审团和民众仇视被告,而毫不顾忌这些所谓的"证词"与案件是否相关。在宣判死刑之后,布莱克坚信这样严重违背法律的审判在州和联邦最高法院可以轻松申诉成功,然而他再次失望了。小说将这些历史的细节串联成一则揪心的故事,审判的不公正在亲历者的希望和失望中被凸显出来,同时,作家让读者的心随着布莱克和阿尔伯特等人一起经历多重颠簸之后,一同陷入最后的彻底绝望。

小说《草场街》通过对草场街审判的呈现,刻画了人物内心受到的煎熬和精神遭受的打击。不仅审判的结果是对无辜生命的剥夺,而且不公正审判的每一步都是对当事人心理的重创。在作家笔下,一种几乎肆无忌惮的操纵,从审判一开始就把持着庭审的走向。法庭故意挑选那些对工人领袖和工人运动明显抱有敌意的人充当陪审团候选成员,让布莱克和被告面临极为困难的选择。尽管他们有一定的名额可以否决法庭指定的陪审员,但这个名额是固定的,用完之后,法庭就可以随意指定人员,而辩方将毫无办法。万般无奈之下,他们只能退而求其次,同意那些对被告抱有敌意、但承诺将根据证据判案的人员充当陪审员。在庭审过程中,加里法官毫不掩饰自己对被告的敌意。当辩方律师陈述精心准备的辩护理由、提到要害的时候,加里法官用自己的行为表达出赤裸裸的忽视和轻蔑:"加里法官恰好选择在这个时候对着坐在他旁边凳子上的时髦贵妇的耳朵窃窃私语;贵妇用手捂住嘴巴,发出咯咯的笑声。"(Duberman,2003:269)这类细节很可能是小说家的虚构,但通过这样的描写,法庭的闹剧色彩、法官无视正义的丑态,都得到了生动的揭示,比严词厉声的申斥更有力量。

死刑判决宣布之后,州长暗示阿尔伯特,只要其提出减刑申请,他就同意。但提出减刑的前提是认罪,而阿尔伯特既不愿承认加在自己头上莫须有的罪名,也不愿意因为自己被赦免而让其他被告失去被赦免的机会。就这样,他宁愿自己蒙受不白之冤,坦然走向了绞刑架。在一场带迫害性质的、近乎荒诞的审判结束时,一个工运领袖的英雄形象被高高竖起。王尔德认为,"我们对历史拥有的唯一责任就是重写历史"(Wilde,1994:1023)。《草场街》对草场街审判的重写,是通过塑造活生生的人物、描述他们的切身感受来呈现的。这种重写不是抽象的、概念的,而是具体的、鲜活的,是对历史上草场街审判的再审判。审判的不公正性，在被告、家人和辩护律师所承受的羞辱和痛苦中，在权、势联盟的恣意妄为中昭然若揭，而作者所要表达的政治立场也一目了然。

六、叙事视角与政治立场

福柯在采访中将自己的思想总结为"权力与知识"（Foucault，1984：51）。在福柯看来，知识的生产与权力的运作密切相关。历史的书写属于知识的生产，也遵循知识与权力的规律，也就是说，历史的书写必然服务于特定群体的政治利益。海登·怀特认为"历史就是一种文本"（White，1989：297）。书写历史的立场不同，其表达的历史背后的政治观念也就完全不同。官方的历史书写往往关注"大人物"和"大事件"，弱势群体和日常事件很难进入历史，因此官方的历史书写往往是维护其权力的手段。小说《草场街》同官方的历史书写不同，恰恰着眼于弱势群体，从他们的视角审视草场街事件，其目的和结果必然是对社会不公的揭露和批判。

《草场街》的作者马丁·杜伯曼是历史学教授。历史学家写小说具有得天独厚的优势，因为他们更了解整体的语境，也更熟悉事件的细节。但小说书写与历史书写完全不同，前者是通过塑造人物来呈现故事，而不是对史实的选择和组合。作家的政治立场也是通过叙事者的视角和态度以及人物的设定和细节的陈列来确定的。杜伯曼显然站在工人一边，同情工人的状况，痛恨资产阶级的野蛮剥削，这一点从他选择阿尔伯特夫妇为小说主人公和看待事情的出发点就可以得到说明。因为从特定人物的视角陈述事件、看待问题，往往也就确定了故事背后作家的立场和态度。

小说的很大一部分是两位主要人物——阿尔伯特和露西之间的书信往来。作家以这种方式，将两人的情感、态度和想法传递给读者，让他们感同身受，理解其行为的意图，在更深刻地了解他们的同时，同情他们的处境，理解和支持他们的政治立场。这种同情、理解和支持也自然而然地蔓延至与他们紧密相关的人员：他们的朋友和同事以及其他的工人运动领袖。与之相反，那些解雇、逮捕、诬陷和迫害他们的人，包括工厂主、警察、法官和提供伪证者，则自然而然地遭到读者的厌恶和唾弃。作家选定的书写视角，寄寓了他的褒贬态度。

从阿尔伯特和露西的视角出发,小说读者看到的是工人阶级生活的艰难:无论他们如何努力都很难摆脱穷困、失业和遭受欺压的命运。他们的视角又让读者了解到经济剥削的残酷与工人罢工和抗争的合理性——是为谋求生存而迫不得已的选择。通过故事主人公的经历和认识,读者也领略了资产阶级为榨取更多的利润、维护自己利益、打击工人运动所采取的手段,包括哄骗、恐吓、解雇和武力镇压。在作家安置的特殊叙事视角下,事件的小说再现就包含了政治和道德的预设:以阿尔伯特为代表的工人阶级占据着道德高地,而资产阶级以及维护其利益的权力机构,则在道德上处于下风。

《草场街》的政治立场,很明显地体现在人物形象的塑造上。小说两大主人公——阿尔伯特和露西作为工人阶级的代表,是正面的人物形象。阿尔伯特具有正义感,勇敢无畏,在任何时候都能够直面敌人,直面困难。他为人正直,大公无私,能够做到牺牲自己,成全他人。例如,他为了让其他被告获得最后减刑的可能性,自己放弃了申请减刑的机会。最主要的是,任何时候他都不会丧失理智,都能够坚持自己主张的和平斗争的原则。他头脑清醒,认为暴力会给工人阶级带来不必要的麻烦。他既没有对资产阶级抱有幻想,也没有青史留名、充当烈士的意愿。露西作为下层少数族裔女性,承受着阶级、种族、性别三重歧视。她反对剥削阶级、种族歧视和性别歧视,不假辞色,疾恶如仇。她富有同情心,将自己微薄的收入用来接济更加穷困的人。她勇敢无畏,面对重重危险,能够全力以赴地为阿尔伯特和整个工人阶级的事业奔走呼号。

《草场街》中来自统治阶级的负面形象主要有两个:一个是警察局长邦菲尔德,另一个是加里法官。邦菲尔德以喜欢暴力对待工人而出名,在草场街事件中,本来一场和平的工人聚会已经接近尾声、就要散场,是他刻意展示肌肉,炫耀武力,造成了多人死亡的惨案。没有他的介入,草场街事件根本不会发生。此后他更是四处出击,在没有搜查令和逮捕令的情况下,肆意搜查和逮捕工人,炮制骇人听闻的消息来栽赃陷害,无所不用其极。而加里法官以极其不公正的手段,引导、促成、制造了被告的判刑,可以说是草场街错误审判的罪魁祸首。《草场街》将这两个人塑造成恶棍的形象。

当时的主流媒体将邦菲尔德和加里歌颂为民族英雄,认为他们维护了美国神圣的民主体制。作家站在完全相反的立场,努力颠覆这种出于政治图谋的虚构。杜伯曼不仅将一些历史真相再现于小说之中，而且增添了许多想象的细节，表达对此类人物的不屑。例如，邦菲尔德故意把鼻涕往别人身上擦，毫无愧色地当众撒谎，没有任何目的地侮辱他人人格，用污蔑性的语言羞辱穷人，对市长当面一套背后一套。作家用同样的方法，增加了很多细节，塑造了加里法官不恭的形象。例如，在庭审的时候，他邀请社会名流跟他坐在一起，以显示自己的地位；庭审中的很多细节描写凸显了他蛮横、偏执、残暴的个性，完全是一副得志小人的模样，让人鄙视。

《草场街》是历史小说，很多事件和人物基本都是真实的，有据可查。但小说中很多人物塑造的细节，则出于小说家的艺术发挥。这样，这些人物演绎的故事就变得更加真实可信，或褒或贬的人物角色跃然纸上，更加具体生动，更容易激发读者的情感反应。阿尔伯特和露西等正直的人们，与邦菲尔德警官和加里法官等负面形象，在小说中形成了鲜明的对照和强烈的反差。小说背后的作家并不谋求一种超然的客观态度，而是让自己的政治态度融入故事之中，"加入"了抗议者的队伍，凸显了文学书写颠覆官方历史的意图。小说对历史的重写，具有"潜在的颠覆力量"，并"挑战权威的合法性"（Kaplan，2003：13）。《草场街》旗帜鲜明地站在了弱势群体的一边，这样的言说立场本身就是对"胜利者的历史"的颠覆和挑战。

《草场街》的政治立场并没有止步于追求阶级平等，而是扩展到了所有弱势群体对合法权益的追求上。种族歧视和性别歧视也是《草场街》所关注的重要社会问题：基督教徒排斥其他宗教信仰，本土出生的工人瞧不起移民工人，白人瞧不起黑人，男人瞧不起女人，所有人瞧不起华人。虽然同属于被压迫、被剥削的阶层，但这个阶层被种族、性别、信仰等隔成一个个团体，难以团结起来。作家对这种分裂表达了失望之意。由于芝加哥是最大的移民城市之一，当时的工人运动主要由移民工人组织，尤其是德国移民。本土出生的工人认为是移民夺走了他们的工作机会，因此非常仇视移民工人，将他们视为洪水猛兽。草场街审判打击的对象是劳工运动，但这种政治暴力行为却得到了本土工人的支持，原因之一是除了阿尔伯特之外，其他所有被告都是移民。当时的媒体将工人领袖污蔑为"愚蠢的外国狂热分子"（Labor Troubles，1886：28）。正如阿维李奇所认为的，草场街事件"将仇外倾向推向一个新的高度"

(Avrich, 1984: 218)。另一方面,工人团体基本由白人移民组成,鲜有黑人或女性参与。为数不多的允许黑人和女性参加的工人团体,则严令禁止华裔工人参加。小说对这类状况的描写,暗示了工人运动遭受失败的值得深思的原因。

七、失败者的胜利

1859 年约翰·布朗发动的废奴起义(参看本书第五章)失败了,但这场运动在引发思考、教育民众方面,起到了积极的作用,为后来的南北战争和废奴做出了巨大的贡献。正是在失败和对失败的反思中,美国人民逐渐认识到种族问题,这种认识引向了最后的成功。草场街事件也是如此。事件以工人领袖被判处死刑结束,从表面上来说工人阶级完全失败了。但在另一个层面——认识层面——事件并没有随着工人领袖被送上绞刑架而终结。在草场街事件发生之后,依然有工人站出来,倾尽家财主办工人报纸,让世界听到工人的声音。包括露西·帕森斯在内的很多人没有放弃,继续奔走呼号,讲述真相,教育民众。在这次轰动全美乃至全世界的审判中,人们听到了工人的诉求,目睹了工人领袖的人格魅力,也看到了金钱与权力的勾结、法律的滥用、掌握权力之人的偏执与蛮横。很多人开始重新审视劳资关系问题,希望建立更合理的雇佣与分配体系。

就在审判的过程中,在判决之后,在上诉失败之后,很多社会名流和有良知的既得利益阶级的成员,先后站出来为工人领袖说话,争取他们的无罪释放或赦免减刑。这些人包括美国著名记者亨利·劳埃德(Henry Lloyd)、芝加哥律师协会会长威廉·古迪(William Goudy)、芝加哥西北铁路公司总裁马文·休吉特(Marvin Hughitt)等。为被告请愿呼吁的还包括当时美国最著名的作家豪威尔斯及英国作家莫里斯、王尔德和萧伯纳等人。豪威尔斯在那些工运领袖被执行绞刑之前就曾绝望地说:"此事占据了我所有清醒的时间,睡觉前最后想到的,起床后最先想到的,都是这件事。这件事让我的生活一片黑暗。"(Howells, 1986: 200)豪威尔斯表达的是一种幻灭感,这种幻灭必然会在他这样的知识分子心中激起寻求答案的探索,而知识界的反思又引向了此后对草场街审判的反复声讨。

　　尽管时至今日，美国的阶级、种族和性别问题依然非常严重，比如，黑人常常被警察无辜枪杀，而滥用暴力者却总能逍遥法外，但我们还是得承认，8小时工作制早已是既成事实，工人的工作条件和社会保障都得到了极大的提高。我们不能把这种改善看成是自然而然的社会发展，因为如果没有《草场街》中描述的工人团体那样的一次次勇敢的抗争、没有那么多惨重的牺牲，社会进步是不会自然发生的。《草场街》为读者提供被时间淹没的历史细节，让美国人，也让全世界所有人，得以通过小说重温这段历史，并借助历史加深对现实的思考。

引述文献：

Aristotle. *Poetics*. James Hutton Trans. London and New York：Norton，1982.

Avrich，Paul. *The Haymarket Tragedy*. Princeton，NJ：Princeton University Press，1984.

Barnard，Harry. *Eagle Forgotten: The Life of John Peter Atgeld*. New York：Bobbs-Merrill，1938.

Conlin，Joseph R. *The American Past: A Survey of American History*，Vol. 2. (9ᵗʰ Edn.). Boston：Wadsworth Publishers，2009.

Cowart，David. *History and the Contemporary Novel*. Carbondale：Southern Illinois University Press，1989.

David，Henry. *The History of the Haymarket Affair: A Study in the American Social-Revolutionary and Labor Movements*. New York：Russell & Russell，1958.

Doebler，G. L. "The Contest for Memory：Haymarket through a Revisionist Looking Glass." *Fifth Estate*，352 (Winter，1999)：3 - 8.

Duberman，Martin. *Haymarket*. New York：Seven Stories Press，2003.

Elias，Amy J. *Sublime Desire: History and Post-1960s Fiction*. Baltimore：Johns Hopkins University Press，2001.

Ferguson，Robert A. *The Trial in American Life*. Chicago：The University of Chicago Press, 2008.

Foner, Philips ed. *The Autobiographies of the Haymarket Martyrs*. New York: Humanities Press, 1969.

Foucault, Michel. *The Foucault Reader*. Paul Rabinow Ed. New York: Pantheon Books, 1984.

Freeman, Jay. "Review of *Haymarket* by Martin Duberman." *Booklist*, 100/6 (2003): 571.

Gary, Joseph E. "The Chicago Anarchists of 1886: The Crime, the Trial, and the Punishment." *Century Magazine*, 45 (April, 1893): 803 – 837.

Glenn, Robert W. *The Haymarket Affair: An Annotated Bibliography*. Westport, CO: Greenwood Press, 1993.

Green, James. *Death in the Haymarket: A Story of Chicago, the First Labor Movement and the Bombing That Divided Gilded Age America*. New York: Pantheon Books, 2006.

Harris, Frank. *The Bomb*. Chicago: University of Chicago Press, 1963.

Herrick, Robert. *The Memoirs of an American Citizen*. Cambridge, MA: Harvard University Press, 1963.

Howells, W. D. *W. D. Howells: Selected Letters, Volume 3: 1882 – 1891*. Robert C. Leitz III et al Ed. Boston: Twayne, 1986.

Kaplan, David M. *Ricoeur's Critical Theory*. Albany: State University of New York Press, 2003.

"Labor Troubles Leaving Their Impress on the Market." *Chicago Tribune*, May 2, 1886.

Lee, Richard A. "The May Day Machine: Assemblages in Nineteenth-Century Chicago." *Journal of Speculative Philosophy* 31/1 (2017): 63 – 81.

Lukacs, Georg. *The Historical Novel*. Hannah & Stanley Mitchell Trans. Lincoln: University of Nebraska Press, 1983.

Margulies, Philip & Maxine Rosaler. *The Devil on Trial: Witches*,

Anarchists, *Atheists*, *Communists*, *and* *Terrorists* *in* *America's* *Courtrooms*. Boston: Houghton Mifflin Company, 2008.

Messer-Kruse, Timothy. *The* *Trial* *of* *the* *Haymarket* *Anarchists*. *Terrorism* *and* *Justice* *in* *the* *Gilded* *Age*. New York: Palgrave Macmillan, 2011.

Parrish, Timothy L. "Haymarket and Hazard: The Lonely Politics of William Dean Howells." *Journal of American Culture*, 17/4 (Winter, 1994): 23 - 32.

Powderly, T. V. "Strikes and Arbitration." John Cameron Simonds & John T. McEnnis. *The Story of Manual Labor in All Lands and Ages*. Chicago: R. S. Peale & Co. , 1887: ix - x.

Streeby, Shelley. "Labor, Memory, and the Boundaries of Print Culture: From Haymarket to the Mexican Revolution." *American Literary History*, 19/2 (Summer, 2007): 406 - 433.

White, Hayden. "New Historicism: A Comment." H. Aram Veeser Ed. *The New Historicism*. New York: Routledge, 1989: 293 - 302.

Wilde, Oscar. "The Critic as Artist." *The Complete Works of Oscar Wilde*. New York: Bames & Noble, 1994.

第九章

平民屠杀：战争正义与
道德正义

——德累斯顿轰炸与冯内古特的《五号屠场》

一、德累斯顿轰炸：事件的描述

1945 年 2 月 13 至 14 日，离德国投降仅 3 个月，美英空军对德国北部著名的历史古城德累斯顿实施了大规模轰炸。美、英皇家空军共出动轰炸机 1,200 余架次，4 波空袭投下以燃烧弹为主的近 3,900 吨炸药。这一场美、英两国共同策划并执行的军事行动，致使 6.5 平方公里的市区成为一片火海，在 14 个小时内杀死数万平民，摧毁了这座欧洲最美丽的文化古城。轰炸结束后，市中心广场上焚烧处理尸体用了整整两周时间。美国空军又在接下来的 3 月和 4 月，对德累斯顿郊区的铁路仓库等设施进行了 3 次轰炸。等到苏联红军到达并占领这座城市时，原来的德累斯顿几乎已不复存在。

德累斯顿到处陈列着欧洲传统艺术的精华，到处是让人驻足凝望、赞美惊叹的古建筑，包括世界级历史遗产茨温格宫和圣母大教堂。市内基本没有驻军和军事工业，直到战争临近结束也没有遭到同盟军的空袭，因此该城也成了战争中难民云集的避风港。尤其是在 1945 年初，随着苏联红军的快速推进，大批难民涌入德累斯顿市区和市郊。德累斯顿本地人口为 35 万，还有包括《五号屠场》的作者冯内古特在内的充当劳工的 3 万战俘，但没人知道总共涌入了多少难民，一般认为拥挤的城市中和城市周边人口超过 60 万。轰炸死亡总数一时难以统计，但死于轰炸的几乎全是平民，这方面没有异议。"由于战争该阶段的人口布局，德累斯顿的受害者——伤亡和无家可归的——大多是妇女、儿童和老人"（Biddle，2008：418），这方面也没有异议。

德累斯顿轰炸很快成为第二次世界大战中最有争议的事件之一。纳粹的宣传机器随即发动攻势，强调同盟军轰炸了没有军事设施的"文化城"，声称至少杀死了 20 万无辜平民（Norwood，2013：237）。报纸刊出被烧焦的孩子尸体的特写照片，谴责美、英空军对"难民的屠杀"。这样的宣传起到了效果，激起了一些中立国家的愤怒，也引起了英国下议院一些反对"区域轰炸"的议员的关注,促使英国开始整体上转向反对此类战争手段。其实,德累斯顿空袭与二战同时期英美实施的其他空袭,在方式上甚至在规模上都并无二致,这座城市"遭到的是德国其他城市(如科隆和汉堡)所遭受的同样的命运"(Biddle,2008:413)。但是,这一场空袭触发了关于"军事道德"问题的争论,使德累斯顿成为范例和焦点。

为了给舆论降温,同盟军司令部2月16日召开信息发布会,意在解释轰炸德累斯顿在军事上的合理性。但发言人格里森"糟糕透顶的表现"反给事态火上浇油,效果适得其反。他说:"另一个(军方高层)深入思考并仔细掂量的事情……是对人口中心使用重型轰炸机。这种对人口中心的密集轰炸首先可以让德国人将许多精力用于运输救援急需品和生活必需品,用于转移和安置无家可归的人。"他原本想表达的意思是,轰炸可以干扰德国的运输和后勤支援,加重其经济负担,具有间接的军事效用,但事实上承认了城市"中心区人口"就是轰炸的目标,泄露了军方高层最不能公之于众的信息(Probert,2001:321)。军方发布会之后,美联社记者霍华德·高文马上在报纸上发布新闻消息:"盟军空军司令部早已进行策划,以对德国的人口中心进行'恐怖轰炸'(terror bombing)为残酷的应急手段,以期加速希特勒的灭亡。"这一消息在美国传播开来,引发了很多反感和忧虑。同盟军最高司令部出面澄清,说明美国没有改变其精确轰炸的政策,对德累斯顿采取的行动主要是摧毁其通信和交通功能,轰炸时城里挤满难民纯属巧合。轰炸是残酷的,但合理合法地服务于战争目标(Schaffer,1985:95-103)。

同盟军国家的决策者和民众第一次在对德作战策略和方法上产生观点上的分裂,有些人开始使用霍华德·高文的用语,将类似德累斯顿的军事行动称为"恐怖轰炸"。就连德累斯顿轰炸决策人之一丘吉尔也开始改变自己的观点(Longmate,1983:345;Taylor,2005:431),在3月28日发给英国总参谋部和空军参谋部的电报中,他也用了"恐怖"一词,说:"虽然用的是其他托词,但仅仅为了制造恐怖而对德国城市进行轰炸,现在看来到了重新思考的时候了。……对德累斯顿的摧毁引来了对盟军行为的严重质疑。我的观点是,为了我们的利益而非敌人的利益,从今往后军事目标要更严格地进行斟酌选择。"(转引自Taylor,2005:430)但首相的态度遭到了皇家空军指挥官亚瑟·

哈里斯言辞激烈的反对(Taylor，2005：432)。

　　第二次世界大战结束以后，新闻界和学术界对该次军事行动仍然争议不断：轰炸是正当的战争行为，还是带有恐怖主义色彩的过激行为？对轰炸目的和正义性的讨论，迫使美国空军在1953年又发布一份报告，继续为轰炸进行辩护：虽然伤及平民，但轰炸针对的是工业和军事目标，该城市是交通枢纽，两条铁路线连接着柏林、布拉格、维也纳，也连接着慕尼黑和汉堡。该地有110家工厂和5万工人从事支援战争的工作。军方强调的观点是：德累斯顿是"军事城"，而不仅仅是"文化城"(Biddle，2008：420)。但这样的解释很难自圆其说，而且也是明显的误导。学界一般更认可的动机和目的是：一、轰炸可以截断难民的退路，造成德国国内的恐慌和混乱；二、丘吉尔和罗斯福都认为，战后最大的问题是斯大林，而苏联红军势如破竹，距柏林只有70公里，英、美需要"秀肌肉"予以警告，让斯大林知道他们所具有的摧毁力量。但如果是这样，那么英美联军的行动既带有制造"恐怖"的性质，同时又针对战时的同盟，令人不齿。难怪政府和军方极力用虚假的言语进行掩盖。

　　关于德累斯顿轰炸的争论主要集中于两点：焦点之一是死亡人数；焦点之二是轰炸是否具有军事意义？如果有，屠杀上万平民，摧毁一座历史名城是否值得？

　　关于死亡人数，1945年3月纳粹政府首先公布为20万，但显然夸大其词，带有"谴责"同盟军的目的。德累斯顿市政官方记录的空袭后"失联"人数为3.5万人。虽然很多人其后被证明并没有死亡，但也有全家死亡而无人报告"失联"的情况。总体而言这个数字比较接近实际人数。不少建筑整体倒塌，掩埋了作为防空避难所的地下室，因此尸体数字也不是权威结论。比如二战结束后到1966年的重建中，在德累斯顿地下又发现了1,858具轰炸遇难者的尸体(Taylor，2005：509)。发表过多篇关于德累斯顿事件研究论文的军事学者塔米·比德尔认为，"虽然永远不会有绝对准确的数字，但根据资料中最可靠的数据，死亡人数应该在2.5万至3.5万之间"(Biddle，2008：419)。冯内古特在不同小说和纪实作品中提供的数字是13.5万人，或者比较笼统的"十多万人"，偏差较大。但是，"从某一层面来说，具体死亡数字并不重要：它改变不了空袭的本质"(Biddle，2008：419)。

关于轰炸的军事意义,一般官方的说法是为了加快战争结束的进程。当时的德国虽仍在抵抗,但已不可逆转地进入全面溃败的快速道。苏联红军从东面、同盟军从西面进逼柏林,战争结束指日可待。那么轰炸德累斯顿的必要性何在? 美英军方都强调,德累斯顿有与军事相关的工业(其实该地的工厂与该战争阶段的军事功能相关甚微),也是具有战略意义的交通枢纽。但问题是,德累斯顿的工厂区、铁路和桥梁都在市郊,而轰炸的是人口密集的城市居住区。如果轰炸郊外的工业生产设施,摧毁桥梁,显然对战争更加有利,对纳粹德国的经济打击也更大,但为何轰炸的偏偏是城市的古建筑群和平民,致使城市中心区的90%被摧毁? 军方从未对这一问题做过正面回应。1953 年美国空军发表的相关报告还指出德累斯顿有驻军和秘密营地。记者亚历山大·麦基调查后揭露说,驻军在城市之外,离轰炸目标相距很远,所谓的"秘密营地"其实是难民所,而且,交通枢纽的关键部分,几座桥梁和车站都不在轰炸的目标之列(McKee,1982:61-63)。他认为"美国和英国这种常规的'移花接木'游戏的方式是,指出德累斯顿存在着目标 A、B、C,让不知情的人误以为轰炸的也是这些目标,而事实上它们根本不是轰炸的目标,结果是,除了个别目标偶然被炸到,其他都完好无损"(McKee,1982:63)。

这一军事行动的相关资料在美国一直是"绝密"文献,直到《五号屠场》出版十年后的 1978 年才解密,但质疑之声绵延不绝。一些历史学家、军事学家和其他知识分子认为,德累斯顿轰炸没有军事价值,而纯粹是对人类文化遗产的摧毁和对平民的屠杀。他们中的激进者甚至认为这是战争罪行,或者至少认为是一种道德罪孽①。德累斯顿轰炸的道德遗产问题,直至近期仍不断有新著进行讨论,如保罗·爱迪生和杰洛米·克兰(Paul Addison & Jeremy Crang)主编的《火暴》(*Firestorm*,2006)和安东尼·克雷英(Anthony Craying)的《被摧毁的城市:二战中同盟军对平民的轰炸是战争需要还是战争罪行?》(*Among the Dead Cities: Was the Allied Bombing of Civilians a Necessity or a Crime?*,2006)。前者是 2003 年一次专题研讨会的论文集,收

_____

① 将轰炸德累斯顿视为"战争罪行"的包括历史学家唐纳德·布罗克罕等(参看 Paul Addison & Jeremy Crang. *Firestorm*. New York:Pimlico,2006:180),也包括德国作家、诺贝尔文学奖得主君特·格拉斯(参看 Michael Elliott,"Europe:Then and Now."*Times*,August 10, 2003)。

录的文章观点不一，但"都围绕德累斯顿轰炸所象征的整体战争中的军事道德问题"展开（Addison & Crang，2006：x）；后者的副标题清楚地说明了讨论的中心内容，也对轰炸持负面观点。

　　冯内古特是对此事件最有影响力的批判者之一。由于他亲历了德累斯顿轰炸，似乎也是最有发言权的一个。大多数美国普通民众是通过他的长篇小说《五号屠场》才了解到二战中曾发生过这样的悲剧，才开始对美、英两国的这一战争行为进行反思。德累斯顿城轰炸成了第二次世界大战中最著名的事件之一，而"冯内古特基于战俘经历所写的关于空袭德累斯顿的具有洞察力的小说《五号屠场》在美国帮助提升了这场空袭的知名度"（Biddle，2008：414）。如今，一提到战略轰炸或二战中的战争伦理的话题，"德累斯顿"往往是必然提及的词汇之一。这是因为这场轰炸获得了象征意义，"是全世界观念法庭上反复审判的试验案例"（Biddle，2008：414）。

二、库尔特·冯内古特与《五号屠场》

　　库尔特·冯内古特（Kurt Vonnegut, Jr.，1922–2007）是第二次世界大战后的重要美国作家，以带黑色幽默色彩和实验性的小说著名，曾被《洛杉矶时报》书评称为"最幽默的严肃作家，或者最严肃的幽默作家"（Vonnegut，1982：*Palm Sunday* 封底）——当然，严肃是立场，幽默是手段，冯内古特的嘲讽、调侃与幽默是为其严肃的历史态度和政治态度服务的。出版于 1969 年的《五号屠场》（*Slaughterhouse Five*）是他的代表作，也是现当代美国文学中的必读经典之一。年仅 22 岁的冯内古特在二战接近尾声时被派往欧洲战场，在 1944 年底的巴尔奇战役中被德军俘虏，送到德累斯顿当劳工，居住的营地是过去的一个屠宰场。两个月后，美英空军对德累斯顿进行轰炸，冯内古特身处屠宰场地下库房，幸免于难，见证了一座城市遭遇的灾难性大毁灭。长期以来，美国官方封锁德累斯顿轰炸的信息，让曾亲历灾难的冯内古特产生了以小说的方式呈现事件的想法。"对于当时的冯内古特来说，德累斯顿代表了他对美国文化宏大叙事，尤其是他曾一度天真地信仰的科学进步论的彻底幻灭。"（Davies，2006：76）

　　《五号屠场》的一头一尾是纪实性的两章，中间的虚构部分是小说主体，故事围绕涉世未深的美国青年军人比利·皮尔格林,讲述他在第二次世界大战末期的短暂经历。他身处欧洲战场,但不是个拿枪打仗的士兵,而是充当随军牧师助理同赴前线。部队在一次军事行动中被打散,比利与几个溃散的士兵陷落敌后,不久被俘,先被送到战俘营,后又被遣送至德累斯顿当劳工,所在地是过去的"第五号屠宰场"。在那里,比利经历了美、英空军的狂轰滥炸。《五号屠场》虽然是一部战争小说,但比利的故事并不完全聚焦于他的战争经历,也不按事情发展的时间顺序进行线性叙述。作家用许多生活碎片重构了比利的一生,以二战中创伤性的经历为中心,让创伤记忆不断闪回,穿插在战后生活的零碎片段中。小说主人公精神深受刺激,加之后来脑部受外伤,常常出现的幻觉也是小说的重要组成部分:遭飞碟绑架,被送到外星球的动物园中展出,在那儿询问和平秘诀,回来后宣传福音。

小说没有跌宕起伏的情节,也没有英雄。正如冯内古特在书中所说:"故事中几乎没有真正的人物,也几乎没有戏剧性的冲突,因为书中的大多数人病弱无助,成了被难以抗拒的势力抛上抛下的玩物。"(冯内古特,2008:66)几个主要人物中,比利是个受虐型的小丑,"既没有打击敌人的实力,也没有帮助朋友的能量"(冯内古特,2008:26);罗兰·韦利热衷于扮演"三个火枪手"中的角色,沉迷于想象中的英雄主义;拉扎罗对酷刑和谋杀津津乐道,在其中获得变态的满足。只有老埃德加·德比是个具有同情心和正义感的人物,但因德累斯顿轰炸后在废墟中拿了一把茶壶,违反了非常时期的禁令而以"抢劫"罪被执行枪决。

在冯内古特笔下,真正的战争故事不会有太多逻辑性,但充满了黑色幽默。战争是一场闹剧,没有英雄业绩,也没有胜利者,只有受害者和牺牲品。在小说中,读者看不到爱国主义热情、战友的兄弟情义和崇高的牺牲精神,看到的只是充斥其中的非理性的暴力话语。作家似乎比较淡化宏观层面上战争的正义性和非正义性,也不特别站在某一方的立场上进行叙事,而更强调战争带给普通民众的灾难:被送去当炮灰的、战火殃及的都是平民百姓。作家让比利在"幻觉"片段中仍然苦苦求索答案,在特拉法玛多星球的动物园向外星人请求说:"我原来居住的星球上,有史以来一直无法摆脱疯狂的屠杀。……把和平秘诀告诉我,让我带回地球,拯救我们所有人:在一个星球上怎样才能和平相处?"(冯内古特,2008:48)这也许正是小说背后作家最想探讨的问题。

冯内古特出版过很多小说,被认为是表现第二次世界大战题材最伟大的作家之一,但这样的美誉主要是由《五号屠场》赢得的。小说之所以伟大,是因为它扫除了所有浪漫色彩,表现战争对文明的夷灭,对理性的戏侮,对人性的摧折,对常规的违反。这本书成了负面表现战争的范本,为美国的"新战争小说"定下了批判性的基调。冯内古特在小说中把聚焦点对准卷入战争的小人物,捕捉和放大他们的生存困境,表现他们在高压下扭曲的心理和狼狈的行为。作家俏皮的文字、独特的叙事手法和冷幽默,把被政治、军事力量操纵的士兵的命运表现得栩栩如生。

三、灾难重现与见证者的角色

《五号屠场》中小说主人公比利的战后生活占据作品的大部分篇幅,而直接描述轰炸和灾难救援的篇幅并不大。但故事的中心事件毫无疑问是德累斯顿轰炸,其他部分都可以看成是回溯性、反思性的铺垫,最终的箭头都回转指向"德累斯顿轰炸"这一聚焦点。这个触动作家灵魂的事件,在美国媒体上却被轻描淡写一笔带过。冯内古特在身后出版的《回首大决战》(*Armageddon in Retrospect*,2008)中这样写道:"报纸上出现的是一条普普通通的新闻:'昨天晚上我们的空军袭击了德累斯顿,所有飞机安全返回。'"(冯内古特,2013:38)而在《五号屠场》中,作家告诉读者:"在当时的美国,知道那场空袭的人并不多。比如说,没有多少美国人知道它要比广岛更惨。"(冯内古特,2008:8)作家在纪实的第一章中这么写道:

那时我曾写信给空军,索要空袭德累斯顿的详细资料:谁下的命令,出动了多少架飞机,为何要轰炸,取得了哪些预期的效果,如此等等。一个同我一样从事公共关系的男性给了我回复。他说很抱歉,此类文献仍属于绝密信息。

我把信大声读给妻子听,然后我说:"绝密?我的天哪——向谁保密?"(冯内古特,2008:9)

这段生活中的轶事,解释了作家的创作目的:要以小说为手段,承担见证者的责任,冲破信息封锁,揭露美国军队针对平民的屠杀。亲历德累斯顿轰炸的冯内古特具有其他作家所没有的那种直接的灾难体验,但由于"实施残暴罪行的技术能力与我们面对此类灾难的想象能力之间越来越大的距离"(Lifton,1971:23),冯内古特用了足足 23 年的时间,进行消化、思考和再现,终于找到了表达语言,写就了《五号屠场》这部引起美国文坛震动的小说。大多美国人不是通过报纸等媒体,而是通过冯内古特的小说了解到这一场悲剧的,但《五号屠场》是"被查禁次数最多的 10 部美国小说之一"(Morse,2009:92),被视为"危险"的成分,正是小说的颠覆力量所在。

在小说中,冯内古特强调了被摧毁的德累斯顿两方面的特征:一是这座"欧洲最美丽的古城"具有作为人类文化遗产的特殊价值;二是它的非军事性。1945 年春天,战争已接近尾声,但这座无价的艺术和文化珍宝库却在纳粹的军事化和同盟军对德轰炸中依然得以保存。充当劳工的美国战俘比利,看到这座城市的第一眼是这样的:

下午五点,美国人到达德累斯顿。闷罐子列车车门被打开,门框中展现出很多美国人从来没有看到过的美丽城市。城市勾画出令人愉悦、让人着迷的轮廓,复杂而荒诞。在比利·皮尔格林看来,像主日学校的天堂图景。(冯内古特,2008:125)

冯内古特引述了歌德对这座历史名城的赞美,又详细描写了战争年代难得一见的和平景象:"在德累斯顿,蒸汽供暖设备仍然欢乐地轻唱着,街车仍然叮叮当当,电话仍有铃声响起,畅通无阻,灯光仍然随着电闸的开启和关闭而闪亮或熄灭。城里有剧院和餐馆,还有动物园。城市的主要产业是药品、食品和烟草加工。"(冯内古特,2008:125)一名已在该市多时的英国战俘告诉比利,"你们不必担心轰炸",因为"德累斯顿是一个开放城市,不设防,没有战争工业,没有值得一提的驻军部队"(冯内古特,2008:123)——也就是说,轰炸没有军事意义。战俘和市民们暗自庆幸,德累斯顿的历史文化价值和非军事特征保护了他们免遭灾难。

但理性遭到了现实的棒喝。这座像"天堂图景"般美轮美奂的城市,还是难逃厄运。"一场弹片的暴风雪"将德累斯顿"在崩裂的地面和爆炸的天空中间变成了夹心三明治"（冯内古特，2001：10）。轰炸从晚上开始，人们"直到第二天中午险情过后才可以走出掩体。美国人和他们的看守走到外面时，天空由于浓烟变成黑色，太阳成了愤怒的小不点。德累斯顿就像月球表面，除了矿石一无所有。石头热得烫手。周围街区找不到活人"（冯内古特，2008：150）。冯内古特描绘了轰炸前、后的两张对比图——"天堂图景"和"月球表面"，让它们印刻在读者的头脑中，引出一个关于同盟军行为动机的大大的问号。

留守城里的老弱妇幼和来自他乡的战争难民是轰炸受害的主体。对于隔洋而居的大多国人来说，数万死亡人数只是一个数字，而对于目睹灾难的冯内古特而言，昨天周边的活人变成了焦黑的尸体，这样的场景冲击了他心理承受力的极限。与此同时，一座象征人类文明、代表艺术辉煌的美丽古城，在他眼前变为废墟。冯内古特在《棕榈树星期天》（*Palm Sunday*，1982）中对德累斯顿的命运表达了哀叹："我为被摧毁的德累斯顿感到伤心，因为它只不过临时是个纳粹城市，而几个世纪以来一直是艺术的珍宝库，属于地球上所有人。原本它可以重新回到过去的地位"，而"遭到燃烧弹轰炸后的德累斯顿，已经成了石化的记忆，深深埋到了历史沥青坑的最深处"（Vonnegut，1982：278）。

《五号屠场》凸显战争亲历者的个人陈述，在人物的"见证"和叙述者的沉默之间留出的空白中，给读者留下想象和思考的空间。最值得注意的是小说临近结束的场面。因飞机失事受重伤的比利在医院与一个名叫伯特伦·朗福德的人同住一个病室。作家强调了此人的特殊身份："哈佛大学历史教授，官方历史学家。"（冯内古特，2008：101）他正在撰写关于第二次世界大战中美国陆军空战团的简缩本历史（冯内古特，2008：155）。小说在这里又一次指出，27 卷本的《第二次世界大战中陆军空战队正史》中几乎没有提及德累斯顿轰炸。朗福德说："这场胜利（指德累斯顿轰炸）的规模在战争以后很多年一直是保密的——对美国人民保密。"当朗福德的女友问他为何保密，这位"官方历史学家"也不得不说，"这样的事情算不上什么壮举"（冯内古特，2008：161），但他仍然笼统地为美、英的军事行动辩护：轰炸是"不得已而为之"（冯内古特，2008：161）。

此时，惊天动地的事情发生了。病床上的比利"用一种几乎听不到的颤抖的微弱声音"说:"当时我就在那儿。"(冯内古特,2008:161)来自见证者的陈述振聋发聩,让朗福德目瞪口呆。作家十分清楚个人小叙事颠覆历史的力量。他在《回首大决战》中说:"使我过去和现在从心底里感到厌恶的原由,是一个在美国报刊上只做过轻描淡写报道的事件。在1945年2月,德国的德累斯顿被摧毁,10万多人口与城市一同遭到毁灭。**当时我就在那儿**。"(冯内古特,2013:36)冯内古特再次强调了"见证"的不可替代性,通过宣誓"在场"确立小叙事的权威,对宏大叙事的真实性提出质疑。"官方历史学家"在突然出现的亲历者面前哑口无言,只能讪讪地说:"有必要现在谈这些吗?""这就是战争。"(冯内古特,2008:167)

朗福德同比利"交锋"的场景被放置在《五号屠场》的最后部分,是有其特殊意义的,因为它是小说的真正高潮。"讽刺性攻击的目标出现了,那是一种对时代的灾难事件不以为然的态度。德累斯顿的恐怖之处并不在于它会在文明的20世纪,在该地发生。真正令人恐惧的是,像德累斯顿这样的事件还会继续发生,人们似乎不再感到震惊。"(Merrill & Scholl, 1978:148-149)彼得·弗里斯同样指出了《五号屠场》的当下意义,认为小说"通过特殊视角对历史事件进行重构,消解了官方叙事的绝对化;通过个人的主观意识凸显人们面临的当代问题;通过今天的现实推演将来可能出现的情景"(Freese, 2009:23)。作家不是杞人忧天,他的"推演"一再被证实。一种意识形态方面的自我优越感,加之崇尚武力的战争传统和对他国平民生命的漠视,致使历史的错误不断被重复,于是就有了越南战争,就有了十余年来自伊拉克、阿富汗、科索沃、利比亚的反复印证。难怪经历德累斯顿创伤、战后从事配镜行业的比利,也恍惚感觉到自己所承担的历史见证者的使命:"他觉得自己现在所承担的使命,不外乎为地球仔的灵魂配制矫正的镜片。"(冯内古特,2008:24)

四、站在故事人物背后的言说者

常有批评文章曲解《五号屠场》的历史观和政治意图,认为作品表达的是悲观主义、宿命论和政治无为(Tanner, 1990:128; Seiber, 2000:148, 152; Lundquist, 1977:18)。造成误读的主要原因来自五个方面:一是小说塑造的任由命运宰割的受虐型的主人公;二是经历战争创伤的小说叙述者因不堪其忧而退避三舍的处世态度；三是故事层面提供的"答案"——来自"和平星球"带宿命论色彩的"福音"；四是一般对后现代小说"去政治化"的理解；五是帮助造成小说游离政治假象的作家玩世不恭的调侃语气和黑色幽默。另外，作家为小说设计了复杂的叙事结构，虚实相间，多股交错，使小说成为后现代叙事艺术的展示台，吸引了批评界的关注，冲淡了对小说的主题讨论。

小说之所以能够涵容比其他体裁更大的艺术张力和阐释空间，是因为它在叙述者的表层陈述和作家的深层认识之间有一个层阶，需要读者在阅读过程中通过想象进行"填空"，建立关联。即使作家使用第一人称的"我"来交代故事，叙述者也不等于作者。故事层面、叙事层面与作家的认识层面不能混为一谈。

故事层面，《五号屠场》主要围绕美国大兵比利展开。沃尔特·霍尔布林将此人称为"也许是美国小说中最被动、最惰性的人物"，并暗示作家借助这个人物表达了一种消极的态度（Holbling，2009：212）。战争中的比利无拳无勇，"既没有打击敌人的实力，也没有帮助朋友的能量"，"对大多数士兵不屑一顾的仁爱的耶稣抱着驯顺的信仰"（冯内古特，2008：26），一切逆来顺受，确实是个消极被动的人物。但我们必须强调，小说人物的麻木不等于作家意识的麻木；人物的消极态度不等于作家的悲观主义。尽管作家确实亲历过比利所经历的创伤事件，但比利不是作家本人的投影。

作家显然刻意将小说主人公设计为一个反英雄角色，对他极尽嘲弄之能事：他"高挑羸弱，身材像可口可乐的瓶子"（冯内古特，2008：20），"肩和胸就像厨房用的火柴盒"（冯内古特，2008：27），"看上去像一只脏兮兮的火烈鸟"（冯内古特，2008：28），"是一只散了架的风筝"（冯内古特，2008：82）。作家一方面通过比利反应迟钝的眼睛，让读者直面战争灾难；另一方面又对被命运玩弄、无助无能的小人物表示同情。比利很像鲁迅笔下的阿Q，可怜可悲，让读者产生"哀其不幸，怒其不争"的矛盾心态。事实上冯内古特曾谈到过，比利的原型来自一个以自杀结束战争经历的名叫乔·克罗尼的士兵（Morse，2009：94）。正是通过塑造比利这个面对灾难无能为力的小人物，文本背后的作家表达了他"政治介入"的积极态度。他在对比利们的命运报以同情理解的同时，又对他们的麻木与冷漠表达了批判。

在叙事层面,故事的讲述者也不是作家的"另一个自我"。叙述者面对灾难和死亡,不愿深究悲剧的根源,在整部小说中说了100多次"事情就是这样",把话题打住。《哥伦比亚美国小说史》对《五号屠场》做了这样的评定:小说"避免了任何令人满意的或引向洞见的结论。(叙述者)带无为态度的箴言'事情就是这样'成了冯内古特修正历史的范本"(Elliot,2005:722)。这样的定论有待商榷。叙述者的"无为态度"正是作家的批判矛头所向,而真正的言说者,即作家,站在叙述者的背后。人物的沉默为作家打破沉默的呼吁营造了气氛,让读者于无声处听惊雷。

冯内古特在小说中"侵入式"地对作品进行了"讲解":"故事中几乎没有真正的人物",都是些"被难以抗拒的势力抛上抛下的玩物"(冯内古特,2008:137)。塑造这些"玩物"的用意,显然是"希望这部小说能够引起读者的注意,唤醒他们的意识,使他们警觉起来"(Bergenholtz & Clark,1998:91)。冯内古特在一次访谈中说,"艺术家的价值在于成为警报系统"(Allen,1988:77)。这个"警示"意图是通过拉开隐含作者与人物、与叙述者的距离来实现的。正是通过对这类无助、"被动"的小人物命运警示性的再现,通过批判性地"展示"人物和叙述者的负面特性和态度,作家表达了自己的立场。

《五号屠场》对德累斯顿轰炸事件的再现,是小说对历史的虚构性重构。这样的重构给予历史再现以充分的自由,情节上可以天马行空,但本质上更加尊重历史。小说通过个人小叙事,通过个体的经历和视角,通过具体、生动的经验层面的细节,以有血有肉的内涵映射和评说宏大历史,对以整体概括和抽象综合为特征的历史叙事带来补正,或提出质疑。小说的虚构叙事也更能反映社会大事件中人的体验感受等历史记载中忽略的精神和情感层面的东西,可以深化读者对历史的认识。小说并不直接言说历史和政治,但小说书写者充分利用自己的话语权力,在再现语境、塑造人物、建构情节中植入意识形态批判,引向对美国历史和政治的批判性思考,由此实现修正历史和参与历史重构的政治意图。

五、历史意识与当代指涉

"一切历史都是当代史,一切历史意识'切片'都是当代阐释的结果。"(朱立元,1997：399)冯内古特强烈的历史意识和当代指涉,首先表现在小说副标题——"儿童的圣战"上。这个副标题指向三个方面：一是将德累斯顿轰炸事件与13世纪的童子军东征这一"欧洲历史上最让人啼笑皆非的事件"(Morse,2009：94)联系在一起；二是让人联想到代表官方历史的艾森豪威尔将军流传广泛的二战著作《欧洲的圣战》；三是指向美国政府的越战动员,当时媒体的战争宣传不断给美国青年——那些"处于童年末端"、涉世未深的孩子们洗脑,将战争崇高化。小说主人公比利在回叙二战往事的时候,他的儿子罗伯特正在越南打仗。就这样,从中世纪的童子十字军开始,到德累斯顿轰炸,再到越南战争,作家将人类不断重复的愚行排列出来,把历史的惨痛记录和当时的美国大事件联系到了一起。

《五号屠场》中提到一本关于童子军圣战的书,是查尔斯·麦凯博士出版于1841年的《特殊流行幻觉与集体疯狂》。该书告诉我们,童子军圣战始于1213年,两个僧侣突发奇想,在德国和法国招募童子军,以基督的名义前往巴勒斯坦参加圣战,3万儿童报名参加。小说中有这样的一段："历史庄严的书页告诉我们,鼓动十字军圣战者只不过是些无知野蛮的人,其动机来源于绝对的偏执,其历程浸透着血泪。而另一方面,浪漫作品放大了他们的虔诚和英雄主义,用热情洋溢慷慨激昂的语气描述他们的善德和气度,赞颂他们为自己赢得的永久的荣耀,和为基督教做出的巨大贡献。"(冯内古特,2008：13)《五号屠场》对童子军圣战的详细描述,包含着对德累斯顿轰炸,尤其是对越战动机的明显指涉。

在纪事的第一章中,得知冯内古特的造访是为写一本关于战争的书,他战时伙伴奥黑尔的妻子怒不可遏,爆发出一连串的谴责：

你会假装你们不是些娃娃,而是男子汉,让法兰克·辛纳屈、约翰·韦恩①或者其他一些魅力十足的、好战的、有一把年纪的无耻之徒在电影中表现

---

① 法兰克·辛纳屈(Frank Sinatra, 1915-1998)是美国著名歌手兼电影演员,以饰演硬派战争英雄著名,曾因参演《从这里直到永远》获1953年奥斯卡最佳男配角奖；约翰·韦恩(John Wayne,1907-1979)也是美国电影界硬派巨星,参演的大多为西部片,1969年以《大地惊雷》获奥斯卡最佳男主角奖。

你们的故事。战争看上去无比美好,我们还需要更多的战争。送去当炮灰的是些娃娃,就像楼上的娃娃们。(冯内古特,2008:12)

奥黑尔的妻子相信,以书和电影为代表的媒体,是美化战争、为战争推波助澜的工具,而上当受骗、充当炮灰的是些不谙世事的"娃娃们",或"童子"。小说中一名英国上校看到比利他们一批年轻的美国兵时惊呼:"我的天哪,我的天哪——这是一支童子十字军。"(冯内古特,2008:89)《五号屠场》成稿于全美抗议越南战争的浪潮中。小说主人公比利在回叙二战往事的时候,他的儿子罗伯特正在越南打仗,历史与当代形成呼应。因此小说可以被解读为作家对美国在越南实施的轰炸战略的谴责:"我的政府每天向我提供军事科学在越南创造的尸体数字。"(冯内古特,2008:176)

小说展示了历史重蹈覆辙的三步:从中世纪讨伐异教的十字军东征,到二战中的德累斯顿轰炸,再到越南战争。彼得·弗里斯谈到德累斯顿轰炸时,也将历史事件串成一串,指出"从索多玛和蛾摩拉到中世纪十字军东征再到越南丛林战",德累斯顿只不过是"无休无止的人类残暴系列中的又一个实例"(Freese,2009:30)。弗里斯提到了《圣经·旧约》中描述的被上帝焚毁的两个古城索多玛和蛾摩拉。冯内古特在小说中也提到了这两个古城:"我在旅馆房间里翻阅基甸国际赠送的《圣经》,在其中寻找大毁灭的故事。当罗德进入琐珥时,太阳已在地球上升起,我读着。然后,主从天外之主那里引来硫黄与火,降落在索多玛和蛾摩拉;他摧毁这两座城市,所有的平原,所有城中的居民以及一切地面的生物。"冯内古特接着嘲讽道:"两座城里住的都是坏人,这是众所周知的事。没有他们世界会变得更美好。"(冯内古特,2008:18)作家追溯到西方文明的源头,辛辣地嘲讽了将杀戮当作正义的文化传统。

《五号屠场》出版前一年,美军在越南美莱村实施了屠杀①,复制了过去的悲剧(参看本书第十章)。越战被美国国家层面与媒体宣传为"正义战争",对

---

① 1968年10月23日,一队美军对主要是老人、妇女和孩子的越南美莱村百余村民实施屠杀。之后,美国陆军部的官方报纸《星条旗报》以头条新闻登出:"美军包围赤色分子,杀死128人。"美国作家蒂姆·奥布赖恩(Tim O'Brien,1946-)与前辈作家冯内古特一样,以长篇小说《林中湖》(*In the Lake of the Woods*,1994)将这一不光彩的"保密"事件揭示于天下。

平民实施大屠杀的丑闻，不得不再次"向美国民众保密"。冯内古特在创作《五号屠场》之际应该还没有听说过"美莱事件"，但小说通过跨越时代的串联，不仅对美军在二战中将战争屠刀挥向平民的行为做了谴责、给出了预警，也对美国军方在越战中的暴力话语和战争逻辑表示了强烈的反感。

冯内古特研究专家克林诺维兹强调："《五号屠场》为其作者建立了当代焦点问题（key issues of the day）明星级发言人的地位。"（Klinkowitz，2009：62）他认为冯内古特不仅关注历史，更关注当下的政治动态，评说时事。这种"评说"的方式不是观点的直接陈述，而是通过小说的美学再现，具有强大的感染力和说服力，因此也具有强大的影响力。斯图亚特·斯盖格尔在《政治小说：20世纪想象再现》（*The Political Novels: Re-Imagining the Twentieth Century*，2010）中，将《五号屠场》归入"政治小说"类进行讨论。这样的评定和归类，是有道理的。该书的最后一章讨论恐怖主义等当代现实，认为是美国政客们抱有的那种唯我独尊的态度和制定的灾难性的政策，导致了"20世纪令人沮丧的灾祸"（Scheingold，2010：7）。

六、战争正义与道德正义

具有讽刺意味的是，德累斯顿轰炸的细节最早是由英国文献学家大卫·欧文（David Irving）披露给英、美两国公众的（Beidler，2010：107）。欧文是个臭名昭著的亲希特勒分子，否认存在纳粹集中营的屠杀，他的《德累斯顿毁灭记》（*The Destruction of Dresden*，1963）试图"平衡"作战双方的恶行——如果说纳粹有暴行，那么同盟军也有，以此为纳粹德国开脱。虽然他"抹黑"二战中同盟军的意图十分明显，但书中德累斯顿平民受害、文物遭毁的细节还是让人感到震惊。由于欧文的错误立场，他的书轻而易举地遭到抵制，但是对德累斯顿轰炸的正义性问题的讨论一直没有间断。时至今日，官方立场可以总结为三点：一、德国人发起了战争，作为反纳粹的军事手段，轰炸具有战争正义性；二、轰炸是为了提早结束战争，避免更多的伤亡，具有道德上的正义性；三、轰炸在计划与实施方面的确有技术错误。

这方面的争论也在《五号屠场》中展开。病床上的朗福德教授向他的女友朗读了美国空军准将伊克尔和英国空军中将桑德比爵士两人各自为美国版的

《德累斯顿毁灭记》写的前言,其中伊克尔强调了轰炸这座德国城市的正义性:
德国人是始作俑者,500万同盟国人民死于战争灾难,轰炸是合理报复。桑德
比的态度则完全不同:"无人可以否认,轰炸德累斯顿是一场大悲剧。说它确
是军事需要,读了这本书之后很少会有人相信。"(冯内古特,2008:158)作家
在小说中并置了相互冲突的看法,交给读者辨析评定。两位真实军事人物的
不同观点,让虚构"历史学家"朗福德对这个"悬而未决的问题"有点不知所措
(冯内古特,2008:161)。

冯内古特显然反对以暴制暴。《五号屠场》对二战中美国"国家立场"的对
抗书写,确实承担着一定的"政治不正确"的风险。事实上他也确实受到了这
方面的攻击。比如菲利普·瓦茨的批评论文就认为,小说有间接为纳粹辩护
的嫌疑,因为对德累斯顿轰炸的描述,把读者引向纳粹死亡集中营的联想,似
乎冯内古特的小说是在呼应大卫·欧文的《德累斯顿毁灭记》。文章虽未直接
对冯内古特的德裔身份进行拷问,但暗示强烈,并且试图论证法国反犹太主义
小说家塞利纳对他的影响(Watts,2009:33-44)。这样的指责带有恶意中伤
的性质。冯内古特是站在人道主义的立场对美军在二战和越战中的行为提出
了道德批判的,这种批判态度与他德裔美国人的身份无关。

这样的道德质疑在诺贝尔和平奖获得者埃利·威塞尔(Elie Wiesel)的论
著《世界保持沉默》(1954)①中同样赫然可见。该书在揭露和控诉纳粹集中营
大屠杀的同时也犀利地指出,二战中"世界"——指西方反纳粹阵营的民主国
家和中立国——出于各自利益的考虑,对希特勒屠杀犹太人的行径保持了相
当长一段时间的沉默,助长了纳粹的罪恶。威塞尔让"沉默的罪恶"在书名中
得到凸显,并大胆提出,战争中的行为——对与错、善与恶——不是完全按正
义方和非正义方划线的。冯内古特不想对此保持沉默。

约翰·利蒙在《书写战争:美国战争小说,从现实主义到后现代主义》
(*Writing After War: American War Fiction from Realism to Postmodernism*,
1994)一书中提出了一个引起争议的看法:第二次世界大战"带有浓重的恐怖

---

① 此书最初用意第绪语写成,1958年又出版了法语的压缩本,流传不广。后来的英译本更名为
《夜》(*Night*),由纽约的 Hill & Wang 出版,开始广泛流传,被译成30余种文字,成为大屠杀文学的
经典。

主义色彩"(deeply terroristic)(Limon，1994：128)。利蒙的观点之所以引起争议，是因为他对带"恐怖主义色彩"的行为的谴责不仅指向敌方，即纳粹对非军事人员的残酷迫害和杀戮，也毫不客气地指向"己方"，即反纳粹阵营实施的包括德累斯顿轰炸在内的针对平民目标的军事行动。《五号屠场》是约翰·利蒙著作中主要讨论的文本之一，其他作为讨论对象的小说还包括托马斯·品钦(Thomas Pynchon)的《万有引力之虹》(*Gravity's Rainbow*，1973)和约瑟夫·海勒(Joseph Heller)的《第 22 条军规》(*Catch - 22*，1961)，而这些小说共同奠定了二战后美国战争小说的基调。

这类小说共同颠覆了美国流行的战争神话。美国的宣传媒体把"好人的战争"和"坏人的战争"一刀切开，把自己归为前一类，将所有行为合理化。"这种'站边'思维延续到战后美国，在朝鲜战争和越南战争中又进一步得到强化。"(Jarvis，2009：79)塞缪尔·海涅斯曾对"战争神话"做出描述，指出它是"从战争中演化出来的一种简单化的叙事文本，赋予战争以意义：好的战争，坏的战争，必要的战争。神话似乎是一种社会需要，一种对可怕的战争代价的评述或合理化阐释，但它是通过牺牲具体和普通层面的经验，构建在人的行为的非理性和矛盾性基础之上的。战争神话讲述的是一种想象中可控的状态"(Hynes，1999：xiii)。但真实的战争不是神话版本，它的残酷性常常超乎想象，它往往像脱缰的野马失去控制，也难以进行合理化的阐释。战争行为中的善、恶、对、错，也不是战争神话所能"简单化"地一分为二的。

冯内古特在《五号屠场》中刻意将第二次世界大战与越南战争放在一个平面上，以此颠覆小说出版时历史的当下媒体向美国民众灌输的意在战胜"邪恶势力"的"好战争"的宣传。小说描写了德累斯顿轰炸之后，马上跳跃到比利战后生活的一个片段。他正聆听一位海军少校的演讲，他说"美国人别无选择，必须继续在越南打下去，直到取得胜利……他赞成加大轰炸力度，如果他们冥顽不化，就把北越炸回石器时代"(冯内古特，2008：49)。这个态度强硬的"海军少校"显然是美国空军司令科迪斯·勒梅的化身，此人最早提出以轰炸制服北越的计划，扬言不惜将其"炸回石器时代"(Jarvis，2009：65)。克里斯蒂娜·贾维斯指出，"勒梅的观点代表了将战争扩大至包括平民目标的一种倾向。通过像勒梅那样的战争规划，战争中的平民伤亡从第一次世界大战的

5%，提高到第二次世界大战中的40%，再增加到越南战争中的91%"，比例直线攀升(Jarvis，2009：66)。

"轰炸"这一关键词，将德累斯顿和越南战场联系在一起。越战中的"暴力制服"态度，建立在德累斯顿的先例之上。部分由于德累斯顿轰炸的负面影响，二战结束后的1949年8月，多国签署了《关于战时保护平民之日内瓦公约》(*Geneva Convention Relative to the Protection of Civilian Persons in Time of War*)，订立了关于战时冲突国敌方平民应受到保护和人道待遇的条款，明确规定禁止破坏不设防的城镇和乡村，禁止杀害平民。但人们遗憾地发现，条款的限定常被权力话语随意拉伸歪曲，像越南战争和后来的伊拉克战争中美军仍以轰炸为主要手段，对公约的限定顾忌甚少。小说的当代指涉触及了美国政坛和民众道德意识层面的很多方面，具有反思历史的价值，也具有深远的当下意义。

七、人道主义的呼声

彼得·琼斯指出，"战争小说几乎都是伦理论坛，或表达愤怒，或描写战争困境中对意义的探问"(Jones，1976：9)。冯内古特一贯反对战争，把战争看成涤荡文明、摧折理智的自残；他更反对任何针对平民的暴行，不允许政治强权或军事强势动摇人的普世价值。冯内古特的批判态度具有明显的伦理倾向，基于人道主义之上，而不是"美国立场"之上，是以理性和良知为基础的，并不认同非此即彼、非白即黑的绝对主义。他不是民族主义者，也不是政治左翼或激进分子。他以人权和人道为最高理想，强调生命和博爱的价值，但不回避正义战争中的罪恶。他在《回首大决战》中强调，有些道德底线不容跨越，超越敌我分界，不受战争形势左右："对儿童的杀戮——不管是'德寇'的孩子还是'小日本'的孩子，或者将来任何敌人的孩子——永远不会有正当的理由。"(冯内古特，2013：44)冯内古特所言及的"正当的理由"不是战争理性，而是人道主义的原则。

战争逻辑需要一切服从"致胜"原则，将个体视为蚁虫，常常践踏人伦和常理。除了德累斯顿轰炸的全景式描写外，《五号屠场》还把聚焦点对准一个特殊人物，通过这个人物特写，把战争对生命的漠视表现得鞭辟入里。小说对美国大兵老德比的描述给予了相当的篇幅，他的不幸命运在小说前后总共提到9次，像幽灵一样纠缠着陷于"后创伤"状态的小说叙述者，让他难以释怀。德累斯顿被摧毁后，美国老德比因在废墟中捡了一把茶壶，违反了战时条令而被逮捕，当场审判，实施枪决。老德比事件和德累斯顿轰炸事件，一个是百姓点灯，一个是州官放火，规模迥异，两者间形成鲜明的比照，但结局让人震惊。作者让这两个事件在小说中对位，凸显了战争的非理性。

冯内古特在小说开篇不久就告诉我们，"这本故事中**几乎没有真正的人物**"（冯内古特，2008：66）。"几乎没有"暗示了可能的例外。随着故事的进展，这个特殊人物出现了："老德比现在是个**真正的人物**。"（冯内古特，2008：137）老德比原是中学教师，45岁的他通过"开后门"超龄入伍，决心"为美国而战"。冯内古特在小说中特地为他提供了表现英雄主义的舞台。当投靠纳粹的美国人坎贝尔前来游说，动员美国战俘报名去前线跟俄国人作战，温和寡言的老德比站了起来：

> 他的姿态像一个被打晕的拳击师，垂着头，双拳伸在胸前，等待着指示和战术安排。德比抬起头来，骂坎贝尔是条毒蛇，然后又对这一说法做了纠正。他说毒蛇之所以成为毒蛇，是因为它们别无选择，而坎贝尔有能力选择不成为现在的他，因此比毒蛇或耗子——甚至吸血的虱子更加不如。……德比情绪激动地谈到以自由、正义、机会均等和公平竞争为主旨的美国式的政府。他说没有人不愿意为这样的理想奋斗牺牲。……他谈到美国和俄罗斯人民之间的兄弟情谊，谈到这两个民族将彻底铲除试图扩散到全世界的纳粹主义瘟疫。（冯内古特，2008：138）

一个正义之士和表达美国式理想的英雄，稀里糊涂地被剥夺了生命。这种"反高潮"(anti-climatic)式的结尾，将战争的荒诞性表现得淋漓尽致。如果说德累斯顿代表了作家"对美国文化宏大叙事的彻底幻灭"（Davies，2006：76)，那么老德比事件更带情感色彩，将聚焦点对准无数战争冤魂中活生生的一个，更凸显了战争对生命价值的藐视，更具有黑色幽默的色彩。在这一大一小两个事件遥相呼应的组合中，小说凸显了一个尖锐的问题：与摧毁一座历史古城、屠杀数万平民的罪恶相比,老德比的过错微不足道。那么,如果死亡是对他行为的合适处罚,那么对那些用燃烧弹摧毁德累斯顿的决策者,该施以何种惩罚呢?小说文本中潜藏着一个人道主义者的无声责问,虽不是直接表达的,但犀利无比。

冯内古特的人道主义立场是超越战争边界的。他并不盲目呼应国家立场,而以自己的认识对战争行为进行道德评判。这种评判不是直接的,而是内置于小说故事之中。作家施展书写者所拥有的话语权力,从不同的视角重新呈现事件,充分利用虚构文本的艺术张力,解放历史叙事的束缚,用个人化的小叙事对抗官方的宏大叙事,对后者进行修正和戏仿。海登·怀特指出,历史书写不可避免地"先入为主对其领域进行构建,来承载用于解释'到底发生了什么'的具体理论"(White,1973:x)。如果说历史书写是历史编撰者从自身的历史、文化和政治立场出发按照当下的需求对历史的再创作,那么,小说创作的动机其实基本一样,是作家按照自己对历史的理解和当下的需要,对历史的重新呈现,但小说家个人叙说的故事在建立情节模式,包括选择细节和强调侧重上,可以完全不同于历史书写。小说书写也是文字建构,不可能还原真相,但文学作品重述的历史,提供了另一种解读的途径和视角,可以动摇"既定"认识,打破官方叙事的"一言堂"。冯内古特在对事件的重新呈现中参与了政治评说和历史重构,这种介入写作是作家争夺意义阐释权的文化斗争,具有平衡和扶正历史的政治意义。

《五号屠场》的讨论可引向关于后现代小说的政治性问题或后现代作家政治态度问题的讨论。不少西方文学、文化理论家,如弗雷德里克·詹姆逊和特里·伊格尔顿,都有过关于后现代文学缺乏历史意识和政治内涵的论述,但琳达·哈钦认为这样的认识是一种误解,"从根本上而言是自相矛盾的",后现代文学同样"绝对是历史的,也不可避免地被蒙上政治色彩"(Hutcheon,1988:3)。如果我们接受《五号屠场》是一部后现代小说杰作的一般认定,那么这部小说有力地支撑了哈钦的论断,也是否定詹姆逊、伊格尔顿、纽曼等学者关于后现代小说的定论的最好例证。尽管叙事手法十分复杂、十分"后现代",但《五号屠场》并不是"消解一切"的"文字游戏"。他的后现代小说的政治性,正如琳达·哈钦所认为的,表现在作家故意模糊历史叙事与小说叙事之间的边界来突显官方历史中缺失的那些部分，而这种糅合了历史与虚构的艺术，具有历史和社会批判的力量（Hutcheon，1988：47 - 92）。《五号屠场》是将历史事件小说化的杰出例子。作家运用看似散漫随意，实则是精心设计的叙事策略，对历史进行陌生化的想象再现，表现了一种强烈的历史责任感和政治担当。

八、用别样的方法表现灾难

冯内古特一直怀有撰写一部以德累斯顿轰炸为主题的重大小说的想法。他思考了 20 余年，终于在全美抗议越南战争的浪潮中，找到了最合适的表达方式和表达语言，完成了书稿。冯内古特在第一章中零星谈到了写作的艰难历程："至少写过 5,000 页，都撕掉了。"（冯内古特，2008：12）二战中刻骨铭心的经历使得文字的描述功能丧失了力量，他患了"失语症"，对亲眼见证的如此深重的灾难无从下笔，难以言表。而在他眼前上演的是又一场旷日持久的大规模战争，人们对战争暴行似乎习以为常。冯内古特明白，传统的现实主义细节虽然可以反映战争的血腥和恐怖，但已经很难唤醒被暴力麻木的心灵。为了重述被掩蔽的历史，激活淡化的记忆，他必须另辟蹊径，创造新的表达形式。《五号屠场》很快成为一种被称为"黑色幽默"或"后现代主义"的新类型小说的范本，成为作家文学声誉的奠基石。小说最成功、最有特色的地方，是它不同寻常的叙事模式。这种叙事模式颠覆了传统的阅读习惯，但同时大大拓展了想象空间，给故事带来了深度。

作家在故事开篇之前先给读者打"预防针"，用一种调侃式的自我贬损的语气告诉读者，他们的阅读期待可能无法得到满足："书不长，杂乱无章，胡言乱语，因为关于一场大屠杀没有什么顺乎理智的话可说。可以说每个人都已经死了，永远不再说任何话，不再需要任何东西。大屠杀以后一切都趋于无声，永久沉默，只有鸟儿还在鸣叫。"（冯内古特，2008：10）任何对历史事件的文本重构，都不可避免地需要经过书写者的选择和价值判断，因此本质上是一种"创造意义"的过程。如果小说家以传统现实主义的手法来描写类似德累斯顿大轰炸这样的悲剧，他必须为故事的叙述提供前因后果的线性关联，而这样的书写在不知不觉中为所述事件提供了逻辑性。冯内古特想要表达的观念正好相反：关于这类轰炸"没有什么顺乎理智的话可说"。

　　归纳起来,《五号屠场》叙事形式上的创新表现在三个方面。首先,冯内古特采用的是一种虚实相混的结构。作品的第一章是纪实的,讲述了激活创伤记忆的过程和书写创伤的困难,为进入故事做了铺垫。第二至九章是虚构人物比尔·皮尔格林的故事,最后一章重新回到纪实层面。以纪实开始,叙述渐渐与虚构融合,最后虚构故事又在现实层面结束。在中间八章的虚构故事中,又再分为"写实"与"狂想"两个层面。"写实"层面叙述比尔的战争经历、所见所闻以及他的战后生活,但这个部分又有各种臆想的"事件"穿插其间,时而使故事变得稀奇古怪。比利深受战争的心理创伤,在战俘营第一次精神失常,战后在专科学校毕业前又一次精神崩溃,后来还遭遇了飞机失事的厄运,头部损伤,脑后留下"一条可怕的疤痕"。就这样,写实与狂想呼应,交织成了一支关于战争的疯狂的舞曲。

　　为了取得预期的效果,作家故意把故事写得错综复杂,将记忆、现状和狂念搅拌在一起,让愤怒的控诉、冷静的写实和痴人呓语混进同一个文本。但在叙述层面,作家煞有介事,读者一开始可能不易判定哪些是故事的现实部分,哪些是小说主人公头脑中的幻觉,直至读完全书之后,才会发现叙述中很多部分出自一个受过刺激的混乱的头脑,尤其是被飞碟绑架到特拉法玛多星球的经历,基本来自比利曾阅读过的一本科幻小说——《大屏幕》。正是通过融合现实与幻觉,作家让比利在想象中的特拉法玛多星球上看到的和平景象和享受到的幸福,与纳粹集中营和德累斯顿大毁灭的现实形成鲜明的对照。小说的叙述看似狂野,但冲破了情节、逻辑和故事发展时间顺序的束缚,达到形式与内容的呼应,也把读者引向对一个经历战争创伤的小人物的关注,引向对困扰受害者的故事背后的问题的关注。

　　其次,《五号屠场》的创新性还体现在拼贴式的反线性叙事模式。这是一种后现代小说的标志性特征。小说中冯内古特假借特拉法玛多星球人之口,总结了自己这部小说的叙事特征与意图。外星人向比利介绍,他们的书是用一簇簇的象征符号进行表现的:

　　每一簇象征符号是一个简明、紧急的信息——描述一个情景,一个场面。我们特拉法玛多人同时阅读这些信息,而不是一个接一个地看。所有这些信息之间没有任何特殊关联，但作家小心翼翼地将它们裁剪下来，这样，当你同时看到所有这一切时，他们会产生一种美丽的、出人意料的、深奥的生活意象。小说没有开头，没有中间，没有结尾，没有悬念，没有道德说教，没有起因，没有后果。我们喜欢我们的书，是因为能够同时看见许多美妙瞬间的深处。（冯内古特，2008：38）

这种"瞬间"的并置具有跳跃性，而冯内古特采用"时间旅行"的方式，对各个片段进行串联，不让故事散落成碎片。自从英国作家赫伯特·乔治·威尔斯（Herbert George Wells）的《时间机器》（*The Time Machine*，1895）出版后，"时间旅行"已经成为很多科幻小说的陈套。冯内古特将这种科幻小说的手段放在极为严肃的主题之中，看似很不协调，但效果出人意料。有了"时间旅行"这一手法，作家就能在历史、现实和想象之间架起贯通的桥梁，在叙述中进出自如。

像德累斯顿轰炸这样战争中的创伤事件，冲垮了事件亲历者比利认知世界的原有模式。由于无法面对恐怖，他们对事件的感知被弱化，被扭曲，变成了如凯西·卡鲁斯所说的"东鳞西爪的记忆碎片"，"难以形成完整的认知过程"（Caruth，1996：16），无法适应后创伤时期的生活，因此常常寄予幻想，试图与现实拉开距离。作家将这些残破的碎片予以再现，交给读者去整理复原。于是，战争主题和科幻小说手法携手合作，共同将"碎片"构筑成了一个不同寻常的故事。冯内古特运用"片段并置"的手法"达到了一箭三雕的目的，即，通过特殊视角对历史事件进行重构以消解官方叙事的绝对化；通过个人的主观意识凸显人们面临的当代问题；通过今天的现实推演将来可能出现的情景"（Freese，2009：23）。

《五号屠场》叙事策略的第三个显著方面，是故事的多声道叙说。如果我们仔细清理，就能发现小说中有四个不同层面的平行话语：一是隐含作者冷静犀利的评述，这是对现实的批判之声，充满愤怒，并常常像不速之客"侵入"到故事里面；二是受到战争刺激又不想让过去继续困扰今天生活的叙述者的声音，不愿深究悲剧的根源，用了100多次"事情就是这样"把话题打住；三是小说主人公比利的声音，此人对周边发生事情的真意浑然不知，抱着宿命论的态度得过且过,但又在狂想中叙说了对以特拉法玛多星球社会为代表的和平生活的祈望;四是作品中与虚构故事形成比照的大量历史记载,如歌德对德累斯顿的赞美、杜鲁门总统对广岛核轰炸的声明和美、英军界对大轰炸的看法等。多层话语相映成趣,构成一个立体的表述空间。此外,《五号屠场》中的一些虚构小说人物,如基尔戈·特劳特、艾略特·罗斯沃特和霍华德·坎贝尔等,也出现在冯内古特的其他小说中。这样,《五号屠场》不仅与历史记载,也与其他小说文本形成了互文性的观照,阐释空间陡然增大。

抹除虚构与非虚构文本的界限是后现代小说的特征之一,《五号屠场》也是如此。作家让历史、现实、虚构故事和内心愿望几个方面相互交错、碰撞、渗透、折射,从而大大拓宽了小说的参照域。冯内古特将不同的视角和态度平行陈列出来,把读者拖进文本,让他们在其中寻找关联,参与对历史的审度和对真相的拷问。优秀的小说家不会说教式地提供历史"真相"或道德教训,也不会直接抨击或谴责,而是通过故事激发想象,启迪思考,让读者在阅读中自己发现和获取意义。冯内古特的复杂叙事模式让读者承担了一项相当艰巨的任务,要求他们参照比对,通过自己意识的加工和消化,在纷繁复杂、纵横交错的叙事迷宫中找到解读的路径,得出自己的理解。

《五号屠场》是一部十分耐读的现代经典,与传统现实主义小说相比,它似乎显得零碎残缺,缺少故事的完整性,看不到线性的逻辑发展,也没有丰满的人物形象。但与此同时,它又比传统小说多了故事的立体感,多了读者参与想象的空间,多了各种不同解读的可能性。这样的叙事模式给故事带来纵深感和穿透力。《五号屠场》是对历史事件进行小说化的杰出例子,作家将历史叙事与小说叙事并置,将历史事件与当代政治并置,将小人物的遭际与官方的英雄叙事并置,运用复杂的元小说策略对历史进行美学再现,用去政治化的手法达到政治介入的目的。在赞美《五号屠场》高超的叙事艺术的同时,我们不应该忽视小说的历史维度和作家的政治担当:所有艺术手段都是冯内古特用来为引导读者对历史事件提出追问和批判服务的。

【链接1】 冯内古特的《回首大决战》

冯内古特被派往欧洲战场时,第二次世界大战已接近尾声。他的战争体验主要是在战俘营和德累斯顿轰炸中获得的，但短暂的亲身经历让他刻骨铭心。他在许多小说中都描写了与战争有关的场景，尤其在去世一年后出版的短篇集《回首大决战》中，他依然对从前的经历念念不忘，回首不堪回首之往事，在作品中再现了挣脱理性羁束的战争态势下的混乱、变态与疯狂，延续了《五号屠场》的主题。虽然两部作品出版时间相隔几十年，但呼应显而易见，都表达了对卷入战争的无辜小人物的深切关怀，对裹挟大众思想、操纵战争时局的强权势力的警惕以及对人类文明前景的担忧。

《回首大决战》收录的 10 篇短篇小说中，9 篇与战争有关：1 篇关于未来的虚拟战争，1 篇关于英国历史上的战争，5 篇写发生在第二次世界大战中或战争刚结束时的故事，1 篇讲述延续到和平时代的战争的负面影响，另一篇在一场荒唐的竞赛与过去的战争之间建立起了联想。唯有书名篇《回首大决战》例外，是一则带闹剧色彩的道德寓言。篇名中的"大决战"指《圣经》提及的善恶决斗。当然，如果我们把道德交锋、人性冲突也视为内心的"战争"的话，那么书名与收录的每一篇都有所关联，很好地覆盖了全书的内容。

同《五号屠场》一样，《回首大决战》中的小说都避开直接描写战争，而聚焦于卷入战争的人们的行为和感受。作家引领读者走进阴云笼罩，硝烟弥漫的灾难世界，让他们身临其境去体验悲剧，去接近比利·皮尔格林的伙伴们。冯内古特将文学的镜头瞄准那些被战争左右、身不由己的小人物，捕捉他们挣扎求生的狼狈瞬间，展示无奈而又无助、滑稽而又可怜的众生相。他的作品让人从个别联想到普遍，从具体推演出概念，是一种批判文学，也是警世文学，回响着一位人文主义者不甘于沉默、不屈于权势的正义之声。

除了小说作品，《回首大决战》中有一篇特别值得关注的非小说作品——《满城哀号》。该文是对德累斯顿轰炸的回顾和评述，可以被看成是《五号屠场》出版多年后的"补充"或"注释"。德累斯顿轰炸事件也出现在除《五号屠场》之外的冯内古特的其他著作中，如《棕榈树星期天》和《没有国家的人》(A Man Without a Country, 2005)中都有提及。但对这一场亲历的噩梦，作家似乎仍感到言犹未尽，直至生命的最后时刻，仍然有话要说。这是一种难以抹除的创伤记忆。按照凯西·卡鲁斯的定义，创伤是一种对突发或强大的暴力事件的反应，发生的当时并不一定真正意识到其所有方面的影响，但在后来的生活中不断以闪回、噩梦或其他重复性的形式出现(Caruth,1996:91)。

同《五号屠场》一样,作家对轰炸前的德累斯顿做了诗意的描绘,指出战争灾难是临时的,但艺术永恒,德累斯顿的艺术瑰宝等待着战后重拾尊严:

> 德累斯顿无疑是世界上最漂亮的城市之一。宽阔的街道,两旁大树成荫,各处可见小小的花园和雕像。城市里有美轮美奂的老教堂、图书馆、博物馆、剧场、艺术画廊、啤酒广场,一个动物园和一所大学。此地曾经是旅游者的天堂。他们能比我更多了解到这座城市的美妙之处。但是我得到的印象——德累斯顿这座具体的城市——是一种美好生活的象征:令人愉快,坦诚,充满智慧。在纳粹党徽的阴影之下,这些人类尊严和希望的象征在静静地等待着,像真理的丰碑。聚集着几百年文化珍宝的德累斯顿,充分展示着我们深深植根于其中的欧洲文明的精华所在。……我爱这座城市,看到了她过去神佑的奇迹,也看到了她未来明媚的希望之光。(冯内古特,2013:37)

同时,冯内古特也强调了城市的非战争面貌特征,到处是医院、酒坊、陶瓷窑、乐器厂等。"自从战争以来,医院成了城市的主要业务,每天成百个受伤的人从东部和西部被送到这个平静的安全港",而同时,"从柏林、莱比锡、布雷斯劳、慕尼黑等地冒着黑烟的废墟中狼狈出逃的成千上万的难民——妇女、儿童和老人",像"潮水般地涌进这座城市,使人口陡增了一倍"(冯内古特,2013:37)。市民和难民们暗自庆幸,终于躲过了战争的浩劫,因为理性告诉他们,德累斯顿不会有战争。"飞机几乎每天从头上飞过,警报响起,但飞机总是继续飞往别的什么地方。空袭警报成了单调的工作日中的调节时段,成了社交聚会,成了防空掩体中聊天的机会。"(冯内古特,2013:37)

但战争现实是非理性的,空袭还是发生了。轰炸机来了一波又一波,向小小的城市投下了数千吨炸弹,德累斯顿顿时成为焦土,废墟连亘,尸横遍野。军方的合理化阐释接踵而来,但冯内古特毫不客气地揭示了官方宣传的话语霸权:

> 空袭几天之后,警报声再一次响起。这一回从空中向心灵受创的不安的

幸存者投下的是传单。我的那份史诗现已丢失，但大致记得里面的内容："德累斯顿的市民们：由于你们的铁路设施承担的大量军事运输任务，我们被迫轰炸你们的城市。我们意识到我们未能全部击中目标。任何除军事目标之外的损毁都是无意的，都是战争难以避免的不幸后果。"（冯内古特，2013：43）

　　冯内古特认为，这类安抚语言显然罔顾事实，利用对伤及无辜表达诚恳歉意的言辞，巧妙地肯定了其实并不存在的军事意义，将屠杀合理化。这就是本章第一节中亚历山大·麦基提到的那种"移花接木"的游戏（McKee，1982：63），难怪冯内古特将这类宣传品讽刺为"史诗"。对官方的"合理化"解释，冯内古特揭示了这样的事实：最后一架 B-17 轰炸机飞离之后仅 48 个小时，工人们就将铁道站恢复到了几乎正常的工作状态，损坏微乎其微，而且易北河上没有一座铁路桥梁被炸毁。作家随后用标志性的冷幽默嘲讽道：

　　投弹瞄准器生产商知道后应该感到脸红，因为他们神奇的仪器将炸弹导向了军方宣称为轰炸目标三英里以外的地方。传单上应该这么说："我们轰炸了每一座神佑的教堂、医院、学校、博物馆、剧院、你们的大学和动物园，以及城里的每一座公寓房，但是天地良心我们下手不算太狠。这就是战争。所以对不起。还有，集中轰炸近来十分流行，这点你们应该知道。"（冯内古特，2013：43-44）

　　冯内古特假借对瞄准器质量的质疑，揭穿了官方厚颜无耻的谎言，然后又"改写"传单上军方的言辞，将其真实意图和作为昭示于天下，并继续用严肃和调侃相混的口吻，表达了对这类军事"壮举"的蔑视："欧洲冲突接近尾声时我们的空中战争，具有为战争而战争的非理性特征。美国民主滋育的软蛋们，学会了踢对方皮带下方，让那个狗崽号哭去。"（冯内古特，2013：46）

　　冯内古特认为，轰炸出于美、英军队"对摧毁和杀戮的崇尚"（冯内古特，2013：45），是"意气行事，毫无必要"（冯内古特，2013：44），但后果是灾难性的。就像《五号屠场》一样，冯内古特也借助小叙事将悲剧个人化、具体化："当你挎着大提篮捡婴儿尸体的时候，当你帮着一个男人挖掘他认为他的妻子被埋的地方的时候"(冯内古特,2013:44),人的感受不会像官方传单所写的那样轻描淡写,对事情进行合理化是困难的。但很快,作家又将这种具体化的小叙事上升到道德正义的高度:"当然毫无疑问,同盟军站在正确的一方,德国和日本站在错误的一方。我们是带着几乎神圣的动机参加第二次世界大战的。但我坚信不疑,我们所施与的这种正义,即对平民百姓的整体轰炸,是亵渎神灵的罪孽。"(冯内古特,2013:45)

在《五号屠场》和《回首大决战》出版间隔的40年中,美国为了政治影响力和经济利益,又卷入了伊拉克、阿富汗、科索沃战争,对这3个国家实施了大规模轰炸,造成无数平民伤亡,继续让自己背上"野蛮残暴的恶名"(冯内古特,2013:45)。比较这两部作品,我们发现后者字里行间发出的抗诉更加强烈,如暴风呼啸,似火山爆发,难以阻遏,似乎随着时间的推移,作家对轰炸事件的批判越来越犀利,讽刺越来越尖刻,反思越来越超越事件本身,指向对其行为动机、伦理基础和文化根源的追问。年至耄耋的冯内古特在回看曾亲历的那场灾难时,感到言犹未尽,不吐不快。他抛开了小说评说历史的间接性,直抒胸臆,施以犀利明快的嘲讽和怒斥。

【链接 2】 电影《五号屠场》

更多美国人是通过电影而不是冯内古特的小说了解到德累斯顿轰炸事件的。电影《五号屠场》(*Slaughterhouse Five*,1973)改编于同名小说,但值得注意的是,小说出版于1969年,电影4年后就已完成拍摄。当时美国后现代主义文学刚刚形成风气,作为这一文学新潮流的早期范例,《五号屠场》出版后一直以其全新的书写模式而被反复研究。因此,将此类实验小说搬上荧屏是个困难的新尝试。乔伊斯·奈尔森谈到电影《五号屠场》时说:"虽然批评家面对这部小说时常感到困惑无奈,但导演乔治·希尔紧紧抓住并传递了小说家的精神内核",因此这部名著的电影改编是"出色的艺术成就"(Nelson,1973:149)。

小说《五号屠场》是以碎片化为叙事特征的非线性陈述,多视角、多层次地呈现故事,将事件、观念、记忆、狂想糅合并置,但电影叙事不得不倚重故事主线,用显性直观的画面说明问题。由于要在有限的时间长度内一次性完成"讲述",电影还必须对原作进行重组和"再创作"。导演希尔在改编中抓住内含于小说字里行间的作家的政治态度,充分运用特有的视觉手段,很好地维持了原作的历史指涉和作家的批判基调,出色地阐释并演绎了小说的主题内核,将小说中直接言及或强烈暗示的对德累斯顿轰炸事件的观点性"争辩",巧妙地转化为画面进行呈现,很好地保存甚至强化了小说的历史和政治批判的力量。

　　电影故事以比利为主线,将小说中出现在较后部分的内容,即比利给杂志社编辑写信大谈外星之旅、传达"福音"的情节,挪至电影开头,通过频频闪过的二战中孤身雪地逃亡的镜头,也通过打字机上出现的文字告诉观众,此人是个"不可靠叙述者",故事是记忆和狂念的混合物,其中既有深深刻入脑中的现实,也有被当作现实的幻觉。这样的安排,为观众了解整个故事做了有益的铺垫。小说中的比利是一个被动、迟钝的人物,电影镜头不断出现此人面无表情的特写,通过他那双呆滞的大眼睛让观众看到他身边上演的战争活剧,去直面战争灾难。

　　小说《五号屠场》运用科幻小说中的"时间旅行"手法来表现严肃的主题,叙事也在战时与战后、经历和幻觉之间不停穿越。希尔导演保留了这种跳跃式的呈现方式,在多处设计运用了电影蒙太奇手法,进出自如,把历史、现实和想象之间的"穿越"表现得得心应手。但总体而言,电影文本中故事的线性发展更加清晰,相对而言比小说叙事略显传统,但仍然很好地保存了原作的叙事特色。当时《五号屠场》这类实验小说还比较小众,而电影则要面向更大的受众层面。

　　小说《五号屠场》中有很多历史回叙和名人语录,赞叹德累斯顿精美的建筑艺术和悠远的文明历史,以此间接表达对摧毁人类文化遗产的轰炸行为的控诉。电影通过弥补性的渲染,将小说中此类文字性叙述转化为画面,刻意安排美国战俘被带领着前往住处,让他们,也让观众,沿途观赏欧洲最精美的古建筑,镜头一帧又一帧连续 10 次出现建筑雕像的细节特写:天神、仙女、小天使、神兽,直接展示古典艺术之美。导演通过人类艺术珍品的展示,呼应小说家对轰炸德累斯顿的谴责,抗诉摧毁人类文化财富的非理性行为。

　　电影也刻意对德累斯顿非军事性特征进行了具体呈现:沿街排列的难民搭建物,露天生火做饭的妇女,街上嬉戏的难民孩子——这些拥挤杂乱的临时街景,凸显了德累斯顿作为难民城的特性。电影还增加了一些小说中没有的细节,比如战俘们向被派往德累斯顿当劳工的比利等人表示祝贺,因为他们幸运地被派往一个安全港;又比如老兵德比读家信的内容:"德累斯顿没有军工,我们很安全"等。通过这些想象性的具体细节,电影文本强化了冯内古特小说中隐含的批判态度,对轰炸目标是军事要地的"官方解释"进行驳斥:这一军事行动纯粹是对文化遗产的摧毁和对平民的屠杀,没有军事意义。

德累斯顿遭到狂轰滥炸之后,电影画面改为黑白色,在令人窒息的沉默中,镜头缓慢移动,展现已成焦土的城市废墟全貌,同时又让观众跟随一个寻找母亲的德国少年兵,一路观看冒着黑烟的古建筑废墟的许多特写。沉默的画面中,幸存的当劳工的战俘和当地居民一起,从废墟中抬出一具具老人和妇女的尸体。此时,电影镜头在这一黑白片段中突然出现小块色彩:一个穿靴子和灰蓝呢裙子的小女孩尸体,让她在焦黑残破的老人、妇女和孩子的尸体中,基本保持完好无损的形象,像一个沉睡的天使般美丽天真。镜头跟踪人们将她抬出废墟,放到市中心广场高高的尸体堆最上面,浇上汽油就地火化,而在火焰中再次出现她那双小靴子的特写。类似手法在《辛德勒的名单》等电影名作中多次被借鉴。这样的视觉表述,取得了强于小说的感染力量。詹姆斯·戴克尔认为,电影文本不可能也不应该对文学文本绝对忠实,更应关注"文学作品的电影改编是否从整体上再现了作家编码于小说文本的核心意图"(Decker, 2007: 141)。这方面,《五号屠场》的电影版是个十分出色的范例。

电影最后两个镜头与小说原作相比有很大的改动。比利与其他战俘帮着清理废墟,搬出一架巨大的落地座钟,发现苏联红军进城,其他人撒手跑开,反应迟钝的比利被压在大钟下面动弹不得。电影镜头聚焦于这个被压住的美国兵,尽显小人物滑稽、狼狈、无奈、无助的困境。这刻意添加的一幕,留下了具有象征意义的伏笔:战争结束了,但比利被"时间"凝固,困于漫长的创伤记忆而难以自拔。

小说在被摧毁的德累斯顿街上结束,而电影的结尾场景则安排在特拉法玛多星球的玻璃球罩内,比利和他想象中的妻子和新生儿幸福地坐在一起,球罩外绽放出美丽的烟花,传来背景中特拉法玛多人的鼓掌欢呼声。这是电影与小说文本最大、最明显的区别,这一改动貌似与小说题旨相悖,其实不然。

虽然不在结尾处，但小说确实写到比利在想象中的外星球获得幸福，而且在写给编辑的信中叙说了对以特拉法玛多星球社会代表的和平生活的向往。在小说最后一页，战后新生活的期待也被赋予了象征性的暗示：战争结束后，战俘们来到市郊，看到"树枝上正长出新芽"（冯内古特，2008：180）。电影改用更加热切的画面来填充小说字里行间留下的想象空隙，表达了小说主人公对下一代人能够享受和平，不再面对战争的期待。放在结尾处，这样的期待得到了凸显，同时又与电影开头比利在打字机上给编辑写信讲述外星旅行经历的场面形成呼应。这是电影导演颇具匠心的安排。

小说《五号屠场》略带玩世不恭的嘲讽语气、叙述者与文本内容之间的距离感、心理创伤导致的现实与幻觉的错乱等，这些原作中隐含的部分要在电影画面中进行表现，困难不言而喻。在这些方面，电影加入了一些平行的"对等物"，创造性地再现了原作的旨趣。电影《五号屠场》紧紧抓住原作的主调和主旨，既维持了总体情感和意识形态倾向上的一致性，又自然无痕。对于这种全新模式的小说进行电影改编，导演希尔是最早的"食螃蟹者"之一。他的尝试十分成功，在美国电影史上留下了亮丽的一笔。

引述文献：

Addison, Paul & Jeremy Crang. *Firestorm*. New York: Pimlico, 2006.

Allen, William Rodney ed. *Conversations with Kurt Vonnegut*. Jackson: University Press of Mississippi, 1988.

Beidler, Philip. "What Kurt Vonnegut Saw in World War II That Made Him Crazy." *Michigan Quarterly Review*, 49/1 (Winter, 2010): 106 - 108.

Bergenholtz, Rita & John R. Clark. "Food for Thought in *Slaughterhouse-Five*." *Thalia*, 18 (1/2) (1998): 84 - 93.

Biddle, Tami Davis. "Dresden 1945: Reality, History, and Memory." *The Journal of Military History*, 72/2 (April, 2008): 413 - 449.

Caruth, Cathy. *Trauma: Explorations in Memory*. Baltimore and Maryland: Johns Hopkins University Press, 1995.

Caruth, Cathy. *Unclaimed Experience: Trauma, Narrative, and History*.

Baltimore: Johns Hopkins University Press, 1996.

Craying, Anthony. *Among the Dead Cities*, *Was the Allied Bombing of Civilians a Necessity or a Crime?* London: Bloomsbury, 2006.

Davies, Todd. *Kurt Vonnegut's Crusade*. New York: State University of New York Press, 2006.

Decker, James. "Literary Text, Cinematic 'Edition': Adaptation, Textual Authority, and Filming of *Tropic of Cancer*." *College Literature*, 34/3 (2007): 140 - 160.

Elliot, Emory ed. *The Columbia History of the American Novel*. 北京：外语教学与研究出版社/哥伦比亚大学出版社,2005 年。

Freese, Peter. "Kurt Vonnegut's *Slaughterhouse-Five* or, How to Storify an Atrocity." Harold Bloom Ed. *Kurt Vonnegut's* Slaughterhouse-Five. New York: Infobase Publishing, 2009: 17 - 31.

Holbling, Walter. "The Second World War: American Writing." Kate McLoughlin Ed. *The Cambridge Companion to War Writing*. New York: Cambridge, 2009: 212 - 225.

Hutcheon, Linda. *The Politics of Postmodernism*. New York and London: Routledge, 1988.

Hynes, Samuel. *The Soldier's Tale: Bearing Witness to Modern War*. New York: The Penguin Press, 1999.

Irving, David. *Apocalypse 1945: The Destruction of Dresden*. London: Focal Point, 1993.

Jarvis, Christina. "The Vietnamization of WWII in *Slaughterhouse-Five* and *Gravity's Rainbow*." Harold Bloom Ed. *Kurt Vonnegut's* Slaughterhouse-Five. New York: Infobase Publishing, 2009: 61 - 83.

Jones, Peter G. *War and Novelists*. Columbia: University of Missouri Press, 1976.

Klinkowitz, Jerome. *Kurt Vonnegut's America*. Columbia: University of Columbia Press, 2009.

Lifton, Robert J. "Beyond Atrocity." *Saturday Review*, March 27 (1971):
21 - 26.

Limon, John. *Writing After War: American War Fiction from Realism to Postmodernism*. New York: Oxford University Press, 1994.

Longmate, Norman. *The Bombers*. London: Hutchins & Co., 1983.

Lundquist, James. *Kurt Vonnegut*. New York: Ungar, 1977.

McKee, A. *Dresden 1945: The Devil's Tinderbox*. New York: E. P. Dutton, Inc., 1982.

Merrill, Robert & Peter Scholl. "Vonnegut's *Slaughterhouse Five*: The Requirement of Chaos." *Studies in American Fiction*, 6 (1978): 145 - 159.

Morse, Donald E. "Breaking the Silence." Harold Bloom Ed. *Kurt Vonnegut's* Slaughterhouse-Five. New York: Infobase Publishing, 2009: 86 - 102.

Nelson, Joyce. "*Slaughterhouse-Five*: Novel and Film." *Literature/Film Quarterly*, 1/2 (Spring, 1973): 149 - 153.

Norwood, Stephen H. *Antisemitism and the American Far Left*. London: Cambridge University Press, 2013.

Probert, Henry. *Bomber Harris: His Life and Times*. London: Greenhill Books, 2001.

Schaffer, Ronald. *Wings of Judgment*. New York: Oxford University Press, 1985.

Scheingold, Stuart. *The Political Novels: Re-Imagining the Twentieth Century*. London: Continuum Books, 2010.

Seiber, Sharon. "Unstuck in Time: Simultaneity as a Foundation of Vonnegut's Chrono-Synclastic Infundibula and Other Nonlinear Time Structure." Marc Leeds & Peter J. Reed Eds. *Kurt Vonnegut: Images and Representations*. Westport, CT: Greenwood, 2000: 147 - 153.

Tanner, Tony. "The Uncertain Messenger: A Reading of *Slaughterhouse-

Five." Robert Merrill Ed. *Critical Essays on Kurt Vonnegut*. Boston: Hall, 1990: 125 – 131.

Taylor, Frederick. *Dresden: Tuesday, 13 February 1945*. London: Bloombury, 2005.

Vonnegut, Kurt. *Palm Sunday*. London: Grafton Books, 1982.

Watts, Philip. "Rewriting History: Celine and Kurt Vonnegut." Harold Bloom Ed. *Kurt Vonnegut's* Slaughterhouse-Five. New York: Infobase Publishing, 2009: 33 – 44.

White, Hayden. *Metahistory: The Historical Imagination in Nineteenth-Century Europe*. Baltimorre and London: Johns Hopkins University Press, 1973.

冯内古特,库尔特:《时震》,虞建华译,南京:译林出版社,2001 年。

冯内古特,库尔特:《五号屠场》,虞建华译,南京:译林出版社,2008 年。

冯内古特,库尔特:《回首大决战》,虞建华译,北京:人民文学出版社,2013 年。

第十章

肮脏的秘密：越战暴行与真相掩盖

——美莱村屠杀与奥布赖恩的《林中湖》

一、美莱村屠杀：事件的描述

美莱村屠杀(My Lai Massacre，1968)发生在越南战争期间。1968年3月16日，一支由威廉·凯利(William Calley)中尉率领的美军特遣队，奉命前往一个在美军地图上被标为"美莱"的越南村庄，搜索所谓"越共武装分子"。美国军方事后声称，他们所获得的情报表明该地区有越南抵抗力量的一个指挥部，而且该时村庄内的平民大部分已去了集市，留在村庄里的都是越共武装人员及其同情者。凯利也被他的上司麦迪纳上尉告之："平民都已离开这一区域，这里已经没有平民。留在这里的任何人都可以被视为敌人。"(Hammer，1971：245 - 246)担任掩护任务的美军武装直升机率先向美莱地区发射了数以千计的子弹和火箭弹。炮兵也开始对该地进行轰击，随后特遣队进入村庄。但他们并没有发现任何越方战斗人员，而只看到一些手无寸铁的老弱妇孺。

尽管如此，凯利还是下达攻击的命令，于是美军士兵对这些平民大肆屠杀。他们将抓到的村民聚集到一起然后肆意射杀，甚至用十分残忍的手段杀害妇女儿童。一些最初未被射杀的平民最终也未能幸免于难，被负责"清理现场"的美军士兵枪杀。这支美军部队在离开时烧毁了村里所有房屋，杀掉了所有牲畜，毁坏了所有粮食，污染了水源，使这座原本有900多人的村庄惨遭灭顶之灾。直升机驾驶员罗纳德·瑞登豪尔在事件发生数天后再次飞越美莱地区，眼前的惨状让他十分震惊："甚至连鸟的叫声都听不见……四周不见人烟，完全没有生命的迹象。"(Hersh，1972：150)

美莱事件发生之时，侵越美军不断失利，逐步陷入越南战争的泥沼。在此之前，北越对南越的各大城市以及侵越美军的主要基地发起了全面进攻，甚至在美国驻南越大使馆外与美军激战。电视中播出的美军士兵横尸于美国大使馆外的画面，使得美国国内舆论一片哗然，也使得此前一直声称越南问题会很快得到解决的约翰逊政府十分难堪。为了挽回颜面，美国政府发起了以消耗越军兵源、压缩其生存空间为目的的消耗战。美军指挥层不断下达击毙越共人员、收缴武器的命令。美军在加大对越南空袭力度的同时更加频繁地进入越南各地村庄搜捕北越战斗人员。美莱村屠杀事件就是在此背景下发生的。

制造屠杀事件的部队之前一直在美莱附近区域与越南游击队作战,其间共有 4 名士兵阵亡,38 人受伤。美军情报机构认为这一地区是越共武装人员的主要活动区域,因而在行动之前一些军官就准备进行报复性的恐怖屠杀,以吓阻当地百姓,而特遣部队所在旅的指挥官巴克中校之前就有指使下属滥杀平民、谎报战果的劣迹,因此屠杀事件的发生绝非偶然。率队的凯利中尉之后也在军事法庭上称,上司麦迪纳命令他"除掉那些越南人,杀死那些该死的人"(Belknap,2002:70)。

美国军方在事后刻意掩盖事实真相,他们对外谎称在行动中击毙了128 名越共武装人员,将一场惨绝人寰的大屠杀描绘成一次辉煌的胜利。这个数字和击毙对象的性质在主要媒体反复重申。美国军方的《星条旗报》称:这是一场"血腥的战役中的一场激烈战斗,与美军交战的越军人数不明,美军共击毙 128 名越共武装人员"(转引自 Hersh,1972:66)。《纽约时报》也在头版报道"美军在一次行动中遭遇越南军队,在持续一天的战斗中打死了 128 名越共分子"(转引自 Hersh,1972:66)。然而,真相无法掩盖,一些士兵向上级反映了美军在美莱村屠杀平民的情况。

3 月 19 日,制造美莱村屠杀事件部队所属的第 11 旅指挥官亨德森上校向副师长杨格准将递交了一份关于此事件的口头报告,一口咬定没有发生军队滥杀平民的事件。事件后第一个进入美莱地区调查的美军军官威廉·福特上校也这样描述现场:"房屋被摧毁,村里有不少越共留下的战壕,这是一个藏匿越共的村庄,这是一个典型的被越共控制的村庄。"(Hersh,1972:214)杨格明知美军在美莱有屠杀平民的行为,但他非但不对此进行调查,还严令下属不得对外透露屠杀事件的消息。师长考斯特将军也向下属暗示没有必要调查越南平民被杀事件。许多参加屠杀行动的美军官兵害怕会因参与屠杀受到指控,对于军方操纵舆论、歪曲事实、掩盖罪行、混淆视听的报道也都保持沉默。

一年之后,涉事军官大多调任他职,部分士兵也已经退役。1969 年 4 月,退伍美军士兵罗纳德·瑞登豪尔致信国防部、白宫和 30 位国会议员,揭露美莱事件真相。瑞登豪尔本人虽没有亲历美莱屠杀事件，但一些参与者向他透露了事件详情。美国陆军被迫成立以惠特克上校为首的调查组，展开调查。调查组希望控制事件造成的恶劣影响，在最后提交的调查报告中对瑞登豪尔所说情况表示质疑："现有的所有相关文件都表明，（瑞登豪尔）对所谓美莱村事件的描述是夸大其词。"（Allison，2012：79）报告认为，美莱村的死者大多为敌方战斗人员，而那些明显不是"战斗人员"的老弱妇幼则是在敌对双方交火中不幸遇难的。侵越美军司令韦斯特莫兰也称瑞登豪尔的信件"不可信"，并且表示不相信美军竟然会实施这样的暴行。

但百余老人和妇幼被屠杀的事实，是谎言和沉默难以遮掩的。侥幸逃脱的村民，参与事件的众多美军士兵都是见证者，村中留下的现场更是不可辩驳的"物证"。1969年11月中旬，美联社记者赫什发表的美莱事件报道引发了国际舆论对这一事件的谴责，引起了包括亲美派在内的越南人的愤怒。美国国内也有许多民众要求政府和军方公布事件真相。同时，美莱事件的曝光使得更多的人加入反越战的运动，使得在越战问题上原本就不得人心的美国政府陷入更加尴尬的境地。白宫在对美莱事件的首次表态中，没有提及如何惩罚涉事军人，而是强调事件发生在约翰逊政府任内，因此约翰逊政府要负主要责任。时任总统尼克松对媒体说："我相信这是一起孤立事件。"（Hersh，1972：231）尼克松政府更关注的是如何尽量减轻事件对政府的不利影响，而不是如何查办肇事者，防止类似事件再次发生。

迫于舆论压力和不断高涨的反越战浪潮，美国国防部宣布成立以皮尔斯中将为首的、有各军种人员参加的调查小组，就事件的性质和影响范围进行调查。1969年11月26日，皮尔斯小组开始对美莱事件进行调查，此时距事件发生已有近两年。皮尔斯和他的同僚们在调查中发现，许多信息被当事人，特别是中高级军官们隐匿，皮尔斯认为这些信息对判定涉事美国军人的行为和事件性质至关重要。虽然被调查的当事人都竞相推卸责任，不同证人的证词也经常相互矛盾，但是没有人继续否认美军在美莱村屠杀平民的事实。特遣队指挥官凯利中尉因谋杀109名越南平民而遭到起诉，其余还有14名涉事军官受到军事法庭的指控。1971年5月，军事法庭做出裁决，判处凯利中尉有罪，终身监禁，开除其军籍，没收所有收入和津贴，但"终身监禁"最后仅执行了三年半家中软禁。尽管如此,凯利还是所有涉事美军官兵中唯一受到惩处的,其他人员均被免于处罚。尽管皮尔斯调查小组在 1970 年 3 月就完成了报告,但美国军方直到 1974 年才向公众公开报告的部分内容。

美莱事件也引发了美国政客们喋喋不休的争论。一些美国国会议员认为美莱村事件是美国战争史上的污点,另一些议员却不以为然。民主党参议员艾伦·艾兰德称美莱村村民是"咎由自取"(Allison,2012:88)。共和党参议员彼得·多米尼克和民主党参议员欧内斯特·霍林斯都指责新闻记者对美莱村事件肆意渲染,认为是报纸而非法庭在审判这些涉事的士兵(Allison,2012:88)。随着事件的发酵,国会也委派众议院军事委员会调查分会主席孟德尔·里弗斯主持美莱事件的听证会。里弗斯是国会中著名的鹰派人物,他曾表示怀疑是否在美莱村发生过这样严重的惨案。这场听证会更是演变成了一场闹剧。"当事件的制造者之一麦迪纳上尉出席时,军事委员会调查分会中的鹰派成员向他鼓掌喝彩。而当曾阻止美军滥杀行为的汤普逊准尉在听证会上指证美军的暴行时,却遭到这些鹰派议员的恶意攻击。听证会后,里弗斯仍然认为所谓的美莱事件并不存在。"(Allison,2012:89)

一些美国政府官员对事实的罔顾、对他国平民生命的冷漠、对暴力制服的强权政治的崇尚,在对美莱事件的态度上显露无遗。在此之后成立的国会美莱事件调查委员会在 1970 年 7 月提交的报告中承认:"尽管发生在美莱村的事件是一个巨大的悲剧,事件制造者所在师隐藏了事实真相,美军反应过度……但汤普逊准尉利用与事实不符的声明来为自己捞取勋章,摄影师海伯勒用美莱事件的照片牟利。"(Allison,2012:89)这样做等于间接否认美莱村屠杀事件,或者说力图通过"各打五十大板"的方式缩小事件的影响。

事实上,自美莱村屠杀事件发生起,以美军高层为代表的美国官方就开始竭力掩盖真相,企图欺骗民众,瞒天过海。在皮尔斯小组的调查过程中,所有被质询的军官都矢口否认自己知道军队屠杀平民的事情。许多与事件相关的材料也不知去向,其中包括师部、旅部有关 1968 年 3 月 16 日行动的文件和炮兵营的相关文件。调查小组并未对失踪的材料进行追查,更没有追究美军高级军官销毁证据、隐藏事件重要细节的责任。皮尔斯领导的调查小组将事件发生的原因归咎为军人受教育程度低和缺乏正规军事训练。显然,调查小组这样的结论是试图将这一事件定性为少数官兵的个人行为,暗示他们所犯下的暴行只是一起带有很大偶然性的孤立事件,与美国军队和美国政府无关,从而维护美国的"正义"形象。

美国官方话语擅于为美国发动的战争寻找冠冕堂皇的理由,把美军塑造为自由和正义的捍卫者,为美国的入侵行为披上合法的外衣,为美军屠杀平民开脱。在美莱村屠杀事件中,这一点同样表现得十分明显。皮尔斯报告称美莱村是越南抵抗力量活动的据点,美军向美莱村村民开火是受到了错误情报的误导,将村民误当成了越南游击队战士,因而美军的行为是事出有因,情有可原。美国官方的这些举动意在洗白美国大兵在美莱村所犯下的暴行,蒙蔽公众。

在媒体的误导和煽动下,战争狂热中的一部分美国民众仍然把美莱事件主要责任者之一的凯利视为英雄或军方的替罪羊:"在许多美国人看来,不仅凯利这位英雄是受害者,所有在越南作战的美国士兵都是受害者,凯利则是他们的代表。"(Allison,2012:112)得克萨斯和阿肯色州议会还通过决议要求尼克松总统赦免凯利。美国各界中即使是谴责美军暴行的人,也往往以美国为中心,对美莱村屠杀事件抱有不同的态度。而且,他们关注的焦点基本都是对涉事士兵的审判,几乎完全忽略了事件的真正受害者。美国学者威廉·艾里森在他的《美莱村:美国越战暴行》(*My Lai: An American Atrocity in the Vietnam War*,2012)一书中指出:"1968年3月16日事件中的越南幸存者一直游离于美国越战记忆之外。历史学家和评论员们更多地关注美国政府的调查和涉案的美国人而不是遇害的越南人。"(Allison,2012:130)

在这种情况下,即在官方有关美军"正义之师"的宏大叙事的统领之下,在美国军方与媒体对信息的掩盖和对事件基调的操控之下,美莱事件的真相被遮掩和涂抹。"官方历史书写在权力机构的支持下操纵记忆,隐匿那些颠覆性的或与官方记录相悖的事实"(Adami,2008:30),因此官方历史"对记忆的修改造就了体制化的伪回忆和对真实历史的粗暴否定"(Hartman,2002b:104)。美莱村屠杀事件无疑是美国历史上的一起"非常"事件,但它并不是一起孤立的事件。在此之后,类似的暴行继续在越南和世界其他地方上演,美国官方依然用同样的方法和不同理由使这些罪行"合理化"。

二、蒂姆·奥布赖恩与《林中湖》

蒂姆·奥布赖恩(Tim O'Brien，1946 -)是一位以描写越战而著称的小说家。越南战争期间，奥布赖恩应征入伍，在参与美莱村屠杀的部队服役，并曾在美莱村附近驻扎。在此期间，他时常感受到当地越南人对美军的强烈的敌意和仇恨。回国后，奥布赖恩创作了一系列与越战有关的小说，借以唤起人们对越战的反思和对当代美国政治及社会生活中种种问题的关注。《林中湖》(*In the Lake of the Woods*，1994)(又译《林中之湖》和《郁林湖失踪纪事》)是奥布赖恩的代表作。和他的其他越战小说一样，《林中湖》也是以奥布赖恩和他的一些战友的亲身经历为素材的。该小说分别被《时代》杂志和《纽约时报》评为"1994 年最佳小说"和"1994 年年度好书"。

小说的主人公约翰·韦德少年丧父，魔术成了他缓解内心痛苦的手段。大学毕业后，他应征入伍，被派往越南。凭借一手魔术的技艺，他成了军队中颇具人气的人物，并得到了"魔术师"的绰号。在越南服役期间，他所在部队被派往美莱村附近执行搜索越共游击队员的任务，他也因此卷入了美莱村屠杀事件。回国后韦德投身政界，犹如当年施展魔术技法一般使自己成为政治明星，以越战老兵的身份当选明尼苏达州参议员。正当他踌躇满志、准备竞选美国联邦参议员的时候，却被人揭露曾参与美莱村屠杀，以致支持率大幅下滑，最终落选。为了躲避舆论的骚扰和失利的抑郁，韦德和妻子凯西来到明尼苏达北部湖区，在一处林中小屋过起了隐居的生活。但不久凯西便神秘失踪，在警察调查此事的过程中，韦德也不知去向，很多奇奇怪怪的事情都与记忆中的美莱事件发生关联。直至结尾，小说也没有揭示韦德夫妇失踪的原因，给读者留下了各种悬念，暗示着美国政治中仍存在着许多巨大的"黑洞"。

"人类依据叙事结构思考、观察、想象、互动并做出道德选择。"(Sarbin，1986：9)反而言之，叙事结构也在一定程度上反映出作者的意图和倾向。《林中湖》采用的是打破时间与空间界限、消除虚构与现实藩篱的碎片化叙事模式，现今、往事相互交织，貌似支离破碎却有着内在联系。奥布赖恩仿佛让读者坐上了一架时光机，不断往来穿梭于美国与越南、当今与过去之间。小说开始时，韦德正面临着政治生涯和婚姻生活的双重危机。他试图通过远离尘嚣、隐居于林中湖畔的小屋，彻底忘记过去，开始新的生活。然而，痛苦的回忆总是不请自来,父亲葬礼时的场景、美莱村屠杀的惨状如梦魇般不断浮现在眼前,使他深受困扰。

《林中湖》是一部小说,但其中的许多人物和法庭审讯记录却是真实存在的。小说一反传统历史叙事,没有关注高层政治人物的活动,也没有直接描绘战争的场面。作者不断地用各种回忆和法律文件、庭审记录等打断小说的叙述,使小说的叙述看似凌乱无序,缺乏时序性和逻辑性。其实这正是奥布赖恩这位越战退伍老兵作家再现历史的策略。不按照逻辑线条呈现的叙述,让读者更真切地感受到战争的荒谬、疯狂和残酷。正如琳达·哈钦所言:"历史的实质是如何表现过去,换而言之,如何建构、阐释过去而非客观地记录过去。"(Hutchen,1989:74)

《林中湖》虽然在多方面与越南战争相关联,但小说反思和批判的对象,并不局限于越战本身或参与越战的美国士兵和军官。小说在揭示美莱村屠杀事件真相的同时,也提出了这样的问题:参与屠杀的士兵是施害者还是受害者?是什么原因使他们犯下反人道的罪行? 美国政府、军方甚至媒体又在事件发生之后扮演了什么样的角色? 从事文学创作之前,奥布赖恩曾在哈佛大学政府管理学院攻读博士学位,之后又在《华盛顿邮报》工作,从事政治、外交方面的报道,因而深谙美国的政治运作手段与选举文化的实质。小说在叙述中有意让韦德竞选议员和美莱村屠杀两条主线相互交叉,这种看似复杂化的叙事模式,实则暗示了两者之间的内在联系,即,它们均被美国的政治谎言所控制。

奥布赖恩创作《林中湖》之际,正值美国政府开始酝酿科索沃战争和伊拉克战争之际,各类西方主流媒体也开始积极配合官方进行舆论宣传,为美国政府发动战争寻找各种"合理"的解释。这一切都和越战之前的情形如出一辙。小说家蒂姆·奥布赖恩由此感到,以某种形式还原历史事件真相显得尤为必要。他将美莱事件写入他的越战小说《林中湖》,让它成为背景,与当下发生的事件形成呼应。再揭历史疮疤,"揭示了战争给个人和国家造成的负面影响",为当下的美国敲响警钟。"小说发表在第一次海湾战争之后,作者似乎是为了提醒政府以及整个国家不要忘记历史"(虞建华,2015:65),不让过去的罪恶被年轻一代遗忘。

三、越战创伤记忆与美莱事件的文学表征

对于美国政客而言,越战是一次失败的军事冒险,美莱事件则只是其中的

一段插曲。他们认为这起事件已得到"解决"。而对于数以万计的美国越战老兵,特别是参与美莱村屠杀事件的美国士兵而言,"美莱"是一个唤起创伤记忆的名词。战争的硝烟虽然早已散尽,随着对美莱村屠杀制造者的审判不了了之,关于美莱事件的叙述也几乎从美国历史中消失。偶尔有一些历史学家发出声音,也都是谴责部分下级军官缺乏训练,违反军纪。对于美国军方高层和美国政府在其中扮演的角色,美国官方设立的调查委员会发布的调查报告讳莫如深,美国的主流媒体则集体失声。但战争中血腥杀戮的场景,却如梦魇般萦绕在这些老兵的心头,挥之不去。2009 年,一名参与美莱村屠杀的美国士兵公开向事件受害者道歉,他承认:"事后我没有一天不为在美莱村发生的事感到愧疚。"(Allison,2012:134)

1980 年,由美国心理协会编撰的《精神疾病诊断与统计手册》第一次使用"创伤后应激综合征"这一名词,并将其正式定性为一种心理疾病。美国的一些心理学家也开始关注从越南归国的美国退伍军人的创伤体验,并试图对他们进行心理治疗。然而,正如柯比·法雷尔所说,"创伤本身蕴含着对创伤的阐释"(Farrell,1998:7)。换言之,创伤的症结在于当事人无法用语言表述自己的历史体验,"在遭受心理创伤的人身上承载着一种难以置信的历史,或者说他们自己已成为一种历史的症状"(Caruth,1995:5)。而"文学能够认识并抵消这种语言表述的困难"(Hartman,2003:259),因此"表现、再现创伤正是文学的一项特性"(LaCapra,2000:186)。要治愈创伤可以借助于文学表征重新书写美莱村屠杀这样的非常历史事件。同时,20 世纪下半叶新历史主义的兴起,打破了文学叙事与历史叙事的传统分界,让我们得以从不同侧面对历史进行再审视,再思考。罗兰·巴特认为,"历史话语本质上是意识形态阐述的一种形式"(Barthes,1981:16),而"以文学的感受将历史拉近其本源,我们就能辨别我们话语中的意识形态元素"(White,1985:99)。由此,文学已成为书写创伤与重写历史的重要手段。

在《林中湖》这部小说中,奥布赖恩以一种不同于官方的方式将美莱事件呈现在公众眼前。他把小说的其中一章定名为"兽性"。这章的开头这样写道:

这场战争是漫无目的的，没有打击的目标，没有看得见的敌人，找不到可以还击的目标。有人受伤了，随后又有更多的人受伤，可是却没取得任何战果。伏击并不奏效，巡逻队发现的只是妇女、儿童和老人。(O'Brien, 2006：102)

面对越南抵抗力量机动灵活的游击战，美军只能被动挨打，伤亡人数不断上升。作者以写实的笔触描写了美军伤亡情况：

2 月是令人难受的一个月……两个人被地雷炸死，还有一个人的脖子被子弹射穿了，韦伯也死了，他的肾脏被炸开了……3 月 14 日，一枚地雷把乔治·考克斯中士炸成了数截。迪森失去了双腿，亨德里克森失去了一条胳膊和一条腿。(O'Brien, 2006：103)

受媒体战争渲染的影响，诸如好莱坞影星约翰·韦恩所饰演的战争英雄形象，煽起了许多到越南参战的美军士兵对这场战争的美好幻想。一位参加过越战的海军陆战队员这样描述自己的梦想："我看见自己冲上远处的滩头阵地，就像约翰·韦恩在《血战硫磺岛》里那样，然后带着勋章回到家乡。"(Caputo, 1977：6)然而，残酷的事实无情地将他们的幻想击得粉碎。这里的一切都让他们心生恐惧和憎恨。小说中，特遣队指挥官凯利中尉在出发前毫不掩饰地对士兵们说："以牙还牙，这是《圣经》里的一条著名准则。"(O'Brien, 2006：102)凯利的话表明：这起屠杀事件并不是因为情报错误或下级军官素质低下导致的，它是一起有预谋的行为。美国军方企图用屠杀恫吓越南民众，切断越方的补给，扭转美军在越南战场的颓势。在军方和带队军官的煽动下，特遣队员们早已准备血洗美莱村。"之前众多事件已为这一暴行做好了铺垫，长达数月的恐怖行动和杀戮，如今在惨白的日光下，一场毁灭性的灾难降临了。"(O'Brien, 2006：106)因此，美莱事件不是一起孤立的突发事件，而是美国的战争策略和士兵的极端情绪共同作用下的产物，可以说它的发生是必然的。

小说没有采用通常历史书写中常用的那种超然而干瘪的描述，而是凭借亲历者韦德的回忆来书写这段历史,因为"回忆触及身份、民族主义、权力和权威等问题"(Said, 2000:176)。这样的历史书写字里行间都透露出震惊和愤怒:"火箭弹横扫田野,将灌木、竹子和香蕉树拦腰折断,到处都燃起了火焰……四周都是炮火,机枪在不停地射击。"(O'Brien, 2006:106)韦德朝村庄走去,目睹了美军的暴行:

辛普森正在屠杀儿童,一等兵威瑟比正在屠杀他所能杀的任何东西。在由粉红色变为紫色的阳光下,路边躺着一排尸体,他们都是一些青少年,老年妇女还有两个婴儿和一个小男孩……沿着这条路走了 30 米,他遇到了孔蒂、米德罗和凯利中尉,他们正在朝一群村民扫射。他们并排站着,轮换着射击。中尉一边嘴里喊着什么一边射杀了十多名妇女和孩子,接着他又给枪装上子弹又打死了更多的人,之后又装子弹、继续杀人,然后再装弹,杀人。空气变得灼热潮湿……他发现有人拿着一把明晃晃的大刀捅人。赫图在朝尸体射击,特苏瓦斯在枪杀儿童,多赫蒂和特里正在杀死所有受伤的村民。魔术师明白了,这不是疯狂的发泄,这是罪孽。……这场屠杀持续了许久,而且被屠杀的人不分男女老幼。(O'Brien, 2006:107-108)

小说中有关美莱事件的这些描述,揭穿了美国官方和主流媒体"行动是为了清剿越共游击队员"的谎言,让事实真相大白于天下,让人们认清美国政府和军方在事件中所扮演的角色,认清这场战争的丑恶本质。相比于充斥着冷冰冰的文字、苍白无力的语言的官方历史叙事,小说以亲历者的视角重现的这一事件令人震撼,更能唤起读者的共鸣。

根据美国心理协会的定义,具备以下三种症状中的一种即可判定为创伤后应激综合征:"不由自主地出现对创伤事件的回忆;试图避开任何能使人想起创伤事件的事物;情感麻木。"(Kirmayer, 2007:1)对于韦德而言,美莱事件并没有随着时间的流逝而消失,而是深深地嵌入了他的记忆之中。他竭力想把这段记忆从他的大脑中抹去,但是事不遂愿,记忆中的情景还是不断浮现,不断拨动他的神经。事实上,在目睹并参加了大屠杀之后,他已料到目睹的惨象将难以从记忆中被抹除:"在一瞬间,他突然想到今日的遭遇终将变为难以承受之重，早晚有一天他将不得不卸下这一负担。"(O'Brien，2006：108)回国后，韦德娶了女友凯西为妻，并凭借"越战英雄"的身份当上了州议员。他原本希望将越南的经历彻底从头脑中清除，开始新的生活。但是他始终无法忘却在美莱村发生的一切，记忆像幽灵一样一直影响着他的生活。最后，事件幽灵再现，无情地改变了他的生活。

《林中湖》的叙事沿着两个故事层面推进：一是韦德竞选联邦议员失败后的生活，时间大约是20世纪90年代初；二是60年代末韦德在美莱事件中的经历以及事件留下的创伤性记忆。读者在这部小说中找不到任何官方历史文献中的宏大陈述。小说没有将美莱事件置于国家层面讨论军事和政治上的影响得失，而是着眼于历史事件中的个体，从主人公韦德的视角，观察这一"非常"事件，感受披着"正义"外衣的"暴力制服"手段给越南人民和普通美军士兵带来的灾难与痛苦。值得注意的是，小说对美莱事件的描述并不是完整和连贯的。这样的叙事特点与小说人物的创伤体验完全吻合，反映出历史见证与创伤的微妙关系："历史见证与创伤既并肩战斗又相互对抗。"(Hartman，2002a：88)

父亲的去世是韦德少年时期遭遇的最痛苦的事件。在他成年之后，昔日与父亲一起的生活场景时常会浮现在他的记忆里。然而这样的回忆往往又会被突然出现的美莱村的可怕记忆打断。作家用一种近似意识流或幻觉呈现的手法，将小说主人公现实的感觉与过去的记忆融为一体：

有点不对劲，阳光或者早晨的空气。他发现周围都是机枪喷出的火焰和机枪暴风般的扫射，这风暴似乎将他吹了起来，从一个地方刮到另一个地方。他发现一个年轻女人仰面躺在地上，没了胸膛或许说是肺。他看到了死牛，到处都是火焰。树木、云朵都在燃烧。魔术师不知道该向哪儿射击，该向谁射击，于是他就向燃烧的树木射击，向篱笆射击。他朝烟雾射击，烟雾则回击他，随后他躲到了一堆石头后面，如果有什么东西移动，他就朝它射击。如果有东西不动，他也向它射击。那里并没有敌人，他什么也看不见，于是他毫无目标、毫无目的地射击，只是想让这可怕的早晨赶快过去。(O'Brien，2006：63)

　　小说中出现的人物和事件有的是真实存在的,有的则是作者的虚构。小说中也时常会出现代表着不同立场的各种声音。虽然有时作者会介入小说,发出自己的声音,但大多数时候,他把阐释的权力交给了读者。读者有足够的空间去体会人物的创伤经历,去感受事件造成的冲击,在纷繁复杂的叙述声音中辨别真伪。这样,事件得到了立体化的呈现,官方的宏大历史叙事被化解,失去了权威性,转而化为贴近读者的、具体的、个人的小叙事。文学作品中虚构人物的特殊或日常经历、创伤和体验,成为历史叙事的一部分。美莱事件既是韦德的个人记忆,也应该是美国国家记忆的一部分。如果说美国官方历史叙事试图通过刻意忽略或掩盖发生在美莱村的屠杀事件,以维持美军"正义之师"的假象,那么美莱事件的文学表征则是一种对抗性的书写,意在留住这样的记忆,让历史成为当下的警示。

四、证言、历史指涉与现实观照

　　小说《林中湖》中的叙述主要是由第三人称的叙述者来完成的,但这名叙述者往往以主人公韦德的视角来讲述故事,因此他的叙述具有局限性,并非一个全知全能的叙述者。这样的叙述更大程度上需要读者通过想象填补空隙,做出判断。另外,小说《林中湖》在叙事结构上具有鲜明的特点:叙事打破时空顺序,故事随着思维的跳跃在时间和空间的各个层面展开。与此同时,各种人物的评论、证言穿插其间,与小说中叙述者的描述或一致,或相悖,相互作用,赋予小说以极大的张力,大大丰富了小说的层次感,为读者提供了更多的思考空间。

　　按照传统的观念,历史,尤其是具有权威色彩的官方历史,被认为是事实的真实写照,不容置疑。而小说则是虚构的、想象的,不具备真实性。因而历史与小说界限分明,各司其职:历史记载真实,小说提供愉悦。但新历史主义从理论上推翻了这样的设定,认为"历史不再是对真相的忠实记录"(Hutcheon, 1988:129),而是"一种出于社会意识形态需要的、人为创造的叙事,一种社会进行道德和意识形态选择的工具"(Gedi, 1996:41)。海登·怀特将这种认识推而广之:"我们所使用的所有人文社会科学知识都受某种意识形态支配。"(White, 1987:81)小说《林中湖》突破了文学与历史的传统界限,将许多历史档案中的内容加入小说中，使小说具有了历史书写的功能。小说加入了五个名为"证据"的章节，这些章节包含美莱事件参与者在军事法庭上的证词，美国白人屠杀印第安人事件的记录，威尔逊、约翰逊和尼克松等多名美国前总统的传记和有关创伤的论述。这些内容与主人公个人生活和美莱事件的叙述，恰好构成了一种互文关系。

第一次以"证据"之名出现的是小说的第二章。这一章中首先出现的，是警方围绕韦德的妻子凯西失踪所搜集的一些材料和询问记录，包括韦德的母亲和朋友对韦德的评价、对失踪事件的看法、凯西的个人资料、竞选的投票结果等。其中有一名韦德在越南时的战友这样回答："你知道我记得什么吗？我记得那些苍蝇。数以百万的苍蝇。这是我记得最清楚的东西。"（O'Brien，2006：10）显然，这些越战老兵记忆的焦点往往集中在某些挥之不去的恐怖画面上。这部分的"证据"其实是虚构故事的一部分，但虚构又让人联想到现实。苍蝇数量与腐尸相关，指向战争，特别是惨无人道的美莱村屠杀。

小说的第六章再次被命名为"证据"，这次出现的证据除了韦德的家人和朋友的评价、回答外，还增加了一些从其他书中摘录的内容。这些书包括托马斯·品钦的小说《第 49 批拍卖品的叫卖》（*The Crying of Lot 49*，1966）、朱迪斯·赫尔曼（Judith Herman）的《创伤与康复》（*Trauma and Recovery*，1992）、美国前总统威尔逊的《美国政治传统》、尼克松的《理查德·尼克松回忆录》（*The Memoirs of Richard Nixon*，1990）以及另一位前总统林登·约翰逊的传记，这些"证言"虽然来源迥异，但它们和第二章中出现的证言一样存在着内在关联，引发人们的遐想。

《第 49 批拍卖品的叫卖》涉及的是被官方话语掩盖的历史；《创伤与康复》指涉的是越战给人们造成的创伤；《美国政治传统》则暗示，挥舞强权政治的大棒、悍然入侵他国是美国的政治传统，而编造谎言、篡改历史也是美国政治传统的一部分。约翰逊和尼克松均为越战时的美国总统，他们为了在竞选中获得优势，不惜误导民众，扩大战争规模。奥布赖恩将这些看似并不相干，而实质上又具有密切内在关联的内容放在一起，意在凸显美国政治具有欺骗性的一面。在很多美国政客手中，历史变成了任人捏塑的泥团。出于国际和美国国内政治的需要，像美莱事件这类政治丑闻，往往成为被官方历史刻意忽略的部分。具有讽刺意味的是,作者在这一章的脚注中,以叙述者的口吻强调了这些证据并非完全真实可靠。在这里,多声部的叙事代替了官方历史叙事中的单一声音。作者将判断的权力交给读者,向读者提供历史真实的多面性和历史阐释的多种可能性,期待读者对官方历史叙事提出质疑。

类似的情况又出现在同样以"证据"为名的第十六章中。该章所列举的"证据"包括一些参与此事的士兵和指挥官凯利中尉在军事法庭上面对质询所做的回答。他们都极力推卸自己的责任,但是所有的证词合在一起,却证实了这一支美国军队,特别是凯利,所犯下的暴行。例如,当被要求描述当时的情景时,士兵们一概回答不记得或记不清。这种选择性的遗忘与官方历史对美莱事件的处理方法如出一辙。一名叫米德罗的士兵在回答为何要用 M16 步枪指向妇女和婴儿时,竟然声称担心婴儿身上可能绑有炸弹。士兵们显然在上法庭之前受过了某种"规训",采取同样的罔顾现实的无赖态度,为自己、为部队洗脱罪责。

小说家刻意强调了涉事军人对屠杀事件训练有素的反应态度,这种态度让人联想到国际舞台上美国官方的一贯风格。小说对事件主谋凯利中尉着墨较多,让他站上审判台,面对调查委员会,也面对读者的评判。凯利几乎对所有问题都给予了相同的回复:"我不知道,长官。"当被问到在美莱村美军向谁开枪时,凯利终于开了口,轻描淡写地回答:"朝敌人开枪"。他说,"我并没有甄别村庄里的人,他们都是敌人,都该被消灭"(O'Brien, 2006:141)。这种将正常的军事行动与违背国际公约的滥杀平民的行为混为一谈的做法,与美国政府在历次战争中对平民"误伤""误炸"的辩解十分相似。多名士兵最终还是提供了证言,小说家详细引用询问笔录,彻底揭穿了凯利的谎言,也揭示了许多被官方话语所隐匿的细节。

士兵米德罗:他(凯利中尉)开始把他们(越南人)推到沟里,对他们开枪。

问:你怎么知道他们死了?

士兵霍尔:他们不动了。他们身上流出很多的血。他们一堆堆的,到处都是。他们是些年纪很大的老人,很小的小孩,还有的是母亲。到处都是血,所有的东西都是血淋淋的。

问：那天你们是否受到敌方火力攻击？

士兵布雷兹利：没有，长官。

问：你是奉命行事吗？

士兵拉马地那：是的，长官。

问：命令是什么？

士兵布雷兹利：杀死所有活物。

问：然后发生了什么？

士兵孔蒂：凯利中尉出来了，还说要我们看好这些人。于是我们说好，我们就站在那儿，看着这些人。他走了，当他回来后，他说"我已经告诉你们要照看好这些人，我的意思是杀了他们"……凯利和米德罗朝村民们射击，人们尖叫着，大声喊叫着倒下。

问：你能不能说说这些人是些什么样的人？

士兵多尼斯：他们是妇女和小孩。

问：你是否见过死尸？

士兵冈萨雷斯：见过，长官。

问：是妇女和儿童吗？

士兵冈萨雷斯：是的，长官，妇女和儿童。

问：你能描述一下你看到了什么吗？

士兵潘德顿：沟里越南人的尸体堆得像座小山。

问：你能否说一下沟的情况？

士兵潘德顿：它有七到十英尺深，大约十到十五英尺宽。里面到处是尸体。中间有一堆，其余的在两边。尸体上面还有尸体。（O'Brien，2006：138‐139）

　　更令人发指的是，小说中美莱事件再次被揭出，不是为了伸张正义，而是因为权力斗争的需要。为了权力和利益，惨无人道的屠杀事件被美国政府和政客们刻意隐瞒。多年后同样为了权力和利益，历史的疮疤又被政客们揭开。竞选过程中韦德被揭发曾参与美莱村屠杀，导致竞选失利。他国平民的悲剧变成了竞选的筹码。在美莱，韦德失手打死一名越南平民，他的战友也在军事法庭上证实这是一起意外。荒诞的是,没有主动参与屠杀的韦德却无法洗清自己的罪名,最终在竞选中惨败。这位越战时的无名小卒,成了日后政治战的炮灰,而事件的真正凶手却依然逍遥法外,因为追究他们的责任会损害美国的政治利益。韦德母亲的抱怨说明了奥布赖恩对美国政治的负面态度:"约翰在竞选中受了不少委屈。人们说的那些都不是真的,我一个字也不信。"(O'Brien,2006:138)

在第二十章的结尾处,一名士兵这样描述大屠杀后的美莱村:"这个地方散发着恶臭,尤其是沟里。到处都是苍蝇。它们在黑暗中发出亮光。这里如同阴间。"(O'Brien,2006:199)在这一段话下面,作者写下了这样一段脚注:

> 那时的越南是地狱。到处是鬼魂和墓地。1969年,我比韦德晚一年来到越南。我走过他曾经走过的路……我知道那天发生了什么,我也知道为什么会发生这些事……部分出于沮丧,部分出于暴怒。敌人来去无踪,他们是幽灵。他们用地雷和陷阱杀死我们。他们消失在夜色中,消失在地道里,消失在浓雾笼罩的稻田和竹林里。但这还不是全部原因。还有一些更神秘的东西。那些未知的和无法知晓的东西。没有表情的面孔,无处不在的对立感。这并不是为1968年3月16日发生的事辩护,因为在我看来,所有的辩护都是徒劳和令人愤怒的,应该说,我见证了邪恶的神秘力量。(O'Brien,2006:199)

作家在虚构的小说中"侵入式"地插入了一段个人的经历和评述。这段话可供我们细细解读:第一,美国侵越战争造成了无数的死亡,将越南变为"地狱";第二,越南人民的游击战令美军陷于惶惶不安之中;第三,这种处境导致了士兵的沮丧和暴怒;第四,士兵们的心态生成了一种"邪恶的神秘力量";第五,不管怎样,为屠杀事件辩护都是徒劳的,令人愤怒。这也是小说故事背后作家对事件的基本态度。作为屠杀事件的参与者,美军士兵难脱干系,指挥官更是难逃罪责。但是将这些原本过着平静生活的年轻人推向战场的人,才是美莱村屠杀事件背后真正的罪魁祸首。

在美国政府主导的官方叙述中,越南战争是为了帮助南越政府清剿反政府武装分子,是为了维护南越政局的稳定,因而合理、合法。为了驳斥这一说法，小说有意识地在韦德脑海中浮现美莱村屠杀场景之时，在证言部分插入《日内瓦公约》中的一些条款。《日内瓦公约》第 27 款明确规定："受保护人自身和家人的人身安全以及荣誉有权得到尊重。他们在任何时候都应受到人道对待，应免遭任何暴力和威胁，免遭任何侮辱。妇女尤其应当受到保护。特别是应保护她们免遭强奸或其他形式的侵犯。所有被保护人无论健康状况如何、不管年龄和性别，都应受到平等对待，不得因种族、宗教信仰和政治观点不同而受到区别对待。"(Kinsella & Carr，2007：249)《日内瓦公约》阐述的最基本的人道，让美国政府难以自圆其说，也让任何辩解开脱显得苍白无力。

虚构故事与真实历史的相互交织，是《林中湖》叙事的重要特点。小说的叙述经常在韦德的父亲去世、韦德竞选惨败、警方对韦德妻子失踪案的调查、美莱村屠杀事件之间来回跳跃。这些事件看似毫无关联，实则相互之间存在着密切的内在联系。在现实生活中，本被视为政坛希望之星的韦德，在竞选联邦参议员时被曝出参与越南屠杀平民的陈年往事，使得他声望大跌，最终由竞选之初的遥遥领先落到仅获 21% 的选票，远远落后于对手。美莱事件不仅导致韦德竞选失败，更使韦德与妻子凯西原本融洽的关系出现了巨大裂痕。不久之后，凯西突然在丛林密布的湖区失踪。面对警方的质询，韦德无法回答自己的妻子究竟去了何处。凯西是离家出走，还是被韦德谋杀？小说自始至终都没有给出答案。但不管失踪原因何在，它都与美莱事件存在着内在联系。韦德夫妻关系的突然变故，是因为他向妻子隐瞒了自己曾参与美莱事件，个人信誉受到质疑。从这一意义上说，凯西和韦德的失踪只是表象，美莱事件才是所有悲剧的内在原因。过去的噩梦将魔爪伸进了参战士兵今天的生活。

《林中湖》故事中的现在与历史的关系，还表现在它们的相似性上。美莱事件发生后，美国军方一直将其描绘为一次"正常"的军事行动，行为的对象是所谓的"越共武装人员"。在他们最初提供的报告中也将该次行动说成是一次成功的军事行动[①]。与此相似的是，韦德在竞选时也隐瞒了不光彩的过去，刻意把自己塑造成一位"越战英雄"。小说故事中的政治运作，与历史上官方对

[①]　参看第九章第一部分德累斯顿轰炸事件就能发现，美军在第二次世界大战中对平民的屠杀及后来政府和军方措辞强硬的辩解，其傲慢态度、对事实的罔顾和对他国平民生命的不屑，几乎如出一辙。

美莱事件的处理手段具有高度相似性。这表明,选择性地呈现事实和操纵话语,已成为美国政治的常见手法,上至政府和军方,下至政客,似乎都已深谙此法。

小说还特别提及了被指控刺杀肯尼迪总统的奥斯瓦尔德。美国针对肯尼迪遇刺案和美莱事件都成立过调查委员会,进行过声势浩大的调查,但最终的报告都存在着许多漏洞,难以让人信服[1]。韦德的妻子失踪后,警方同样进行了大量的调查,展开了大规模的搜索,甚至动用了飞机参加搜寻工作。但直到小说结尾,韦德妻子的下落仍是一个谜团,甚至连韦德自己也不知去向。小说故意留下了这些未解之谜,提醒人们去思考这些事件的相关性和相似性。小说故事背后隐含着作家的政治批判:调查难以取得令人信服的结论,根本原因是所调查的事件涉及利益关系。美国官方充分施展话语权力,对涉及利益的大大小小事件进行操纵、隐瞒、误导,致使历史场景循环往复上演。

五、历史维度下的美莱事件与《林中湖》

美莱事件发生于 1968 年,美国深陷越战泥潭难以体面脱身。而在国内,这一年马丁·路德·金和罗伯特·肯尼迪相继遇刺身亡,民权运动和反越战运动如火如荼。美国的国内、国际形象都受到了极大的影响。几年之后发生的"水门事件"更是将美国民众对美国政府、美国的竞选制度的信任度降到了历史最低点。正如"水门事件"瓦解了美国国内政治"民主"的神话,美莱事件则揭穿了美国军事和外交"正义"的谎言。正因如此,美莱事件成为美国社会的"集体创伤记忆",成了美国社会不愿触及的一个禁忌。因此美国官方总是敏感地避免提及这一不光彩的事件,试图抹掉污点。

在《林中湖》中,韦德在竞选国会议员时,也含糊其词,只向公众展示自己曾在越南服役、为国效力的经历,而对参加美莱村扫荡的经历却三缄其口,讳莫如深。但小说家在故事中再次揭示美莱事件,将其设计为故事进展和转向的关键因素,激活记忆,不让事件在选择性的遗忘中消失。《林中湖》凭借着文学叙事特有的优势,从越战退伍老兵韦德的思维深处挖掘关于美莱的记忆,让

① 关于肯尼迪总统遇刺案,请参看本书第十一章。

一幕幕真实鲜活的历史场景再现于世人眼前。相对于知识界往往以平铺直叙的陈述和冰冷的数字对该事件的反思与声讨，奥布赖恩的小说呈现显然更能打动人心。故事中鲜活的人物、触动神经的细节和反复出现的梦魇般的记忆，产生出震撼的效果。

通常的历史书写以年代为序，《林中湖》采取的则是反线性叙事，串联了发生在不同时期、不同地点的历史事件。在向读者展现美军士兵在美莱事件听证会和军事法庭上所做的证言，揭露美军在越南滥杀妇女和儿童的罪行时，作者奥布赖恩巧妙地把19世纪美国白人对印第安人实施种族清洗的历史文献穿插其中，让读者感受这些事件之间的关联性。其中，美国南北战争时期的著名将领谢尔曼的一句话颇为引人注目："我们必须全力以赴清剿苏族人，直至将他们赶尽杀绝，不管是男人，女人还是孩子。"（O'Brien，2006：257）在小说中，凯利中尉在指挥士兵屠杀村民时也说，"亚洲佬就是亚洲佬，要把他们的土地变为一片焦土……不能放走一个人，不管是妇女还是婴儿"（O'Brien，2006：205）。两段历史记述构成了一种显而易见的互文。两者的相似之处揭示出美莱事件本质上是一场种族屠杀。正如有媒体指出的："过去亚洲佬是朝鲜人，现在亚洲佬是南越人，这才是在分析美莱事件时需要说的问题。"（Osborne，1969：17）不同时期历史事件的插入，使读者得以从历史维度观察这一事件，而非就事论事，孤立地对它进行审视。这样的讨论可以让读者在历史沿袭中对美国政治和文化深处的病根进行刨挖。

小说还引用了《群山中的屠杀》(*Massacres of the Mountains*，1886)一书中的一段话。该书描写的是1864年科罗拉多州民兵对印第安村落的袭击[①]，书中详细地记录了白人在战争中对印第安平民惨无人道的杀戮："没有人被俘虏，也没有人能逃脱。一个大约3岁的小孩，赤裸着身子，蹒跚着走在印第安人逃亡的路上。一个士兵瞧见了，从70码开外朝那个孩子射了一枪，但没打中。另一个士兵跳下马，说：'让我试一下，我能打中他。'他也没打中。接着又一个士兵下了马，说了相似的话，打中了孩子，孩子倒下了。印第安人死了3,000人，都被屠杀了。这些人中只有大约一半人是战士，剩下的都是妇女和

---

①　《群山中的屠杀》所描述的事件被称为"沙溪大屠杀"。关于此事件及提到该事件的小说，请参看本书第一章。

孩童。"(Dunn，1886：258)相距100多年的两段场景惊人地相似，读者似乎看到了两者之间的某种一脉相承的关联。屠杀的对象有所不同，但手法相似，目的相似，都是为利益需要夺取对某一地区的控制，正义性无从谈起。作家让发生于100年前后的两段鲜活生动的历史记录形成呼应，触发读者在历史的框架中对事件的反思。

美军少将乔治·普鲁格在美莱审判后曾预言："谁也不能保证像美莱事件这样严重的战争罪行不再发生。"(Prugh，1975：114)不幸被他言中。美莱事件迄今的半个世纪中，类似的惨剧不断再现。在美国发动的科索沃战争、阿富汗战争、伊拉克战争和利比亚战争中，美国政府打着诸如"制止种族屠杀""反恐""消除大规模杀伤性武器"等旗号，漠视国际法，滥用武力，不断造成"误炸"和"误伤"平民事件。事实真相依旧被掩盖，历史不断重演。在这样的背景下，《林中湖》以文学的手法揭示美莱事件真相，发出不同于官方话语的声音，让美国民众看到美国政客如何操控舆论，美化其战争动机和行为。在谈论美莱事件的同时，小说有意识地旧事重提，将读者引向历史的纵深，以史为鉴，让人们对正在重演的历史保持警惕。

六、魔术师与揭秘人：小说主人公与叙述者

在父亲的影响下，小说主人公约翰·韦德自幼就表现出对魔术的强烈喜好。

孩提时韦德就会在地下室的那面旧镜子前练习手法，一练就是好几个小时。他看着母亲的银色丝巾变了颜色，铜币变成了小白鼠。在镜子里，当奇迹发生时，约翰不再是孤单的小孩。他可以统治这个世界。他的双手迅速而优雅地做到了普通人无法办到的事……一切都有可能得到，包括幸福。约翰·韦德大部分时间都生活在镜子里，在这里，他可以了解父亲的想法……于是他带着镜子去上学，去打棒球，上床睡觉，这是又一个把戏：他可以秘密地将镜子藏在大脑里……靠着两眼后面那面巨大的镜子，他感到平静和安全，他可以把坏事变成好事，永远幸福。(O'Brien，2006：65 - 66)

　　显然，魔术已成为韦德逃避现实世界、利用幻象欺骗自己的手段。在韦德看来，魔术具有改变现实、掩饰丑恶的功能。在越南期间，他因为善于表演魔术被其他美军士兵比作魔术大师胡迪尼，并得到了一个"魔术师"的绰号。返回美国后，"魔术师"如同变魔术般把自己在越南打死平民的经历迅速洗白，把自己打造成一名为了美国的国家利益而在越南战场出生入死的英雄。"他经常把自己想象为凯旋的英雄，身着一套崭新整洁的军装，显得格外帅气，十分得体地朝着人群微笑。军装能使人当选，这是千真万确的。"（O'Brien，2006：36）

　　凭借这些如魔术般的宣传和包装手段，韦德获得了选民的支持，得以当选州参议员。一时间他似乎施展了魔术的技法，驱赶了笼罩在自己心头的阴霾。他也在这些突如其来的成功面前迷失了自我，希望依靠同样的手段继续攀升，当选联邦参议员。在他看来："政治就是篡改事实。就像魔术表演。"（O'Brien，2006：36）然而，魔术的障眼法只能制造出某种幻象，却无法改变事实。一时间，韦德的表演赢得了喝彩，赢得了选票，但他却无法使自己摆脱良心的折磨。他时常在梦中被美莱村所发生的那一幕幕惨剧所惊醒。最终，他又因为美莱村屠杀事件而身败名裂，原本幸福的家庭也因此破裂。

　　同样扮演着魔术师角色的还有美国政府和军方。他们同样善于制造幻象使人产生错觉。美莱村数以百计的妇女、儿童和老人被屠杀，美国军方却对外宣称这是一次针对越共武装分子的成功的军事行动，还向媒体公布所谓缴获的"敌方武器"的照片，制造美军确实打击了敌人部队的假象。在事件的真相逐步被公众知晓后，美国政府又开始了一系列受政府控制的调查，给人们造成美国政府将严惩肇事者的假象。事实上，这些调查主要只涉及中下层军官和普通士兵，并没有追究高级军官和政府高级官员的责任，而且最后只对一名低级军官进行了象征性的惩处。

　　在越南战争期间，美国军方的高层曾叫嚣要对越南实施地毯式轰炸，通过大规模杀伤敌方军人和平民形成威慑，扬言不惜将北越"炸回到石器时代"（Jarvis，2009：65）。这其实透露出美国政府完全无视国际法和国际公约，其军事行动对军人和平民不加区分，不在乎有多少无辜平民会在美军的行动中伤亡。但是，在美国官方有关美莱事件的文件中，行动的真实目的在"魔术表演"中消失了,在美莱村的军事行动的目的,在官方的文件中成了搜捕越共武装分子、收缴武器。美国政府还故意对媒体声称,他们在行动前对美莱村进行了侦查,得知行动当天村民都会去镇上赶集,选定该日正是为了避免误伤平民,因此行动是慎重的、人道主义的。这样,即使有"过分"行为,也只不过是一些素质低下的士兵的个人行为,与美国政府和军方无关。

小说《林中湖》用"魔术师"的雅号串起了韦德的人生轨迹,暗示了权力话语在历史书写中运用"障眼"技法,制造幻觉。魔术构成了对美国政治生态的暗喻。如果说韦德和美国政府是施行障眼法的魔术师,那么小说叙述者就是"魔术表演"的搅局者,一个揭穿把戏的人。

在文学作品中,主人公与叙述者之间的关系往往被人们所关注。叙述者与作家的关系可近可远。《林中湖》的叙述者十分接近小说作者奥布赖恩本人。虽然作家的经历与小说的主人公约翰·韦德有着许多相似之处,比如奥布赖恩越战时期应征入伍并被分派到小说中韦德所在的部队服役,回国后和韦德一样在大学攻读政治学学位,对美国政界十分了解。但是,相似性到此为止。在态度和立场方面,奥布赖恩似乎有意识地要与韦德划清界限。他在小说的前言中声明,韦德只是作家想象的人物。韦德是小说叙述的中心,作家不惜笔墨地描写他从少年到中年丧父、参战、从政的坎坷经历,也浓墨重彩地展现了战争、屠杀给韦德带来的心理创伤。但是小说很少真正触及韦德的内心世界,也没有解释韦德和他妻子失踪的原因。韦德不是奥布赖恩,他甚至不是某一个具体的人。作家让他成为一个更宽泛层面的受害者,让越战的噩梦在他身上延续到了和平年代。

韦德既是美国对外干涉政策的受害者,又是其执行者。他良心未泯,被迫卷入了一场自己不愿参加的屠杀。即使战争结束多年,他仍时常被屠杀记忆所折磨。但另一方面,他利用自己的越战经历作为政治资本,迎合官方政治话语,用"报效国家"的故事为自己捞取选票。"韦德现象"也出现在美国主流社会对待越战的态度上。近几十年来,美国社会比较关注越战退伍军人的战争创伤体验。在他们眼中,美国军人成了战争的唯一受害者,而很少有人关注战争中的真正受害者,即惨遭战火蹂躏、被屠杀的越南平民和他们幸存的家属。奥布赖恩让小说叙述者拉开与小说主人公韦德的距离,让他的叙述更多地表现出对这种现象的反思与批判。

　　一般而言，小说作者并不等同于故事叙述者。奥布赖恩在《林中湖》中则刻意模糊甚至消弭了作为小说作者的自己与小说叙述者之间的界线，在描述美莱事件时会让自己"闯进"虚构故事。这样"作者可以直接对叙述者背后的读者说话"（Foisner，2006：9）。在奥布赖恩创作《林中湖》时，美莱事件已过去了20多年，被很多美国人淡忘了。那些越战之后出生的美国人，对美莱事件更是浑然不知。这是美国官方叙事的刻意回避和媒体集体失声导致的结果。如果小说由一名置身事件之外的"中立"的叙述者来描述，那么其中的真实性不免会受到读者的质疑。《林中湖》的作者和叙述者在观念上十分接近，几乎可以合为一体。而由作家本人的"化身"——一个亲历越战并对其持批判态度的人来担当叙述者的角色，同时让真实人物在小说中大量出现，会使作品所描述的内容更加鲜活生动，更加真实可信。读者不难发现，小说叙述者的感叹往往也就是作家的感受：

　　我明白韦德是如何将一切深埋于心底的，他又是如何难以面对甚至回忆起在越南发生的屠杀。对我而言，25年后，对于那场丑陋的战争，已没有多少东西还存于我的记忆之中，除了一些带有污点的画面……机枪喷射出的火焰照亮了一片稻田……我们在我们的身后留下了烈火和烟雾。我们呼叫炮火支援和空中支援。我们残酷无情。我们烧杀劫掠。我们用枪托击打村民，我们往井里投入垃圾，我们对越南人拳打脚踢。我们把一切能烧掉的东西都付之一炬。是的，所有这些都是暴行——是永远存在于我们所有人内心的肮脏秘密。（O'Brien，2006：298）

　　小说列数美国官兵劣迹斑斑的行为，揭示他们"内心的肮脏秘密"。当作者与叙述者合为一体时，叙述者的言说就带有了作者的立场、观点和情感。在《林中湖》中，奥布赖恩没有采用作者退场的策略，而是大胆介入小说的叙述。在涉及美军在战争中犯下的暴行时，他时常会拍案而起，用各种细节、历史记录驳斥美国官方的观点。作家在这一事件上的政治立场，他的困惑、失望和愤怒，他对美国政府、军队所持的批判态度，都可以通过叙述者明确无误地传达给读者。作者借用叙述者的声音单刀直入,直截了当地抒发一名越战亲历者对美莱事件的强烈谴责:"25 年前,作为一名满怀恐惧的年轻的一等兵,我能尝到阳光的味道,我也能闻到罪恶的味道。"(O'Brien,2006:199)这里的"我"与其说是叙述者,不如说是作家本人。作家不时从文本背后走出,闯进小说,打破沉默。"提供见证就是为了揭示真相。"(Felman,2000:15)作为美莱事件的"见证",《林中湖》让我们看到了一个有着强烈的政治意识和历史责任感的书写者。此人以笔为武器,努力通过一种艺术构思再现自己的经历,意在驱散笼罩在历史真相上的迷雾与谎言,还历史以其本来面目。

引述文献:

Adami, Valentina. *Trauma Studies and Literature*. Frankfurt: Peter Lang, 2008.

Allison, William Thomas. *My Lai: An American Atrocity in the Vietnam War*. Baltimore: Johns Hopkins University Press, 2012.

Barthes, Roland. "The Discourse of History." *Comparative Criticism*, 3 (1981): 7-20.

Belknap, Michal R. *The Vietnam War on Trial: The My Lai Massacre and the Court-Martial of Lieutenant William Calley*. Lawrence: University Press of Kansas, 2002.

Bell, Duncan. *Memory, Trauma and World Politics*. New York: Palgrave MacMillan, 2006.

Caputo, Philip. *A Rumor of War*. New York: Ballantine, 1977.

Caruth, Cathy. *Unclaimed Experience: Trauma, Narrative and History*. Baltimore: Johns Hopkins University Press, 1996.

Caruth, Cathy. ed. *Trauma: Explorations in Memory*. Baltimore: Johns Hopkins University Press, 1995.

Dunn, J. P. *Massacres of the Mountains*. New York: Archer House, 1886.

Farrell, Kirby. *Post-traumatic Culture: Injury and Interpretation in the*

Nineties. Baltimore, London: Johns Hopkins University Press, 1998.

Felman, Shoshana. "In an Era of Testimony: Claude Lanzmann's *Shoah*." *Yale French Studies*, 97 (2000): 103 – 150.

Fischer, David Hackett. *Historian's Fallacies: Toward a Logic of Historical Thought*. New York: Harper & Row, 1970.

Foisner, Sabine Coelsch & Wolfgang Gortschacher eds. *Fiction and Autobiography: Modes and Models of Interaction*. Frankfurt: Peter Lang, 2006.

Gedi, Noa & E. Yigal. "Collective Memory — What Is It?" *History and Memory*, 8/1 (1996): 30 – 50.

Hammer, Richard. *The Court-Martial of Lt. Calley*. New York: Coward, McCann & Geoghegan, 1971.

Hartman, Geoffrey. *Scars of the Spirit: The Struggle Against Inauthenticity*. New York: Palgrave MacMillan, 2002a.

Hartman, Geoffrey. *The Longest Shadow: In the Aftermath of the Holocaust*. New York: Palgrave MacMillan, 2002b.

Hartman, Geoffrey. "Trauma Within the Limits of Literature." *European Journal of English Studies*, 7/3 (2003): 257 – 274.

Hersh, Seymour M. *Cover – Up: The Army's Secret Investigation of the Massacre at My Lai*. New York: Random House, 1972.

Hutchen, Linda. *A Poetics of Postmodernism: History, Theory, Fiction*. London: Routledge, 1988.

Hutchen, Linda. *The Politics of Postmodernism*. New York: Routledge, 1989.

Jarvis, Christina. "The Vietnamization of WWII in *Slaughterhouse – Five* and *Gravity's Rainbow*." Harold Bloom Ed. *Kurt Vonnegut's Slaughterhouse – Five*. New York: Infobase Publishing, 2009: 61 – 83.

Kinsella, David & Craig L. Carr eds. *The Morality of War: A Reader*. Boulder, London: Lynne Rienner Publisher, 2007.

Kirmayer, Laurence ed. *Understanding Trauma*. Cambridge: Cambridge University Press, 2007.

LaCapra, Dominick. *Writing History, Writing Trauma*. Baltimore: Johns Hopkins University Press, 2000.

O'Brien, Tim. *In the Lake of the Woods*. New York: First Mariner Books, 2006.

Osborne, John. "Death to Gooks." *New Republic*, December 13, 1969: 17-18.

Prugh, George S. *Law of War: Vietnam, 1964-1973*. Washington, DC: Department of the Army, 1975.

Said, Edward. "Invention, Memory, and Place." *Critical Inquiry*, 26/2 (2000): 175-192.

Sarbin, Theodore. *Narrative Psychology*. New York: Praeger, 1986.

White, Hayden. *Tropics of Discourse: Essays in Cultural Criticism*. Baltimore, London: Johns Hopkins University Press, 1985.

White, Hayden. *The Content of the Form: Narrative Discourse and Historical Representation*. Baltimore: Johns Hopkins University Press, 1987.

虞建华主编：《美国文学大辞典》,北京：商务印书馆,2015 年。

第十一章

公信力丧失：阴谋论与质疑者

——肯尼迪遇刺事件与德里罗的《天秤星座》

历史事件之十一：肯尼迪遇刺事件

小说之十四：唐·德里罗《天秤星座》

一、肯尼迪总统遇刺案：事件的描述

2001 年，震惊世界的"9·11"恐怖袭击事件[①]发生，造成近 3,000 人死亡，是近年美国历史记忆中难以抚平的巨大创伤。而发生于 1963 年 11 月 22 日的肯尼迪总统遇刺事件中，肯尼迪总统一人的陨落给美国人带来的伤痛，恐怕比"9·11"事件有过之而无不及。遇刺案发生后，英国著名哲学家、历史学家以赛亚·柏林(Isaiah Berlin)表示，"我不想夸大其词：这也许不能同亚历山大大帝死时人们的感受相比拟；但是我认为，此事的突然性，以及一大批人心中怀有的某种不同寻常的希望突然悬在了半空中的感觉，是我们一生中独有的——仿佛罗斯福在 1935 年被谋杀了，而希特勒和墨索里尼以及所有其他人都还活着，而且许许多多的张伯伦和达拉第还在四处游荡"(转引自达莱克，2016：462)。

罗伯特·达莱克(Robert Dallek)在《肯尼迪传》(*An Unfinished Life: John F. Kennedy，1917-1963*)中认为，肯尼迪的去世比罗斯福的去世更令美国人悲痛，因为第二次世界大战胜利在即，这就缓冲了罗斯福的猝死所带来的悲痛程度(达莱克，2016：462)；而肯尼迪的遇刺同时也比林肯的死更让美国难以接受，因为无论林肯的遇刺多么令人难忘，"夺走 62 万人性命的 4 年血腥内战或多或少使人们对失去国家领导人而造成的恐惧心理有所麻木"(达莱克，2016：461)。可以说，肯尼迪的死给美国带来的震惊程度，超过了 1941 年 11 月珍珠港遭袭以来的其他任何事件。"肯尼迪的遇刺仿佛是断送了全美、全世界更加美好的未来。"(达莱克，2016：462)

或许正是由于肯尼迪总统遇刺案牵动了美国人太多的情感，在今天这个"后真相"时代，就越发难以看清这一事件的真相。2016 年，《牛津英语词典》宣布"后真相"(post-truth)一词为年度词汇。一时间，这个最早由美国剧作家斯

---

① 关于"9·11"恐怖袭击，请参看本书第十二章。

蒂夫·特斯奇(Steve Tesich)1992年用来描述后水门事件的美国时代的词汇,变成了我们这个时代的一个符号标签:比客观事实更加重要的是个人情感和信念,因为后者更能影响舆论、决定公众的观点。正因如此,关于这一历史事件的描述变得极为艰难,我们只能撷取其中最不含混的节点加以叙述。

1963年11月22日,美国第35任总统约翰·肯尼迪(John Kennedy)为了缓和得克萨斯州民主党内部以亚巴勒为代表的自由派与以州长康纳利为首的保守派之间的尖锐矛盾,以期为即将在第二年举行的连任竞选中谋得这一南部大州的选票,肯尼迪总统在夫人杰奎琳·肯尼迪(Jacqueline Kennedy)的陪同下,到得克萨斯州进行为期两天的巡游,途中不幸遇刺。11月22日12点30分,肯尼迪总统与夫人杰奎琳、德州州长康纳利及其夫人四人,同乘敞篷轿车驶入达拉斯的迪里广场(Dealey Plaza)时,现场发生数声枪响。其中最后一枪击中了肯尼迪总统的头颅。整个过程被名为亚伯拉罕·赞普德(Abraham Zapruder)的市民用镜头拍摄了下来。背部、喉部、头部均受重伤的肯尼迪总统,随即被送往几公里外的帕克兰医院(Parkland Hospital)进行抢救。当日下午1点钟,肯尼迪总统去世,讣告发布于1点38分。时任副总统林登·约翰逊临危受命,出任第36任美国总统,并乘专机携肯尼迪的遗体与其遗孀杰奎琳飞回华盛顿。肯尼迪总统的遗体于11月25日葬于华盛顿(参见Knight,2007:1-3)。

与此同时,警方迅速展开了嫌犯的搜捕工作,并于22日下午1点50分,在一家电影院将一个名为李·哈维·奥斯瓦尔德(Lee Harvey Oswald)的23岁退伍军人捕获。被捕的奥斯瓦尔德随即被押往达拉斯警局受审。警察在可以俯瞰迪里广场的德州教科书仓库大厦六楼,也就是奥斯瓦尔德工作的地方,发现了三颗子弹壳、一把6.5×52 mm的意大利产卡尔卡诺M91/38手动步枪。一系列证据将嫌疑人身份推到奥斯瓦尔德身上(参见Kroth,2003:24-26)。11月24日,奥斯瓦尔德在被押送受审的途中,被当地一位名为杰克·鲁比(Jack Ruby)的酒吧老板开枪射杀,整个过程被电视直播出来(参见Knight,2007:3)。

继任总统约翰逊于11月29日成立了一个犯罪调查委员会,专门负责调查肯尼迪遇刺案,美国首席大法官厄尔·沃伦(Earl Warren)担任调查委员会主席,因此这个调查委员会也被称为"沃伦委员会"。1964 年 9 月 25 日,沃伦委员会公布了一份调查报告,人称《沃伦报告》(*Warren Commission Report*),揭示总统暗杀事件的真相,并得出结论:李·哈维·奥斯瓦尔德对总统的刺杀与杰克·鲁比对奥斯瓦尔德的刺杀均为个人行动(参见 Knight,2007:3)。

以上便是我们能够确认发生过的事件。然而,对于其中的种种细节与结论却在美国乃至全球社会内引发了巨大的争议。成千上万的书籍、杂志、报刊文章、电影和计算机动画,从事件的不同角度阐发各自对案件的看法和观点。无数学者、专家、大众开始根据总统遇刺现场的视频记录,对总统遇刺的"七秒钟"展开分析调查(参见 Knight,2007:3)。除了一小部分人认同《沃伦报告》的结论外,"约翰逊谋杀说""黑手党谋杀说""中情局谋杀说""胡佛谋杀说""卡斯特罗谋杀说"等各种阴谋论纷纷出笼,众说纷纭、各执一端(参见 DiLouie,2003:561-564)。

在众多疑点当中,子弹与伤口的争议极大。《沃伦报告》中"所谓的'一颗子弹论'(the Single Bullet Theory)是肯尼迪遇刺案中最受争议的话题"(Thomas,2010:375)。这一论调的提出者阿伦·斯佩科特(Arlen Specter)认为,物证代号为 399 的一颗子弹"穿过肯尼迪总统的背部,经由他的喉部射出以后,击中了康纳利州长;后者所受的所有枪伤,即其胸部、右臂和左腿的伤口,均由这一枚子弹造成"(Thomas,2010:375)。争论由此产生,很多人开始质疑刺杀现场射出的子弹是否真的会有这样玄而又玄的魔幻力量。而这种质疑将会从根本上推翻沃伦委员会得出的官方结论,因为"一颗子弹论"是"官方发布的单人作案说的核心依据"(Thomas,2010:375)。

而对于子弹问题的争议只是各种争议中的一种,加上委员会对相关声明与证据资料总是遮遮掩掩,这更加剧了人们对官方说法的怀疑。据杰瑞·科洛思在 2003 年的统计,关于肯尼迪总统遇刺案的书籍已有 600 多种,几乎每种书籍都有对案件审理、结论的有力质疑。根据这些书目,科洛思分析认为:1) 李·哈维·奥斯瓦尔德或许是真凶也或许不是;2) 事件背后谜团众多,事件真相仍然未被大众所知;3) 团体谋杀假说有充分理据;4) 最可能涉嫌集体谋杀的团体有黑手党、中情局和反卡斯特罗的古巴人。其他相关嫌疑人作案的可能性亟待确认,并且嫌疑性较低(参见 Kroth,2003:193)。透过看似客观、实际模棱两可的表述,人们对整个案件的认识不仅没有变得更清晰,反而愈加模糊了。

无论如何,肯尼迪总统的遇刺在给当时的美国人带来了极大震撼的同时,也为他身后的自己赢得了众多的赞誉。到 2013 年肯尼迪去世 50 周年时,美国人仍然将肯尼迪评为美国历史上最伟大的 5 位总统之一。在 1975 年的盖洛普民意测验中,52% 的答卷人将肯尼迪排在首位,位居林肯和罗斯福之上,这一排名自此维持了 10 年。1999 年 2 月总统日的民意测验显示,林肯是美国总统中最伟大的一个。2000 年,肯尼迪位居榜首,林肯、罗斯福、里根排在其后(达莱克,2016:469)。事实上,这位在位 1,000 天的总统显然难以与华盛顿、林肯、罗斯福相提并论,他的盛名恐怕难副其实:

> 专业历史学家们也无法相信肯尼迪配得上这么高的地位。里程碑式的立法愿望、对黑人争取法律平等待遇的压力的过度谨慎的反应,以及在外交事务上的混合业绩——导弹危机中取得的成功和禁止核试验协议的胜利,可这些都被悬而未决的古巴问题,及在越南的越陷越深的处境所抵消——这些都令学者们相信,肯尼迪并不是真正出色的总统。(达莱克,2016:469)

有历史学家甚至认为,如果肯尼迪活着进入第二任,他的种种绯闻将会严重破坏他的总统形象。肯尼迪甚至有可能面临弹劾。他无疑是"美国历史上最被高估的公众人物"(达莱克,2016:470)。在这一过程中,媒介意识形态的力量发挥着极其重要的推波助澜的作用。总统被子弹射杀的悲惨画面、第一夫人的悲痛欲绝、小约翰·肯尼迪对着父亲棺椁的敬礼,这些电视画面无不牵动着美国大众柔软的心灵。人们对肯尼迪总统施予同情、追加赞誉的同时,也将那个未被定罪即惨遭杀害的奥斯瓦尔德抛诸脑后了。他被人们当作恶人之一遗弃在记忆的角落,等待的将是美国当代作家德里罗浓墨重彩的书写。

二、唐·德里罗与《天秤星座》

唐·德里罗(Don DeLillo, 1936–)是当代美国最为著名的作家之一,被誉为"最犀利的千禧美国的文化阐释家之一"(Duvall,2000:6)。《天秤星座》

(*Libra*，1988)是德里罗的第 11 部长篇小说，也是其创作生涯中非常重要的一部作品。小说出版于 1988 年，当时他已凭借发表于 1985 年的长篇小说《白噪音》(*White Noise*)获得美国国家图书奖。《天秤星座》凭借其对肯尼迪遇刺案的想象性再现，获得了《爱尔兰时报》的"国际小说奖"(International Fiction Prize)。

如上文所述，肯尼迪遇刺案体现了理性的失败，同时凸显了许许多多并存的矛盾，其最为直接的后果就是这一案件的不确定性，因此它被称作当代美国"第一个后现代历史事件"(Camichale，1993：208)。或许是由于案件自身的暧昧不明，自从 1988 年出版以来，《天秤星座》被广泛赞誉为杰出的后现代小说。而德里罗选择这一素材进行创作，也正是源于这一事件的"不确定性"这一后现代题旨。这种事件的含糊性不仅吸引了德里罗，还吸引了另外两位作家。诺曼·梅勒(Norman Mailer)于 1995 年出版了非虚构叙事作品《奥斯瓦尔德的故事：一桩美国谜案》(*Oswald's Tale: An American Mystery*)，詹姆斯·艾尔罗伊(James Ellroy)分别于 1995 年出版《美国小报》(*American Tabloid*)，于 2001 年出版了《冷战六千元》(*The Cold Six Thousand*)。这几部作品都从不同的角度，直接以肯尼迪遇刺案为故事主线，凭借文学艺术的力量，对这一历史事件展开剖析。

彼得·奈特认为，尽管肯尼迪总统遇刺案在文学作品中并不总是得到直接呈现，但是由暗杀事件所引发的对重大政治预谋的痴迷与恐惧，这类题材成为美国战后小说的主旋律。"这种由肯尼迪遇刺所引发的对于政治秘事与政治阴谋的偏执情结，可见于玛格丽特·阿特伍德(Margaret Atwood)、威廉·巴勒斯(William Burroughs)、菲利普·K.迪克(Philip K. Dick)、黛安·约翰逊(Diane Johnson)、威廉·加迪斯(William Gaddis)、约瑟夫·海勒、肯·克西(Ken Kesey)、詹姆斯·麦克艾尔罗伊(James McElroy)、托马斯·品钦、库尔特·冯内古特、德里罗、梅勒和艾尔罗伊等作家的作品当中"(Knight，2000：106)。肯尼迪遇刺案似乎为后现代主义作品的创作铺就了一层厚厚的底色。《天秤星座》无疑是这众多后现代主义作品中极为出色的一部。不同于大众对肯尼迪总统的过分关注，《天秤星座》是以奥斯瓦尔德为主线和故事主角展开的。

　　小说以逃课的奥斯瓦尔德站在地铁第一节车厢的场景展开。奥斯瓦尔德这样一个问题少年出生于单亲家庭,由母亲抚养长大。而母亲玛格丽特或许疲于生计,对奥斯瓦尔德疏于关心,即使同处一室,也少有交流。处于社会底层的他们,不得不从一个地下室搬到另一处地下室,过着"暗无天日"的生活。或许正是这种底层民众生活的辛酸,促使奥斯瓦尔德对马克思主义产生了浓厚的兴趣。奥斯瓦尔德后来来到日本厚木当雷达兵。而军队里当兵的艰辛,又使他成为一名"逃兵"。奥斯瓦尔德逃到苏联这一社会主义国家之后,并没有实现他对生活的梦想,但是他找到了自己的妻子。他接着又逃离苏联,返回美国。此时作为"逃兵"的他已被美国社会遗弃,工作、生活举步维艰。奥斯瓦尔德对处于水深火热的古巴人民深表同情,因此十分支持古巴革命。而肯尼迪政府的政治举措却与之相反,他们小动作频频,企图扼杀古巴革命。奥斯瓦尔德于是萌生了刺杀肯尼迪的想法。

　　在小说中,试图刺杀肯尼迪的并非只有奥斯瓦尔德,还有中情局的前特工温·埃弗雷特(Win Everett)、劳伦斯·帕门特(Lawrence Parmenter)等人,他们才是刺杀肯尼迪的真正主谋。这构成了第二条故事线。此外,中情局一名退休的高级分析员尼古拉斯·布兰奇(Nicholas Branch)坐在堆满史料的屋子里,一直分析整个案件,试图书写真正的历史,此为第三条故事线。这三层故事相互交织、推进,共同构成了小说错综复杂的叙事文本。

　　在从后现代视角对《天称星座》做出的诸多解读中,弗兰克·伦特屈夏的文章举重若轻,他认为小说中的枪手奥斯瓦尔德是个代表了当代美国人的人物,他们"被媒介所制造的第三人称幻象所迷惑,他们的日常生活也深陷媒介的卡理斯玛(charisma)",因此谈论社会病理或者一个孤独的枪手都是没有意义的,因为当代生活"完全处在印刷和视觉媒介的掌控之下"(Lentricchia,1989:17-20)。此外,从小说所描写的主题出发,相当一部分论者从阴谋文化的角度对《天秤星座》进行评介,比如彼得·奈特认为《天秤星座》再现了阴谋论的叙述风格和连贯的因果观,其目的是明确表达围绕时间的巧合因素与混乱之处"(Knight,2007:107)。卡瓦德罗则直陈《天秤星座》是"后现代阴谋小说,因为它把真实的人物和历史与虚构及想象交织在一起,把人物的内心和情感世界与包围着他们的暴力联系了起来,并且拥有多层和重叠的时间和故事线索。它们说明，颇具阴谋特征的肯尼迪遇刺案是由公众所不知，也不能被他们知道的秘密力量所设计的"（Kavadlo，2004：44）。

也有论者（如 Peter Boxall、Bill Millard 等）从历史力量如何对主体进行构型的角度来分析和评论《天秤星座》。郑克鲁在为《天秤星座》中文版所写的序言中，也将其视为"后现代主义小说"。接下来，笔者将首先从一个具体的角度，即主体和意识形态之间的关系的视角来对《天秤星座》进行考察，这种阅读并不旨在否定前人的批评，而是要在一个更加微妙、且不太被人关注的意识形态层面上分析小说主人公奥斯瓦尔德在"肯尼迪遇刺"这个中心事件上所扮演的角色，从而指出小说所指涉的当代意识形态状况的复杂性，即在由媒介现实和消费文化所编织的现实之网中，当代资本主义的意识形态正是通过对主体反抗意识形态行为的默许而实现了对主体的控制。

三、意识形态网络与大众文化

《天秤星座》已全然不见《白噪音》中的反讽喜剧色彩，相反，这是一部极其沉重的作品。小说开头，我们看到奥斯瓦尔德逃学、游荡在纽约的地铁中，完全没有人生的方向与目标；小说结尾，他死于非命，没有人抬棺枢，没有葬礼仪式，是记者们草草将其埋葬。正如伦特屈夏所言，奥斯瓦尔德无足轻重，《天秤星座》所强调的是肯尼迪遇刺案，探索的是关于美国文化中的某些决定性特征，关乎我们在奥斯瓦尔德身上所看到的矛盾特征，及其背后呈现出当代意识形态的复杂状况。

"意识形态"一词源于法国哲学家、经济学家德斯蒂·德·特拉西（Destutt de Tracy）的著作，起初意味着考察观念的普遍原则和发生规律的学说。在《德意志意识形态》中，马克思对特拉西创造的"意识形态"这个概念进行了重写，不再是特拉西所谓的观念体系，而是一种无意识发生的错误思想的逻辑体系。法兰克福学派在批判意义上继承并进一步发挥了马克思和恩格斯的观念，认为意识形态的虚假性是一切意识形态的普遍特性，如阿多诺即认为"意识形态不真实，是虚假意识，是谎言"（杰，1996：264）。

《天秤星座》中，从一开始，肯尼迪遇刺案中所牵涉的各路人物都试图掌控事件的进展，他们所代表的不同的意识形态观点也逐一粉墨登场，只不过他们并没有意识到自己所认同的意识形态观念的虚假或虚伪。小说中案件的主要阴谋者们希望改写美国与古巴关系的历史,想消除"猪湾事件"的耻辱,他们认为总统肯尼迪应为"猪湾事件"的失败承担责任。这些来自中央情报局和反卡斯特罗政府的人员真正的动机是不希望看到美国和古巴重修旧好,为此他们计划了一场目的不在于杀死总统的"暗杀"行动。然而,这个本意是警告肯尼迪和卡斯特罗的虚拟总统谋杀案最终脱离了他们的控制。策划者们万万没有想到,总统真的被杀,而他们也一个接一个命丧黄泉。他们本想揭秘并控制意识形态的铁钳,却不料事与愿违,还赔上了卿卿性命。

奥斯瓦尔德也想通过进入历史的方法摆脱意识形态所给他规定的位置。对他而言,历史是一种非个人化的、形而上的力量,能够使他摆脱孤立,赋予他一个永恒的身份。在奥斯瓦尔德看来,"历史的目的就是超越自身。他知道托洛茨基写些什么,那里写着革命把我们从孤独自身的黑夜中引导出来。我们永远生活在历史中,超越自我和本我"(德里罗,1996:105)。尽管奥斯瓦尔德想象着自己能够模仿托洛茨基,秘密地找到进入历史的方式,他对待历史的意识形态机器的态度却是被动的,是对统治力量的屈服。正是这样的被动性使得他成为阴谋策划人的一枚棋子,成为一个被意识形态所规定的伪主体。阴谋策划者们和奥斯瓦尔德都因为自己对意识形态的误认而成了意识形态的牺牲品。本章就以小说主人公奥斯瓦尔德为例,来考察当代资本主义意识形态的复杂形式及其对主体欲擒故纵的掌控方式。

我们认为,奥斯瓦尔德先是试图进入美国冷战时期虚假的意识形态构架,后又彻底被意识形态所利用,他的一生因而完全是悲剧的一生,不断地受到别人的影响,而对于他所期许的进入资本主义意识形态而获得的个人的主体性,他却从来不曾获得。德里罗对奥斯瓦尔德的叙述以地点为结构,随着空间迁移的是意识形态的各种形式之间的转换,不曾改变的却是他在任何地方都被边缘化的命运。

少年时代,贫穷的家庭环境使得奥斯瓦尔德和他的妈妈玛格丽特备受欺凌。他们从来不能主导自己的生活,玛格丽特曾两次被解雇,第一次因为她每天擦抹除臭剂,第二次因为她在公司从不使用除臭剂。擦也不是,不擦也不是,由此可见他们所处境地之荒唐。奥斯瓦尔德则每每遭到同伴的嘲笑、侮辱,甚至被他们殴打致流血。为了摆脱这残酷的现实,奥斯瓦尔德的首要手段是读书。在他看来,阅读是他与周围世界进行抗争的最好手段,因此他在图书馆里认认真真地度过了他的大部分时光。在书籍中,奥斯瓦尔德看到了另外一个世界,一个迥异于他的环境和现实的世界。他阅读《资本论》和《共产党宣言》等马克思主义著作,在这些著述中,他看到了俄罗斯"那片占地球陆地面积六分之一的神秘之地"(德里罗,1996:35)。阅读这些书籍使得他感到自己是某种博大深远的事物的一部分,是人类历史的产物。他还了解了工人和阶级斗争,明白了雇佣劳动的剥削性。奥斯瓦尔德认识到:"阅读就是斗争。他不得不奋力从所阅读的东西中归纳出一些基本道理。然而,书本身就出自斗争。书是写作的斗争,是生活的斗争。"(德里罗,1996:37)

　　阅读是他与现实之间的斗争,书是写作和生活的斗争,阅读因此成为他与写作和生活之间的斗争。通过阅读,奥斯瓦尔德试图摆脱自己在现实生活中与历史脱节、完全被边缘化的身份地位。书籍赋予了他理解现实的眼睛,使他看到了资本家和群众之间的对立。马克思主义的理论满足了少年时代奥斯瓦尔德英雄主义的欲望。相比其他的书籍,马克思主义的书籍赋予他作为社会最底层的"零"的社会身份以最真实的希望。但是,如果因为奥斯瓦尔德所阅读的这些马克思主义的书籍,就认为他接受了马克思主义理论而去刺杀肯尼迪总统,恐怕还是曲解了德里罗的意思。比如沃伦委员会的《报告》就认为,他认同并委身于马克思主义是造成他对周围环境产生敌意的主要原因。倘要理解这些马克思主义的书籍对奥斯瓦尔德的影响,我们有必要对他成长时代的文化背景进行考察。

　　20世纪五六十年代,也就是奥斯瓦尔德成长的年代,既是冷战时期,也是美国大众文化蓬勃发展的时期。按照詹姆逊的说法,在这个时期,"文化已经完全大众化了,高雅文化与通俗文化,纯文学与通俗文学的距离正在消失"(詹姆逊,1997:162)。其实在小说中,奥斯瓦尔德正是被塑造为一个流行文化所制造出来的产品,其影响源包括如伊恩·弗莱明(Ian Fleming)和威尔斯(H. G. Wells)的通俗小说,《生活》杂志和《展望周刊》以及动作/冒险电影等。奥斯瓦尔德非常爱看弗莱明创作的"詹姆斯·邦德"系列小说,其中的邦德总是能成功地在危机中找到解决问题的办法。在追索罪犯和无序之源的斗争中,邦德的世界被理解为由罪犯和无辜之人构成的一个二元对立的世界:一方是秘密和邪恶阴谋的强大势力,另一方则是他们的牺牲品。尤其吸引奥斯瓦尔德的是,这些流行小说中的社会问题通常可以通过睿智、幽默和勇敢的个人来解决。

奥斯瓦尔德的世界观的特征就是这些善恶之间、社会问题及其解决方案之间的二元对立。受此影响,奥斯瓦尔德认为世界就是一个秘密的文本,它总是能被个人所解构。换言之,他既是揭开秘密的主体,同时也是一个因秘密而有力量的反派角色。这种把世界看作表象与现实、秘密符码与对它的解构的二元结构的理解,在小说开头所描写的地铁下面和城市之间的对比就已现出端倪:"地铁中引人入胜的东西比地面上这座著名的城市里的还要多,这对他来说并不奇怪。在这样一个大白天的下午,地面上那些重要的东西他都能在街道下面的这个隧道里看到,而且更清楚。"(德里罗,1996:4)从少年时代起,世界在奥斯瓦尔德的眼中,就是由城市代表的公众空间和以地下隧道为缩影的私密世界所构成的。

尽管大多数人都被可见的事实所欺骗,对地下世界的了解却赋予了奥斯瓦尔德一种权力和控制感:"黑暗也有一种力量。……路轨下面的景象也是一种力量的表现形式,它是一种秘密,一种力量。"(德里罗,1996:14)秘密与力量之间的关系,还可以从他所使用的假名"希德尔"(Hidell)中看出。"将 Lee 里的两个 e 拿掉。将两个 l 藏进 Hidell 里。Hidell 的意思是藏起 L(李)。不要说出去。"(德里罗,1996:94)无疑,奥斯瓦尔德关于权力运作的概念是天真的、肤浅的,因为它总是被想象为隐藏在什么地方:在假名里,在小房间里,在秘密的情节中,在工人阶级,或者在一本马克思主义的著作里。

与詹姆斯·邦德小说类似的是,对奥斯瓦尔德来说,权力似乎是一种物质的在场,一个可以追溯的"根源"。然而,实际的社会构成,就像地铁一样,是相互交织的网络,并没有一个清楚的、可以定位的"根源"。尽管奥斯瓦尔德不能勾画迷宫般的社会体系,社会却已经把他定位为一个受骗的主体:"(地铁)速度如此之快,他觉得列车快要失去控制了。行车的噪声高得使人头痛,他把这作为对自己忍受力的一种考验。又是一个发疯似的弧形转弯。"(德里罗,1996:3)奥斯瓦尔德对于把他置于"失控的边缘"的社会体系一无所知,却还幻想自己是可以掌控的。虽然要努力弄明白其中真正的关系，奥斯瓦尔德却不曾意识到他的认识不过是弗莱明间谍小说的投射而已。

奥斯瓦尔德阅读马克思主义书籍，看起来是实现了他对主流意识形态的抵制，事实上，他所没有意识到的是，马克思主义的书籍当时虽为禁书，但实质上也已成为文化工业的产品。《天秤星座》中，奥斯瓦尔德对马克思主义理论的阅读和接受，是在更大的背景下实现的，即多元文化：不仅有高雅文化，也有大众文化；不仅有印刷媒介，也有影视媒介（比如，小说开头奥斯瓦尔德就和妈妈在家看电视）。这些都对他的思考和欲望做了塑形。马克思主义文化产品的生产，越来越变得与商品的生产毫无二致，也要标准化、理性化及一致化。与其说奥斯瓦尔德是马克思主义理论的塑造，莫若说他是流行文化的产品，比如一些惊险电影《红河》《突然》和《我们是陌生人》等。同时，奥斯瓦尔德也阅读诸如惠特曼和奥威尔等经典作家的作品。这些作品连同各种广告、肥皂剧、动作/惊险电影等，逐渐成为统治性的文化力量。

经典作品的阅读和接受也变成了商品的消费，人们的观念和意识也因此被大规模地制造和传播。正如伦特屈夏所论，《天秤星座》戏剧化地表现了博德里亚似的后现代的形象政治对主体的控制。奥斯瓦尔德起初用"经典马克思主义指南"来看待自己以自我意识为方向的斗争，但在小说的结尾，伦特屈夏指出，"马克思主义的奥斯瓦尔德"变成了"后现代的奥斯瓦尔德"，一个后马克思主义者，其反抗国家的起义"不是通过站在被压迫工人阶级一边从事阶级斗争"，而是通过把自我臣服于后现代对形象的掌控（Lentricchia, 1989：28）。这正是媒介意识形态的诡秘之处，与传统的意识形态形式昭然若揭的虚假性不同，它仿佛给了主体以选择的自由，但它正是通过赋予主体所谓的自由而把他们牢牢收编，而主体自身虽然意识到了媒介的控制却也甘心就范。

四、历史中的杀人犯与小说中的受害者

尽管《沃伦报告》中奥斯瓦尔德被叙述为一名独自行动的杀人犯，德里罗在《天秤星座》中却提出了不同于官方历史的看法，并将奥斯瓦尔德再现为一位受害者，形成了不同于官方历史的另一个版本。那么，在小说家笔下，是谁谋杀了奥斯瓦尔德呢？

　　我们已经看到,当代资本主义这种意识形态的欺骗性对人的奴役看起来要比早期的以粗暴方式进行的统治更微妙、更缓和也更为有效。其中主要的原因就是媒介具有操控性,即媒介对人的操纵和控制功能。或者说,媒介就是意识形态,因为在发达工业社会,大众媒介已经具有了操纵和控制人的意识的魔力。正如阿多诺所言,意识形态的首要功能就在于对群众进行思想灌输和意识操纵,而"这一直是由文化工业——电影院、剧场、画刊、无线电、电视、各种文学形式、畅销书和畅销唱片……加以实现的"(阿多诺,1993:150)。

　　在《天秤星座》中,我们可以明显看到,奥斯瓦尔德非常容易受到媒介形象的影响。媒介正是资本主义意识形态在大众文化迅猛发展时期新的殖民工具。按照齐泽克的观点,对于那些难以忍受的人来说,现实就是梦。"现实"就是一个幻象建构,它可以帮助我们掩藏我们的欲望的实在界。当代意识形态的情形也是一样。意识形态并非我们用来逃避难以忍受的现实的梦一般的幻觉;就其基本维度而言,它是用来支撑我们的"现实"的幻象建构:

　　它是一个幻觉,能够为我们构造有效、真实的社会关系,并因而掩藏难以忍受、真实、不可能的内核(是由埃内斯托·拉克劳和尚塔尔·穆菲作为"对抗"而概念化的:难以符号化的、创伤性的社会分工)。意识形态的功能并不在于为我们提供逃避现实的出口,而在于为我们提供了社会现实本身,这样的社会现实可以供我们逃避某些创伤性的、真实的内核。(齐泽克等,2006:64)

　　对于奥斯瓦尔德来说,现实的确有着令人难以忍受的、真实的、不可能的内核,他所处的社会位置,属于创伤性的社会分工。但影视媒介里中产阶级的形象和英雄主义的形象,都给了他一个"现实"的幻象。在刺杀肯尼迪总统之前,他坐在地板上接连看了两部电视片:《突然》和《我们是陌生人》。观看过程中,

　　他感到自己也和片中的活动联系起来,仿佛秘密指示已进入到信号网络、广播频率和一切传播媒介中了。……他们正通过夜晚把信息传递给他。……李知道他最终会失败。这是影片安排好的情节,最终他必须得失败,然后

死去。

……

李觉得这是一部关于他自己的影片,他置身其中。他们正在为他放映这部电影。……他必须死。(德里罗,1996:377-388)

如果说奥斯瓦尔德一开始对自己的行为还有什么顾虑的话——因为在此之前不同的政治派别不停地拉他为他们服务,他对自己究竟该干什么还有点茫然——影片中的情节和形象则坚定了他的决心,因为在他的潜意识当中,他希望自己也能通过这次行动成为这样一个能在荧屏上出现的形象。荧屏上的形象,不论是中产阶级的消费者,还是无产阶级革命者,都是奥斯瓦尔德认同的目标。因为他深知自己在社会体系中是个"零",所以特别渴望能够进入意识形态所规定的主体的位置。当他还在苏联的时候,他开始撰写自己的《历史日记》,日记写得杂乱无章,其中描写的尽是他的痛苦,但"他虔诚地认为,他的生命价值一定会实现:为了探寻关于作者内心和思想的线索,人们总有一天会研究这部《历史日记》的"(德里罗,1996:219)。他渴望通过一切媒介的方式证实自己不是个"零",渴望人们来了解他,探寻他的内心。最终被杰克射杀时,他还在关注电视屏幕上自己的死亡过程:

他能看到自己被枪击的场面,因为摄像机把这一切都拍了下来。在疼痛中他眼睛一直盯着电视。救护车的警报器在街上发出令人惊恐的高速行驶的尖啸声,尽管他已感觉不到任何移动。

……

他感到疼痛不已。他知道疼痛意味着什么。他所能做的只是看电视,一只胳膊搭在胸前,嘴巴张成会意的O型。(德里罗,1996:446-447)

如果说在《白噪音》中,杰克感到"当死亡被以图形来表示、以电视来显示时,你就会感到在你的情况与你自身之间有一种怪诞的分离。一个符号的网络已经引入,一整套令人畏惧的技术从神那里争夺过来了。它让你在自己的死亡过程中觉得像是另外一个人"(德里罗,2002:156)。在《天秤星座》中,奥斯瓦尔德就的确是在经历着这一切,他的死亡被拍摄、播放,而他则像一个陌生人一样观察着、体验着自己的死亡。"甚至在被拍摄的那一刻,他也在对这段资料片做出自己的评价。被枪击后,他的表情显示出对这一切的另一种认识。然而,他已使我们深陷于他的死亡之中了。"(德里罗,1996:454)通过他的死亡,奥斯瓦尔德终于可以把自己的世界与普遍的世界连在一起,这样他也就不再是系统中的"零"了。但他也像《白噪音》中的杰克一样,成了观看自己死亡的陌生人。

奥斯瓦尔德一生渴望自己的形象能像他在电影里看到的那些明星一样出现在屏幕上,他于死亡之际终于看到了这一幕。而且在他死后,他被枪击的镜头还不断地被重播,只是他自己已不可能看到他的形象被"不厌其烦地一遍又一遍重播"。奥斯瓦尔德不仅在自己的死亡上是"另外一个人",而且被"去人格化",变成了一个景观!当他在观看自己的死亡时,奥斯瓦尔德似乎并未意识到这是他最为个人化的过程,而这个过程正在被、也将要被无数人无数次地观看。贝丽尔·帕门特在看过无数次这个重播的镜头后感到:

这些图像来自另一个世界。他们找到了她,逼着她观看。这一切跟她寄给朋友的新闻简报截然不同。她感到片中的暴力已经满溢出来,一遍又一遍。……几个小时以后,恐惧变成机械性的了。他们还在不停地播放,重现那些人影。这是个把画面上的人们生命耗尽,把他们封死在镜头里的过程。对于她,他们已经不是特定时空里的人,而是丧失了身份的死人了。(德里罗,1996:454)

从贝丽尔的这段感受,我们可以更加清楚地看清作为当代意识形态之重要载体的电子媒介的特征:其一,电子媒介对主体的全面掌控,"他们……逼着她观看",主体虽然意识到自己被强迫观看,却仍然在观看,典型的"知而为之",而不是传统虚假意识形态观里被意识形态所蒙蔽的"不知而为之";其二,不断播放的过程一方面是不断谋杀奥斯瓦尔德的过程,同时也使得他的形象复活在屏幕上。对于被播放的内容来说,电子媒介正是通过赋予其绝对的主体性——令其充满荧屏,不停地被人观看——而彻底消解了他的主体性,废除了他的影响力,"对于她,他们已经不是特定时空里的人了,而是丧失了身份的死人了"。电子媒介所提供的虚拟空间就这样篡夺了物理时空，进而谋杀了被媒介所展示的对象。这是一个双重谋杀，德里罗没有明说，但在《天秤星座》之后的多部作品中，他都不断提到对电子媒介的这种担忧，即电子媒介不仅谋杀观者，而且谋杀被观看的媒介影像。这真是一个洞见！科技意识形态是通过貌似公正的欺骗手段来操纵政治和群众的，"在技术面纱的背后，在民主政治面纱的背后，显现出了现实：全面的奴役，人的尊严在做预先规定的自由选择时的沦丧"（马尔库塞，1982：90）。而且，"它不太容易被人们所反思，因为它不再仅仅是意识形态，它并不按照意识形态的方式代表一种对'美好生活'的筹划……当然，像老的意识形态一样，这种新的意识形态阻碍把社会基础当作思想和反思的对象"（Habermas，1971：112）。

建立在形而上学和传统的认识论基础之上的意识形态理论的本质是一种认识方法，在马克思看来它是错误的认识，在阿尔都塞它是想象性的表征，在葛兰西它是权力斗争在意义层面展开的方式，在哈贝马斯它是交往的扭曲，在杰姆逊是认知测绘，等等。这种认识方法旨在对主体进行控制，而在不同的历史时期，这种控制会呈现出不同的方式。

我们以奥斯瓦尔德为例，讨论了在电子媒介时期意识形态对人的规定性的新特征，在这种意识形态国家机器中，媒介，特别是电子媒介，通过允许主体的反抗行为，即通过允许主体的非认同，而将他们牢固地锁进意识形态的秩序中，就像小说的主人公奥斯瓦尔德的经历所显示的。正如德里罗在小说的后记及各种访谈中所强调的，他无意提供肯尼迪刺杀案的真相。相反，通过想象性再现肯尼迪遇刺案的始末，他使我们看到在新的意识形态国家机器的操控中，主体的被规定性以及彻底地被放逐，就像小说结尾的一章"十一月二十五日"，讲述了奥斯瓦尔德没有葬礼的埋葬，因为没有一个牧师为奥斯瓦尔德的灵魂祈祷，他的遗体也不被允许放在教堂里。尽管终于被人以全名李·哈维·奥斯瓦尔德相称，他却彻底被埋在了地下。他仍然是个"零"，就连死后也不能与别人分享天堂，因为，李·哈维·奥斯瓦尔德就是个秘密，这个秘密使他与肯尼迪"成为搭档，窗口的枪手和中弹者及其历史是密不可分的"（德里罗，1996：441）。与其说《天秤星座》试图揭开肯尼迪被刺案的真相，毋宁说它是对当代意识形态诡计的揭示。与这个案件的扑朔迷离一样，这也是"秘密的神学",包含着"正式的被编码的知识体系"。

媒介意识形态将肯尼迪放大为英雄烈士,却将奥斯瓦尔德贬斥为疯狂、变态的失败者兼恶棍。这昭示着媒介力量沦为意识形态工具之后,对部分个体命运的归宿与诉求的忽视。然而这一切都无法逃脱伟大的文学艺术创作者审视的目光。

历史尽力抹去弱者的遭际,文学却始终是个体鲜活生命的维护者。《沃伦报告》中的奥斯瓦尔德被描述为一个杀人犯,德里罗在《天秤星座》中对这种历史修辞予以了修正:杀手也是一位受害者。正如前文所论,媒介意识形态参与了对奥斯瓦尔德的谋杀。其实,从认知角度来看,这种媒介对于人类的控制,首先诉之于人类的视觉,可以说《天秤星座》对这一视觉收编、谋害个体的过程做出了生动再现,从而为个体生命在官方历史书写中的不公平遭遇做出了平反。值得注意的是,《沃伦报告》对事件再现的语言集中体现了语言的解析性,而对这一解析性语言做出颠覆的是《天秤星座》具体性的视觉语言。对此我们将在下文予以分析。

五、具体性之美:修正历史的语言特质

历史的书写似乎很难逃脱意识形态的枷锁,随之而来的混沌之语根本无法让人们认清历史的事实、无法体谅每个个体生命的遭际。要知道《沃伦报告》的附录证据就有足足 26 卷,而在诺曼·梅勒眼中,沃伦委员会的这项"杰作"不过是"沙滩上正在腐烂的巨鲸"(Mailer,1995:351)。但我们发现,这一文本的混沌性恰恰成为美国社会与时代的缩影。彼得·奈特认为,"这一报告成了保留 20 世纪美国社会文化的最佳档案",尽管它不是小说,但"它又是部后现代主义小说"(Knight,2000:43)。因此,梅勒又称它为"一部巨著,一部丰富性可与大不列颠百科全书相比拟的巨著"(Mailer,1995:351)。美国著名文化评论家德怀特·麦克唐纳(Dwight Macdonald)又称这部报告为"美国版的《伊利亚特》",但是"以蹩脚的散文而非灵动的韵文写就的重述了伟大事件与悲惨事件的反《伊利亚特》大作"(Macdonald,1965:60)。那么,德里罗是如何借助文学语言修正这一蹩脚的散文的呢?最终使得肯尼迪遇刺事件呈现出另一样貌的书写所依赖的语言有什么样的特质呢?

德里罗这样评价《沃伦报告》道，"如果詹姆斯·乔伊斯到了爱荷华州，活到 100 岁，那么他会写出这部长篇巨制"（德里罗，1996：181）。然而，《天秤星座》，显然是德里罗以艺术之光将《沃伦报告》的混沌性几经淘炼之后，萃取出来的结晶。这一结晶之所以成为艺术，而非一部附庸历史和为意识形态绑架的报告，根源在于《天秤星座》以小说的具体性的语言替代了《沃伦报告》的部分混沌性的语言。

《沃伦报告》将奥斯瓦尔德当作嫌犯来叙述。在《天秤星座》中，读者看到的是作为一个人的奥斯瓦尔德。德里罗与奥斯瓦尔德同在布朗克斯区度过童年，从字里行间，我们可以发觉德里罗对奥斯瓦尔德内心孤独的认同。为了呈现奥斯瓦尔德孤独的内心状态与生存处境，德里罗并没有像历史书写那样以"孤独"二字含混化之，而是以不同场景细腻描摹，具体地予以呈现：

> 动物园过三个街区就到了，园内野禽塘的边沿还残留着冰迹。他走向狮子馆，双手深深插在夹克衫的衣袋里。那儿没有人。一股气味扑面而来，带着温暖和力量，是那种大型食肉动物的体味加上动物皮毛和冒热气的便溺的气味。（德里罗，1996：7）

在这段描写中，德里罗未提"孤独"二字，奥斯瓦尔德的孤独却无处不显。德里罗刻画奥斯瓦尔德眼中所见——"园内野禽塘的边沿还残留着冰迹"，身体所感所嗅——"一股气味扑面而来，带着温暖和力量""那种大型食肉动物的体味加上动物皮毛和冒热气的便溺的气味"，他的外部神态——"双手深深插在夹克衫的衣袋里"，他的内心暗语——"那儿没有人"，这一切已将奥斯瓦尔德的形影相吊与寂寞无助跃然呈现于纸上。除了上述场面的具体刻画，德里罗还通过不同场景之间的对比来凸显人性中的不同层面。在小说第一章，德里罗不声不响地刻画着母亲玛格丽特与奥斯瓦尔德的关系状态。母子二人坐在租来的地下室中看电视，展开了这样一段对话：

> "我不知道自己还留在这儿干什么。"
> "我整天忙里忙外，脚不点地，"她说道。

"我是你的累赘吧。"

"我从来没有这样说过。"

"我想我要自己做晚饭吃了。"

"我干活,干活。难道我不在干活吗?"

"可只能勉强填饱肚子。"

"我不是那种只会坐着哭泣的女人。"(德里罗,1996:5)

这段极具讽刺性的对话,十分耐人寻味。我们看到对话话轮(Linguistic Turn)不断打破对话的合作原则(Cooperative Principle)。母子二人各自心怀怨气。读者能够对这位母亲的艰辛报以同情,却发现她对孩子的抱怨使得她自己也像个孩子。显然玛格丽特并不能在心灵上给予幼小的奥斯瓦尔德以关怀。而在小说的最后一章,我们看到的却是母亲这样的控诉:"法官大人,读到你们关于我孩子的不实之词,我作为被指责的母亲,不禁觉得好笑。李从前是个快乐的孩子,还养了一条狗。"(德里罗,1996:458)在这里,德里罗显然对玛格丽特做出了谴责。玛格丽特没有认识到生活下去不仅需要足够的物质财富,而物质贫乏也不一定是一个孩子走向孤独的理由。然而,这种谴责是建立在读者对玛格丽特的同情之上的。这样,作家也就避免了历史书写中常常出现的对人物的平面化处理。他用客观化的对话描写,以具体的描摹给读者留下更多沉思。

德里罗曾对海明威、福克纳等现代主义作家展开广泛阅读,但不对自己的写作做现代主义或后现代主义的分类,他认为写作是"极其自然的东西"(周敏,2016:142)。《天秤星座》的具体性书写便承袭于现代主义美学。小说的具体性书写或"示而不宣"是现代主义美学的核心。解析性是语言与生俱来的特质,人类的文字史有五千年,文字叙事艺术在很长一段时间为这种解析性所限制,具体性书写是对语言解析性的缩减。这一突破在 19 世纪下半叶才开始在英语文学中发展起来,并在现代主义运动中走向成熟。这种对具体性书写的崇尚,可追溯至伟大的美学家、小说家瓦尔特·佩特(Walter Pater)在《文艺复兴:艺术与诗的研究》(*The Renaissance: Studies in Art and Poetry*)中的观点,这些观点在庞德、乔伊斯、伍尔夫等现代主义作家那里被奉为圭臬。佩特在《文艺复兴》的序言中写道：

> 美，如同作用于人类经验的其他品质一样，是相对的，其定义越抽象，越无意义。尽可能用最具体而不是最抽象的术语来界定美，不是发现美的普遍公式，而是找到最充分地表现美的这种或那种特殊显现公式，这是美学研究者的真正目标。(Pater，2010：1)

走出历史的混沌性，开始对语言的"具体性"加以强调，这本身实际是维多利亚时代晚期社会历史环境与学科发展等综合作用的结果。人类学知识告诉我们，语言的视觉性早于解析性，也就是神话思维先于科学思维（卡西尔，1992：67 - 80）。德里罗对语言文字的痴迷，无不体现出一种学者式的热情。德里罗从写作生涯初期就非常关注语言问题。德里罗的《美国志》（*Americana*，1971）和《球门区》（*End Zone*，1972）等多部作品都涉及对语言的探讨，更在《名字》（*The Names*，1982）中对这一话题做了集中思考，"《名字》就是一部关于语言的小说"（周敏，2014：82）。德里罗似乎同样沿着佩特的道路走来，即如何用语言文字具体性地呈现真理。这种具体性集中体现在语言文字的视觉性上。

如前文指出，超越了混沌性的写作来自对解析性语言的克服，作者利用具体场景来呈现主旨，此为"示"（show），而"示"本身所强调的就是视觉性。文字创造的最初阶段，尊视觉象形为原则，这种基于身体对外物的感知，发展成为原始文字的特性，即象形。视觉性作为文字最古老的特性，因此与人类感知力构成了最古老的亲缘关系，最容易在人类情感中产生感应。随着文字体系的不断发展，叙事要求的不断加强，为历史叙事发扬光大的语言解析性构成了其本身的混沌性，而语言具体性则为艺术叙事发展构成表达的具体性美学。

这种视觉性或具体性除了第一个层面的"示"，第二个层面，也是最为基础的，也就在于文字本身。德里罗在接受访谈时曾经谈道：

> 我用的是一台奥林匹亚（Olympia）打字机、一个德国牌子。……这个打字机特别好用，它也比一般的打字机大，这对我很有帮助，因为我并不仅仅从文学的角度来看待我的作品，我还从一种奇妙、个人化的角度来看待它们，我认

为它们具有一种视觉上的特点,那些字母的组合等。有时我会发明一个短语,如同我思考它们一样,我会花时间去观赏它们,就是因为那些字母所组合成的形式的原因。没有例子好像很难讲清楚。比如在一个单词中它们可能是 IEF,而在下一个单词中它会变成 FEI,它们跟其他字母组合在一起,诸如此类。这于我是非常自然的一种做法,我并没有刻意要去这么做。(周敏,2016:142)

德里罗在《天秤星座》中,描写了一段奥斯瓦尔德学习使用打字机的经历,从中可以看出作者安插在人物身上的自传色彩。小说中,德里罗依然保持着对英语文字视觉性的美学追求。"They went so fast sometimes he thought they were on the edge of no-control."(Delillo,1988:3)德里罗对 no/on 的对称性;"... tied together in a green web belt with brass buckle." "eb/be"的对称性(Delillo,1988:32);"A wonderful woodwind rumble."(Delillo,1988:57)"w...d"的反复运用;这些例子都表明德里罗对语言视觉性上的执着追求,近乎一位诗人。

此外,在叙事手法上,德里罗不断转换视角,为文本增添了张力。例如,在奥斯瓦尔德于电影院被捕的关键情节上,叙事者从奥斯瓦尔德的视角离开,转而使用韦恩的视角来写。德里罗之所以抽离奥斯瓦尔德的视角,是因为奥斯瓦尔德的刺杀行动潜意识里深受电影英雄的模仿。借助坐在电影院中的韦恩的视角,来刻画奥斯瓦尔德的被捕,使得这一过程被电影化,从而将奥斯瓦尔德视角中的英雄与另一位观影者视角中的犯罪嫌疑人对比,形成一种反讽。这一反讽效果待警察带奥斯瓦尔德离开电影院后达到高潮:

观众们又心满意足地安顿下来。韦恩感到周围有一种电影中断后又重新放映的心满意足的气氛。这部影片结束后,又开始放第二部故事片《战争是灾难》。(德里罗,1996:419)

我们从德里罗的场景营造、语言的视觉性、叙事视角三个角度论证了德里罗在文学形式上对视觉性的强调。上两部分,我们还对《天秤星座》中的有关媒介视觉的主题展开探讨,可见德里罗对视觉性的重视。德里罗对我们当代文化生活细腻敏锐的观察，是他选择这一写作主题与艺术表达方式的根本原因。德里罗对现代主义美学的继承也是原因之一。此外，我们不能忽视电影对德里罗的影响。在访谈中，德里罗曾表示："让·吕克·戈达尔的电影比我阅读的任何书籍对我造成的直接影响都大"（LeClair & McCaffery，1983：25）。实际上，戈达尔认为他自己的电影作品是跨文类的，他称自己为"散文家，散文家要么用散文的方式创造小说，要么用小说的方式创造散文，我没有把它们写出来，而是把它们拍摄出来"（Narboni，1986：171）。

德里罗在小说中对电影元素的借用，与瓦尔特·佩特所提倡的"出位之思"（Ander-streben）不谋而合。在《乔尔乔内画派》中，佩特指出：

尽管每一种艺术形式都有其独特的组织印象的方式，都能传达除了它以外其他艺术形式都无法传达的质素……但我们要知道，在处理某一素材时，每种艺术形式都有试图进入另外一种艺术形式的倾向，德国美学称之为"出位之思"，也就是摒弃自身艺术形式的部分局限，通过这种方式，这一艺术形式虽然不能取代另一艺术形式，却可以将它崭新的能量借用过来。（Pater，2010：124）

这里的"德国美学"不过是佩特为壮大这一美学说法的声势，而给它套上的富有异域风情的衣冠。其实"出位之思"本来就是佩特个人提出的艺术主张（Eastham，2010：202）。

我们认为，小说对历史叙事混沌性的超越又是相对有限的，首先因为语言本身就是解析需求的产物，生来具有解析性，文字符号永远不能如图像符号一样直观具体。其次，脱胎于记事叙述的小说叙述，很长时间依然有着记事的遗留，不能如摄像机一样完全凭借直呈的场景展现。小说中尼古拉斯·布兰奇的部分，最密集地体现了语言的解析性，例如：

布兰奇对此事有两种看法。

一、T. J. 麦基把消息直接捅给米尔蒂或者泄露给他圈内的人。麦基在迈阿密警察局的情报处里有内线，他有可能明白米尔蒂处于监控之中。米尔蒂，六十二岁，佐治亚州人，与抵制南北联合的暴力活动有牵连。

二、盖伊·巴尼斯特把迈阿密暗杀计划泄漏给米尔蒂,不知不觉破坏了这次行动。(德里罗,1996:384)

可见,虽然德里罗的确借用了电影元素的视觉性创造小说,但是类似引文的解析性的叙事在小说中也广泛存在,因此它并不能取代电影;但是毫无疑问,小说展现出的电影的质素,使得小说面貌焕然一新。按照赫伯特·马歇尔·麦克卢汉(Herbert Marshall Mcluhan)在《理解媒介》(Understanding Media,1964)中的说法,媒介是人的延伸。在如今的电子信息时代,人的视觉性得到前所未有的发展,而这一发展反作用于艺术创作本身,使得作品的视觉性得以不断显现于作品形式上。同样,我们透过艺术作品也可看清楚如今的社会变化,正如列维-斯特劳斯所主张的,艺术与社会是同构的。《天秤星座》中,德里罗用一种视觉化的表达方式,再现了基于视觉的媒介意识形态对个体的收编,反映的也正是后现代社会的形态结构。

我们看到,对于肯尼迪遇刺案的真相,美国官方一再闪烁其词、遮遮掩掩。可预见的是,这一真相或许永远不会出现在美国历史的"正史"之中。然而,真相并不一定就从此湮没无闻了。素有"稗史"之称的小说,能以艺术编码的形式记录这一案件的真实历史信息。诚然,其中不乏传闻与艺术想象,但可引起读者重视的却并不会是传闻与想象本身。它传达给读者的更多是一种质疑精神。正是这种对读者质疑精神的启蒙,体现出小说家以史笔介入政治、修正官方修辞所发挥的作用。

《天秤星座》再现的肯尼迪遇刺案,成为德里罗参与言说历史、打破线性叙事的介入性举措。不论这种举措在艺术再现上体现为视觉性之美,抑或在主题上偏向于对他者个体的同情,归根结底都是对肯尼迪遇刺案美国官方历史书写的颠覆。《天秤星座》的艺术再现手法,彰显着当代社会历史发展的特点,打动读者之余,时刻提醒读者:或许这部小说版的"历史"不够真实,但"官方历史"绝对不真实。《沃伦报告》早已宣告肯尼迪遇刺案的终结,德里罗却以小说的形式警醒世人:这一事件尚未完结。

富有凯尔特血统的约翰·肯尼迪常被历史学家比作凯尔特神话中的亚瑟王,肯尼迪的遇刺被比作亚瑟王朝(Camelot)的覆灭。这一神秘人物与神秘事件时隔 50 多年之后，仍然牵动着当代美国民众的心弦：亚瑟王朝覆灭背后的真实情况到底是什么？然而，作为小说家的德里罗并非想为肯尼迪总统遇刺案提供一个完美的答案，他在《天秤星座》最后的"作者记"中提道：

> 那些围绕悬而未决的公案而展开的小说，都只是想填补已知记述的空白……这部书无意宣告案件的事实，因它不过是它自己，遗世独立，完满无缺。近年来，诸种揣测四面涌来，读者或可藏避于这部小说，对暗杀一事细细思索一番，而不必被这些真真假假所拘束。（DeLillo，1988；Author's Note）

在德里罗那里，文学是人们逃避虚假的庇护之所，独立思索、客观评断的断案公堂，它可以为读者提供一方驰骋想象的天堂。这种想象表面虚幻缥缈，背后却又独具真实。《亚特兰大宪法报》评《天秤星座》言："小说优雅、风趣又极度严肃，对着迷路的文明所发出的没心没肺的泡泡，它似乎塑造出了最本源的声音予以回击——头脑清醒、倔强不屈的声音。它将成为后人了解我们生活方式的画卷，精准而迷人的画卷。"（德里罗，1996：封面）

我们曾以为《荷马史诗》荒诞不经，认为那不过是游吟诗人的唯美幻想。而随着海因里希的考古，我们竟发现这"荒诞"背后猛然跳出的是准确无误的历史事实；我们曾视宗教、神话为野蛮迷信，而古典学家从考古学家那里发现，神话思维作为人类最初思考的唯一方式，隐含着无穷无尽的历史文化信息。依现有的那些重重遮掩的说辞，我们仍然无法知晓肯尼迪总统遇刺案背后的历史事实，但或许会在不远的将来，另一次天才的"考古"会证实《天秤星座》的智慧，证实脱胎于神话思维的文学思维独具神秘的探索能力与真实性。那将会再次证明哲人与诗人对文学艺术的集体信仰，如亚里士多德《诗艺》言：诗比历史更真实；又如卡明斯在《I》的序言中所说：不是艺术的，都是不真实的。

不论官方历史修辞对肯尼迪之死多么轻描淡写（只是奥斯瓦尔德的个人谋杀行动而已），《天秤星座》的问世标志着这段文化记忆将永远在美国民众中间留存。只要有读者在阅读这部作品，就会有人不断地追问：政客们在这桩阴谋之中牺牲了多少平民的利益？掩盖了多少民众本应知晓的真相？也就会有人相信：肯尼迪之死绝非如官方历史所述乃奥斯瓦尔德一人所为,而可能涉及一桩不可告人的政治阴谋。在这一过程中,小说不仅如唐代刘知幾所言乃是"史氏流别,殊途并骛",或如明代胡应麟所言"纪述事迹,或通于史"而已,而是俨然成为探求真相的、具有艺术特色的政治性举措,也成为维护美国政治伦理正义性的最后一道屏障。

【链接1】 电影《惊天大刺杀》

迄今已有多部与肯尼迪总统遇刺案有关的影视作品问世,如《X战警》《刺杀肯尼迪》《白宫管家》等。拍摄于1991年由凯文·科斯特纳(Kevin Costner)主演的电影《惊天大刺杀》(JFK)是其中最引人注目的一部。该电影荣获多项奥斯卡奖提名,被称为教科书式的悬疑片。

1966年距离肯尼迪总统遇刺已经过去三年之久,科斯特纳扮演的新奥尔良检察官吉姆·加里森(Jim Garrison)在阅读《沃伦报告》时发现,肯尼迪身上的枪伤来自不同方向,显然不是一人所为,由此对沃伦委员会的"一颗子弹论"产生怀疑。于是,加里森和他的同事对遇刺案的目击者展开了调查。女教师吉恩·黑尔(Jean Hill)告诉他们她的确看到有子弹从曹丘射出,但是当局却强迫她出庭做伪证,声称自己看到自图书仓库射出了三发子弹。这一调查暴露了沃伦委员会调查的诡秘之处。加里森调查团队认为,奥斯瓦尔德不具备所谓的魔幻射击水平,除他以外,还有其他人参与了肯尼迪谋杀案。

1968年,加里森会见了一位任职华盛顿的自称X的政府高官。X向他透露,肯尼迪遇刺案由政府内部最高官员策划完成,涉及美国中央情报局、黑手党、军事权力机构与武器军需制造商、特工处、美国联邦调查局、继任总统林登·约翰逊等。X建议加里森对克雷·肖(Clay Shaw)提起公诉。奥斯瓦尔德刺杀枪支的来源渠道涉及克雷·肖的好友大卫·费利(David Ferrie)。经过调查,加里森最终将目光转向肖。肖是路易斯安那州新奥尔良市的商人,加里森怀疑他很可能受命于中央情报局,参与了肯尼迪总统刺杀事件。

与此同时,加里森的同事对他的调查动机产生怀疑,由于意见不合,这些人纷纷离他而去。此外,加里森将时间全部投入案件的调查当中去,因疏于对家人的照料而引起妻子的不满。加里森的妻子以其自私、同性恋倾向为由向法院起诉离婚。而媒体也展开对加里森个人作风的攻击。四面受敌的加里森失去了目击证人的信任，之前答应出庭作证的目击证人纷纷回绝，而极为关键的证人大卫·费利也莫名遭到暗杀。临死前，费利告诉加里森，肯尼迪遇刺背后一定潜藏着一个巨大阴谋。

克雷·肖的审判于1969年开庭。加里森向法庭提出证据反驳"一颗子弹论"，认为共有三名射手射出了六发子弹。陪审团认为肯尼迪的遇刺可能确实潜藏着阴谋，但没有证据证明肖是参与者，因此宣布肖无罪。影片最后告诉观众，肯尼迪遇刺案的具体情形只能到2039年才能公之于众①。克雷·肖审判也是肯尼迪遇刺案发生后唯一的一次审判。

这部电影中，加里森的激辩陈词将电影推向高潮，这里移译片段，以飨读者：

有谁会哀悼那被埋葬在廉价坟墓中的李·哈维·奥斯瓦尔德？没有人！不到十分钟，有关奥斯瓦尔德的虚假指控与媒体报道就散布全球！政府捏造了传说，媒体就马上接手传散。官方的谎言华丽无比，肯尼迪的葬礼如史诗般壮丽，这一切却让人的思维木讷，它迷乱了人们的双眼，混淆了人们对真相的理解。希特勒曾说："谎言撒得越大，信以为真的人就越多。"李·哈维·奥斯瓦尔德不过是个孤独的、满心想着引人注意的疯子。他杀了总统，他做到了，但他不过是一长串名单中的第一个替罪羊罢了。这几年，那些想谋求改变的人，想争取和平的人，罗伯特·弗朗西斯·肯尼迪、马丁·路德·金，他们无一不成了战争贩子们的眼中钉、肉中刺，也无一不被孤独的疯子们杀害。这些人把谋杀变成了一种无意义的举动，他们消除了我们的愧疚感，而我们都成了这个国家的哈姆雷特，认贼作父，而凶手却高居皇位！

在我们的"美国梦"的深处，约翰·肯尼迪的鬼魂带着一桩神秘的命案与我们相遇。他不断地质问我们一个又一个惊人的问题，我们的宪法的内核是什么？我们的生命价值多少？我们的总统在可疑的情形下被杀害，而司法机构却吓得瑟瑟发抖，那我们的民主的未来又在何方？有多少政治命案是被伪

---

① 请参看〈https://en.wikipedia.org/wiki/JFK_(film)#Plot〉（Accessed March 15, 2018）。

装成心脏病发作、自杀、癌症和吸毒过量？在真相大白之前还会有多少飞机坠毁，多少汽车相撞？

有一位英国诗人曾说："背信弃义永不会得逞！"为什么？因为如果背信弃义得逞了，就再没有人敢站出来指着它叫它背信弃义！赞普德拍下的总统被杀的画面，美国民众仍然没有看到，为什么？美国民众还没有看到 X 光片与验尸照片，为什么？能证明这是一桩阴谋的证据成千上万！为什么这些证据遭到政府的隐藏与焚烧？当我的同事们询问为什么不能看到证据，当你们，美国的人民询问这一个个问题，我们能得到的答案只有一个：那是国家安全机密！什么样的国家安全机密允许剥夺人民的基本权利？什么样的国家安全机密允许一个看不见的政府上台统治人民？这个国家安全机密好像闻上去，感觉起来，看上去都似曾相识，我们叫它：法西斯主义！

我告诉你们，1963 年 11 月 22 日发生的乃是一场政变，这场政变最直接、最悲剧的结果是它改变了肯尼迪从越南撤军的决定。这场战争是一桩每年800 个亿的大买卖，于是美国政府高层策划，五角大楼和国防部的战争狂热分子，包括这位克雷·肖，实施了肯尼迪总统的谋杀案。这是一场公开的行刑，它又被特工处达拉斯警方、美国联邦调查局、白宫以至胡佛、林登·约翰逊这些共谋集体掩盖掉。他们是一丘之貉！

刺杀案让总统的位子空出来了，他的工作应该是一边尽可能多地讨论我们的国家多么渴望和平，一边为国会里面的军事买卖做承包人。有人说我疯了，说我想借此谋求高位。有一个办法可以很容易地判定我是否真是个偏执狂，让从这桩谋杀案中获利最丰的两个人，林登·约翰逊和你们的新总统尼克松公布跟李·奥斯瓦尔德和杰克·鲁比相关的 51 份档案，或者中情局对奥斯瓦尔德在苏联的行踪所做的记录的副本。这些档案都是你们的，都是人民的财产，你们付过钱的。但政府觉得你们还是孩子，看到真相以后或许会被吓到，或者发狠处死相关的一些人。所以你们未来 75 年内都不会看到这些报告。我如今 40 岁，那时已离开这尘世的喧闹，但我一直告诉我的儿子要好好保重身体，这样在 2038 年的九月某个明媚的早晨，他或许可以去国家档案馆了解下中情局与联邦调查委员会的秘密，而他们又会搪塞拒绝。这样，这个案件就会成为几代人的事情，各种问题从父辈传至子辈，但总会有一天，总会在某个地方，总会有某个人发现这该死的真相。……一位美国博物学家称："一位爱国者必须时刻准备好为了维护国家的利益与政府作斗争！"

S. M. 霍兰德、李·波尔斯、吉恩·黑尔、威利·奥基夫都为这样的事业铤而走险。我这里有全国各地邮寄过来的 8,000 美元，有 2 角 5 分的，有10 美分的，有一美元的，捐赠者有的是管道工，有的是汽车销售员，有的是老师，有的是残疾人。有的人没钱寄过来，他们开出租、做护工，眼见他们的孩子被送到越南去了，但他们还是要努力支持我们，为什么？因为他们在乎，因为他们想知道真相，因为他们要拯救他们的国家，因为只要人们还在为他们的信仰奋斗，那这个国家就仍然属于我们。真相是我们所能拥有的最大价值，因为如若真相消失了，如若政府将它抹杀，如若我们不再尊重那些相关的百姓，那这个国家就再不是我出生的国家了，我也不愿死在这样的国家。

丁尼生写道："当权者记不住死去的国王。"这就是约翰·肯尼迪的真实结局，他的死或许是我们国家历史中最最惨痛的一刻。我们这些坐在评审席上审判克雷·肖的民众们，代表的是人性反抗政府权威的希望。在尽你的本分判决克雷·肖有罪时，不要问这个国家能为你做什么，问你能为这个国家做什么。不要忘记你死去的国王。向这个世界展示美国政府依然是一个民有、民治、民享的政府。只要我们活着，没有比这更重要的了。（电影《惊天大刺杀》中的文字）

这段哈姆雷特式慷慨激昂的独白，成为这部电影中的经典片段。电影最后的字幕中写着："历史只是序幕，本片谨献给追求真理的年轻人。"可见真相为意识形态蒙蔽后，民众对真相的无比渴望。这部电影也成为奥利佛·斯通（Oliver Stone）的代表作。这部电影与德里罗的小说在精神深处有诸多相似之处，它们都认为李·哈维·奥斯瓦尔德不过是一个替罪羊，他本人也是受害者，因此充满人道主义精神。此外电影中充满文学的动人语言，小说中又充满电影化的视觉书写，可见两种艺术形态向彼此"出位"的倾向。

【链接 2】 美国前总统特朗普与肯尼迪总统遇刺案秘密档案

《纽约时报》2017 年 10 月 26 日发布名为《肯尼迪遇刺秘密档案公布：矛

头指向胡佛、林登·约翰逊等人》("J. F. K. Files Released, Highlighting Hoover, L. B. J. Among Others")①的报道。报道称,特朗普于 26 日傍晚批准美国国家档案与记录管理局(National Archives and Records Administration)对公众公开 2,800 份有关肯尼迪总统遇刺的秘密档案,管理局将在其官网上公开这些文件。但出于"国家安全"考虑,仍有数百份秘密档案被暂缓公开。

特朗普在备忘录中称:"美国公众希望,也应该希望,美国政府为他们提供更多渠道,更多接触到有关约翰·肯尼迪总统的遇刺案件的相关档案,这样人们就能对这一重大案件有更清晰的认识。因此,我今天下令揭开这一面纱。与此同时,相关部门向我提议,某些信息出于国家安全、执法和外交关切等事宜的考虑,应当继续接受校订。目前我别无他法,只能接受建议以免为国家安全带来潜在的威胁。为妥善解决这一事宜,我也正任命相关部门在未来 180 天内对相关文件继续进行审核,180 天以后我将命令,所有档案只要按相关条文不再符合延迟公布的条件就必须全部公之于众。"

这段充满外交委婉语的备忘录,更让人们对肯尼迪总统遇刺案背后的真相充满疑惑。弗吉尼亚大学相关人员随即对公开的部分档案展开了研究。胡佛在肯尼迪遇刺三年以后向白宫提交了一份备忘录,备忘录中总结了俄国警方对肯尼迪遇刺调查的相关信息,俄国警方怀疑肯尼迪遇刺背后的主谋是林登·约翰逊。

引述文献:

Carmichale, Thomas. "Lee Harvey Oswald and the Postmodern Subject: History and Intertextuality in Don DeLillo's *Libra*, *The Names* and *Mao II*." *Contemporary Literature*, 34 (Summer, 1993): 204 – 215.

DeLillo, Don. *Libra*. Ontario: Penguin Books, 1988.

DiLouie, Craig. "Opinion Polls about Conspiracy Theories." Peter Knight Ed. *Conspiracy Theories in American History: An Encyclopedia*. ABC - CLIO, 2 (2003): 561 – 564.

---

① 请参看〈https://www. nytimes. com/2017/10/26/us/politics/jfk-files. html〉(Accessed March 15, 2018)。

Duvall, John. "Excavating the Underworld of Race and Waste in Cold War History: Baseball, Aesthetics, and Ideology." H. Ruppersburg & T. Engles Eds. *Critical Essays on Don DeLillo*. New York: G. K. Hall & Co. , 2000.

Eastham, Andrew. "Walter Pater's Acoustic Space: 'The School of Giorgione', Dionysian *Anders-Streben*, and the Politics of Soundscape." *The Yearbook of English Studies*, 40/1 (2010): 196 – 216.

Habermas, Jürgen. *Toward a Rational Society: Student Protest, Science, and Politics*. Jeremy J. Shapiro Trans. Boston: Beacon Press, 1971.

Kaiser, David. *The Road to Dallas: The Assassination of John F. Kennedy*. Cambridge, Massachusetts and London: The Belknap Press of Harvard University Press, 2008.

Kavadlo, Jesse. *Don DeLillo: Balance at the Edge of Belief*. New York: Peter Lang, 2004.

Knight, Peter. *Conspiracy Culture: From Kennedy to the X Files*. London: Routledge, 2000.

Knight, Peter. *The Kennedy Assassination*. Edinburgh: Edinburgh University Press, 2007.

Kroth, Jerry. *Conspiracy in Camelot: The Complete History of the Assassination of John Fitzgerald Kennedy*. New York: Algora Publishing, 2003.

LeClair, Tom & Larry McCaffery eds. *Anything Can Happen: Interviews with Contemporary Novelists*. Urbana: University of Illinois Press, 1983.

Lentricchia, Frank. *Don DeLillo*. Raritan, 8/4, 1989: 1 – 29.

Macdonald, Dwight. "A Critique of the Warren Report." *Esquire*, 3 (1965): 60.

Mailer, Norman. *Oswald's Tale: An American Mystery*. London: Little Brown, 1995.

Mason, Emma. "Religion, the Bible and Literature in the Victorian Age." Juliet John Ed. *The Oxford Handbook of Victorian Literary Culture*. Oxford: Oxford University Press, 2016: 331–349.

Narboni, Jean & Tom Milne eds. *Godard on Godard*. Milne Tom Trans. New York: De Capo, 1986.

Pater, Walter. *Studies in the History of the Renaissance*. Oxford: Oxford University Press, 2010.

Robson, David. *Kennedy Assassination*. San Diego: Reference Point Press, 2009.

Thomas, Donald Byron. *Hear No Evil: Social Constructivism and the Forensic Evidence in the Kennedy Assassination*. Ipswich: Mary Ferrell Foundation Press, 2010.

阿多诺,霍克海默:《启蒙的辩证法》,洪佩郁等译,重庆:重庆出版社,1993年。

达莱克,罗伯特:《肯尼迪传:一部美国人等待了四十年的著作(下)》,曹建海译,北京:中信出版社,2016年。

德里罗,唐:《天秤星座》,韩忠华译,南京:译林出版社,1996年。

德里罗,唐:《白噪音》,朱叶译,南京:译林出版社,2002年。

杰,马丁:《法兰克福学派史》,单世联译,广州:广东人民出版社,1996年。

卡西尔,恩斯特:《神话思维》,黄龙宝、周振译,北京:中国社会科学出版社,1992年。

马尔库塞,H.等:《工业社会和新左派》,任立编译,北京:商务印书馆,1982年。

佩特,沃尔特:《文艺复兴》,张岩冰译,桂林:广西师范大学出版社,2000年。

齐泽克,斯拉沃热等:《图绘意识形态》,方杰译,南京:南京大学出版社,2006年。

詹姆逊,弗雷德里克:《后现代主义与文化理论》,唐小兵译,北京:北京大学出版社,1997年。

周敏:《语言何为?——从〈名字〉看德里罗的语言观》,《外国语》,2014年第5期:第81–87页。

周敏:《"我为自己写作"——唐·德里罗访谈录》,《外国文学》,2016年第2期:第141–152页。

第十二章

新纪元阴云：强权政治与
恐怖袭击

——恐怖袭击与两部"9·11"小说

一、"9·11"恐袭：事件的描述

2001 年 9 月 11 日上午,美国东部时间 8 点 48 分,纽约市遭遇了前所未有的恐怖袭击。在短短一个小时内,恐怖分子同时劫持了美国上空的四架民航飞机,并实施了骇人听闻的自杀式攻击。其中第 11 号和第 175 号两架航班撞击了位于纽约市曼哈顿的世界贸易中心,两幢摩天大楼相继倒塌;第 77 号航班撞击了首都华盛顿美国国防部所在的五角大楼,第 93 号航班在宾夕法尼亚州坠毁。位于世贸中心附近的 5 幢建筑物也遭到损毁,五角大楼的部分结构坍塌。此次恐怖主义袭击致使近 3,000 到 10,000 人死亡[①](麦克姆逊,2011:19),对全球经济所造成的损害达到了 1 万亿美元左右,美国仅资本市场方面的损失就超过了 1,000 亿美元。这样的破坏程度已经达到一场中型战争的规模损失,至少超过了一场中等规模的自然灾害。

在"9·11"事件发生后,美国政府充分调动各方资源,进行宣传和公关,并建立快速的信息沟通机制。政界要人频繁露面,与公众对话。时任国防部长的拉姆斯菲尔德向民众保证,美国已经建立完备的防卫措施,并且已经部署防卫导弹,美国军队也提升了警戒系统级别。在事件发生当天,当时的美国总统小布什发表电视讲话,安慰美国人民,并表示美国军队已经准备好保护美国人民。9 月 12 日上午,小布什在国会发表讲话,称这次恐怖活动是"战争行为",并发誓要找出凶手。美国上下进入战备状态,将恐怖分子的挑衅行为视为向美国宣战的行为,前总统克林顿也呼吁美国人民团结起来支持小布什总统。

在对恐怖活动的多次追查中,美国的目标多次锁定具有"恐怖主义教父""恐怖活动金库"之称的本·拉登。塔利班发表声明称,该恐怖袭击事件与拉

---

① 关于该事件造成的人员伤亡数字无法确定,《9·11 调查报告》提供的数字是"近 4,000 人死亡"。2001 年 9 月 17 日的《纽约时报》则称"2,801 条生命"死在曼哈顿脚下(格里芬,2004:4)。另外据美国媒体报道,大厦中应有 5 万人在工作,且有 10 条地铁线汇聚在大楼底部(陈曦,2001:3)。由于确切的伤亡人数难以统计,因此本文援引麦克姆逊的说法:死亡人数在 3,000-10,000 人之间。

登无关,但是美国政府坚持认为拉登是此次恐怖袭击的罪魁祸首。本·拉登的反美恐怖政策通常是攻击美国军事设施或大使馆,使用的炸弹威力特别大。他曾公开表示将向美国开战,也是最有实力发动"9·11"事件的幕后操控者。作为回应,美国随即发动"反恐战争",入侵阿富汗,其目的是消灭藏匿基地组织恐怖分子的塔利班组织,并通过美国《爱国者法案》(USA Patriot Act),扩大了美国警察的权限。两年后,美国对伊拉克实施军事打击,其理由是伊拉克藏有所谓的"大规模杀伤性武器",是恐怖分子的背后支持者。然而,这样以暴制暴的反恐政策能否真正治根治本,成了世界关注的焦点。事实上,美国对恐怖分子的打击,并不能从根本上抑制恐怖活动,恰恰相反,这在某种程度上刺激了恐怖主义者的报复欲望,在一定程度上成为恐怖主义的帮凶。恐怖分子并没有因为美国以及其他西方国家的打击而收敛锋芒,反而变本加厉。

　　尽管一些学者用"文明冲突论"来解读"9·11"事件的主要成因,但是不可否认的是,美国这一世界秩序的主导者从一定程度上造成了恐怖主义事件的发生。在冷战结束后,民族矛盾和区域斗争变得更加激烈,贫富差距的鸿沟也越来越大。美国作为国际经济政治秩序的主导者,在处理民族矛盾和巴以冲突等问题上,并没有坚持公正的立场,不但没有调解矛盾,反而施行强权政治,其霸权主义是催生恐怖主义的重要因素。欧盟几个主要国家领导人对处于危急状态的国际局势忙于应对、疏于协调,盲目地向美国靠拢,未能体现出欧盟或欧洲作为一个整体的影响力。

　　"9·11"事件是继珍珠港事件以来,发生在美国本土的最为严重的袭击事件,许多学者对这两个事件进行了比较研究。大卫·雷·格里芬在《新珍珠港:迷雾重重的"9·11"事件与布什政府》里指出,"9·11"事件与珍珠港事件所引起的反应非常相似,都呼吁美国动用其军事力量。美国军事战略研究所的一位成员在"9·11"事件之后指出:"公众对军方行动的支持与其在珍珠港遭袭之后所做出的反应非常相似。"(格里芬,2004:4)但格里芬通过分析劫机者、航班行踪以及小布什总统在当天的反应及其言辞等,得出结论:"9·11"事件是小布什政府与恐怖主义分子的一场"共谋"。2011年3月6日,伊朗总统内贾德在一次公开讲演时也指出,"9·11"事件是美国自导自演的事件,目的是为发动反恐战争提供借口。

　　"阴谋论"者纷纷发声,用科学数据质疑飞机撞毁大厦的可能性,并且指出五角大楼的缺口与飞机的直径不符、联合航空 93 号班机的碎片、劫机者的生死等问题也疑点重重。"阴谋论"者认为,小布什政府为了维护美国的国际霸权地位,自导自演了此次恐怖袭击。马克·H. 伽弗尼(Mark H. Gaffney)的专著《黑色"9·11"》(*Black 9/11*, 2012)的副标题"金钱、动机与科技"基本上解释了他对这一事件的看法:"9·11"事件就是一场阴谋,内幕金钱交易是主要动因。他用翔实的数据证明: 在 2001 年 9 月 11 日前,已出现大宗可疑交易,一些机构大量买入航空和保险领域的股票或期权,同时还涉及黄金和原油交易。一家德国公司部分修复了工人们在世贸大厦的废墟里找到的 400 个电脑硬盘上的数据,数据表明在袭击发生前出现了大量"无法解释的金融交易激增的现象",CNN 和路透社都报道过这一现象,随后有关"世贸中心硬盘"的报道却不再见踪迹(Gaffney,2012:47)。设置在世贸大厦 7 号楼里的一些调查金融犯罪的重要政府机构,例如海关、安全与交易委员会、CIA 的办公室等,都成为恐怖袭击的对象在袭击中化为废墟,达到了犯罪分子销毁证据的目的(Gaffney,2012:79)。这一点在迪伦·埃弗里执导的纪录片《脆弱的变化》中也有所提及,他认为世贸大楼的崩塌方式与定位爆破一样,而非火灾所致。

　　批评的声音此起彼伏,他们不满小布什政府对"9·11"事件做出的反应方式,认为小布什政府把"9·11"事件作为借口,推行各种政策,对于预防和打击恐怖主义毫无帮助。他们甚至指出,"早在这场攻击出现之前,其中的绝大多数政策和行动都已经被列入布什政府的议事日程之中,因此'9·11'事件并不是实施这些政策和行动的原因,而只不过是托词而已"(格里芬,2004:9)。美国通过不受任何挑战的帝国法律,把外交政策强加给世界上的其他国家。

　　不少质疑者认为,美国有发动这场"阴谋"的足够动机。自从苏联解体和衰落以来,美国便处于军事绝对领先地位,在世界上推行单边主义政策,我行我素。而"9·11"事件让美国的全球霸权蒙受耻辱,军事报复便成了一种物质回应。美国的霸权主义野心才是发动"反恐战争"的最终目的,以便实现全球统治。此次恐怖袭击事件同样深刻揭示了美国野心勃勃的国家战略目的与战略能力之间的尖锐冲突:一方面,政府花费巨额资金构建全球范围内的国家防御与打击能力,以维持美国的世界霸权;另一方面,其防御体系与能力在新型的国家安全威胁的攻击下却如此脆弱(陈曦,2001:142)。"9·11"事件在西方国家引发有关"自由与安全"关系的讨论,使世界注意到缺乏有效管理的自由社会也缺乏安全感,放任和绝对自由在很大程度上意味着混乱与危险,因此,此次事件促使美国有识之士重新思考既往的国家安全策略。耶内比·贾特在2011年9月11日的《华盛顿时报》上撰文《"9·11"夺走了美国的纯真》,认为在"9·11"事件前,美国对所有人敞开大门,是真正意义上的自由国度。但"9·11"之后,美国必须做出快速反应、设立警卫、设置障碍,以便保护公民和居民,美国从此进入全新的"恐怖时代"(Ghatt,2011)。

法国哲学家让·鲍德里亚认为,恐怖主义的背后是霸权主义,媒体成为被操控的工具。"正是这个超级大国利用其自身无穷的力量酝酿了全世界范围内的暴力,正是它神不知鬼不觉地将恐怖想象根植在我们每个人的心中"(Baudrillard,2002:47)。"9·11"事件不仅是美国的国家悲剧,也不仅是美国人民的梦魇,它给了全世界人民一个大大的感叹号和问号。鲍德里亚认为全球力量垄断和技术官僚的凝聚,是恐怖主义者采取报复行为的原因(Baudrillard,2002:8-9)。

人类历史上的恐怖袭击并不少见,但进入21世纪以来,恐怖袭击的频率和导致的死伤人数越来越触目惊心。例如:2004年马德里地铁连环爆炸案,导致190人丧生,受伤人数超过1,500人;2004年俄罗斯别斯兰第一中学的人质事件导致326名人质死亡;2005年伦敦地铁爆炸案死亡人数共52人,伤者逾百;2008年印度孟买连环恐怖袭击,造成至少195人死亡,313人受伤;2011年,恐怖分子袭击了莫斯科多莫杰多沃机场,导致35人死亡,近200人受伤;2013年美国波士顿马拉松赛爆炸事件,造成3人死亡,183人受伤;2015年,法国《查理周刊》杂志社遭到恐怖分子袭击,造成12人死亡,4人重伤;2017年拉斯维加斯袭击造成58人死亡,500多人受伤。仅2017年,除拉斯维加斯外,伦敦、圣彼得堡、斯德哥尔摩、亚历山大、巴黎、墨尔本、德黑兰、慕尼黑、华盛顿等城市都爆发了不同规模的恐怖主义事件,不仅造成大量人员伤亡,更让人们越来越缺乏安全感,恐怖主义事件成为当代社会生活中的新常态,反恐斗争也将成为国际政治中的一项艰巨任务。

重大历史事件,尤其是灾难性事件之后,往往会出现各种纪念文字和仪式,纪念性场馆也会随之落成。犹太大屠杀、南京大屠杀、卢旺达种族大屠杀以及与战争和自然灾难相关的纪念文化已经成为保存历史的重要部分。"9·11"事件也引发了各个领域、不同形式的纪念活动。十多年来,与该事件相关的文学作品、影视作品、纪念性展览和仪式等层出不穷,从不同侧面表达哀悼、纪念或警示。2014年5月,坐落于美国纽约世贸中心旧址的"9·11"国家纪念博物馆正式对公众开放,成为缅怀逝者、构建集体记忆的重要纪念场所。

对大多数无辜的美国民众而言,"9·11"恐怖袭击事件是心理的重创,双子塔的倒塌更象征着美国国运、国力和未来发展前景的恶化,很多美国民众意识到"家园已不再安全,或者从某种程度上来说,家已不再是家"(Gray,2011：5)。媒体对这一事件铺天盖地的报道,更是让每个美国人,甚至全世界的人们都成为"9·11"事件的"亲历者"。双子塔的坍塌还意味着原有社会秩序的断裂,包括人际关系、家庭关系、族裔关系、国际关系等。

政治、外交以及新闻媒体等诸多领域均对"9·11"恐怖袭击事件做出了足够的反应,文学界也不甘沉默。在事件发生之初,作家们集体失语,深陷于表征危机之中,但很快,灾难后的创伤救治、族裔关系、社会秩序等方面的思考,成了许多作家的共同关注点。通常情况下,一个文学亚文类的产生是缓慢的,但出人意料的是,"9·11"文学很快便形成气候。在过去十多年里,以"9·11"事件为背景或者涉及美国未来外交政策和社会议题的美国小说已有300多部。这些小说以不同的视角呈现"9·11"事件带来的冲击。有学者指出,"当代美国作家将'9·11'事件从一场悲剧转化为景观,在创作中巧妙地处理文学创作与民族文化心理建构、文学创作与历史叙事、文学创作与意识形态等诸多方面的关系"(杨金才,2015：32)。唐·德里罗、约翰·厄普代克(John Updike)、菲利普·罗斯(Philip Roth)、品钦、伊恩·麦克尤恩(Ian McEwan)等文坛大家,从不同角度刻画这一"非常"事件带来的冲击,卡勒德·胡赛尼(Khaled Hosseini)、乔纳森·弗尔(Jonathan Foer,1977-)、科伦·麦凯恩(Column McCann,1965-)、约瑟夫·奥尼尔(Joseph O'Neill)等作家亦有佳作问世。除了"9·11"小说之外,"9·11"诗歌和戏剧作品也已经涌现,例如诗集《冤冤相报让世界失去光明："9·11"诗选》(*An Eye for an Eye Makes the*

Whole World Blind: Poets on 9/11，2002)和《"9·11"之后：纽约诗人诗集》(*Poetry After 9/11: An Anthology of New York Poets*，2002)等。目前"9·11"戏剧作品并不多见，特丽莎·吕贝克(Theresa Rebeck)和亚历山大·戈斯坦-伐西拉罗斯(Alexandra Gersten-Vassilaros)创作的《饭局》(*Omnium Gatherum*)是第一部聚焦"9·11"遇难者的剧作(Brustein，2008：244)。

波吉特·达维斯(Birgit Däwes)将"9·11"小说称为"归零地小说"(Ground Zero Fiction)，将具有以下三个特征的小说归入此类：一、时间或空间背景与"9·11"相关；二、在主题或者象征意义上与恐怖袭击相关；三、人物与该事件相关，或者涉及人物对该事件的看法(Däwes，2011：81)。她根据主题、形式和结构特征，将"9·11"小说分为六大类，分别是提喻式(主题与"9·11"事件密切相关)；拯救式(描绘从毁灭或灾难中救赎)；诊断式(涉及政治和社会后果)；"他者"式(建构施害者的声音)；象征式(将"9·11"事件当作象征性的背景和事件，描绘个人危机和悲恸)；最后一类是文本试验式(该事件带来的语义、结构或形式创新)(Däwes，2011：20-22)。

犹太裔美国作家乔纳森·弗尔的《特别响，非常近》和爱尔兰裔美国作家科伦·麦凯恩的《转吧，这伟大的世界》是比较富有代表性的"9·11"小说，前者是"象征式"的，以儿童视角表征"9·11"事件对美国民众造成的直接打击；后者可归为"拯救式"，虽然"9·11"事件并非该小说的直接背景，但对后"9·11"时代的民众心理和救赎路径的描绘入木三分，被文学评论界誉为"9·11"事件的寓言性佳作。两部小说对"9·11"事件的表征手法各具特色，有效应对了灾难文学的表征危机，体现了作家的新历史观和意识形态批判特征。

二、乔纳森·弗尔与《特别响，非常近》

美国犹太裔青年作家乔纳森·弗尔的《特别响，非常近》(*Extremely Loud and Incredibly Close*，2005)是最受人关注的"9·11"文学作品之一。弗尔出生于华盛顿，曾经在普林斯顿大学求学，拜师著名女作家乔伊斯·卡罗尔·欧茨(Joyce Carol Oates)学习创意写作并获得高级创意写作论文奖。他的短篇小说曾经在《巴黎评论》和《纽约客》上发表，2000年获得西洋镜小说奖。弗尔的首部长篇小说《一切皆被照亮》(*Everything Is Illuminated*，2002)荣获全美犹太人图书奖和《卫报》首作奖①。2005 年,《一切皆被照亮》被导演列维·施瑞博尔搬上银幕。同年,《特别响,非常近》出版,为弗尔带来了更高的荣誉和知名度,并且被《朗读者》导演斯蒂芬·戴德利看中,由执掌过《阿甘正传》的编剧亲自操刀,改编成电影。2007 年,弗尔入选《格兰塔》杂志"美国最优秀的青年作家"。弗尔的非虚构类文学作品《吃动物》(*Eating Animals*，2009)成功引起了大众关于素食主义的探讨。2010 年,弗尔成功入选《纽约客》"40 岁以下 20 位最佳作家"。2016 年 9 月,弗尔出版新作《我在这里》(*Here I Am*)，延续他第一部小说的主题,以乔纳岑·弗兰岑式的风格讲述一个美国犹太人家庭的故事,继续探讨犹太性、家园等话题。

灾难是文学的永恒主题之一,从古代希伯来人的洪水神话到 20 世纪的反战文学,灾难书写以文学形式超越真实、警醒世人。弗尔的小说《特别响,非常近》以 2001 年美国"9·11"恐怖袭击事件为背景,从儿童视角勾勒不同历史时期和文化背景下各色人物的创伤体验,谱写了 20 世纪以来人类创伤的图谱。该小说以一个 9 岁孩子的"寻锁"之旅为线索,探讨创伤和记忆之间的博弈,并较好地解决了创伤叙事中言说与沉默的悖论,成为美国"9·11"题材小说中富有代表意义的儿童创伤叙事篇章,对构建文化记忆具有重要作用。

小说的主人公奥斯卡,在父亲死于双子塔内两年之后依然无法摆脱丧父之痛,在清理父亲的遗物时发现了一把钥匙,从此开始了执着的探寻之旅。奥斯卡与君特·格拉斯的小说《铁皮鼓》的主人公同名,两人都有一面小鼓,只是《铁皮鼓》中的奥斯卡放弃成长,囿于自己的世界,而弗尔的《特别响,非常近》中的奥斯卡毅然走上寻锁(索)之路,以一种人类学家的态度去观察和探寻,试图在纷繁的世界中理出一丝秩序感。他敲打着小鼓,时时提醒自己:"尽管我在穿过不同的街区,我还是我。"(弗尔,2012:89)然而事实上奥斯卡并不知道自己"是什么"。他的名片上印有"发明家、珠宝设计师、业余昆虫学家……计算机咨询专家、业余考古学家"等 12 种"头衔",并罗列着各种藏品:"罕见硬

---

① 杨雅婷将该小说标题译为《了了》;笔者将该小说标题按原意译为《一切皆被照亮》,因为小说中充满"照亮"(illuminated)的场景。具体请见曾桂娥:《〈一切皆被照亮〉中的"后记忆"与犹太性》,《湖南科技大学学报(社会科学版)》,2015 年第 1 期: 第 39 - 46 页。

币、自然死亡的蝴蝶、微型仙人掌、甲壳虫乐队纪念品、次等宝石等"(弗尔，2012：101)，名片呈现出的是一个热爱自然、珍惜动物、喜欢科学但自视甚高的儿童，将自己描述成一个"博学之士"。他的成长过程被"9·11"事件骤然打断，丧父之痛让这个本来已经比同龄人成熟的纽约男孩以更快的速度成熟起来。

弗尔妙笔生花，以后现代的表现手法描绘了奥斯卡8个月的"寻锁（索）"之旅，通过儿童视角审视一个代表性家庭的创伤历史和疗伤经历，挑战这一"非常"事件的不可表征性和难以言说之痛。许多评论家认为大多数"9·11"小说是失败的，例如美国文学评论家理查德·格雷(Richard Gray)曾评论道："'9·11'小说诉诸一个熟悉的传奇模式——夫妻见面，浪漫以及家庭问题接踵而至，以和解或破裂结束——像这样的书……简单地把不熟悉同化成熟悉的结构。'危机'这个词被通俗化。"(Gray，2009：134)潘卡·米什拉则认为《特别响，非常近》的主人公"太年轻，无法获得自我认知，也不会质疑之前宁静生活背后的原因"(Mishra，2007)。但作家选择男孩作为聚焦中心，更能使读者在阅读过程中对故事进行想象性介入，从而突破一般"灾难叙事"的模式。

弗尔的《特别响，非常近》的确是早期美国"9·11"小说中聚焦家庭生活的代表性作品，小说看似主打"温情"路线，符合早期读者对"悲悼"和"疗伤"的心理需求。但与此同时，小说透过历史之镜重新审视德累斯顿大轰炸、广岛原子弹爆炸等历史灾难带来的持续影响，并通过9岁孩子的视角，将镜头投向纽约这一创伤社区，将更多生活在危险与愤怒中的纽约居民的创伤故事，汇入"9·11"事件的当代历史叙事之中，形成有关"非常"历史事件的创伤文化记忆和集体记忆，对灾难制造者发出了无声的拷问。

1. 创伤记忆的视觉呈现

随着大众媒体，尤其是自媒体的迅猛发展，图像已经成为日常生活中必不可少的一部分，类似"读图时代""图像社会""景观社会""视觉文化"的说法已经成为常见的流行词汇。弗尔在小说《特别响，非常近》中大量使用视觉化元素，非常直观地将创伤记忆表征出来，挑战表征创伤这一艰巨的文学任务。这种表征手法一方面体现了后现代小说的实验特征，同时也符合小说主人公——9岁儿童的认知特征，迎合了当今读者的读图需求，成为文字叙事的有力补充。在表征创伤方面，小说不仅仅使用文字描述，作品也包括图片、录音等其他媒介。与此同时，小说文本也从当代悲剧事件向历史延伸，涉及了近百年不同国别、种族、性别、年龄的数代人经历的创伤体验，从更广阔的视域探讨恐怖主义和灾难全球化对人类的冲击。该小说将创伤人物、创伤书写和承载创伤记忆的图片在小说中一一呈现出来，具有强烈的视觉特征。

法国哲学家鲍德里亚指出："9·11"之后，"世贸中心大楼的倒塌是无法想象的，但是这并不足以让它成为一个真实事件……现实与虚构互不可剥离，对于袭击事件的着迷首先是对图像的着迷"（Baudrillard，2002：28）。包括苏珊·桑塔格（Susan Sontag）和霍米·巴巴（Homi Bhabha）在内的许多理论家也指出，人们对"9·11"的回应是电影式的（Lampert，2010：37）。在小说中，弗尔插入大量图片、信件、照片，用电脑排版技术呈现不同的叙述效果，还利用大量空白与分段在纸上展现文字的声音效果，因此被作家萨尔曼·拉什迪（Salman Rushdie）称为"烟花式"（Pyrotechnic）小说。小说结尾处长达 15 页的坠落的人升回楼顶的图片被一些批评家指责为"翻页器"，称之为"图画书"。还有批评家认为，由于"9·11"题材非常沉重，《特别响，非常近》出版时距离恐怖袭击只有 4 年时间，运用"玩笑"方式插入大量图片和游戏式的排版等显得不够严肃。对此，弗尔指出："谈论 9 月 11 日发生的事情需要视觉语言。"他认为，使用图像对于这本书非常重要，"因为人们看世界时就像在内心拍照片一样，"而且"'9·11'事件是有史以来图像记录最多的历史事件。想起那件事时，我们脑海里会浮现一些画面——飞机撞上大楼，人在坠落，双子塔倒塌。这是我们经历事件的方式，也是我们铭记的方式，我想忠于这一体验"（Mudge，2005）。

创伤记忆向叙事记忆的转化，有助于受害者走出过去的阴影。然而，"创伤记忆不像成年人的普通记忆那样编码，也不同于日常生活的线性语言叙事"（Herman，1992：156－157）。对于幸存者而言，创伤性事件往往是"难以想象、无法言说"的（Edkins，2003：2）。人们总是陷入两难境地：一方面想借助书写回忆来治愈创伤，另一方面又不能坦然面对回忆，"写作疗法"的产品因此也呈现出非延续性、难以阅读的特征。经历创伤之后的奥斯卡，像许多幸存者一样有着"难以言表的恐惧"，因此作家用符号或者其他感觉层面来表达内心是恰到好处的方法。

奥斯卡的贴图日记中并没有父亲的照片,但父子情深在许多看似不相干的照片中体现出来。躺在地上的网球运动员的照片就是一例。该照片是"9·11"前夜父子共读的报纸头版照片,奥斯卡用它来纪念与父亲共度的最后时光。另一幅有意义的图片是过山车。奥斯卡带着恐惧乘坐过山车,"我一直在琢磨,我当时的感觉,是不是有点像坠落"(弗尔,2012:149)。他用过山车照片记录自己下坠时的恐惧感,并"体验"父亲坠楼而亡的情形。最能体现奥斯卡对父亲的怀念的图片大概是小说结尾处"坠落的人"的飞升图。奥斯卡通过逆转"坠落的人"的照片顺序,表达让父亲脱离危险、重返家庭的愿望。他曾经设想了父亲临死的各种情形,但是需要一个"定论":"如果知道他是怎么死的,究竟是怎么死的,我就不用再去想象他是死在卡在两层楼之间的电梯里的……死的方式有很多种,但我必须知道他是怎么死的。"(弗尔,2012:262)这组顺序颠倒的照片正是"电影式动作的实时表演",实现了儿童心中让时光倒流的愿望,同时也为创伤提供了一种"以过程为基础的实时解决方案"(Huehls,2008:43-44)。与其他"9·11"小说尖锐的批判之风不同的是,小说的结局为创伤叙事增添了温情,在真实刻画儿童心理的同时,也迎合了创伤者和广义的幸存者们宣泄情感的需求。

奥斯卡深受当代视觉文化影响,利用图片记录日常生活。他的日记本中大量不同形状和风格的锁的照片,揭示了奥斯卡"寻锁"过程的艰辛。小说中的图片承载着他以及每一位身在纽约亲历灾难者的记忆。奥斯卡就像波德莱尔笔下的"现代生活的画家",体验现代性的"过渡、短暂、偶然"(波德莱尔,2007:32)。他收集的图片展现瞬间美学,以更为生动也更为隐蔽的方式书写创伤。作为"9·11"事件的发生地,纽约的大街小巷和高楼大厦都跳动着现代都市的脉搏,也留下奥斯卡穿行都市的足迹。然而,看得见的现代性背后隐藏着脆弱与创伤。

小说中的图片包括很多扇门,每扇门后都隐藏着一段伤心故事。奥斯卡寻访了许多姓布莱克的人,对每一次拜访都拍照留念,小说中有一幅门的照片出现了两次,即奥斯卡拜访的艾比·布莱克(Abby Black)家。奥斯卡觉得她"特美",甚至想提升自己的谈吐举止、谎报年龄,以获芳心。奥斯卡此时的心理活动令人费解，但如果把布莱克女士看作奥斯卡的母亲，问题就迎刃而解。奥斯卡渴求母爱，把自己对母亲的爱和沟通欲望转移到了一个陌生女士身上。奥斯卡为她拍了一张背影，这幅背影图"更真实"地表达了奥斯卡对爱的渴求。

　　小说中还有很多人物的背影图，记录下奥斯卡寻访的多个人物，其中一张是艾比·布莱克的丈夫，也是锁的主人，只是奥斯卡在最后才知道这一点。布莱克父子关系欠佳，父亲死后留给他的钥匙被无意中卖掉，布莱克一直在寻找这把钥匙，但他的寻找被"9·11"事件打断。当全美国的人都沉浸在伤痛之中时，谁又会在意一把钥匙的下落呢？奥斯卡的寻锁与布莱克的寻匙过程都是寻找过去、实现父子沟通的努力。奥斯卡见到这位布莱克先生时，把他当作父亲，问出了一直萦绕在心间的问题："你能原谅我吗？因为我不能跟任何人说起。"（弗尔，2012：314）布莱克先生的肯定回答，最终打开了奥斯卡的心结，奥斯卡将那把钥匙挂到布莱克的脖子上，正式为自己的寻锁之旅画上句号。钥匙与锁的漫游让原本是陌生人的两对父子实现了沟通。小说中的背影和钥匙照片成为这种沟通的证物。

　　灾难性事件的幸存者通常无法抛却有关死亡、恐惧等方面的念头，奥斯卡作为创伤后应激障碍（PTSD）患者更是如此。小说中包含一幅 CNN 报道的渡轮撞击桥墩造成人员伤亡的事件的照片，图片下方则写着"萨达姆·侯赛因下台'大快人心'"的新闻（弗尔，2012：247）。奥斯卡可能并不知道萨达姆是谁、此人与"9·11"事件以及父亲的死有什么必然联系，他只想记录下自己乘坐渡轮时的恐惧心情："船沉了怎么办？有人把我推下去怎么办？要是船被一枚肩托式导弹打中了怎么办？"（弗尔，2012：246）此外，奥斯卡的心理创伤在他登上帝国大厦后再次表现出来。他在登上帝国大厦之后，对着玻璃拍下一幅没有对焦的照片，人影杂乱斑驳，体现了他当时烦乱和恐惧的心情。他想象某个"飞行员是个恐怖分子"（弗尔，2012：249），驾驶飞机撞上帝国大厦，在想象中看到浓烟四起，皮肤开始起泡。接着，他开始陷入纠结："我会跳，还是会被烧掉？我想我会跳，因为那样我就不会感觉到痛苦。反过来说，或许我会被烧掉，因为那样的话至少我会有一个死里逃生的机会，尽管我有可能还是无从逃脱，但能够感觉到痛苦，还是要好过毫无知觉，对不对？"（弗尔，2012：250）有关死亡的想法一直萦绕在他心头，"一切诞生的东西都将逝去，这就意味着我们的生命就像摩天大厦。浓烟在不同的楼层升起,但它们都在燃烧,而我们都被圈陷在其中"(弗尔,2012:251)。若非"9·11"恐怖袭击事件,这个9岁的孩子恐怕不会如此考虑到死亡的细节,也不会将生命比作高楼大厦。高楼大厦看似坚固挺拔,其实不然,飞机能够撞进大楼,在瞬间将其夷为平地,让高楼与人的生命同时毁灭。

小说中另一类图片是奥斯卡祖父母的书写。小说中有长达三页、不可辨识的漆黑,这种排版方式非常直接地描绘了祖父老托马斯强烈的表达欲望和令人悲伤的表达效果。老托马斯无法用语言交流,只能借助书写来与素未谋面的儿子沟通。他总是担心没有足够的空间书写,"我的空白不够了"的表达在小说中反复出现,表达出老托马斯对生命将逝、情感无法倾诉的遗憾。他反复说:"我要一本无限厚的空白笔记本和尚未消逝的所有时间"(弗尔,2012:288),"我要一本无限厚的空白笔记本和永恒"(弗尔,2012:289),以便继续描写当下,继续生活;但是,经历了德累斯顿大轰炸①的他被创伤记忆的镣铐捆缚,"已经失去了所有记住过往的理由"(弗尔,2012:289)。老托马斯未寄出的信件填补了他离家40年的情感上的空白。"9·11"事件让他重返纽约,与孙子一起面对丧亲之痛,双手刻着yes和no字样的照片,简洁有力地表达出创伤给人带来的无奈。

奥斯卡祖母的信件的视觉效果也很富有冲击力。她给奥斯卡的信用句简短,并且大量使用空格,呈现出"满满的空白"效果,与祖父的密集书写形成强烈对比。她写了一本多达千页、无法卒读的"无字天书"——《我的人生》。她解释说:"我一遍又一遍地敲着空格键。我的生活就是空格。"(弗尔,2012:179)灾难制造者将个体生命变成空白,也印证了阿多诺"写诗是野蛮的"之说。灾难摧毁个体,让幸存者无法继续正常生活,正如祖父母的共同感慨:"多么遗憾,我们必须活着,多么可悲,我们只有一次生命。"(弗尔,2012:134,182)祖父母二人均以非线性叙事书写记忆,其结果是祖父密集的书信没有读者,祖母的回忆录没有内容。对于祖父母来说,他们的"写作疗法"均以失败告终。这同时也说明,对于创伤性事件的受害者来说,单向书写或倾诉是无效的,面对

---

① 指美英空军在二战即将结束时对德国文化古城德累斯顿的毁灭性轰炸,详见本书第九章。

面的沟通才具备治疗创伤的可能性。

　　奥斯卡祖父母的大量书信,还有祖父辨识不清的密集书写以及祖母的"无字天书",是《特别响,非常近》中的重要"展品",作者通过视觉化的手段呈现无法言说之痛,成为文字叙述的重要补充。祖辈的创伤记忆与当下历史形成对照,弗尔让半个世纪前的灾难与"9·11"产生对话,链接祖孙三代的创伤,借助写作一代一代传递下去,形成新的创伤记忆。作家以家族创伤凸显创伤全球化的杀伤力,让个体的创伤记忆蔓延在集体记忆之中,融汇在个人经历的想象性记忆中。这就如德里罗所预言的,"在未来的 50 年里,袭击发生时并不在场的人们会说他们当时在那里"(DeLillo,2001：35)。

　　在不同个体的书写中,记忆被建构成可叙述的创伤叙事。人们通过"写作疗法"应对创伤,疏解精神压力。虽然小说中的祖父母尝试沟通失败,但是奥斯卡起到了桥梁作用,连接起祖辈共同的亲情和关爱,一起对抗现代性的脆弱,为疗救创伤带来最后的希望。但汉松认为,弗尔充满温情的叙事,补充了"9·11"叙事的两个基本场域:"悼歌"和"批判"(但汉松,2011：66),致使关爱成为创伤叙事的轴心。德里罗也在《未来的废墟》中赞美人性:"恐惧先于政治、历史和宗教率先向我们袭来。人们手牵手从大厦坠落,这是反叙事的一部分,手牵手,心连心,钢筋水泥倒塌时,这就是人性之美。"(DeLillo,2001：39)

　　小说主人公奥斯卡弃绝文字,用图片记载寻父记忆,用"零度叙事"呈现一种所谓的"价值中立"和客观,实则更加彰显恐怖主义给儿童带来的创伤。他的贴图日记中看似零散的图片,与祖父母的零散叙事形成呼应,模糊了虚构与现实的界限,让读者产生临场感,近距离呈现灾难给幸存者带来的创伤,揭示现代性的脆弱。同时,小说中的大量图片是奥斯卡建构个人身份过程的重要环节,当贴图日记本全部贴满,即将开始新的一册时,奥斯卡也决定开始新的生活,变得"开心和正常"。这一建构记忆的过程,也必然汇入纽约人、美国人乃至世界的集体记忆之中,让美国人重新以亚当式的纯洁和乐观继续谱写历史。

　　如前文所述,"9·11"事件是有史以来图像记录最多的历史事件。《特别响,非常近》中共有 18 幅有关坠落的图像,小说的最后 15 页以逆序呈现无名人士从高楼坠落的过程,连续翻动带来的视觉效果如同电影一般,似乎再现了灾难发生时人们的痛苦与绝望。作家弗尔以魔幻现实主义的手法"拯救"坠落者,其实记录了死亡的过程。这个人"既已死去,又被拉回人世;故事既已被讲述,又等待着被讲述"(Stubblefield,2015:82)。图像叙事扩展了小说的阐释空间,就像奥斯卡寻锁过程串起的故事链,新的故事等待着被讲述。

法兰克福学派理论家狄奥多·阿多诺(Theodor Adorno)曾言:"奥斯威辛之后,写诗是野蛮的。"(Adorno,1983:34)作家冯内古特在他的代表作《五号屠场》中对德累斯顿大轰炸的灾难(参看本书第九章)也表达了类似的感受:"关于一场大屠杀没有什么顺乎理智的话可以说。可以说每个人都已经死了,永远不再说任何话,不再需要任何东西。大屠杀以后一切都趋于无声,永久沉默,只有鸟儿还在鸣叫。"(冯内古特,2008:15)此类话语道出了灾难对于文学表达的毁灭性打击,也凸显文字在表征灾难时的无力。弗尔的小说在应对表征危机时,以大量图片补充文字叙事之不足,小说中的视觉呈现不仅贴合 9 岁主人公看世界的方式,同时也体现了信息爆炸时代电视、报纸、网络等大众媒体对恐怖事件的重复报道对普通大众的影响。恐怖袭击成为一种"表演性事件"(Performance Event),每时每刻敲打着人们的神经,让人们感到那一天的灾难"特别响,非常近"。

2. 创伤群像与历史叙事

大多后"9·11"小说家都具有强烈的历史意识,在小说中将"9·11"事件与其他历史事件并置,例如杰伊·麦金纳尼(Jay McInerney)的《美好生活》(*The Good Life*,2006)连接起美国内战与"9·11"事件;唐·德里罗的《坠落的人》(*The Falling Man*,2007)则将"9·11"事件中的劫机者与 20 世纪70 年代的欧洲激进左翼恐怖集团联系起来;艾米·瓦尔德曼(Amy Waldman)在《屈服》(*The Submission*,2011)中并置了越战与"9·11"事件。弗尔的小说《特别响,非常近》以"9·11"事件为背景,将两次世界大战和"9·11"恐怖袭击的受害者的经历交织起来,描绘创伤者群像。小说串联起 20 世纪以来的几大灾难性历史事件,通过多个灾难亲历者的叙述,呈现给读者一幅人类灾难的图谱,将创伤多角度、多方位、多时空展现出来。

在奥斯卡的寻访过程中,20 世纪各种灾难的亲历者在小说中一一登场。他们的共同特征是每个人都肩扛着灾难记忆的重负,而他们的创伤记忆也将融入读者的体验之中，产生移情效果，成为集体记忆和创伤文化的一部分。在小说描绘的创伤者群像中，最具代表性的人物是住在奥斯卡楼上的世纪老人布莱克。他如同历史的活化石，对 20 世纪的各场灾难了如指掌。老布莱克出生于新世纪诞生的第一天，即 1900 年 1 月 1 日，曾经是战地记者，在妻子死后的 24 年中不曾下过楼，拒绝佩戴助听器。电话是他与外界联系的唯一通道。他见证了 20 世纪的每一场战争，家里收集了各式物品，并且给每个人制作只有一个词的传记索引，例如基辛格、圣雄甘地、作家埃利·维瑟尔（Elie Wiesel）等人的卡片上写的都是"战争"。他说："90％的重要人物都与金钱或战争相关"，"在过去的 3,500 年里，整个文明世界只有 230 年是和平年"（弗尔，2012：159,161）。老布莱克加入了奥斯卡寻访布莱克姓氏人物的活动，一老一幼形成对照，让其痛苦具备了"个体和文化意义"（DeMeester，1998：652）。

德累斯顿大轰炸的受害者是弗尔的聚焦点之一。小说以祖父写信的方式，再现轰炸现场：晚上九点半，空袭警报响起，随后，"成百架的飞机从头上飞过，巨大而沉重的飞机，掠过夜空，像成百只鲸鱼掠过水中，他们扔下了一束束的红色火焰，为即将到来的一切照亮了夜空……我们听见一声巨大的响声，快速逼近的爆炸，就像一群鼓掌的观众朝我们跑来，然后它们就在我们头顶上了，我们被扔到了角落，我们的地窖里充满了火和烟，更多的强力的爆炸，墙被从地上拔了起来，与地面分开了那么一小会儿，让光线倾泻进来，然后又倒塌在地，橘黄色的蓝色的爆炸，紫色的白色的……"（弗尔，2012：214）据称，这场由英、美两国共同策划的军事行动选择德国东部城市德累斯顿作为轰炸目标，旨在削弱德国的通信线，但在为期三天的四轮轰炸中，这座美丽的文化古城被夷为平地，数万平民丧身火海，无数个无辜的家庭被摧毁。

德累斯顿大轰炸打破了施害者和受害者的界限。小说中的祖父母均为受害者，但在轰炸之后的混乱中，祖父到处寻找爱人安娜的过程中路过一家动物园，被火烧伤的动物管理员交给他一把枪和一句嘱托：杀死那些伤人的猛兽。德累斯顿轰炸让人类成为战争的受害者，但战争波及的不仅仅是人类，还有无辜的动物。祖父在当夜成了杀死大象、猩猩和狮子等动物的屠夫。在轰炸结束时，祖父"把我黑色的手浸泡在黑色的水中，我看见了我的影子，我被我自己的影子吓坏了,被血纠结成团的头发,皲裂流血的嘴唇,红色的跳动的手掌……"(弗尔,2012：216)在战争的阴影之下,人畜均难逃噩运,轰炸之夜成为所有生灵的梦魇。祖父侥幸成为幸存者之一,但他失去了所有的亲人,包括未出世的孩子。从那以后他"太害怕失去我爱的东西,所以我拒绝爱任何东西"(弗尔,2012：220),这种病态心理是战争带来的直接后果,也株连受害者的亲人,导致了奥斯卡祖父母畸形的婚姻状态,也导致奥斯卡的父亲至死都没有见过生父。战争瞬间毁灭的是生命,同时带来的还有永久的创伤和代代相传的悲痛记忆。

奥斯卡的祖父老托马斯亲历大轰炸后无法接受自己能够幸存,而怀有身孕的女友安娜却不幸死亡的事实,变成一具"空壳"(他姓 Schell,与 shell,即空壳,谐音),陷入身份危机,对妻子也从来"不承认自己是谁"(弗尔,2012：82)。虽然他娶了安娜的妹妹为妻,却始终无法走出创伤记忆,患上严重的失语症,只能通过笔和便笺纸进行简单交流,并将英文 yes 和 no 写在自己的手掌上,最大限度地降低使用语言的频率。他在给儿子的信中写道："在小杂物棚后面做爱的那个男孩,怎么变成了在桌子上写这封信的男人?"(弗尔,2012：220)这句话对灾难制造者发出无声的拷问,他的创痛经过代际遗传,成为家族史的重要篇章,也成为全人类创伤叙事的一部分。

德累斯顿大轰炸的受害者代表还有奥斯卡的祖母。她深爱着姐姐安娜以及姐姐的恋人老托马斯,而祖父始终对在大轰炸中丧生的安娜念念不忘。作为幸存者的她央求与老托马斯结婚,让他们走入婚姻的与其说是爱情,不如说是彼此的怜悯和共渡难关的意愿。婚后两人不再使用母语德语,并在家中划分出"有事区"和"无事区","在无事区里可以保证人的隐私得到完全保护"(弗尔,2012：112),结果公寓里"无事比有事更多",两人的沟通越来越少,距离也越来越远,他们的婚姻"充斥着毫米和规矩"(弗尔,2012：133)。祖母不顾丈夫"不要孩子"的约定悄悄怀孕,这一消息逼得丈夫远走他乡,40 年杳无音讯。德累斯顿大轰炸毁灭的不仅是祖母的家人,还毁灭了她一生的幸福。

"9·11"事件夺走了她儿子的生命,让她再次陷入绝望。这种绝望可以从她改写的《创世纪》得到验证："夏娃把苹果放回了苹果树枝。苹果树往地里缩,变成树苗,树苗又变成了一粒种子;""他说：要有光。然后就有了黑暗。"

（弗尔，2012：327）祖母对《圣经》的改写，流露出的是改写权威叙事的愿望。但是，个体在历史灾难面前异常无助，德累斯顿大轰炸以炮火摧毁光明，让遇难者和幸存者都坠入永世的黑暗。在绵绵黑暗中，只有爱才能带来一线光明。她对孙子写道："奥斯卡，这是我一直想告诉你的一切的关键一点：说'我爱你'永远都是必要的。我爱你。"（弗尔，2012：328）

　　小说中提及的第二场灾难是广岛原子弹爆炸。在题为"幸福，幸福"的章节里，弗尔描写了广岛原子弹爆炸的幸存者智康接受采访的故事，这段采访透露出深深的冷漠和沉沉的悲伤：

　　访谈人："你没有看见蘑菇云？"

　　智康："我没有看见蘑菇云。我在找雅子。"

　　访谈人："但蘑菇云笼罩着整个城市啊？"

　　智康："我在找她……"

　　访谈人："能不能讲讲黑雨是什么样子的？"

　　智康："我在家里等她……"（弗尔，2012：191）

　　访谈人试图让智康客观描绘原子弹爆炸带来的视觉或感觉效果，比如蘑菇云或者黑雨，以便为口述实录增加史实感，但灾难的亲历者描绘的是自己如何疯狂地寻找女儿，找到后发现女儿皮肤脱落、满身蛆虫。女儿最终死在怀里，给她带来了切肤之痛。智康对战争和死亡的看法非常朴素：

　　听说你们这个组织在录制证言，我知道我一定要来。她死在我的怀里，说着"我不想死。"死亡就是这个样子。士兵们穿什么军装无关紧要。武器多精良也不重要。我认为，如果每个人都见过我见过的，我们就永远不会有战争。（弗尔，2012：192）

　　这段朴素的话语背后是对战争的深恶痛绝。"军装""武器"等字眼在眼睁睁地看着女儿遭受死亡之痛面前显得无关紧要。在智康的印象里，原子弹爆炸那一瞬间她以为看到的是照相机的闪光灯，听到的是窗户玻璃迸裂的声音，

"听起来像是我妈妈从前让我不要出声时发出的嘘声"(弗尔,2012:190)。亲历者对原子弹爆炸的描绘看上去并非"特别响,非常近",但给人带来的伤痛是一样的。我们无法比较是原子弹爆炸还是"9·11"恐怖袭击带来的痛苦更加剧烈,灾难对幸存个体的打击同样沉重。弗尔将不同时期的历史创伤并置,以引起人们对灾难事件反复出现背后原因的深刻反思。

除了德累斯顿大轰炸和广岛原子弹爆炸的受害者外,小说描绘最多的是"9·11"事件的受害者——小说的主人公奥斯卡。奥斯卡的父亲在2001年9月11日那天丧生于世贸大厦,临终前打回家的5条电话留言基本记录了世贸大厦的毁灭过程。第一条留言发生在上午8点52分,最后一条是上午10点04分。在这一个多小时里,恐怖分子劫持飞机撞大楼、世贸大厦坍塌,近4,000人丧命。正如贾特在《华盛顿时报》上的文章标题《"9·11"夺走了美国的纯真》一样(Ghatt,2011),"9·11"也夺走了奥斯卡的纯真。

恐怖袭击事件带给儿童的创伤是毁灭性的。在痛失父亲后,奥斯卡的言行举止不再像一个9岁的孩子,成熟得让人怜惜。他对自己的认识似乎更清晰,例如他自认为"曾经是无神论者,但现在不是了",而"相信事物是万分复杂的"(弗尔,2012:4)。但实际上恐怖袭击和父亲的死亡让他陷入自我认同的危机。他毕竟是个孩子,并不具备清晰的自我认知。周围人对奥斯卡的看法也反映了这一点。在同学们眼里,奥斯卡是"怪异的"(弗尔,2012:192);在心理医生眼里,奥斯卡是创伤后应激障碍症患者,需要住院治疗。他无法停止各种胡思乱想,经常失眠,还有自虐行为。他拿着手鼓,独自一人在纽约的大街小巷穿行,拜访一些姓"布莱克"的彻头彻尾的陌生人,试图找到锁的主人,同时反复把难以向亲人倾吐的秘密告诉陌生人。这一举动本身是心理问题的外化,是强迫症的一种表现。

在小说中,心理医生对奥斯卡的创伤治疗显得力不从心。美国心理学家朱迪斯·赫尔曼认为:"心理创伤的中心矛盾是一方面想否定恐怖事件,另一方面又有大声表达的意愿。"(Herman,1992:1)在奥斯卡身上,这对矛盾非常明显。他根本不相信心理医生费恩,之所以同意去看心理医生是因为"就靠它攒零花钱"(弗尔,2012:203)。在和心理医生谈及自我意识和情感变化时,奥斯卡坦诚地说,父亲之死导致了自己的变化。另一方面,他对心理医生提及父亲的死亡相当反感,不愿意对父亲已死这一事实表态。颇具讽刺意味的是,当费恩询问奥斯卡将如何做到"去上学""对母亲好些""控制自己的感情"的时候,奥斯卡的回答却是"把我的感觉深深地埋在心里,不管我感觉到什么,我都不会让它表露出来。如果我要哭,我会在心里哭;如果我要流血,我就给自己掐一个伤疤。如果我的心开始发疯,我不会对世上任何人吱一声。一点儿用都没有。只会让别人的生活更糟"(弗尔,2012:206)。当心理医生问起父亲的死会带来什么"积极意义"时,他原本想踢翻椅子,把医生的文件扔到地板上,并骂医生是"混蛋",但他压制了内心的冲动,"只是耸了耸肩"(弗尔,2012:206)。由此可见,心理治疗不但没有缓解奥斯卡的心灵创伤、外化其心中的症结,反而在一定程度上加剧了创伤,使其更加抑郁和消极。面对创伤时奥斯卡把自己紧紧封闭起来,以不正常的速度成长起来,试图完全靠自己去应对,成熟得远超同龄人。

奥斯卡的寻锁过程连接起纽约大都市里一个个布莱克的故事,形成共同的创伤社区。他们不分年龄、性别、身份、种族和宗教,分享创伤体验,在一定程度上比心理医生更有效地辅助了奥斯卡的疗伤过程。不同人物在不同时期的创伤经历说明,《特别响,非常近》中的创伤书写已经突破了创伤的个体意义,为身处"后9·11"时代的人们勾勒出一幅集体创伤群像。个体往往不能独自面对创伤,只有在与他人的关系中才有康复的可能。奥斯卡在"创伤社区"遇到了同病相怜之人,有机会从别人的伤痛中调和悲伤,最终与妈妈和解、接纳了妈妈的恋人、与祖父团聚并一起去父亲的墓地,将祖父未寄出的信件装进空棺之中。奥斯卡模仿祖母的"逆转"手法,改写"9·11":父亲离开双子塔,回到地铁站,回到家中,躺在床上,为奥斯卡讲故事。如果这样,"我们会平安无事"(弗尔,2012:341)。时光倒流的童年梦想在文字建构中得以实现。这些爱的表达帮助奥斯卡的世界回归正常。一句"我会高兴、正常的"正是他找到"自主权"的标志(弗尔,2012:338),表明他至少暂时获得并拥抱那些做人最基本需求:安全,秩序,爱和亲情(Alexander,2004a:3)。

"9·11"事件是进入新千年后发生在美国的具有历史影响的重大事件。它不仅给美国民众带来重大创伤,由此引发的美国主导的系列"反恐战争",也从一定意义上改变了世界的格局和历史的进程。历史不是客观自明的,而是各种以文本形态呈现的历史叙事,是从不同角度呈现的个体故事(his-story)。《特别响,非常近》以包罗万象的呈现方式和后现代表现手法,刻画创伤社区的群像,通过儿童视角将 20 世纪以来的人类创伤历史串联起来,谱写人类创伤史,充分发挥文学作品的社会政治功能,多维度展现创伤带给世人的重创,描写人们将创伤记忆转化为叙事记忆的努力,体现了创伤叙事中书写与沉默的悖论,并提醒我们,创伤并非彻底的异己文化,人人都是灾难的潜在在场者。

3. 政治语境与种族因素

在"9·11"事件发生后,美国借机对伊拉克和阿富汗发动"反恐战争"。美国民众的爱国热情空前高涨,"穆斯林"几乎成为施害者的代名词,留着大胡子、戴头巾的人常被视为"恐怖分子",美国的种族歧视愈演愈烈。海登·怀特认为,真正的"历史"是业已逝去的过去的总和,不会重现也不可复原。我们能做的只有历史叙述,或曰历史的记忆或文字再现,而这种叙述性的再现难以避免编织和阐释。小说家们以文学想象再现重大历史事件对普通民众的冲击,重新建构和阐释历史,对官方的宏大叙事进行矫正和补充。弗尔的小说《特别响,非常近》是作家通过小叙事呈现历史事件的努力的一部分。他运用表征策略将灾难戏剧化,加入对"9·11"事件意义的公共讨论之中,借以反思美国的政治、宗教、外交、文化等政策。

弗尔的小说与许多"后 9·11"小说一样,以"温情"为主调,通过儿童的视角呼唤世界秩序的恢复。在小说中,祖母试图改写《创世纪》,让时光倒流,让苹果重新回到树上,让智慧之树重新变回树苗。奥斯卡也试图将时钟拨回飞机撞击大楼之前,将从熊熊燃烧的世贸大厦上坠落的人们拉回楼中。作家的这种带"魔幻现实主义"色彩的书写,在儿童视角的掩护下显得合情合理,能够在"9·11"事件发生 5 年后唤起读者的同情和共鸣。但是,小说把美国人一味描写成无辜受害者形象,事实上将复杂的历史和政治因素简单化了,也忽略了其他诸如种族、宗教、移民等根深蒂固的矛盾以及美国强权主义的中东政策等国际政治因素,因此也失去了批判的锋芒,未能呈现该事件的复杂性和多义性。小说看似模糊了"我们"和"他们"的界限,但其实在故事文本中,作家采用 9 岁主人公奥斯卡的视角,回避的正是美国当下不可回避的事实:种族歧视,尤其是对穆斯林的歧视以及美国对其他国家(如中东石油生产国)的强权政治压迫。

　　根据奥斯卡的自述,他害怕的事物包括"吊桥、细菌、飞机、烟花、地铁里的**阿拉伯人**(虽然我不是种族主义者),餐馆、咖啡店和其他公共场所的**阿拉伯人**,脚手架、下水道和地铁里的铁格栅、没有主人的袋子、鞋、**有胡子的人**、烟雾、绳结、高楼、**头巾**"(着重号为笔者所加,弗尔,2012：35)。年仅 9 岁的奥斯卡给自己制定了规则,例如:"我不会再以性别取人,不会有种族主义,年龄主义,或者同性恋恐惧,或者过于懦弱,或者歧视残疾人和智力障碍者。"(弗尔,2012：88)作者弗尔虽然没有在小说中明确提出谁是"9·11"恐怖袭击的施害者,但"阿拉伯人""有胡子的人""头巾"等词汇,已经折射出后"9·11"时代美国民众对穆斯林的歧视和偏见。

　　奥斯卡对非裔人士也带有偏见。他拜访过的埃达·布莱克家里有一位非裔女佣,奥斯卡对她表面上充满尊敬,但在埃达看来,他"努力过头","你跟她说话时,就好像她是个小孩子似的"(弗尔,2012：151)。奥斯卡本人不过是个孩子,却在非裔女佣面前表现出了白种人居高临下的态度。自视开明的他仍然沾染了种族偏见,这从一定程度上说明政治正确只是许多美国人表面遵从的原则,用以掩盖白人内心的傲慢。小说中多次提到奥斯卡偏爱白色,可能也是一种暗示:"我只穿白色衣服"(弗尔,2012：3);"我不喜欢随邮件附来的 T恤衫,我爱它,但很不幸它不是白色的,所以我不能穿它"(弗尔,2012：39);"奶奶给我织白毛衣、白手套和白帽子"(弗尔,2012：106)。奥斯卡对白色近乎偏执的迷恋,与他对有色人种的偏见形成一种对比。美国的白人社会对其他种族的歧视,也影响了一个成长中的孩子。长期处在白种优势的意识形态中,孩子难免潜移默化地受到种族偏见的影响。

　　有学者指出,"一些 9·11 小说以个人及家庭创伤叙事开始,通过'创伤迁移'的叙事策略,将其延伸到民族、国家创伤叙事的层面上来"(王建会,2015：118)。从这个角度来看,弗尔的小说的确从家庭创伤叙事出发,将个体创伤融入有关"9·11"这一非常历史事件的宏大叙事之中,满足了"后 9·11"时代人们对疗伤的需求,成为"9·11"创伤叙事的有机组成部分。弗尔希望以不同的视角来写"9·11"小说,希望能避免政治化或商业化,希望能写"不带任何信息、只体现人性"的小说(Solomon,2005)。但是,任何文本都是特定历史语境下的产物,书写者也不是真空里的人,因此不可能彻底去政治化。尽管弗尔成功地使用各种文学手段刻画了创伤者群像,但在对"他者"的处理方面不尽如人意,在文本的背后偏见与歧视依稀可见。进入 21 世纪的人类要警惕的不仅仅是类似于"9·11"事件的恐怖主义行径,日常生活中的权力关系和意识形态同样值得深思。

三、科伦·麦凯恩与《转吧,这伟大的世界》

科伦·麦凯恩的小说《转吧,这伟大的世界》(*Let the Great World Spin*,2009,以下简称《转吧》)是最具有代表意义的"9·11"小说之一。麦凯恩是爱尔兰裔美国作家,出生于都柏林,曾旅居日本和俄罗斯,现定居纽约。自1994 年起,他还出版了《歌犬》(*Songdogs*,1995)、《隧道尽头的光明》(*This Side of Brightness*,1998)、《舞者》(*Dancer*,2003)、《佐利姑娘》(*Zoli*,2006)、《横跨大西洋》(*TransAtlantic*,2013)等 6 部长篇小说及 3 部短篇小说集:《黑河钓事》(*Fishing the Sloe-Black River*,1994)、《该国须知》(*Everything in This Country Must*,2000)和《十三种观看的方式》(*Thirteen Ways of Looking*,2015)。2017 年,麦凯恩出版散文集《给一位青年作家的信》(*Letters to a Young Writer*),以幽默风趣的笔触为青年作家提供了许多切实可行的建议。

麦凯恩以高超的讲故事技巧刻画了不同国别、种族、阶级和性别的人物,其小说兼具可读性和思想性,受到评论界的普遍好评。长篇小说《转吧》荣获2009 年美国国家图书奖和 2011 年 IMPAC 都柏林国际文学奖;中篇小说《该国须知》被改编成电影并获得 2005 年奥斯卡金像奖提名;短篇小说《姐妹》曾与诺贝尔文学奖得主艾丽丝·门罗(Alice Munro)等人的作品同时被收录在大卫·休斯(David Hughes)和贾尔斯·戈登(Giles Gordon)主编的《最佳短篇小说》(1995)中,《黑河钓事》等短篇小说也频频被多部短篇小说集收录。此外,他的作品还曾经获得手推车奖、爱尔兰隆尼文学奖等重要奖项,在全世界已有 30 多种语言的译本,享有较高的国际知名度。目前,麦凯恩的 5 部长篇小说和 3 部短篇小说集均已被翻译成中文并出版,中译本《转吧》在 2010 年被中国文学评论界评为"21 世纪年度最佳外国小说"。

在麦凯恩的成长过程中，有三个人对他影响很大，几乎奠定了他未来生活的走向。第一个人是他当记者的父亲。受其影响，麦凯恩的作家生涯一直秉持记者的调查特质，每次写作之前都会花大量时间去收集第一手资料。第二个人是作家杰克·凯鲁亚克(Jack Kerouac)，麦凯恩曾经揣着凯鲁亚克的《在路上》(On the Road，1957)，骑着自行车，历时18个月横穿美国大陆。他在路上做过各种工作、聆听不同故事，以便丰富阅历，同时在单调乏味的中产阶级背景外寻找创作的源泉，这为他后来的写作积累了大量素材。第三个人是乔伊斯。对于一个生活在纽约的爱尔兰人来说，这位同乡算得上是麦凯恩小说创作的缪斯。乔伊斯的意识流写作手法在麦凯恩的小说里有明显烙印，譬如在《转吧》这部小说中，麦凯恩借用了乔伊斯的24小时叙事模式。

大部分"9·11"小说都直接或间接地以"9·11"事件为创作背景，但《转吧》一反传统"9·11"小说的创作手法，通篇未提"9·11"事件，却被评论家称为"最早的一部伟大的'9·11'小说"(Junod，2009)。小说中弥漫着美国人民家园遭袭、国人死难的痛楚。隐喻的"阴影"和"多重故事的碰撞"也将其变成"9·11"小说中书写艺术的范本("writerly 9/11 fiction")(Däwes，2011：346)。许多"后9·11"小说都出自白人男性作家之手，充斥着"第一世界的自满感"(Butler，2006：7)，但这种"自满感"在爱尔兰裔作家麦凯恩的小说《转吧》中并不存在。相反，麦凯恩饱含深情地描绘一群处于社会底层的普通民众的悲苦命运，坚持"讲故事的民主观"，赋予小人物说话的权利，在小说中反映流亡、民族、身份、回归等主题。他娴熟地运用各种叙事策略，勇为"他者"代言，在小说中跨越时空、阶级和种族的界限，大胆借助跨文化想象和文化翻译，来书写跨国流动中文化身份建构的过程和特点。他的许多作品中流露出人类命运共同体理念和后现代历史观，为全球化时代的族裔关系建构提出了可供参考的方案。

从小说结构来看，《转吧》布局巧妙。两座摩天大楼之间的走钢丝表演，是小说中不断提及的事件。也可以说，作家以一根钢丝绳为隐喻连接"9·11"前后两个时代，又以钢丝绳为整体叙述的辐射中心，用11个"小人物"的平凡故事，勾勒出战后美国社会的生活百态。小说以1974年法国杂技大师菲利普·佩蒂(Philippe Petit)在双塔高空走钢丝的行为艺术为轴线，将虚构想象的普通民众的生活故事串联起来,虚实相间,纵横交接,不仅再现 20 世纪 70 年代大都市的纷乱和喧嚣,还生动刻画出纽约市民在越战、尼克松丑闻等阴影笼罩下,身心迷茫、渴望救赎的心理状态。

1. 宗教救赎:创伤与疗救

经历"9·11"恐怖袭击事件的重创之后,许多作家在描绘当代社会的创伤之余,开始思考秩序重构问题。除了批判恐怖主义这一主旋律外,家庭和社区关爱似乎成了作家们疗救创伤的主要手段。从一定意义上看,"9·11"事件是宗教冲突加剧的体现。德里罗在《未来的废墟》一文中指出,"9·11"这一灾难性事件"永久地改变了我们的思考和行为方式。恐怖分子掌握了当今世界的叙事,但他们攻击五角大楼和世贸大厦的首要目标并非世界经济,而是激怒了他们的美国。他们的目标是我们高度发达的现代性,是我们迅猛发展的技术,是因为我们失去了宗教信仰"(DeLillo,2001:33)。宗教冲突是触发"9·11"事件的重要因素之一,但奇怪的是,许多"后9·11"作家对此避而不谈,麦凯恩是为数不多的在小说中讨论宗教问题的作家之一。作为"拯救式""9·11"小说的代表作品,《转吧》刻画了修士科里根等小人物的救赎之路,探讨宗教救赎在"后9·11"时代对于个人、集体的创伤疗治和社会秩序重构的积极作用。

作为基督教的核心概念,上帝的形象在美国文学史中不断发生变迁,并在不同时期呈现出不同的面貌。从早期清教徒所崇拜的"主宰一切的上帝",到19世纪末哲学家尼采主张"上帝死了",文学范畴中相继呈现出"自然主义作品中上帝的缺席",随后演化为现代派和后现代主义文学中"扭曲变形的上帝形象"(洪增流,2009:20),再到当代文学作品中频频出现的对宗教的怀疑、否定、讽刺等态度。上帝的形象在道德天平两端摇摆不定,行走在伦理的"钢丝绳"上。麦凯恩的《转吧》十分注重"9·11"事件引发的包括作家在内的美国民众对宗教的再思考。

麦凯恩曾公开表示,自己钟情于小说《转吧》中科里根的形象,并深信文学的"治愈"功能。小说的主人公科里根是爱尔兰裔基督教修士,是宗教救赎的典型代表。他不仅依托解放神学获得内心的平静继而走上自我救赎的道路,还身体力行,通过细微善举来传播仁爱道义、激发人与人之间的情感关联,连接互相疏离、情感冷漠的个体,建构成仁爱共助的"社群",引领他们走上救赎之路。作家似乎认为，这其实是"后 9·11"时代美国最需要的精神支援。小说中的科里根并未加入任何教会，而是将宗教视为一种修行方式，并为之投入了所有热情。美国宗教社会学家彼得·贝格尔（Peter Berger）认为，宗教政治已逐步私人化。他指出，宗教表现为公共领域的修饰和私人领域的德行，就"宗教是共同的"而言，它缺乏"实在性"，而就它是"实在的"而言，它又缺乏共同性。宗教已经无法承担为"实在"这一特性提供一套完整诠释的传统职责，而只成了一种宗教爱好（贝格尔，1991：159）。贝格尔的描述用在科里根身上是十分合适的。

科里根的宗教情愫源于其孩提时代，家庭残缺和内向性格让他转向宗教寻求精神慰藉。作为重要的社会整合形式之一，宗教对精神救赎所产生的功能不容置疑。韦伯认为，对于任何宗教来说，"因信得救"都具有普遍意义。从最初借助祷告寻求慰藉，到后来捐衣捐物帮助流浪汉，科里根内心对宗教的信仰逐渐坚定。根据社会学相关研究，坚定不移的信仰正是从宗教获得救赎的必要前提，因为"人的信赖感，是宗教的基础"（费尔巴哈，1999：1）。其后，母亲的离世和父亲的冷漠，更促使他踏上宗教之路，追随"一个完全可信的上帝"来为其指明生活方向，赋予生命以意义（麦凯恩，2010：20）。

科里根一生积极投身宗教事业，但又迥异于寻常修士。他从不布道传教，却始终以善行践行教义，用博爱连接个体，意在形成"仁爱"的社群，为世界创造美好。科里根的形象承载着深厚的宗教意蕴：他的名字 Corrigan 可以视为 Cor-和 origin 的合体，拉丁语中 Cor-意为"中心、心脏"，科里根的昵称 Corr 突出其内在的同情之心，其全名的首字母"J. C."也将他同基督（Jesus Christ）联系起来（Cusatis，2010：185）。这一命名不仅暗示"起源"，还强调了"万物核心"之意。科里根终其一生追随上帝，心系贫民疾苦，直至为此献出生命，堪称基督化身。他如同上帝的使者，在地狱般的纽约布朗克斯街区拯救众生。这方面的主题和"9·11"后纽约的城市语境是十分合拍的。

作为意识形态的重要形式之一，宗教是一个相对复杂和特殊的议题。对于修士科里根而言，"基督其实很容易理解"（麦凯恩，2010：20），生活中的点滴善行即是基督信仰和精神的体现。解放神学，"号召基督徒积极地帮助受压迫的人们"，对此，科里根修士以"耶稣般的欣然快乐"予以回应：他为妓女提供洗手间、为疗养院的孤寡老人组织娱乐活动。他长期帮助悲观认命的妓女、冷漠颓废的兄长凯兰以及乖戾孤僻的老人,把宗教的博爱精神发挥到极致。在小说结尾时,许多社会成员在科里根修士的影响下,发生了积极的转变,例如:妓女蒂莉从内心反思自我,决心使其后代免于沦为妓女;凯兰改过自新,开启了新的人生;孤寡老人重获内心慰藉,得以安享晚年。科里根的仁善行为促进了个体价值观的提升,让宗教成为维系个人和社会价值的纽带。

宗教信念在艰难时世往往会受到严峻考验。小说中的科里根并不是传统概念上的完人,虽然他信念坚定,但在几经犹豫之后,决定不再一味顺从上帝"空洞的回声",而追求真正想要的东西,最终抛却俗世戒律的束缚,与爱人艾德丽塔同居,真正成为自我的主人,同时继续忠于对上帝的信念,执着行善。他依然能依靠内心信仰,"在黑暗中看到光亮",哪怕"这光亮或许残缺不全"(麦凯恩,2010:20)。科里根最后的命运也印证了这一点:他在帮助爵士琳出狱途中遭遇车祸,临终前看到了两座世贸大厦间横跨天际的钢丝行走者。修士科里根与走钢丝的人具有相同的特点:命悬一线,却危而不坠。走钢丝的人保持了身体的平衡,科里根修士则平衡了世俗之爱与神圣之爱,坦荡荡地面对内心和天地,将特殊的意识形态问题化解为日常生活中的信念与行为。

小说中的基督教士科里根通过道义和善行追求信仰,以传播仁爱来诠释基督教义中对卑微生命的尊重,历经磨难最终获得精神救赎。更重要的是,他勇于直面社会黑暗,坚持传递博爱精神,帮助身处社会边缘的"小人物"。他忍受着致命顽疾的折磨,敢于挑战世俗传统,将世俗情爱与神圣之爱相融合,以精神的纯净坚守内心信仰,直至为此献出生命,充分体现了信仰对个体价值的积极整合作用。正如俄国诗人曼菲斯特所言,尽管这世界残破不堪,甚至野蛮残酷,但这卑劣的地球依然值得热爱,因为"尽管世界充满毁灭,创造的力量以及对美好的需求是永远不可征服的"(Cusatis,2010:198)。

《转吧》描绘的70年代的纽约深陷越战泥淖和尼克松丑闻事件,似乎正是这样一个时代的写照。小说中不乏身处社会底层的"小人物",甚至有多次犯罪的"边缘人物",其中包括布朗克斯社区的妓女,混迹于妓女群体中的清贫修士,还有纵欲堕落的年轻艺人等。在社会黑暗的笼罩之下,被迫世代为娼的蒂莉喊出对上帝的强烈控诉:"这就是他妈的大实话。上帝欠揍!"(麦凯恩,

2010：292)这咒骂背后流露出的正是她对上帝救赎力量的渴望以及无法企及的痛苦,折射出边缘人物在社会权力关系中的柔弱与无奈。

麦凯恩在小说中深刻剖析了妓女这一社会边缘群体,不仅还原了妓女内心深处善良的品质和本性,同时也将社会的残酷阴暗展露无遗。妓女群体长期挣扎在社会底层,深受"干爹"的蹂躏和剥削,频繁遭受暴力侵犯。她们由于缺乏政府扶持和外界帮助,只得卖淫求生,并依靠毒品麻痹自己。修士科里根每天与妓女往来,始终秉承基督教义的仁爱理念,对她们平等相待,施予关爱。由于长期受到修士的尊重、爱护和宽容,妓女们也逐渐展示出人性中向善的一面,接受道德和精神上的"再洗礼"。

社会学认为,"宗教有助于建树旨在维护社会秩序的社会联系系统"(斯特伦,1991：312)。此外,在以宗教为文化本源的国家中,宗教戒律还构成了法律与社会规范的基础,因此也是稳定社会秩序的基石。在宗教规范的长期影响下,妓女群体维护道德水平的自觉性逐渐提高,遵守社会规范的意识得到强化。以老妓女蒂莉为例,虽然她为妓多年,但内心渴望真爱,常以鲁米诗集为精神寄托。她因把女儿引入歧途而自责,被捕后甘愿服罪,以便能够让女儿照料外孙。在女儿过世后,蒂莉抛弃现世,在狱中自杀以捍卫尊严。作为妓女群体的代表人物,她体现了强烈的家庭责任感,竭尽所能守住道德底线和良知。她那种敢于捍卫尊严的勇气也让人物性格更加丰满。

在小说中,宗教救赎相关的隐喻凸显了妓女正直可敬的内在品质。在爵士琳的葬礼上,母亲蒂莉协同其他妓女响应牧师的号召,赶走皮条客,用"慈善、公义和善良"对抗世间暴政,并相信"当行走在黑暗之中,真理会像光一样从中照过"(麦凯恩,2010：176–177)。在小说最后,妓女爵士琳的遗孤爵丝琳长大后从事社会慈善工作,探望病榻上将不久于人世的克莱尔(其养母的白人朋友),用爱和希望回应充满暴政的社会,体现了妓女群体的道德修养和仁爱之心,间接地完成了妓女群体的自我救赎之路。

宗教对于道德的约束和影响力同样在科里根的哥哥凯兰和青年艺术家莱拉夫妇身上发挥了巨大的作用。由于缺乏人生目标,凯兰生活颓废堕落。虽然他内心鄙视妓女,却接受妓女的服务。他的真善本性被虚伪、狭隘和优越感所蒙蔽,并对弟弟心忧他人、于己不顾的高尚行为嗤之以鼻。然而,在修士弟弟执着善举的影响下,在同妓女、孤寡老人和女护士艾德丽塔的朝夕相处中,凯兰开始逐渐理解弟弟拯救他人、改造世界的坚定信仰,并从心底钦佩弟弟努力影响和改变他人的伟大:"他能造就人,让大家成为他们自己都不敢去想象的人。他扭转了他们心里的一些东西。"(麦凯恩,2010:187)对于年轻的艺术家莱拉与丈夫而言,他们原本意志消沉、生活奢靡,在撞死科里根后逃逸。但科里根生前的事迹让莱拉心生悔悟,主动向科里根的哥哥凯兰认罪道歉,最终得到他的宽恕,艺术家夫妇因此再次找到人生的意义。修士科里根的行善之举在其死后依然能够发挥影响,他让其他人意识到自身的虚伪与狭隘,继而也走上从善之路。

小说讲述的虽然主要是发生在 20 世纪 70 年代的故事,但"残碎世界中寻求救赎"的主题,让读者在 20 世纪 70 年代与"9·11"事件之后的美国社会之间产生联想。小说中的"迷途者"从科里根所代表的仁爱精神中看到了救赎的方向,并逐渐接受其规范作用。麦凯恩似乎在强调,基督教的博爱伦理可以成为治疗受创心灵的良药,也可以成为社会关系的黏合剂。小说通过"钢丝"这一意象串联起不同人群,表达了危险处境中谋求平衡的期望。然而在现实生活中,"小人物"或许可以借助宗教获得一时的内心安慰,但无法从根本上改变命运。"9·11"事件之后,以基督教右翼为主的布什政府,也借用宗教的影响力和反恐的名义,发动了阿富汗战争和伊拉克战争,让自己军队进驻并把控世界能源中心。

在当今这个危机四伏的世界,多种利益之间冲突加剧,政府对宗教的利用甚至滥用是促成文明冲突的根源之一。"后 9·11"时代秩序的断裂,无法从传统宗教中找到根本解决方案。面对后现代社会的去中心化和虚无主义病灶,上帝并不能为人类提供任何解决办法。麦凯恩的小说似乎向读者传递了救赎的途径:只有同时铲除霸权主义和极端主义,提倡以包容和理解的态度对待文化差异,才有可能彻底解决文明冲突乃至国家利益冲突的矛盾,才有望实现"后 9·11"时代的秩序重构。在官方宏大叙事里,"9·11"的集体创伤是恐怖分子造成的,美国是纯粹的受害者角色。但在麦凯恩的小说里,施害者和受害者的界限已经难以分辨。麦凯恩借助刻画越战后的创伤疗救,勾勒小人物对宏大历史的反拨。小说中的修士承担起疗救集体创伤的重担,通过宗教救赎手段，通过建构对边缘人群的同理心，与宏大叙事的权力话语形成制衡。麦凯恩显然刻意回避了"政治正确"的反恐叙事，而强调更具有宗教意义，也更具有普世意义的"仁爱"概念，在作品中凸显博爱、宽容、互助对于后现代社会的创伤治愈和秩序重构的积极意义。

2. 历史回声：越战母亲的"伤"与"愈"

在小说中，麦凯恩浓墨重彩地刻画了在 20 世纪 70 年代越战中失去儿子的母亲群体，与"后 9·11"时代失去家人的美国民众形成呼应。作家用一根"钢丝"串联起"9·11"前后两个时空，让过去与当前的情景以及有关生与死、创伤与疗救的概念和感受产生共鸣。

作为一部预示美国今日现实的寓言性作品，麦凯恩将越南战争设置为小说的历史背景，用以影射小布什政府发动的"反恐战争"。20 世纪 70 年代的越战夺走了无数美国年轻人的生命，众多家庭因此支离破碎，陷入难以愈合的创伤与痛苦之中。后"9·11"时代同样充斥着暴力、战争、自杀式袭击、枪击等事件时有发生，暴恐图片和影像已经侵入民众的日常生活。电视媒体一遍遍地回放飞机撞进双子塔的画面，时刻提醒人们灾难和恐怖的存在。"9·11"事件让双子塔成为标志性的创伤见证，此后，"几百万美国民众走进教堂去寻求内心的安定以及心灵的慰藉，并通过在超验的上帝面前分享悲痛与困惑来寻求救赎意义的表征"（McClay，2008：131）。

根据弗洛伊德心理学研究，"创伤是指事件的恐惧一时间无法被完全消化或体验"（Gray，2011：24），而"创伤性事件之所以非同寻常，是因为它彻底摧毁了正常人对生活的适应性"（Herman，1992：24）。小说中的法官夫人克莱尔由于儿子阵亡而精神受创，长期沉浸在对过去的回忆之中，饱受失眠、臆想症、强迫症和抑郁症的折磨，心理医生和药片都不能为其排解痛苦，似乎只有宗教能够安抚她的心灵。宗教社会学认为，宗教拥有的心理调试功能"可以为人们提供安全感和某种慰藉，使之消除心理上的焦虑与恐惧"（戴康生，2000：164 - 165）。在小说中，麦凯恩为受创者的生活环境营造了浓厚的宗教氛围，比如，作家笔下人物的名字，都选自《圣经》或具有宗教内涵，比如格洛丽亚（Gloria）、所罗门（Solomon）、约书亚（Joshua）等。宗教意象也反复出现在遭受创伤者的周围，比如"门上的《圣经》章句"，法官夫人从"天主教堂外的小水桶"

中蘸水的举动。这些都是遭受创伤后的美国民众试图从宗教中寻求精神慰藉的迹象(麦凯恩,2010：101),让读者与"9·11"后惶惶若失的国民精神状态产生联想。

　　小说中的母亲们组成的悼念小组,在回忆和分享中建立与亡者的联系。这种在日常生活中通过与他人交往产生的"交往记忆"构成了回忆共同体,由于"和亡者联系在一起的回忆也是文化记忆的最初形式"(阿斯曼,2015：56),回忆共同体是抵抗遗忘、补充历史叙事的有效形式之一。根据创伤学理论,"对于恐怖事件真实情况的回忆和叙述,是重建社交秩序和个体受害者创伤治疗的先决条件"(Herman, 1992：1)。越战母亲小组成员依次造访成员的家,聆听各个成员离世儿子的故事,而遭受心理创伤的人则通过"叙述"故事来面对和处理创伤。比如一位越战母亲看到走钢丝艺人,认为"这是我儿子来问候了"(麦凯恩,2010：116),并讲述儿子生前开飞机参加战斗的故事。由此,法官夫人也终于开始回忆并叙述收到儿子噩耗的情形,"使得创伤性事件转变为'叙述性记忆'"(Caruth, 1995：153),这不仅使故事变得"被言说""被交流",还使"分散、被压抑的事件碎片"能够被"发掘出来并形成某种组合次序"(Gray, 2011：24)。走钢丝人的命运激起了越战母亲对逝去儿子的回忆和对生命的关切,这根钢丝不但连接了爱与思念,触发了"回忆共同体"的建构,也成为连接生死的桥梁,同时也连接了越战和"9·11"事件以及所有战乱带来的创伤。

　　创伤理论家朱迪斯·赫尔曼认为,"心理创伤的核心经历是个体力量的剥夺和与他人联系的中断"(Herman, 1992：94),因此,创伤的治愈要建立在对幸存者个体力量的赋权以及重建与他人联系的基础之上。越战母亲交流小组这一"创伤症候群体"(trauma-focused group),恰好为创伤的治疗提供了必备的环境。在新的人际关系的缔结中,受创者能够形成对双方创伤的治愈过程都产生积极影响的"治愈关系"(healing relationship)。克莱尔和格洛丽亚用友情来帮助治疗各自的创伤:"我们可以互为依靠,一起让伤口愈合。"(麦凯恩,2010：138)多次团体交流活动后,母亲们形成新的人际关系,克莱尔对格洛丽亚产生"喜爱"之情,并主动关心帮助后者,重获生命的动力。格洛丽亚也通过领养妓女的遗孤,努力扶助弱者、传递爱心,使自己逐渐走出创伤、获得新生。对于美国读者来说,这样的故事读来一定具有强烈的当下性。

越战给美国社会造成了巨大的创伤,致使不少民众,尤其是战争伤亡者的家庭,沉浸在战争的伤痛之中,甚至丧失生活的信心。这似乎也正是越战结束30年后的"后9·11"时代美国社会的写照。"9·11"事件震惊世界,似乎"超越了语言的范畴"(Edkins,2003:1),成为无法言说的"语言的失败"(Gray,2011:1)。与此同时,美国也突然成为"被恐惧所笼罩的超级大国"(Gray,2011:21)。然而,双子塔倒塌、数千人死亡之后,人们依然渴望"让那伟大的世界永远旋转下去"(麦凯恩,2010:190)。在小说最后,爵丝琳发出的感慨"世间事物不会就那么土崩瓦解"(麦凯恩,2010:400),也传达出麦凯恩的乐观心态:虽然世界充满暴力与冲突,但只要人们心怀希望,保持积极的心态,以信任和真诚为本,以宽容之心善待他人,就能彼此间达成理解和包容,也可以愉快地接纳"他者"。

3. 同理心:"我们"与"他们"

"9·11"事件对美国本土安全造成重创,此后美国人的"爱国热情"空前高涨,同时出现了对整个伊斯兰世界的污名化和"他者化"。"'9·11'事件之后,有关'你们'和'我们'之间的界限问题,产生过很多激烈的讨论。"(阿皮亚,2012:14)麦凯恩的《转吧》并非严格意义上的"9·11"小说,也不直接讨论"我们"与"他们"的界限,而是聚焦底层小人物的命运,描绘20世纪70年代纽约市民身心迷茫、渴望救赎的生存状态,以提喻的方式映射"后9·11"时代美国的社会百态。

不论是针对战争、走钢丝事件,还是"9·11"事件,麦凯恩主张的是一种不违反平等正义原则条件下的偏私性,倡导对陌生人的尊重和关爱。阿皮亚认为世界主义是一种"陌生人世界里的道德规范"(阿皮亚的书名),麦凯恩的世界主义观也是如此。他从命运和情感共同体出发,伸张全球正义与和平,而战争与恐怖主义是与之抵触的典型反例。麦凯恩探索罪恶的根源,指出战争和恐怖主义行为不是人性的反面,而是人性本身。他用"文字绘成照片"(Garden,2014:19),更好地记录了这个世界并确保文明进程中乌托邦——对美好社会的想象与向往——的在场。"如果放弃了乌托邦,人类就放弃了塑造历史的愿望。"(凌建娥,2015:131)出于作家的历史责任感,麦凯恩消解主流话语,建构普通民众的话语体系,在当今"西方中心主义"即所谓的"同质化"的说法已日趋隐没的时代,他赋予每个人平等的话语权,主张一种世界间性,寻求文化、民族、种族的多元共存。

麦凯恩在小说中努力传达跨越差异的善良与道德。在小说中,不管来自什么背景,每个人生而平等,独立自由,且合作互助。正如玛莎·努斯鲍姆主张的:"我们应该承认普遍的人性,并对它的基本成分——理性和道德的能力,首先致以我们的忠诚和尊重。"(Nussbaum,2002:7)小说的主人公科里根最能代表博爱的世界主义者,他不分国别、种族、性别、贫富等差异,尽其所能为他人提供帮助。年幼时他给路边的流浪汉送过毛毯,移居美国后他用自己的出租房为妓女提供休息的场所,空闲时他去养老院做义工,等等。《转吧》中描写的妓女形象并非只热衷于金钱与身体的交易的人渣,而是一群有情有义、自尊自爱、有责任感并且懂得关爱他人的完整意义上的人。科里根能够认识到妓女内心深处的纯洁,平等待之,体现了小人物之间的同理心。

除了妓女之外,养老院体弱病残的老人同样处于社会边缘,科里根也为他们付出了大量心血。他帮助被病魔折磨得完全失声的老人希拉,陪她到教堂做礼拜,使这个形同槁木的老人焕发出"在其他地方所没有的活力"(麦凯恩,2010:39),重新获得了表达宗教虔诚的机会。在科里根的照料下,痴迷于钻研象棋的犹太老人艾尔比,能够在阴凉处舒适、专心地下棋,"松开轮椅手闸,开心地在那里前后摇晃"(麦凯恩,2010:52),尽情享受生命夕阳时分的片刻欢愉。

麦凯恩将小说中的边缘人物都归到"我们"的群体。小说中的科里根对"我们"付出了无私的关爱,而与他形成鲜明对比的是参加战争的士兵。他们在战场上将人与人之间的差异最大化,结果只有一个:"不是你死便是我亡。"麦凯恩希望借小说人物的认识和行为,帮助人们意识到战争的真面目,并提醒人们不要走向简单的区域性忠诚而迷失善良和道德。麦凯恩通过描写士兵约书亚的内心挣扎,控诉狭隘的爱国主义,呼唤爱国的世界主义:"世界主义者共同接受的思想是,任何区域性忠诚,都不能迫使人们忘记,每个人对别人还负有一份责任。"(Appian,2006:xvi)阿皮亚的有根的世界主义认为,我们首先要爱国、爱亲人,这是无可非议的,但这只是"由己及人"的基础。他更大的心愿是希望人们学会关爱、理解更多的人。麦凯恩在小说中对陌生人之间的道德规范建设着墨甚多，强调了陌生人之间"责任"的重要性。

虽然战争令人深恶痛绝，但小说中的索德伯格大法官在经历了战争导致的丧子之痛后，对战争的态度依然没有发生改变。他是战争的受害者，常常打开浴室的水龙头做掩护，悄悄地为儿子的离世哭泣。然而，他始终坚持认为战争是公正、恰当、正确的，"所罗门（法官索德伯格的别名，笔者注）了解战争的全部功用，它保护着自由的基石"（麦凯恩，2010：312）。爱国是索德伯格的本能，是一种集体无意识，但无视生命价值，打着爱国和捍卫自由的幌子诉诸战争和杀戮，无异于恐怖主义行径。迈克尔·曼在追溯国家的起源时指出，"国家起源于战争，但人类的进化把它导向了另外的和平功能"（麦凯恩，2010：71），对战争的谴责与对和平的追求才应是人类进化状态的恒久体现。

法官索德伯格的自由观代表着大多数美国人对自由的向往。但约书亚与父亲索德伯格不一样，他被美国以"爱国者"的名义推上战场，他和一起走上战场的同龄人体现了"集体无意识"的觉醒。在小说中，约书亚在写给母亲的信中表明，他爱自己的国家，愿意为国效劳，但是他痛恨战争，清楚地明白战争的本质就是自相残杀。他在"爱国者"的大军中行进，血淋淋的经历让他彻底领悟：在所谓的"爱国主义"的怂恿下，不论是在战场上还是生活中，"敌方"与"我方"或是"我们"与"他们"的界限已经被人为地一分为二，个体在国家机器面前对此无能为力，只能沦为炮灰。

除了极端偏私性将"我们"和"他们"彻底区隔开，麦凯恩还指出，缺失同理心拉开了人们之间的距离。同理心在《转吧》中占据着举足轻重的地位，"'同理心'和'救赎'是麦凯恩整个文学事业中的两大关键词"（Flannery，2011：15）。麦凯恩的目的不在于批判，而是试图揭露"人类互相为敌"这一事实，以便引起人们的反思，并希望借助同理心建立陌生人之间的道德规范。如果战场上的杀戮是迫于体制对行为的管束而非缺失同理心，那么，观看走钢丝表演的人群则最为明显地体现了同理心的缺失。麦凯恩用"走钢丝的人"替换"恐怖分子"，将其用作众人注目的焦点，借此观察人们的反应。面对走钢丝表演，越战丧子的母亲们触景生情，一些普通行人为之胆战心惊，同时还有些观众为寻求刺激直呼让他跳下。此外，这场表演也成为远在加州的年轻黑客们繁忙

工作间隙的娱乐消遣,他们打赌走钢丝者到底是否会掉落。相应地,"9·11"事件发生时,全球各地人们的心理也不尽相同:

> 9月11日上午这场表演在全人类面前上演。很多阿拉伯伊斯兰教徒为此次表演热情欢呼。在阿拉伯的大街小巷都可见官方媒体对此次表演的报道,人们时不时兴奋得手舞足蹈。在阿拉伯精英人群中,人们悄悄地互发着洋溢着满足和胜利喜悦的邮件。(Alexander,2004b:97)

在美国,民众被这场突如其来的灾难打击得痛心疾首,报纸、电视、网络等媒体对该事件长篇累牍的报道,事实上帮助了恐怖分子,成功地将这场恐怖分子精心设计的"表演"反复上演。这样的渲染虽然能够在一定范围内构建"人人都是美国人"的同理心,但麦凯恩通过走钢丝的例子表明,缺失同理心不是孤立、偶然的现象,而已经成为一种普遍的社会现象。他将人们对同一事件做出的截然不同的反应进行对比,对人们缺乏同理心、变得残忍麻木而感到焦虑。他试图通过刻画面对诸如"走钢丝"这样高度危险的行为时人们的反应,尤其通过描述那些麻木、冷漠的人群的可怕面貌警醒读者,以引起我们对同理心的关注,同时也影射了无视他国民众生灵、常常以战争暴力手段维护其地位的美国霸权政治给其他民族带来的不幸。在权力话语的对抗下,不同的立场必然带来对战争与和平、正义与邪恶、胜利与失败的不同解释,意识形态的复杂性不言自明。由此,麦凯恩表达了对官方的、媒体的单一的"爱国"宣传的质疑。

4. "怀旧":乌托邦的迷思

在斯维特兰娜·博伊姆看来,怀旧包括修复型和反思型:"修复型的怀旧强调返乡,尝试超历史地重建失去的家园。反思型的怀旧多限于怀想本身,推迟返乡——有惆怅、嘲讽和绝望之感。"(博伊姆,2010:7)英语单词 nostalgia 的意思是"怀旧""乡愁""怀念""思念"等,其中"怀旧"的概括性大一点。面对虚伪、躁动、混乱的时代,人们频繁地转向过去借此排遣不满与忧虑。怀旧的对象可以包括对旧人、旧事、旧物、旧时光等的怀念。怀旧不是心理病症,它是一种寻求慰藉的心理途径,每个人都在寻求适合自己的怀旧方式,而这种方式可以成为心理创伤治疗的一种。但无论是哪一种怀旧，都暗含了怀旧主体对过去的审视、对现实的批判以及对未来的忧虑。在《转吧》中，面对生活的虚无与残忍，越战中丧子的母亲、艺术家夫妇、从爱尔兰前往美国投奔弟弟的凯兰，无不有意识或无意识地陷于某种程度或形式的怀旧，在各自头脑中积极建构出一个更适宜生存的怀旧乌托邦。

在小说《转吧》中，在越战中失去儿子的母亲们组织越战老兵母亲交流会，参观彼此儿子的房间，欣赏年轻人青春朝气的照片，聆听他们成长的故事。除此之外，丧子母亲克莱尔还反复温习儿子写给她的 137 封家书。按照扬·阿斯曼的说法，"构成过去社会实践的四种媒体包括互动、文字记载、图片和空间"（阿斯曼，2015：6），克莱尔一样不落地投身于过去，以各种方式缅怀儿子。克莱尔的修复型怀旧所侧重的还乡，对于战死疆场的约书亚来说永远无法实现，但他曾在信中写道："你需要的是让机器能跟你说话，妈妈，机器几乎成了人。"（麦凯恩，2010：103）作为一名拥有"高学历"的现代女性，克莱尔相信科技的力量。她试图让电流变成约书亚返乡的工具，甚至是他的化身。她通过信件与儿子谈话、通过电与儿子"会面"。在鲍德里亚看来，这是一种"通灵"，即在技术的帮助下完成跨越生死的联络。这是个"冰箱"空间，被赋予特殊的意义："冰箱——这个建筑中的建筑，这个建筑中的密闭空间，就成为家庭中的飞地，一个同其他一切隔离开来的黑暗禁区。"（汪民安，2014：200）克莱尔的怀旧打破时间和空间上的限制，借助电冰箱将过去冷冻、将记忆保鲜，在冰箱上贴上儿子的照片，并进行对话。"照片，尤其是关于人、关于遥远的风景和遥远的城市、关于已消逝的过去的照片，是遐想的刺激物。"（桑塔格，2008：16）看着照片，克莱尔回想儿子出现在身边的往日的光景。她通过对冰箱的想象重建被摧毁的家庭，在记忆中重新获取生存的希望。虽然这种做法实属无奈，但对于遭受创伤的人群而言，类似的个体记忆能够建构对越战、"9·11"事件等"非常事件"的集体记忆，在对历史的回望中重构历史，具有重要的当下意义。

如果说克莱尔的怀旧来源于战争造成的丧子的精神创伤，那么布莱恩和莱拉这对艺术家夫妇的怀旧则是对现实的反抗。他们钟情于美国的 20 年代，开着 20 年代生产的庞蒂亚克，听着 20 年代的爵士乐，留着 20 年代的发型，带着强烈的怀旧情绪逃离城市,逃离 20 世纪 70 年代的格林尼治村,远离"性爱聚会、换妻聚会、安非他命聚会"(麦凯恩,2010:149)。他们住着 20 年代建造的小木屋,读 20 年代的书,画 20 年代风格的画。"对于修复型的怀旧而言,过去之于现在,乃是一种价值;过去不是某种延续,而是一个完美的快照。而且,过去是不应该显露出任何衰败迹象的;过去应该按照'原来的形象'重新画出,保留永远的青春气息。"(博伊姆,2010:55)艺术家夫妇努力从 20 年代找到独创性,他们"痛恨嬉皮士……恨他们同心合一的想法",他们的想法是"复古到20 年代,一如斯科特和塞尔达①那样去洗心革面过健康生活"(麦凯恩,2010:152-153)。对过去的怀念,其本质是对当下的批判,是对比今昔之后的价值判断,是对当下的弃绝。

20 年代没有核武器,也没有电子计算机与黑客。但随着全球化的推进和科技的突飞猛进,"暴力工具的技术进步如今已经达到了如此地步,还没有一种政治目标能够配得上它的毁灭潜能,或者证明它在武装冲突中的实际应用是正当的"(阿伦特,2012:79)。可以说,科技对暴力膨胀的推波助澜,与它带给人类的便利不相上下。布莱恩和莱拉夫妇试图通过怀旧,回到那个"纯真简朴的年代"(麦凯恩,2010:169),用艺术抵抗科技,努力通过艺术与当下划清界限。他们凭借自身的艺术天分,将现实中的丑陋、邪恶、肮脏放大,通过艺术的扬声器发出他们对国家乃至对整个人类的悲叹,并且在艺术世界虚构一个20 年代的乌托邦。

"怀旧心理及其所构筑的文化记忆,恰恰是圆满的、统一的、稳定的、完整的,它在本质上就是希望'退回到历史上的一个较少复杂的时刻和个人经验',就是希望回到传统社会中那种恒定的、由一个更大而有力的共同体所支撑的自由秩序当中。"(赵静蓉,2005:57)纵然它不是一个真实的世界,却是人性向真、向善、向美的表征。"乌托邦是一种空想,但不是幻觉。确切地说,它是一种内心诉求,一种精神的依托,一种哲学思考,一种革新动力之源。"(曾桂娥,2012b:2)在怀旧乌托邦的助力下,人们努力调整现状,呼吁变革。艺术家们通过怀旧重建人文精神的"伊甸园",以怀旧的方式与科技保持一定的安全距

---

① 即美国小说家菲茨杰拉德夫妇。

离,反思滥用科技的危害,控诉科技时代的冷漠无情。

与克莱尔和艺术家夫妇的怀旧相比,凯兰的怀旧更偏向个人化。前者的怀旧指向整个美国和某个时代的集体怀旧,而后者的怀旧则局限于单独个体。凯兰怀念没有暴力的爱尔兰,怀念和弟弟住在海边时的宁静生活,怀念那个"缓慢""不那么复杂的时代"(麦凯恩,2010：21)。三者的怀旧同为对喧嚣浮躁的美国的厌弃,但颇为不同的是,凯兰在历经弟弟不幸去世、见证美国政治的负面特性后,逃离美国返回故乡,并重新买回他曾经出售的老房子。爱尔兰的那栋老房子储存着兄弟俩童年的回忆,这是一种地理怀旧、空间怀旧和建筑怀旧的交织。种种怀旧的融合促成了凯兰对美好新生活的向往,使他对未来充满希望。他的乌托邦国度里没有所谓的仇恨和报复。虽然弟弟惨遭车祸,但他选择了原谅肇事逃逸司机的帮凶,从某种意义上来说实现了自我救赎和对他人的救赎。谅解背后的推动力是同理心,均是构建命运共同体的重要因素。这种在怀旧中涵容的对当代美国的反思和对人与人之间友善关系的倡导,都是小说作者在《转吧》中极力倡导的。

怀旧传达了人们对现实的愤懑与逃避,人们在怀旧中构建希望的乌托邦,希望按照乌托邦的式样修正自己生活的时代。乌托邦精神是一种反叛精神,也是一种超越精神,"乌托邦作为一种'早熟的真理',不论以哪种方式出现,都有一种对人的关怀"(沈慧芳,2011：2)。人们怀抱这种精神,改革现在、打磨未来。当集体怀旧在社会中逐渐衍生出一种集体意识时,人们便不约而同地意识到生存的压迫和威胁,从而激发除弊救世的激情。这种集体性怀旧关系到修复整个国家的精神创伤,它的意义不是抱团缅怀过去或沉沦在过去所带来的伤痛中,而是依靠集体的智慧和力量反思过去,在乌托邦的"希望原则"指引下构建更美好的未来。麦凯恩希望传递的正是这种面对灾后创伤的理念,但这种理念是他通过讲述过去的故事来表述的。

5. 实现认同：从记忆转化为叙事

麦凯恩承认差异的存在,正因为如此,社会认同更具必要性。他鼓励人们借助记忆和故事的力量达成集体认同。在小说中,作为触发集体记忆的走钢丝事件将看似毫无关联的故事连接起来。哈布瓦赫指出:"尽管集体记忆是在一个由人们构成的聚合体中存续着,并且从其基础上汲取力量,但也只是作为群体成员的个体才能进行记忆。"(哈布瓦赫,2002:48)因此,"集体记忆"不是一个既定概念,而是一个建构的概念。《转吧》中,麦凯恩利用故事的情节性和叙事性优势建构"9·11"集体记忆,将 11 个故事铺陈开来,交叉讲述,编织出一幅动态关系网。集体记忆的出发点是个人,落脚点也是个人。他将目光投向普通民众,通过个人的故事观照个体面临的生存困境。面对越战和"9·11"恐怖袭击带来的灾难性伤痛,人们只能选择继续向前。此时麦凯恩不忘提醒人们保留过去的美好记忆,建构反思过去的集体记忆,以便实现人与人之间更多的认同与理解。

讲故事是拉近陌生人之间的距离、成为构建集体认同的重要方式之一。在创伤时代,讲故事能够以"抱团取暖"的方式进行疗伤。"对于构建集体来说,语言是最重要的工具"(阿斯曼,2015:144),讲故事则是对语言的艺术加工,同时"讲故事是支持记忆、保存过去、激活以往体验乃至构建集体认同的一个根本要素"(韦尔策,2007:93)。在五位越战老兵母亲中,唯独格洛丽亚是黑人,这让她在最开始申请加入交流会时惴惴不安。但是,共同的丧子记忆拉近了她和白人母亲们之间的距离,种族差异暂时被消融。富有的克莱尔住在公园大道,这个地理位置象征着财富,也暗示了她和其他母亲之间的阶级隔阂。小说通过克莱尔一系列的内心独白刻画她的焦虑:她担心自己优渥的生活会让她失去其他四位母亲的同情。然而,故事暂时填补了阶级造成的鸿沟,在共同的集体记忆面前,不论贫贱或尊贵,她们都拥有共同的身份:越战丧子母亲。在麦凯恩笔下,讲故事搭建起集体记忆,使种族差异和社会地位的鸿沟让位于认同和共情。这对于"后 9·11"时代的集体记忆建构具有重要参考价值。

麦凯恩巧妙地利用走钢丝事件隐喻"9·11"事件,小心翼翼地规避人们不愿提及的"9·11"创伤,采用文学叙事介入过去,借助故事建构集体记忆。海登·怀特曾指出:

叙事完全可以看作是一个对人类所普遍关心的问题的解答,这个问题即:如何将了解(knowing)的东西转换成可讲述(telling)的东西,如何将人类经验塑造成能被一般人类,而非特定文化的意义结构吸收的形式。我们或许不能完全领会另一种文化的特定思想模式，但是，我们比较容易理解其中的故事，无论这种文化显得多么离奇。（White，1987：1）

作为一种广受欢迎的叙事方式，讲故事具备被理解的普遍性。和事件相比，故事的再现赋予人们更多的自主性。麦凯恩没有对越战或"9·11"事件进行血腥的描写，而是以故事的方式将二者融入普通人的生活中，使之转化成人们更易接受的一般经验。他将故事作为符码书写集体记忆，意在借用文字媒介推动"9·11"恐怖袭击符号意义的延伸。"9·11"事件不仅仅是发生在美国本土的一起重大伤亡事件，更是世界性的大事件，自此之后，全世界拉开了恐怖时代的序幕。罗兰·巴特认为，叙事"简直就像生活本身……是国际性的、跨历史的、跨文化的"（Barthes，1977：79）。相较于对历史事件的直接叙述，故事蕴含着更大的反思空间和更强的批判力度。随着信息时代媒体在全世界的广泛传播，也随着文学作品对相关故事的艺术性再现，"9·11"故事跨出了美国领土，成为全人类的集体记忆。这对于世界范围的恐怖主义反思和批判具有积极作用。

记忆书写虽然回首过去，但立足的是现在，着眼的是未来。它向后转回探过去，同时向内转拷问内心，本质上包含了前瞻性的进步意义。"记忆不仅重构过去，而且组织当下和未来的经验。所以，把'回忆原则'与'希望原则'对立起来是荒谬的，事实上两者互为条件，相互依存。"（阿斯曼，2015：42）集体记忆的核心精神是超越精神，面对生存的种种压迫和威胁，人们从过去中汲取希望的养料反思当下，以期超越过去和现在。麦凯恩将集体记忆转化为叙事，而叙事借助其自身的渗透力，使其承载某些深刻记忆和经验，并让伤痛的记忆和经验成为走向未来的铺垫。随着作品的传播，越来越多的人通过阅读走进小说中的世界，与其中人物互动并完成认同。

6. 多声部叙事：命运共同体建构

在当今时代，打破世界秩序的罪魁祸首，非战争和恐怖主义莫属。在《转吧》中，麦凯恩着重刻画了世界的无序性。从小说的布局来看，麦凯恩采用多声部的叙事手法，将众多人物的故事掺杂交替，形成看似无序的多声部叙事。作者只在小说开头和结尾部分交代了故事的起止时间：1974 年和 2006 年，但在这 33 年的时间跨度中,他刻意模糊每一个故事发生的具体时间以及故事与故事之间发生的前后顺序。由于人物关系的交织和事件的重叠,整部小说给读者一种杂乱无章的第一印象。其次,在内容上,作者有意呈现出美国社会生活的混乱无序。作者将小说叙述分为两条主线,明线讲述越战之后的美国,暗线指向"9·11"事件之后的美国。

麦凯恩针砭时弊,浓墨重彩地渲染越战后美国城市的乱象,以纽约为其最典型的代表:"这个城市的手指插在垃圾里,这个城市用脏盘子吃着东西。"(麦凯恩,2010:34)汪民安指出了"垃圾"的象征意义:"作为商品的灰烬,垃圾是人类的遗迹,是人类记忆大海中遗漏的细小珍珠,但是,它包含了整个大海的广阔秘密。"(汪民安,2010:217)作者不止一次提到这座城市的垃圾,因为垃圾记录下这座城市的欲望与罪行。城市的脏乱,反映的是城市社会秩序的混乱:"在那年春天清洁工人罢工,垃圾至今还未全部清理完。"(麦凯恩,2010:36)与社会秩序崩溃相呼应的,是频频出现的城市暴力:"在布朗克斯,殴打和无端谋杀时有发生,持枪抢劫更是家常便饭。"(麦凯恩,2010:67)在麦凯恩笔下,这座城市的上层居民往往陷于金钱、利益和权力的缠斗,而普通民众则难以安身立命。

关于后"9·11"时代的混乱,作者只需提到"阿富汗"和"伊拉克"这几个词就不言自明了。但战争并未制止恐怖袭击,反而使之在后"9·11"时代愈演愈烈,致使战争报复与恐怖袭击形成了恶性循环。小说故事在 2006 年画上句号,当时正值"9·11"事件 5 周年。麦凯恩浅浅几笔勾勒出后"9·11"时代的端倪:一切确定的过去都成为历史,而未来的种种不确定性和可能性却都是空白。对此,作家流露出深深的担忧和焦虑,希望在泛化的暴力世界中重归最根本的人性,并试图在怀旧中寻找出路,但是,怀旧并不是希望重复从前的日子,而是在想象中建构一个原本可以成为幸福家园的空间。

麦凯恩在小说中不遗余力地描绘了"9·11"之前的美国社会,那并不是一个被"9·11"摧毁的美好世界。社会和法律的执行者们最典型地代表了这个大都市的社会景貌:"这个体制中的英雄是在最短的时间内完成最多审案任务的法官"(麦凯恩,2010:305),"审判"这一威严肃穆的行为竟成了曲意逢迎的作秀,法庭这个原本主持正义与平等的殿堂,竟成了资本主义牟利的秀场,即便明知有违公正,也可以曲解法律,创造利益:"我们还得判他,所以要判得有点创意。"(麦凯恩,2010:376)警察们也配合着表演:"他们耀武扬威。用水枪冲向人群。开枪打那些黑鬼。用警棍敲那些极端人士。不喜欢就请滚蛋。"(麦凯恩,2010:166)这批人一边执行法律一边蔑视法律,在美国这个标榜"民主"的国家,他们划出各种界限,不断强化"体制"的威慑力。

麦凯恩试图说明,"后9·11"时代的人们如果试图重返过去,复原从前,那就相当于重蹈覆辙。麦凯恩试图让读者看清社会的病态,力图在小说中构想一种能够消除这种病态的新秩序。他着眼于未来,激发人们重构"后9·11"时代新秩序的热情与动力。"与双子塔坍塌的同时,还有原有社会秩序的断裂"(曾桂娥,2012b:6),但这样的断裂也不失为一次秩序重建的机会。正如张和龙所说,其实"'9·11'事件终结了20世纪美、英两国的历史,开创了两国政治、经济与文化的一个新时代"(张和龙,2014:20)。这种断裂确实可以成为"后9·11"时代秩序的新转机,从而根治以不同方式延续暴力的政治,防范暴力与知识和科技的结合和暴力的自我复制。可以说,麦凯恩的小说也是建构他倡导的"后9·11"时代世界新秩序的一种努力。对于美国甚至是整个世界来说,恐袭事件不是一种秩序的结束,而是开始。麦凯恩以"9·11"事件为分水岭,希望纽约这个"不相信历史"的城市能以历史为鉴(麦凯恩,2010:293),希望这个曾经混乱无序的地方能够建立规范,并让人们在其中获得美好生活,获得存在感。

基辛格认为"从来不存在一个真正全球性的'世界秩序'"(基辛格,2015:IV),"要建立真正的世界秩序,它的各个组成部分在保持自身价值的同时,还需要有一种全球性、结构性和法理性的文化,这就是超越任何一个地区或国家视角和理想的秩序观"(基辛格,2015:489)。他特别强调指出,一种普适性的秩序并不存在。麦凯恩的观点与其不谋而合,主张一种动态发展的秩序。麦凯恩所崇尚的"后9·11"新秩序的概念,是将世界看成一个整体,消除所有偏见与不平等,打破区域界限与壁垒。

麦凯恩深知,对于作家而言,首先应该从最基本的话语民主做起,倡导一种"讲故事的民主"(Garden,2014:9)。在整部小说中他采取多个叙述者将故事勾连,赋予边缘化人物平等的话语权和足够的话语空间,让他们诉说自己的故事。这是民主重建的重要基础。其次,麦凯恩关注差异并倡导包容与交流。在小说中,麦凯恩将差异范围缩小到家庭,最具有代表性的两个家庭是蒂莉和格洛丽亚的家庭,分别是妓女和前奴隶的家庭。作家试图从两段特殊的家庭记忆出发,表现消弭种族和阶级隔阂的可能性。麦凯恩让白人与黑人对话、让法官与平民对话、让美国人与爱尔兰人对话。他证实了这种交流的可行性,并提供了一种世界主义者跨越性交流的范式。最后,麦凯恩提供了命运共同体建设的推动力——同理心。

在《转吧》中,"克莱尔害怕因自己的财富地位而失去别人对自己的同情"。她因此对每一个细节都非常敏感,甚至包括耳环的选择,努力让自己融入其他越战母亲组成的团体。麦凯恩通过故事中这样的组织,推进情感沟通,让怜悯心拉近个体之间的距离,而不是让体制规训禁锢良知。这是作家强烈表达的期望:人们通过交流达到相互之间的理解,达到对不同社会地位、文化、种族和个性的包容,让尊重不同成为社会良知的一部分。"'9·11'事件之后,有关'你们'和'我们'之间的界限问题,产生过很多激烈的讨论"(阿皮亚,2012:14),但总体而言,社会对非白种族裔依然抱有歧视,对伊斯兰教信徒的他者化和妖魔化尤其严重。麦凯恩的世界主义与阿皮亚的理念一致:世界主义是一种陌生人世界里的道德规范。他从命运和情感共同体出发,伸张全球正义与和平,主张一种"世界间性"以寻求文化、民族、种族的多元共存。

波吉特·达维斯在《归零地小说》(Ground Zero Fiction)中提到,《转吧》中生活在"后9·11"时代的爵丝琳对于悬至天际的走钢丝人发出的质问,"从元叙事、元史学的角度将'9·11'事件在文化记忆中进行定位"(Däwes,2011:346)。国内学者杨金才认为,"'后9·11'文学"是指在'9·11'事件之后,由全球性的反恐和后冷战思维逐步催生的一种具有反思生命意义、深度观照历史,并使历史与现实交融的文学文本"(杨金才,2014:7)。《转吧》巧妙地运用多重叙述方式和大胆想象进行历史书写,以寓言形式将历史与现实联结起来,间接观照了现代人在"9·11"事件之后的生存困境。从这一方面来说,该小说完全可以被界定为广义的"9·11"小说。《转吧》并没有对"9·11"事件进行直接描写,但小说的关注中心是世界的恐怖与喧嚣,并对人们摆脱困顿、寻求救赎的内心愿望进行细致而深刻的描写。这与"后9·11"时代的美国社会状况遥相呼应：民众生活在灾难阴影的笼罩之下，深受反恐战争的心理创伤，又陷入经济危机的萧条之中，期盼迷茫中的方向。麦凯恩的高明之处在于，他不写"9·11"事件及其影响，但又让读者无时无刻不与前不久发生的事件产生联想。

麦凯恩曾在访谈中说："最好的作家都会努力成为另类历史学家。"(Lovell，2013)他这位"另类历史学家"希望通过普通人物身上体现的历史感、他们经历的历史创伤以及保存的历史记忆，来书写不同版本的历史。小说透出作家对保存历史细节的努力，他对社会各行各业人士进行了细致入微的观察和研究，努力通过小说这一表达形式将讲故事的民主放大，以小叙事呈现更多面、更具体、更真实的历史。麦凯恩借助 11 个故事将诸多人物的命运交织，注重人类命运共同体的建构。他倡导的命运共同体不同于且超越了本尼迪克特·安德森的民族主义的共同想象。殷企平曾经指出："共同体的一个根本前提就是人与人之间的深度沟通/交流。"(殷企平，2016：74)《转吧》中，麦凯恩试图通过对话重构包容共存的新秩序。对话，包括个人之间、团体之间、不同的民族、宗教、文化之间的对话，是达成交流、实现和谐的基本途径，也是对唯我独尊的帝国心态和霸权主义的批判。

麦凯恩尊重差异，寻求认同，支持多元与自由。"自由主义的世界主义的纲领，关注的是不同方面之间的对话：但这些对话的情况适用于城市之间、宗教之间、阶级之间、性别之间、种族之间、性取向之间，几乎所有的差别之间。"(Appian，2005：258)麦凯恩充分践行"讲故事的民主"观，以小说为平台，让来自不同国家、阶级、宗教、性别、种族的人们展开平等对话。讲故事成为人与人之间对话的方式，这在当今全球化时代不失为一种"后 9·11"秩序建构的新途径。讲故事，即叙述与交流的方式，更加行之有效地拥抱差异与多元，同时也保留了自身的独特价值。麦凯恩秉承世界主义理念，关注全球命运共同体，面对类似于全球变暖、环境恶化、恐怖主义等引起的气候危机、生态危机以及安全危机，他奉行全球伦理、全球责任以及全球合作的理念，并通过小说故事这一言说历史的有效途径，为建构和谐的人类命运共同体呐喊呼吁。

小说家在对"非常"事件的"既定"历史进行质疑性或颠覆性的再现中，将边缘和中心互换，彰显出小叙事的力量。作家在对诸如"9·11"这类"非常"事件的重新呈现中,参与了历史重构。麦凯恩在小说创作中拒绝采用传统的直线型叙事,巧妙地运用叙事时间和叙事声音的跳跃性,通过"讲故事"这一黏合剂谱写小人物的生活境遇和文化身份认同,进而以普通人的微观叙事融入人类"大历史",用"讲故事的民主"抗衡权力叙事,凸显命运共同体对"他者"的包容性。

【链接1】 电影《特别响,非常近》

"9·11"事件发生后,许多电影描绘了与该恐怖袭击事件相关的各色人物的故事,例如《世贸中心》《国土之上》《93号航班》和纪录片《华氏9·11》《9·11解密》等,还有许多相关小说被搬上了银幕。2012年,弗尔的小说《特别响,非常近》被导演斯蒂芬·戴德利(Stephen Daldry)改编成电影,奥斯卡影帝汤姆·汉克斯、奥斯卡影后桑德拉·布洛克等大腕明星的演绎,使得该片获得很高的关注度,并获得第84届奥斯卡金像奖"最佳影片"的提名。

作家弗尔描述的不仅仅是"9·11",也不仅仅是美国人民共有的创伤体验。小说站在一个更高的角度审视世界的安全问题,与其铺陈相比,电影更注重故事情节的聚焦,许多小说情节被舍弃,小说所体现的历史纵深感有所削弱。例如,电影对德累斯顿轰炸一笔带过,也没有提及在原子弹爆炸中死在母亲怀里的女儿。与此同时,见证了20世纪多次战争和灾难的百岁老人布莱克被淡化处理,电影也几乎没有涉及奥斯卡祖父母之间的感情故事,两人的书写在电影中消失不见,等等。电影导演试图诠释"生命"和"死亡"的意义,于是整部影片的主线跟随奥斯卡的寻锁之旅,反映他找寻"真相"的心理变化过程,侧重描绘的是创伤产生之后人们的心路历程以及艰难的创伤修复过程。整部电影更加符合狭义的"9·11"电影的定义。

在电影中,奥斯卡是绝对主角,所有镜头都围绕他展开,他的独白贯穿在整部影片始末。导演的侧重点在奥斯卡失去父亲之后的自我封闭,他总是自我对话、回忆、寻找。相比较而言,小说的叙事角度更多,赋予祖父、祖母等"发声"的权利。例如,小说中的老托马斯在其信中回忆自己与安娜的恋爱经历、讲述自己在德累斯顿轰炸过后的创伤体验;祖母的回忆录《我的感情》中的文字让读者直接与这个角色产生交流与共鸣。此外,还有其他一些灾难的亲历者也纷纷登场,比如住在奥斯卡楼下的"活化石"老布莱克,儿子死于战场的哈祖尔·布莱克等。从人物刻画来看,小说的人物群像更为多元丰满,赋予了多个人物自主叙述创伤的权利,更有效地呈现了整个美国社会层面经受创伤的全景图。电影受限于播映的时间长度,删繁就简,以凸显奥斯卡的创伤及治愈的代表性故事。电影设计的旁白加深了第一人称叙事模式,但同时不得不牺牲事件的相关语境和复杂性,因此也部分丧失了创伤历史的纵深感和厚重感。这方面的区别主要是两种不同媒介的不同传播方式造成的。

　　电影是图像的艺术,更是取舍的艺术。小说中的许多图像符号在电影中消失,例如:新闻报道截屏、爷爷书写密集的信件和奶奶写的《圣经》式的信件,以及各式各样的锁和钥匙等。这些图片在电影的结尾处通过奥斯卡母亲翻阅奥斯卡的图像日记集中呈现出来,可谓对小说视觉特征的致敬,也是电影的点睛之笔。对于"坠落"这个意象,小说和电影都进行了较好的刻画。在小说中,作家通过递序排列下坠图片的方式呈现,电影导演更加充分地利用了这个意象。在电影中,导演反复强调下落的物体,并运用特写镜头将其不断放大,例如下落并粉碎的花瓶、浴室水龙头不断滴落的水滴等。

　　电视屏幕上"9·11"现场报道的镜头,尤其是遇难者从世贸大楼坠落的特写,不断在奥斯卡头脑中闪现,甚至使他出现幻觉。对此,电影镜头采用模糊处理的手法,用光影创作弥蒙的效果:头朝下双臂张开的下坠人影,反复出现后在镜头中消失。另外,电影中奥斯卡还把世贸大楼人体坠落的图像从网上打印下来,与爷爷一起研究,讨论图中坠落的人是否可能是自己的父亲。这样的表现似乎写得平静客观,其实是孩子丧父之痛的创伤体验的重演。在影片最后,导演将小说末尾长达15页的坠落人回升图放到小奥斯卡的剪贴簿上,以快速翻动时呈现的连续效果实现了小主人公的纯真愿望:时光倒流、灾难并未发生、父亲和家人都平安无事。

　　电影《特别响,非常近》成功地避开了小说中微妙提及的"政治不正确",看不出主人公奥斯卡对阿拉伯人、女性、非裔人士的偏见。小说中奥斯卡对"白色"的偏好在电影中也不见踪影,奥斯卡身穿各种颜色的衣服在纽约的大街小巷穿行,小说中他去看心理医生的情节被电影导演删除,让奥斯卡的整体形象"正常化"。此外,电影还弥补了小说中母子沟通的绝望感,让奥斯卡母亲的形象更令人信服。在母亲与奥斯卡和解的片段中,母亲告诉他自己知道他所有的行踪,并且在他到访每一家布莱克之前都提前访问并解释原因,希望他们能够理解并友好对待奥斯卡。母子俩分享富有特色的布莱克们的特点和故事,母子相偎、会心一笑的画面在电影屏幕上出现,再配上煽情的音乐和回放镜头,有效触动观众的泪点。小说中对此只是一笔带过:"我的搜寻是妈妈写好的一个剧本,当我从头开始的时候,她已经知道结局"(麦凯恩,2010:303),"在我唯一的生命里,她是我妈妈,我是她儿子"(麦凯恩,2010:339)。

电影媒介的优势在于能够运用摄影、音乐、灯光、服饰、动作、表情等多种视觉、听觉元素强化表征效果。在影片《特别响,非常近》中,画面、音乐、声响等渲染了故事的悲剧色彩,同时清晰描绘了疗伤过程,直观呈现了创伤社区的群体疗伤效果,传达出灾难面前人人休戚与共的主题。例如,在奥斯卡拜访的一位布莱克女士家里,一群人围在一起,举起手掌,放在奥斯卡脑袋周围,以宗教祈祷的形式为奥斯卡疗伤。这样的镜头增加了经历灾难之后纽约这座城市的温度。在电影结尾处,奥斯卡给他拜访过的布莱克们一一写信致谢,镜头掠过不同的年龄、性别、肤色和健康状态的男女老少读信的场景,他们的表情无一例外都充满着感动或感慨。小说中并无这一情节,导演的这个补充是成功的,在通信和互联网高度发达的21世纪,导演让奥斯卡利用邮寄手写感谢信的方式触动人们心底的回忆,为创伤社区增添了人情味。

在电影结尾部分,奥斯卡在父亲经常坐的那个秋千下面找到了父亲写的"祝贺信",恭喜他找到了"第六区"。这个"第六区"在地理上并不存在,是人们互相抚慰的心理空间。在"第六区","或许我们是在怀念我们失去了的东西,或许是在祈望我们期待到来的东西。也或许是公园移动那天晚上留下的梦想的残余。或许我们是在怀念那些孩子失去了的东西,希望他们希望过的事情"(麦凯恩,2010:226)。"第六区"是一个理想的场所,是应对创伤或者悲痛的命运共同体,是寄托希望的乌托邦。马修·莫林斯提到了一个非常值得我们注意的方面:小说家弗尔和电影导演戴德利都将"我们"与"他们"做了模糊处理,并将这种差异视为强化国际社区意识而非对抗的机会(Mullins,2009:323)。这种对阵线边界的模糊化,与美国政府简单化的"站边"立场很不一致,指向事件背后历久的种族、宗教冲突,深重的政治、经济矛盾和复杂的国际语境。电影版的《特别响,非常近》更是模糊了"我们"与"他们"的界限,仅讲述"我"与"我们"的故事,用温情和哀悼向"9·11"文学致敬。

【链接2】　纪录片及非虚构小说《走钢丝的人》

1974年,法国杂技师菲利普·佩蒂曾在世贸双塔上走钢丝,这个在世贸双塔之间行走的行为艺术表演意象,成为小说《转吧,这伟大的世界》开场时最吸引人的"关注点"。纪录片《走钢丝的人》(Man on Wire, 2008)由詹姆斯·马什(James Marsh)执导,BBC、Discovery和UK Film Council联合出品,以对走钢丝事件主要参与人进行访谈的方式,生动还原了当年菲利普·佩蒂在美国世贸大厦双子塔之间所完成的令人叹为观止的艺术壮举。该影片获得2008年第21届欧洲电影奖最佳纪录片奖提名、2009年第81届奥斯卡金像奖最佳纪录长片奖以及2009年英国电影和电视艺术学院奖最佳英国影片等诸多荣誉。整部影片将艺术性与纪实性相结合,既不违背纪录片的真实性原则,又运用艺术手段呈现真实,对现时人物的采访和当时情景的模拟再现贯穿全片,真实而客观地记录了菲利普在朋友和女友的协助下,竭尽全力逐梦世贸大厦的故事。

2015年,由佩蒂本人亲自撰写的同名非虚构小说《走钢丝的人》出版,以第一人称叙事再次呈现1974年的充满诗意的艺术表演。小说的主要内容分为三大部分:第一部分作者简述其童年和自己的梦想;第二部分着重讲述为了这场表演所做的准备及实现过程;第三部分简要地描述这场成功的惊世表演结束后所发生的变化。

不论是在电影还是小说中,这个梦想是如何在长达六年多的时间中一步步走向实现的过程,都是最重要的呈现部分。为了实现这个看起来不可思议的梦想,佩蒂不断练习高空行走,并在法国组建自己的团队,先后于1971年和1973年分别在法国巴黎圣母院和澳大利亚悉尼海港大桥进行非法高空行走艺术表演,并且都是以危害公共安全罪被捕而告终。但这些都不足以成为阻碍他的理由。为了实现梦想,佩蒂及其团队乔装成记者、工作人员甚至是残疾人,想方设法混进世贸中心测量数据,考察场地。在走钢丝的前几天,他们设法把超过一吨重的器材偷运进了工地,在顶层潜藏了一整夜,成功将钢索搭好。天亮时分,佩蒂登上了世界最高的舞台,并取得了成功。菲利普·佩蒂在两栋大楼之间的冒险之旅,让人们看到了一个渺小的人类战胜由钢筋水泥建筑的庞然大物的壮举。

反观整部影片与小说,我们不难理解,对生命力与美好前景的向往,是诠释佩蒂的一个重要切入点。对美国人来说,20 世纪 70 年代是一个多事之秋,一个令人痛苦和失望的时代。正如麦凯恩在《转吧》中所描绘的那样,石油危机、工业萧条、水门事件和越战美军的惨重死伤给那个年代投下了重重阴影。走钢丝这样一个看似无厘头的事件,其实将众多的社会和历史元素串联到一起。一场出人意料的表演,好像拨开了布满天空的乌云,让人看到了阳光,给人注入了精神和勇气。从菲利普·佩蒂漫步云端的那一刻起,人们看到的绝不仅仅是一场摄人心魄的艺术表演,更是人的征服力的宣誓。这样的壮举再一次唤醒了美国人的希望与梦想。双子塔在"9·11"恐怖袭击中倒塌,也因此具有了象征意义。

引述文献:

Adorno, Theodor W. *Prisms*. Samuel & Shierry Weber Trans. Cambridge, MA: MIT Press, 1983.

Alexander, Jeffery C. *Cultural Trauma and Collective Identity*. Berkeley: University of California Press, 2004a.

Alexander, Jeffery C. "From the Depth of Despair: Performance, Counterperformance, and 'September 11'". *Sociological Theory*, Vol. 22, *Theories of Terrorism: A Symposium*, 1 (2004b): 88-105.

Appian, Kwame Anthony. *The Ethics of Identity*. Princeton: Princeton University Press, 2005.

Appian, Kwame Anthony. *Cosmopolitanism: Ethics in a World of Strangers*. New York: W. W. Norton & Company, Inc., 2006.

Barthes, Roland. "Introduction to the Structural Analysis of Narratives." Stephen Heath Ed. *Image*, *Music*, *Text*. London: Fontana Press, 1977:

79 – 124.

Baudrillard, Jean. *The Spirit of Terrorism and Requiem for the Twin Tower*. Chris Yurner Trans. London: Verso, 2002.

Brustein, Robert. "Theater after 9/11." *Literature After 9/11*. Ann Keniston and Jeanne Follansbee Quinn Eds. New York and London: Routledge, 2008: 242 – 245.

Butler, Judith. *Precarious Life: The Powers of Mourning and Violence*. London: Verso, 2006.

Butler, Judith. *Frames of War: When Is Life Grievable?* London: Verso, 2009.

Cardin, Bertrand. *Colum McCann's Intertexts: Books Talk to One Another*. Cork: Cork University Press, 2016.

Caruth, Cathy. *Unclaimed Experience: Trauma, Narrative, and History*. Baltimore: The Johns Hopkins University Press, 1995.

Caruth, Cathy ed. *Trauma: Exploration in Memory*. Baltimore and London: The Johns Hopkins University Press, 1995.

Cobb, T. Gerald. "High-Wire Act." *America*, 2 (2010): 30.

Crăciun, Dana. "The '9/11' Conundrum: Beyond Mourning in Colum McCann's *Let the Great World Spin*." *British and American Studies*, 18 (2012): 81 – 88.

Cusatis, John. *Understanding Colum McCann*. Columbia: University of South Carolina Press, 2010.

Däwes, Birgit. *Ground Zero Fiction: History, Memory, and Representation in the American 9/11 Novel*. Heidelberg: Universitats-Verlag, 2011.

DeLillo, Don. "In the Ruins of the Future: Reflection on Terror and Loss in the Shadow of September." *Harper's Magazine*, December 22, 2001: 33 – 40.

DeMeester, Karen. "Trauma and Recovery in Virginia Woolf's *Mrs.*

Dalloway." *Modern Fiction Studies*, 44/3 (1998): 649 - 673.

Edkins, Jenny. *Trauma and the Memory of Politics*. Cambridge: Cambridge University Press, 2003.

Edkins, Jenny. "The Absence of Meaning: Trauma and the Events of 11 September." *Interventions*, October 5, 2018. 〈http://www.wastoninstitute. org/infopeace/9 • 11article. cfm? id = 27〉 (Accessed November 5, 2018)

Fanning, Charles. *New Perspectives on the Irish Diaspora*. Carbondale and Edwardsville: Southern Illinois University Press, 2000.

Flannery, Eoin. *Colum McCann and the Aesthetics of Redemption*. Dublin: Irish Academic Press, 2011.

Flannery, Eoin. "Internationalizing 9/11: Hope and Redemption in Nadeem Aslam's *The Wasted Vilgia* (2008) and Colum McCann's *Let the Great World Spin* (2009)." Oxford: Oxford University Press, 2013: 294 - 315.

Gaffney, Mark H. *Black 9/11: Money, Motive and Technology*. Chicago: Independent Publishers Group, 2012.

Garden, Alison. "'Making It up to Tell the Truth': An Interview with Colum McCann." *Symbiosis: A Journal of Anglo-American Literary Relations*, (2014): 1 - 19.

Ghatt, J. "9/11 Took Away America's Innocence." *The Washington Times*, September 11, 2011.

Gray, Richard. "Open Doors, Closed Minds: American Prose Writing at a Time of Crisis." *American Literary History*, 21/1 (2009): 128 - 151.

Gray, Richard. *After the Fall — American Literature Since 9/11*. Chichester, West Sussex: John Wiley & Sons Ltd. , 2011.

Halbwachs, Maurice. *The Collective Memory*. Francis J. Ditte Trans. New York: Harper & Row, 1980.

Herman, Judith. *Trauma and Recovery*. New York: Basic Books, 1992.

Hones, Sheila. *Literary Geographies: Narrative Space in* Let the Great World Spin. New York: Palgrave Macmillan, 2014.

Huehls, Mitchum. "Foer, Spiegelman, and 9/11's Timely Traumas." Ann Keniston & Jeanne Follansbee Quinn Eds. *Literature After 9/11*. New York and London: Routledge, 2008: 42 - 59.

Huxtable, Ada Louise. "A New Era Heralded." *The New York Times*, January 19, 1964: 78.

Irom, Bimbisar. "Alterities in a Time of Terror: Notes on the Subgenre of the American 9/11 Novel." *Contemporary Literature*, 3 (2012): 517 - 547.

Junod, Tom. "*Let the Great World Spin*: The First Great 9/11 Novel." *Esquire*, July 8, 2009. 〈http://www.esquire.com/fiction/book-review/let-the-great-world-spin-book-review-0809〉(Accessed July 8, 2018)

Lampert, Jo. *Children's Fiction About 9/11: Ethnic, Heroic and National Identities*. New York: Routledge, 2010.

Lovell, Joel. "Colum McCann's Radical Empathy." *The New York Times*, May 30, 2013.

Maher, Eamon. "Seeking Redemption Through Art: The Example of Colum McCann." *Irish Studies Review*, 1 (2012): 85 - 88.

McClay, Wilfred M. "Religion in Post-Secular America." *American Thought and Culture in the 21ˢᵗ Century*. Martin Halliwell & Catherine Morley Eds. Edinburgh: Edinburgh University Press Ltd., 2008: 131 - 138.

Mishra, Pankaj. "The End of Innocence." *The Guardian*, May 19 (2007): 4 - 6. 〈https://www.theguardian.com/books/2007/may/19/fiction.martinamis〉(Accessed March 1, 2018)

Mudge, Alden. "Up Close and Personal: Jonathan Safran Foer Examines Violence Through a Child's Eyes." *Bookpage*, April, 2005. 〈http://bookpage.com/interview/up-close-and-personal〉(Accessed June 1, 2018)

Mullins, Mathew. "Boroughs and Neighbors: Traumatic Solidarity in Jonathan Safran Foer's *Extremely Loud and Incredibly Close.*" *Papers on Language and Literature*, 45/3 (2009): 298 – 324.

Nussbaum, Martha Craven. *For Love of Country?* Boston: Beacon Press, 2002.

Petit, Philippe. *Man on Wire*. New York: Skyhorse Publishing, 2008.

Pieterse, Jan Nederveen. *Globalization and Culture* (2nd Edn.). Lanham: Rowman & Littlefield Publishers, Inc., 2009.

Randall, Martin. *9/11 and Literature on Terror*. Edinburgh: Edinburgh University Press, 2011.

Schober, Regina. "'It's About Being Connected': Reframing the Network in Colum McCann's Post 9/11 Novel *Let the Great World Spin.*" *ZAA*, 4 (2012): 391 – 402.

Solomon, Deborah. "The Rescue Artist." *The New York Times*, February 27, 2005. 〈https://www. nytimes. com/2005/02/27/magazine/the-rescue-artist. html〉 (Accessed August 5, 2018)

Stubblefield, Thomas. *9/11 and the Visual Culture of Disaster*. Bloomington: Indiana University Press, 2015.

Wainwright, Oliver. "New York's Twin Towers — The 'Filing Cabinets' That Became Icons of America: A History of Cities in 50 Buildings, Day 40." *The Guardian*, May 20, 2015. 〈https://www. theguardian. com/cities/2015/may/20/〉 (Accessed October 2, 2018)

White, Hayden. *The Content of the Form: Narrative Discourse and Historical Representation*. Baltimore: Johns Hopkins University Press, 1987.

Yuki, Namiki. "Bridge Between Elsewhere: Representation of the Post-Traumatic Towers in *Let the Great World Spin.*" *Studies in English Language & Literature*, 18 (2012): 45 – 59.

阿伦特,汉娜:《共和的危机》,郑辟瑞译,上海:上海人民出版社,2012 年。

阿皮亚,奎迈・安东尼:《世界主义:陌生人世界里的道德规范》,苗华健译,北京:中央编译出版社,2012 年。

阿斯曼,扬:《文化记忆》,金寿福、黄晓晨译,北京:北京大学出版社,2015 年。

贝格尔,彼得:《神圣的帷幕:宗教社会学理论之要素》,上海:上海人民出版社,1991 年。

波德莱尔:《现代生活的画家》,郭宏安译,杭州:浙江文艺出版社,2007 年。

博伊姆,斯维特兰娜:《怀旧的未来》,杨德友译,南京:译林出版社,2010 年。

陈曦:《帝国噩梦——"9・11"美国惊世恐怖事件纪实》,北京:中国社会科学出版社,2001 年。

戴康生主编:《宗教社会学》,北京:社会科学文献出版社,2000 年。

但汉松:《"9・11"小说的两种叙事维度——以〈坠落的人〉和〈转吧,这伟大的世界〉为例》,《当代外国文学》,2011 年第 2 期:第 66 - 73 页。

费尔巴哈:《宗教的本质》,王太庆译,北京:商务印书馆,1999 年。

冯内古特,库尔特:《五号屠场》,虞建华译,南京:译林出版社,2008 年。

弗尔,乔纳森・萨福兰:《特别响,非常近》,杜先菊译,北京:人民文学出版社,2012 年。

福柯,米歇尔:《疯癫与文明》,刘北成等译,北京:生活・读书・新知三联书店,2012 年。

格里芬,大卫・雷:《新珍珠港:迷雾重重的 9・11 事件与布什政府》,艾彦译,北京:东方出版社,2004 年。

哈布瓦赫,莫里斯:《论集体记忆》,毕然等译,上海:上海人民出版社,2002 年。

洪增流:《美国文学中上帝形象的演变》,北京:中国社会科学出版社,2009 年。

霍洛克斯,克里斯托夫:《鲍德里亚与千禧年》,王文华译,北京:北京大学出版社,2005 年。

基辛格,亨利:《世界秩序》,胡利平等译,北京:中信出版社,2015 年。

凌建娥:《论先锋派的乌托邦主义》,《当代外国文学》,2015 年第 4 期:第 126 - 133 页。

麦凯恩,科伦:《转吧,这伟大的世界》,方柏林译,北京:人民文学出版社,2010 年。

麦克姆逊,斯考特·L.:《一个时代的终结》,从戎、霍星辰、张学敏译,北京:中央编译出版社,2011 年。

曼,迈克尔:《社会权力的来源:从开端到 1760 年的权力史》,刘北成、李少军译,上海:上海人民出版社,2018 年。

桑塔格,苏珊:《论摄影》,黄灿然译,上海:上海译文出版社,2008 年。

沈慧芳:《道德乌托邦的历史嬗变》,北京:中国社会科学出版社,2011 年。

斯特伦,费德雷里克:《人与神——宗教生活的理解》,上海:上海人民出版社,1991 年。

汪民安:《论垃圾》,《美术馆》,2010 年 1 期:第 210 - 223 页。

汪民安:《冰箱和食物》,《花城》,2014 年 1 期:第 199 - 208 页。

王建会:《〈特别响,非常近〉中的"创伤迁移"现象探究》,《国外文学》,2015 年第 4 期:第 111 - 118 页。

韦尔策,哈拉尔德:《社会记忆:历史、回忆、传承》,季斌等译,北京:北京大学出版社,2007 年。

杨金才:《论新世纪美国小说的主题特征》,《深圳大学学报(人文社会科学版)》,2014 年第 2 期:第 6 - 12 页。

杨金才:《21 世纪外国文学研究新视野》,《湖南科技大学学报》,2015 年第 1 期:第 31 - 33 页。

殷企平:《西方文论关键词:共同体》,《外国文学》,2016 年第 2 期:第 70 - 79 页。

曾桂娥:《创伤博物馆——论〈剧响、特近〉中的创伤与记忆》,《当代外国文学》,2012a 年第 1 期:第 91 - 99 页。

曾桂娥:《乌托邦的女性想象》,上海:上海大学出版社,2012b 年。

曾桂娥:《〈一切皆被照亮〉中的"后记忆"与犹太性》,《湖南科技大学学报》,2015 年第 1 期:第 39 - 46 页。

张和龙:《"9·11 文学":新世纪英美文学的审美转向?》,《深圳大学学报(人文社会科学版)》,2014 年第 2 期:第 20 - 25 页。

张芸：《用小说重塑历史——科伦·麦凯恩访谈》，《书城》，2013 年第 8 期：第 105 - 116 页。

赵静蓉：《论怀旧的审美心理》，《山西师大学报（社会科学版）》，2005 年第 2 期：第 54 - 57 页。